Barbara Kingsolver
Siebengestirn

BARBARA KINGSOLVER

# Siebengestirn

Roman

Aus dem Amerikanischen
von Dorothee Asendorf

PIPER
MÜNCHEN ZÜRICH

Die Originalausgabe erschien 1993 unter dem Titel »Pigs in Heaven« bei Harper Collins in New York.

ISBN 3-492-03684-8

Gesetzt aus der Baskerville-Antiqua
Satz: Uhl + Massopust, Aalen
Druck und Bindung: Mohndruck, Gütersloh
Printed in Germany

Für Camille

# Dank

Dieses Buch hätte ich ohne meine Freunde aus dem Volk der Cherokee nicht schreiben können. Sie haben mich herzlich ermutigt und standen mir mit Rat und Tat zur Seite, allen voran Ron Watkins, Nancy Raincrow Pigeon und Loretta Rapien. Regina Peace, Toby Robles, Carol Locust und Donna Goldsmith haben mir geduldig Geist und Buchstaben des »Indian Child Welfare Act« erklärt. Joe Hoffmann, Georgia Pope, Frances Goldin, Sydelle Kramer und Janet Goldstein haben mit dazu beigetragen, daß die Geschichte nicht auf Abwege geriet. Camille Kingsolver half mit den Einsichten einer Fünfjährigen und sorgte dafür, daß ich nicht aufgab.

Der in *Siebengestirn* geschilderte Rechtsstreit basiert nicht auf einer einzelnen Fallgeschichte, sondern wurde aus vorhandenem juristischen und historischen Material zusammengestellt, wie ich es verstanden habe. Die Rechtsverfahren unterscheiden sich im einzelnen von Stamm zu Stamm. Ein anderer würde diese Geschichte anders erzählen, und sie wäre genauso wahr.

# Frühling

# Königin vom Nichts

Alleinstehende Frauen sind typisch für Alices Familie. Diese Erkenntnis überfällt sie so unsanft wie ein Herzanfall, und sie setzt sich im Bett auf, um die Gedanken, die sich im Dunkeln über ihr gesammelt haben, näher zu betrachten.

Es ist vor Tau und Tag, April, windstill und selbst für diese sonnenferne Uhrzeit unverhältnismäßig heiß. Alice ist einundsechzig. Harland, ihr Mann, schläft wie ein Klotz und schnarcht vor sich hin. Allem Anschein nach sind sie ein zufriedenes Paar, das reibungslos in seine goldene Jahre hinübergleitet, aber Alice weiß, so läuft das nicht. Sie hat ihn vor zwei Jahren aus Liebe geheiratet, jedenfalls glaubte sie das damals, und er ist ja auch ein guter Mann, hat aber eine Macke, und das ist Ruhe im Haus. Sein Eherezept lautet: Karamba auf alles, was quietscht, und fertig. Selbst in den Nächten, in denen sich Harland zu Alice umdreht und sie in die Arme nimmt, hat er keine Worte für sie – nichts, was sie für all die Jahre entschädigt hätte, als sie allein lag und spürte, daß ihr die Kälte wie Höhlenluft in die Knochen kroch und daß ihre Brüste von innen heraus verkalkten. Diese Ehe hat sie auch nicht wärmen können. Die Stille gibt sich nur dann, wenn Harland schläft und seine Mandeln die verlorene Zeit aufholen. Gräßlich, wie er da auf dem Rücken liegt und Baumstämme zersägt. Sie ist drauf und dran, das Weite zu suchen.

Leise verläßt sie das Bett und knipst die Lampe im Wohnzimmer an, und da wartet sein Fernsehsessel aus Kunstleder so selbstgefällig wie der Handschuh eines Baseballfängers, und in seiner Mitte ist noch Harlands langer, tiefer Abdruck zu erkennen. An den Wochenenden sieht er so andächtig Kabelfernsehen, als hätte er Angst, er könnte den Weltuntergang verpassen – und dabei hat er nichts für CNN übrig, den Kanal, der, ginge die Welt tatsächlich unter, sicher einen vorab gedrehten Film davon bringen würde. Der *Tele-Shop* ist Harland lieber, denn den kann er sich ohne Ton ansehen.

Sie hat das unheimliche Gefühl, beobachtet zu werden, das machen seine altertümlichen Autoscheinwerfer, die sie aus der Geschirrvitrine anglotzen. Harland ist Geschäftsführer von »El-Jay's Paint & Body«, und sein Müll macht sich überall breit. Ihre Energie reicht nicht mehr aus, sich ihr Haus zurückzuerobern. Hin und wieder mögen sich ältere Menschen ja mit Anstand zusammenfinden, ihre Haushalte jedoch selten. Sie knipst in der Küche das Licht an und muß sich die Hand vor die Augen halten, so geblendet ist sie von dem grellen Licht und all den dienstbereiten Geräten.

Auf einmal möchte sie Taylor anrufen, ihre Tochter. Taylor ist mittlerweile größer als Alice und hübsch, und sie wohnt weit weg, in Tucson. Alice möchte sie warnen, daß es in ihrer Familie eine Erbkrankheit gibt wie Plattfüße oder Diabetes: Ihnen allen droht, am Ende allein dazustehen, weil sie es in ihrer Dickköpfigkeit nicht anders gewollt haben. Die häßliche Küchenuhr zeigt ein Viertel nach vier. Kein Zeitzonenunterschied kann daraus eine annehmbare Zeit für Tucson machen; Taylor würde mit Herzklopfen abnehmen und wissen wollen, wer tot umgefallen ist. Alice reibt sich den Hinterkopf; ihr kurzgeschnittenes graues Haar ist zerwühlt und juckt, verklebt von Schweiß und Schlaflosigkeit. Die vollgestellte Küche ärgert sie. Die Resopalplatte der Frühstückstheke hat ein Muster aus rosa und schwarzen Ringen, die wie aneinanderklebende Gummibänder aussehen und ihr auf die Nerven gehen, weil sie so straff gespannt und allzeit bereit sind, durch die Küche zu hageln. Alice überlegt, ob sich andere Frauen zu nachtschlafender Zeit auch plötzlich über ihr Resopal ärgern. Sie starrt das Telefon auf der Theke durchdringend an: Wenn es doch nur läuten würde. Sie braucht einen Beweis, daß sie nicht die letzte Frau auf Erden ist, die überlebende Königin vom Nichts. Die Uhr gluckst leise und frißt die Sekunden, während Alice wartet; sie erhält keinen Beweis.

Sie steigt auf einen Stuhl und kramt im Hängeschrank über dem Kühlschrank nach einer Flasche Jim Beam, die sie schon vor ihrer Heirat mit Harland im Haus hatte. Da oben stehen Weckgläser, die sie endlich loswerden sollte. In ihrer besten Zeit hat Alice Tomaten für hundert Luftschutzbunker eingeweckt, aber heutzutage kann ihr das gestohlen bleiben, wer macht das schon noch? Wenn sie die Bombe jetzt abwerfen, dann muß die Welt eben ohne eingeweckte Tomaten zugrunde gehen. Sie klettert vom Stuhl und schenkt sich eine Handbreit Jim Beam in einen Becher ein, auf dem die Bengals sind und den sie beim Tanken gratis bekommen hat. Eher ließe sich Alice den Zahnstein entfernen, als daß sie den Bengals zusehen würde. Das ist der Preis, wenn man bleibt, obwohl man mit dem Herzen nicht mehr bei der Sache ist, denkt Alice. Man wird Cheerleader für einen Sport, den man sich nicht selbst ausgesucht hat. Sie entriegelt die Fliegengittertür und tritt barfuß auf die Veranda.

Der Himmel ist vollkommen schwarz. Im unteren Geäst des Zuckerahorns verbirgt sich ein lächelnder Mondrest und will sie verleiten, das Lächeln zu erwidern. Draußen ist es auch nicht kühler, aber hier im Freien, nur mit einem Nachthemd bekleidet, wittert Alice Morgenluft. Es würde ihr nichts ausmachen, das Haus nur mit dem Hemd auf dem Leib zu verlassen. Wie würden die gläsernen Augäpfel in der Vitrine blinzeln, wenn sie ginge. Sie lehnt sich in der Hollywoodschaukel zurück, und das Quietschen der Ketten fehlt ihr, die früher ihr Kind in den Schlaf gesungen haben und die von Harland mit seinem Karamba zum

Schweigen gebracht wurden. Dann steckt sie die Nase tief in den Becher und zieht den süßlichen, scharfen Geruch des Bourbons ein, wie sie früher Tabakrauch inhalierte, bis Taylor ihr die Zigaretten abgewöhnte.

Sie hat in diesem Haus ihre Tochter aufgezogen und all die Blumen im Garten selbst gepflanzt, doch das ist nicht genug, um sie hier zu halten. Blumen kann man satt bekommen. Dieser Frühling hat Kentucky eine solche Rekordhitze gebracht, daß die üppig-runden Pfingstrosen schon einen Monat vor dem Memorial Day in voller Blüte stehen. Sie duften nach Puder und erinnern sie an die alten Frauen ihrer Kindheit und an Friedhof. Sie hört kurz auf zu schaukeln und lauscht: War da nicht ein Schnüffeln im Garten? Hester Biddles Schweine. Hester wohnt ein paar Häuser weiter und hat nach ihrem Schlaganfall ein neues Leben mit der Zucht von kleinen vietnamesischen Hängebauchschweinen angefangen. Sie behauptet, daß sie zweitausend Dollar das Stück wert seien, aber auf welchem Markt wohl? Sie sind häßlich wie die Sünde, reißen gern aus und graben Alices Pfingstrosenbeete um. »Ab nach Haus«, redet Alice ihnen gut zu. Die Schweine blicken auf.

»Es ist mir ernst damit«, sagt sie, steht aus der Schaukel auf und stemmt die Arme in die Hüften. »Sonst mache ich Schinken aus euch.«

In dem schwachen Licht, das aus der Küche dringt, glühen die Augen der Tiere rot. Schweine werden noch zum Familienfluch: Alices Mutter, eine große, hitzige Frau namens Minerva Stamper, betrieb fünfzig Jahre lang ganz allein eine Schweinemast. Alice greift sich einen leeren Blumentopf von der Verandastufe und wirft damit nach den Schweinen. Das Dunkel verschluckt ihn. Sie wirft mit einem Erdklumpen und mit einer Gartenschere, doch auch die verschwinden. Dann mit einer mittelgroßen Aluminiumschüssel. Harland hat ihr als Geschenk zum Hochzeitstag über den *Tele-Shop* gleich einen ganzen Satz bestellt, so daß sie nun für jeden erdenklichen Zweck eine Schüssel im Haus haben. Sie greift nach der nächsten und schleudert sie hinterher. Die muß sie dann am Morgen vor Gott und den Biddles alle wieder einsammeln, aber Schweine haben in ihrem Leben nichts mehr zu suchen. Sie findet eine verzinkte Gießkanne, stellt sich auf die Fußballen und prüft ihre Wadenmuskeln. Alice ist trotz ihres Alters gut in Form; wenn sie sich konzentriert, kann sie ihre Muskeln noch allesamt von innen erspüren. Als ihr erster Mann sie verließ, war das Haus eine Bruchbude, aber alles in allem, denkt sie, haben sie sich gut durchgebissen, sie und ihre Tochter.

Sie wuchtet die Gießkanne hoch, kann aber nicht erkennen, wohin sie geflogen ist. Sie landet mit einem Peng! – wahrscheinlich hat sie eine Angehörige der Schüsselfamilie getroffen. Die roten Schweinsaugen blinzeln nicht einmal. Alice gibt sich geschlagen. Sie kehrt zur Veranda zurück und beginnt ihre Blessuren zu zählen.

Sie kann gar nicht weggehen. Wer sollte sie aufnehmen? Sie kennt zwar die meisten wohlhabenden Frauen in der Stadt, denn sie hat all die Jahre, in denen sie für Taylor sorgen mußte, bei ihnen geputzt, doch Respekt vor Alice haben sie nur, weil sie ausplaudern könnte, wie es bei ihnen im Keller aussieht. Freitags spielt Alice mit Fay Richey und Lee Shanks Poker – das sind muntere Frauen mit heiserer Stimme, die viel rauchen und dem lieben Gott auf Knien danken, daß sie noch immer verheiratet sind. Die würden sie wie eine Aussätzige behandeln, falls sie Harland verließe. Minerva und die Schweinemast gibt es natürlich nicht mehr, die eine ist schlicht tot und begraben und die andere verkauft, um Schulden, die sie gemacht hat, zu bezahlen. Der Gedanke, daß ein Menschenleben und ein Lebenswerk, wie eine Lebensversicherung, so lange währen können, bis das eine durch das andere aufgehoben wird, bedrückt Alice zutiefst.

Eine Spottdrossel landet im Wipfel eines Maulbeerbaums, der sich aus freien Stücken angesiedelt hat und sich durch die Hecke zwängt. Der Vogel schlägt mit den Flügeln, um das Gleichgewicht zu wahren, und bringt so den langen Ast ins Schwanken und Hüpfen wie eine Jahrmarktsschaukel. Sein zierliches Profil tanzt vor einem Horizont, der die Farbe von aufgehendem Hefeteig angenommen hat. In den wenigen Minuten, die Alice für ihre Lebensbilanz gebraucht hat, ist der Morgen heraufgedämmert, und das automatische Licht am Stall der Biddles ist ausgegangen. Ganz gleich, wie die Nacht gewesen ist, der Morgen bleibt immer Sieger.

Der Vogel hüpft von seinem Maulbeerzweig ins Dunkel und taucht auf dem Dach wieder auf, und von dort aus verkündet er diesem Teil des County zwitschernd, daß die Fernsehantenne ihm, ihm allein gehört. Irgendwie hat die männliche Sichtweise viel für sich, denkt Alice. Da steht sie nun, die Arme vor der Brust verschränkt, und betrachtet das dunkle Weltall ihres Gartens, in dem jetzt Aluminiummeteoriten funkeln. Da, schon wieder die Schweine. Kein Wunder, daß sie gern hierherkommen; die Biddles versetzen sie in Angst und Schrecken, da Henry mehr Maschinen einsetzt als nötig. Gestern hat er den Vorgarten mit einer Mähmaschine bearbeitet, typisch. Die armen Geschöpfe suchen nach einer Heimat wie die Boat people. Für Flüchtlinge hat sie ein weiches Herz, sollen sie getrost bleiben. Mit Sicherheit regt sich Hester wieder darüber auf; sie behauptet, daß sie jedesmal, wenn sie von Alices Pfingstrosen gefressen haben, mit Durchfall nach Hause kommen.

Nachbars Kater, ganz Muskeln und Geschmeidigkeit, kriecht oben auf dem Spalier entlang, wo sich Alices Wikken schon das ganze Frühjahr über verausgaben. Da hat sie ihn früher auch schon gesehen, entweder berauscht er sich am Duft der Nacht, oder ihm läuft beim Anblick der Spottdrossel das Wasser im Maul zusammen. Der Garten, von dem sich Alice mit Freuden trennen würde, ist voll von Gezwitscher und den Grenzstreitigkeiten der Vögel und von den hungrigen Tieren anderer Leute. Sie kommt sich vor wie die Königin eines kümmerlichen, doch festlich aufgeputzten Landes.

Willkommen in Heaven. Willkommen im Himmel.

Zum erstenmal seit Jahren denkt sie an Sugar Boss, ihre Verwandte. Sugar ist eine Kusine zweiten Grades und die berühmteste Einwohnerin von Heaven, Oklahoma. Alice verwahrt ihr Foto zusammen mit Taylors Abgangszeugnis von der High School und sonstigen Familiendokumenten in einem Sammelalbum. Es ist ein altes Foto, aus einem *Life*-Heft vom Sommer 1955 herausgeschnitten. Sugar posierte für den Fotografen mit einer Limoflasche an den Lippen und einem Kranz aus Gänseblümchen im Haar, an das Schild WILLKOMMEN IN HEAVEN gelehnt, und damit wurde dann landauf, landab Reklame gemacht. Alice sah sie an der Kasse des Lebensmittelladens und wollte ihren Augen nicht trauen. Sie schickte einen Brief, und als Adresse genügte »Sugar Marie Boss, Heaven, Okla.«, und er kam an, obwohl sie eigentlich keine Boss mehr war, sondern eine Hornbuckle. Sugar schrieb zurück.

Sie hatten während der Großen Depression die letzten Kindheitsjahre zusammen auf der Farm verbracht, und das mit Dutzenden von anderen Leuten, die sich vor Minervas Tür einstellten, wenn es ihnen an allem mangelte, nur nicht an Verwandten. Von all den Kusinen hingen Alice und Sugar am meisten aneinander, da ihr Altersabstand nur einen Monat betrug. Mit neun gingen sie für zwölf durch und erhielten Arbeit in der Matratzenfabrik, in der nur junge Mädchen die Inletts zusammennähten und mit Federn stopften. Sie bekamen Muskeln, und die Daunen blieben ihnen im Haar hängen, daß sie aussahen wie Enten. In der schlechten Zeit damals hielten die Menschen zusammen. Die Wäscheleinen gingen von Haus zu Haus, und die Wäsche hing zwischen den Familien wie eine allüberall aufgezogene triste Fahne und machte aus ihnen ein einheitliches Volk von Waschzubern und aufgeplatzten Knöcheln. Doch es gab Liebe in jenem Leben, eine Art feste Zuversicht. Achtlos liefen die Kinder unter der flatternden Wäsche herum und bildeten ein Volk für sich. Aber Alice hatte den Eindruck, daß die meisten mit hungrigem Herzen und der Gewißheit aufwuchsen, daß es ihnen eines Tages aufs neue an allem mangeln würde.

Nachdem sie sich rein zufällig wiedergefunden hatten, tauschten sie in langen Briefen, die sie geradezu in die Umschläge stopfen mußten, Erinnerungen aus, doch als sie die Vergangenheit erst einmal durchhatten, schaffte es keine von beiden, die intensive Korrespondenz aufrechtzuerhalten. Alice argwöhnt, daß das Reklamefoto der einzige Glanzpunkt in Sugars Leben blieb; in ihren Briefen war die Rede von Töchtern, die zu Schwangerschaften neigten. Alice malt sich eine Bruchbude und Blumenbeete aus, auf denen der Stechapfel wuchert.

Aber einmal hat Sugar Heaven auf die Landkarte gebracht, und das kann ihr niemand nehmen. Alice streckt die Beine in den hellorangefarbenen Morgen, der sich ringsum ausbreitet, und als ihr aufgeht, daß sie noch immer dieselbe ist wie mit neun Jahren, versetzt ihr das einen eigenartigen Stich. Selbst ihr Körper hat sich kaum verändert. Ihre Brüste sind klein und fest, ihre Taille biegsam und kräftig; sie kommt sich vor wie eines dieser kalifornischen Häuser, die erdbebensicher gebaut sind. Und so gewiß, wie sich all ihre Organe noch an Ort und Stelle befinden, so gewiß lebt Sugar noch immer in Heaven. Sie könnte ihr heute schreiben. An ihren Gefühlen für Sugar hat sich nichts geändert, sie ist ihre lang verschollene Verwandte, die sie eines Tages in der Schlange vor der Kasse wiedergefunden hat. Dergleichen ist so schlimm oder so gut wie ein Telefonanruf mitten in der Nacht: Wie auch immer, man ist nicht so allein, wie man denkt.

# Der böse Blick

»Sieh mal, Turtle, da oben. Engel.«

Taylor bückt sich auf Augenhöhe mit ihrer Tochter und zeigt auf die riesenhaften Granitengel, die den Eingang zum Hoover-Damm bewachen: Ein Gespann mit geradem Rücken, die Augen auf den Horizont gerichtet und die dunklen, polierten Arme zum Himmel gereckt.

»Sie sehen aus wie Danny«, stellt Turtle fest.

»Ein Bizeps, zu schön, um wahr zu sein«, pflichtet Taylor ihr bei. Danny, ihr Müllmann, ist an seinen freien Tagen Bodybuilder.

»Wofür brauchen Engel Muskeln?«

Taylor lacht bei dem Gedanken, daß sich Heilige im Himmel mit übervollen Müllsäcken abschleppen müssen. »Die hat man damals in den dreißiger Jahren gemacht«, sagt sie. »Frag mal Grandma nach der Großen Depression. Weil so viele arbeitslos waren, hat man ein Projekt gestartet, das so ähnlich wie ›Essen für Arbeit‹ hieß, da haben die Leute dann Brücken und Bürgersteige und Denkmäler gemacht, die aussahen, als könnten sie schwitzen.«

»Das fotografieren wir.« Turtles Ton läßt keinerlei Einwände zu; er besagt, daß sich Taylor unter den Engeln aufbaut und sie diejenige ist, die auf den Auslöser drückt. Taylor steht an dem ihr zugewiesenen Platz und macht sich darauf gefaßt, so lange zu lächeln, wie Turtle angestrengt durch das rechteckige Auge blickt und die schwarzen Brauen hoch in die Stirn zieht. Was die Komposition angeht, so geraten Turtles Fotos mit Vorliebe daneben: abgeschnittene Beine oder nichts als Himmel oder manchmal etwas, was Taylor seinerzeit gar nicht gesehen hat. Wenn sie die Fotos von der Drogerie abholt, kommt es ihr oft so vor, als hätte da jemand anders Urlaub gemacht. Sie mustert Turtles stupsnasige Turnschuhe, ihre fest aufgepflanzten Beine und fragt sich, woher so viel Beharrlichkeit kommt und wohin sie Turtle einmal führen wird. Seit sie Turtle vor drei Jahren in ihrem Auto fand und adoptierte, hat sie so manches Mal daran gezweifelt, daß sie Turtles Mutter ist. Dieses Kind ist ein Wunder, aber ein Wunder, das Taylor, hätte es angeklopft, nicht zur Tür hereingelassen hätte. Doch so sind Wunder eben, denkt Taylor. Sie lassen sich nicht voraussehen.

Ihre Augen schweifen ab, während Turtle herumhantiert. Die Sonne brennt. Taylor dreht ihr dunkles Haar zusammen und steckt es hoch.

»Mom!«

»Entschuldigung.« Sie läßt die Arme so behutsam sinken wie eine Tänzerin und gibt sich Mühe, nichts als die Augen zu bewegen. Ein Mann im Rollstuhl fährt auf sie zu und winkt. Von der Taille an aufwärts sieht er bemerkenswert gut aus und hat Arme, die nach »Essen für Arbeit« aussehen. Er bewegt sich schnell, seine schwarze Mähne flattert, und vor dem Marmorpiedestal der Engel wendet er geschickt. Mit halbem Auge kann Taylor so gerade noch lesen, was auf der Marmortafel steht: Es handelt sich um ein Denkmal für die Männer, die beim Bau des Damms ums Leben gekommen sind. Wer das im einzelnen war, steht nicht verzeichnet. Auf der anderen Straßenseite listet eine weitere Tafel die Namen aller Direktoren des Dammprojektes auf, doch diese besagt nur, daß viele, die hier geschuftet haben, in die ewige Ruhe eingegangen sind. Eine Bronzetafel, die ihr ziemlich an die Nieren geht, zeigt Männer in Arbeitskluft, die friedlich im Wasser versinken. »Die armen Kerle«, sagt sie laut. »Denkmal für den unbekannten Betongießer.«

»Der für fünfzig Cent die Stunde gearbeitet hat«, sagt der Mann im Rollstuhl. »Viele davon waren junge Navajos aus dem Reservat.«

»Wirklich?«

»O ja.« Sein schiefes Lächeln deutet an, daß er Bescheid weiß über einen großaufgezogenen Beschiß wie diesen, einen schlecht bezahlten Traumjob, der den Navajos ein Stück Farmland einbringen sollte.

Der Verschluß klickt, und Taylor ist erlöst. Sie dehnt die Gesichtsmuskeln.

»Bist du die Reisefotografin?« fragt er Turtle.

Turtle drückt das Gesicht in den Schoß ihrer Mutter. »Sie ist schüchtern«, sagt Taylor. »Wie alle großen Künstler.«

»Soll ich euch beide zusammen aufnehmen?«

»Klar. Ein Foto für Grandma.« Taylor reicht ihm die Kamera, er knipst und braucht dafür nur Sekunden.

»Seid ihr beide auf Weltreise?« fragt er.

»Auf einer kleinen. Wir wollen einmal rund um den Grand Canyon. Gestern haben wir es von Tucson bis zum Aussichtspunkt Bright Angel geschafft.« Taylor erzählt nicht, daß sie sich im Auto mit Schnellfraß vollstopften oder daß sie zwar pünktlich bei Sonnenuntergang am Aussichtspunkt ausstiegen, Turtle sich aber nach einem Blick hinunter in die Hose pinkelte. Taylor kann es ihr nicht verdenken. Von da oben sieht man ganz schön viel.

»Ich bereise die Denkmäler der Unglücksraben.« Er deutet mit dem Kopf auf die Marmortafel.

Sein Hobby weckt Taylors Neugier, aber sie hakt lieber nicht nach. Sie überlassen ihn den Engeln und machen sich zum Museum auf. »Nicht auf der Lauer sitzen«, sagt Turtle, bleibt stehen und zeigt auf die Mauer. Sie lernt gerade lesen, in der Vorschule und im Leben an sich.

»Auf der Mauer«, sagt Taylor. »Nicht auf der Mauer sitzen.«

Die Schablonenlettern der Inschrift sind an einer hüfthohen Brüstung längs der Dammkrone angebracht, doch die Worte werden fast gänzlich von den Beinen der vielen Leute verdeckt, die darauf sitzen. Turtle schenkt ihrer

Mutter diesen wunderbar ratlosen Blick, wie ihn Kinder haben, bis sie eines schönen Tages aufwachen und alles wissen.

»Worte bedeuten für jeden Menschen etwas anderes«, erklärt Taylor. »Du kannst es als ›Nicht auf der Mauer sitzen‹ lesen. Aber andere Menschen, Jax zum Beispiel, die finden, es heißt ›Brich dir ruhig das Genick, aber sag nicht, man hätte dich nicht gewarnt‹.«

»Wenn Jax doch hier wäre«, sagt Turtle ernst. Jax ist Taylors Freund. Er ist Keyboarder in einer Band, die sich *Jähzornige Babys* nennt. Manchmal kommt es Taylor so vor, als wäre, was Jax angeht, alles gehupft wie gesprungen, aber auf Reisen ist er wirklich ein Gewinn. Er singt im Auto und denkt sich viele Spiele aus, wenn es Turtle zu langweilig wird.

»Ich weiß«, sagt Taylor. »Aber er würde doch bloß auf der Mauer sitzen wollen. Und du müßtest ihm die Leviten lesen.«

Taylor genügt ein Blick über die Mauer und Hunderte von Metern die geschwungene weiße Betonwand hinunter bis zum Grund des Canyon. Die Felsblöcke unten wirken so winzig und fern, als träumte man von seinem eigenen Tod. Sie packt Turtle so fürsorglich am Arm, daß das Kind möglicherweise blaue Flecke davonträgt. Turtle sagt keinen Mucks. Das Leben hat ihr schon viele blaue Flecke verpaßt, und nur wenige waren so gut gemeint wie die Abdrücke von Taylors sonderbarer Mutterliebe.

Turtles Baumwollshorts haben ein rotes und ein weißes Bein und flattern beim Gehen wie zwei Signalflaggen, doch Taylor hat keine Ahnung, welche Botschaft sie damit sendet. Die mageren dunklen Gliedmaßen und die sorgenvollen Augenbrauen geben ihr etwas Flehendes, sie wirkt wie das Kind aus der Illustriertenwerbung, das einem erzählt, die kleine Maria oder der kleine Omar hätten mit zwanzig Cent am Tag eine echte Chance fürs Leben. Taylor fragt sich, ob Turtle dieses Reklamekind-

Aussehen wohl jemals ablegt. Sie würde ein Stück ihres eigenen Lebens darum geben, etwas über Turtles erste drei Lebensjahre in Oklahoma zu erfahren, denn dort ist sie angeblich geboren. Ihr Griff nach Turtle erübrigt sich, denn sie hängt sowieso immer wie eine Klette an Taylors Hand oder Ärmel. Inmitten von chaotischem Verkehr überqueren sie die Straße zum Museum.

Drinnen reihen sich an den Wänden alte Fotos: Man sieht große Flächen mit eingerüstetem Beton und Männer mit buschigen Brauen und Overalls in riesigen Turbinen. Die Touristen werden in einen kleinen Saal gescheucht. Turtle zieht Taylor in die Vorführung, was Taylor aber bereut, kaum daß der Projektor läuft. Der Film schildert die erstaunliche Leistung, wie man den Coloradofluß durch einen Damm gezähmt hat. In früheren Zeiten war er ein Wildwasser, das stromabwärts alles überflutete und die Ernte unter Schlamm begrub. »Es gab nur eine Lösung – den Damm!« jubiliert der Erzähler und erinnert Taylor darin an einen Schauspieler im Schülertheater, der sich aufplustert, um seine Schüchternheit zu bekämpfen. Am Ende haben Mr. Hoovers Ingenieure obsiegt, haben Arizona Bewässerung und Los Angeles Elektrizität gebracht und den Mexikanern ein schlammiges Rinnsal übriggelassen.

»Wäre es nicht besser gewesen, man hätte die Baumwolle nicht ausgerechnet direkt am Flußufer angebaut?« hält Taylor dagegen.

»Mom!« zischt Turtle. Zu Hause mault sie, wenn Taylor dem Fernsehen Widerworte gibt, und Jax ergreift dann Turtles Partei und führt ins Feld, wie wichtig Phantasie ist. Taylor wiederum stimmt ihrer Mutter zu, die am Telefon behauptet, das Fernsehen hätte eine übernatürliche Macht über ihren Mann. »Du darfst nicht einfach glauben, daß alles in der Glotze wahr ist«, mahnt Taylor oft, aber sie weiß, daß sie in dieser Schlacht mehr oder weniger auf verlorenem Posten steht. Was ihre Tochter angeht, so leben in der Kanalisation Ninja-Turtles, und damit Schluß.

Vor dem Museum läßt ein jäher Windstoß ein silbriges Kaugummipapier den Gehsteig entlangwirbeln. Ein Schwarm Pappbecher und Trinkhalme trudelt einträchtig Richtung Osten hinterher. Lucky Buster sitzt auf der Schutzmauer des Hoover-Damms und überlegt, wie er die Situation retten kann. Die Leute werfen aber auch alles zu Boden, ja, sogar ins Wasser. Wie die Pennies. Die landen unten bei den Welsen. Vielleicht liegt auf dem Boden des Stausees im Augenblick eine Million Dollar herum, aber jeder glaubt, da ist nur ein einziger blanker Penny – der, den er selbst hineingeworfen hat.

Lucky sitzt ganz still. Er hat eine leuchtendrote Sodawasserdose entdeckt. Sein Freund Otis ist Ingenieur bei der Southern Pacific und hat Lucky vor Limodosen gewarnt. Wenn das Sonnenlicht im richtigen Winkel auf sie fällt, sehen sie aus wie die roten Lichtsignale längs der Gleise. Wenn man so eins sieht, muß man den ganzen Zug anhalten, und dann stellt sich heraus, es war nur eine Limodose. Mist aber auch.

Die Leute sind alle hoch über ihm. Ein Mädchen schaut nach unten. Sie hat ein süßes, rundes, braunes Gesicht und kann ihn über die Mauer hinweg sehen. Er winkt, aber sie hopst hinter ihrer Mutter her, und schon sind die beiden gegangen. Sonst schaut niemand zu ihm. Er könnte jetzt nach unten klettern. Aber das Wasser ist zu nahe und macht ihm angst: Wasser ist schwarz, blau, rosa, alle Farben. Es leuchtet so sehr, daß ihm die Augen weh tun. Da sieht er lieber zur Wüste hinüber, die freundlich wie ein Kamelrücken wirkt. Und jetzt: Los.

Lucky läßt sich hinunter und balanciert auf der grauen Mauer entlang, die das Ufer säumt. Auf einer Seite fischfarbenes Wasser, auf der anderen kann man in ein Loch fallen. Er nimmt sich in acht wie die Zirkusmädchen im Fernsehen, die in silbernen Badeanzügen auf einem Drahtseil gehen. Immer schön einen Fuß vor den anderen.

Ein weißer Vogel mit grindigen gelben Füßen landet vor Lucky. »Ssss«, sagt er zu dem Vogel und droht ihm mit der Faust. Der Vogel wippt schnell davon, setzt einen gespreizten Fuß vor den anderen. Jetzt ist Lucky noch zwei Schritt von der Limodose entfernt. Jetzt nur noch einen. Jetzt hat er sie.

Der Vogel dreht den Kopf herum und sieht Lucky an. Er hat den bösen Blick.

Kirschrot und zitronengelb, so ist die Sonne prächtig zwischen den Hügeln von Nevada versunken. Turtle und Taylor spazieren ein letztesmal auf Mr. Hoovers Traum aus Beton entlang. Turtle klammert so, daß Taylor die Handknöchel weh tun. Ihre hypochondrische Freundin Lou Ann hat Taylor vor Arthritis gewarnt, doch dieser Klammergriff macht ihre Beziehung aus; er hat Turtle erst einen Spitznamen und dann eine Mutter eingetragen. Seit ihrer ersten Begegnung hat sie Taylor nicht mehr bewußt losgelassen.

Im Schatten des Damms ist das Wasser moschusgrün, und Turtle ist hingerissen. Sie zerrt an Taylors Fingern und zeigt auf einen riesigen Wels, der sich in dem moosfarbenen Dunkel bewegt. Taylor sieht nicht richtig hin. Sie versucht, Lake Mead in seiner Gänze wahrzunehmen, die große Tiefe und das Gewicht des Wassers, das einst ungezähmt fließen durfte und den Farmern am Fluß übel mitspielte. Der Stausee erstreckt sich weit in die braunen Hügel hinein, doch an seinem Rand wächst nichts, hier treffen nur zwei Flächen aufeinander, ein falscher See und eine Wüste, die kein Recht auf ein eigenes Ufer hat. In der Ferne surrt ein kleines Wasserfahrzeug, es ist zu lästig und zu laut für seine Größe, wie eine Mücke.

Am westlichen Horizont türmen sich kugelige Gewitterwolken und machen Hoffnung auf Abkühlung, jedoch nur Hoffnung. Als sie zum Dodge zurückkommen, ist er der reinste Backofen und stinkt nach geschmolzenen Plastikpolstern. Taylor macht beide Vordertüren auf und versucht, kühlere Luft auf den Sitz zu fächeln. Sie merkt, daß es ein Fehler war, Turtle eine Eiswaffel zu kaufen, aber als Mutter nimmt sie es nicht so furchtbar genau. Sie hat das Mutter-Sein vor drei Jahren haste was kannste lernen müssen, und im Augenblick handelt sie nach der Maxime, daß alles wirklich Wichtige waschbar ist. Sie reicht Turtle eine Handvoll Papierservietten aus dem Handschuhfach, muß aber beim Fahren die Straße im Auge behalten. Der Dodge Corona reagiert schwerfällig wie ein Lastkahn, und die Straße ist eng und kurvig, genauso schlecht wie die Straßen in Kentucky, auf denen sie in ihrer Jugend Kopf und Kragen riskiert hat.

Schließlich erreichen sie die Ebene von Nevada, die klinisch tot aussieht. Hinter ihnen streckt der See seine langen grünen Finger aus, er fleht den Himmel um etwas an, wahrscheinlich um Regen.

Turtle fragt: »Wie er wohl rauskommt?«

»Wie wer rauskommt?«

»Dieser Mann.«

»Welcher Mann, Schätzchen?« Turtle ist keine große Rednerin; sie hat erst mit vier Jahren in ganzen Sätzen gesprochen, und selbst heute noch dauert es manchmal tagelang, bis man ihr eine Geschichte vollständig aus der Nase gezogen hat. »Etwas, was du im Fernsehen gesehen hast?« hilft Taylor nach. »Wie die Ninja-Turtles?«

»Nein.« Turtle mustert betrübt ihre leere Waffel. »Er hat eine Limodose aufgehoben und ist in das Loch am Wasser gefallen.«

Taylor mustert die Straße mit zusammengekniffenen Augen. »Am Damm? Du hast jemanden fallen sehen?«

»Ja.«

»Wo die Leute gesessen haben, auf der Mauer?«

»Nein, auf der anderen Seite. Wo das Wasser ist.«

Taylor atmete tief durch, Geduld, Geduld. »Der Mann draußen auf dem See, der mit diesem Bootdings herumgefahren ist?«

»Nein«, sagt Turtle. »Der Mann, der in das Loch am Wasser gefallen ist.«

Taylor wird nicht schlau aus dem Ganzen. »Das war nicht im Fernsehen?«

»Nein!«

Beide schweigen. Sie fahren an einem Spielcasino vorbei, vor dem eine riesige, von Scheinwerfern angestrahlte Reklametafel dafür wirbt, daß man seinen Gehaltsscheck gegen Chips für die Spielautomaten eintauscht.

Turtle fragt: »Wie er wohl rauskommt?«

»Ich weiß wirklich nicht, was du meinst, mein Schatz. Du hast jemanden in ein Loch am Damm fallen sehen. Aber nicht ins Wasser?«

»Nicht ins Wasser. In das große Loch. Er hat nicht geschrien.«

Taylor ahnt, was sie meinen könnte, und verwirft die Möglichkeit sofort wieder, aber zwischen den beiden Gedanken stockt ihr das Herz für eine halbe Sekunde. Es gab da einen runden Überlauf, in dem das Wasser bei Hochstand um den Damm herumgeleitet wird. »Du meinst doch nicht etwa den Überlauf, oder? Das große Loch zwischen Wasser und Parkplatz?«

»Doch.« Turtles schwarze Augen glänzen. »Ich glaube nicht, daß er da rauskommt.«

»Aber das war mit einem großen, hohen Zaun umgeben.« Taylor hat ihr Tempo auf fünfzehn Meilen die Stunde gedrosselt. Die Schlange hinter ihr kümmert sie nicht, obwohl die Fahrer auf die Hupe drücken, als könnten sie gar nicht schnell genug nach Las Vegas kommen und ihr Geld durch den Schornstein jagen.

»Turtle, sagst du auch wirklich die Wahrheit?«

Ehe Turtle eine Antwort zustande gebracht hat, wendet Taylor den Dodge auch schon. Sie ärgert sich schwarz. Diese Frage wird sie Turtle nie wieder stellen.

Hoovers Schutzengel stehen jetzt im Dunkeln. Keine Menschenseele weit und breit. Sie hämmern gegen die verschlossenen Türen des Museums, und Taylor wölbt die Hand vor den Augen, damit sie hineinsehen kann, aber drinnen ist niemand. Auf einem riesigen Plan des Damms sind Fahrstühle, Wartungstürme und zu beiden Seiten lange Überläufe eingezeichnet, die sich unter dem Damm wie Darmgeschlinge zum Fluß hinunterwinden. Taylors eigene Eingeweide haben sich zusammengeknäult. »Alle nach Hause gegangen«, sagt sie zu Turtle, die noch immer unentwegt auf die Tür einhämmert. »Komm. Zeig mir, wo er reingefallen ist.«

Turtle ist bereit, die Sache anders anzugehen. Ihre Hosenbeine reiben aneinander, als sie zur Arizona-Seite hinüberwechseln, wo sie vor einer Stunde eine Tropfspur aus Eiskrem hinterlassen hat. »Da«, sagt sie und zeigt nach unten. Taylor mustert die Öffnung des Überlaufs: Ein rechteckiger Trichter aus Beton, der gut fünfzehn Meter in der Breite mißt und dessen unteres Ende sich zu einem großen, runden Loch verengt.

Einer Reihe von einsamen Pünktchen gleich, schlängeln sich Autoscheinwerfer den Berg herunter. Draußen über dem See stoßen Fledermäuse herab und flattern hinter Mücken her. Taylor mustert die dunkle Röhre. »Mit dem Kopf oder mit den Füßen voran?«

Turtle überlegt. »Da ist er langgegangen.« Ihr Finger fährt die Staumauer zwischen See und Überlauf entlang. »Er hat eine Limodose aufgehoben. Dann ist er reingefallen. Mit der Seite voran.« Ihre Hand vergräbt sich in der Tasche ihrer Shorts, sie ist erschrocken über das, was sie gerade gesagt hat.

Taylor drückt ihr die andere Hand. »Keine Bange. Der Mann hat mehr Glück als Verstand, daß du so gute Augen hast. Du hast doch gesehen, wie er ganz in das Loch gefallen ist?«

Turtle nickt.

Taylor hat so weiche Knie wie vorhin, als sie über die Mauerbrüstung geblickt hat. Mutter-Sein ist deswegen so schwierig, denkt sie, weil man selbst nie wieder die süße Kleine der Familie ist, nicht einmal für zehn Sekunden. Sie gibt sich Mühe, daß ihre Stimme nicht zittert. »Ob wir mal schreien? Glaubst du, er hört uns?«

Turtle nickt.

Taylor schreit. »Jemand da unten? He!« Sie lauschen auf die apathische Antwort von zwei Millionen Tonnen Beton.

Taylor beugt sich noch weiter über das Geländer, formt mit den Händen ein Megaphon, um Turtle zu zeigen, daß alles ein Spaß ist und daß es funktioniert. »He! Siiie! Sie da unten, können Sie mich hören? Hallo! Können Sie mir ein Zehncentstück in zwei Fünfer wechseln? Huhu? Hallo?«

Von fern kommt über den See das schrille Gesurre eines Motorboots. Sonst nichts. Turtle weint geräuschlos.

Turtle tastet nach den Fingern ihrer Mutter, ihrem einzigen Halt. Sie stehen im Dunkeln. Taylor läßt das Mondrund ihrer Taschenlampe von oben bis unten über den Polizisten im Sessel wandern, doch der wacht nicht auf. Hinter dem Blechschuppen stehen Maschinen mit langen Tierhälsen, und auch sie schlafen.

»Sie, Mister«, sagt Taylor jetzt lauter. Das Licht gleitet sein braunes Hemd hinauf und fällt auf ein quadratisches Namensschildchen. Fällt ihm in die Augen. Er wacht auf und greift zu seiner Pistole.

»Verdammter Scheißdreck.«

»Entschuldigung, Mister Decker, aber bitte nicht schießen, okay? Meine Tochter hier ist sechs, und wir sind nicht bewaffnet, ehrlich.«

Turtle preßt die Hand ihrer Mutter. Der Mann steht auf, und dann wird es taghell. In dem Blechschuppen fängt ein Motor an zu singen und zu kreischen. »Was zum Teufel wollen Sie?«

»Wir möchten einen Unfall melden, okay? Jemand ist vom Damm gefallen. In den Überlauf.«

Mr. Decker blickt verständnislos, während sich all seine Träume verflüchtigen.

»Er hatte ein dunkles Hemd an und ein grünes Tuch um den Kopf.« Taylor senkt den Blick, und Turtle faßt ihr Haar an.

»Und lange Haare. Dunkelbraun.«

»Angesäuselt?«

»Keine Ahnung. Wir kennen ihn nicht, wir wollen es nur melden.«

Mr. Decker rückt seine Hose zurecht. »Wann?«

»So gegen Sonnenuntergang.«

»Und dann erstatten Sie erst mitten in der Nacht Anzeige?«

»Im Museum war niemand. Es hat eine Ewigkeit gedauert, bis wir überhaupt jemanden gefunden haben.«

»Morgen ist Scheißostersonntag. Erwarten Sie vielleicht eine Prozession?«

»Tut mir ja auch leid, daß Sie beim Schichtdienst den Schwarzen Peter erwischt haben, aber wir wollen nur melden, daß jemand in Lebensgefahr schwebt.«

»So ein Blödmann.«

Taylor knipst ihre Taschenlampe an und aus. »Haben Sie schon mal einen Berufswechsel ins Auge gefaßt?«

Mr. Decker geht in den Schuppen und telefoniert. Als er wieder herauskommt, fragt er: »Wissen Sie sonst noch was über den Kerl? Wie alt?«

Taylor fragt Turtle. »Wie alt war er?«

Turtle überlegt. »Groß.«

»So wie ein großer Junge? Oder in meinem Alter? Oder älter als ich?«

»Größer als ein Junge. So wie du vielleicht.«

Auf einmal sinkt Mr. Decker in sich zusammen wie ein Sack mit nichts drin. »Soll das heißen, Sie haben nicht mit eigenen Augen gesehen, was passiert ist?«

»Meine Tochter hat gesehen, was passiert ist.«

»Sie?« Er staunt. »Glaubst du noch an den Weihnachtsmann, Kleine?«

Turtle sieht ihre Mutter abwesend an und sagt nichts. Sie spürt, wie es in Taylor kocht.

»Sie schüchtern Ihre Zeugin ein, Sir. Wenn sie sagt, sie hat es gesehen, dann hat sie es auch gesehen. Meiner Tochter entgeht so leicht nichts. Wenn Ihr Chef kommt, könnte sie ihm beispielsweise erzählen, wie ulkig Sie aussehen, wenn Sie im Dienst schnarchen. Wie wär's, wenn Sie ein paar Muntermacher schlucken und versuchen würden, ein bißchen netter zu uns zu sein, ja?«

Hugo Alvarez, Deckers Chef, mustert sie von Kopf bis Fuß. Sein Büro ist karg, wie um zu beweisen, daß die Parkleitung das Geld der Steuerzahler nicht verschwendet. Taylor bemüht sich, in dem orangefarbenen Plastiksessel stillzusitzen, während Mr. Alvarez den Sachverhalt aufnimmt. »Ihre Tochter sieht Ihnen überhaupt nicht ähnlich«, stellt er fest.

Das kennt sie schon. Unbekannte starren die beiden mit bohrendem Blick an und überlegen, ob ihnen das Kind nicht schon auf einer Milchreklame begegnet ist. »Sie ist adoptiert«, sagt Taylor knapp.

»Mexikanischer Abstammung?«

»Indianischer. Cherokee.«

Mr. Alvarez notiert auch das auf seinem Block; anscheinend gehört es zum Sachverhalt.

»Der Mann könnte sich verletzt haben«, bemerkt Taylor. »Geht es nicht ein bißchen schneller?«

Mr. Alvarez hat eine Glatze mit dunklem Haarkranz und Augen wie ein apathischer Jagdhund. Ohne erkennbare Gefühlsregung stellt er fest: »Der Überlauf ist von einem zweieinhalb Meter hohen Sicherheitszaun umgeben.«

»Wir wissen nicht, wie er über den Zaun gekommen ist«, sagt Taylor; sie bemüht sich, es mit seinem Ton aufzunehmen. Zu solch später Stunde tun die Leuchtstoffröhren den Augen weh, und sie blinzelt, während sie versucht, sich den Abhang dicht beim Damm vorzustellen. »Vielleicht ist er von der anderen Seite gekommen, den Berg herunter. Oder vom See her.«

»Wir haben Sicherheitspersonal, das aufpaßt wie die Schießhunde.«

»Nichts für ungut, aber wir haben den größten Teil des Abends auf der Suche nach Ihren Schießhunden zugebracht.«

»Das liegt an den Feiertagen.«

»Fröhliche Ostern«, sagt Taylor. »Auf geht's zum Eiersuchen.«

Alvarez seufzt. »Ich weiß, Sie meinen es gut, Miss, aber sehr glaubthaft klingt das Ganze nicht. Sonst hätte es noch jemand gesehen. Wie kann ich eine Rettungsmannschaft zusammentrommeln, wenn wir keine Zeugen haben?«

»Wir haben eine Zeugin. Meine Tochter hat es gesehen.« Alvarez reibt sich mit dem Kuli die Nase und fügt dem Sachverhalt auf seinem Block dann doch nichts mehr hinzu.

»Sie hat noch nie im Leben gelogen«, ergänzt Taylor.

»Offen gestanden«, sagt er, »habe ich sie überhaupt noch nicht reden gehört.«

»Sie redet nicht viel. Wenn man sich den ganzen Stuß im Leben schenkt, bleibt sowieso nicht viel zu sagen übrig, oder?«

Alvarez tauscht einen Blick mit Decker und zieht sorgsam seine Uhr auf. Taylor steht auf und geht zur Tür und wieder zurück; sie muß sich zusammenreißen, daß sie dem Sessel keinen Tritt mit dem Cowboystiefel versetzt. »Wollen Sie etwa, daß *ich* lüge? Wollen Sie, daß ich sage, ich habe es auch gesehen? Wenn Sie das in Ihren Bericht schreiben, können Sie dann eine Rettungsmannschaft zusammentrommeln?«

»Erzählen Sie mir nur, was passiert ist. Nur die Wahrheit.«

»Nur die Wahrheit ist: Ein Man ist in den Überlauf Ihres tollen Damms gefallen, und das gegen Sonnenuntergang. Meine Tochter hat ihn hineinfallen sehen, und sie bekäme einen etwas besseren Eindruck von der menschlichen Rasse, wenn Sie sich nicht so benehmen würden, als ginge Sie das einen feuchten Dreck an. Denn wenn der da unten stirbt, dann ist er wirklich mausetot.«

Am Sonntag, nach ein paar Stunden voller Alpträume auf dem engen Sitz des Dodge, stellen Taylor und Turtle fest, daß der Hausmeister der Außenanlage seinen Schichtdienst antritt. Er stellt seinen Lieferwagen auf dem Angestelltenparkplatz ab, und das Auto gefällt Taylor: Ein kirschroter Ford, Jahrgang neunundfünfzig. Vielleicht hört der ja endlich zu. Sie arbeitet in der Autobranche und hat festgestellt, daß Leute, die alte Schlitten in Schuß halten, in der Regel auch Geduld haben.

»Den Überlauf runter?« fragt er. »Kann nicht angehen. Den haben wir doch eingezäunt. Ich hab mal einen gesehen, der ist da hinten, schwuppdiwupp, über die Mauer gegangen.« Bei dem Gedanken an den langen, freien Fall schaudert es Taylor. »Am hellichten Tag«, sagt er. »Ein Unfall. Selbstmörder, also die hüpfen meistens bei Nacht. Und wir haben morgens Rührei.«

Taylor ist schwindlig vor Schlafmangel, und auf Rührei-

Geschichten kann sie gut verzichten. »Der junge Mann ist ungefähr so alt wie ich. Langes Haar. Er hatte einen Overall an und, ja, was noch? Ein Halstuch.«

»Ein grünes Halstuch?« Auf einmal leuchtet das Gesicht des Hausmeisters auf, als hätte man dahinter Licht angeknipst.

»Um den Kopf gebunden, so? Und die Haare so?« Seine Hand macht schulterlanges Haar deutlich.

Taylor und Turtle nicken.

»Teufel auch, das ist Lucky Buster.« Und schon ist er auf dem Weg zum Überlauf.

Sie rennen hinterher. »Dann kennen Sie den jungen Mann also?« fragt Taylor.

»Ist geistig zurückgeblieben, der Junge. Teufel auch. Das darf doch nicht wahr sein. Wann?«

»Gestern abend. Sie kennen ihn?«

»Hängt seit ein paar Wochen hier rum. Das darf doch nicht wahr sein. Er hat mich genervt. Er ist im Kopf wie ein kleines Kind, wenn Sie wissen, was ich meine. Hat eine Macke mit Abfall.«

Taylor ruft: »So warten Sie doch!« Turtle hängt an ihren Fingern wie ein Wasserskiläufer. »Was für eine Macke mit Abfall?«

»Der tickt nicht ganz richtig. Zwei-, dreimal hab ich ihn erwischt, wie er an Stellen rumgekraxelt ist, wo nicht mal eine verdammte Bergziege rumklettern sollte. Wollte Limodosen auflesen, hat der Mensch Töne. Teufel auch. Lucky Buster.«

Beim Überlauf bleibt er stehen, und sie blicken alle hinunter ins Leere. Der Hausmeister bekommt kaum noch Luft. »Teufel auch.«

Am Montagmorgen um zehn kommen sechs Freiwillige vom Hobby-Höhlenforscherklub Las Vegas und ein Sanitäter mit Klettererfahrung auf der Arizona-Seite aus dem

Überlauf. Es hat die ganze Nacht gedauert, bis die Mannschaft zusammengestellt war, und dann haben sie noch Stunden in dem Loch verbracht. Taylor und Turtle stehen ganz vorne in einer Menschenmenge, die sich so dicht an den Sicherheitszaun drängt, daß sich das Muster auf der Wange abdrückt. Wachleute fordern die Menge mit Megaphonen auf auseinanderzugehen, locken dadurch aber nur noch mehr Menschen an.

Die Retter sehen aus wie Bergleute, sind ganz schwarz von Grus. Das Seil, das sie Taille an Taille miteinander verbindet und das sich im Morgengrauen in gelben Kringeln nach unten schlängelte, kommt jetzt schwarz wieder hinauf. Nur die klirrenden Schnallen an ihrer Kletterausrüstung funkeln noch in der Sonne.

Die Bahre, ein langes, steifes Oval, wird aus dem Loch gezogen wie ein Brotlaib aus dem Ofen. Man hat Lucky Buster in Sanitätsplanen aus Gummi verpackt und ihn von Kopf bis Fuß mit schwarzen Leinenriemen so festgezurrt, daß er sich dazwischen wölbt. Er blinzelt unaufhörlich. Noch nie hat er etwas so Farbenprächtiges gesehen wie die Menge am Zaun.

## Die wahren Geschichten

Zehn Uhr in Kentucky: Die Sonne ist gerade erst dabei, sich mit Arizona zu befassen. Noch kann Alice nicht anrufen. Sie hat seit Tagesanbruch ihre Küchenschränke saubergemacht. In den Frühnachrichten sah sie etwas, was sie beunruhigt hat und worüber sie mit Taylor reden muß. Ein mieser Trick, diese Zeitzonen, findet sie, die kann sich nur jemand ausgedacht haben, der mit der ganzen Familie unter einem Dach wohnte.

Auf dem Linoleumboden drängen sich die Pappkartons wie kleine, vollbeladene Schleppkähne: Töpfe und Pfannen, Weckgläser, Topfhandschuhe, Steakmesser, mehr Zeug, als Alice je im Leben gebrauchen kann. So wie sie gelaunt ist, könnte sie sogar den Herd hinauswerfen. Harland würde es kaum merken, wenn sie ganz mit dem Kochen aufhörte. Als sie ihn kennenlernte, pflegte er sich abends in einem großen Topf mit Wasser ungeöffnete Suppendosen von Campbell aufzuwärmen. Sie staunte, als sie die Dosen wie Holzklötze im kochenden Wasser herumkollern sah. »Platzen die denn nicht?« fragte sie ihn, und da legte er schüchtern seine Hand auf ihre und gestand ihr, daß ihm das manchmal passierte. Unter einem selbstgekochten Essen versteht er, daß man die Dosen erst öffnet und den Inhalt in einen Topf schüttet. Bei ihm ist alle Mühe, die sich Alice gibt, vergebens.

Sie fuhrwerkt mit dem Wischtuch wie eine Wilde hinten in einem hohen Küchenschrank herum und merkt, daß ihr die Bermudas die Schenkel hochrutschen, auf denen die Adern unwiderruflich blau geworden sind. Zwar entblößt sie sich im Augenblick vor niemandem, aber es ist ihr immer wieder peinlich, daß ihr Blutkreislauf auf diese

Weise sichtbar werden muß. Altern heißt schlicht, daß es einem immer weniger gelingt, etwas zu verbergen, bis dann irgendwann alle Innereien, die nicht mehr mitmachen wollen, von jedermann begutachtet werden können. Selbst die Werbung, die auf die Alten abzielt, ist peinlich: Verdauung, Verdauung. Alle Welt erwartet von einem, daß man sein Innerstes wie einen Ärmel nach außen kehrt und seine Hämorrhoiden publik macht.

Alice kann sich den Teil ihres Lebens, der noch vor ihr liegt, nur schwer ausmalen. Ihre Freundin Lee Shanks hat in einer religiösen Ratgeber-Sendung gehört, daß man seinem Leben durch schöpferische Einbildung eine neue Richtung geben könnte. Seitdem versucht Lee, sich einen neuen Honda Accord vorzustellen. Doch wenn Alice die Augen schließt, sieht sie im Moment nur Weckgläser. Sie weiß, daß keine Frau mit Krampfadern und noch einem Fünkchen Verstand einen anständigen Ehemann verlassen würde, aber sie will trotzdem weg. Alleinsein gehört zu ihr wie die tief eingekerbte Herzlinie, die auf ihrer Handfläche zerfasert. Vielleicht haben sich die Stamper-Frauen manchmal vorgemacht, sie könnten es schaffen, wenn sie sich auf die Sippe festlegen, aber irgendein geheimnisvoller Drang hat sie nie auf Dauer bei jemandem bleiben lassen. Ihre Mutter stapfte früher auf der Farm herum wie Hans-Guck-in-die-Luft, so als stünde am Himmel geschrieben: HIER IST FRIEDE UND FREUDE AM ENDE DES EINSAMEN WEGES.

Alice wollte nie so sein wie sie. Sie heiratete jung den Falschen, war jedoch fest entschlosen, bei Foster Greer, ihrem ersten Mann, zu bleiben. Sie lernte ihn in einer Jukebox-Kneipe am Waldrand beim Old-Miss-Schlachthof kennen, und gleich am ersten Abend tanzte er mit ihr auf den Parkplatz hinaus und versprach ihr, sie aus diesem Gestank herauszuholen. Alice, die ihr ganzes Leben zwischen Schweinemast und Schlachthof im Dunstkreis des Gestankes zugebracht hatte, wußte gar nicht, was er meinte. Und wie staunte sie, als sie entdeckte, daß Luft an sich geruchlos ist. Sie sog sie immer wieder durch die Nase ein wie ein Süchtiger eine neue Droge, und so fuhren sie auf der Landstraße, die eine schmale Schneise durch die Zypressensümpfe schnitt, noch vor dem Frühstück bis ganz nach New Orleans herunter. Selbst heute noch spürt Alice dieses verrückte Abenteuer auf der Haut: Um Mitternacht mit Vollgas durch die Alligator-Bayous, das Gefühl, lebendig und glücklich zu sein, so als gäbe es in dieser Nacht auf der ganzen Welt nur einen Mann und eine Frau, und sie wären die beiden Auserwählten.

Auf ihre Ehe jedoch wirkte sich Fosters Abenteuerlust zermürbend aus. Seine berufliche Laufbahn bestand hauptsächlich aus »Neuanfängen«, wie er das nannte, und das hieß, er wurde als Bautischler mit schöner Regelmäßigkeit gefeuert und suchte Trost im Whiskey, vorzugsweise *Old Grand-Dad*. Alles, was sich zu tun lohnt, so sagte er zu Alice, lohnt auch, es in einer neuen Stadt noch einmal richtig anzufangen. Und dann sagte er, mit ihr mache das Leben einfach zuviel Spaß, als sei es ihre Schuld, daß er nicht seßhaft werden konnte. Alice mußte ihm versprechen, ihn nie mit einer Schwangerschaft zu leimen, und daran hielt sie sich fast zehn Jahre lang. Leicht war das nicht, sondern eine reife Leistung für die damalige Zeit. Als es dann schließlich doch passierte, kannte sie ihren Foster schon durch und durch, und so war ihr klar, sie würde einen guten Tausch machen: Mann gegen Kind. Er hatte ihr frische Luft gegeben, aber für das Geschenk mußte sie ihm wirklich nicht ihr Leben lang dankbar sein. Als er von Pittman weiterzog, blieben Alice und das Baby da.

Sie glaubte an das Ende des Familienfluchs, an das Ende der Einsamkeit, wenn sie nur eine gute Mutter, ja, eine Löwenmutter war. Alice setzte so bedingungslos auf ihre Tochter, wie Minerva ganz unverhohlen an ihren Schweinen gehangen hatte. Aber Kinder bleiben nicht bei einem, wenn man es richtig macht. Mutter-Sein ist der einzige Job, bei dem man auf lange Sicht überflüssig wird, je besser man die Sache anpackt. Sie sieht wieder auf die Uhr: halb acht in Tucson. Sie hebt den Hörer ab und wählt.

Eine Baritonstimme sagt: »Was'n los?«

Das dürfte Jax sein. Alice kommt sich albern vor. Was sie da im Fernsehen gesehen hatte, das ging doch nicht um Taylor und Turtle. Die liegen wahrscheinlich noch im Bett. »Ja, guten Morgen«, sagt sie. »Ich bin's, Alice.«

»Hallo, schöne Frau. Wie geht's, wie steht's?«

»Mittelprächtig«, sagt sie. Sie weiß nie, was sie mit Jax reden soll. Sie hat ihn noch nicht kennengelernt, und es fällt ihr schwer, ihn sich vorzustellen. Zum einen spielt er in einer Rock-and-Roll-Band, stammt aus New Orleans und ist Taylor zufolge groß und schlaksig und trägt einen kleinen goldenen Ohrring, aber seine Stimme hört sich an wie die von Clark Gable in *Vom Winde verweht.*

»Deine Tochter ist ein Nestflüchter«, berichtet Jax. »Sie hat die nächste Generation zum Grand Canyon entführt. Wie findest du das?«

»Dann stimmt es also!« ruft Alice so laut, daß sie über sich erschrickt.

Jax bleibt ruhig und gelassen. »Auf Ehre und Gewissen. Sie haben mich verlassen, und ich kann mich jetzt mit den Türangeln unterhalten.« Dann fragt er nach: »*Was* stimmt also?«

Alice ist völlig durcheinander. Wenn ihnen etwas zugestoßen wäre, würde Jax es wissen. »Nichts«, sagt sie. »Etwas Blödes im Fernsehen. Harland hatte die Nachrichten angestellt, und sie brachten was über jemanden, der vom Hoover-Damm gefallen ist, und ich hätte schwören können, es war Taylor Greer, die ganz kurz was in die Kamera gesagt hat.«

»Falls Taylor vom Hoover-Damm gefallen wäre, könnte sie wohl kaum etwas in die Kamera sagen«, bemerkt Jax.

»Nein, wohl kaum, aber ich hab mir Sorgen gemacht, Turtle könnte runtergefallen sein.«

»Ausgeschlossen«, sagt Jax mit seinem Südstaaten-Gentleman-Akzent. »Sie würden nie zulassen, daß Turtle von etwas herunterfällt, was höher als eine Waschmaschine ist. Und wenn, dann wäre sie schon am Telefon, noch ehe das Kind unten angekommen ist.«

Das Bild beunruhigt Alice, aber sie muß zugeben, daß Jax recht hat. »Ich hab gewartet, daß sie es noch mal bringen, aber Harland hat zum *Tele-Shop* umgeschaltet, und das war's.«

»Kann schon sein, daß sie am Hoover-Damm sind«, überlegt Jax laut. »Sie hält mich nicht immer ganz auf dem laufenden.«

»Dann sind sie beide weg? Hat sie Turtle aus der Schule genommen?«

»Es sind Osterferien. Sie sind auf Reisen und wollen religiöse Erfahrungen mit Sedimentgestein sammeln.«

»Du hättest mitfahren sollen. Muß doch was Tolles sein, der Grand-Canyon.«

»Du kannst mir glauben, ich wollte mit. Aber meine Band tritt in einer Bar auf, die Pöbeltreff heißt, und das konnte ich mir nicht entgehen lassen.«

Alice merkt, daß sie allmählich ruhiger wird, während sie Jax zuhört. Er klingt immer so entspannt, daß sie sich manchmal fragt, wie es um seine wesentlichen Funktionen bestellt sein mag. »Schön, daß sie gefahren sind«, sagt sie bekümmert. »Die Kleine hat mir schon einiges voraus. Ich hab es bislang noch nicht mal geschafft, mir in Georgetown die neue Fabrik von Toyota anzusehen.«

»Fehlt dir was?« fragt Jax.

Alice fährt sich über die Augen. Was er sagt, hört sich für sie zwar meistens an, als wäre er auf der Venus groß geworden, aber seine Stimme ist so herrlich tief und gelassen, so was könnte sie zu Hause auch gebrauchen. »Nicht richtig«, sagt sie. »Ich bin bloß durcheinander. So übergeschnappt, daß ich mir schon einbilde, ich seh meine eigene Tochter im Fernsehen.« Sie verstummt und überlegt, ob sie ihre Sorge mit jemandem teilen soll, den sie noch nie im Leben gesehen hat. Vormittag in einer leeren Küche: Hier finden die Shows der einsamen Herzen und die Rundfunkprediger für Verzweifelte ihr Publikum. Sie sagt: »Ich werd Harland wohl verlassen.«

»Ja, so was kommt vor. Du hast ihn doch nie so recht gemocht.«

»Doch. Anfangs schon.« Sie senkt die Stimme. »Ist doch kein Leben mit ihm, aber ich hab gedacht, er bessert sich, wenn ich ihn gut bekoche.«

»Einen Mann, der Glühbirnen sammelt, kann man nicht resozialisieren.«

»Nein, es sind Autoscheinwerfer.«

»Autoscheinwerfer. Ist das wirklich wahr?«

»Von alten Autos. Alte Autoteile überhaupt, solange sie keinen Krach machen. Du solltest mal mein Wohnzimmer sehen. Ich komm mir vor wie gestorben und auf dem Autofriedhof entsorgt.«

»Dann zieh doch zu uns. Taylor läßt ihre Autoteile immer am Arbeitsplatz. Wir brauchen dich, Alice. Taylor kann die Kocherei nicht ausstehen, und meine Künste auf dem Gebiet gehören bestraft.«

»Für Verbrechen in der Küche wird man nicht gehängt«, sagt Alice. »Ein Mann, der es probiert, kriegt bei mir einen Pluspunkt.«

»Deine Tochter gibt einem Mann für gar nichts einen Pluspunkt.«

Alice muß lachen. »Stimmt.«

»Sie sagt, ich koche wie ein Höhlenmensch.«

»Das wird ja immer schöner.« Alice lacht schallend. Clark Gable mit einem goldenen Ohrring, abfallenden Schultern und einer Keule. »Wie meint sie denn das?«

»Anscheinend ist ihr meine Küche nicht raffiniert genug.«

»Also, zu Taylor könnte ich nicht ziehen. Das hab ich ihr schon x-mal gesagt. Ich würde euch nur im Weg sein.« Alice hat noch nie in der Stadt gewohnt und weiß, sie kann es auch nicht. Worüber sollte sie sich wohl mit Leuten unterhalten, die Geld zahlen, um sich eine Band anzuhören, die *Jähzornige Babys* heißt? Alice kann nicht mal Auto fahren, aber das weiß kaum jemand, weil sie so tut, als ginge sie zu Fuß, um körperlich fit zu bleiben.

»Ich glaube, Taylor liebt mich nicht mehr«, sagt Jax. »Ich glaube, sie hat ein Auge auf Danny geworfen, unseren Müllmann.«

»Ach, komm schon.«

»Du kennst den Burschen nicht. Der kann mit jeder Hand vier Müllbeutel stemmen.«

»Du hast doch sicher auch deine guten Seiten. Behandelt sie dich anständig?«

»Das schon.«

»Dann mußt du auch gut in Form sein. Keine Bange. Sie würde es dich sonst merken lassen. Wenn Taylor jemanden nicht mag, dann macht sie aus ihrem Herzen keine Mördergrube.«

Jax lacht. »Sie möchte wirklich gern, daß du uns besuchst«, sagt er.

»Wird gemacht.« Alice hat Tränen in den Augen.

»Ich auch«, sagt er, »ich möchte, daß du kommst. Ich muß diese Alice einfach kennenlernen. Wenn Taylor sagt, sie will, daß du bei uns wohnst, dann denke ich bei mir, das ist doch super. Alle meine Bekannten sind in einem Zwölf-Stufen-Programm, um über ihre unglückliche Kindheit hinwegzukommen.«

»Nun, es ist meine Schuld, wenn sie Männern keine Pluspunkte gibt. Ich hab sie wohl gegen die Männer aufgehetzt. Nicht mit Absicht. Das ist eher so eine Art Fluch. Meine Mama hat fünfzig Jahre lang ganz allein eine Schweinemast betrieben, und damit hat alles angefangen.«

»Ihr habt eine Schweinemast in der mütterlichen Linie? Bin ich neidisch. Ich hätte mich als Kind gern an einem Schweinebusen einwiegen lassen.«

»So schön war's nun auch wieder nicht. Meine Mutter war eine Stamper. Sie war zu groß und hatte den Kopf zu voll, als daß sie auf ›Mutter‹ reagiert hätte, also hab ich sie Minerva genannt, genau wie die Nachbarn und die Gläubiger und die fahrenden Schlachthelfer. Sie hat immer gesagt: ›Mister, wenn Sie's nicht mitgebracht haben, hier finden Sie's bestimmt nicht.‹ Und das war die reine Wahrheit. Sie hat jede Menge Schweine gehabt, aber ihren Mitmenschen hatte sie kaum mehr zu bieten als Schinken.«

»Also«, sagt Jax. »Nichts gegen Schinken.«

»Nein, aber sie hat die Männer höchstens bis auf Mistgabellänge rangelassen. Und sieh mich an, genau das gleiche, ich verjage die Ehemänner wie diese Elizabeth Taylor. Ich denke so bei mir, ich hab Taylor zu gut beigebracht, auf eigenen Füßen zu stehen. Sie hat ein Kind adoptiert, ehe sie überhaupt einen Freund hatte, und damit liegt sie anscheinend genau im Familientrend. Wir können, glaube ich, noch dreizehn Generationen so weitermachen, ohne daß uns ein Mann über den Weg läuft, der in Frage käme. Höchstens ab und an einer für die Klempnerarbeiten.«

»Ist das eine Warnung vom Gesundheitsministerium?«

»Ach, Jax, mein Junge, ich weiß ja nicht, was ich sage. Ich bin eine einsame alte Frau, die sich damit bei Laune hält, daß sie ihre Küchenschränke saubermacht. Ihr Kinder seid glücklich, und ich kann einfach nicht den Mund halten.«

»Nein, nein, bleib bei deinen Geschichten. Was auch immer dir weiterhilft.«

»Ich leg wohl besser auf. Sag Taylor, sie soll Fotos von der Kleinen schicken. Das letzte ist von Weihnachten, und darauf guckt sie den Weihnachtsmann an, als ob er Lee

Harvey Oswald wäre. Ich möchte mir was Besseres als das auf den Fernseher stellen.«

»Wird gemacht. Sonntag ist sie zurück. Ich richte ihr aus, daß du angerufen hast.«

»Gut, mein Junge, Danke.«

Sie ist traurig, als Jax auflegt, aber erleichtert, daß Taylor und Turtle nicht tot sind oder in der Klemme sitzen. Sie kann das Fernsehen nicht ausstehen, und das nicht nur, weil ihr Mann sie mit dem Fernseher betrügt; sie kann es grundsätzlich nicht ausstehen. Es kommt ihr vor wie jemand, der blinden Alarm geschlagen hat; es verbreitet blödsinnige Ideen so schnell, daß man hinterher nicht mehr weiß, was wirklich los ist. Wenn die Menschen schon nicht mehr miteinander reden, sollten sie sich erst recht nicht darauf verlassen, daß ihnen Unbekannte mit Anzug und Make-up reinen Wein einschenken.

Sie geht durch die Küche und steigt über Kartons voller Spachtel und gestapelter Schüsseln. Es sieht bei ihr aus wie bei einer Nachlaßauflösung, und Alice hat tatsächlich das Gefühl, daß jemand gestorben ist. Sie weiß nur nicht, wer. Draußen im Wohnzimmer preist eine kesse junge Frau ein Küchengerät an, das Brotteig knetet, Zwiebeln schneidet und sogar Milchmixgetränke bereitet. »Verpassen Sie nicht die gute Gelegenheit, rufen Sie sofort an«, sagt die Frau bedeutungsvoll, und Alice wettet im stillen, daß Harland es fertigbringt, ihr das Ding zum Hochzeitstag zu bestellen. Und sie mixt ihm dann einen Zwiebelmilchmix und macht sich aus dem Staub.

# Lucky Buster lebt

Lucky und Turtle sind auf dem Rücksitz eingeschlafen: Taylor kann ihr Schnarchen auseinanderhalten, Sopran und Baß. Sie geht die Skala des Autoradios durch, bekommt aber, während ihr Wagen Meile für Meile durch den Westen Arizonas schrappt, nur statische Störungen herein und schaltet das Gerät wieder aus. Im Rückspiegel hat sie Lucky, der seinen Kopf nach hinten über die Lehne hängen läßt, schräg im Blick. Jetzt kann sie ihn unbeobachtet mustern, und die Gelegenheit nimmt sie wahr. Das lange glatte Haar fällt ihm ins Gesicht wie einem Mädchen, aber seine blasse Kehle weist Stoppeln wie Sandpapier und einen großen Adamsapfel auf. Er ist achtunddreißig Jahre alt; in diesem Auto befinden sich eine Frau, ein Mann und ein Kind, die typische Familie auf der Landstraße, die hoffnungsvoll oder bänglich auf Reisen gegangen ist. Taylor kann jedoch keinen Mann in ihm sehen. Die Vorstellung beunruhigt sie.

Gleich nach seiner Rettung hat er sie gebeten, seiner Mutter nicht zu erzählen, was passiert ist. Angie Buster betreibt in Sand Dune, Arizona, ein Speiselokal und hörte sich am Telefon müde an. Lucky hat keine Ahnung, daß sie mit Taylor gesprochen oder daß sie sich immer wieder in den Nachrichten angesehen hat, wie er aus dem Loch gezogen wurde. Computergrafiken haben das Innenleben des Hoover-Damms für Amerika nach außen gekehrt, haben ein rotes Spielzeugbild von Lucky gebracht, wie er den Überlauf hinunterkollerte und steckenblieb, als wäre er der Held eines schwarzhumorigen Videospiels. Nur Lucky und Turtle, die das Wunder bewirkten, glauben noch, daß sie etwas Übersinnliches erlebt haben.

Die Idee, ihn nach Hause zu fahren, nachdem die Ärzte seinen verstauchten Knöchel verbunden und ihn entlassen hatten, stammt von Turtle. Turtle ist jetzt eine Fernsehheldin, also schenken ihr Polizisten und selbst Ärzte Beachtung. Ein Reporter meinte sogar, daß Turtles und Luckys Geschicke jetzt miteinander verbunden wären, weil nach chinesischer Überzeugung der Lebensretter zeitlebens Verantwortung für den Geretteten trägt. Taylor fragt sich, ob er sich das aus den Fingern gesogen hat. Warum sollte man jemandem noch mehr schulden, als man bereits gegeben hat? Das hört sich nach der etwas schiefen Logik an, die man manchmal auf den Zetteln in chinesischen Glücksplätzchen zu lesen bekommt.

Sie fährt auf der Arizona 93 in Richtung Süden und findet etwas im Radio. Einen Oldie-Sender, so nennen sie das, und dabei bringen sie die Beatles. Wenn die Beatles jetzt schon Oldies sind, was ist dann mit Perry Como, überlegt sie, und was mit all den Mädchen mit ihren Herz-Schmerz-Songs und den kugelsicheren Frisuren? Soweit sich Taylor erinnern kann, war sie im Kindergarten, als die Beatles ganz groß herauskamen, doch sie begleiteten sie bis in die Pubertät und gaben unterwegs die Missionarsanzüge und die schmalen Schlipse zugunsten von LSD und kleinen, runden Sonnenbrillen auf. Sie kann den Song nicht wiedererkennen, aber er gehört zu ihren späteren, denn er hat diesen eigenartigen Sound, wie sie ihn zum Ende hin pflegten – so als ob die Stimmen aus einem Blechrohr kämen.

Was mag er die anderthalb Tage da unten gedacht haben? Das malt sich Taylor dann doch lieber nicht aus. Jetzt, da seine Fingernägel sauber sind und sein rotkariertes Hemd von der Krankenhauswäscherei hingebungsvoll gereinigt und gebügelt worden ist, wirkt, was er durchgemacht hat, wie ein böser Traum. Die Ärzte meinten, er hätte das Bewußtsein nie verloren, außer wenn er schlief. So wie er jetzt aussieht, hat er gar keinen Schlaf bekommen.

In jener Nacht war sie drauf und dran aufzugeben. Sie hatte die Uniformen, die Bartstoppeln und die gönnerhaften Blicke so satt, daß es nur einer Kleinigkeit bedurft hätte und sie wäre wieder ins Auto gestiegen und nach Nevada weitergefahren. Sie fröstelt.

Die Beatles geben den Geist auf, und Elton John übernimmt, legt mit den schrägen Klavierakkorden von *Crocodile Rock* los. Daran erinnert sich Taylor noch von den Tanzabenden auf dem ausgebleichten Holzfußboden der Turnhalle in der Pittman High School mit irgendwelchen Jungs, die bei solchen Anlässen nie zu der erwünschten Partyform aufliefen. Die waren auf nichts anderes aus, als einem irgendwo die Hand zwischen zwei Knöpfe zu schieben. Um genau diesen Geschlechterkampf geht es in dem Song, und er erregte die Mädchen genauso wie die Jungs, denn man wußte ja, wie Suzy zumute war, wenn sie ihre Kleider – wie im Song – knalleng trug. Kein Junge würde es wagen, so etwas anzufassen. Taylor mochte Elton John, all seine übergroßen Brillen und die grotesken Schuhe, mit denen er sich über sich selbst lustig machte – ein himmelweiter Unterschied zu den anderen Rockstars mit dem langen, strähnigen Haar, den geschlossenen Augen und dem zurückgelegten Kopf, die zum Klang der eigenen ätzenden Akkorde einen auf Gekreuzigter machten.

Jetzt ist Musik etwas ganz anderes: Jax gehört zu keiner der beiden Gattungen, weder zu den Jesussen noch zu den Elton Johns. Heutzutage machen sie sich nicht nur über sich selbst lustig, sondern auch über ihr Publikum und die Welt im allgemeinen. Die großäugigen, mageren Bandmitglieder von Jax' Band tragen schwarze Jeans und Hemden aus zerfleddertem Zeitungspapier. Jähzornige Babies, die blauäugig tun und nur einen Wunsch haben, nämlich für immer und ewig am Busen einer pulsierenden Soundwelle zu nuckeln.

Jax macht Taylor schwer zu schaffen, obwohl sie das nie laut sagen würde. Allein schon der Gedanke kommt ihr illoyal vor. Er ist ihr erster Freund, und er ist tatsächlich noch lustiger, als er selbst glaubt. Zu Turtle ist er so nett, daß es schon fast peinlich ist. Jax hat so die Ruhe weg, daß Taylor Monate brauchte, bis sie dahinterkam, was mit ihm los war: Jax hatte sich bis über beide Ohren in sie verliebt. Womöglich macht ihr das so zu schaffen. Jax' Verehrung kommt ihr vor wie ein großes, zappelndes, weißes Kaninchen, das ihr als Geschenk am ausgestreckten Arm hingehalten wird. Oder wie die Einladung zu einem Urlaub in Europa. Etwas, was man so nie erwidern kann.

Bei der kleinen Un-Stadt Kingman biegt sie nach Südwesten ab, zurück zum Coloradofluß, das heißt zu dem, was all die Dämme übriggelassen haben, einen bis zum letzten Tropfen ausgebeuteten Nebenfluß, der sich zur Grenze hinquält. Jenseits des Flusses steigen die Berge so langsam und violett an wie Kunst in Arztpraxen. Sie will dem Fluß in Richtung Süden durch Lake Havasu City folgen, wo doch tatsächlich die London Bridge mutterseelenallein in der Wüste herumstehen soll, weil irgendein Reicher sie gekauft hat und Stein um Stein heranschaffen ließ. Schließlich erreichen sie dann Sand Dune, wo Angie Buster auf ihren Sohn wartet. Von dort kann Taylor Jax anrufen und ihm von der neuen Wendung erzählen, die ihre Ferien genommen haben.

Sie hat nicht richtig hingehört; im Radio singt jetzt Otis Redding *Dock of the Bay*. Dabei bleibt ihr immer die Luft weg. Man kann sich den armen Otis richtig vorstellen, wie er übers Wasser blickt, und seine Stimme hört sich so schrecklich traurig an, als ahnte er schon, daß er als Eisklotz in einem See in Wisconsin enden wird, während seine Fans sich die Beine in den Bauch stehen und darauf warten, daß sein Flugzeug landet und das Konzert beginnt.

Man kann gar nicht genug über das Schicksal nachdenken, über Glück und Unglück. Zu dem Entschluß ist Taylor schon vor einiger Zeit gekommen, und in diesem Augenblick erneuert sie ihren Schwur. Lucky Buster hat Glück, daß er noch am Leben ist, und Unglück, daß er mit so wenig Grips geboren wurde, denn damit nahm das Unheil ja überhaupt erst seinen Lauf. Oder er hat Glück, weil das bißchen Grips ihm wenig Einblick in größere Zusammenhänge gibt. Im Rettungswagen, auf dem Weg ins Krankenhaus, wollte er zu McDonald's.

Am Telefon vertraute Angie Buster ihr an, daß Lucky schon öfter ausgerückt ist. Sie bat Taylor, den Ärzten nichts davon zu verraten, damit sie keinen Ärger mit Luckys Versicherung bekommt. »Er läuft ja auch nicht richtig weg«, erklärte Angie, »er weiß nur nicht so recht, wo sein Zuhause aufhört und die übrige Welt anfängt.«

Taylor muß ihr beipflichten: Das ist manchmal schwer auseinanderzuhalten.

Sand Dune ist eher staubig als sandig. Alles, was Taylor auf dem Parker Strip zu sehen bekommt, ist staubbedeckt: die verwahrlosten Campingplätze, auf denen die Wohnwagen in Reih und Glied stehen, die Zellophanflaggen, die von den Bootsanlegern flattern, und draußen auf dem Fluß die entenförmigen, dümpelnden Boote mit den gelben Badewannenringen rings um den Bauch. Selbst auf dem Colorado schwimmt noch Sand, was beweist, daß man dem Fluß wirklich den letzten Schneid abgekauft hat.

Die Stadt ist eine Ansammlung von durchhängenden Ziegeldächern und Vorgärten, die mit der Sorte gedrungener Kitsch-Palme geschlagen sind, in der ganze Spatzenkolonien hausen. Überreste von baufälligen, verputzten Mauern säumen die Straße wie Reklametafeln, überall mit Graffiti verziert, deren Lettern irgendwie kantig wirken. Und es ist unmöglich, sich hier zu verfahren: Auf dem Weg zu Angies Lokal prangen gelbe Bänder und eine Bettlaken-Fahne mit der Aufschrift FRÖHLICHE OSTERN,

LUCKY, DU GLÜCKSPILZ. Taylor biegt beim Motel Casa Suerte gleich neben Angies Lokal ein, denn danach sollte sie Ausschau halten.

»Aufwachen, Kinder«, sagt sie sacht. Sie hat Angst, daß Lucky ausreißt, doch der denkt gar nicht daran. Er und Turtle reiben sich die Augen, beide wie die Kinder. »Wir sind da«, sagt sie und hilft Turtle aus dem Auto. Sie weiß nicht so recht, was sie mit Lucky machen soll. Er hat es nicht besonders eilig, als er über den Hof der Casa Suerta dem Lokal zustrebt. Neben dem Eingang ist ein Schrein mit der Madonna von Guadalupe, die von oben bis unten mit selbstklebenden gelben Schleifen geschmückt ist, als hätte sie die Pocken. Auf der anderen Seite der Tür hat es sich eine Bulldogge von undefinierbarer Farbe in einem Polstersessel gemütlich gemacht und schnauft in die Klimaanlage. Sie steht auf und bellt. Eine große Frau in Lycra-Shorts und enganliegendem gelbem T-Shirt taucht mit ausgebreiteten Armen auf und umschlingt Lucky wie ein Seestern.

»Immer hereinspaziert!« ruft sie Taylor zu und fuchtelt mit dem drallen Arm in der Luft herum. Taylor hat Turtle an der Hand und hält sich im Hintergrund, damit die beiden ihr Wiedersehen feiern können, doch anscheinend ist das schon Routine. Ein paar Frauen sind herausgelaufen und machen etwas Wirbel um Lucky, während ein alter Mann der Madonna die Schleifen abzupft und für das nächstemal in einer Plastiktüte verwahrt.

Angies Lokal ist zu Luckys Begrüßung mit Papierschlangen und Spruchbändern geschmückt. »Immer hereinspaziert«, wiederholt Angie, als sie drinnen sind. »Der Fotograf da will ein Foto von dem kleinen Mädchen machen, das meinem Sohn das Leben gerettet hat. Ist sie das?«

»Das ist Turtle«, sagt Taylor. Turtles Griff gefährdet ihre Blutzirkulation.

»Mein Gott«, sagt Angie, während Taylor in ihrer Umarmung versinkt. »Diesmal hab ich fast den Verstand verloren. Einmal haben ihn ein paar Maulesel an der Grenze gekidnappt, das war schon schlimm, aber diesmal war es, glaube ich, noch schlimmer. Setzen Sie sich, ich hol Ihnen ein Stück Kuchen. Habt ihr schon zu Mittag gegessen? Red, komm rüber!«

Die Theke steht voller Schnickschnack aus Porzellan, und Angie ist in ihrem gelben T-Shirt so busenlastig und energisch, daß sie irgendwann noch etwas umstößt. Ein sommersprossiger Mann mit Kamera stellt sich als »Red von der Zeitung« vor. Er überreicht Taylor ein Exemplar des *Sand Dune Mercury* und versucht, Turtle von ihrer anderen Hand loszueisen.

»Keine Bange, ich bin doch da«, verspricht Taylor Turtle, die mit großen Augen zu ihr aufsieht. Sie reibt sich die tauben Finger und blickt zerstreut in die Zeitung, während Red Lucky und Turtle vor dem Salatbufett aufbaut. Endlich fällt ihr die Schlagzeile auf:

LUCKY BUSTER VON INSISTIERENDEM PÄRCHEN
AUS TUCSON GERETTET.

»In ganz Arizona haben die Zeitungen darüber geschrieben«, berichtet Angie. »Bitte, setzen Sie sich doch, ich hol Ihnen was zu essen. Ihr müßt allesamt am Verhungern sein.«

Taylor folgt Angie zu einem Tisch dicht am staubbeschlagenen Fenster. Angies Haar ist so tiefschwarz gefärbt, daß sie eine leicht bläulich-rote Kopfhaut hat wie einige von Jax' Ersatzsängern. Auf einmal dreht sie sich um und sagt mit ruhigerer Stimme: »Ich stehe tief in Ihrer Schuld. Sie können es nicht wissen, aber dieser Junge ist mein ein und alles.«

Taylor erschrickt über die Tränen in Angies Augen, und ihr fällt als Antwort weiter nichts als »Danke« ein. Angie sieht zwar Taylors Mutter überhaupt nicht ähnlich, erinnert sie aber trotzdem an sie. Die Macht der Mutterliebe, das muß es sein. Angie erlöst Turtle und Lucky von dem Fotografen und liefert die beiden am Tisch ab. Lucky sieht hellauf entzückt aus und Turtle erstaunlicherweise auch.

»Alle sind ganz stolz auf dich«, sagt Taylor zu ihr.

»Ich weiß. Ich habe meinen Freund Buster gerettet.« Sie schlenkert mit den Füßen gegen die Stuhlbeine. Lucky streckt die Hand aus und streichelt Turtle zweimal die Schulter. Taylor muß an die Glücksplätzchen-Weissagung des Reporters denken, daß sich Turtles Leben für immer verändert hat.

Angie nimmt keine Bestellungen entgegen, sie schafft einfach Essen heran. Lucky macht sich so eifrig über seinen Kartoffelbrei her, daß Taylor den Blick abwenden muß. Das ist es, was anderen Menschen an geistig Behinderten oft zunächst auffällt. Sie beschränken sich schlicht auf den animalischen Aspekt des Lebens und machen deutlich, was Sache ist. Taylor gesteht sich ein, wie hungrig sie ist.

Angie schleppt einen Gast namens Collie Bluestone an. »Ein wirklich guter Hahnenkämpfer«, stellt sie ihn vor.

»Nein«, sagt er bescheiden und nimmt Platz, »ich lasse nicht kämpfen, ich flicke sie hinterher zusammen.«

Taylor hätte gern mehr über seinen rätselhaften Beruf und die Narbe an seinem Hals gewußt. Er sieht gut aus, ist so dünn und knochig wie Jax. Bei Männern macht das nichts, es kann durchaus sexy wirken. »Früher bin ich zu Hahnenkämpfen gegangen«, erzählt sie ihm. »Na ja, ein Mal. In Kentucky, in einer Scheune. Ich war mit jemandem verabredet, den ich gar nicht kannte.«

Collie stößt einen komischen Laut aus, eine Art Zischen, aber er lächelt, also will er sie damit nicht einschüchtern. »Hoffentlich war Ihre Verabredung besser als die Hähne.«

»Danke, nicht viel besser, aber es ging. Eigentlich ist es da verboten. Ist es hier erlaubt? Oder bloß eine Art Hobby?«

»Die Kämpfe finden nicht hier statt«, sagt er, »sondern im Crit-Reservat. Da wohne ich nämlich. Ich komme nur ab und an vorbei und sehe nach Angie.«

Taylor stellt Vermutungen über die Beziehung zwischen Angie Buster und Collie Bluestone an und überlegt kurz, ob Collie Angie wohl mit Hähnchen versorgt, fragt aber lieber nicht nach. Turtle ißt, als hätte sie seit einer halben Ewigkeit nichts mehr bekommen. Dabei ist sich Taylor ganz sicher, daß sie gefrühstückt haben. »Was für eine Art Indianer sind die Crits?« fragt sie Collie. »Von denen habe ich noch nie gehört.«

Collie läßt den gleichen Zischlaut noch einmal hören. »C-R-I-T ist die Abkürzung für Colorado River Indian Tribes, aber Indianerstämme am Coloradofluß, die gibt's gar nicht. Das ist eine Mogelpackung, setzt sich aus vielen Stämmen zusammen, allen die nichts abgekriegt haben, als das Land aufgeteilt wurde. Ist genauso, als ob man alle Knastbrüder ›die Leavenworth-Familie‹ nennen würde.«

»Entschuldigung, ich hätte nicht fragen sollen.«

»Irgendwo muß der Mensch doch leben, was? Bei uns gibt es Hopis, Navajos und Mojaves.«

»Und die kommen alle miteinander aus?«

»Wir heiraten untereinander, aber wir kommen nicht miteinander aus.«

Angie schleppt noch mehr Essen und Männer an. Sie stellt die Männer vor, doch Taylor bekommt ihre Namen nicht mit, bekommt nur Hände zu schütteln, während sie sich hinsetzen. Einer hat einen köterfarbenen Cowboyhut auf und legt Angie dauernd den Arm um die Taille. »Haben Sie schon die London Bridge beim Lake Havasu gesehen?« fragt er.

Plötzlich meldet sich Lucky mit seiner Titelgeschichte zu Wort. »Mom, ich bin aus Versehen auf den Eisenbahngleisen nach Havasu gelaufen.«

Angie und alle Männer lachen aus vollem Hals. Lucky

lacht mit, er genießt seinen Witz, denn es war einer, oder? Angie wischt sich die Augen und wird sehr still.

»Heute morgen hatten wir keine Zeit, anzuhalten und uns die Brücke anzusehen«, sagt Taylor. »Aber ich habe schon davon gehört. Also hat sie wirklich jemand gekauft und hierhergebracht?«

Lucky singt vor sich hin: *London bridges falling down.*

»Irgendein feiner Pinkel«, sagt der Mann mit dem Cowboyhut. »Und jetzt steht sie da. Nachdem er sie gekauft hatte, wollte er sie auch reinigen lassen. Er hat gesagt, die Reinigung hätte ihn mehr gekostet als das Ding an sich.«

»So eine Jacke hatte ich auch mal«, sagt Taylor, die sich irgendwie genötigt fühlt, das Gespräch in Gang zu halten.

»Setz dich«, sagt der Cowboy zu Angie. Angies Lokal funktioniert anscheinend durch Herumkommandieren. »Erzähl ihnen, wie Lucky mit den Hell's Angels durchgebrannt ist.«

»Mit denen ist er gar nicht durchgebrannt.« Angie verschränkt die Arme und setzt sich nicht.

»Ich würde gern was über die Maulesel hören, die ihn in Mexiko gekidnappt haben.« Taylor sieht Lucky beklommen an, nachdem sie das gesagt hat, aber der strahlt. Er ist in seinem Element. Das Licht vom Fenster erhellt sein Gesicht, und auf einmal sind seine Augen so blau wie Gasflammen.

»Oh, das war nicht mehr feierlich«, sagt Angie. »Sie haben ihm vorgemacht, sie würden ihn erschießen.« Taylor versucht, sich bockige Vierbeiner mit Pistolen vorzustellen, bis Angie erklärt, daß »Maulesel« der Spitzname für Rauschgiftschmuggler ist. »Wenn man irgendwo in der Nähe der mexikanischen Grenze aus keinem ersichtlichen Grund abgeknallt wird«, sagt Angie, die sich auskennt, »dann waren das Maulesel.«

Taylor atmet auf, daß sie mit heiler Haut nach Hause gekommen sind. Sie und Jax sitzen im Bett und haben sein Band der *They Might Be Giants* leise gestellt, damit sie hören können, wenn Turtle im Zimmer nebenan eingeschlafen ist. Turtle redet sich fast jede Nacht mit einer friedlichen Sprache in den Schlaf, die keiner versteht. Während der letzten Jahre haben sich Taylor und Alice in vielen Ferngesprächen über das Mutter-Sein ausgetauscht. Alice meinte, sie solle sich keine Sorgen machen, als Turtle schon drei war und noch immer nicht sprechen wollte, oder später, als sie dann sprach, aber nur lange, sonderbare Listen mit Namen von Gemüsen aufsagen wollte. Alice sagt immer noch, sie solle sich keine Sorgen machen, und bislang hat sie immer recht behalten. Sie sagt, Turtle bespricht den Tag mit ihren Schutzengeln.

Sie hören Turtle seufzen, dann summt sie ein langes, langweiliges Lied vor sich hin. Sie hören ihr Schmusedings klirren, eine Taschenlampe, die sie »Mary« getauft hat und mit der sie seit dem Tag schläft, als sie sie im Lieferwagen von Taylors Arbeitgeber fand.

»Du hast mir gefehlt«, sagt Taylor zu Jax. »Verglichen mit dem, was ich durchgemacht habe, wirkst du normal.«

Er küßt ihr Haar, das wie Gewitter duftet, und ihre Schulter, die wie Felsen am Strand duftet, und sagt: »Sex hilft eher durch Zeiten ohne Geld, als Geld durch Zeiten ohne Sex.«

»Was mir wirklich gefehlt hat, das sind deine Witze.«

»Und mir mein Wahrnehmungsvermögen«, sagt er. »Und deine Syntax. Mehr nicht, ehrlich. Nicht dein Körper. Ich finde deinen Körper *abscheulich.*« Er verschleift die Worte absichtlich und klingt mehr nach dem tiefen Süden als nötig, aber mit dem hart-weichen, spröden Singsang der Kentucky-Hügel kann er es nicht aufnehmen.

»Mir fällt ein Stein vom Herzen«, sagt sie und lacht und schüttelt sich unbefangen die schwarzen Haare von der

Schulter. Er hat nie zuvor eine Frau gekannt, der es so einerlei ist, wie sie aussieht, oder die so völlig mit ihrem Aussehen zufrieden ist, was auf das gleiche hinausläuft. Für gewöhnlich messen sich Frauen nach komplizierten Formeln, setzen die Länge der Beine in Beziehung zur Taille und diese in Beziehung zu den Wimpern – ein für Männer unlösbares Rechenexempel, aber für Frauen eigenartigerweise lebenswichtig. Offensichtlich hat Taylor in der betreffenden Unterrichtsstunde gefehlt. Wenn er doch bei ihrer Geburt dabeigewesen wäre, dann hätte er Taylors ganze Entwicklung erleben können. Er liegt quer auf dem Bett, den Kopf in ihrem Schoß, aber als er merkt, daß sie sein Profil betrachtet, wendet er den Kopf ab. Er sieht es zwar selten, aber er weiß, daß sein Profil ungewöhnlich ist und für manchen sogar beängstigend: Bei ihm ist zwischen Stirn und Nasenrücken keinerlei Einkerbung. Taylor sagt, er sehe aus wie ein ägyptischer Pharao, was typisch für sie ist, und sie rechtfertigt sich keineswegs dafür, daß sie noch nie echte ägyptische Kunst gesehen hat. Taylor benimmt sich, als ob das, was sie glaubt und was sie ist, jedermann genug sein muß.

Sie ist nicht die erste Frau auf Erden, die behauptet, daß er gut aussieht; das ist nicht der Grund, weshalb er sie liebt. Jax hat breite Schultern und Hände, die angeblich einige Fähigkeiten erahnen lassen. Er ist stolz, daß er wie Franz Liszt auf dem Klavier anderthalb Oktaven greifen kann; bei ihm ist alles groß angelegt, und das ist seine Stärke. Wenn seine Band auftritt, schenken Frauen ihm gern Kleidungsstücke mit ihrer Telefonnummer auf dem Etikett.

»Ob sie schon schläft?«

Taylor schüttelt den Kopf. »Noch nicht. Sie kann nicht gut loslassen. Auf dieser Reise habe ich viel über ihre Atmung erfahren.«

»Du wirst schon genauso wie deine Freundin Lou Ann.«

Lou Ann Ruiz, die für Turtle wie eine zweite Mutter ist,

neigt, was Gesundheit und Sicherheit angeht, zu Zwangsvorstellungen. Aber das muß man ihr lassen, meint Jax, Lou Ann gibt ihrem Leben tollkühn neue Richtungen: Letztens hat sie einen Job in einem Fitneßstudio angenommen, das *Pfund-Grube* heißt, und trägt jetzt Lycra-Anzüge in Farbzusammenstellungen, die so gefährlich wirken wie die Giftfrösche im Amazonas.

»Ist jetzt der richtige Moment, dir von den Telefonanrufen zu erzählen?«

»Welche Telefonanrufe?« fragt Taylor und gähnt herzhaft.

»Die annähernd viertausend Anrufe, seit du am Montag landesweit Berühmtheit erlangt hast.«

»Ach ja.«

»Du denkst wohl, ich mache Witze.« Jax steigt aus dem Bett und durchstöbert das Tohuwabohu aus Noten und Liedertexten auf seinem Schreibtisch. In seinen Alpträumen singt manchmal alles auf seinem Tisch gleichzeitig. Er kommt mit einem Block Kanzleipapier und seiner Hornbrille zurück und liest vor.

»Lou Ann: Sie will wissen, ob du für Turtle etwas gegen die Reisekrankheit mitgenommen hast, weil sie doch damals im Auto gebrochen hat. Wieder Lou Ann: Ich soll dir ausrichten, vergiß es, es war ihr Sohn, der sich im Auto übergeben hat.«

»Lou Ann hat auch alle naselang angerufen, bevor ich berühmt war.« Taylor legt den Mund auf die Kniescheibe. Wenn sie sich auf etwas konzentriert, sieht es zuweilen aus, als küßte sie das eigene Knie oder den Handrücken. Jax hat es heimlich ausprobiert, weil er wissen wollte, wie das ist, wenn man sich unbewußt liebkost.

»Auch gut«, sagt er, »ich schenke mir also alles von Lou Ann.« Sein Finger gleitet die Seite hinunter. »Charla Rand von der *Phoenix Gazette*. Marsh Levin vom *Arizona Daily Star*. Larry Rice, Fotograf beim *Star*. Helga Carter vom *Fresno Bee*.«

»Wovon? Ich kann's einfach nicht glauben. Was wollen die alle?«

»Die Story des Jahres. Einen spannenden Kino-Plot mit liebenswerten Charakteren, einem berühmten touristischen Wahrzeichen und einem Happy-End.«

»Mist. Ist das alles?«

»Fast. Es sind nur noch fünf Seiten.«

»Schenken wir uns die *Queen Bee News* und so weiter.«

»Wird gemacht. Schenken wir uns die *Queen Bee News* und die Lou Anns.« Er blättert ein paar Seiten weiter, dann wieder zurück. »Oh, deine Mutter. Sie hat angerufen, ehe ich angefangen habe, alles aufzuschreiben. Sie dachte, sie hat dich in den Nachrichten gesehen.«

»In *Kentucky*? Das gibt es doch nicht.«

»Na ja, die Basketballsaison ist vorbei.«

»Mein Gott, sie muß Todesängste ausgestanden haben.«

»Keine Bange, in Krisensituationen laufe ich zu Hochform auf. Ich habe ihr gesagt, sie hat Halluzinationen. Dann habe ich es selbst gehört und zurückgerufen und ihr gesagt, daß du und Turtle nicht eine Schramme abbekommen habt.«

»*Wir* sind ja auch nicht in irgendein Loch gefallen.«

»Das glaubt sie erst, wenn sie es von dir gehört hat.«

Taylor lächelt. »Morgen früh rufe ich sie an.«

»Sie möchte ein neues Foto von Turtle. Ihrer Ansicht nach sieht der Weihnachtsmann auf dem, das du ihr geschickt hast, wie Sirhan Sirhan aus.«

»Nein, wie Lee Harvey Oswald.«

Er blickt sie an, nimmt die Brille ab und wirft den Block zu Boden. »Woher weißt du das?«

»Ich habe zwanzig Jahre lang mit ihr zusammengelebt. Ich weiß, was sie sagen würde.«

»Ihr beide solltet in den *National Enquirer* kommen. TELEPATHISCHES MUTTER-TOCHTER-DUO KOMMUNIZIERT MITTELS ZAHNPLOMBEN.«

»Wir hängen eben sehr aneinander.«

»Insistierendes Mutter-Tochter-Duo.«

»Würdest du bitte damit aufhören. Du bist eifersüchtig auf alles, sogar auf meine Mutter.«

»Hast du mit Turtle wirklich so insolent insistiert?«

»Gleich tut es mir noch leid, daß ich dich gebeten habe, alles aufzuschreiben.«

»Oh, das ist doch klasse Material. Ach, noch etwas: Sie verläßt ihren Mann.«

Taylor blickt Jax mit großen Augen an. »Wer? Meine Mutter verläßt Harland? Und wohin will sie? Zu uns?«

»Die Botschaft hast du also nicht mittels deiner Zahnplomben bekommen?«

»Sie verläßt ihn? Und wohin will sie?«

»Keine Ahnung.« Er schließt die Augen. »Zu uns jedenfalls nicht. Sie hat sich ein bißchen traurig angehört.«

»Ich muß sie sofort anrufen.«

Sie schiebt seinen Kopf von ihrem Schoß, aber Jax schlingt den Arm um ihre Taille und zieht sie aufs Bett zurück. »Bei ihr ist es jetzt zwei Uhr in der Früh, mein Schatz. Laß sie schlafen.«

»So ein Mist. Immer diese verdammten Zeitzonen. Warum kann man nicht überall die gleiche Zeit haben?«

»Weil dann irgendwo auf der Welt ein paar arme Musiker nachts schlafen und bei Tage arbeiten müßten.«

Taylor lehnt sich bei ihm an und entspannt sich ein wenig. Jax legt die Arme um sie und spreizt die Hände auf ihrem Brustkasten, dieser knochigen Marimba, der er so gern die ihr innewohnende Musik entlockt hätte. »Bist du in unseren Müllmann verliebt?« fragt er.

»Danny! Igitt, sein Lieferwagen stinkt wie die Pest.«

»O je. Das heißt also, wenn sein Lieferwagen besser riechen würde, wärst du in ihn verliebt.«

»Jax, was soll das?«

»Ich könnte mir denken, daß du mich verläßt, jetzt, wo du berühmt bist.«

»Eine weltberühmte Angestellte in einem Geschäft für Autozubehör.«

»Du schmeißt doch den Laden. Stell dein Licht nicht unter den Scheffel. Du brauchst mich nicht.«

Sie streichelt seine Kniescheibe, die so kantig und hart ist wie eine Sumpfschildkröte. »Jax, mein Schatz, das habe ich doch nie«, sagt sie.

»Ich weiß.«

»Ich brauche auch Danny nicht. Oder Bruce Springsteen. Oder den Mann im Mond. Das richtet sich nicht gegen dich persönlich.«

»Ich weiß. Das kommt vom Leitmythos deiner Mutter.«

»Welcher Leitmythos?«

»Daß die Frauen in deiner Familie Männer nur dann brauchen, wenn das Klo verstopft ist.«

»Ja, vielleicht ist es so. Jedenfalls bin ich in deinem Bett, ist das gar nichts?« Technisch gesehen ist es nämlich sein Bett; sie hat ihres, bevor sie mit Turtle in Jax' Häuschen am Stadtrand gezogen ist, bei einem privaten Flohmarkt in ihrem Garten abgestoßen. Sie legt den Kopf zurück, bis er unter seinem Kinn ruht. »Und jetzt hör bitte auf damit, daß ich dich verlassen will. Weitere Wahnsinnsneuigkeiten hast du heute abend wohl nicht auf Lager, was?«

»Ich zeig dir gleich Wahnsinnsneuigkeiten«, sagt er und beißt sie zärtlich in den Nacken. Er umfaßt ihre Brüste, die vollendet in seine Hände passen, und weiß doch ganz genau, das ist keine Garantie dafür, daß er sie behalten darf. Millionen Sachen, die man nicht bekommt, passen in eine menschliche Hand. Sanft läßt er sie los. »Nein, das ist nicht alles. Da ist noch etwas, aber es hat Zeit bis morgen.«

Taylor stockt das Herz. »Was?«

»Also wirklich, willst du das etwa jetzt hören?«

»Schreib mir nicht vor, was ich will.«

»Also gut. Oprah Winfrey hat angerufen.«

Sie lacht erleichtert. »Ach ja? Um die habe ich mich

lange nicht gekümmert, ich hab ein richtig schlechtes Gewissen.«

»Das ist kein Witz. Oprah Winfrey hat angerufen. Nicht Oprah selbst, aber eine ihrer Redakteurinnen oder so. Sie machen eine Show, die *Kinder als Lebensretter* heißt.«

»Den Stuß kannst du dir für deine kreischenden Fans aufheben.« Sie kuschelt sich wieder an seine Brust.

»Da hast du recht, ich habe auch selten so was Abgedrehtes gehört. Du sollst mit Turtle nach Chicago kommen.«

Taylor dämmert es, daß sich Jax das mit Oprah Winfrey nicht ausgedacht hat. »Warum sollten wir wohl nach Chicago fahren?«

»Weil es in der Stadt richtig abgeht. Du könntest Turtle das Museum of Science and Industry zeigen. Schließlich ist sie um den Grand Canyon betrogen worden.«

»Was sollte ich wohl landesweit im Fernsehen sagen?«

»Du bist doch sonst nicht auf den Mund gefallen. Was würdest du denn gern landesweit sagen wollen?«

»Würde man mich denn *irgend etwas* sagen lassen?«

»Na ja, Talkshow bei Geraldo Rivera ist das nicht.«

»Ich meine es ernst. Könnte ich sagen, was ich will, was meinst du?«

»Sie möchte wahrscheinlich, daß du dich an das Oberthema ›Kinder als Lebensretter‹ hältst.«

»Ein sehr abgedrehtes Thema«, bemerkt Taylor. »Wie viele könnten da teilnehmen?«

»Die Chinesen sagen, wenn du jemandem das Leben gerettet hast, trägst du zeitlebens Verantwortung für ihn.«

»Das hat mir schon jemand erzählt! Und ich habe geglaubt, der hat sich das ausgedacht. Glaubst du, daß sich Turtles Leben unwiderruflich verändert hat?«

»Schon möglich«, meint Jax. »Nicht unbedingt zum Schlechteren.«

»Ich habe sie gemocht, wie sie war.«

Sie schweigen eine Weile mit gesenktem Blick und lauschen. Taylor sagt ruhig: »Weißt du, was mir nicht aus dem Kopf will? Keiner hat ihr geglaubt. Die haben sich dieses magere kleine Indianermädchen nur einmal angesehen und gesagt: ›Also, Ma'am, wir haben keinen richtigen Zeugen.‹«

»Aber du hast ihr geglaubt. Und Lucky Buster lebt.«

»Ich mußte ihr doch glauben, Jax, ich bin ihre Mutter. Das ist doch selbstverständlich.«

Wieder lauschen beide. Turtle hat ihre Unterhaltung mit den Engeln eingestellt.

# Das Geheimnis des Fernsehens

Taylor bekommt einen ausgiebigen, eingehenden Blick auf die kahle Stelle ihres Vordermanns geboten. Er hat seinen Sitz so weit zurückgelehnt, daß er ihr näher ist als ein Suppenteller, nämlich knapp zwanzig Zentimeter vor ihrer Nase. Auf dem Kopf hat er einen feinen, beinahe unsichtbaren Flaum, der in komplizierten Mustern so flach anliegt wie die Prärie, über die ein Tornado hinwegfegt. Das erinnert Taylor an die Theorie, von der Jax ihr mal erzählt hat, nämlich daß sich der Mensch aus einer Art Meeresaffen entwickelt und die Morgenröte der Zivilisation in einem Sumpf zugebracht hat. Als Beweis dafür gelten stromlinienförmige Haarmuster, aber bei näherem Hinsehen mag Taylor nicht so recht daran glauben. Heißt das etwa, daß wir uns mit dem Kopf voran durch das Wasser bewegt haben? Kann sein. So bewegen sich Kinder durch die Welt und stoßen sich überall den Kopf. Dieser Mann hat da oben eine Narbe, die er zweifellos seit Jahrzehnten vergessen hat, doch nun liegt sie erneut bloß.

Und schon wieder meldet sich der Pilot über das Bordmikrophon. Er ist eine Plaudertasche, gleich nach dem Abheben stellte er sich als »Ihr Kapitän« vor, und Turtle machte große Augen. Sie fragte Taylor, ob er nur eine Hand hat. Taylor zerbricht sich den lieben langen Nachmittag darüber den Kopf, schließlich dämmert ihr, daß Turtle nur einen einzigen Kapitän kennt, nämlich Captain Hook. Nun kann sie wahrscheinlich nie wieder ein Flugzeug besteigen, ohne sich dabei einen Piraten am Ruder vorzustellen.

Captain Hook erklärt nun, daß sie den Mississippi überfliegen, und falls er es den Passagieren noch angenehmer machen kann, sollen sie es ihm getrost sagen. Offen gestanden bezweifelt Taylor, daß er ihr aus der Klemme helfen kann, denn so auf Tuchfühlung mit dem Haarschwund eines Unbekannten zu sitzen, das ist alles andere als angenehm. So gut kennt sie nicht mal Jax' Hinterkopf. Angesehen hat sie ihn sich schon, doch nicht dreieinhalb Stunden lang.

Turtle schläft endlich. Anscheinend ist bei ihr eine Erkältung im Anzug, und sie brauchte ein Schläfchen, war aber so aufgekratzt, daß sie sich stundenlang die Nase am Fenster plattdrückte. Als das Fenster eiskalt wurde, selbst als nur noch die sich über den ganzen Kontinent erstreckenden frostigen Wolkenfelder zu sehen waren, mit Furchen, als hätte man sie gepflügt, schaute Turtle noch immer hinaus. Alle anderen im Flugzeug benehmen sich, als ob sie schlicht in Sesseln sitzen, die zu dicht nebeneinander stehen, aber Turtle ist ein Kind in einer geflügelten Blechkiste, sieben Meilen über dem Planeten Erde.

Taylor ist auch noch nie geflogen, deshalb war sie während der ersten Stunden genauso aufgeregt. Vor allem beim Abheben und vorher, als die Stewardeß ihnen zeigte, wie man die gelben Sauerstoffmasken aufsetzt, ohne sich die Frisur durcheinanderzubringen. Und vorher auch schon, als sie hinter Turtle vom Terminal über die abschüssige Fluggastbrücke zur Flugzeugtür ging, festen Boden verließ, unbekanntes Gelände betrat und verstohlen die Vernietung rund um die Tür musterte, aber was blieb ihr schon übrig? Sie hat keine andere Wahl, als ihrer Tochter in dieses neue Leben zu folgen, das sie einem chinesischen Glücksplätzchen verdankt.

Auf einer Seite der Stadtautobahn ragt Chicago hoch empor, auf der anderen ist der See und damit freier Himmel. Taylor hat sich Chicago nie als Stadt am Wasser vorgestellt, aber da wimmeln doch tatsächlich Hunderte von

Menschen im Badeanzug herum und werfen Frisbees in den Wind. Es ist die erste Juniwoche. Sie und Turtle fahren in einer langen weißen Limousine mit Rauchglasscheiben und bübchenblauen Samtpolstern über die Stadtautobahn. Seit sie vom Flughafen losgebraust sind, verrenken sich Leute in anderen Autos den Hals, um einen Blick in das geheimnisvolle Fahrzeug zu werfen. Der Fahrer redet sie beide mit »Miss« an, so als würden sie ständig in Nobellimousinen reisen.

Taylor denkt bei sich: Gar kein so schlechter Job, Oprah Winfreys Gäste zu kutschieren; königliche Hoheiten und berüchtigte Mörder oder Männer mit einer Frau in jedem Staat, aber wenn man nur der Fahrer ist, weiß man nie, wer welcher ist. Man muß auf Nummer Sicher gehen und zu allen gleich höflich sein.

»In ganz Amerika gibt es keine so gut geplante Stadt«, erklärt der Fahrer. Turtle klebt noch immer am Fenster. »Ist bei dem großen Feuer vom 8. Oktober 1871 total abgebrannt. Alles futsch. Zweihundert Millionen Dollar Sachschaden. Das war die Gelegenheit, von Grund auf neu anzufangen.«

»Von dem Feuer habe ich gehört«, sagt Taylor. »Eine Kuh soll eine Laterne umgestoßen haben.«

»Nein, das stimmt nicht, das ist ein Märchen. An dem großen Feuer von Chicago ist keine Kuh schuld.« Er zögert ein wenig, und Taylor merkt, daß sie sich verraten hat; sie hat Vieh erwähnt, und damit gehört sie eher in die Kategorie der Kriminellen als in die der königlichen Hoheiten.

»Aber eine gute Story ist es doch«, sagt sie. Ihr ist es einerlei, ob er sie und Turtle für Massenmörder hält. Er muß sie trotzdem zu ihrem Hotel bringen.

Für so eine berühmt gut geplante Stadt ist der Verkehr furchtbar. Kaum sind sie vom See in Richtung der hohen gläsernen Türme abgebogen, da stecken sie auch schon in Scharen von hupenden Autos, und der Fahrer hört verständlicherweise auf, seiner Stadt das Loblied zu singen. Sie sitzen im Stau fest, und er schlägt von Zeit zu Zeit mit der Faust auf die Hupe.

Turtle niest. Sie bekommt eine Erkältung, da gibt's gar nichts. Taylor reicht ihr ein Papiertaschentuch aus ihrer Tasche. »Wie geht es dir, Schätzchen?«

»Gut«, sagt Turtle und putzt sich vorsichtig die Nase, während sie weiter aus dem Fenster schaut. Turtle beklagt sich fast nie. Taylor weiß sehr wohl, wie ungewöhnlich das ist. Wenn man seine Kenntnisse über Kinder nur aus den Situationskomödien im Fernsehen beziehen würde, käme man nie auf die Idee, daß es auf dieser Welt auch Kinder wie Turtle gibt.

»Mom, sieh mal.« Sie zerrt an Taylors Finger und zeigt auf ein Müllauto der Stadt Chicago, das neben ihnen im Stau steckt. Mit dem kunstvoll gemalten goldenen Siegel, das auf einer Seite prangt, sieht es wirklich prachtvoll aus. Der Fahrer lächelt ihnen von seinem Hochsitz aus zu. Dann hebt er eine Augenbraue und zwinkert.

»Warum hat er das gemacht?«

»Weil er dich niedlich findet«, sagt Taylor, »und weil ihm meine Beine gefallen. Und außerdem denkt er sicher, daß wir reich sind.«

»Aber das sind wir nicht, oder?«

»Nein, das sind wir nicht.«

»Er kriegt ein viel schöneres Auto zu fahren als Danny.«

»Stimmt genau.«

Taylor hat einen Rock an – und daran ist sie nicht gewöhnt, aber Lou Ann bestand darauf, ihr für Oprah Winfrey ein hübsches beigefarbenes Kostüm zu leihen. Sie behauptete, Jeans verstießen gegen die Kleiderordnung des Fernsehens. Darüber hat sich Jax schiefgelacht, aber eins muß man ihm lassen, er ist zu Lou Ann netter, als es die meisten Männer wären.

Taylor bekommt Magendrücken, wenn sie an die Aufnahmen morgen früh denkt. Sie hat den dunklen Verdacht, daß es bei diesen Shows nur darum geht, das Pech anderer Menschen auszuschlachten. Aber Turtle wollte unbedingt hin. Bislang hat sie noch nicht begriffen, daß es im Fernsehen auch echte Menschen gibt. Sie hat anscheinend die vage Vorstellung, daß sie da die Ninja-Turtles kennenlernen.

Der Müllmann macht ihnen noch immer schöne Augen. Er hat lockiges Haar und ein umwerfendes Lächeln. Taylor schlägt ein Bein über das andere und hebt ganz leicht die Hand. Wenn er wirklich ins Auto sehen kann, wird er das als Winken auffassen.

Was er auch tut. Er deutet mit dem Kinn an, sie und Turtle sollten für eine Fahrt mit seinem Müllauto auf ihre Limousine verzichten. Taylor überlegt kurz, entschließt sich dann aber doch für Oprah.

»Natürlich ist sie süß angezogen«, sagt die Garderobiere zu Taylor, »aber ich möchte doch etwas Feminineres vorschlagen. Sieh mal, hier haben wir ein Trägerkleidchen aus dem Fundus. Die Farbe ist super auf die Kulisse abgestimmt.«

Lou Ann, wer zuletzt lacht, lacht am besten. Oprah Winfreys Leute wollen nicht, daß Turtle im Fernsehen ihren Overall trägt. Der Overall ist funkelnagelneu, knallgrün und genau richtig. »Das Kleid da ist Turtle zehn Nummern zu groß«, sagt Taylor.

»Macht nichts. Wir stecken es einfach hinten zusammen, so. Wer sieht schon ihren Rücken. Das ist das Geheimnis des Fernsehens – wichtig ist nur die Vorderseite, hinten kann es ruhig Pfusch sein. Und dann noch diese Schleife ins Haar, okay, Herzchen? Damit sieht sie super aus.«

»Damit sieht sie jünger aus«, sagt Taylor. »Wenn es das ist, was Sie wollen. Wie ein Püppchen, das jemandem das Leben gerettet hat.«

Die Frau verschränkt die Arme und runzelt die Stirn. Ihr kurzes schwarzes Haar wirkt so naß und geschleckt wie das Fell eines Seeotters. Die Kammrillen sind noch an Ort und Stelle.

»Dann wird es schwierig«, sagt sie. »Wir müßten ihr die Schnur fürs Mikro den Rücken hochziehen.«

»Sie schaffen das schon«, sagt Taylor. Das kann doch kein Problem sein. Schließlich haben die Männer im Fernsehen jeden Tag der Woche Hosen an. Die anderen Gäste werden nicht wegen ihrer Kleidung behelligt. Taylor hat sie heute morgen alle in der Hotellobby kennengelernt, als sie auf ihre Autos warteten. Da ist der Wölfling, der Hilfe herbeiholte, als sein Führer bei einem Gewaltmarsch im Überlebenstraining mit neu aufgenommenen Pfadfindern zusammenbrach; der Viertkläßler, der seine Schwester vor einem angreifenden Kampfhund rettete, indem er mit einem Hundenapf und dem Barbie-Traummann nebst Puppen-Kabriolett auf ihn eindrosch, und da ist die Elfjährige, die das Auto nach Hause fuhr, als ihre Babysitterin im Stadtpark von mehreren Bienen gestochen wurde und zusammenklappte. Taylor findet offen gestanden, daß die Elfjährige völlig falsch gehandelt hat und die beiden anderen vermutlich, ohne nachzudenken. Turtle ist die Jüngste und hat die beste Story. Taylor sieht nicht ein, warum man sie wie Barbies kleine Schwester aufputzen und so das ganze noch hochspielen sollte.

In dem kleinen grünen Zimmer, in dem sie warten, herrscht eine drangvolle Enge, und die Atmosphäre ist gespannt. Turtle zappelt, und die Garderobiere, deren Brauen ein einziges Fragezeichen sind, weicht ihr nicht von der Seite.

»Was möchtest du anziehen?« fragt Taylor Turtle.

Turtle verschränkt die Arme. »Das hier«, sagt sie.

Taylor schenkt der Seeotterfrau ein Lächeln. »Sieht so aus, als hätte sie sich entschieden.«

Die Frau hält Turtle das dunkelrote Hängekleidchen

vor und blickt dabei Taylor an. »Ehrlich, ich bin für das hier, Sie nicht? Es macht viel mehr her.«

»Danke, aber meine Tochter hat nein gesagt.« Turtle schrickt vor dem gebauschten Stoff zurück, und Taylor sieht die Frau mit zusammengekniffenen Augen an, doch die gibt noch immer nicht auf. Ein Maskenbildner trabt heran. Er trägt Schnürschuhe mit Troddeln, auch »Segelschuhe« genannt, obwohl die meisten nie mit einem Boot in Berührung kommen werden. Taylor wundert sich, warum sich hier jeder wie für eine andere Sportart angezogen hat – die Sekretärinnen tragen Leggins, die Kameraleute Laufschuhe, alle hasten mit angestrengtem Gesichtsausdruck herum, und dabei steht überhaupt nichts Sportliches auf dem Programm. Sie sehen aus, als erwarteten sie jede Minute die plötzliche Ansage: Ab in die Ferien.

»Sie haben hinreißende Wangenknochen, meine Liebe«, sagt der Maskenbildner zu Taylor und fährt ihr mit der Puderquaste durchs Gesicht.

# Kinderdiebe

Annawake Fourkiller blickt erschrocken von ihrem juristischen Schriftsatz auf. »Könntest du das lauter stellen?«

Jinny, die Sekretärin, dreht die Lautstärke des kleinen Fernsehers auf ihrer Schreibtischkante automatisch herunter.

»Nein, lauter bitte.« Annawake legt den Kopf schief und wendet den Blick nicht vom Bildschirm. Sie trägt das schwarze Haar so kurz, daß es hochsteht wie ein exotischer Pelz, und manchmal verzieht sie den großzügig geschnittenen Mund, daß er aussieht wie ein kompliziertes ausländisches Satzzeichen und niemand zu sagen weiß, ob sie nun lächelt oder nicht. Jinny verkriecht sich hinter ihrer Brille und überlegt, ob Annawake einen Witz gemacht hat, dessen Pointe ihr entgangen ist. »Ist doch bloß Oprah Winfrey«, sagt sie.

»Ich weiß. Aber das muß ich mir ansehen.«

Jinny hebt die Schultern. »Okay.« Sie streckt ein blaues Jeansbein nach hinten, damit sie nicht umkippt, wenn sie über Berge von Papier nach dem Lautstärkeregler greift, und sinkt dann wieder vor ihrer Schreibmaschine zusammen. Mr. Turnbo ist nicht im Büro, heute nachmittag halten nur sie beide die Stellung, und Jinny weiß nicht so recht, woran sie mit Annawake ist. Jinny arbeitet schon länger hier – nach ihrem High-School-Abschluß im vergangenen Jahr –, und sie hat als Franklin Turnbos Sekretärin und Empfangsdame angefangen; Annawake hat erst vor einem Monat in Phoenix ihr juristisches Staatsexamen abgelegt und ist nach Oklahoma zurückgekehrt, um hier ihr Praktikum mit einem Stipendium der Indianischen Anwaltskammer zu absolvieren. Mr. Turnbo hat nie etwas einzuwenden, wenn Jinnys kleiner Fernseher auf dem Schreibtisch friedlich vor sich hin quasselt – Hauptsache, sie schafft ihre Tipperei. Auf Seifenopern steht sie nicht gerade, aber Oprah mag sie und Sally Jessy und manchmal auch *General Hospital*. Annawake sagt auch nicht, daß sie etwas dagegen hat, aber bei Sally Jessy zieht sie ein Gesicht und nennt sie die »blonde Puertorikanerin«, und dann hat Jinny ein schlechtes Gewissen, weil sie sich eine Dauerwelle hat machen lassen. Weil sie wie eine *yonega* aussehen will, wie ihre Großmutter sagt.

Durch das Fenster sieht sie, wie eine Schlange staubiger Autos und Kleinlaster vom Parkplatz der Hauptgeschäftsstelle des Cherokee-Verbandes auf die Landstraße Richtung Kenwood und Locust Grove einbiegt; die Nachmittagssitzung des Tribal Court, des Stammesgerichts, ist zu Ende. Dann wird auch Mr. Turnbo gleich kommen, und sie hinkt mit der Arbeit hinterher, aber daran ist nicht Oprah Winfrey schuld.

»Siehst du das kleine Kind da im Overall?« fragt Annawake. Sie blickt unverwandt hin, das Kinn in die Hand gestützt. »War nicht die Rede davon, daß es adoptiert ist?«

»Ja. Vor dem ersten Werbespot hat Oprah sie als Soundso mit Adoptivtochter Turtle vorgestellt.«

»Cherokee«, sagt Annawake. »Wetten daß? Um eine Cola.«

»Nein«, sagt Jinny. »Ich tippe auf Navajo. Die sind aus Arizona. Sie sieht haarscharf aus wie die kleine Tochter der Freundin meines Bruders aus Albuquerque.«

»Haben sie gesagt, von wo in Arizona?«

»Tucson.«

Annawake sieht den Fernseher an, als ob der sie gerade beschimpft hätte. Jinny findet Annawake unwahrscheinlich faszinierend: Sie zieht sich an, als ob ihr Klamotten völlig egal wären – Jeans und Mokassins und weiße Hemden aus der Herrenabteilung von J. C. Penney's, und statt eines Aktenkoffers schleppt sie einen Rucksack durch die

Gegend, den sie mit grauem Klebeband zusammenhält –, aber mit ihrem Mund könnte sie als Model in der Modewerbung Karriere machen, denn von der tiefen Einkerbung in der Oberlippe kann man den Blick kaum losreißen. Ein richtiger Kußmund, denkt Jinny. Als flotte Musik ertönt und Oprah für den nächsten Werbespot ausgeblendet wird, nimmt Annawake die Brille ab und reibt sich die Augen. »Müde«, sagt sie. »Du auch?«

»Ja. Grandma ist sauer auf meinen Bruder Woody, weil er die Schule geschmissen hat. Seitdem kriegt in unserem Haus keiner mehr richtig Schlaf, außer Woody. Der hat sein Bett in den Garten geschafft.«

»Hat Robert Grass schon angerufen?«

»Robert Grass! Der Blödmann. Kein einziges Mal, seit wir vor zwei Wochen im Autokino waren.«

»Kommt noch«, sagt Annawake. »Mein Bruder Dellon kennt ihn von der Baustelle am Muskogee Highway her. Er sagt, Robert Grass redet *osda* über seine neue Freundin.«

»Kann sein, daß ich die nicht kenne.«

»Wenn das nicht du bist, hättest du davon gehört. Tahlequah ist ein Dorf.«

»Du sagst es. Der ganze Stamm ist ein Dorf. Jemand von so weit weg wie Salisaw hat Grandma erzählt, sie hätte mich mit dem spillerigsten Gras aller Zeiten auf einem Heuwagen gesehen.«

Annawake lächelt. »Leute, die einen lieben, gehen einem nicht von der Pelle.« Sie schiebt die Brille zurück, zieht den Stift hinter dem Ohr hervor und markiert die Seite, die sie gerade liest. Jinny denkt: Du hast gut reden. Über dich würde keiner klatschen, weil alle dich in den Himmel heben und man dir außer Arbeitswut nichts weiter nachsagen kann. Sie bläst ihre Ponyfransen hoch und blättert die nächste Seite um: Schadenersatz für Flußkies vom Arkansas. Wie jemand so an Flußkies interessiert sein kann, geht über Jinny Redcrows Begriffsvermögen.

»In der Oprah-Show geht es um Kinder, die jemandem das Leben gerettet haben«, erklärt sie Annawake im nachhinein und überlegt, ob es dabei einen juristischen Aspekt gibt, der ihr entgangen ist. Annawake und Mr. Turnbo unterhalten sich dauernd in einer Sprache, die Jinny zwar nicht verstehen, aber tippen kann.

»Mmm-hm«, sagt Annawake, blickt aber nicht auf. Sie schenkt sich den sexy aufgemachten Werbespot und verzieht, wie immer beim Lesen, den Mund halb finster, halb zu einem Lächeln. Annawake ist für ihr superschlaues Köpfchen bekannt. Jinny hat die Tahlequah High School sieben Jahre nach ihr besucht, und da redeten die Lehrer noch immer von Annawake Fourkiller, als sei sie ein Komet, wie er nur alle hundert Jahre in Oklahoma einschlägt. Und einmal, bei einem Adlertanz, stellte der Häuptling sie als Beispiel für einen guten Lebensweg hin. Ihren Namen erwähnte er nicht, denn das hätte die Familie in Verlegenheit gebracht, aber natürlich wußten alle, wen er meinte. Doch Annawake tut so, als hätte ausgerechnet sie das noch nicht geschnallt. Sie wohnt bei einer ihrer Schwägerinnen in einem verfallenen kleinen Haus in der Blue Spring Street und steckt die Nase in die Akten, wenn gutaussehende Burschen ins Büro kommen und wegen ihrer Pachturkunden Krach schlagen, und sie ist sogar so nett, sich nach dem blöden Robert Grass zu erkundigen. Was wirklich an ihr stört, ist ihre komische Frisur. Früher trug sie das Haar lang wie Pocahontas – Jinny hat die Fotos im Jahrbuch gesehen: Klassenbeste, Sportlerin, Präsidentin des Stolz-der-Cherokee-Klubs, Spitzname »Anna-Wecker« –, aber sie hat es sich abgeschnitten, als sie ins Jurastudium ging. Jetzt steht es stachlig und kurz wie bei Jinnys kleinen Brüdern, eher Sinead O'Connor als Stolz der Cherokee. Es ist nicht einzusehen, wieso Annawake mit dem Finger auf Sally Jessy Raphael zeigen darf.

»Darf ich den Arkansas mal auf den Fußboden legen?« fragt Annawake plötzlich. Oprah ist wieder da, und Annawake schiebt Papiere hin und her, um sich Platz auf Jinnys Tischkante zu schaffen.

»Meinetwegen kann der Arkansas den Bach runtergehen«, sagt Jinny. Annawake lacht, und Jinny hat ein schlechtes Gewissen wegen ihrer haarsträubenden Gedanken. In Wahrheit denkt Jinny, sie würde sich auch das Haar abschneiden oder sonstwas damit anstellen, wenn sie nur auch so ein Gesicht wie Annawake hätte.

»Also, was haben sie über die Kleine gesagt?«

Es gibt vier Kinder: einen Bilderbuch-Jungen in Pfadfinderuniform, der die Hand seines hünenhaften Vaters nicht losläßt; zwei große, magere weiße Mädchen mit Zahnspange, die Schwestern sein könnten, und das indianische Mädchen im Overall.

»Die junge Weiße da ist ihre Mutter. Die Adoptivmutter.«

Die Mutter ist jung und hübsch, trägt ein nettes beigefarbenes Kostüm und wippt mit dem übergeschlagenen Bein, als ob sie es nicht nötig hätte, einen auf Nancy Reagan zu machen. Sie erzählt, wie ihr kleines Mädchen einen Mann in ein Loch am Hoover-Damm fallen sah.

Annawake verzieht gequält das Gesicht. »Ach, hört schon auf. Den Hoover-Damm hat sie sich doch nur ausgedacht, damit sie in die Show kommt.«

»Nein, es war in den Nachrichten. Damals warst du doch in Phoenix, hast du das denn nicht im Fernsehen gesehen?«

»Ehrlich? Schon möglich. Erinnern kann ich mich nicht daran. Während des Studiums habe ich mich nicht um Nachrichten gekümmert, die juristisch unerheblich waren.«

»Oprah hat Leute, die alle Geschichten nachprüfen.« Jinny geht in Verteidigungsstellung. Sie verbringt fast jeden Nachmittag mit Oprah und hält sie für vertrauenswürdig.

»Nimmst du ihr das ab?«

Jinny hebt die Schultern. »Hör gut zu. Das kann man merken.« Die Frau erklärt, daß nicht sie selbst den Mann in das Loch hat fallen sehen, sondern Turtle. Zwei geschlagene Tage wollte niemand Turtle glauben, nur sie, und die ganze Zeit hätten sie versucht, Hilfe zu holen.

»Ganz klar *National Enquirer*«, sagt Annawake. »Das hat sie in diesem Revolverblatt gelesen.«

Oprah unterhält sich jetzt mit der Mutter, die so ähnlich wie Taylor heißt. »Man kann spüren, daß Sie und Ihre Tochter eine ganz besondere Beziehung zueinander haben. Können Sie das nicht spüren?« Oprah dreht sich um, daß ihre lose Rayon-Jacke wirbelt, und das Publikum im Studio sagt, ja, es kann das auch spüren. Sie fragt: »Sie haben sie adoptiert, als sie wie alt war, zwei?«

»Wahrscheinlich war sie drei«, sagt die Mutter. »Ganz genau wissen wir das nicht. Sie wurde mißbraucht und war zu klein für ihr Alter, ehe sie zu mir kam. Die Situation war schon recht ungewöhnlich. Jemand hat sie mir einfach gegeben.«

*»Hat sie Ihnen gegeben?«*

»Hat sie in meinem Auto abgesetzt.«

Oprah staunt in die Kamera, wie nur sie großäugig-komisch staunen kann. »Haben Sie das gehört?« fragt sie, und ihre Stimme wird tiefer, vertraulicher. »Kontrollieren Sie Ihr Auto, ehe Sie den Parkplatz verlassen.«

Annawake blickt Jinny mit hochgezogenen Brauen an und fragt den Fernseher. »Wo?«

»Eigentlich hatte ich wegen einer Tasse Kaffee angehalten«, sagt die Mutter und wirkt ein wenig überrascht, als das Publikum lacht. Das kann sie sich wirklich nicht ausgedacht haben, denkt Jinny. »Ich war querbeet unterwegs, war gerade zu Hause ausgezogen und wollte nach Westen. Das Komische daran ist, meine ganze Jugendzeit in Kentucky hatte ich nur eins im Kopf: bloß nicht schwanger werden. Alle meine Freundinnen hatten schon jede Menge Babys am Hals.«

»Und das sollte Ihnen nicht passieren«, sagte Oprah.

»Sie sagen es.«

»Und am ersten Tag, den Sie unterwegs sind, gibt Ihnen jemand ein Kind.«

»Am zweiten Tag unterwegs«, sagt sie, und wieder lacht das Publikum. Wenn Annawake mit zuschaut, ist es Jinny ein wenig peinlich, wie leicht Oprahs Publikum im Studio zum Lachen zu bringen ist.

»Sie hätten doch wegfahren können. Warum haben Sie es genommen?« fragt Oprah mitfühlend.

»Und damit gegen das Gesetz verstoßen«, fügt Annawake hinzu.

»Gegen welches Gesetz?« fragt Jinny überrascht.

»Den Indian Child Welfare Act. Niemand kann ohne die Zustimmung des Stammes ein indianisches Kind adoptieren.«

Franklin Turnbo ist hereingekommen und hat sein Jakkett aufgehängt. Annawake konzentriert sich noch immer auf die schwarzweiße Mattscheibe und bedeutet ihm, sich zu ihnen zu gesellen. Die drei sehen, wie sich die Mutter das Haar aus der Stirn streicht und nachdenkt. Sie scheint sich nicht bewußt zu sein, daß sie im Fernsehen ist – ganz im Gegensatz zu dem Pfadfinder, der dauernd auf der Stuhlkante auf und ab hopst und die Hand hebt, als wüßte er die Antwort.

»Ich hatte das Gefühl, ich *mußte* sie nehmen«, sagt die Mutter schließlich. »Eine Frau hat sie einfach auf den Autositz fallen lassen, hat mich angesehen und gesagt: ›Da, nehmen Sie.‹ Ich habe gesagt: ›Wohin soll ich sie denn bringen?‹ Ich dachte, ich sollte sie irgendwo abliefern.«

Endlich ist es totenstill im Publikum.

»Wen abliefern?« fragt Franklin Turnbo.

»Das Cherokee-Mädchen«, sagt Annawake und nickt in Richtung Bildschirm. Die Mutter sieht das kleine Mädchen an und dann Oprah. »Die Frau hat mir erzählt, daß

Turtles Mutter tot ist und daß jemand der Kleinen weh getan hat. Sie war die Schwester der toten Mutter, und sie sah aus, als hätte auch ihr jemand weh getan. Dann ist sie in einen unbeleuchteten Kleinlaster gestiegen und weggefahren. Mitten in der Nacht. Damals hatte ich das Gefühl, ich hätte keine andere Wahl, als die Kleine zu nehmen. Ich war achtundvierzig Stunden ununterbrochen gefahren. Irgendwie konnte ich wohl keinen klaren Gedanken mehr fassen.«

Das Publikum lacht betreten. Das kleine Mädchen starrt Oprah an und klammert sich mit der ganzen Hand an den Rock seiner Mutter. Die Mutter löst behutsam den Griff des Kindes und nimmt seine Hand in ihre. »Im nächsten Sommer bin ich zurückgefahren und habe sie rechtmäßig adoptiert.«

»Das geht nicht«, sagt Annawake. »Nicht rechtmäßig.«

Oprah fragt: »Und wo hat sich das Ganze abgespielt?«

»Oklahoma, indianisches Gebiet. Turtle ist Cherokee.«

Annawake hämmert auf den Tisch ein wie ein Richter, der den Gerichtssaal zur Ordnung ruft.

Der Himmel hat die Farbe von grauem Spülwasser angenommen. Vielleicht bringt der Westwind Regen, denkt Annawake. Aber heute ist Dritter Samstag, Adlertanz-Abend, und die Alten erzählen stets aufs neue, daß der Regen wartet, bis der Tanz vorbei ist. Meistens behalten sie recht. Sie stellt ihren Kleinlaster ab, klaubt den Stoß blauer und weißer Papiere aus dem Büro zusammen und überlegt kurz, was mit der Aluminiumverschalung geschehen soll, die sich an der Nordseite des Hauses wölbt. Mit zwei freien Fingern schnappt sie sich die Lenkstange eines Dreirads, das auf dem Gehweg steht, und stellt es auf der Veranda ab, damit niemand darüber zu Schaden kommt.

»*Siyo*«, sagt sie und klinkt den Riegel der Fliegentür ein, denn die Kinder sollen drinnen und die Hunde draußen bleiben. Ihr Bruder und ihre Schwägerin knien auf dem Küchenfußboden und erwidern ihre Begrüßung, ohne aufzublicken. Diese Woche scheinen sie wieder miteinander zu reden: Sie reparieren die wackligen Beine des alten Eßtischs aus Kiefer, und solch ein Projekt kann man schwerlich durchziehen, wenn man sich nicht miteinander verständigt.

Annawake beobachtet die beiden, wie sie sich einträchtig darauf konzentrieren, das Tischbein gerade zu halten, während Dellon den Nagel einhämmert. Sein dicker Zopf schaukelt beim Hämmern wie ein Glockenseil, und ihre Köpfe berühren sich beinahe. »Hast du's?« fragt er. Millie nickt, und ihre krause Dauerwelle streicht dabei leicht über Dellons glänzendschwarzen Oberkopf. Sie waren knapp ein Jahr verheiratet, und sind seit fünf Jahren geschieden, doch das hält sie nicht davon ab, mit schöner Regelmäßigkeit Kinder in die Welt zu setzen. Als das Tischbein wieder fest ist, rollt sich Millie herum und greift nach der Ausgußkante. Annawake nimmt ihre andere Hand und zieht sie hoch.

»Anscheinend dauert es bei jedem Baby einen Monat länger«, sagt Dellon, und Annawake muß lachen, denn er hat recht: Das erste war eine Frühgeburt, das zweite kam pünktlich, das dritte drei Wochen zu spät, und dieses hier scheint sich Millies ausladendes Becken zur ständigen Heimstatt erkoren zu haben.

»Sag das bloß nicht laut, Feind hört mit.« Millie beugt sich über ihren Bauch und sagt: »Und dieses Wochenende kommst du raus, hast du gehört? Wenn du noch länger auf dich warten läßt, kannst du aus dem Krankenhaus zu Fuß nach Hause gehen.«

Annawake holt sich ein Sodawasser aus dem Kühlschrank, läßt sich hinter dem umgedrehten Tisch auf einem Stuhl nieder und stellt die Mokassins nebeneinander. »Hält das Ding auch?«

»Der rutscht uns nie wieder weg«, sagt Dellon, der noch immer in der Hocke ist. Er wirft sich den Zopf über die mächtige, runde Schulter und versetzt dem Tischbein versuchsweise ein paar Schläge mit dem Hammer. Er grinst zu seiner kleinen Schwester hinauf. »Heute schon Cowboys skalpiert?«

»Ich habe mir alle Mühe gegeben.«

»Dell, mach dich nicht über Annawakes Beruf lustig«, sagt Millie, kehrt ihnen den Rücken zu und läßt Wasser in einen großen Aluminiumtopf laufen. Die Sonne scheint durch ihr Strubbelhaar, daß man die vollendete Rundung ihres Schädels erkennen kann.

»Ich würde mich nie über Annawake lustig machen. Die schlägt mich doch glatt zusammen.«

»Dad, wir wollen los.« Klein-Dellon, der fast sechs ist und gar nicht mehr gern auf Klein-Dellon hört, kommt mit dem Football-Helm auf dem Kopf in die Küche gelaufen.

Dellon steht auf und nimmt Annawakes Hals in den Hammerlock-Griff. »Und wann wird geheiratet, schöne Frau?« fragt er.

»Wenn Gabe sagt, daß er zu meiner Hochzeit kommt.« Sie fühlt, wie Dellon an ihrem Rücken in sich zusammensinkt, und da geht ihr auf, daß sie das nur gesagt hat, weil sie spüren wollte, daß auch andere dieses flaue Gefühl von Traurigkeit kennen. Sie ist die einzige, die den Namen ihres Bruders Gabriel überhaupt noch in den Mund nimmt.

»Laß sie in Ruhe«, sagt Millie und hebt ihren schweren Topf auf den Herd. »Heiraten ist kein Zuckerschlecken. Um welche Zeit bringst du Klein-Dellon zurück?«

»Morgen mittag, wenn wir nicht zu verkatert sind.«

»Eines Tages bring ich dich noch um.«

»Ich bin nicht Klein-Dellon. Ich bin Batman«, sagt Klein-Dellon, und schon sind sie zur Tür hinaus.

»Eines Tages bring ich ihn noch um.«

»Er ist ein guter Vater«, sagt Annawake und stellt den Tisch wieder auf die Beine. Ob der sich wohl empört schüttelt und abwackelt wie eine Schildkröte? »Beim Adlertanz wird er schon nicht trinken. Sie würde ihn gar nicht erst auf den Tanzplatz lassen, wenn er etwas intus hätte.«

Millie lacht. »Weißt du eigentlich, was bei unserer ersten Verabredung passiert ist?«

»Ihr seid zum Adlertanz gegangen.«

»Das ist Dellons Version. Wenn ich dir die wahre Geschichte erzähle, erschießt er mich.« Millie lehnt lächelnd an der Anrichte. Da, wo ihre Taille war, bauscht sich ihr bedruckter Rock wie die Rüsche an einem Bettüberwurf. Sie schiebt sich das krause, drahtige Haar aus der Stirn, und da weiß Annawake, daß sie ihr die Geschichte erzählen wird.

»Wir sind in die Berge gegangen. Es war heiß, und Dellon wollte ein Bier trinken. Ich hab gewußt, an diesem Abend wird getanzt, also wollte ich nichts, aber er mußte ja unbedingt eins trinken. Wir haben uns gezankt, und später sind wir beide zum Tanz gegangen, aber getrennt. Ich war mit den Schildkrötenpanzern im inneren Kreis, und sieh einer an, da tanzt Dellon genau im nächsten Kreis und versucht, meinen Blick aufzufangen. Als nächstes höre ich ihn sagen: ›Uii, jetzt kommt die Polente.‹ Ledger hat ihm auf die Schulter geklopft, und er mußte gehen. Er hatte wirklich nur ein Bier getrunken, aber Ledger wußte Bescheid. So was riecht der auf eine Meile gegen den Wind.«

»Wem sagst du das. Ich habe fast meine ganze Teenagerzeit unter Onkel Ledgers Adlerauge verbracht.«

»Aber du hast nie was verbrochen, du warst doch Miss Tugendsam in Person«, sagt Millie und droht Annawake mit dem Kochlöffel.

»Klar doch. Wenn sich keine Gelegenheit bietet.« Annawake kippt ihr Sodawasser hinunter.

»Du mußtest gutmachen, was deine wilden Brüder angestellt haben«, sagt Millie und grinst. »Ich hätte gleich merken sollen, so einen heiratet man besser nicht.«

Neben Millie steht ein Weckglas voll Gänseblümchen und wildem Phlox, ein Strauß, den die Kinder irgendwo am Straßenrand gepflückt haben; Annawake greift nach dem Glas und stellt es mitten auf den Tisch. »Er möchte, glaube ich, daß du ihm mit den Kindern mehr vertraust.«

»Ich vertrau ihm doch. Aber trotzdem muß man ihm immer noch sagen, was er tun soll.«

Millies Jüngste, Annie, die nichts als große, dunkle Augen und Bauch ist, steht nackt an der Tür. Annawake springt vom Stuhl auf. »Auweia! Komm, laß dich windeln, mein Püppchen, ehe wir Pfützen haben.«

»Laß nur, ab heute muß sie aufs Töpfchen. Ich hab mir gedacht, es ist einfacher, wenn ich sie so rumlaufen lasse. Hab sie jede Stunde einmal in den Garten geschickt wie einen kleinen Hund.«

»Millie!«

»Ich mach doch nur Spaß. Annie, zeig Annawake dein Töpfchen.«

Annie verschwindet.

»Gehst du etwa ins Büro zurück? Am Dritten Samstag?«

Annawake seufzt. »Daran gedacht habe ich schon. Ich jage da einem Phantom nach. Einer rechtswidrigen Adoption.«

»Vergiß es. Was es auch ist, es kann warten.«

»Ich weiß nicht.«

Annie steht wieder an der Tür, diesmal mit einem Stoffteddy, der doppelt so groß ist wie sie. »Pa-pa«, sagt sie.

»Du solltest lieber den Unterschied zwischen einem Teddybären und einem Töpfchen lernen«, sagt Millie. »Deine Zeit als kleine Süße der Familie ist so gut wie abgelaufen.«

Annie läßt den Bären auf den Kopf fallen und klettert

auf Annawakes Schoß. Annawake verschränkt die Finger über dem nackten Bauch des Kindes, der sich so gummiartig fest anfühlt wie ein hartgekochtes Ei. »Dellon kann es nicht leiden, wenn ich von Gabe anfange«, sagt sie zu Millies Rücken.

»Dell hat, glaube ich, auch nicht so sehr an ihm gehangen wie du. Du bist seine Zwillingsschwester. Dell war schon halbwegs erwachsen, als ihr beiden geboren seid.«

»Immerhin sind sie Brüder.«

»Mm«, sagt Millie. Sie schüttet eine Packung Makkaroni in den Topf mit kochendem Wasser. »Aber jetzt hat er selber Kinder, um die er sich kümmern muß.«

»Macht das einen Unterschied?«

Millie schaukelt zum Tisch und läßt sich vorsichtig nieder. »Keinen, aber darum geht's nicht. Er kann es nicht leiden, wenn du von Gabe anfängst, weil er der Älteste ist und weil er glaubt, er hätte dafür sorgen müssen, daß die Familie nicht auseinandergerissen wird.«

Annawake mustert Millies erschöpftes Gesicht. Die Haut unter ihren Augen sieht bläulich aus wie immer, wenn sie schwanger ist. Was die Leute aus Liebe doch alles mitmachen. »Er ist nicht schuld an dem, was passiert ist.«

»Du auch nicht, Annawake, aber sieh dich doch an. Natürlich ist es super, daß du Jura studiert hast und so. Aber kannst du denn gar nicht mehr aufhören?«

Annie, das Ei, flutscht Annawake zwischen den Fingern durch und verschwindet aufs neue.

»Ich gebe mir keine Schuld wegen Gabe.«

»Ach nein? Für mich sieht es so aus, als ob ihr euch alle die Schuld gebt. Als ob ihr alle irgendwie mit ihm verheiratet wärt.«

Beide lauschen auf die leisen, stetigen Geräusche der Kinder in anderen Winkeln des Hauses. Annie kommt wieder in die Küche und schleift diesmal ihr weißes Töpfchen hinter sich her. »Bär«, sagt sie.

»Was würdest du tun«, fragt Annawake Millie, »wenn

du herausfändest, daß jemand dem Volk der Cherokee ein Kind wegnehmen will?«

»Das ist doch was ganz anderes, wenn du mich das jetzt fragst. Du warst klein, als man euch Gabriel weggenommen hat. Ich bin nicht klein.«

»Genau das meine ich. Wenn das jetzt passieren würde, was würdest du tun?«

Millie zupft ein welkes Gänseblümchen aus dem Weckglas und dreht den Stiel zwischen Daumen und Fingern. »Das kann heute nicht mehr passieren. Dafür haben wir doch Leute wie dich, oder? Die auf unsere Kinder aufpassen.«

Annawake spürt die Last dieses Vertrauens, als hätte sich Millie ihr liebevoll auf die Brust gesetzt.

Tahlequah ist eine Stadt, in der bei Sonnenuntergang die Bürgersteige hochgeklappt werden. Annawake kennt sich mit dem heimischen Nachtleben aus – streunende Hunde, die an den Eichen am Straßenrand verstohlen ihre Duftmarken anbringen, und Kneipen, in denen es schwarzgebrannten Schnaps gibt und vor denen Autos stehen, die der Nacht mit ihrer Radiomusik etwas Unwirkliches geben. Durch diese Straßen ist sie seit High-School-Zeiten nach dem Dunkelwerden gegangen, hier hat sie das Ausmaß ihrer Vereinsamung abgeschritten, Annawake, die ach so Bewunderte, die Unberührbare. Für den heutigen Abend hat sie ihren Rundgang fast beendet. Bis vor kurzem hatte ihre Ruhelosigkeit kein Ziel, doch dann fiel ihr der Schuhkarton mit Andenken ein, den sie vor Jahren, ehe sie nach Phoenix ging, in Millies Autoschuppen verstaut hat. Damals wirkte der Karton leer; das einzig Wertvolle darin war ein Goldmedaillon, das ihre Mutter als Glücksbringer getragen hatte. Aber heute abend ist ihr nach der Gesellschaft von Familiengeheimnissen zumute. Sie biegt in die Blue Spring Street ein, und der Mond leuchtet ihr den Weg.

Der angebaute Schuppen hat eine Blechtür, die anklagend quietscht, als Annawake sie öffnet. Sie zieht an der Kette und schaltet die Birne der Deckenbeleuchtung ein, und im selben Augenblick flitzt ihr ein Hauch von Weiß, eine Katze, ein Antischatten, an den Beinen entlang. »He, du kleine Hexe«, sagt sie. Die Katze entwischt ihr, legt jedoch den Kopf schief wie ein Vogel und blickt Annawake an. Sie lungert hier schon seit ein, zwei Wochen herum – Millie hat ihr sogar eine Dose Thunfisch hingestellt, die jetzt leer ist, aber der Katze sieht man davon nichts an, sie ist noch immer Haut und Knochen. Annawake hat ein schlechtes Gewissen, weil sie ihr falsche Hoffnungen gemacht hat. In der Tasche ihres Rucksacks findet sie einen hartgewordenen halben Erdnußriegel, der da vor sich hin krümelt. »Na, komm«, sagt sie und hält ihr den Riegel auf der flachen Hand hin. Die Katze beobachtet sie noch immer mit eigenartig schief gelegtem Kopf; aber vielleicht ist sie ja auch auf einem Auge blind. Sie macht keine Anstalten, näher zu kommen, doch als Annawake den Riegel auf die Schwelle legt, holt ihn die Katze mit einem Raubtiersatz, umklammert ihn mit den Pfoten, fängt an zu knuspern und wirft den kleinen Kopf hin und her, während sie sich mit den Erdnüssen abmüht. Ein erbärmliches Futter für einen Fleischfresser. Annawake streichelt ihr behutsam mit einem Finger den Rücken. Die Katze läßt es zu, doch sie hat gar keinen Rücken, sondern nur eine kleine Hängematte aus Pelz zwischen Schulter und Hüfte.

Sie findet ihren Schuhkarton unter einen Stapel Babysachen gequetscht, die bei Millie auf Wiederverwendung warten. Annawake hockt sich im Schneidersitz auf den Boden, nimmt den Karton auf den Schoß und geht mit ihren schlanken Fingern die Schätze durch. Sie findet das Medaillon und probiert vorsichtig an dem Schloß herum, bis es sich öffnet. Das Foto darin zeigt ihre Mutter und ihren Vater an ihrem Hochzeitstag vor einem Backsteingebäude, dem alten Gerichtshaus von Cherokee County. Der Wind bläst ihrer Mutter das Haar ins Gesicht, und sie sieht sorgenvoll aus. Sie ist bereits mit einem Jungen schwanger, den sie dann Soldier nennen werden und der stirbt, ehe er alt genug ist, sich zu wehren.

Annawake klappt das Medaillon wieder zu und steckt es in die Tasche. Verhext ist es wohl nicht, aber sie zweifelt ernstlich daran, daß es Glück bringt. Ihre Mutter hatte es an dem Tag um, als sie ihren Mann kennenlernte, und glaubte seitdem so unerschütterlich daran, daß sie es bei jedem wichtigen Anlaß trug – bei Taufen oder bei Beerdigungen, ja selbst wenn sie beim Vermieter um einen weiteren Monat Stundung bitten mußte. Doch Annawake kann sich schwerlich einen noch glückloseren Verlauf dieses Lebens vorstellen.

Hätte ihre Mutter ihr doch bloß etwas vermacht, was ihren Entschlüssen mehr Segen verheißen könnte. Eine perlenbestickte Medizintasche beispielsweise, gefüllt mit Eichenblättern oder Asche von einem heiligen Feuer. Pech gehabt; für alles Kultische ist Vaters Seite der Familie zuständig. Ihre Mutter hätte derlei blanken Unfug genannt. Annawake lächelt ein wenig, denn sie hört ihre Mutter mit ihrem breiten Okie-Akzent »Uun-fug« sagen. Wie die meisten Cherokee ihrer Generation gab sich Bonnie Fourkiller verdammt viel Mühe, sich vollständig zu assimilieren, ging lieber in die Indianische Baptistenkirche als zum Adlertanz und hätte ums Verrecken keine Mokassins getragen. Sie besaß ihr Leben lang nur jeweils ein Paar Nylonstrümpfe zur Zeit, und das wurde jedesmal sorgsam in genau dasselbe Seidenpapier eingeschlagen, das schon seine Vorgänger beherbergt hatte.

Annawake geht die anderen Andenken im Karton durch. Ein Foto von Redbird, ihrem Hund, aufgenommen vor ihrem Haus in Kenwood. Weitere Schnappschüsse zeigen Onkel Ledgers Hausboot auf dem Tenkiller-See, wo sie und ihre vier Brüder fast alle Sommer verbrachten, bis sie in das Alter kamen, daß sie sich nützlich machen konnten. Sie findet ein Foto von sich und Gabe auf der breiten Veranda des Hausboots, sie haben ausgebeulte abgeschnittene Jeans an und ein albernes Kinderlächeln aufgesetzt, und da hängt auch all ihre verschlissene Wäsche auf Leinen, die sich von den Verandapfosten zu den Weiden spannen. Die Schmalztöpfe wurden an Pfählen hochgezogen, außer Reichweite für die berüchtigten Scharen diebischer Waschbären, die des Nachts das Ufer unsicher machten. Onkel Ledger behauptete, daß Waschbären einfach alles stehlen, sogar Kinder, aber Annawake sah nicht ein, warum. Kinder waren doch das einzige, was es im Überfluß gab. Was sollte das also?

Sie und Gabriel verbrachten Monate auf Onkel Ledgers Hausboot, und das Herz wurde ihnen schwer, wenn sie an das Ende des Sommers dachten. Gabe, ihr Mitbewohner schon vor der Geburt, der ihr ins Leben und durch die ganze Kindheit gefolgt war. Der süße Gabe, den man der Familie gestohlen hat und der nicht mehr nach Hause findet. Sie hält sich das Foto so dicht vor die Augen, bis es unscharf wird, und berauscht sich an der schrecklichen Erinnerung: Zwillinge, die sich zu einem A aufgebaut haben, einen Arm jeweils um den Hals des anderen gelegt. Wenn Annawake läuft, spürt sie die Stiche in ihrer Seite, wo sich die unsichtbare Wunde geschlossen hat, die Stelle, wo man ihn von ihr weggerissen hat. Wie wäre es gewesen, die High School mit Gabe zu durchlaufen? Zusammen erwachsen zu werden? Einen ständigen Begleiter zu haben, anstatt die einzige zu sein? Das unübertroffen einsame Herz. Zwei Herzen, das ist aus ihnen geworden, getrennt durch den hundertsten Breitengrad und eine große, verlassene Steppe.

Sie legt die Fotos aufs Gesicht und geht die anderen Sachen durch. Briefe von ihren Brüdern und Onkel Ledger, das Foto eines Neugeborenen, wessen? Und das Familienerbe: ein sehr altes Buch mit medizinischen Zaubersprüchen, von ihrem Großvater in schnörkeliger Cherokee-Schrift aufgezeichnet, die Annawake leider nicht lesen kann. Manchmal spricht sie im Traum noch Cherokee, aber sie hat nie gelernt, es zu schreiben. Als sie sechs wurde, hat man in der Schule nur Englisch unterrichtet.

Mit den Fingerspitzen entfaltet sie behutsam ein weiteres altes Dokument und erkennt zu ihrem Erstaunen ein brüchiges, zerknittertes Reklamefoto aus einer Illustrierten, eine Schwarzweißaufnahme, auf der eine lächelnde junge Frau mit einem Heiligenschein aus Blumen zu sehen ist, die unter dem Schild draußen vor ihrer Stadt ein alkoholfreies Getränk hochhält. WILLKOMMEN IN HEAVEN verkündet die Tafel auf dem Reklamefoto, und ganz Amerika konnte sich bei der Vorstellung schieflachen, daß der Himmel im östlichen Oklahoma zu finden sei. Das Reklamefoto ist älter als Annawake – die junge Frau war eine Freundin ihrer Mutter, Sugar Hornbuckle. Das Foto hat sie eine Zeitlang berühmt gemacht.

Die Katze ist schon wieder an der Tür und äugt in den Schuppen.

»Nein, geh weg, ich bin keine verläßliche Futterquelle.«

Sie legt die Fotos beiseite. Sie hätte die Sachen lieber mit ins Studium nehmen sollen. In der vollklimatisierten Welt der stummen Gesetzestexte hatte sie schreckliche Angst, sie könnte eines Tages ihr eigenes Leben nicht mehr wiedererkennen. Man kann nicht einfach durchs Leben gehen und Katzen füttern und so tun, als ob man selbst nicht hungrig wäre. Annawake hat sich jahrelang in Ungerechtigkeiten ausbilden lassen und kann jede einzelne beim Namen nennen, aber sie hat noch immer Angst, sie könnte das Gesicht vergessen.

## Jederzeit Frühstück umsonst

Franklin Turnbo nimmt die Worte auf der Seite vor sich nicht mehr auf. Er starrt durch die offene Tür seines Büros und erblickt ein Wäldchen aus Usambaraveilchen, die buschig und staksig aus ihren Töpfen wachsen und dem Licht entgegenstreben, als wollten sie ausreißen, wenn sie nur das Haus verlassen könnten. In der Mitte jeder violetten Blüte blinzelt ein gelbes Auge. Das Vorzimmer, in dem Jinny und Annawake arbeiten, ist völlig zugewuchert, und die Pflanzen sind so gesund wie die Kinder: Ein riesiger Gummibaum krümmt sich unter der Decke wie ein zu großes Mädchen, und ein anderes Gewächs preßt seine kleinen Blätter wie Handflächen gegen das Fenster. Die bringt Jinny mit und pflegt sie auch, vermutet Franklin. Seines Wissens hat er die Pflanzen noch nie zuvor wahrgenommen, und dabei könnte er Hut und Mantel schon drei Monate lang an den Gummibaum gehängt haben. Wie üblich führen die Frauen ein wohlwollendes Regiment, ohne daß er es gemerkt hätte.

Die Eingangstür bimmelt, und Pollie Turnbo schiebt sich an den Veilchen vorbei. Sie betritt das kleine, abgetrennte Büro ihres Mannes und stellt einen Korb auf seinen Schreibtisch. »Ich habe Bohnenbrot gebacken, es ist noch warm«, sagt sie außer Atem, so als käme auch sie frisch aus dem Ofen. An den Montagabenden schafft Franklin es nie zum Abendessen nach Hause, deshalb gehört es zu ihren Ritualen, daß er so tut, als gäbe er sich Mühe, und sie so tut, als käme sie ganz zufällig mit Essen an seinem Büro vorbei. Er steht auf und gibt Pollie einen Kuß. Ihr Haar hat sich im Nacken gelöst, und ihre Augen glänzen gehetzt. Sie sieht aus wie die Usambaraveilchen.

Franklin würde es gern sehen, wenn Pollie bliebe und sich mit ihm unterhielte, aber sie will nicht.

»Ich muß los, aufpassen, daß mir die Jungs nicht unters Auto laufen«, sagt sie, als hätten sich die Jungs genau dies fest vorgenommen.

Als sie gegangen ist, wirft er einen Blick in den Korb. Bohnenbrot und Schweinskoteletts, viel mehr als er essen kann. In letzter Zeit bekommt Pollie ihn nicht oft zu Gesicht; er arbeitet zuviel, und es ist typisch für sie, daß sie einen Verlust mit Essen wettzumachen versucht. Sie kocht noch immer altmodische Hausmannskost und wendet dafür mehr Zeit auf, als andere Frauen sie in Jahrzehnten erübrigen würden. Das hat sie bei ihrer Mutter gelernt, einer Vollblut-Cherokee, die in der Gegend von Kenwood aufgewachsen ist und nie Englisch gelernt hat. Franklins Mutter ist auch ein Vollblut, aber sein Vater ist weiß, und Franklin ist in Muskogee aufgewachsen. Seine Mutter hat nur zu Weihnachten Heldentaten in der Küche vollbracht oder wenn sie für den Kuchenbasar der Schulelternschaft mit Backen an der Reihe war. Franklin hat sich nie als Cherokee verstanden, bis er anfing, *Native American Law* zu studieren – wie so viele seiner Altersgenossen ist er ein wiedergeborener Indianer. Er macht sich darüber lustig. Annawake würde ihn eher mögen, wenn er diesen Titel auf einem kleinen Schild auf seinem Schreibtisch führte.

Bei dem Gedanken an Annawake überfällt ihn wieder die Angst. Er steckt den Kopf durch die Tür und bittet sie zu sich ins Büro. Franklin weiß bereits, was sie vorhat, muß aber so tun, als wollte er ihr das ausreden.

»Möchtest du etwas abhaben? Das Brot da hat Pollie gebacken.«

Annawake schüttelt den Kopf. »Danke, Jinny hat mir gerade einen Big Mac geholt, und dumm wie ich bin, habe ich ihn auch gegessen. Ich hätte lieber warten sollen.«

»Und wie sieht's zu Hause aus? Noch immer kein Baby angekommen?«

Annawake lächelt und schüttelt den Kopf. »Ich glaube, es wartet auf die nächste Regierung.«

Sie bricht sich aber doch ein Stück Bohnenbrot ab, und Franklin nutzt das Schweigen, um seine Bedenken niederzuringen. Die AILTP, die Indianische Anwaltskammer, zahlt dafür, daß sie in seinem Büro arbeitet und von ihm lernt, aber er kommt sich so unecht vor – wie ein neues Auto, das aus alten Teilen zusammengebastelt und frisch lackiert worden ist. Ein wiedergeborener indianischer Rechtsanwalt. Annawake ist echt, das hat sie von ihrem alten Onkel gelernt, der, wie Franklin gehört hat, aus einer Schamanen-Familie stammt, in einem Hausboot auf dem Tenkiller-See lebt und mit dem Blasrohr Eichhörnchen jagt.

Franklin macht den Mund schon eine ganze Weile vor dem Reden auf und beginnt so langsam, als müßte er in Eiswasser waten, weil es sich nicht vermeiden läßt.

»Dieser Fall, den du aufgenommen hast. Da mußt du etwas über einen leiblichen Elternteil haben«, sagt er.

Annawake klopft sich die Krumen ab und beugt sich vor, ihre Augen blitzen. »Okay, aber paß auf. In dem Fall Mississippi-Choctaw-Sippe gegen Holyfield hatte die Mutter ihre Kinder aus freien Stücken an das weiße Ehepaar abgegeben. Die Kinder hatten nicht einmal im Reservat gelebt. Und dennoch hat das Oberste Gericht die Adoption für ungültig erklärt.« Annawake hat sich anscheinend genügend Dickfelligkeit à la »weißer Anwalt« zugelegt, daß sie in Eiswasser springt, ohne mit der Wimper zu zucken.

»Und wie läßt sich das hier anwenden? In dem Fall waren die beiden leiblichen Eltern bekannt und beteiligt.«

Sie reckt ein wenig das Kinn. Annawake artikuliert ihre Worte immer, als ob sie sich jedes auf der Zunge zergehen läßt, weil das alles ist, was es zu essen gibt. »Die leibliche Mutter hatte die Kinder abgegeben, aber ihre Entscheidung wurde zurückgewiesen.«

»Ja und?«

»Das macht den Geist des Gesetzes deutlich. Der Indian Child Welfare Act soll die Interessen der indianischen Gemeinschaft wahren, indem er ihre Kinder schützt. Das dürfen einzelne Stammesangehörige nicht unterlaufen.«

Franklin wartet, daß sich eine Frage ergibt, und Annawake hat auch eine. »Wieso brauchen wir also einen leiblichen Elternteil?«

»Das Oberste Gericht hat darauf erkannt, daß die damalige Adoption allein unter die Zuständigkeit des Stammesgerichtes fiel, darin gebe ich dir recht«, sagt er und berichtigt sie so taktvoll wie ein Messer, das einen Bleistift anspitzt. Das Holyfield-Urteil wurde erst vor wenigen Wochen gefällt, und Annawake scheint es auswendig gelernt zu haben. »Aber wenn ich mich recht entsinne, so hatte die leibliche Mutter ihren Wohnsitz im Choctaw-Reservat, was das Kind zum Stammesangehörigen machte. In unserem Fall haben wir keine Ahnung, ob das Kind unter unsere Zuständigkeit fällt. Du hast weder einen Elternteil mit Wohnsitz hier noch einen, der registriert ist, weil du nämlich überhaupt keinen Elternteil hast.«

»Ich habe einen mysteriösen Elternteil, das heißt zwei von der Sorte. Die Übertragung des Sorgerechts wurde von einem Notar in Oklahoma City beglaubigt, der mit dieser Art Pflegschaft gar nichts zu schaffen hatte. Als Eltern sind Steven und Hope Two Two angegeben, die Cherokee sein sollen, aber weder registriert noch als in die Sozialversicherung einzahlende amerikanische Staatsbürger erfaßt sind.«

Franklin zieht die Brauen hoch. »Das hast alles du rausgefunden?«

»Nein, Jinny Redcrow ist zu Hochform aufgelaufen. Sie ist telefonisch bis zu Oprah Winfrey durchgedrungen, sozusagen als Amtshilfe. Die Rechercheure waren ziemlich hilfsbereit, was Identifizierung und Hintergrund angeht. Und naturgemäß ist auch die Regierung der Vereinigten Staaten stets gern zu Diensten.«

Er lächelt nicht. »Du hast immer noch nichts in der Hand, was es offiziell zu unserer Sache macht.«

Annawake legt die Fingerspitzen aneinander, formt aus ihren Händen eine kleine Fischreuse und blickt hinein. Manchmal spielt sie auch auf ihren Schutzgeist an, etwas, was Franklin Turnbo nur halbwegs versteht. Sie ist so schnell, daß ihr Schutzgeist entweder ein Rennpferd oder der vor den Hunden herlaufende Fuchs sein muß.

»Du hast die Mutter im Fernsehen gehört, ja? Sie hat erzählt, daß sie dieses Kind, das offensichtlich indianischer Abstammung ist, auf Cherokee-Gebiet von der Schwester seiner verstorbenen Mutter bekommen hat. Doch bei den Akten haben wir amtliche Urkunden, auf denen zwei lebende Elternteile mit erfundenem Namen in die Adoption eingewilligt haben. Ich meine, es obliegt der Mutter zu beweisen, daß uns die Sache nichts angeht.«

»Bist du etwa böse?« fragt er.

Sie sieht überrascht aus und sagt dann: »Tja. Schon möglich. Alle Hausfrauen, die letzten Freitag ferngesehen haben, wissen nun, daß man unsere Kinder als Souvenirs mitnehmen kann.«

»Wie damals deinen Bruder.«

Ihre Augen zeigen keinerlei Veränderung. Sie sagt lediglich: »Ich frage dich, ob wir daraus einen Fall von unsachgemäß durchgeführter Adoption machen können?«

»Und was dann?«

»Dann könnten wir über den Kindersozialdienst des Cherokee-Verbandes eine passende Pflegestelle für sie suchen.«

»Schießt du damit nicht übers Ziel hinaus?«

»Na gut, oder als erstes die derzeitige Unterbringung prüfen. Aber das alles sollte der Stamm entscheiden. Das Kind hätte nie weggegeben werden dürfen.«

Franklin Turnbo lehnt sich auf seinem Stuhl zurück und seufzt wie eine angepiekste Luftmatratze. Annawake wartet taktvoll, bis ihm die Luft ausgegangen ist.

»Annawake, ich bewundere deine Energie. Ich wollte, ich hätte soviel wie du. Aber in diesem Büro haben wir Akten über Probleme mit der Kinderfürsorge, die uns allesamt auf Trab halten, bis ich persönlich alt und grau bin. Dazu kommen noch die Streitigkeiten über Bodennutzung und Bürgerrechtsfälle und Scheidungen und Trunkenheit und Erregung öffentlichen Ärgernisses. Und all die Leute, die das Wenige festzuhalten versuchen, was ihnen geblieben ist.«

Annawake formt ihre Hände schon wieder zu einer Reuse und wartet auf die nächste Frage.

»Du hast studiert, und jetzt bist du wieder da, um für deinen Stamm zu kämpfen. Wer soll deine Arbeit machen, während du auf einem weißen Roß durch die Gegend reitest und verirrte Kinder aufliest?«

»Meinst du nicht, daß irgend jemandem das Herz blutet, weil das Kind verschwunden ist? Hast du überhaupt schon mal von einem Cherokee-Kind gehört, um das sich keiner gekümmert hätte?«

»Aber jetzt kümmert sich doch jemand darum. Die Mutter, die es gefunden hat.«

Annawakes Augen zeigen leisen Zweifel, aber sie fragt: »Dürfen Finder denn alles behalten? Ist das gerecht?«

»Bei Brieftaschen nicht. Vielleicht bei Kindern.«

»Du und ich, wir hätten auch verschwundene Kinder sein können. Ich bin gerade noch glimpflich davongekommen. Was wärst du ohne den Stamm?«

Franklin weicht ihren Augen aus und blickt aus dem Bürofenster, das auf die Landstraße nach Muskogee geht. Zu dem Krach der Tanklastwagen gesellt sich das wilde

Gezwitscher eines Sperlings auf der Telefonleitung. Franklin hat eine überwältigende, bildhafte Erinnerung an die Zeit, als ihm im Alter von neunzehn Jahren auf der I-40 das Benzin ausging: ein durchgedrehter Teenager, der die Vorlesungen schwänzte und seine Mutter besuchen wollte. Im Leerlauf erreichte er eine Chevron-Tankstelle und freute sich über sein Glück. Doch gleich darauf merkte er, daß der Laden verbrettert und die Einfüllstutzen an den Tanksäulen festgezurrt waren. Rings um ihn Felder mit Bohrtürmen, und ausgerechnet hier mußte ihm das Benzin ausgehen. Aber die Felder waren so schön, und ein Sperling über ihm auf der Telefonleitung sang sich die Seele aus dem Leib, und da freute sich Franklin weiter über sein Glück.

Sie fragt: »Was hast du damit gemeint, als du gesagt hast, das Wenige festzuhalten versuchen, was ihnen geblieben ist? Findest du uns so armselig?«

Die Frage ist Franklin peinlich, deshalb hält er sich an seinen Sperling, der zumindest eine Erinnerung an Rechtschaffenheit ist. »Ich habe früher genauso empfunden wie du«, sagt er. »Daß das Volk geistig unzerstörbar ist, weil es die Vögel in den Wäldern nicht kümmert, wer das Eigentumsrecht an dem Land hat. Und es stimmt, die Zugehörigkeit zu diesem Stamm gab mir einen Grund, nicht länger den Mädchen nachzulaufen, sondern meine Jura-Vorlesungen zu besuchen. Aber ich bin schon so lange Rechtsanwalt, daß ich fast nur noch mitbekomme, wie sich die Leute streiten und sich die Dinge abnutzen.«

Annawake sieht ihn mit großen Augen an, und Franklin wünscht, sie wäre weniger schön. Ein verräterischer Gedanke, und das aus vielerlei Gründen. »Das ist mir alles zu weit hergeholt«, sagt er. »Vielleicht findest du gar nichts, keine Verwandten, keine Beweise.«

»Ich weiß«, sagt Annawake so sanft wie Pollie, so wie Frauen mit Männern sprechen. Ich weiß, mein Schatz. Mach halblang.

»Wahrscheinlich investierst du mehr, als du dabei gewinnst«, warnt er sie. »Von mir aus hast du grünes Licht, aber es ist nun mal meine Aufgabe, dafür zu sorgen, daß die Zeit in diesem Büro gut genutzt wird.«

»Am Fünfzehnten beginnt die Tagung über Indianische Gesetzgebung, da muß ich sowieso nach Tucson, um mein Referat zu halten. Sie wohnt da, in Tucson. Ich kann ja mal vorbeischauen und mit der Mutter reden, herausfinden, was sie zu sagen hat. Ist kein so großer Zeitaufwand.«

»Was auch immer sie zu sagen hat, es geht um eine ganze Reihe von Herzen.«

»Ich weiß«, sagt Annawake schon wieder, doch das ist etwas, was sie nun wirklich nicht wissen kann, denkt Franklin. Schließlich ist sie keine Mutter.

»Kannst du mir sagen, woher du so genau weißt, was das beste ist?«

Sie preßt die geschwungenen Lippen zusammen und denkt nach. »Im Studium habe ich ziemlich oft in der Bücherei geschlafen. Im Aufenthaltsraum der Studentinnen stand eine Couch. Wenn ich mein zweites Examen gemacht habe, wird man wahrscheinlich ein Schildchen anbringen. Die ANNAWAKE FOURKILLER COUCH.«

Franklin lächelt. Das kann er sich gut vorstellen.

»Die anderen fanden mein Leben trostlos. Und das war es wohl auch, so weit weg von zu Hause, und die ganze Nacht mußte ich die Sirenen der Rettungswagen hören, die mit denen auf Crack, den Zusammengeschlagenen, den von ihren Familien ausgesetzten Alten zum Krankenhaus fuhren, während mir die Gesetze im Kopf herumschwirrten. Aber immer habe ich vom Wasser des Tenkiller geträumt. Die vielen Barsche unten auf dem Grund, die man sich tagtäglich angeln konnte. Jederzeit Frühstück umsonst, und alles will dir einen guten Start für den anbrechenden Tag geben. Das hat mich nie verlassen. Dich etwa?«

»Nein«, gibt er zu. Ganz gleich, ob er sich dessen bewußt war oder nicht, er war immer Cherokee. Die Fische unten im Wasser waren für ihn genauso da wie für Annawake.

»Wer wird dem kleinen Mädchen sagen, wer sie ist?«

Franklin liegt auf der Zunge: »Sie dürfte andere Dinge haben«, aber woher will er das so genau wissen. Er trägt eine Uhr von Seiko, und den Cherokee sieht man ihm ebensowenig an, wie Will Rogers oder Elvis Presley oder den anderen achtzigtausend Angehörigen seines Volkes mit Mischblut, und trotzdem ist ihm klar, daß er nicht weiß ist, denn er kennt keinen einzigen Gemeinplatz für Weiße, von dem er wirklich wüßte, daß er stimmt. Für Cherokees fallen ihm gleich ein halbes Dutzend ein. Sie sind nett zu ihren Müttern. Sie wissen, was in ihrem Garten wächst. Sie geben ihren Verwandten Geld, ganz gleich, ob die es nun klug verwenden oder nicht. Er dreht seinen Stuhl ein wenig. Auf seinem Schreibtisch steht ein häßlicher, kleiner, entenförmiger Behälter für Büroklammern, den ihm seine Kinder geschenkt haben. Er hat Annawake einmal erzählt, er wäre sein Schutzgeist. Sie hat nicht gelacht.

»In Ordnung«, sagt er zu guter Letzt. »Ich verlasse mich auf dein Urteil, wie weit du gehen kannst.«

Annawakes Mund verzieht sich zu ihrem unwiderstehlichen, seltsam umgekehrten Lächeln. Ihre Augen lachen, aber das gilt nicht ihm, sondern irgend etwas, irgendwem. Prost Mahlzeit. »Danke, Chef«, sagt sie, steht auf und stützt sich auf seinen Schreibtisch. »Und wenn ich in Arizona bin, besorge ich mir ein großes weißes Roß.«

## Unseren Bund zu vervollkommnen

Taylor sitzt auf den Verandastufen, hält ihre Knie umfaßt und mustert den gleichgültigen Aprikosenbaum mit finsterem Blick. Er ist ein altes, knorriges Ding, das vor langer Zeit gepflanzt wurde, als das Haus neu war, und nur noch selten trägt. Doch in diesem Sommer muß er auf einen inneren Fruchtbarkeitszyklus gehört haben, denn er beglückt die ganze Nachbarschaft mit einem reichen Segen an Früchten – und Vögeln.

»Wenn sie sich alle einig wären und nur das Obst auf einer Seite fressen würden, ich würde es ihnen ja gönnen«, sagt sie zu Lou Ann. »Aber nein, sie müssen in jede Frucht ein kleines Loch picken, und dann fault sie.«

Lou Ann wirkt bekümmert, und das trotz ihrer Aufmachung in limonengrünem Lycra. In zehn Minuten muß sie in der *Pfund-Grube* den Samstagmorgenkurs »Himmlische Hintern« abhalten. Sie ist auf die Veranda gekommen, weil sie auf ihre Mitfahrgelegenheit wartet. »Ich dachte, Jax wollte eine Vogelscheuche basteln«, sagt sie.

»Hat er auch.« Taylor zeigt auf eine große, gehörnte Pappeule im Baumwipfel. Sie hat echt wirkende Augen und ist kunstvoll mit Federn beklebt, aber man kann sie kaum sehen, so viele Finken hocken darauf.

»Arme Turtle«, sagt Lou Ann traurig.

»Das haut mich richtig um. Hast du schon einmal erlebt, daß sie Theater wegen Essen macht? Und jetzt steht sie plötzlich auf Aprikosen. Aber sie will keine essen, die angepickt ist.«

»Kann ich ihr nicht verdenken, Taylor. Wer mag schon essen, was ein Vogel übrigläßt? Und Vogelkrankheiten haben sie wahrscheinlich auch.«

Im Dornengebüsch rings um das Haus schrillen die Zikaden. Es ist ein gleißender Tag, der ganz nach vierzig Grad aussieht. Taylor hebt einen Stein auf und wirft ihn quer durch die Krone des Aprikosenbaums, was ein Gestöber brauner Federn zur Folge hat. Sofort setzen sich die Vögel wieder. Sie legen den Kopf schief, feuchte Schnäbel glänzen, Knopfaugen fixieren Taylor. Dann stopfen sie sich fleißig weiter voll.

»Granny Logan hat immer gesagt, man könnte mein Schulfoto im Maisfeld aufstellen und damit die Krähen verscheuchen.«

»Deine Granny Logan gehört erschossen«, meint Taylor.

»Zu spät, sie ist schon tot.« Lou Ann verschränkt die Arme hinter dem Kopf und macht auf dem Verandaboden so rasch ein paar Rumpfbeugen, daß ihr blondes Pagenhaar wie ein Vorhang gegen das limonenfarbene Schweißband fliegt. »Ich sollte Cameron ... herholen ... und unter ... dem Baum aufstellen«, stößt sie zwischen den Rumpfbeugen hervor. »Das würde sie abschrecken.«

Cameron Jones ist Lou Anns periodisch wiederkehrender Freund, und er ist tatsächlich in mehrfacher Weise zum Fürchten. So hat er beispielsweise Dreadlocks, die ihm bis zur Taille reichen, und einen Dobermann mit einem goldenen Ohrring. Aber Taylor weiß, daß die Vögel Camerons wahre Natur erkennen und in hellen Scharen zu ihm fliegen würden wie zum heiligen Franz von Assisi. Sie kann sich seine Dreadlocks voller Spatzen direkt ausmalen. Taylor wirft noch einen Stein, und das ausgerechnet, als ihr Nachbar, Mr. Gundelsberger, aus seinem Haus tritt und den Weg entlangkommt. Der Stein landet dicht vor seinen Füßen. Er bleibt wie angewurzelt stehen und blickt den Stein übertrieben ernst an, dann zieht er sein Taschentuch aus der Tasche seiner grauen Flanellhose und schwenkt es über dem Kopf.

»Friede«, ruft er Taylor zu. »Nie wieder Krieg.«

»Ich führe Krieg gegen die Vögel, Mister G.«, sagt Taylor. »Und sie siegen.«

Er kommt zu ihnen herüber, baut sich direkt unter dem Baum auf, legt die Hand über die Augen und späht in das Geäst. »Ach«, sagt er. »Was Sie brauchen, ist ein Raadeo.«

»Ein Rodeo?« fragt Lou Ann ungläubig. Ihr Verflossener war Rodeo-Reiter. Sie könnte sich ihn gut vorstellen, wie er mit Vögeln herumtollt, er war nämlich die Sorte Kleinlichkeitskrämer.

»Nein, ein Raadeo.« Mr. Gundelsberger hält sich die Faust ans Ohr, ein Finger zeigt nach oben. »Transistor.«

»Ein Radio!« sagen Lou Ann und Taylor gleichzeitig. Taylor fragt: »Im Ernst?«

»Rock and Roll«, sagt Mr. Gundelsberger und nickt entschieden. »Probieren Sie es aus, Sie werden schon sehen. Rock and Roll hält die Vögel von den Pfirsichen fern.«

Lou Ann schnappt sich ihre Tasche und hechtet mit waffelbesohlten Turnschuhen die Steinstufen hinunter. Sie winkt Taylor zu, als sie und Mr. Gundelsberger in seinem Volvo auf die Straße einbiegen. Er nimmt sie oft in die Stadt mit, da sein Juweliergeschäft nur zwei Straßen von der *Pfund-Grube* entfernt liegt.

Mr. G. ist erst vor ein paar Monaten eingezogen. Seine Tochter ist als Künstlerin eine Ortsberühmtheit und unter dem Namen Gundi bekannt. Sie besitzt diese kleine Kolonie von baufälligen Steinhäusern am Stadtrand in der Wüste schon seit Jahren. In längst vergangener Zeit war das einmal eine Ranch; über der kiesbestreuten Auffahrt, die sich von der Hauptstraße hügelan zieht, prangt noch immer der eiserne Torbogen mit der Aufschrift RANCHO COPO. Als Jax Taylor zum erstenmal mit herausgebracht hat, saßen sie auf seinem Dach, und er band ihr eine haarsträubende Geschichte über Fruchtbarkeitsriten auf und behauptete, daß man der Ranch den Namen Copo gegeben hätte, damit die Rinder besser kopulieren. Später fand sie heraus, daß es »Schneeflocken-Ranch« bedeutet, was in diesem Klima ehrlich gesagt noch größerer Quatsch ist als die Rinderkopulation. Aber es ist eine beneidenswerte Wohnlage. Taylor hatte schon davon gehört, ehe sie Jax kennenlernte. Es gibt Wartelisten, weil jeder hierherziehen möchte, vorausgesetzt, er findet Gundis Beifall.

Gundi wohnt in dem großen Haus auf dem Hügel, und an den Steinmauern, die früher zum Eßraum der Rancharbeiter gehörten, stellt sie riesige abstrakte Gemälde aus. Alle anderen Häuser sind klein und merkwürdig: Einige haben keine Heizung oder keine Klimaanlage; eins hat das Badezimmer außerhalb des Hauses. Jax' Haus ist winzig, hat aber nach Süden hin einen absonderlichen Steinturm. Die Miete ist sagenhaft niedrig; Taylor ist aufgefallen, daß viele Leute, die hier wohnen, Musiker sind oder einen Doktor in Exotenfächern haben.

Vor dem Umzug auf den Rancho Copo haben Taylor und Turtle in einem spießigeren, heruntergekommenen Haus in der Innenstadt zusammen mit Lou Ann und ihrem Baby gewohnt. Lou Ann nahm sie auf, als sie nach Tucson kamen, und Taylor fühlt sich ihr noch immer verpflichtet. Deshalb wollte sie nicht eher bei Jax einziehen, bis Gundi auch Lou Ann als Rancho-Copo-Material eingestuft hatte.

Taylor geht ins Haus und durchstöbert das Studio, das sich Jax in seinem Glockenturm eingerichtet hat. Er behauptet, daß dieser eine überirdische Akustik besitzt. Die Grundfläche ist zwar nicht groß, aber dafür reichen die Regale an den vier schmalen Wänden bis zur Decke. Sie schleppt die Leiter von Wand zu Wand, denn sie weiß genau, daß er irgendwo in diesem Tohuwabohu aus elektronischen Geräten ein Transistorradio haben muß, nur kann sie es nicht finden. Statt dessen holt sie ein tragbares Tonbandgerät herunter und eins von Jax' Demobändern. Sie ist wild entschlossen, die *Jähzornigen Babys* an einem neuen Publikum auszuprobieren.

Annawake rumpelt in ihrem Mietauto die lange, kiesbestreute Auffahrt entlang, bis sie beim Anblick einer Frau in einem Baum anhält. An den Beinen kann sie nicht erkennen, ob es dieselbe Frau ist wie bei Oprah Winfrey, aber die Adresse scheint zu stimmen, also stellt sie den Motor ab und steigt aus. Die Erde ist mit angefaulten Früchten und harten Obstkernen übersät, die sich schmerzhaft durch die Sohlen ihrer Mokassins drücken. Sie ruft ins Geäst hinauf: »Hallo, ich suche Taylor Greer.«

»Sie haben sie gefunden, sie ist in die Luft gegangen.« Taylor ist dabei, den Lautsprecher mit einem Strick an einem der oberen Äste zu befestigen. »Bleiben Sie bloß unten. Mir ist die Erde, ehrlich gesagt, auch lieber.«

Und dann dröhnt ein donnernder Baß durch die Blätter. Annawake sieht die Turnschuhe der Frau die übers Kreuz genagelte Astleiter herunterklettern, sie baumeln kurz und lassen sich dann zu Boden fallen. Zu ebener Erde ist sie ein paar Zentimeter kleiner als Annawake und vielleicht ein paar Jährchen jünger, hat langes dunkles Haar und einen vertrauensvollen Blick. Sie klatscht ein paarmal auf ihre jeansbekleideten Oberschenkel, mustert die Handfläche der rechten Hand und streckt sie ihr hin.

»Annawake Fourkiller.« Sie schüttelt Taylor die Hand. »Ich bin aus Oklahoma und zu einem Kongreß in der Stadt. Hübsch haben Sie es hier draußen.«

Taylor lächelt in Richtung der Berge, die um diese Morgenstunde richtiggehend violett aussehen. »Nicht wahr? Bevor ich hierherkam, hatte ich keine Ahnung, daß es so viele Bäume gibt. Der einzige Unterschied zwischen Arizona und der übrigen Welt besteht darin, daß hier alles Dornen hat.«

»Ganz schön hart das Leben in der Wüste, was? Entweder man ist stachelig, oder man wird gefressen.«

Taylor muß lauter sprechen, wenn sie mit Jax mithalten will, der jetzt aus voller Kehle vom Wipfel singt. »Möchten Sie mich sprechen? Kommen Sie rein, und ich mache die Tür zu. Man kann ja sein eigenes Wort nicht verstehen.«

Annawake folgt Taylor ins Haus und einen schmalen, steinernen Flur entlang, der kaum dem Klavier Platz bietet, an dem sie sich auf dem Weg zur Küche vorbeiquetschen. Die Wände sind aus kühlem, glattem Schiefer. Annawake setzt sich an einen Holztisch, dessen vier Beine in vier verschiedenen Farben gestrichen sind; Millie und Dell fallen ihr ein, wie sie zu Hause den Tisch reparierten, und das neue Baby, das jetzt Hahn im Korbe ist. Taylor setzt Kaffeewasser auf.

»Vier von welcher Sorte haben Sie eigentlich gekillt, wenn man fragen darf?«

Annawake lächet. Das ist die Frau, die sie im Fernsehen gesehen hat – sie erkennt sie am Selbstvertrauen. »Für einen Cherokee ist das ein ziemlich gewöhnlicher Nachname.«

»Ja? Gehört eine Geschichte dazu?«

»Die Geschichte geht so: Als mein Ururgroßvater den ersten englischsprechenden Leuten begegnete, haben sie ihm diesen Namen gegeben. Er hatte vier Kinder, deshalb die vier Kerben an seinem Gewehrkolben – das war seinerzeit so üblich. Wohl aus Stolz, vielleicht auch als Gedächtnisstütze, damit man jeden Tag genug Wild mit nach Hause brachte. Aber die Weißen haben angenommen, er hätte vier Männer umgebracht.« Annawake wirft Taylor einen Blick zu. »Und ich könnte mir denken, daß Grandpa das nie richtiggestellt hat.«

Taylor lächelt, sie hat begriffen, was ihr hier unterschwellig, aber fast schon bedrohlich zu verstehen gegeben wurde. Sie klappert mit den Kaffeebechern und schüttet schwarzes Pulver in den Filter. »Wenn ich Ihren Akzent höre, bekomme ich Heimweh. Ich weiß, er ist Okie, aber für mich hört er sich fast nach Kentucky an.«

»Mir ist ein ganz ähnlicher Gedanke gekommen«, sagt Annawake. »Für mich hören Sie sich auch wie von daheim an. Fast. Eine Spur anders zwar, aber ich könnte nicht den Finger darauf legen.«

Taylor steht am Herd, und für ein Weilchen spricht keine der beiden Frauen. Taylor registriert Annawakes Aussehen: ihr schwarzes Bürstenhaar, das ihr in der Stirnmitte spitz zuläuft und von dort wie von einem einzigen Punkt auszustrahlen scheint. Sie hat einen schönen tonfarbenen Teint, den man wie Turtles berühren möchte. Auf die Passe und die Schulternähte ihrer kastanienbraunen Baumwollhemdbluse sind blaue Satinbänder aufgenäht. Taylor hantiert mit dem Gasbrenner herum. Sie lauschen einem langen Gitarren-Riff und Jax' Stimme, die zu ihnen hereindringt:

*»Böse Buben ... spielen Spiele. Spielen Spiele ... viel zu viele. Bim, bums, buh, und raus bist du ...«*

Annawake hebt eine Braue.

»Das ist die Band meines Freundes.« Taylor sieht aus dem Fenster. »He, es funktioniert. Die Vögel sind weg.«

»Ist das eine Art Experiment?«

Taylor lacht. »Sie müssen mich für übergeschnappt halten. Ich probiere nämlich aus, wie man die Vögel vom Aprikosenbaum fernhält. Mein kleines Mädchen ißt für sein Leben gern Aprikosen, und sonst ist sie wirklich nicht anspruchsvoll. Was habe ich mir schon den Kopf zerbrochen, wie ich die Vögel aus dem Obst verscheuche.«

»Meine Großmutter hat Maulbeerbäume neben die Pfirsichbäume gepflanzt. Die Maulbeeren haben den Vögeln besser geschmeckt. Die haben dann im Maulbeerbaum gesessen und sich diebisch gefreut, weil sie dachten, sie hätten was Besseres erwischt, und uns die Pfirsiche gelassen.«

»Im Ernst?« sagt Taylor. »Das hätte ich vor zwanzig Jahren wissen sollen.«

»Ihre Tochter? Turtle, der Aprikosen-Fan?«

»Stimmt.«

Nach einer ausgiebigen Schweigeminute fängt der Wasserkessel an zu summen. Taylor hebt ihn vom Herd und gießt zischendes Wasser auf das Kaffeepulver. »Sie ist im Augenblick nicht da. Die wird Augen machen, wenn sie nach Hause kommt, daß die Vögel weg sind.« Taylor lächelt auf die Anrichte herunter, und das Lächeln erstaunt Annawake, da man es fast als schüchtern bezeichnen könnte. Intim. Es verfliegt, und Taylor blickt Annawake wieder an. »Jax hat sie und das Nachbarskind mit in den Zoo genommen, sie wollen sich die beiden neuen Nashörner ansehen. Er will mit Turtle einen Song über gefährdete Arten machen.«

»Gehört eine Geschichte zu dem Namen?«

»Wozu, zu Turtle? Na ja, mit Ihrer Geschichte kann sie es nicht aufnehmen. Es ist mehr oder weniger ein Spitzname, weil sie so ist, wie sie ist. Turtle ist... also, sie hält so fest wie eine Schnappschildkröte. Selbst als sie noch ganz klein war, hat sie nach mir gegriffen und nicht wieder losgelassen. In Kentucky, wo ich aufgewachsen bin, haben wir ein Sprichwort: Wenn eine Schnappschildkröte zubeißt, läßt sie erst wieder los, wenn's donnert. Nehmen Sie Sahne?«

»Schwarz bitte.«

»Das ist die Geschichte«, sagt Taylor, schenkt Annawake ein und nimmt ihr gegenüber Platz. »Es gibt nicht mehr viel über uns, was nicht schon in der Zeitung gestanden hätte. Aus uns ist, ehrlich gesagt, nichts mehr herauszuquetschen. Nichts für ungut, aber wir wollen nur noch eins, nämlich wieder normal leben.«

Annawake schüttelt ein wenig den Kopf.

»Sie sind Reporterin, ja? Ich habe einfach angenommen, daß Sie uns im Fernsehen gesehen haben. Haben Sie nicht gesagt, Sie sind hier zu einer Art Journalistenkongreß?«

Annawake hält den Kaffeebecher mit beiden Händen und trinkt einen Schluck. »Tut mir leid, wenn ich Sie irregeführt haben sollte.« Sie wählt ihre Worte sorgfältig, formuliert Satz für Satz. »Ich habe Sie tatsächlich im Fernsehen gesehen, aber Reporterin bin ich nicht. Ich bin Rechtsanwältin und zu einem Kongreß über Indianische Gesetzgebung in der Stadt.«

»Rechtsanwältin? Auf die Idee wäre ich nie gekommen.«

»Da muß ich wohl danke sagen. Ich bin in einem Büro angestellt, das viel für das Volk der Cherokee arbeitet. Und darüber möchte ich mit Ihnen sprechen. Turtles Adoption dürfte ungültig sein.«

Taylors Becher kommt knapp vor ihren Lippen zum Halten, und fast eine halbe Minute lang scheint sie nicht zu atmen. Dann stellt sie den Becher hin. »Das hatten wir alles schon einmal. Die Sozialarbeiterinnen haben gesagt, ich brauche eine Adoptionsurkunde, also bin ich nach Oklahoma City gefahren und habe mir die Urkunde besorgt. Wenn Sie sie sehen wollen, hole ich sie.«

»Ich habe die Akten bereits eingesehen. Das ist ja das Dumme an der Sache, die Adoption wurde nicht ordnungsgemäß durchgeführt. Es gibt ein Gesetz, das dem Stamm das letzte Wort beim Sorgerecht für unsere Kinder gibt. Es heißt Indian Child Welfare Act. Es wurde 1978 vom Kongreß verabschiedet, weil so viele indianische Kinder von ihren Familien getrennt und in nicht-indianischen Familien untergebracht wurden.«

»Und was hat das mit mir zu tun?«

»Es ist nicht gegen Sie persönlich gerichtet, aber Gesetz ist Gesetz. Was wir erlebt haben, das war der totale Ausverkauf.«

»Na schön, aber das ist Vergangenheit.«

»Hier ist nicht die Rede von General Custer. Ich rede von der jüngsten Vergangenheit, den siebziger Jahren, als Sie und ich in der High School waren. Da wurde noch immer jedes dritte unserer Kinder aus seiner Familie herausgerissen und von Weißen adoptiert. Eins von dreien.«

Taylors Augen sind eigenartig geweitet. »Mit Ihrer Tragödie hat meine Familie nichts zu tun«, sagt sie. Sie steht auf, stellt sich ans Fenster und sieht nach draußen.

»Ich will Ihnen keine Angst machen«, sagt Annawake ruhig. »Aber ich möchte Sie ein wenig mit dem Hintergrund des Problems vertraut machen. Wir müssen uns absichern, daß unsere Gesetze befolgt werden.«

Taylor dreht sich um, daß ihr Haar fliegt, und blickt Annawake fest in die Augen. »Ich habe Turtle keiner Familie weggenommen, man hat sie bei mir abgeladen. *Abgeladen.* Sie hatte ihre Familie schon verloren, und man hatte ihr Dinge angetan, von denen ich nicht reden kann, ohne daß ich weinen muß. Sexuell, meine ich. Ihre Leute haben sie durch das Netz fallen lassen, es ging ihr sehr schlecht. Sie konnte nicht sprechen, nicht laufen, sie hatte die Persönlichkeit eines – ich weiß nicht, von was. Die eines Apfels mit Druckstellen. Niemand wollte sie haben.« Taylors Hände zittern. Sie verschränkt die Arme vor der Brust und sackt leicht vornüber wie eine Hochschwangere.

Annawake sitzt ganz still.

»Und jetzt ist sie ein niedliches, kleines, entzückendes Kind und berühmt und im Fernsehen gewesen, und nun wollt ihr sie wiederhaben.«

»Es hat nichts damit zu tun, daß Turtle im Fernsehen war. Außer daß wir dadurch auf sie aufmerksam geworden sind.« Annawake wendet den Blick ab und überlegt, welchen Ton sie anschlagen soll. Wenn sie ihr als Juristin kommt, kann sie den Fall hier und heute vergessen. Oklahoma ist gar nicht so fern. »Bitte, keine Panik. Ich sage ja nur, daß Ihre Adoptionsurkunde ungültig sein könnte, weil das Einverständnis des Stammes fehlt. Und das brauchen Sie. Es wäre keine schlechte Idee, sich das zu holen.«

»Und was ist, wenn ich es nicht bekomme?«

Annawake fällt auf diese Frage keine richtige Antwort ein.

Taylor will wissen: »Wie kommen Sie überhaupt auf die Idee, daß Sie in Turtles Interesse handeln?«

»Wie kommen Sie auf die Idee, daß es für einen Stamm gut ist, wenn er seine Kinder verliert!« Annawake erschrickt selbst über ihren Zorn – das war ein Schuß ins Blaue.

Taylor kann dazu nur den Kopf schütteln, hin und her, hin und her.

»Tut mir leid, aber ich verstehe Sie nicht. Turtle ist meine Tochter. Wenn Sie hier hereinspazieren und mich auffordern würden, daß ich mir für eine gute Sache die Hand abhacke, ich würde es mir überlegen. Aber Turtle bekommen Sie nicht.«

»Es gibt das Interesse des Kindes, und es gibt das Interesse des Stammes, und ich bemühe mich, beides unter einen Hut zu bekommen.«

»Quatsch.« Taylor dreht sich wieder um und blickt aus dem Fenster.

Annawake redet sanft auf ihren Rücken ein. »Turtle ist Cherokee. Das muß sie wissen.«

»Sie weiß es.«

»Weiß sie auch, was das bedeutet? Wissen *Sie* es? Wetten, daß sie Indianer im Fernsehen sieht und denkt: Ach so, Pfeil und Bogen. Aber so sind wir nicht. Wir haben eine Schriftsprache, die so subtil wie das Chinesische ist. Wir hatten das erste öffentliche Schulsystem auf der ganzen Welt, haben Sie das gewußt? Wir haben eine Verfassung und Gesetze.«

»Schön für Sie«, sagt Taylor, und ihre Augen wandern blicklos über den Vorgarten. Wir haben auch eine Verfassung, denkt sie, und die soll schreckliche Ungerechtigkeiten verhüten, aber ihr fällt nichts weiter ein als aneinandergereihte Worte, die sie im achten Schuljahr auswendig lernen mußte: »Wir, das Volk«, sagt sie laut. Sie geht zum

Ausguß und greift sich eine Suppenkelle, legt sie aber wieder hin. Die Stimme draußen singt: *»Ich kann's nicht fühlen. Man nimmt es mir nämlich weg.«*

Annawake spürt noch immer das Eierbäuchlein ihrer Nichte in ihrer Hand. »Sicher sind Sie eine gute Mutter«, sagt sie. »Das merkt man.«

»Wie wollen Sie das merken? Sie kommen hier hereinmarschiert, Sie...« Taylor stockt und fuchtelt mit der Hand in der Luft herum. »Was wissen Sie denn schon von uns?«

»Sie haben recht, ich bin anmaßend. Sie scheint Ihnen sehr ans Herz gewachsen zu sein. Aber sie braucht auch ihren Stamm. Es gibt so vieles, was sie wissen muß, wenn sie erwachsen wird, und was Sie ihr nicht geben können.«

»Und das wäre?«

»Woher sie kommt, wer sie ist. Wichtiges. Und Unwichtiges wie beispielsweise Milch. Wetten, daß sie keine Milch mag.«

Taylor greift erneut zur Kelle und schlägt damit gegen den Metallausguß, dann legt sie sie wieder hin. »Ihre verdammte Traute möchte ich haben. Mir zu erzählen, wer mein Kind ist. Wo waren Sie denn vor drei Jahren, als sie dem Tod gerade noch von der Schippe geprungen ist?«

»Da habe ich Jura studiert, um zu lernen, wie sich die Lage meines Volkes verbessern läßt.«

»Wir, das Volk der Vereinigten Staaten, von der Absicht geleitet, unseren Bund zu vervollkommnen.«

Annawake gibt darauf keine Antwort.

»Das hier ist mein Volk, und ich muß Sie bitten, zu gehen.«

Annawake steht auf. »Tut mir leid, daß es kein freundlicher Gedankenaustausch war. Das hatte ich mir eigentlich erhofft. Turtle möchte ich aber trotzdem gern sehen.« Sie läßt ihre Karte auf dem Tisch liegen, ein kleines weißes Rechteck, auf das rote Lettern und das Siegel des Cherokee-Verbandes geprägt sind. »Es wäre, glaube ich, gut für sie, wenn sie über ihr kulturelles Erbe sprechen könnte.«

Taylor sagt nichts.

»Na schön. Ich bin noch bis Montag in der Stadt. Ich würde sie gern kennenlernen. Könnte ich vielleicht morgen wiederkommen? Nach dem Abendessen?«

Taylor schließt die Augen.

»Danke für den Kaffee.«

Taylor geht zur Haustür, hält sie auf und sieht hinter ihrer Besucherin her, als diese im Garten über das heruntergefallene Obst steigt. Annawake treibt die Autoschlüssel in der Hosentasche auf, legt die Hand auf die Wagentür und verharrt noch einen Augenblick.

Taylor schreit: »Und sie mag Milch. Wir kaufen sie literweise.«

Annawakes Auto ist ein niedriger, blauer Chrysler, den sie nur mit Mühe zurücksetzt. Dann rumpelt und pumpelt er die ausgefahrene Zufahrt hinunter und in Richtung Stadt.

Taylor steht mit verschränkten Armen auf der Veranda und sieht sich den Rückzug an. Die Worte »ein freundlicherer Gedankenaustausch« klatschen von innen gegen ihren Schädel wie wütende Bienen, die man aufgestört hat.

Die Musik hoch oben in den Ästen des Aprikosenbaums ist verstummt. Einer nach dem anderen stellen sich die Vögel aus der Wüste wieder ein und fordern ihren Baum zurück.

## Die Schweine am Himmel

Onkel Ledger würde sagen: »Wer einmal geritten ist, sollte wissen, was ein Pferd ist.« Als Annawake zum zweitenmal vor dem kleinen Haus aus Feldsteinen steht, in dem Turtle wohnt, verstört es sie ein wenig, etwas zu sehen, was vorher – und darauf könnte sie schwören – noch nicht da war. Nämlich einen komischen Steinturm an einem Ende des Satteldachs, die Sorte aus den Märchenbüchern der Weißen, in denen die Gefangene oder verrückte Tanten einsperren.

Klar, letztesmal war sie nervös. Und hat nur auf die Frau oben im Baum geachtet. Jetzt sitzt da ein magerer Mann in schwarzen Jeans auf den Verandastufen. Er starrt auf seine Hände, die auf seinen Knien vor sich hin zu dösen scheinen wie ein paar träge Riesenspinnen.

Annawake probiert es mit: »Hallo.« Sie steht mit den Händen in den Hosentaschen und wartet, daß er irgendwie reagiert. »Ich bin Annawake«, fügt sie hinzu.

»Oh, Sie können mir glauben, das weiß ich.« Er scheint sehr langsam und nur mit großer Mühe aus seiner Versunkenheit aufzutauchen, so als käme er aus dem Winterschlaf. »Wo bleiben meine guten Manieren«, sagt er schließlich mit sonorer Stimme, die nach Verzweiflung oder nach tiefem Süden klingt. »Bitte, nehmen Sie doch auf dieser dreckigen, alten Veranda Platz.«

Die Steinstufe ist so breit und abfallend wie das Tor zu irgendeinem antiken Weltwunder. Als sie sitzt, sickert ihr Kühle in die Schenkel, ein klammes Gefühl. »Sind Sie der Musiker?«

»Jax«, sagt er und nickt ein paarmal, so als zweifelte er daran, daß das sein richtiger Name ist.

»Gestern habe ich etwas von Ihnen gehört. Aus dem Baum da.«

»Es soll die Vögel verschreckt haben. Mir scheint, ich bin auf eine Marktlücke gestoßen.« Jax hebt eine grüne Aprikose von der Größe eines Golfballs auf und wirft damit nach der Pappeule im Wipfel. Er verfehlt sie um einiges.

»Möglicherweise. Mir hat Ihre Musik gut gefallen«, sagt sie. Sie wirft auch mit einer Aprikose und trifft die Eule. Ein lautes Peng, sie erzittert und hat Schlagseite.

»Mein Gott«, sagt er. Jax wirft noch einmal, zielt jedoch diesmal auf den Stamm und trifft ihn seitlich. Rasch wirft auch Annawake und trifft die Stelle, wo sein Schuß abgeprallt ist.

Er sieht sie schräg an. Seine dunklen Augenbrauen und der glitzernde goldene Ohrring geben ihm etwas Piratenhaftes. »Sind Sie Jax' Heimsuchung? Wollen Sie mir den Sinn meines Lebens offenbaren?«

Annawake lacht lieber nicht. »Ich war früher gut in *sgwalesdi*, das ist ein Ballspiel, das man bei uns spielt. Reiner Zufall, ich bin nicht in allem so gut.«

»Falls doch, so verschonen Sie mich bitte damit.«

»Ich weiß nichts über den Sinn Ihres Lebens.«

»Gut. Weil ich auch davon verschont werden möchte. Das verdirbt nämlich den Spaß. Wie wenn man ein gutes Buch liest und jemand sagt: ›Oh, das ist ein tolles Buch, ist er schon vom Zug überfahren worden?‹«

Annawake lächelt. Sie hat gemerkt, daß das Haus, gemessen am Standard für Sozialwohnungen, unbestreitbar heruntergekommen ist, schlimmer als so manches, was man in Cherokee-Siedlungen zu sehen bekommt. Das könnte zu ihren Gunsten sprechen. Nach Westen steigt die Wüste zu den zackigen Felsspitzen der Tucson Mountains an. Annawake hält sich die Hand wie einen Schirm über die Augen und blickt in die untergehende Sonne. Es kostet sie einige Mühe, die Unterhaltung nicht voranzutreiben. »Ich kann sehen, warum Sie gern hier draußen wohnen«, sagt sie. »Außerhalb der Stadt.«

»Ach, das ist eine schrecklich traurige Geschichte. Man hat mich aus Tucson hinausgeworfen. Eine gerichtliche Verfügung gegen die *Jähzornigen Babys*.«

»Gegen wen?«

»Meine Band. Früher haben wir alle zusammen in der Stadt in einem Hühnerstall gewohnt. Aber ein paar Leute fanden uns zu laut.«

»Warum hat man in der Stadt noch Hühnerställe?«

»Das war längst keiner mehr. War wegen des Gestanks geschlossen worden. Ich kann Ihnen sagen, diese Stadt ist sehr intolerant.«

Auf diese Art Freund war Annawake nicht gefaßt. Es überrascht sie, daß er so gelassen und verbindlich ist, obwohl sie sich auch täuschen kann. Vielleicht ist er auch nur völlig weggetreten. »Ist Jacks eine Kurzform von Jackson?«

»Nein, es schreibt sich mit X.« Er kreuzt die hinreißend langen Zeigefinger. »Kurzform von gar nichts. Meine Mutter war eine der bekanntesten Alkoholikerinnen aus dem French Quarter von New Orleans. Sie hat mich nach einer altehrwürdigen Biermarke genannt.«

»Sie sind nach *Jax Beer* benannt?«

Er nickt bekümmert. »Irgendwo auf dieser großen, weiten Welt habe ich auch noch eine Schwester, die Hurricane heißt. Auf Ehre und Gewissen.«

»Sie wissen nicht, wo sie ist?«

»Weder von ihr noch von meiner Mutter. Falls sie überhaupt noch auf dieser Erde weilen.«

»Mist. Und ich habe immer gedacht, für ein angenehmes Leben braucht man nichts als eine weiße Haut«, sagt Annawake.

»Und ich wollte immer gern Indianer sein. Einmal habe ich mir den Kopf rasiert und mir Perlen umgehängt und mich von allen mit Springender Hirsch anreden lassen.«

Annawake sieht ihn an, und diesmal lacht sie wirklich. »Sie sind kein Springender Hirsch.«

Jax mustert seine Turnschuhe. »Ich könnte doch einen symbolischeren Namen wählen, was meinen Sie? Etwas Sportliches. Vielleicht Red Balls Jets.«

Für ein Weilchen betrachten sie ihre vier auf der Stufe aufgereihten Schuhe. Jax' sind ausgelatscht und wirken übergroß und pathetisch, während Annawakes Mokassins genau richtig für sie sind: Handgenähtes Wildleder in dem kupferfarbenen Rotton der eisenoxydhaltigen Böden Oklahomas.

»Heiße Mokassins«, stellt Jax fest. »Sehen funkelnagelneu aus.«

»Sind sie auch. Ich mußte sie mir hier kaufen. Heutzutage trägt in Oklahoma kein Mensch mehr Mokassins.«

»Nein?«

Sie schüttelt den Kopf. »Die im Cherokee Heritage Center verkauft werden, die macht ein Hippie in Albuquerque.«

Jax seufzt. »Die Welt kommt auf den Hund.«

Auf einmal wird das schwindende Sonnenlicht auffallend golden und gütig. Die von hinten angestrahlten Kakteen tragen einen leuchtenden Heiligenschein aus goldenem Pelz, und Gesicht und Gliedmaßen von Jax und Annawake werden auf die gleiche Weise bedacht. Nach einer Minute wechselt das Licht erneut, diesmal zu fahler Abenddämmerung.

»Sie sind weg, ja?« fragt Annawake schließlich.

»Ja.«

»Wie?«

Jax denkt über die Frage nach. »Sie hat Turtles gesamte Kleidung eingepackt. All ihre Bücher. Dann hat sie an die zweihundert grüne Aprikosen gepflückt und sie auf die Ablage hinter dem Rücksitz gelegt, wo sie hoffentlich nachreifen. Als sie weggefahren sind, haben sie ausgesehen wie die Joads.«

Annawake muß ein Weilchen überlegen, ehe sie die Joads einordnen kann, ach ja, *Die Früchte des Zorns*, Englischunterricht in der High School. Weiße, die der Staubwüste von Oklahoma entfliehen und als Obstpflücker in Kalifornien landen. Und das hielten die für ein schlimmes Los. Die Cherokee hat man aus ihrer Heimat *nach* Oklahoma vertrieben.

»Keine Nachsendeadresse, oder?«

Jax lächelt.

»Sie managt in der Stadt einen Laden für Autozubehör, ja? Für eine Frau namens Mattie, die mit ihr befreundet sein muß, sonst wäre sie ans Telefon gekommen, als ich angerufen habe. Sie haben Glück, daß Sie einen Automechaniker in der Familie haben.«

»Gute Arbeit, Sherlock, aber auch wenn Taylor Automechanikerin wäre, würde sie wahrscheinlich sagen, ich soll mein Auto gefälligst selber reparieren. Und sie ist es nicht. Früher war der Laden mal ein Reifengeschäft, aber Taylor kann Reifen nicht ausstehen, und als sie dann Autozubehör dazugenommen haben, hat Mattie ihr die Abteilung für Auspufftöpfe und Keilriemen überlassen.«

»Sie hatte wohl noch ausstehenden Urlaub.«

»In dem Laden wird nicht gerade nach der Stechuhr gearbeitet«, sagt Jax. »Ist eine nette Truppe. Sechziger Jahre, Amish-Romantik. Sie nehmen Heimatlose auf.«

»Wie Turtle?«

»Wie Flüchtlinge aus Mittelamerika. Darf ich Sie daran erinnern, daß mein Leben Ihretwegen unlängst in die Brüche gegangen ist? Ist das eine amtliche Befragung?«

»Das tut mir leid. Nein. An Auskünfte komme ich auch auf anderem Wege heran, wenn Sie möchten, daß ich jetzt gehe und Sie allein lasse.«

»Allein gelassen, genau das ist es«, sagt Jax. Er schweigt so lange, daß Annawake hören kann, wie sich die Luft rings um sie bewegt. »Mattie liebt Taylor wie ein eigenes Kind«, sagt er plötzlich. »Deshalb werden Sie sich bei ihr nur mit den Luftkompressoren unterhalten. Reine Zeitverschwendung.«

»Sie können mir vermutlich nicht sagen, wohin sie gefahren ist?«

»Sie vermuten richtig.«

Sie sehen beide zu, wie die Sonne die Berge berührt. Der Horizont hat eine sanfte Delle, als wäre die Landschaft dort durch die ewigen Sonnenuntergänge so abgetreten wie die flache Mitte einer alten Marmorstufe. Der rote Ball sinkt in sich zusammen und verblutet still in den Wolken ringsum.

»Vielleicht bekomme ich ab und an einen Telefonanruf, nur damit ich weiß, daß es ihnen gutgeht. Aber eine Nachsendeadresse gibt es nicht.«

»Danke, daß Sie so ehrlich sind«, sagt Annawake.

Jax verschränkt die Finger hinter dem Kopf, und dabei knackt irgendein Gelenk dumpf. »Ich stelle mit meinem Körper jede Menge schlimme Sachen an, aber eidbrüchig werde ich nicht.«

»Ein weiser Entschluß«, sagt sie. »Nur sind wir hier nicht vor Gericht.«

»Dann sitzen sie also wirklich in der Tinte? Läuft das so ähnlich wie bei James Dean, jagen die Cherokee sie nun erbarmungslos bis zum Flußufer und leuchten ihnen mit Taschenlampen in die Augen, bis sie endlich aufgeben?«

Annawake sagt: »Nein.«

»Könnte ich das schriftlich haben?«

»Sie haben mir zwar nichts erzählt, aber Sie waren sehr nett und verdienen eine ehrliche Antwort. Nicht das Volk der Cherokee verfolgt diesen Fall, sondern ich. Und der Fall weist viele Lücken auf. Ich weiß nicht, wie wir beweisen können, daß Turtle Cherokee ist, es sei denn, es melden sich Verwandte beim Stamm. Und selbst dann bin ich mir nicht sicher, ob unser Kindersozialdienst Taylor Turtle wegnehmen würde. Oder ob er das überhaupt tun sollte.«

»Was sagt das Gesetz?«

»Nach dem Gesetz können wir sie ihr wegnehmen. Es hat schon Kinder gegeben, die fünf, zehn Jahre bei Adoptiveltern waren und gemäß dem Indian Child Welfare Act in ihren Stamm zurückgebracht wurden, weil die Adoptionen gesetzwidrig waren.«

»Mann-o-Mann. Wie ätzend.«

»Jemand außerhalb unserer Kultur kann das wohl schwerlich verstehen. Daß es etwas noch Heiligeres gibt als die Dreisamkeit von Mama und Papa und rotem Baby.«

»Was möchten Sie?«

Annawake zögert. »Erste Wahl? Ich wüßte sie lieber in einer Cherokee-Familie aufgehoben, bei Verwandten, denn das ist immer das Beste. Aber erste Wahl bekommen wir nicht immer. Und da sie dem Stamm schon entfremdet ist, wird es ganz schön schwierig. Mein Chef denkt, ich bin auf dem Kriegspfad. Annawake Crazy Horse.«

»Sind Sie das?«

»Na klar. Taylor hätte die Zustimmung des Stammes einholen müssen. Und Turtle sollte Verbindung zu ihrem Volk haben. Sie sollte wissen ...« Annawake verstummt und berichtigt sich. »Es gibt Möglichkeiten, ihr zu zeigen, wer sie ist. Meine Position ist grundsätzlich unparteiisch. Ich bin im Besitz von Informationen, die Taylor nützlich sein könnten.«

»Ja, schnurzunparteiisch. Wissen Sie, was man sagt, wenn jemand zwischen Bärenmutter und Bärenkind gerät? Annie, mein Schatz, stell dir vor, du suchst nur Blaubeeren, aber das ist Mama Bär völlig wurscht.«

»Eins zu null für Sie.«

Die leichte Brise scheint direkt aus der Erde aufzusteigen, und sie bewegt die Äste in alle Richtungen. Vom großen Steinhaus auf dem Hügel wehen Stimmen herunter, abgerissenes Gelächter, und im Mesquitedickicht zwitschert ein Vogelchor. Annawake lauscht der Vogelmusik, erkennt einzelne Stimmen: das montone Gurren einer

Taube, das Lachen eines Spechts, alles durchsetzt von periodischem Grillengezirpe. Dann hört sie nicht mehr so genau auf die Solostimmen, sondern genießt lieber den Gesang als Ganzes.

Jählings schlägt sich Jax aufs Knie. »So ein Mist«, sagt er.

»Stimmt.«

»Ach, Sie wissen ja noch längst nicht alles. Taylor ist die Sorte Frau, für die es sich lohnt, sich aufzuheben, wie meine Mama es mir geraten hat. Sie können mir glauben, ich wollte, ich hätte es getan. Haben Sie schon mal jemandem solche Gefühle entgegengebracht?«

»Nicht einer Einzelperson«, sagt Annawake, ohne lange zu überlegen.

»Tja, dann verstehen Sie wohl auch kaum, was ich durchmache. Wenn ich ins Haus ginge und es auf dem Klavier spielte, würden Sie es verstehen. Sie würden sagen, der Kerl hier, dieser Jax, der legt sich noch hin und geht ein, wenn diese Frau länger als bis zum Unabhängigkeitstag wegbleibt.«

Die Wolken am westlichen Himmel werden noch immer von unten angestrahlt und gleichen gelblich-silbrigen Fischbäuchen, doch über ihnen sind schon ein paar Sterne zu erkennen. »Da, sehen Sie«, sagt Jax zu Annawake, »das ist die Venus, die Göttin der Liebe. Fragen Sie mich nicht, warum sie um acht Uhr abends herauskommt, wenn die Leute noch das Geschirr vom Abendessen abwaschen.«

»Beste Sendezeit«, sagt Annawake. Wer Jax zuhört, wird zu freiem Assoziieren angeregt.

»Wetten daß.«

»Wissen Sie, was mich überhaupt auf diesen Fall aufmerksam gemacht hat?«

Jax sagt: »Die wahnsinnige, furchterregende Höhe des Hoover-Damms.«

»Nein, den Teil der Show habe ich verpaßt, ob Sie es nun glauben oder nicht. Ich bin stutzig geworden, weil

Taylors Geschichte nicht stimmig ist. Im Fernsehen hat sie erzählt, daß Turtle mehr oder weniger ein Findelkind ist. Daß irgendeine Cherokee-Frau ihr das Kind auf einem Parkplatz gegeben hat. Aber in den Akten stehen zwei Elternteile, die Turtle aus freien Stücken zur Adoption freigegeben haben.«

»Hat Ihnen schon mal jemand gesagt, daß Sie außerdienstlich schöner sind als die Lichtgeschwindigkeit?«

Sie sieht Jax eine Minute mit großen Augen an, dann lacht sie. »Nein, nicht mit diesen Worten.«

»Ich dachte nur so. Dürfte ich Sie küssen?«

»Ist das ein Ablenkungsmanöver?«

»Ja, mehr oder weniger. Obwohl ich es vermutlich sehr genießen würde.«

»Es kommt nicht von Herzen, Jax. Trotzdem, die Idee gefällt mir.«

»Vielen Dank.«

»Soviel ich herausgefunden habe, ist die Geschichte mit dem Findelkind auf dem Parkplatz wahr. Eigenartig, aber wahr. Dann war die Adoption fingiert, ja?«

»Klar doch.«

»Warum?«

»Tja, Sie wissen doch, daß man auf dieser guten, alten Erde Papiere braucht. Eine Sozialarbeiterin hier in Tucson hat herausgefunden, daß sich Taylor eine legale Adoption abschminken konnte, weil es aussichtslos war, die leiblichen Eltern aufzutreiben. Also hat sie Taylor an einen Beamten in Okie City weitergereicht, der es mit dem langen Arm des Gesetzes anscheinend nicht so genau nimmt. Taylor ist mit zwei Freunden hingefahren, die sich als Turtles Eltern ausgegeben haben.«

»Dann sind Steven und Hope Two Two also ein Schwindel?«

Jax fährt sich mit der Hand durch das zerzauste Haar. »Das haben Sie sich doch längst zusammengereimt, also spielen Sie bitte nicht Blindekuh mit mir. Sie werden weder Steven noch Hope finden; das sind Guatemalteken ohne Papiere, und sie haben sich in *America the Beautiful* abgesetzt. Und der Typ, der die Adoption durchgeführt hat, war alt, sagt Taylor. Der ist wahrscheinlich pensioniert. Es wird Ihnen nicht viele Pluspunkte einbringen, den jetzt noch festzunageln.«

Auf einmal begreift sie, was Jax macht, und rechnet es ihm hoch an: Er ist weder verbindlich noch völlig weggetreten, sondern er beschützt die Menschen, die er liebt. Er hat viel mehr aus ihr herausgeholt als sie aus ihm. Die Juristin in ihr findet das etwas betrüblich. »Ich bin nicht unbedingt darauf aus, Leute festzunageln«, sagt sie.

»Sie treffen gut, Miss Fourkiller. Sie sollten lieber aufpassen, daß Ihr Gewehr nicht geladen ist.«

»Ich möchte nur das Beste für möglichst viele Menschen.«

»Sie liebt Turtle, das eine sollten Sie wissen. Sie würde sich für dieses Kind kopfüber vom Hoover-Damm stürzen. Mich, den tollen Jax, den vernascht sie nur, aber Turtle liebt sie. Sie mußte es sich nicht zweimal überlegen, ob sie mich verläßt. Die Frage hat sich gar nicht gestellt.« Er schaut sie mit glänzenden, harten Augen an und wendet seinen Blick dann wieder zu den Bergen. Zum erstenmal fällt Annawake sein seltsames Profil auf: eine völlig gerade Linie von der Stirn bis zur Nasenspitze. Sie findet es schön und beunruhigend. Sie klemmt die Hände zwischen die Knie und zittert ein wenig. Die Temperatur ist unglaublich gefallen, aber so ist das in der Wüste, wenn die Sonne nicht mehr scheint.

Jax steht auf, geht ins Haus und bleibt dort eine ganze Weile. Sie weiß nicht so recht, ob ihre Unterhaltung damit beendet ist. Sie hört, wie er sich ein paarmal dramatisch die Nase putzt, und dann singt er friedlich: »Nimm dich in acht, was du sprichst, Annawake, nimm dich in acht, was du brichst.« Also, wenn er jetzt anfängt, Klavier zu spielen, dann geht sie, aber er kommt zurück und hat je einen

Finger in den Hals von zwei schlanken Bierflaschen gehakt.

»Da«, sagt er. »Feiern wir. Kennedy und Chruschtschow trinken auf eine bessere Welt.« Er setzt sich neben sie, sehr dicht, und sie kann die Hitze seines Körpers durch ihre Jeans spüren. Seltsamerweise ist das eher beruhigend als bedrohlich, so als wäre Jax einer ihrer Brüder. Das kommt vielleicht daher, daß ihr außer ihren Brüdern noch niemand seine große Liebe zu einer anderen Frau gestanden hat.

Jax stützt sich auf einen Ellbogen und fängt an, ihr die Sternbilder zu zeigen: den Großen Bären, den Annawake kennt, seit sie laufen kann, und die Plejaden.

»Die was?«

»Die Plejaden. Sieben Schwestern.«

Sie trinkt einen großen Schluck und blinzelt in den Himmel. »Ihr müßt bessere Augen haben als wir. Bei den Cherokee gibt es nur sechs. Die Sechs Bösen Buben. *Anitsutsa.*«

*»Anitsutsa?«*

»Ja. Oder *disihgwa*, Schweine. Die sechs Schweine am Himmel.«

»Entschuldigung, aber das haben Sie sich doch eben erst ausgedacht.«

»Nein. Die Geschichte dazu lautet, daß diese sechs Jungen arbeitsscheu waren. Sie wollten nicht auf dem Maisfeld arbeiten, wollten ihren Müttern nicht das Dach reparieren, wollten bei Kultfeiern keine niederen Arbeiten verrichten – und auf dem Kultplatz gibt es immer viel zu tun: Feuerholz sammeln und die Unterstände reparieren und so. Sie waren nicht gerade das, was man verantwortungsbewußte Mitbürger nennt.«

»Und wurden in Schweine verwandelt.«

»Warten Sie, nicht so hastig. Es war ihre eigene Schuld, daß sie in Schweine verwandelt wurden. Sie wollten nämlich nichts weiter, als immer nur Ball spielen und das

Leben genießen. Den lieben, langen Tag. Da hatten ihre Mütter endlich die Nase voll. Eines Tages sprachen sie sich ab und sammelten die ganzen *sgwalesdi*-Bälle ihrer Söhne ein. Das sind kleine Lederbälle, ungefähr so groß.« Annawake hält eine grüne Aprikose hoch. »Innen sind sie mit Haar ausgestopft, Tierhaar, Menschenhaar, was auch immer. Und dann warfen sie die Bälle in den Kochtopf und kochten sie.«

»Lecker, lecker«, sagt Jax.

Sie wirft die Aprikose, gibt aber gut acht, auf nichts Bestimmtes zu zielen. »Na schön. Die Jungen kommen also zum Mittagessen nach Hause, nachdem sie den ganzen Morgen gespielt haben, und ihre Mütter sagen: ›Da hast du deine Suppe!‹ und klatschen ihnen die aufgeweichten, alten, gekochten Bälle auf den Teller. Die Jungen werden böse. Sie sagen: ›Mit mir nicht, das ist ja Schweinefraß‹, laufen zum Kultplatz und rennen immerzu um das Spielfeld herum, rufen die Geister an und schreien, daß ihre Mütter sie wie Schweine behandeln. Und die Geister müssen wohl zugehört haben. Die haben sich gedacht: ›Mütter sollten es wissen‹ und verwandelten die Jungen in Schweine. Die liefen schneller, immer schneller, bis sie nur noch verschwommen zu sehen waren. Ihre kleinen Hufe hoben von der Erde ab, sie schwangen sich in den Himmel, und da sind sie nun.«

»Heiliger Bimbam«, sagt Jax. »Hat Ihre Mama Ihnen das erzählt, wenn Sie Ihr Bett nicht machen wollten?«

»Onkel Ledger«, sagt sie. »Von all diesen Geschichten gibt es viele verschiedene Lesarten, sie hängen ganz von der jeweiligen Laune ab. Aber Sie haben recht, in diesem Sinn werden sie gebraucht. Die Schweine und Uktena, eine große, gehörnte Schlange – das sind die Schreckgespenster der Cherokee. Ich war immer sehr verantwortungsbewußt, als ich bei meinem Onkel gelebt habe.«

»Das also ist Ihr Leitmythos. Tu deinem Volk Gutes, sonst wirst du ein Schwein am Himmel.«

Annawake denkt darüber nach. »Ja. Ich hatte Hunderte von Kindermythen, und alle liefen mehr oder weniger darauf hinaus: ›Tu deinem Volk Gutes.‹ Ist denn das so schlimm?«

»Mythen sind Mythen. Sie sind gut, wenn sie für einen funktionieren, und schlecht, wenn nicht.«

»Was sind Ihre?«

»Ach, ich habe nur das übliche amerikanische Zeug zu hören bekommen. Wenn du schön fleißig bist und ein reines Herz hast, wirst du eines Tages Vizepräsident von Motorola.«

»Tu dir selbst Gutes.«

Jax trinkt die zweite Hälfte seines Biers, ohne abzusetzen. Sie sieht mit Staunen seinen Adamsapfel. »Sie finden Taylor selbstsüchtig«, stellt er fest.

Annawake zögert. Auf diese Frage gibt es viele Antworten. »Selbstsüchtig ist ein Reizwort«, sagt sie. »Ich habe nicht nur im Reservat gelebt, ich kenne mich aus. Es gibt auch moralische Gründe, das zu tun, was für einen selbst das Beste ist.«

Jax faltet die Hände unter dem Kinn und blickt zum Himmel. »Wisset ihr nicht, daß ihr Gottes Tempel seid und der Geist Gottes in euch wohnt? Also gönnt diesem Tempel eine Fußmassage und eine Rolex-Uhr.«

»Dem kann man sich wohl kaum entziehen. Ihre Kultur ist eine einzige Werbung dafür, sich das Leben zu gönnen, das man wirklich verdient. Ganz gleich, ob man es tatsächlich verdient oder nicht.«

»Stimmt«, sagt er. »Wir sollten alle in Schweine verwandelt werden.«

Annawakes Mund lächelt ein verkniffenes, umgekehrtes Lächeln. »Einige meiner besten Freunde sind Weiße.«

Jax sinkt in sich zusammen, als hätte man ihn abgeschossen.

»Wir haben einfach verschiedene Wertvorstellungen«, sagt sie. »Manche sagen, Religion bedeute, zu sich selbst zu finden, andere nennen es ein Sich-in-der-Menge-Verlieren.«

Jax wird wieder munter. »Können Sie das? Sich verlieren?«

»Klar doch. Beim Tanzen.«

»Beim Tanzen?«

»Nicht wie *American Bandstand* und auch nicht wie Tanzsport, sondern kultisch. Ein Gruppentanz. Das ist für uns wie Kirche.«

»Ich sage hü, und du sagst hott.« Jax liegt jetzt flach auf dem Rücken und balanciert seine leere Bierflasche auf dem Bauch. Sie kippelt ein wenig, wenn er atmet oder redet. »Sie konnten zusammen nicht kommen, das Wasser war viel zu tief.« Er lacht irre, und die Flasche kollert und klirrt auf die Steinstufen, zerbricht aber nicht. Er setzt sich auf. »Sie sind selber eine Art *anisnitsa*, wissen Sie das?«

»Anti-was?«

»Anisnitsa. Sagen Sie das nicht für Schwein?«

*»Sihgwa.«*

»Egal. Sie sind eins. auf Ihre Art.«

»Ich bemühe mich, beide Seiten zu sehen.«

»Das können Sie nicht«, sagt Jax. »Und Taylor auch nicht. Das ist unmöglich. Ihre Definitionen von ›gut‹ stehen nicht in demselben Wörterbuch. In diesem Gespräch reden beide Seiten aneinander vorbei.«

»Finden Sie es wirklich gut für den Stamm, wenn er seine Kinder verliert? Oder daß Turtle uns verliert? Sie hat ein Anrecht auf ihr Erbe.«

»Im Augenblick dürfte ihr Erbe aus grünen Aprikosen zum Abendessen bestehen.«

»Du liebe Zeit. Sind sie denn wenigstens mit einem Ziel losgefahren?«

Jax antwortet nicht.

»Das ist keine Fangfrage.«

»Na schön, ja. Die Antwort lautet ja. Augenblicklich sind sie irgendwo.«

»Richten Sie ihr bitte aus, daß es mir leid tut, falls ich der Anlaß dazu bin.«

»*Falls* Sie der Anlaß sind?«

»Sie müssen mir glauben, daß ich Turtle auf gar keinen Fall noch weiter entwurzeln möchte.«

Jax greift vorsichtig nach der Flasche und stellt sie sich auf den Kopf. »Entwurzelung«, sagt er.

»Sie sind augenblicklich das einzige Bindeglied zwischen Turtle und mir.« Sie wartet darauf, daß sich ihre Blicke treffen. »Und dieses Bindeglied brauche ich.«

»Sieh mich nicht an, Mama Bär«, sagt Jax. »Ich suche nur Blaubeeren.«

## Die Pferde

»Turtle, trink deine Milch aus.«

Auf Turtles Teller sieht es aus wie nach einem Gemetzel, so ist er mit Käsetoastrinden übersät. Sie nimmt ihr volles Glas und trinkt, behält jedoch Taylor mit schrägem Blick gut im Auge. Kaum sieht Taylor weg, stellt sie auch schon ihr Glas hin.

Angie Busters Lokal ist menschenleer. Um vier Uhr hat Angie verkündet, daß bei diesem Hundewetter nicht einmal die hungernden Armenier zum Essen kommen würden, und hat sich zu einem Nachmittagsschläfchen zurückgezogen. Taylor, Turtle und Pinky, die Bulldogge, sitzen am Vorderfenster und sehen zu, wie der Regen schräg über die Erde peitscht. Das erste Unwetter dieses Sommers ist von Mexiko hereingeweht worden, es wirbelt Staub auf und durchnäßt die Madonna von Guadalupe draußen vor dem Haus, daß sich ihre gelben Schleifen eine nach der anderen lösen. Lucky ist wieder einmal verschwunden. Angie macht sich keine Sorgen; er ist erst einen halben Tag fort, und sie sagt, sie hat es im kleinen Finger, wenn er länger ausbleibt. Diesmal sagt ihr kleiner Finger, er ist bald wieder da.

Angie gehört nicht nur das Lokal, sondern auch das benachbarte Motel Casa Suerte, was Taylor am Telefon als »Casa Sweater« verstanden hat. Laut Angie bedeutet *suerte* »Glück«; sie hat das Motel vor zehn Jahren gekauft, als der Staat Luckys Vater endlich dazu bewegen konnte, das ausstehende Unterhaltsgeld für Lucky zu zahlen. Die Vorstellung, daß dieser Ort für jemanden ein Glück ist, bedrückt Taylor. Die niedrigen Backsteineinheiten des Motels säumen einen fragwürdigen Rasen, ein leeres

Schwimmbecken und eine einzelne Palme, die anscheinend das gedrungene Kitsch-Stadium übersprungen hat und nun staksig und lächerlich die Telefonleitungen überragt. Vor jeder Einheit steht vor der Tür ein Metallstuhl, was Nachbarschaftsgeist beweisen soll, doch scheinen Nachbarn knapp zu sein. Taylor hat nur noch einen weiteren Menschen gesehen, eine alte Frau mit angstvoll gesträubtem Haar. Sie ist dankbar, daß sie sich irgendwo verstecken kann, während sie über ihren nächsten Schritt nachdenkt, aber hier zu sein ist kaum besser, als nirgendwo zu sein.

»Also, was möchtest du jetzt machen?« fragt sie Turtle.

»Nach Hause fahren.«

»Ich weiß. Aber das geht nicht. Wir machen eine Weile Ferien.«

Turtle zieht die Lippen zwischen die Zähne und läßt sie zurückschnellen. Sie nimmt ihre Gabel und stochert damit herum, auf ihrem Teller, auf dem Tischtuch, im Haar. Die Bulldogge schaut mit gedämpftem Interesse zu. Taylor runzelt unbewußt die Stirn, denn sie fürchtet um Turtles Augenlicht. Aber sie verkneift sich die Aufforderung, die Gabel hinzulegen. Turtle weiß, wie weit sie gehen kann, das hat Taylor schon gemerkt. Nicht bis zur Selbstverstümmelung.

Von ihrem Tisch aus kann Taylor die Zeitungsseiten unter durchsichtiger Folie sehen, die im Eingang zum Lokal hängen: Artikel aus der *Phoenix Republic*, dem *San Francisco Chronicle*, ja sogar aus der *Washington Post*, und alle handeln von Luckys und Turtles großem Abenteuer. Für Taylor ist es kein Trost, daß Menschen in San Francisco und Washington, D.C., von Angies Lokal wissen.

»Wie wär's mit Fernsehen«, schlägt Turtle vor.

»Gebont. Und Pinky kocht und bedient, wenn die hungernden Armenier eintreffen. Was, Pink?«

Der Hund wedelt mit Hinterteil und Stummelschwanz, und Turtle lächelt zum erstenmal an diesem Tag. Immerhin etwas, denkt Taylor erleichtert, als sie die Tür aufstoßen und über den nassen Hof rennen.

Schräg fallender Regen nimmt Turtle die Sicht und brennt auf den Armen. Im Vorbeilaufen versucht sie einen Blick ins Schwimmbecken zu werfen, aber da ist nichts Blaues zu sehen, sondern nur ein großer, schlammfarbener Daumenabdruck auf dem Boden. Lucky Buster hat mal gesagt, er könne schwimmen, aber Lucky Buster ist nicht da. Ihre Mutter stochert mit dem Türschlüssel im Schloß herum. Die verstörte Weißhaarige hält sich eine Zeitung über den Kopf und kommt auf sie zu.

»Haben Sie die Pferde gesehen?« will sie wissen.

»Nein«, sagt Taylor. Der Schlüssel hängt an einem Pappkärtchen wie ein Wassereis am Stiel. Als er Taylor aus der Hand fällt, schwimmt er in der Pfütze auf dem Gehsteig davon.

»Sie waren aber hier«, sagt die Frau. »Haben Sie ein Geschenk für mich?«

Turtle angelt sich den davonschwimmenden Schlüssel und gibt ihn Taylor. »Was für ein Geschenk?« fragt Taylor. Sie versucht, das Schloß zu öffnen, aber ihre Hände zittern wie an dem Tag, als Turtle und Jax und Dwayne Ray aus dem Zoo von den Nashörnern kamen und sie ihre gesamte Habe in einen Koffer packen mußten.

»Die Pferde! Haben Sie die nicht gesehen?«

»Tut mir leid«, sagt Taylor.

Turtle will keine trampelnden Pferdehufe sehen. Hier haben alle Angst. Turtle spürt, wie ihr früheres Zuhause auf sie eindringt, und da ist kein Licht, und sie kriegt keine Luft mehr.

»So, das tut Ihnen leid? Das soll es auch.« Die Frau läuft mit kleinen Schritten davon, und ihre Füße in den Zehensandalen machen pitsch, patsch. Die Tür gibt nach, und sie fallen ins Zimmer, das nach Sicherheit riecht und nach scharfen Badezimmer-Putzmitteln. Sie findet Taylors kalte Hand und weiß, sie bleiben bestimmt hier.

Turtle knipst den Fernseher ein, baut sich dicht vor der Mattscheibe auf und schaltet von Kanal zu Kanal, von einem aufreizenden Bild zum nächsten.

Sie entschließt sich für einen Dokumentarfilm über die Renovierung einer Kathedrale und klettert aufs Bett. Taylor kann nichts Schönes daran finden, läßt Turtle jedoch gewähren. Der Erzähler beschreibt die Chemikalien, die sie auf den altehrwürdigen Mauern verwenden müssen; währenddessen bewegt sich ein Mann auf einer kleinen Holzschaukel in einem System von Seilen an dem hohen Kirchturm auf und ab wie eine Spinne, nur nicht so anmutig. Eine männliche Spinne mit einem Eimer und Chemikalien.

»Wo wohl Lucky Buster ist?« fragt Turtle.

Taylor hat sich bis auf den Büstenhalter ausgekleidet und will auch Turtle die nassen Sachen ausziehen. »Ach, der ist sicher bei einem Freund, kaut Bubble Gum mit Bananengeschmack und läßt sich den ganzen Pampfraß schmecken, den Angie ihm nicht erlaubt.«

»Wie ich und Jax, wenn du zur Arbeit bist.«

»Ha, ha.« Sanft zieht sie Turtle ein trockenes Hemd über den nassen Kopf, der nach Kinder-Shampoo duftet, und hilft ihr in die Ärmel.

Die Klimaanlage im Fenster dröhnt verbissen vor sich hin, sie übernimmt sich in der feuchten Hitze und ist doch nutzlos. Auf einmal ärgert sich Taylor über ihr kitzelndes, schweres Haar, es erinnert sie an Jax, wenn er an ihrem Hals atmet. Sie zerrt es über die Schulter und fängt an, es zum Zopf zu flechten.

»Warum müssen wir Ferien machen?« fragt Turtle.

Taylor bekommt eine Gänsehaut auf den bloßen Armen. »Also, weil wir uns im Augenblick zu Hause nicht blicken lassen dürfen.«

»Wieso nicht?«

Taylor mustert das Zopfende und bemüht sich um eine unbeschwerte Miene. Es wäre so einfach zu lügen: Jax will das ganze Haus violett streichen. »Weißt du noch, wie ich damals mit dir nach Oklahoma gefahren bin, weil wir eine Adoptionsurkunde für dich besorgen mußten?«

Turtle nickt, und Taylor ist davon überzeugt, daß sie sich tatsächlich erinnert. Manchmal erwähnt sie Ereignisse, die Jahre zurückliegen. Taylor findet es unglaublich und zugleich beunruhigend, daß Turtle Worte für etwas findet, was sie erlebt hat, als sie noch gar nicht sprechen konnte.

»Die Reise damals mußten wir machen, weil die Sozialarbeiter gesagt haben, wir brauchen diese Papiere, damit du bei mir bleiben kannst. Und heute ist es so ähnlich. Wir müssen noch eine Reise machen, damit wir auch ganz sicher zusammenbleiben.«

»Wohin denn?«

»Also, genau das weiß ich noch nicht. Irgendwohin, wo es schön ist. Was meinst du, wohin sollen wir fahren?«

»In die Sesamstraße.«

»Gar keine schlechte Idee«, sagt Taylor.

Im Fernsehen zeigen sie jetzt die Gemälde in der Kirche. Da gibt es einen traurigen Jesus mit langem Gesicht, der aus kleinen Quadraten und Dreiecken besteht, so als wäre er aus Glas, das man zerbrochen und neu zusammengesetzt hat. Taylor dreht sich auf den Bauch und schmiegt sich an Turtles Hals. Ihre Laune bessert sich, denn Turtles Duft bleibt sich immer gleich: Shampoo, Schweiß und ein zugleich nußartiger und süßer Geruch wie der von Erdnußbutter. Sie pustet ihr geräuschvoll gegen die braune Wange und gibt ihr einen Kuß. »Diese Kirche geht mir langsam auf den Geist«, sagt sie. »Können wir uns nicht etwas ansehen, wo ein bißchen mehr los ist?«

Turtle steht auf und schaltet zu einem Spielfilm um.

»Danke, Kumpel.«

Der Film handelt von einer dicken, knallharten, wütenden Ehefrau, die sich alle Mühe gibt, ihrem mickrigen Mann, der mit einer reichen Autorin von Liebesromanen durchgebrannt war, das Leben zu vermiesen. Nichts an dem Film kommt Taylor realistisch vor, aber Turtle bittet sie, nicht dazwischenzureden, und so gibt sie sich Mühe. Beiden gefällt die niederträchtige Ehefrau am besten. Die stellt so umwerfend schreckliche Sachen an, daß sie lachen müssen. Auch der indianische Schauspieler, der den selbstzufriedenen, pfiffigen Butler der reichen Dame spielt, gefällt Taylor. Immer wieder keift die Dame: »Garcia, kümmern Sie sich sofort darum!«, und immer wieder verdreht Garcia die Augen und verzieht sich.

Während der letzten Tage sind Taylor überall Abbildungen von Indianern aufgefallen. So zum Beispiel das Profil eines Indianerhäuptlings auf einem Pontiac. Das unschuldig blickende Mädchen auf der Maisöl-Margarine. Das hakennasige Cartoon-Maskottchen der Cleveland Indians, die in Tucson spielten. Taylor überlegt, was Annawake wohl damit gemeint hat, daß sich Turtle mit ihrer indianischen Seite anfreunden sollte. Vielleicht bedeutet das ja nicht Federn, aber wenn nicht, was dann? Angeblich ist auch Taylor zum Teil Indianerin; Alice hat einmal von einer Cherokee-Ururgroßmutter erzählt, aber die wurde immer totgeschwiegen, auch wenn fast jeder einen Indianer in der Familie hat, sogar Elvis Presley. Wo soll man da die Grenze ziehen? Vielleicht bedeutet Indianer-Sein ja nicht nur eine bestimmte Sache, ebensowenig wie Weißer-Sein? Was für ein Maskottchen würde sich wohl eine Mannschaft wählen, die Cleveland Whites hieße?

Aus dem Film ist ein Werbespot geworden, ohne daß Taylor es gemerkt hat; erst jetzt geht ihr auf, daß die tanzenden Frauen, die sich Getränke von einem Tablett holen, nichts mit Garcia, dem indianischen Butler, zu tun haben. Taylor findet ihre Gedankengänge unerquicklich. Wenn das so weitergeht, wird sie noch wie die verstörte

Alte da draußen im Regen herumlaufen und die Leute fragen: »Haben Sie die Indianer gesehen?«

Angies kleiner Finger hat recht behalten, nach dem Unwetter kehrt Lucky zurück. Er war bei seinem Freund Otis, sie haben an der Modelleisenbahn gebastelt. »Nächstesmal machst du Gebrauch von deinem Grips und rufst mich an, Otis«, schimpft Angie, als er Lucky vor dem Lokal absetzt.

»Mein Telefon war kaputt«, sagt Otis.

»Ach nee«, antwortet Angie.

Otis ist sehr alt, hat eine Glatze, eine schlechte Haltung und große Spreizfüße in weißen Turnschuhen. Sie schickt ihn auf ein Stück Kuchen ins Haus, und er gehorcht. Wie jeden hier, so scheint Angies Gegenwart auch ihn wieder zum Kind zu machen. Taylor staunt über diese Fähigkeit, die etwas von den übernatürlichen Kräften mancher Zeichentrickfiguren hat – der hypersonische Mutterstrahl.

Taylor hilft Angie, die durchgeweichten gelben Schleifen der Madonna von Guadalupe aufzusammeln. Nach dem Unwetter schwimmen sie wie welke Seerosen in einer Pfütze zu deren Füßen. »Schmückst du sie jedesmal damit, wenn er verschwindet?«

»Na ja, das ist so eine Art Signal für jeden in der Stadt, die Augen offenzuhalten«, sagt Angie. »Falls jemand ihn rumwandern sieht, weiß er, daß er ihn nach Hause schikken muß.«

Bei Angie hört sich »wandern« eher wie »wundern« an, doch ehe Taylor das aufgeht, hat sie sich vergeblich gefragt, worüber sich Lucky wohl wundert. In seinem Leben scheint es wenig Raum für Zweifel zu geben. Sie kann ihn im Haus sehen, wo er sich aufgeregt mit Turtle unterhält. Turtle sieht verzückt aus. Taylor beneidet Lucky um seine Selbstsicherheit und Turtle um den Stand der Unschuld: Ach, wenn sie selbst doch nur auch keinen Blick nach vorn und keinen zurück tun müßte und in Lucky allein den Freund sehen könnte, nichts sonst. Kein Werkzeug des Schicksals.

Das Telefon klingelt, Angie geht hinein und nimmt ab, kommt aber gleich zurück. »Für dich.«

Taylors Herz hämmert, als sie den Hörer aufnimmt; sie kann sich schon gar keine Neuigkeit mehr vorstellen, die nicht schlecht wäre.

»Gehören wir eigentlich zur Gattung der kritischen Denker?« kommt es vom anderen Ende der Leitung.

»Jax!«

»Oh, welch eine Überraschung! Sonst weiß doch kein Mensch auf der Erde, wo du steckst.«

»Hoffentlich nicht. Hast du von ihr gehört? Ist sie noch einmal gekommen?«

»Sie wandelt in Schönheit wie die Nacht.« Er verstummt. »Bist du eifersüchtig?«

»Nein. Was hat sie gesagt?«

»Daß die Sieben Schwestern in Wirklichkeit sechs Schweine am Himmel sind.«

»Die was?«

»Die Sieben Schwestern, das Sternbild. In Wirklichkeit sind es sechs Jugendliche, die in Schweine verwandelt wurden, weil sie selbstsüchtig waren und nicht an die Gemeinschaft gedacht haben.«

»Jax, glaub mir, ich komme nicht mehr mit. Was hat sie wirklich gesagt?«

»Daß sie echt auf deiner Seite ist.«

»Gut. Was sonst noch?«

»Sie sagt, sie ist auf dem Kriegspfad. Das mußt du dir einmal vorstellen, eine Frau, die auf einem Appaloosa über den Hügel galoppiert kommt. Einfach göttlich.«

Taylor kann es sich vorstellen. Sie blickt aus dem Fenster und sieht Otis zu, der auf der anderen Straßenseite bei Minimart tankt. »Weiß sie, daß wir die Stadt verlassen haben?«

»Ja. Und sie kann gut zielen. Sie trifft eine Pappeule auf fünfzig Schritt genau zwischen die Augen.«

»Was heißt das, Jax?«

»Daß diese Frau schlauer ist als eine gewöhnliche dumme Gans. Ehe sie uns besucht hat, war sie schon bei Mattie, hat mit allen geredet und sich zusammengereimt, daß die Adoption ein Schwindel war. Sie könnte sich auch zusammenreimen, wo du bist – Rückkehr zum Schauplatz des Verbrechens. Zuerst wird sie es bei Oprah probieren, dann bei Lucky Buster.«

»Glaubst du das wirklich? Ist sie noch in Arizona?«

»Nein. Sie ist heute morgen nach Oklahoma zurückgeflogen.«

»Wieso bist du dir da so sicher?«

»Bin ich eigentlich gar nicht. Sie könnte in diesem Augenblick bei Mister Gundelsberger sein und Gugelhupf essen.«

»Sag schon, Jax. Ich habe Angst. Wir müssen hier weg, aber wohin? Nach Hause kann ich nicht, weil Mama im Begriff ist, Harland zu verlassen. Und Turtle will in die Sesamstraße.«

Jax lacht. »Keine schlechte Idee.«

»Ich finde, wir waren lange genug im Fernsehland.« Taylor rollt den Kopf von einer Seite zur anderen und versucht, die Halsmuskeln zu lockern, denn sie muß ruhig Blut bewahren. Turtle beobachtet sie aus einem Winkel des Lokals. »Wie geht's denn so auf der Ranch? Wie geht's Lou Ann? Und Mister G.?«

»Lou Ann ist Lou Ann. Und Mister G. ist verstört. Er verbringt den ganzen Tag bei zugezogenen Jalousien, damit er nicht mit ansehen muß, wie seine wollüstige Tochter im Naturzustand die Wüste erforscht.«

»Gundi geht also wieder barfuß bis zum Hals spazieren? Sie ist ein Phänomen. Ich hätte Angst, daß mich die Schlangen in einen intimen Körperteil beißen.«

»Gundi hat keine intimen Körperteile. Sie malt gerade

eine Serie von Selbstporträts: Akt mit verschiedenen Kaktusgruppierungen.«

»Du, sei trotzdem nett zu ihr. Sie ist immerhin deine Vermieterin.«

»Keine Bange, sie wirft mich schon nicht hinaus. Diese Woche gehöre ich zu ihren Lieblingen. Heute morgen hat sie ganz besonderes Interesse für die Kakteen vor dem Fenster meines Studios gezeigt. Turtle hätte Aufklärungsunterricht bekommen.«

»Zahl die Miete trotzdem, sie ist diese Woche fällig, okay? Mit Schönheit allein kommt man nicht immer durch.«

»Willst du damit sagen, daß ich schön bin? Ich meine, mit diesen Worten?«

»Hör mal, Jax, gibst du Turtle Pampfraß zu essen, wenn ich zur Arbeit bin?«

»Wir experimentieren. Erdnußbutter und Sandwiches mit grünen Bohnen. Nichts Schlimmes.«

»Du fehlst ihr.«

»Ihr fehlt mir beide. Ich bin außer mir vor Verzweiflung.«

Taylor weiß, er wartet darauf, daß sie »Ich liebe dich« sagt, aber das schafft sie nicht. Nicht unter Druck. Das kommt ihr so saft- und kraftlos vor wie ein Ehemann, der seiner Frau Geld in die Hand drückt, damit sie sich ihr Geburtstagsgeschenk selbst aussucht.

»Auch gut«, sagt er schließlich. »Verrate mir bitte nicht, wohin du jetzt fährst, denn vielleicht kommt Miss Jaxkiller wieder und verführt mich, und ich plaudere alles aus.«

»Ich denke, ich setze mich in Richtung Norden ab«, sagt Taylor. »Im Augenblick bin ich so nervös, daß ich keinen klaren Gedanken fassen kann. Ich rufe dich an, wenn ich Arizona hinter mir gelassen habe.«

»Hast du schon mit einem anderen Mann geschlafen?«

»Jax! Mein Gott, es sind doch erst achtundvierzig Stunden vergangen.«

»Du willst sagen, das dauert bei dir länger?«

»Danke für den Anruf. Du hast mir den Tag gründlich vermiest.«

»Tut mir leid. Aber das Ganze ist schlimmer, als es sich anhört. Du packst einfach dein unreifes Obst ein, fährst los und bist weg.«

»Jax, wir haben doch nicht *dich* verlassen.«

»Ich weiß.«

»Wir kommen wieder. Es wird alles gut.«

»Und das soll ich dir glauben.«

»Wart's ab.« Taylor legt auf. Ach, wenn sie es doch wie Angie schaffen würde, die ganze Welt mit Plätzchen und Milch zufriedenzustellen.

»Für eine Abenteuerfahrt braucht man Rationen.« Taylor läßt sich nicht irremachen. Sie ist im Lebensmittelgeschäft und versucht, Turtle für Essen zu interessieren. Es war ein Fehler, daß sie nach Jax' Telefonanruf in Panik geraten ist, Turtle so eilig von Lucky weggezerrt und ins Auto verfrachtet hat, denn nun hat sich Turtle tief in sich selbst zurückgezogen. In Situationen, in denen andere Kinder Spektakel machen würden, wird Turtle eigenartig still.

»Sieh mal, drei Pfund Birnen kosten einen Dollar. Daß sie reif sind, merkt man daran, daß sie richtig nach Birnen duften. Die essen wir, bis unsere Aprikosen soweit sind.«

Turtle sitzt im Einkaufswagen und fixiert Taylors Blusenknöpfe. Das hier ist die Turtle von vor drei Jahren. Sie schien noch Monate, nachdem Taylor sie aufgenommen hatte, aus einer Art leerem Haus in die Welt zu blicken. Doch während der ganzen stummen Zeit redete Taylor unentwegt mit Turtle, und das tut sie jetzt auch wieder, um ihre eigene Angst zu betäuben. Die Leute im Laden mustern sie mit prüfendem Blick, denn das Kind ist zu groß, um noch im Einkaufswagen zu sitzen. Taylor macht sich nichts daraus.

»Na schön, dann paß mal auf. Ich bringe dir jetzt bei, wie man die beste Kassiererin herausfindet, wenn man es eilig hat. Ja? Grundregel: Such dir die älteste aus. Eine, die zur Schule gegangen ist, als man noch Kopfrechnen gelernt hat.«

»Ich kann kopfrechnen«, sagt Turtle ruhig und ohne die Miene zu verziehen. »Ich kann zusammenzählen.«

»Stimmt«, sagt Taylor, bemüht, sich jetzt nicht zu offensichtlich auf die Gelegenheit zu stürzen. »Aber das kommt daher, weil du es zu Hause schon gelernt hast. Ich habe dir das Zusammenzählen beigebracht, als du vier warst, weißt du noch? Was ist drei und sieben?«

Turtle zieht sich wieder in sich selbst zurück, nichts weist darauf hin, daß sie Taylor gehört hat. Genau wie damals, ehe sie sprach, scheint sich Turtle ganz auf einen Geschmack weit hinten im Mund zu konzentrieren. Oder auf einen geheimnisvollen Laut, eine Stimmgabel, die in ihrem Kopf angeschlagen wird.

Taylor wägt ihre Chancen an der Kasse ab: drei weibliche Teenager mit der gleichen klebrig wirkenden Frisur und ein Hispano mittleren Alters mit gewaltigem Schnurrbart. Taylor schiebt ihren Wagen Richtung Schnurrbart. Als sie die Zeitungen neben der Kasse überfliegt, ist sie halb auf die Meldung gefaßt, daß sie und Turtle gesucht werden. Mit dem Kassierer hat sie recht gehabt: Ihre Schlange kommt doppelt so schnell voran wie die anderen, und schon stehen sie wieder auf dem Parkplatz. Als sie die Lebensmittel eingeladen hat und die Kofferraumhaube zuknallt, fliegen die Aprikosen durch die Gegend.

»Blöde Dinger!« sagt sie, und um Turtles Mund huscht ein Lächeln. Taylor hebt sie mit einiger Mühe aus dem Einkaufswagen und stellt sie neben dem Auto ab. Da verharrt sie nun so regungslos, als wäre sie ausgestopft, während Taylor den Einkaufswagen zurückbringt. Taylor hat die Aprikosen verwünscht, seit sie Tucson verlassen haben, und Turtle findet das lustig. Die Früchte kollern überall auf der Ablage hinter dem Rücksitz herum und hüpfen jedesmal wie eine Schar kleiner Enten nach vorn, wenn sie scharf bremst. Grüne Aprikosen im Aschenbecher, auf dem Sitz, auf dem Boden. Taylor findet mittlerweile, es war eine Schnapsidee, sie mitzunehmen. Statt nachzureifen, werden die meisten anscheinend nur hart und schrumpelig wie kleine Mumienköpfe.

Sie hebt Turtle auf den Vordersitz, und die rutscht auf die andere Seite, schnallt sich automatisch an und läßt Taylor nach sich einsteigen. »Nun sieh dir das an.« Taylor faßt nach unten und holt eine Aprikose unter dem Kupplungspedal hervor. Sie spielt die Wütende und schleudert sie aus dem Fenster, zieht aber den Kopf ein, als sie ein anderes Auto trifft. Turtle kichert, und da merkt Taylor, daß sie wieder da ist, hinter ihren Augen ist jemand zu Hause. »Also, was machen wir jetzt?« sagt sie ruhig und wischt sich eine Träne weg. »Sollen wir nach einem Zeichen Ausschau halten? Etwas, das uns sagt, wohin die Reise geht.«

»Da«, sagt Turtle und zeigt auf eine Reklametafel.

»Die sagt, wir sollen in Robby's Geschäft für Western-Kleidung Schlangenlederstiefel kaufen. Findest du, wir sollten Schlangenlederstiefel kaufen?«

»Nein!« sagt Turtle, wirft den Kopf mit voller Wucht gegen die Rückenlehne, zieht das Kinn ein und schüttelt sich am ganzen Körper, so sehr ist sie dagegen.

»Na schön, sehen wir uns also weiter um.«

»Da«, sagt Turtle nach einer Minute und zeigt auf einen Umschlag, der unter dem Scheibenwischer steckt.

»Hast du Töne, wie kann man uns auf dem Parkplatz eines verdammten Lebensmittelladens einen Strafzettel verpassen?« Taylor öffnet bei einem Stoppschild die Tür, langt drum herum und schnappt sich den Wisch. »Tut mir leid, daß ich dir ein schlechtes Vorbild bin, Turtle, aber wenn das da ein Strafzettel ist, dann werfe ich ihn weg. Ich habe nichts falsch gemacht, und finden tun sie uns sowieso nicht.« Sie reicht Turtle den Umschlag und gibt Gas.

Turtle braucht sehr lange, bis sie ihn aufgerissen hat.

»Was steht drin. ›Vorladung‹ fängt mit V-O-R an, das bedeutet Strafzettel.«

»Da steht: Hallo Milli cent ...«

»Hallo milli Cent?«

»M-I-L-L-I-C-E-N-T.«

»Millicent. Zeig her.«

»Ich kann das lesen«, sagt Turtle. »Es ist gar nicht lang.«

»Na schön.«

Taylor konzentriert sich darauf, Geduld zu üben und keine Fußgänger zu überfahren. Die Bewohner von Sand Dune scheinen nicht viel von Verkehrsampeln zu halten.

»Hallo Millicent! Tut mir leid, daß ich nicht zu Migget ...«

»Migget?« Taylor schielt zu Turtle hinüber, doch die hält sich das Blatt dicht vor die Augen. »Schon gut, lies weiter.«

»Zu Migget kommen konnte, wie ab, ab-gee-maacht.«

»Wie abgemacht.«

»Wie abgemacht. Hier hast du die S 50.«

»S 50?« Das hört sich für Taylor nach einem Kampfflugzeug an.«

»Das S ist durchgestrichen.«

»Ein Strich durch das S?« überlegt Taylor. »Hier hast du die 50? Ach, das Dollarzeichen, hier hast du die fünfzig Dollar? Sieh mal im Umschlag nach, ist noch was drin?«

Turtle sieht nach. »Ja.« Sie reicht ihr zwei Zwanziger und einen Zehner.

»Was steht sonst noch da? Ist unten ein Name angegeben?« Taylor hält es nicht länger aus, sie greift nach dem Briefchen:

Liebe Millicent, tut mir leid, daß ich nicht zu Midget kommen konnte wie abgemacht. Hier hast du die $ 50. Jetzt sind wir quitt, und beim nächstenmal ziehe ich dir das Fell über die Ohren, was, Schnucki? Dein Putzi.

Das erinnert Taylor an die geheimnisvollen Kleinanzeigen in der Zeitung: »Putzi, die überbackenen Muscheln bei B.B.O.G. vergesse ich nie. Dein Schnucki.« Schon möglich, daß jemand, der für solche Anzeigen Geld ausgibt, fünfzig Dollar am falschen Auto hinterläßt.

»Wer ist Millicent?« will Turtle wissen.

»Jemand, der auch ein großes weißes Auto hat. Ein Typ namens Putzi hat ihr Geld geschuldet, wollte ihr aber nicht unter die Augen kommen.«

»Warum hat er es dann uns gegeben?«

»Weil wir Glück gehabt haben.«

»War das das Zeichen, das uns sagt, wohin wir fahren sollen?« fragt Turtle.

»Kann sein. Es sagt, daß wir eine Glückssträhne haben. Das Geld kommt auf eigenen Beinen auf uns zuspaziert. Vielleicht sollten wir nach Las Vegas fahren.«

»Was ist das?«

»Ein Ort, wo Leute ihr Glück versuchen.«

Turtle denkt darüber nach. »Was versuchen sie damit?«

»Sie versuchen, noch mehr Geld zu bekommen«, sagt Taylor.

»Wollen wir mehr Geld?«

»Wollen ist nicht der richtige Ausdruck. Wir müssen es einfach haben.«

»Warum?«

»Warum?« Taylor kräuselt die Stirn und verstellt den Rückspiegel, damit die untergehende Sonne sie nicht blendet. »Gute Frage. Weil uns freiwillig keiner etwas gibt, höchstens unabsichtlich. Essen oder Benzin oder was wir sonst noch brauchen, das müssen wir mit Geld kaufen.«

»Auch wenn wir wirklich was brauchen, gibt uns dann keiner was?«

»Nein. Es gibt nichts im Leben umsonst.«

»Aber in Las Vegas gibt man uns Geld?«
»Genau das will man uns weismachen.«

Selbst ein Witz hat einiges Gewicht und benötigt Platz und entwickelt im luftleeren Raum eine Eigendynamik. Taylor muß an Hughes Walter denken, ihren Physiklehrer an der High School, und was der wohl zu ihrer augenblicklichen Situation sagen würde. Auf langen Autofahrten stellt Taylor manchmal spaßeshalber Leute, die sie kennt, zu abenteuerlichen Pärchen zusammen und malt sich aus, was sie miteinander reden würden: ihre Mutter und Angie Buster. Lou Anns gemeine prüde Großmutter und Jax. Und noch besser: Jax und die Frau, die die Pferde suchte.

Sie fahren in Richtung Las Vegas, denn bislang ist keiner von ihnen ein besserer Einfall gekommen, wenn man von der Sesamstraße absieht, und so hat die Idee im luftleeren Raum ihre Eigendynamik entwickelt. Sie nähern sich jetzt dem Hoover-Damm. Vielleicht ist an Jax' Bemerkung etwas dran, und es zieht sie an den Schauplatz des Verbrechens zurück. Taylor weiß nur nicht recht, ob sie sich nun mit heißer Ware abgesetzt oder ob man nicht vielmehr sie ausgeraubt hat. Sie hätte sich den Damm liebend gern geschenkt, aber der einzige Weg aus diesem Winkel von Arizona führt über den Hoover-Damm, oder man wird naß. Turtle setzt sich auf, sie sieht aufgeregt aus.

»Wir sehen die Engel wieder«, sagt sie, ihre ersten Worte seit mehr als dreißig Meilen.

»Ja.«

»Halten wir an?«

»Und dann?«

»Gucken wir uns das Loch an.«

Taylor schweigt.

»Ja, bitte?«

»Warum möchtest du das?«

»Ich will was reinwerfen.«

»Ehrlich? Warum denn?«

Turtle blickt aus dem Fenster und spricht so leise, daß Taylor sie kaum versteht. »Weil ich es nicht ausstehen kann.«

Taylor spürt, wie ihr erst heiß und dann kalt wird, so als herrschten in ihrem Kreislauf Ebbe und Flut. Turtle versteht alles, was passiert ist. Sie ist nicht mehr im Stande der Unschuld.

»Na schön. Warum eigentlich nicht.«

Taylor stellt das Auto ganz dicht beim Überlauf ab. Nach der dramatischen Rettungsaktion hat man an der Bergseite einen neuen Zaun gezogen, und der Parkplatz ist jetzt in blaßrosa Flutlicht getaucht. Als sie aussteigen, kommt es ihnen vor wie hellichter Tag, nur menschenleer ist es, und die Farbe stimmt nicht, so als wären sie auf einem anderen Planeten und die Sonne ginge unter. Sie stehen beide mit den Händen in der Hosentasche und blicken in die Tiefe.

»Womit werfen wir?« fragt Turtle.

Taylor überlegt. »Wir haben ein paar leere Limodosen im Auto. Aber ich werfe ungern Abfall in die Gegend. Das finde ich nicht richtig.«

»Mit Steinen?« schlägt Turtle vor, doch der Parkplatz hat eine neue Asphaltdecke, und auf der liegen keine Steine herum. Die Leute vom Hoover-Damm haben sich selbst übertroffen.

»Mit grünen Aprikosen!« sagt Taylor plötzlich, und Turtle lacht auf, ein ersticktes, wäßriges Kichern. Sie klettern auf den Rücksitz und holen sich ganze Armvoll der mumifizierten Früchte.

»Die ist für Lucky Buster«, schreit Taylor und wirft die erste, und dann hören sie zu, wie sie plopp-plopp an den Wänden abprallt.

»Die ist für die Pfadfinder, diese Lebensretter, und für

das blöde, violette Kleid, das sie dir beim Fernsehen andrehen wollten. Und für Annawake Fourkiller, wo immer sie auch ist.« Es regnet jetzt aus vollen Händen Obst in das Loch.

»Lucky, Lucky, Lucky, Lucky«, singsangt Turtle und wirft ihre Geschosse so langsam, als wären sie teure Munition. Während die beiden, Mutter und Tochter, in das Loch hineinschreien, setzt in der Wüste Nieselregen ein.

Danach wirkt Turtle erschöpft. Sie liegt auf dem Vordersitz, den Kopf auf Taylors rechtem Schenkel, und klappt die Beine mit den Tennisschuhen dicht an der Autotür träge zusammen und auseinander. In ihren Augen spiegelt sich das grünliche Licht vom Armaturenbrett, und sie blickt in den leeren Raum ihrer eigenen Gedanken. Neben Turtles Gesicht liegt Mary, ihre eckige Taschenlampe. Ein Ding, wie man es mit auf Rotwildjagd nimmt, groß und dunkelgrün, und es soll sogar schwimmen können, wenn es ins Wasser fällt. Turtle knipst sie nie an; es ist ihr auch ziemlich egal, ob Batterien drin sind, aber sie braucht sie, soviel steht fest. Das ist für Taylor so unbegreiflich wie jemand, der nicht ohne Schuhkarton schlafen kann, was genauso unbequem ist – manchmal hört sie des Nachts das dumpfe Geräusch, mit dem sich Turtle den Kopf an Mary stößt. Aber wenn man versucht, sie ihr wegzunehmen, muß man erleben, daß sich Turtle mit einem schrillen Tierschrei wehrt.

Taylor blinzelt durch die Scheibenwischer. Sie fährt auf das gleißende Lichtermeer zu, das Las Vegas sein muß, kann aber kaum den Straßenrand ausmachen. Das Unwetter, das von Mexiko Richtung Norden zieht, hat sie wieder eingeholt.

Turtle bewegt sich auf ihrem Schoß und blickt zu Taylor auf. »Muß ich weg von dir?«

Taylor holt tief Luft. »Kommt nicht in Frage. Du bist meine Turtle, ja?«

Die Scheibenwischer machen klipp, klapp. »Ich bin deine Turtle, ja.«

Taylor nimmt die rechte Hand vom Steuer und streichelt Turtles Wange. »Und wenn man von einer Schnappschildkröte gebissen wird, läßt sie nie wieder los, oder?«

»Erst wenn's donnert.«

Turtle wirkt verkrampft, sie wölbt den Rücken und schiebt sich mit den Füßen herum. Als sie endlich Ruhe gibt, ist sie aus dem Sicherheitsgurt herausgekrochen und hat sich fast mit dem ganzen Körper auf Taylors Schoß zusammengerollt, den Kopf an Mary geschmiegt. Eine Hand faßt nach oben und klammert sich an Taylors geflochtenes Haar genau wie seinerzeit, als sie noch keine andere Ausdrucksmöglichkeit hatte. Draußen fällt der langweilige Regen, und Taylor und Turtle zucken zusammen, als der Donner mit seinen Hufen auf das Autodach trommelt.

# Sommer

# Jemand so gross wie Gott

Cash Stillwater blickt von seiner Arbeit auf und sieht eine Gischtwelle weißer Vögel gegen den Himmel branden. Sie bleiben dort oben und tauchen und kreisen im Abendlicht, wechseln gemeinsam die Formation, fliegen mit ihren schmalen Leibern vor der Sonne und drehen dann ab, wobei sich ihre hellen, dreieckigen Rücken zeigen.

Cash hatte nur aufgeblickt, um die Augen auszuruhen, aber dann waren die leuchtenden Vögel draußen vor seinem Fenster. Tränen steigen ihm in die Augen, er weiß auch nicht, warum, während er ihren Kurs nach Norden vor dem dunklen Hintergrund des Teton-Gebirges verfolgt und dann wieder bis zu einer Stelle hinter der Feuerwache von Jackson Hole, die er nicht einsehen kann. Sie ziehen immer neue Kreise, stellen ihre animalische Freude zur Schau. Unbewußt zählt er die Vögel, sortiert die ständig wechselnde Gruppe wie Perlen nach geraden und ungeraden Reihen. Tagsüber arbeitet Cash im Health Corral, einem Bio-Laden, wo er die bescheidenen Einkäufe der Touristen in Papiertüten packt, doch abends fertigt er Perlenschmuck an. Seine Freundin Rose Levesque, die im Cheyenne Trading Post arbeitet, übernimmt alles, was er gemacht hat, und behauptet dem Ladenbesitzer gegenüber, daß es aus eigener Produktion stammt. Cash lernte, mit Nadel und Perlen umzugehen, ohne sich dessen bewußt zu sein, einfach weil sein Leben lang erst seine Mutter und seine Schwestern und dann seine Töchter am Küchentisch Perlenstickereien anfertigten. Bevor seine Frau starb und die Familie auseinanderbrach und er mit seinem Lieferwagen nach Wyoming fuhr, hatte er im Stamm der Cherokee zwei Töchter aufgezogen.

Und nachdem er sie groß hatte, wäre er nie auf die Idee gekommen, daß er auf seine alten Tage noch einmal Fummelarbeit würde tun müssen, diesmal für die Miete. Aber seitdem er damit angefangen hat, Abend für Abend Perlen aufzufädeln, zählen seine Augen unaufhörlich Reihen; die Kiefern am Berghang, die Latten im Zaun, die Maiskörner am Kolben, wenn er sie in den Kochtopf wirft. Eine Angewohnheit, die er nicht mehr ablegen kann, sie lindert die Qual im Hinterkopf, so als könnte sie die schmerzlichen Lücken in seinem Leben ausfüllen. Im Geist reiht er Dinge aneinander, aus denen er Schmuck für jemanden macht, der so groß ist wie Gott.

Rose kommt, ohne anzuklopfen, herein und verkündet laut: »Neunzehn Silberquills die Klappe runter, hat der Mensch Töne.« Sie läßt sich auf einem Stuhl an seinem Küchentisch nieder.

»Wessen Klappe?« will Cash wissen, ohne von seiner Nadel aufzublicken. Beim Anblick seines Handrückens muß er an Papier denken, das im Kamin verbrennt; eben noch eine straffe Membran, fältelt es sich zu tausend Knittern und wird zu Asche und Luft. Er überlegt, ob man sich irgendwann daran gewöhnt, als alter Mensch aufzuwachen.

»Willie Levesques große, alte, häßliche, verkaterte Klappe, wessen wohl sonst?« Rose zündet sich eine Zigarette an und seufzt innerlich, während sie daran zieht. Willie ist Roses Ältester, halb so alt wie sie, nämlich neunzehn, und doppelt so groß. »Ich hatte sie in einer Aspirinflasche in der Küche aufbewahrt. In der Küche, du mein Gott, nicht etwa im Arzneischrank.«

Cash wirft Rose einen Blick zu, doch die klopft sich gereizt Asche von der Bluse. Weil sie untersetzt ist und mehr wiegt, als ihr lieb ist, stöckelt sie auf hohen Hacken durchs Leben und trägt dazu knappe Jeans und glänzende Blusen, die reichlich tief aufgeknöpft sind. Man kann auf dreißig Schritt sehen, daß sie sich zuviel Mühe gibt.

»Hat er nicht gemerkt, was er da einnimmt?« fragt Cash.

»Nein. Hat nur gesagt, sie hätten sich beim Runterschlucken so komisch angefühlt. Wie Zahnplomben.« Cash hantiert mit der Nadel, und Rose raucht, während sie erneut schweigen, dann sagt sie: »Ausgerechnet die silbernen, es ist doch nicht zu fassen. Das sind zwanzig Dollar. Ich könnte ihm den Hosenboden strammziehen. Wieso hat er nicht falsche Türkise eingenommen?«

Rose bringt Cash das Material für die Schmuckherstellung, aber bei ihrem Chef tut sie so, als ob sie es mit nach Hause nimmt, denn Mr. Crittenden rechnet jede Perle einzeln ab. Morgens klemmt er sich die Lupe vors Auge und zählt die Perlen in jedem Schmuckstück, das sie mitgebracht hat, und wehe, sie sind nicht alle vorhanden. Muß Schwerarbeit sein, so ein Mißtrauen.

»Die Quills dürften ohne große Schwierigkeiten durchrutschen«, sagt er zu Rose. »Meine Mädchen haben früher Pennies und was nicht alles verschluckt. Hat sich alles wieder angefunden. Du mußt Willie sagen, er soll sie dir wiedergeben, wenn sie durch sind.«

»Ja, das sollte ich wohl«, sagt Rose. »Und dann überreiche ich sie Mr. Crittenden in einer kleinen Papiertüte.« Cash merkt, daß sie lächelt; er kennt Roses Stimme, volltönend, wenn sie sich amüsiert, und ausdruckslos, wenn sie sich ärgert, weil er sie so oft nicht ansieht, wenn sie mit ihm redet.

Er lernte sie im Erkerfenster des Trading Post kennen, nein, da sah er sie zum erstenmal. Dann gewöhnte er sich an, jeden Tag auf dem Weg zur Arbeit an die Scheibe zu klopfen und ihr zuzuzwinkern, und anscheinend eroberte er damit ihr Herz im Sturm, denn sie behauptet, sie kommt sich in dem Erker wie eine Schaufensterpuppe aus Plastik vor. Mr. Crittenden will, daß sie den ganzen Tag an dem kleinen alten Schulpult vorn im Erkerfenster sitzt, damit die Touristen eine echte Indianerin zu sehen bekommen, die sich über ihre Perlenstickerei beugt und in dem grellen Licht die Augen zukneift. Angeblich schindet das genug Eindruck oder Mitleid, daß sie in den Laden kommen.

Roses Perlenarbeiten sind bei näherem Hinsehen zweitklassig. Sie ist weit davon entfernt, eine Vollblut-Indianerin zu sein, und damit redet sie sich auch heraus; trotzdem könnte sie die komplizierteren Muster erlernen, die Cash anfertigt, wenn sie nur wollte. Diese Fertigkeit kann man sich aneignen, so wie man lernt, einen Motor einzustellen. Die Dinge, die nach Cashs Erfahrung nur ein echter Indianer kann – nämlich zwei Hähnchen und einen Schinken so zu strecken, daß davon sechzig Verwandte satt werden –, die sind in der Tourismusbranche nicht gefragt.

Er steht auf, zieht das Brot aus dem Ofen und fängt an, das Abendessen zuzubereiten. Cash hat das Kochen erst im Alter entdeckt, nachdem er von Schwestern und Tanten weggezogen ist, und Rose sagt, er benimmt sich, als ob er es erfunden hätte. Sie scheint jedoch an seiner Küche Geschmack zu finden – sie kommt fast jeden Abend. Während sie am Küchentisch raucht, packt Cash die Sachen aus, die er aus dem Bio-Laden mitgebracht hat, und reiht sie auf: sechs hellrote Paprikaschoten, fünf weiße Kartoffeln, sechs orangefarbene Möhren. Er malt sich aus, wie er all die Farben auffädelt. Ach, wenn sein Leben doch auch so farbig wäre.

»Sieh mal, mein Mädchen«, sagt er und wedelt mit einer Paprikaschote vor Roses Nase herum.

»Cash, nimm dich in acht«, sagt sie. Die Schote ist mißgebildet, hat so was wie Hoden. Cash darf Erzeugnisse mit nach Hause nehmen, die selbst den Gesundheitsaposteln zu biologisch-dynamisch sind. Und so ernährt sich Cash in seiner kleinen Wohnung am Rande dieser Touristenstadt von Eintopf aus Paprikaschoten mit Genitalien und Möhren mit Armen und Beinen.

Er breitet Zeitungspapier auf dem Tisch aus, setzt sich

und schält seine Kartoffeln. Das Witsch-witsch-witsch seines Kartoffelschälers klingt beruhigend, und die Kartoffeln türmen sich wie saubere, trockene Steine. »Heute ist jemand in den Laden gekommen und hat mir erklärt, wie man reich wird«, sagt er.

»Nach allem, was ich gehört hab, bist du schon x-mal reich geworden, nur Geld ist dabei nie rausgesprungen«, sagt Rose.

»Nein, hör mir zu. Wir verkaufen doch im Laden all diese Shampoos mit Jojoba. Für die jungen Frauen muß heute alles Natur sein. Da kommt heute so ein Kerl in den Laden und erzählt, daß er in Arizona auf dem Sprung ist, seine Farm auf den Anbau von Jojoba-Bohnen umzustellen. Die wachsen auch in der staubigsten Wüste, die brauchen nichts als ein Fleckchen kargen Boden und Sonne. Wetten, daß du so ein Stück Land fast geschenkt kriegst.«

»Warum sollte es jemand fast verschenken, wenn man darauf Shampoo-Bohnen anbauen und reich werden kann?«

»Der Knackpunkt ist, daß die Pflanzen erst in fünf Jahren tragen. Die Geduld haben junge Leute nicht.«

»Und alte haben nicht mehr soviel Zeit.«

»Ich hab noch mein ganzes Rentnerleben vor mir. Und ich versteh mich darauf, etwas zum Wachsen zu bringen. Es könnte klappen.«

»Wie das mit den Silberfüchsen«, sagt Rose, und damit hat sie ihn mit links mundtot gemacht. Im Januar, ehe es in der Tourismusbranche Arbeit gab, hat Cash Füchse abgezogen. Mit eisigen Fingern hat er die zarten Häute gelöst, mit denen der Pelz am Fleisch hing, und hat sich dabei sein eigenes Zuchtpärchen verdient. Heute kommt es ihm wie ein Traum vor, daß er sich eingebildet hat, er könnte eine eigene Farm finden oder pachten. Er hatte gedacht, er wäre noch immer im Stamm, wo Verwandte stets zusammenrücken, um Platz am Tisch zu machen.

»Johnny Cash Stillwater«, sagt Rose kopfschüttelnd und

bläst den Rauch hoch wie ein Wal seine Wassersäule. Sie redet mit ihm, als würde sie ihn statt zwei Monaten schon ihr Leben lang kennen. »Du hast dich, glaub ich, noch immer nicht damit abgefunden, daß deine Mama dich nach ihrem Lieblingssänger genannt hat.«

Rose darf Cash nur deshalb so kränken, weil er weiß, daß sie recht hat. Mit seinen neunundfünfzig Jahren arbeitet er noch als Laufbursche in einem Bio-Laden; seine unmittelbare Vorgesetzte ist eine Achtzehnjährige namens Tracey, die beim Kassieren mit den Gummibändern ihrer Zahnspange schnipst. Und Cash benimmt sich noch immer, als hätte er das Glück gepachtet, es fehlt bei ihm nicht viel zum Hochstapler.

Auf einmal sagt Rose: »Sie wollen den Taubenschwarm schießen, der in die Stadt gekommen ist.«

»Wer will das?«

»Ich weiß nicht. Tom Blanny, ein Typ von der Stadtverwaltung, ist heute in unseren Laden gekommen und hat Mister Crittenden davon erzählt.«

Cash kennt Tom Blanny; der kommt in den Bio-Laden und kauft Zigaretten, die aus Salatblättern und Gott weiß was für Zeugs für Leute hergestellt werden, die lieber nicht rauchen würden.

»Tom hat gesagt, sie sind ein Problem, weil sie nicht hierhergehören und langsam lästig werden. Es sammeln sich zu viele, sie fliegen rum und nisten bei den Leuten in den Bäumen.«

Cash blickt überrascht auf. »Ich hab die Vögel heute abend gesehen. Hier, direkt vor diesem Fenster.« Sein Herz klopft etwas schneller, so als wäre Rose hinter ein weiteres Geheimnis gekommen, das sie gegen ihn verwenden kann. Aber ihr geht es um Stadtverwaltung und Informationen, nicht um einen unbenennbaren Groll gegen ein paar leuchtende Geschöpfe, die so vollendet harmonieren, daß man sich dabei einsam vorkommt. Cash widmet sich dem Kartoffelschälen.

»Tom sagt, sie verdrängen noch die einheimischen Vögel, wenn sie den Winter überleben. Tauben sind keine Naturvögel, die haben zu lange in der Stadt gelebt, die sind zu mickrig.«

»Sind nicht alles Naturvögel?« Er weiß, daß es die Leute in Jackson Hole mächtig mit der Natur haben.

»New-York-City-Natur«, sagt sie und lacht. Rose kennt sich aus. »Da haben sie schon alles verdrängt.«

Witsch-witsch-witsch macht der Kartoffelschäler. Cash hat keine Lust, sich weiter dazu zu äußern.

»Cash, was ist los mit dir? Denkst du etwa daran, nach Oklahoma zurückzugehen?«

»Nein.«

»Wie ist da jetzt das Wetter?«

»Heiß, wie es im Sommer sein sollte. Hier wird es ja nie richtig warm. Und ehe man sich's versieht, ist man schon wieder eingeschneit. Für zwei Meter Schnee bin ich nicht geschaffen.«

»Wer ist das schon? Nicht mal die Leute in Idaho.« Rose lockert ihr Haar. »Man sollte meinen, sie hätten sich allmählich daran gewöhnt, aber ich kann mich noch erinnern, als ich klein war, sind die Leute im Winter einfach durchgedreht. Frauen haben ihre Männer abgeknallt, haben sie dann an einen Mopstiel gelehnt und noch mal geschossen.«

Cash schweigt und läßt Rose Zeit, über ermordete Ehemänner nachzudenken.

»Geh doch zurück«, sagt sie, »wenn dir das Wetter hier nicht paßt.«

Darüber haben sie sich schon öfter gestritten. Es ist gar kein Streit, das merkt Cash jetzt, sondern Roses Taktik, ihn auszuhorchen, ohne daß sie sich zuviel vergibt. »Da ist nichts, was das Zurückgehen lohnt«, sagt er. »Meine ganze Familie ist tot.«

»Deine Tochter nicht.«

»Könnte aber durchaus sein.«

»Und was ist mit der anderen Tochter, ich meine die, die gestorben ist – was ist mit ihrem Kind?«

Als Cash Rose kennenlernte, hat sie ihm im Bett so schöngetan, daß er ihr seine Familiengeschichte anvertraut hat. Das bereut er jetzt. »Sie ist verschollen«, sagt er.

»Cash, ein Kleinkind ist doch nicht aus unsichtbarer Tinte.«

»So was kann man jeden Tag in der Zeitung lesen«, sagt er, obwohl er weiß, daß es nicht stimmt. Eine Mutter mag absichtlich mit dem Auto in den Fluß fahren, aber ihre Kinder werden immer von einem schützenden Korb aus ausgestreckten Händen aufgefangen, so sollte es jedenfalls sein. Und genau dieser Gedanke kommt nie zur Ruhe und faltet die Flügel.

»Ich hab mein ganzes Leben im Reservat verwartet«, sagt er zu Rose. »Wo alle arm, ärmer, am ärmsten sind. Als meine Frau starb, da war mir zumute, als hätte ich auf etwas gewartet, was nie eintreffen würde. In Jackson Hole haben die Menschen wenigstens etwas.«

»Du und ich, wir haben nichts davon.«

»Nein, aber es ist gleich nebenan«, sagt er, steht auf und wirft das Gemüse ins kochende Wasser. »Vielleicht fällt auch für uns was ab.«

Punkt ein Uhr reißt sich Rose das gemusterte Kopftuch herunter, das sie im Erkerfenster tragen muß, und schaufelt kleine Wasserfälle von klappernden Perlen in die Plastikfläschchen zurück, gibt aber gut acht, daß ihr keine auf den Bretterboden fällt. Mr. Crittenden erlaubt Rose, mit Cash Mittag zu essen, wenn sie spät gehen, also nach dem, was er als den mittäglichen Ansturm bezeichnet. In Wirklichkeit gibt es keinen Ansturm, sondern nur ein langsames, stetiges Tröpfeln. Jackson Hole hat hundert indianische Kunstgewerbeläden, und die meisten haben bessere Verkaufstricks zu bieten als eine abgekämpfte Mutter von Teenagern, die sich im Erkerfenster die Augen ruiniert.

Rose möchte stadteinwärts zu Sizzler gehen, wegen des Salatbüffets, aber Cash warnt davor; im Süden braut sich ein Gewitter zusammen. Also bleiben sie für den Fall eines Falles in der Nähe, bei McDonald's, und wählen die Abkürzung durch den handtuchschmalen Blumenpark an der Hauptstraße. Rose redet, aber Cash hört nicht zu, sondern zählt in Gedanken Stiefmütterchen und Leberbalsam: gelb, gelb, violett, violett, ein wunderschöner weggeworfener Perlengürtel aus Blumen, der sich längs der Straße hinzieht und staubig wird.

»Uff«, sagt Rose. »Ich weiß gar nicht, wieso es heute so schwül sein muß.« Während sie an der Ampel warten, faßt sie nach unten und richtet etwas an ihrem Hacken. Rose ist achtunddreißig, genauso alt wie seine Tochter Alma, wenn sie noch am Leben wäre, und Cash merkt auf einmal, daß er Rose eher wie eine Tochter als wie eine Lebensgefährtin behandelt: Er warnt sie vor Regen und schnalzt mit der Zunge, wenn sie von den Streichen ihrer Jungen erzählt. Was sie wohl an ihm findet? Na ja, wenigstens trinkt er nicht, und Perlen ißt er auch nicht, aber er weiß, daß er auf eine Art alt wird, die ihn schwer erträglich macht. Eine absolute Schnapsidee, daß er vor zwei Jahren unbedingt nach hier ziehen mußte. Oklahoma-Cherokee verlassen Oklahoma nun mal nicht. Die meisten ziehen nicht einmal zwei Hickorybäume von ihrem Geburtshaus weg.

In der Schlange bei McDonald's fällt ihm auf, daß die Männer Rose ansehen. Nicht viele und nicht lange, aber sie sehen sie an. Cash ist für sie nicht vorhanden: ein alter Indianer, an den sich kein Vorübergehender erinnern würde. Und das nicht wegen der Tragödie, die drei Generationen seiner Familie befallen hat – diese Generationen wären auch ohne Krebs und Selbstmord und ein verschollenes Enkelkind dahingegangen; und er wäre alt geworden.

»Heute nur Pommes und Chef-Salat, ich bin auf Diät«, sagt Rose und flirtet mit dem Jungen an der Kasse.

Cash vermißt seine Frau, und das ist ein Schmerz, der tief in der Brust sitzt, und er vermißt seine Schwestern und Vettern, alle, die ihn als kräftigen, gutaussehenden jungen Mann gekannt haben. Jeder zu Hause erinnert sich daran, oder wenn er dazu noch zu jung ist, so hat man ihm davon erzählt. Wenn man alt wird, klammert man sich an die schöne, heile Vergangenheit. Cash war im Bäumeklettern der Beste; seine Schwester Letty hat den Erzählwettbewerb gewonnen. Die Frau, die den Bruder von Lettys Mann geheiratet hat, eine Schönheit namens Sugar, hat man eines Tages mit einem Rootbeer erwischt und fotografiert, und *Life* hat das Foto gebracht. Das weiß jeder. Jetzt ist ihr Haar schütter, und sie hat einen kleinen Buckel, aber sie ist noch immer Sugar und geht in dem Bewußtsein durch Heaven, Oklahoma, daß jeder sie hübsch und einzigartig findet. Was sie auch ist. Das ist das Dumme, wenn man von zu Hause wegzieht, geht ihm auf. Man verliert seine ganze Jugend und besitzt nur noch das bißchen Gepäck, das man in seinem Körper mit sich herumschleppt.

Eigentlich dürfte es ihm nicht so viel ausmachen. Denn das meiste, womit Cash einmal angefangen hat, besitzt er noch: die Gabe, Pläne zu schmieden und sich Freunde zu machen, und sein volles Haar. Und es gibt nichts, was man ihm vorwerfen könnte, außer dieser Ruhelosigkeit. Dreißig Jahre lang tat ihm seine Frau, wenn er wie ein Weißer daherredete, einen Nachschlag auf den Teller und kehrte ihm freundlich, aber bestimmt den Rücken zu. Als sie krank wurde, geriet Cash irgendwie ins Schleudern, wollte mit ihr reiten gehen und die Rocky Mountains sehen. Ein Jahr nachdem die Ärzte sie als geheilt entlassen hatten, starb sie; der Arzt hatte keinen Krebs mehr bei ihr gefunden, und sie wollte nur noch sitzen, es langsam angehen lassen und ihr Enkelkind aufwachsen sehen, aber

Cash wirbelte mit ihr durch die Küche und schwor, er würde ihr die ganze Welt zeigen. Sie sagte, das Fernsehen hätte einen schlechten Einfluß auf ihn. Wahrscheinlich hatte sie recht. Wie die weißen Vögel, die er draußen vor seinem Fenster gesehen hat, läßt es seine Flügel aufleuchten und verspricht, was man will, selbst das, was man sich noch gar nicht gewünscht hat.

Rose hat in dem vollen Lokal einen Platz für sie erwischt und beseitigt das Schlachtfeld auf dem Tisch; ihre Vorgänger waren sicher Ausländer, die nicht wußten, daß man bei McDonald's seine Burger-Verpackung selbst wegbringt. »In Jackson ist der Bär los, was?« übertönt Rose den Spektakel und läßt sich auf ihrem Stuhl nieder.

Cash nickt. Neun Monate lang ist er gefährlich vereiste Bürgersteige entlanggestapft, an denen sich der dreckige Schnee so hoch und hoffnungslos türmte wie die schmutzige Wäsche eines ganzen Winters. Seit fünf, sechs Wochen ist die Wäsche nun gewaschen. Die Straße wimmelt von Menschen, die Fotos von Floßfahrten bei Sonnenschein und von grünen Wiesen machen und für den Rest ihres Lebens behaupten, daß sie auch Jackson Hole kennen.

Das Pärchen am Nebentisch unterhält sich in irgendeiner Sprache. Die Frau hat kleine grüne Espandrillos an, die aussehen, als würden sie sich in ihre Bestandteile auflösen, ehe sie den Ozean auch nur halb überquert haben. Cash kennt diese Sorte Frau; sie kommt in den Bio-Laden, begeistert sich für alles aus Kräutern und marschiert schnurstracks in den Kunstgewerbeladen gegenüber, wo sie Rose zufolge gleich drei Paar Ohrringe von Cash kauft. Offensichtlich ist der Indianerlook in Europa die große Mode, denn Indianer gibt es da nicht. Sie stellen Rose persönliche Fragen und finden sie exotisch. Amerikaner verhalten sich anders, die schleichen im Laden um Rose herum und sehen sie nicht an, so als wären ihre Kleider furchtbar dreckig und sie hätte es nicht gemerkt. Manchmal trauen sie sich näher heran und machen einen

Schnappschuß. Das hat Cash schon erlebt, und das muß er Rose lassen, sie sitzt still und hält ausnahmsweise den Mund. Die Kunden stapeln ihre Einkäufe neben der Kasse und geben in einer Minute mehr aus, als Cash in drei Wochen verdient.

»Der Typ, der hier aufwischt, hat einen niedlichen Hintern«, stellt Rose fest und lockert Lagen von schwarz gefärbtem Haar. »Ich könnte glatt einen Löffel oder so fallen lassen, nur damit er ihn aufhebt.«

»Rose, du mußt dich entscheiden, ob ich dein Freund oder dein Vater bin. Beides schaffe ich nicht.«

Sie wirft ihm einen blitzenden Blick zu. »Schatz, du weißt doch, wie sehr ich dich liebe.«

Dem hat Cash nichts hinzuzufügen. Er ist dankbar, daß sie bei McDonald's keine Löffel ausgeben.

»Wenn man es bedenkt«, sagt sie, »könnten wir genausogut in Paris oder Hongkong sein. McDonald's gibt es in jedem Land der Welt.«

»Das habe ich auch gehört«, sagt Cash, aber es kommt ihm keineswegs so vor, als ob er in Paris ist, ihm kommt es vor, als ob er bei McDonald's ist.

»Du wirkst niedergedrückt«, bemerkt Rose, und Cash fragt sich, ob sie nicht doch recht hat. Er muß an Teig denken und daran, wie der mit der Hand bearbeitet wird: Man nimmt einen großen, runden aufgegangenen Kloß und drückt ihn flach. Ja, denkt er. Niedergedrückt.

Endlich hat Cash Feierabend. Die letzten zehn Minuten seiner Schicht stand ein Pärchen in der Schlange und zankte sich, ob es nun die teuren Pfirsiche kauft oder nicht. Cash stand stumm daneben und dachte, wenn sie ihren Ehekrach doch bloß woanders austragen würden, und Tracey verdrehte die Augen, daß es gar nicht zu übersehen war, aber das Pärchen merkte noch immer nichts. Auf dem T-Shirt des Mannes prangte DENK NUR AN

Surfen. Cash staunt immer wieder, wofür die Leute alles Reklame laufen. Überzeugungen bedeuten anscheinend so wenig, daß man sich jeden Morgen nach dem Duschen eine neue überziehen kann.

Die Vögel kommen nun jeden Tag, und ihre Zahl wächst über Nacht auf wundersame Weise. Cash kann sie schon wieder sehen, als er die Hauptstraße entlang- und zum Kunstgewerbeladen geht, um Rose abzuholen. Von ihr stammt auch die Theorie, daß die Tauben aus Salt Lake City abwandern, um den Falken zu entkommen, die dort in den Gesimsen der hohen Gebäude nisten. Das Gleichgewicht der Natur steht auf dem Kopf, denkt Cash: Raubvögel wandern in die Städte ab, und Stadtvögel machen sich breit, wo der Büffel zieht. Er findet, daß den Tauben nicht zu trauen ist. Einen Augenblick lassen sie alle zusammen die silbrigen Innenseiten ihrer Schwingen aufleuchten, sind allesamt einfarbig, und im nächsten zeigen sie ihre weißen Rücken, ändern von einem Augenblick zum anderen die Farbe, als wär's ein Kartenkunststück.

An diesem Abend möchte Mr. Crittenden ihn sprechen, und davor fürchtet sich Cash. Roses Chef ist endlich dahintergekommen, daß die Perlenarbeiten, die sie im Laden anfertigt, auch nicht annähernd die Qualität von dem haben, was sie von zu Hause mitbringt. Rose wich seinen Fragen aus, denn sie bangt um ihren Arbeitsplatz, beichtete aber zu guter Letzt, daß ihr Cherokee-Freund sie gemacht hat. Mr. Crittenden war gar nicht böse, nein, er möchte Cash kennenlernen und ihn zu seiner Technik befragen. Cash ist mehr als fünfzigmal im Laden gewesen, und noch nie wollte Mr. Crittenden ihn kennenlernen.

»Uff, ist das schwül«, sagt Rose, als er in den Laden kommt. »Wenn es doch bloß regnen würde, und Schluß. Nicht die Hitze macht mich fertig, sondern die Menschheit.«

Cash lächelt. »Du sagst es.«

»Der Obermotz ist weggegangen. Er ist gleich wieder da.«

Über der Tür hinter Cash klingelt blechern das Glokkenspiel aus kleinen Schellen, aber es ist ein Kunde, ein langer, dünner Mann mit Sandalen und grau gesprenkelten Socken. Er nickt Rose zu, die an der Kasse sitzt.

»Sehen Sie sich ruhig um«, sagt sie und lächelt ihr gewinnendes Lächeln, das Cash zwar durchschaut, aber nicht mag. »Sieht es nicht ganz danach aus, als kriegten wir ein Gewitter? Wir brauchen Regen. Es hat zu lange nicht geregnet.« Cash grinst. So gefällt sie ihm besser, denn jetzt spricht sie mit ihm in ihrer Geheimsprache. »Der hier sieht sich alles im Laden an und kauft dann ein paar Ansichtskarten.« Wenn sie fragt: »Kommen Sie von weither?«, sagt sie einen Großeinkauf voraus. »In der Vitrine vorn ist alles runtergesetzt, total runtergesetzt« heißt: »Der ganze Schmuck von Jackson Hole macht diese graue Maus auch nicht hübscher.«

Cash steht nahe am Fenster und blickt nach draußen. Er kann die weißen Vögel nicht sehen, weiß aber, daß sie noch da sind, daß sie lässig und flügelschlagend über ihnen kreisen, sich großtun und ihre Freiheit für selbstverständlich halten. Das sind keine richtigen Vögel wie die, die er als Junge gejagt hat, für deren Eier er die Bäume entlanggeschrammt ist, Vögel, die Insekten fangen und Nester bauen und Junge füttern. Das hier sind Touristenvögel. Sie kreisen wie seine ruhelosen Träume und finden keinen Platz zum Landen.

Endlich geht der Sandalen-Mann, ohne auch nur eine Ansichtskarte gekauft zu haben. »Uff, eine lange Trokkenzeit«, sagt Cash, und Rose lacht. Die Glöckchen klingeln erneut, und als sie aufblicken, sehen sie Mr. Crittendens weißen Schopf. Sie verstummen, doch die Stille, die mit ihm hereingekommen ist, lastet schwerer als ihr Schweigen. Er nickt Cash zu, dann bleibt er kurz stehen, läßt die Hand auf der Schmuckvitrine ruhen und spreizt die Ellbogen ab. Stets trägt er ein weißes Hemd und einen schwarzen, schmalen Schlips. Rose möchte zu gern wissen, ob er verheiratet ist; Cash sagt, sie solle sich doch bloß die gebügelten Hemden ansehen, die er zur Arbeit trägt, aber Rose behauptet, er könne es sich leisten, sie in die Wäscherei zu geben, was auch wieder stimmt. Sie hat läuten hören, daß er irgendwo einen eigenen kleinen Flugplatz besitzt, außerdem wird gemunkelt, daß er Krebs hat. An die Krebs-Geschichte glauben sie beide nicht. Wenn er demnächst sterben müßte, würde er wohl kaum so eifrig Perlen zählen, oder?

Er nickt Cash noch einmal zu, und Cash folgt ihm mit zusammengeschnürter Kehle in sein Büro, einen kleinen Raum, in dem drangvolle Enge herrscht: Aktenordner und Anthropologie-Bücher und absonderliche Haustiere. Mr. Crittenden hält sich hier sieben, acht kreischende Vögel und in einer zur Hälfte mit Sand gefüllten Schmuckvitrine eine Pythonschlange. Rose hat Cash auf die Schlange vorbereitet, unter deren kühlem Blick sie hier eintreten muß, um sich ihren Gehaltsscheck abzuholen. Der Gestank nach Vögeln und Einsamkeit nimmt ihm den Atem. Mr. Crittenden zieht zwei große Bücher aus dem Regal, die nach Staub riechen. Als er sie aufschlägt, sind sie innen so blank wie weißes Glas.

»Das hier sind sehr alte Perlenarbeiten«, erzählt er Cash. Langsam blättert er die Seiten mit den Schwarzweißfotos um. »Kennen Sie die Muster?«

Ja, Cash kennt sie, die meisten jedenfalls, aber er hat Angst, daß er zuviel zugibt, also nickt er bei den Fotos nur oder schüttelt den Kopf. Während Mr. Crittenden umblättert, schnalzt ein nervöser grauer Vogel in einem Käfig dicht beim Fenster und kratzt sich den Hals, als hätte er eine Hautkrankheit. Von Zeit zu Zeit hebt er den Kopf und kreischt, und dann hallt der Raum wider von dem Gepfeife und vom Gescharre trockener Krallen auf dünnen Metallstangen. Cash hält zwischen zwei Atemzügen die Luft so lange an, wie es nur eben geht.

»Dieses ganze Wissen geht von A bis Z verloren«, sagt Mr. Crittenden und streichelt die Seiten seiner Bücher, als könnte er die Muster fühlen. Er streckt den weißhaarigen Kopf in den Raum zwischen ihnen, seine blauen Augen sind fiebrig und rotgerändert.

»Sind in Ihrem Stamm die Männer die Künstler?« fragt er.

Cash unterdrückt ein Lächeln. »Nein, die Frauen haben mich ein bißchen aufschnappen lassen.«

»Kennen sich Ihre Töchter mit solchen Arbeiten aus?«

»Ja«, sagt Cash, denn es stimmt, das heißt, ehe Alma kopfüber im Fluß landete und Sue zum dritten- oder viertenmal mit einem gebrochenen Wangenknochen oder anderen Liebesbeweisen ihres Freundes im Krankenhaus. Aber auch bevor dieses ganze Leid über sie kam, fertigten sie ganz bestimmt keine Perlenarbeiten in der Bilderbuch-Manier an, wie sich Mr. Crittenden das vorstellt. Cashs Töchter und Nichten haben Dauerwellen und gehören den Weight Watchers an. Wenn sie ab und an ein Paar Ohrringe machen, dann während sie miteinander telefonieren, ihr tiefes Raucherlachen lachen und über die Freunde ihrer Ehemänner schimpfen. Cash kam sich bei diesen Unterhaltungen immer etwas ausgeschlossen vor, aber dennoch ist dies die Welt, die er zu seinem Kummer verloren hat.

Mr. Crittenden merkt, daß Cash das Fenster anstarrt. »Das ist ein Grauschwanz-Kakadu. Früher waren sie in Australien eine Landplage, und die Weizenfarmer haben sie zu Tausenden abgeschossen. Heutzutage gibt es nicht mehr viele davon.«

Cash hatte jedoch gedacht, wie trostlos eine Fensterbank ohne Pflanzen ist. Hier ist aber auch gar nichts Grünes, was die Sonne genießen und schweigen kann.

Die ganze Woche über nimmt die Luftfeuchtigkeit noch zu. Der Freitagnachmittag ist drückend und will kein Ende nehmen. Gegen sechs kann Cash nicht mehr. Er ist wieder im Kunstgewerbeladen und wartet, daß Rose Feierabend hat. Vielleicht gehen sie ins Kino. Das lenkt seine Gedanken zwei Stunden lang von hier und heute ab. Aber Mr. Crittenden ist noch immer nicht erschienen, um abzuschließen und die Perlen auszuteilen.

»Wann ist er zuletzt hiergewesen?« Rose denkt nach. »Ist er denn mittags nicht gekommen?«

»Nein, wir sind einfach gegangen.«

»Stimmt.«

Cash steht am Erkerfenster und blickt zu den Vögeln hinauf, die er nicht leiden kann und die knappe, ängstliche Kreise ziehen. Heute abend wirken sie, als suchten sie etwas – ihre verlorenen Wünsche. New York City vielleicht. Er lächelt in sich hinein.

»Seine Tür steht offen«, sagt Rose.

»Vielleicht sollten wir sie zumachen und einfach gehen.«

»Vielleicht sollten wir reingehen und uns umsehen, wo er sein Geld aufbewahrt.«

»Rose, ich bitte dich. Mach einfach die Tür zu. Ich weiß nicht, wie du das den ganzen Tag mit diesen Sittichen aushältst, mich würden sie verrückt machen.« Er beobachtet das sich zusammenbrauende Gewitter. Mann, du bist ja schon übergeschnappt, dich muß man nicht erst verrückt machen, denkt er in dem Augenblick, als Rose ein zittriges, schrilles »Huch?« ausstößt.

Cash reckt die Schultern und dreht sich um. »Was ist?«

»Er ist da drin.«

Sofort überlegt Cash, ob Mr. Crittenden ihre Unterhaltung, Roses Tratsch mitbekommen hat. Ihre Witzelei, daß sie sein Geld stehlen würden! Er versucht sich zu erinnern, ob sie sonst noch etwas Dreistes gesagt hat, das sie den Job kosten könnte.

»Cash«, sagt Rose mit weißem Gesicht, und ihre Stimme wird noch einen Ton schriller, und da begreift er. Mr. Crittenden hat kein Sterbenswörtchen mitbekommen.

Cash bleibt noch lange auf und arbeitet an einem Perlengürtel. Er ist müde, doch von Schlaf kann keine Rede sein. Er und Rose sind die Einzelheiten wieder und wieder zusammen durchgegangen wie Schiffbrüchige, die es irgendwo an Land gespült hat, wo nur noch dieses eine Ereignis zählt. Die Polizei geht von Selbstmord aus, gar keine Frage, er hat rezeptpflichtige Schlaftabletten eingenommen und seine Bücher geordnet hinterlassen. Wie sich herausstellt, gibt es eine Ehefrau; sie lebt in Rock Springs und hatte wahrscheinlich nichts mit seinen Hemden zu schaffen. Sie hat Rose am Telefon angewiesen, den Laden, wenn irgend möglich, für den Rest der Saison offenzuhalten. Eine Management-Firma in der Stadt wird dafür sorgen, daß Rose ihr Gehalt bekommt. Cash bezweifelt, daß sie den Mut aufbringt, weiterhin dort zu arbeiten. Die ganze Zeit, als die Polizei da war, hat sie sich an die Brust gegriffen und geatmet, als wäre sie auf ihren hohen Hacken eine Meile gelaufen.

Cash möchte Dinge wissen, die Rose noch gar nicht bedacht hat: Wer holt beispielsweise die Tiere ab? Der Gedanke, sie könnte unter einem Dach mit einer halbverhungerten Schlange arbeiten, will ihm nicht gefallen. Und wie lange saß Mr. Crittenden schon tot da drin? Er wird das Bild nicht wieder los, wie Mr. Crittenden, blau um den Mund und an den Fingerspitzen, in sich zusammengesunken und steif dasaß und drei Männer ihn kippten wie ein Möbelstück, durch die Tür bugsierten und aus dem Laden trugen. Hat er sich mitten in der Nacht oder gegen Morgen das Leben genommen? Cash wollte eine Antwort auf jedes Wie und Was, nur um das bohrende »Warum?« zu ersticken.

Rose hat das Valium eingenommen, das der Arzt ihr gegeben hat. Jetzt schläft sie in Cashs Bett wie ein Murmeltier und hat ihn mit der nackten Glühbirne und dem Wandkalender der Spedition Wickiup allein gelassen. Der Monat Juli zeigt Familien auf einem gelben Floß. Sie haben Fotoapparate, helle Kleidung und erstaunte Mienen, jeder Mund ein schlaffer, kleiner Riß im Gesicht: Sie geraten in Wildwasser. So ahnungslos war er auch, ehe er hierherkam. Jetzt kennt er sich mit strahlenden Verheißungen so gut aus, daß er sich fragt, wer wohl den ganzen Tag am Fluß gehockt und nach den Mücken geschlagen hat, nur um dieses eine Foto zu schießen, und was man ihm dafür gezahlt hat. Der Wetterumschwung macht, daß ihm die Handknöchel schmerzen, und er hat heute abend schon zweimal Plastikperlen auf dem orangefarbenen Linoleum verloren. Das hat sich gewellt und platzt an einigen Stellen, als wollten Vulkane unter seiner Oberfläche ausbrechen. »Laß sie sausen«, flüstert er laut, doch die Angewohnheit, jedem kleinen leuchtenden Farbkügelchen nachzujagen, läßt sich nur schwer ablegen.

Als er endlich zu Bett geht, findet er noch immer keine Ruhe, sondern träumt von seiner verstorbenen Frau. Sie steht in der Küche ihres windschiefen Häuschens im Wald und zerlegt ein Suppenhuhn.

»Warum drehst du dich nicht um und siehst mich an?« fragt er.

»Du hast dich von der Familie losgesagt«, antwortet sie. »Ich muß dir den Rücken zukehren.«

»Warum redest du dann überhaupt mit mir?« fragt er.

»Ich koche für dich, oder?«

»Ja. Aber ich habe Angst, daß du mich haßt.«

»Warum würde ich dann für dich kochen?«

»Ich weiß nicht«, sagt er.

»Gib acht, wer für dich sorgt.«

Sie rührt in dem Riesentopf auf dem Herd herum. In der blubbernden Masse kann Cash ein trockenes Büschel von Mr. Crittendens weißem Haar sehen. Seine Frau ist sehr groß. Die Küche hat kein Dach, da sind nur eine Waldlichtung und Beine wie Bäume. Vor dem Himmel sieht ihr Kopf aus wie aus Stein gemeißelt, ein Kopf, den er nicht genau einordnen kann. Er könnte genausogut seiner Mutter oder seiner Tochter gehören. »Es gibt hunderterlei Arten, jemanden zu lieben«, sagt ihre Stimme zu Cash. »Hauptsache, ihr bleibt zusammen in dem Raum hier.«

Er wacht auf und hat das Gefühl, daß es ihm die Brust sprengt. Entweder war das jetzt ein Herzanfall, oder er stirbt schlicht vor Einsamkeit. »Ich muß nach Hause«, sagt er zu Rose, und es ist ihm einerlei, daß sie schläft und ihn nicht hört.

Die Sommerregen in den Rocky Mountains kommen den weiten Weg aus Mexiko. Jedenfalls hat sich Cash das gern eingeredet, weil er so unbedingt ein aufregendes Leben führen wollte. Aber Mexiko hin, Mexiko her, der Regen ist schlimm für den Tourismus, und im Bio-Laden herrschte den ganzen Tag gähnende Leere. Tracey sitzt an der Kasse, liest die Regenbogenpresse und fragt Cash, ob eine Frau seiner Meinung nach tatsächlich Drillinge von drei verschiedenen Vätern bekommen kann. Cash denkt an seine wilden Töchter und zweifelt nicht daran.

Rose ist mutig zu ihrer Arbeitsstelle zurückgekehrt. Beim Mittagessen berichtet sie, daß es bei ihr genauso ist, nichts los. Sie behauptet, die Neuigkeit hat die Runde gemacht, und keiner geht in einen Laden, in dem sich jemand das Leben genommen hat. Cash weiß es besser: In der Hoffnung auf einen Selbstmord-Ausverkauf würden die Leute aus der Umgegend sehr wohl auf Schnäppchenjagd gehen. Es liegt am Wetter, daß die Geschäfte flau sind. Urlauber erwarten paradiesisches Glück, paradiesisches Wetter, und wenn sie das hier nicht antreffen, fahren sie weiter nach Missoula oder sonstwohin, wo es ihrer Meinung nach zu Hause ist. Junge Leute wie Rose haben immer mit halbem Auge die Ausfallstraße im Blick.

Als Cash die ersten Schüsse hört, überkommt ihn ein sonderbares Hochgefühl. Er hatte gedacht, vielleicht wird die Vogeljagd wegen des Regens abgeblasen, aber da knallen die Gewehre schon wieder, daß die Schaufensterscheiben klirren. Er verläßt seinen Posten an der Kasse, stellt sich dicht am Fenster auf und wartet. »Heute schießen sie die Tauben«, sagt er zu Tracey.

»Darüber hab ich in der Zeitung gelesen. So was Gemeines. Warum kann man die paar armen Vögelchen nicht in Ruhe lassen?«

»Das sind mickrige Vögel«, sagt Cash. »Die wollen hier leben, aber das schaffen sie nicht. Deshalb kreisen sie ja auch andauernd da oben herum.«

Er verspürt einen neuerlichen Knall und das schwache Nachbeben. Sein ganzer Körper vibriert mit der Fensterscheibe. Auf einmal sind die Vögel am Himmel, aber sie ziehen nicht mehr ihre vollendeten Kreise, sondern haben sich zu zweit oder zu dritt in alle Himmelsrichtungen zerstreut, sie drehen ab und fliegen in panischer Hast davon. Jeder ist sich selbst der Nächste. Er denkt an einen Ort, den Welten von hier trennen, wo er auf Bäume kletterte und sich nichts weiter wünschte, als ein Nest voller Eier zu finden. Cash kann sein Gesicht in der Scheibe sehen, es ist ganz leer vor Erleichterung, während die getroffenen Vögel die Flügel falten, einer nach dem anderen verschwinden und endlich einen Platz auf der Erde gefunden haben.

## Die Grauzone der Menschheit

In diesem Sommer sind alle drei Generationen von Alices Familie zum erstenmal in die Luft gegangen; zuerst Turtle und Taylor hin und zurück nach Chicago, und jetzt setzt Alices Flugzeug zur ersten Zwischenlandung an. Alice findet, daß damit ein ungewöhnliches Maß an Übereinstimmung bewiesen ist. Ihr Flugzeug braust unter den Wolken dahin, und tief unter sich kann sie den Mississippi und St. Louis sehen. Ein riesiger Metallbogen am Flußufer überragt jedes andere Gebäude, doch welchem Zweck er dient, vermag Alice sich nicht vorzustellen. Genauso nützlich ist es, von einer Brücke zu spucken, aber so was tun die Menschen nur, um zu beweisen, daß sie eine Zeitlang auf dieser Erde waren. Das Flugzeug düst im Sinkflug über den größten Friedhof hinweg, den Alice bislang gesehen hat. Ihre Nachbarin auf dem Fensterplatz, die den ganzen Flug über in sich zusammengesunken und stumm dagehockt hat, bemerkt jetzt: »Eine schöne Begrüßung.«

»Irgendwie ganz sinnig«, sagt Alice, denn es reizt sie, dieser freudlosen Frau entschieden, aber freundlich zu widersprechen. »Wenn man schon soviel Krach machen muß, dann sollte man lieber die Toten behelligen als die Lebenden.«

»Weit muß man uns nicht transportieren, falls wir es nicht schaffen«, sagt die Frau trocken. Sie hat einen auffallend kleinen Kopf und rotbraunes Haar, das künstlich wirkt, und auf dem ganzen Flug von Lexington hat sie ein gequältes Gesicht gemacht, so als hätte sie sich die Schuhe auf den falschen Fuß gezogen. Alice ist enttäuscht. Sie hatte erwartet, hier nur weltläufige Reisende aus den großen Städten anzutreffen, die sich bequem im Sitz zurücklehnen und in der Zeitung den Wirtschaftsteil aufschlagen. Statt dessen ist alles wie gehabt, sie muß ihre Mitreisenden aufmuntern. Um von dem Thema »Friedhöfe« abzulenken, fragt sie: »Ist die Reise für Sie in St. Louis zu Ende?«

Die Frau nickt unmerklich, scheinbar verträgt sich die Anstrengung nicht mit ihrer Frisur.

»Ich fliege noch bis zur nächsten Zwischenlandung, Las Vegas«, berichtet Alice. »Ich hab da eine Tochter und eine kleine Enkelin, die eine schlimme Zeit durchmachen.«

Die Frau lebt ein wenig auf. »Läßt sie sich scheiden?«

»O nein«, sagt Alice, »meine Tochter ist gar nicht verheiratet. Das kleine Mädchen hat sie eines Tages in ihrem Auto gefunden und hat es adoptiert. Sie ist so unabhängig wie ein Schwein auf dem Eis.«

Die Frau wendet sich wieder dem Fenster und dem bemerkenswerten Gräberfeld zu.

»Jemand hat die Kleine einfach in ihrem Auto abgesetzt und gesagt: ›Also dann, du Dussel!‹ Was konnte sie schon anderes tun?« Alice faßt nach den Fotos in ihrer Handtasche. »Ist aber alles gut gelaufen; das kleine Mädchen ist auf Draht. Wer die loswerden wollte, hat kein Auge für gutes Material gehabt.«

Alice bildet sich etwas darauf ein, daß sie eine Unterhaltung in Gang halten kann, aber diese Frau kennt nur Scheidung und Friedhöfe und sonst nichts; sie zieht das Rollo herunter und schließt die Augen. Alice läßt die Fotos von Turtle in der Brieftasche stecken, denn vor ihrem inneren Auge steht ein Bild, das ihr angst macht: eine alte Frau, die Selbstgespräche führt. Sie bietet dem Mann auf der anderen Seite des Ganges ein Pfefferminzbonbon an, doch der ringt sich kaum ein Kopfschütteln ab. Eine ganze Flugzeugladung von Menschen, die Luft füreinander sind. Alice hat ihr Leben lang in Kleinstädten gewohnt und kennt sich mit dieser Art von Höflichkeit nicht aus; da sitzen sich die Leute in der Öffentlichkeit praktisch auf dem Schoß und tun so, als wären sie Polsterung.

Sie kann sich nicht erinnern, jemals mit so vielen unbekannten Menschen gleichzeitig eingesperrt gewesen zu sein. Sie sehen sonderbar aus: Eine Frau wirkt eingeschrumpelt, hat aber eine hochgefönte Lockenpracht; eine andere ist massig und kahl, mit einem Kopf, der zu groß für den Körper ist; noch eine andere sieht so unangenehm künstlich aus wie Mädchen, die zuviel Metall ums Gesicht herum haben, Ohrringe, Brille, blitzende Zahnspangen. Es will ihr so vorkommen, als wären alle diese Leute von verschiedenen Herstellern angefertigt worden, die sich nicht auf eine Grundform einigen konnten. Alice spart sich diesen Gedanken für Taylor auf, wenn sie erst in Las Vegas ist. Jedesmal, wenn sie mit Harland mehr als das Allernötigste redete, hielt er sie für übergeschnappt. Aber Taylor weiß schon, was sie meint.

Alice setzt die Brille ab, befühlt ihr Gesicht und nimmt ihre Augen unter den Lidern als befremdliche, feuchte Murmeln wahr. Taylor in der Klemme, das ist etwas, womit sich Alice nicht auskennt. Alles, was sie früher gemacht hat, auch wenn es noch so überkandidelt aussah, hat gut geendet. Als Taylor die ersten Schritte machte, strebte sie schnurstracks aus der Tür des Postamts von Pittman. Alice stand gerade am Schalter, kaufte Briefmarken und fragte Renata Hay, die Postbeamtin, wann ihr Baby denn fällig wäre; Taylor war elf Monate alt und hing Alice gewöhnlich am Mantelsaum, daß sie das Gefühl hatte, ihr wäre hinten ein dicker Schweif gewachsen. Auf einmal tosender Beifall von den alten Männern, die auf die Auszahlung ihrer Sozialrente warteten, und Alice drehte sich gerade noch rechtzeitig um, daß sie ihr Baby auf die Straße hinausmarschieren sah. Der alte Yancey Todd hielt Taylor wie ein Gentleman die Tür auf.

Man sagt, daß vorwitzige Kinder in aller Regel kopfüber im Schmutzeimer landen. Alice mag das nicht glauben. Sie ist fest davon überzeugt, daß ihre Tochter in beide Richtungen gesehen hätte, ehe sie zum Spielen auf die Hauptstraße gegangen wäre. Oder Yancey hätte die Autos angehalten. Wenn man ein überaus intelligentes Kind geschenkt bekommt, dann hegt und pflegt man es und läßt es glänzen. Das Universum macht Zugeständnisse. Als Taylor aus einer Telefonzelle in Las Vegas anrief und das heulende Elend hatte, da kam sich Alice verraten und verkauft vor. Das Universum hat sie beide im Stich gelassen.

Das Zeichen mit dem Sicherheitsgurt macht Ping und leuchtet auf, und Alice öffnet die Augen. Eine Stewardeß kommt langsam den Gang entlang und räumt die Plastikbecher ab wie eine geduldige Mutter, die ihren Babys Spielzeug wegnimmt, das sie verschlucken könnten. Alice sieht ihr zu und staunt über ihre Aufmachung: Unter ihrem marineblauen Blazer trägt sie eine weiße Bluse mit Knöpfen, dazu einen türkisch gemusterten Seidenschal mit, ja, einem feinen Goldkettchen, das ihn festhält. Wie lange sie wohl gebraucht hat, bis alles richtig saß, und das bei ihrem hektischen Leben. Alice ist ein Passagier, der Trost braucht, und dies verschafft ihr Trost: das rührende Bemühen, das manche Menschen morgens auf ihre Kleidung verwenden, und ihre Zuversicht, daß ein dünnes Goldkettchen über einem Seidenschal irgendwie einen Unterschied macht.

Taylor und Alice überragen Turtle, sie liegen sich in den Armen, haben die Wangen aneinandergelegt, die Beine auseinandergestellt und haben Schlagseite wie ein schiefes Tipi. So bleiben sie eine ganze Weile im Flughafen stehen, und die Menschen laufen um sie herum und sehen nicht einmal hin, denn sie wollen weiter nichts als ihren Anschlußflug erwischen. Leere weiße Pulloverärmel baumeln Alice von der Schulter. Turtle drückt den Kopf an

Taylor und klammert sich an ihren Blusensaum, da es sonst nichts zum Klammern gibt. Sie hat ihre Grandma Alice erst einmal gesehen, aber damals hat niemand geweint.

»Mama, bislang habe ich mich besser gehalten, Ehrenwort«, sagt Taylor. »Jetzt muß ich mich einmal fallenlassen.«

Alice reibt ihr kreisförmig den Rücken. »Na los, klapp ruhig zusammen. Dazu bin ich ja hergekommen.« Turtle sieht zu, wie sich die Hand mit den großen Knöcheln auf dem Rücken ihrer Mutter auf und ab bewegt, und wartet, daß etwas zusammenklappt. Nach einem Weilchen lassen sie sich los. Taylor versucht, Alices ganzes Gepäck zu tragen.

»Was hast du denn in diesem Koffer?« fragt sie. »Backsteine? Harlands Autoscheinwerfer?«

»Ich werd dir was mit Harlands Scheinwerfern«, sagt Alice, lacht und gibt Taylor einen Klaps auf den Po.

Sie beugt sich zu Turtle hinunter und nimmt sie in die Arme. Sie riecht nach Kaugummi und Kleenex und Pullover. Turtle denkt: Das ist die Telefon-Grandma. Sie ist nett, und so sieht sie also aus.

»Turtle, du kannst Grandma das Bordgepäck hier tragen, okay?« Taylor bückt sich und legt Turtle den Tragriemen über die Schulter. »Kaum zu glauben, wie stark du bist. Sieh mal, Mom, geht sie nicht wie eine Königin? Das habe ich ihr nicht beigebracht, Ehrenwort. Das ist Naturtalent, sie hält sich phantastisch.«

Turtle stemmt sich gegen das Gewicht der Tasche und setzt Hacken und Zehen nacheinander auf das lange blaue Band des Läufers.

Alice putzt sich schon wieder die Nase. »Habt ihr schon was gegessen? Ich bin halb verhungert. Zum Mittagessen hat es geröstete Erdnüsse gegeben.«

»Wir hatten Aprikosen zum Mittagessen«, sagt Turtle, und ihre Mutter fängt gleich wieder an zu weinen. Von hinten sieht das Weinen wie Lachen aus, aber Taylor lacht nicht. Das ist ganz, ganz schlimm, denn wenn ihre Mutter weggeht, kommt das böse Zuhause wieder. Wenn sie die Worte doch bloß zurück in den Mund stecken und aufessen könnte. Bestimmt schmecken sie glänzend und sauer wie Zehncentstücke. Sie spürt, daß die Pforte der Bakkenzähne zuklappt. Im Flughafen sind vierzig oder hundert Menschen, und sie muß gut aufpassen, daß sie mit den blauen Jeansbeinen und den weißen Großmuttersandalen mithält. Ihre Köpfe sind so groß und so weit weg wie die von Dinosauriern. Ihre Worte kommen als runde Blasen heraus. Als sie ins Freie treten, tut die Sonne ein wenig weh, so wie Wasser, wenn es einem heiß über die Hände läuft.

»Turtle, Turtle, Turtle«, sagt jemand. »Es geht schon, Mama, ich habe dir davon erzählt.« Alle Autos sind glänzende Unterwassertiere. Sie bekommen keine Luft.

Irgendwo, in dem alten Zuhause, ist sie diesem Engels- oder Sternenglanz zu nahe gekommen, unter Wasser, Schuhe auf dem Fußboden und kein Licht und eine Männerstimme auf ihrem Mund und sie bekommt keine Luft mehr. Eine Frau weint.

Eine Frau knipste eine Taschenlampe an und ruderte mit den Armen wie mit Fischflossen, und ihr Mund öffnete und schloß sich.

»Wir können in der Imbißstube essen«, sagt die Stimme ihrer Mutter. Die Blasen platzen, und Turtle hört jedes einzelne Wort. Es ist soviel Zeit vergangen, daß es ein neuer Tag sein könnte oder derselbe Tag, nur schon dunkel. Es ist aber nicht dunkel. Sie sind im Auto, sie fahren. Der Vordersitz ist so weit weg. Sie kommen an einem Jungen mit Fahrrad vorbei, einem goldenen Fahrrad, dessen Vorderrad sich immer wieder auf dem Gehsteig aufbäumt wie ein Pferd, das scheut. Der Junge hat ein gelbes Hemd an, und das blonde Haar fällt ihm ins Gesicht, er lacht, und er hat keine Angst. Seine Füße bewegen sich schneller, als er vorankommt. Turtle kniet auf dem Sitz und blickt hinter ihm her, beobachtet diesen einen Jungen und dieses eine Fahrrad, die so richtig aussehen, bis sie weg sind. Sie setzt sich wieder hin.

»Die gute Nachricht: In dieser Stadt bekommt man schon für elf Dollar die Nacht ein Hotelzimmer. Wenn man in einer Absteige mit Kasino übernachtet, dann rechnen die wohl damit, daß sie auf andere Weise an dein Geld rankommen.«

»Deins haben sie schon«, sagt Grandma.

»Einhundertzehn Dollar, ich könnte mich erschießen.«

Turtle betrachtet ihre Hände und denkt: Das sind meine Hände.

»Das heißt, wenn du aufgehört hättest, als du am Gewinnen warst. Du hast doch nicht mit so viel angefangen?«

»Nein, mit fünfzig.«

»Dann ist das alles, was du verloren hast?«

»Wieso habe ich nicht aufgehört?«

»Weil du alles auf eine Karte gesetzt hast. Wenn du aus fünfzig hundertzehn machen konntest, warum nicht aus hundertzehn tausend.«

»Blöd, was?«

»Nicht blöder als alle anderen in dieser Stadt, Schätzchen. Sieh dir doch die ganze Neonbeleuchtung an. Wer, glaubst du, bezahlt die Stromrechnung?«

»Wir haben gedacht, wir sind Glückspilze.«

»Und genau die zahlen dafür, Mister und Missus Glückspilz.«

»Die fünfzig Dollar haben wir hinter dem Scheibenwischer gefunden. Das heißt, Turtle hat sie gefunden.« Taylor blickt in den Rückspiegel und lächelt. Ihr Gesicht ist um die Augen herum rot und weiß. »Es ist uns wie Zaubergeld vorgekommen.« Sie lacht auf eine Art, die gar nicht lustig klingt, tsssch macht sie, stößt Luft aus und schüttelt den Kopf. »Ich komme einfach nicht darüber weg, daß man zweihundert 25-Centstücke eins nach dem anderen in einen Spielautomaten stecken kann und überhaupt nichts gewinnt.«

Grandma lacht. »Du kommst nach deinem Daddy. Foster war ein Spieler.«

Turtle sagt: »Mama, hast du einen Daddy?« Aber das hören sie nicht, die Worte gingen nur zwischen ihren Ohren spazieren. Die Backenzahnpforte ist noch immer geschlossen. Als sie die Zähne mit sechs Jahren bekommen hat, fühlten sie sich an wie eine Tasche voller Steinchen, knirschten und rieben aufeinander.

»Hoffentlich ein besserer als ich.«

»Du lieber Himmel, nein, als Spieler war er nicht die Bohne wert. Wenn sich ein Gewitter zusammenbraute, wettete er, es würde trocken bleiben, nur um sich den Tag ein bißchen aufzupeppen. Einmal wettete er mit einem Mann, er könnte seinem Hund davonlaufen.«

»Was für ein Hund war das?«

»Keine Ahnung, aber er hat Foster schon am Start überholt. Wenn der Hund genausoviel *Old Grand-Dad* geschlabbert hätte wie Foster, hätte er vielleicht eine Chance gehabt.«

Turtle macht den Mund weit auf und sagt: »Mama, hast du einen alten Granddad?« Die beiden auf dem Vordersitz lachen schallend. Echtes Gelächter, keine ausgestoßene Luft. Sie haben Köpfe auf dem Körper, lachende Münder und Hände; sie sehen wieder richtig aus. Turtle hat auch Hände. Sie legt sich hin und kuschelt sich zusammen.

»Nun seht euch das an. Drei übergeschnappte Mädchen in der Stadt der einsamen Herzen.« Taylor drückt Alice auf der Tischplatte die Hand. Das Hotel heißt Delta Queen Casino, und die Dekoration des Lokals hat sich auf Künstler in Gaunerrollen spezialisiert; an der Wand hängen große Fotos von Clark Gable als Rhett Butler in *Vom Winde verweht* und von Paul Newman in *Der Clou*. Die roten Plastikstühle sehen aus, als hätte man sie dem Besitzer angedreht. Ein Refrain aus stetigen, hellen Pings, mit denen die Münzen in die Spielautomaten fallen, stellt die Hintergrundmusik. Taylor empfindet sie als wiederholte kleine Ohrfeigen. Sie kann es nicht fassen, daß sie genauso blöd war wie alle anderen Blöden hier. Und dabei hat sie sich immer eingebildet, daß sie sich von der großen Menge abhebt. Sie knirscht mit den Zähnen, als sie den Bildschirm über der Bar sieht, auf dem farbige Buchstaben und Zahlen aufblinken, ein Videospiel für Leute, die keine Zeit zu verlieren haben und beim Essen Keno spielen.

Alice unterhält sich mit Turtle. »Du kannst es sicher nicht leiden, wenn alte Frauen ein Riesentheater machen und sagen, daß du einen halben Meter gewachsen bist?«

Turtle schüttelt den Kopf.

»Bist du aber.« Sie neigt sich dicht zu Turtle und redet ernsthaft mit ihr, nicht herablassend. »Du bist jetzt ein großes, langbeiniges Mädchen, kein Kleinkind mehr.« Taylor sieht zu, wie die Karten ihrer eigenen Kindheit auf dem Tisch ausgespielt werden. Alice weiß immer, was guttut. Sie sieht aber auch alles, was im Innern versteckt ist.

»Taylor sagt, daß du schon deinen Namen schreiben kannst.« Alice kramt in ihrer großen Tasche nach einem Kugelschreiber und dreht Turtles Serviette auf dem Tisch um. »Zeigst du mir das mal?«

Turtle schüttelt wieder den Kopf.

»Macht nichts. Du kannst es doch noch, ja? Wenn du einen Scheck oder so unterschreiben mußt, können wir uns also auf dich verlassen. Ist ja auch Quatsch, eine Unterschrift an eine Serviette zu verschwenden.«

Sie läßt den Kugelschreiber auf dem Tisch liegen. Im Kasino schreit jemand: »Him-mel!« Es folgt ein Regen von klappernden 25-Centstücken im Jackpot. Taylor hat

Angst, daß sie wieder anfängt zu weinen und Turtle damit ins Trudeln bringt, deshalb versteckt sie ihr Gesicht hinter der Plastikspeisekarte. »Was nimmst du, Turtle?« fragt sie. »Ein Glas Milch und was sonst?«

Turtle hebt die Schultern. Taylor kann die Geste sehen, ohne daß sie hinschaut.

»Käsetoast?«

»Okay.«

Taylor blickt über den Rand der Tageskarte und sagt zu Alice: »Irgendwie wird man hypnotisiert, wenn man dasitzt und zuhört, wie die Vierteldollar klappern. Dann fängt man an zu denken: ›Es dauert schon so lange, meine Zahl müßte jetzt fast dran sein.‹ Und dann faßt man in die Tasche und fischt nur noch Kaugummipapier heraus.«

Alice hält immer noch ihre Hand.

Am Nebentisch zanken sich ein Mann und eine Frau. Sie sind im Partnerlook gekleidet, Jeans und Fransenhemden, die für Cowboys angebracht wären oder für Leute, die geschäftlich mit Cowboys zu tun haben. Die Frau hat farbloses wippendes Haar; sie hat es mit Spray so zusammengepappt, daß die Haarpracht jede Drehung des Kopfes als Ganzes mitmacht. Der Mann sieht sehr alt aus. »Fünfhundert Dollar«, sagt er ohne Unterbrechung, wie die sprechenden Geldwechselautomaten draußen im Kasino, die Papiergeld in Silberdollars umtauschen. Die Frau antwortet jedesmal mit etwas anderem, darunter: »Den Teufel werd ich« und: »Du kannst ja dein Arschloch nicht von der Straße nach China unterscheiden.« Plötzlich steht sie auf und schlägt ihm ihre Handtasche um die Ohren. Ihr steifes Haar schaukelt aufgeregt. Der Mann neigt den Kopf und nimmt die Schläge hin, als hätte er die ganze Zeit gewußt, daß sie kommen wie das Amen in der Kirche. Gott sei Dank kehrt Turtle dem Vorfall den Rücken zu.

»Ich weiß nicht, was ich getan hätte, wenn du nicht einfach gekommen wärst«, sagt Taylor zu Alice. »Ich war mit meiner Weisheit am Ende, Ehrenwort.«

»Es hat sich gut getroffen«, sagt Alice. »Meine Ehe war auch am Ende, ich mußte was Neues anfangen. Hast du noch mal von … gehört?« Sie blickt vorsichtig zu Turtle und wieder zurück.

»Wir können ruhig darüber sprechen, Mama. Turtle weiß Bescheid. Ich habe Jax gestern abend angerufen, und er hat gesagt, es gibt nichts Neues.«

Beide sehen Turtle an, die sich die Speisekarte dicht vors Gesicht hält und leise die Namen von verschiedenen Gerichten aufsagt.

Die Frau, die ihren Mann geschlagen hat, setzt sich hin, um zu verschnaufen. Sie zieht kräftig an ihrer Zigarette, so als käme der Sauerstoff für sie nur aus dieser zweifelhaften Quelle.

»Das hier ist die Grauzone der Menschheit«, verkündet Taylor. »So würde Jax das jetzt formulieren: ›Wir haben die Grauzone der Menschheit erreicht. Beuget das Haupt und lasset uns beten.‹«

»Ich glaube, er macht eine Zynikerin aus dir«, sagt Alice und fügt hinzu: »Die Kellnerin da drüben glotzt die ganze Zeit wie die Kuh, wenn's donnert.«

»Ich weiß. Hoffentlich kommt sie auf ihre Kosten.«

Turtle dreht sich auf ihrem Stuhl um, sie will die glotzende Kellnerin auch sehen.

»Wie behandelt Jax dich denn so?« fragt Alice.

»Ach, gut. Zu gut. Ich verdiene ihn nicht.«

»Sei still. Als ob du es nicht besser wüßtest.«

Taylor lächelt. Mit ihrer Linken, die sich nicht an Alices Hand festhält, legt sie die Speisekarte hin und reibt sich den Kopf hinter dem linken Ohr. »Doch, ich weiß es besser.«

»Ich stell ihn mir genau wie den da vor.« Alice zeigt auf das Foto von Rhett Butler.

Taylor lacht schallend. »O ja, das ist Jax, wie er leibt und lebt. Wenn du Haar, Gesicht, Körper und Schnurrbart abziehst.«

»Jedenfalls spricht er so. Wie ein Gentleman aus dem Süden. Abgesehen von den Knüllern, die er bringt. Er ist wirklich unterhaltsam am Telefon.«

»Freut mich, daß du das findest. Mich fragt er andauernd, ob ich in unseren Müllmann verliebt bin. Er ist längst nicht so selbstsicher wie Rhett Butler.«

»Wenn es dir schwerfällt, bei ihm zu bleiben, dann ist das meine Schuld. Männer haben in deiner Erziehung eben keine Rolle gespielt. Alleinstehende sind, glaube ich, typisch für unsere Familie.«

»Du hast nichts falsch gemacht, Mama. Der Vater hat mir nie gefehlt. Außerdem ist deine Theorie nicht ganz wasserdicht. Meine Freundin Lou Ann ist auch ohne Vater aufgewachsen, aber wenn die keinen Mann im Haus hat, meint sie, sie ist keinen Schuß Pulver wert.«

»Du, du bist pures Gold, Schätzchen, vergiß das nicht. Du verdienst den König von Frankreich.«

»Möglicherweise liegt da mein Problem. Jax ist ganz und gar nicht der König von Frankreich.«

Die glotzäugige Kellnerin kommt zu ihnen herüber. Als sie den Tisch erreicht hat, bleibt sie stehen und glotzt weiter, während die drei Glas Eiswasser auf ihrem Tablett beschlagen. Sie ist beinahe aufdringlich hübsch, so gebräunt und blond, wie sie ist, und mit dem zum Pferdeschwanz gezurrten Haar; Kinn und Wangenknochen sind so ausgeprägt, daß die Haut darüber zum Zerreißen gespannt aussieht. Schließlich sagt sie: »Oprah Winfrey, stimmt's?«

Alice bringt mit hochgezogenen Augenbrauen und der Zunge an den Lippen ein überraschtes Lächeln zustande. Taylor wartet kurz, dann sagt sie: »Kommt noch was?«

»Ich hab Sie bei Oprah Winfrey gesehen, ist doch wahr? Die Show, in der das Barbie-Traumkabrio einem Mädchen das Leben gerettet hat? Ich hab's aufgenommen. Das sind Sie, ist doch wahr?«

»Schon möglich.«

Sie knallt die Gläser mit dem Wasser voller Überzeugung auf den Tisch. »Ich hab's doch gewußt. Als Sie reingekommen sind, hab ich gesehen, wie Sie sich in meine Station gesetzt haben, und da sag ich: ›Das sind sie, das sind sie!‹, und die anderen Mädchen sagen: ›Du spinnst ja‹, aber es stimmt. Ich hab ja gewußt, es stimmt.«

Sie holt einen Bleistift und einen Block aus der Tasche ihrer tief ausgeschnittenen Uniform, einem kurzen, roten, neckischen Kostüm mit Rüschen. Da steht sie nun und glotzt schon wieder. Taylor stellt fest, daß sie bei näherem Hinsehen doch etwas von der Durchschnittsnorm der menschlichen Rasse abweicht; ihr Haar hat eine unnatürliche Farbe – reines Gelb –, und sie trägt es in kleinen, lockigen Ponyfransen; den blauen Lidstrich hat sie über die Augen hinausgezogen. Ihre Figur fällt auf, selbst wenn man sich sonst nichts aus einer umwerfenden Figur macht.

»Wir sind jetzt soweit, daß wir bestellen können«, sagt Taylor.

»Okay.«

»Ein Glas Milch, zwei Colas, drei Käsetoasts.«

Die Kellnerin schreibt sich nichts auf.

Taylor fragt: »Sie haben diese Oprah-Winfrey-Show auf Kassette? Erstaunlich.«

»Barbie-mäßig hab ich mit Sicherheit die größte Privatsammlung auf der ganzen Welt. In Palo Alto gibt es das Barbie-Hall-of-Frame-Museum, ist doch wahr? Und da bin ich schon zehnmal gewesen und kenn alles, was die so haben, die ganzen Originale, die original verpackt so um die tausend Dollar kosten. Die hab ich nicht, aber ich hab Videokassetten und Sachen, die sie in Palo Alto nicht haben. Ich meine, warum nicht, wissen Sie, darauf sind die gar nicht gekommen. Ich hab sogar Autogramme. Der Junge da, der den Hund mit dem Traumkabrio verprügelt und dem Mädchen damit das Leben gerettet hat, ist der mit Ihnen befreundet?«

»Nein«, sagt Taylor.

»Nachdem ich die Show gesehen hab, ist mir die Idee zu einer Kollektion gekommen, ›Barbie-Rettungsmannschaft‹ heißt die, mit Krankenwagen und Barbie als Sanitäterin angezogen, wissen Sie. Ein kleiner weißer Rock mit einem winzigen Schlitz und eine Arzttasche mit diesem Blutdruckdings? Dazu vielleicht eine klitzekleine Bulldogge, die beißen kann. Mattel hab ich deswegen schon geschrieben. Ich meine, so was wie: ›Leutchen, wär das nicht süß‹, aber bislang hab ich noch nicht gesehen, daß sie's gebracht haben.«

Taylor und Alice werfen sich einen Blick zu. Turtle reibt sich die Nase. Die Kellnerin blinzelt genau zweimal. »Also, einmal Milch, zweimal Cola, dreimal Käsetoast, sonst noch was?«

»Nein, aber ich hab es mir anders überlegt«, sagt Alice. »Ich möchte ein Truthahn-Sandwich ›Spezial‹. Während wir hier gesessen und darauf gewartet haben, daß wir bestellen können, bin ich noch hungriger geworden.«

»Entschuldigen Sie!« Die Kellnerin strebt auf ihren roten Keilabsätzen rasch in Richtung Küche.

»Du kriegst die Tür nicht zu«, sagt Alice. »Ich wußte gar nicht, daß ich zu einer so weltberühmten Familie gehöre.«

»Mama, das ist nicht normal. Sonst erkennt uns nie jemand wegen der Show wieder. Oder irre ich mich, Turtle?«

Turtle schüttelt den Kopf.

»Die Kellner hier sind einfach beknackt. Der von heute morgen war ein Witzbold; er hat uns andauernd Kalauer über die Manson-Familie aufgetischt.«

»Tja«, sagt Alice, »warum sind sie sonst auch hier? Die wollen alle Karriere im Nachtklub machen und kellnern, bis sie den großen Durchbruch geschafft haben.«

»Ja, aber die hier schießt den Vogel ab. Für die ist Barbie doch ihr privater Heiland.«

Alice spuckt sich Eiswasser in den Schoß. So langsam kommt sich Taylor wieder einzigartig vor. Sie kann Alice noch immer zum Lachen bringen.

## In der Schwebe

Im Delta Queen Casino muß man das Zimmer um elf Uhr räumen; um elf Uhr siebzehn hat Alice eine Meinungsverschiedenheit mit dem Manager. »Wir wollen nur noch einen Happen essen, dann sind wir Ihnen in Null Komma nichts von der Pelle«, erklärt sie. Von der Wand hinter der Rezeption grinsen Huck Finn und Tom Sawyer auf Fotos aus einem alten Film.

Der Manager hat fette bleiche Hände, auf denen lange schwarze Haare sprießen, und eine Golduhr, die sein Handgelenk einschnürt. »Sie können Ihr Zimmer gern für eine weitere Stunde behalten, meine Damen, aber dann berechne ich Ihnen auch einen weiteren Tag.«

»Für siebzehn Minuten? Weil Ihnen die Gäste die Tür einrennen und Sie alle abweisen müssen«, sagt Alice und sieht ihn an, bis er den Blick abwendet. Das Hotel wirkt verlassen, vielleicht ist es sogar aus hygienischen Gründen geschlossen worden. Die braunen Ränder der Kaffeeflekken auf dem Rezeptionstresen erinnern Alice an eine Weltkarte, wie sie Kolumbus benutzt haben mag. Die Eingangstür weist an einigen Stellen Pappe auf, wo Glasscheiben sein sollten, dadurch liest sich der Name des Hotels komisch als: »A Queen sino Hotel«. Um diese Zeit ist im Kasino keine Spur von Leben. Anscheinend gehört es in Las Vegas zum guten Ton, daß man sich die ganze Nacht mit Spielen um die Ohren schlägt und wie ein Klotz schläft, bis die Tageshitze vorbei ist. Nur ein paar Unentwegte hocken einsam und verbissen vor ihren Video-Poker-Geräten.

»Gut, gut«, verkündet Alice und blickt ihm fest ins Auge, »wir sind schon weg. Unser Zimmer ist geräumt.

Den Schlüssel haben wir im Aschenbecher gelassen und sind um zehn Uhr neunundfünfzig gegangen.« Sie verschränkt die Arme. Wetten, daß er nicht hochtrabt und nachsieht, ob sie die Wahrheit sagt. Unter ihrem Blick sammelt sich Schweiß in seinen buschigen Brauen. Er gehört zu der Sorte Mann, die unten herum so kugelig ist, daß man sich fragt, wie er wohl die Hose festhält. Diese Wette verliert Alice mit Sicherheit nicht. Wenn sie gezahlt haben, kann Taylor nach oben sausen, ihre Sachen packen und das Hotel über die Feuerleiter verlassen.

»Wir treffen uns im Pancake House gegenüber«, flüstert Alice Taylor zu, und dann nimmt sie Turtle an die Hand und geht zur Tür. Taylor weiß hundertprozentig, was sie denkt. Sie sind Tom Sawyer und Huck Finn.

»Vegas ist auch nicht mehr, was es mal war«, erzählt sie Turtle, während sie darauf warten, daß sie die Straße überqueren können. »Ich war schon mal hier, bin mit dem wilden Daddy deiner Mama hergefahren. Aber durch diese Videospiele ist alles ganz anders geworden. Die Leute latschen in Hausschuhen nach unten und hocken den ganzen Tag vor einem Spielautomaten. Damals haben sie sich hier aufgeführt wie die Axt im Walde.«

»Was ist eine Axt im Walde?«

»Reiche Leute, die sich nicht zu benehmen wissen. Damen mit hochhackigen Schuhen, die rauchen, und Gentlemen, die zuviel trinken und sie in den Po kneifen.« Die Ampel springt auf Grün, eine Frau in Ledershorts fährt mit ihrem Motorrad noch bei Rot durch, danach können sie über die Straße gehen. Turtle hält Alices Hand so fest, daß die das Gefühl hat, bei ihr käme die Arthritis zum Ausbruch.

In Wahrheit findet Alice, daß Las Vegas letztesmal interessanter war. Sie weiß noch, wie sich die Menschen um einen mit grünem Filz belegten Tisch drängelten, wie jeder von ihnen eine andere Geschichte und eine andere Not in den verrauchten Raum mitbrachte und wie dieser

Augenblick in der Schwebe zwischen Hoffen und Bangen sie alle vereinte. Irgendwie war es wie Kirche, nur mit interessanterer Kleidung.

Heutzutage bekommt man fast gar keinen Tisch mit grünem Filz mehr zu sehen; Las Vegas ist nichts als eine riesengroße Spielothek. Blackjack, Poker, was auch immer, alles wird an Automaten gespielt. Letzten Abend sind sie nur spaßeshalber zu Caesar's Palace gegangen, und da saßen in dem Riesenkasino fünfhundert Leute mit ausdruckslosem Gesicht völlig allein da, hockten zusammengesunken vor den Spielautomaten und steckten Chips hinein. Soweit Alice sehen kann, verlieren die Amerikaner ihr Geld heute lieber nicht mehr in der Öffentlichkeit.

Wenigstens ist das Queen Bee Pancake House sonnig und sauber, und so bessert sich Alices Laune. Auf jedem Tisch stehen drei verschiedene Honigsorten in kleeblattförmigen Behältern, und die bienenfleißigen Kellnerinnen tragen Stirnbänder mit Antennen, das heißt Sprungfedern, an deren Ende gelbe Kugeln wippen. Alice und Turtle setzen sich in eine Nische am Fenster, wo Turtles Kopf von einem Lichtschein umgeben ist. Alice schreibt Wörter auf ihre Serviette, die Turtle lesen soll, und merkt, daß sich Turtle bei Wörtern mit vier Buchstaben auskennt und Reime mag. Turtle zieht den Kopf ein und kichert über den Satz: »Mein Hund ist rund und bunt.« Gegen ihr weißes T-Shirt wirkt ihre Haut wie brauner Samt, und ihr glatter Pony teilt sich auf der Stirn, wenn sie den Kopf schüttelt, so daß lange umgekehrte V's entstehen.

»Das war vielleicht ein krummes Ding«, verkündet Taylor außer Atem und schlüpft plötzlich neben Turtle in die Nische. »Ich mußte den Feuermelder betätigen, sonst wäre ich nicht aus der Hintertür gekommen. Jetzt hängt der Typ unser Foto in seiner Eingangshalle auf.« Taylor schließt die Augen und lehnt den Kopf gegen die hohe Rückbank. Ihr langes Haar fällt ihr hinter die Schultern wie ein Vorhang, den man aufgezogen hat. Sie atmet laut aus, aber es hört sich glücklich an. »Mama, draußen ist es schon wie im Backofen. Bestimmt werden wir unterwegs gebraten.« Alice fällt auf, daß sie ein hellrosa T-Shirt trägt, eine Farbe, die sie früher nachdrücklich verabscheut hat. Sie wollte immer nur klare Farben tragen, Rot, Violett, Orange, manchmal alle auf einmal. Alice geht plötzlich auf, daß mit Taylor etwas Wichtiges geschehen ist: Sie ist eine echte Mutter. Sie hat sich verändert, denn Mutter-Sein verändert so, daß man Unwichtiges wie Abscheu vor der Farbe Rosa vergißt.

Alice sitzt gänzlich zufrieden mit ihrer Tochter und ihrer Enkelin in der Nische, wo drei Honigsorten in der Sonne leuchten. Taylors Haut ist viel heller als Turtles, aber ihr Haar ist fast so dunkel wie ihres, und sie ähneln sich auch in der Körperhaltung, weil sie so wunderbar still sind, wenn sie sich nicht bewegen. Doch dann fällt ihr ein, dergleichen ist nicht vererbt, sondern abgeschaut.

»Du liebe Zeit!« platzt Taylor ziemlich laut heraus, sie macht Augen, aber Alice kann nicht sehen, was sie sieht.

»Was ist?«

»Amerikas Teenager-Modepuppe Nummer eins.«

Es ist die Kellnerin vom vergangenen Abend, die auf einem Hocker an der Theke sitzt. Ihre rote Uniform sieht aus, als hätte sie darin geschlafen, und ihr Make-up, als hätte sie, nachdem sie es aufgelegt hat, einem Kind das Leben geschenkt. »Guter Gott«, flüstert Alice. Turtle will auch sehen. Taylor winkt, aber ihre Begeisterung hält sich in Grenzen.

»Wir müssen sie wohl an unseren Tisch bitten, meint ihr nicht?« fragt Alice. Die junge Frau sitzt ganz offensichtlich in der Klemme.

Taylor verdreht die Augen. »Und noch mehr über die eins Komma zwei Millionen Paar Schuhe hören, die für Barbies Privatgebrauch verkauft worden sind?«

Alice zögert, doch ihr weiches Mutterherz siegt. »Aber sieh sie dir doch an.«

»Na schön, klar.« Taylor winkt sie an den Tisch, und schon kommt sie herüber, ihre Augen strahlen, und auf ihrem verzweifelten Gesicht wirkt das Lächeln wie festgefroren.

»Setzen Sie sich, Kindchen«, sagt Alice. »Nichts für ungut, aber Sie sehen aus wie durch die Mangel gedreht.«

»Das nicht, aber ich bin meinen Job im Delta Queen los.« Sie rutscht in die Nische, greift nach einer Papierserviette und putzt sich die Nase, dann tupft sie sich behutsam die Augen. Alice treibt einen Spiegel in ihrer Handtasche auf, doch das war ein Fehler. Das arme Kind nimmt ihn und heult los.

Genau in diesem Augenblick taucht die Kellnerin des Pancake House mit Platzdeckchen aus Papier und einer Kanne Kaffee auf. Die Antennen über den grauen Locken wippen friedlich, während sie dasteht und überlegt, ob hier wohl etwas zu holen sei. Sie blickt Alice in die Augen und sagt: »Ich komme wieder.«

Turtle sieht ihre neue Freundin, die ramponierte Kellnerin, mit großen Augen an. Taylor senkt den Blick und mustert ihr Platzdeckchen, eine gestrichelte Zeichnung des Südwestens mit allen Sehenswürdigkeiten, darunter auch die Queen Bee Pancake Houses in vier Staaten. Alle scheinen von Salt Lake City, dem Mutter-Bienenkorb, auszustrahlen.

»Ich bin Alice«, sagt Alice schließlich und schenkt eine Runde Kaffee ein. »Ich bin die Mutter und die Großmutter dieser beiden berühmten Mädchen.«

Die Kellnerin hat sich rasch gefaßt. »Ich bin Barbie. Ohne Nachnamen. Das hab ich amtlich ändern lassen. So unterschreibe ich auch, mit dem kleinen Warenzeichen am Ende.« Sie nimmt Alices Kugelschreiber und schreibt auf Turtles Serviette direkt unter »Mein Hund ist rund und bunt« mit munteren Schnörkeln und in schräg nach oben verlaufender Schrift »Barbie TM«.

»Das gibt's nicht noch einmal«, sagt Alice.

»Ich bin 1959 geboren, haarscharf in dem Jahr, als Mattel die erste Barbie-Puppe entwickelt und auf den Markt gebracht hat. Glauben Sie nicht auch, das ist mehr als reiner Zufall? Die Erfinderin hat sie nach ihrer Tochter Barbara genannt, und dreimal dürfen Sie raten, wie man mich getauft hat. Barbara.« Sie blickt großäugig in die Runde und blinzelt. Im Gegensatz zu der Katastrophe, die ihr übriges Gesicht ereilt hat, sind ihre Augenwimpern noch immer erstaunlich lang.

»Wieso hat man Sie gefeuert?« fragt Taylor, da sie Barbie gern auf ein alltägliches Thema bringen möchte.

»Der Manager hat gesagt, ich hab mich zu lange bei Ihnen aufgehalten und gequatscht. Er hat gesagt, ich hab die anderen Gäste in meiner Station vernachlässigt. So nennt der das, deine Station, Mann, als ob er der Konstrukteur der Raumkapsel wäre.«

»Das Ehepaar am Nebentisch hat sich schlimm gezankt«, pflichtet Alice ihr bei. »Die wollten, glaube ich, gar nicht bedient werden.«

»Ich weiß.« Barbie verzieht den Mund zu einem unnachahmlichen Flunsch. »So was Blödes läßt der Manager, dieser alte Knacker, jeden Tag vom Stapel. Und die anderen Kellnerinnen helfen mir nicht, die halten auch noch zu ihm. Sie behaupten, ich erzähl den Gästen zuviel über mein Hobby. So ist das eben, aber es nervt mich, wenn die das so ausdrücken. Barbie ist kein Hobby, wenn Sie verstehen, was ich meine?«

Alice, Taylor und Turtle sagen nichts, aber sie hat ihre gesammelte Aufmerksamkeit.

»Das ist ein Beruf für mich, okay? Ich hab meinen Namen geändert, und ich hab mir alle Mühe gegeben, die Garderobe zusammenzukriegen. Ich hab dreizehn vollständige Ensembles und jede Menge Einzelteile. Die mir passen, meine ich, die ich tragen kann. Die müssen extra angefertigt werden, wenn man sie sich nicht bei St. Vincent de Paul's und der Altkleidersammlung zusammenstellt, aber die Sache ist einfach irre krativ. Ich seh mir die Originale sehr gründlich an. Wenn Sie mich fragen, so sollte man beruflichen Ehrgeiz immer ernst nehmen, oder?«

Alice sagt: »Haben Sie daran gedacht, vielleicht als Barbie in einem Nachtklub aufzutreten?«

Barbie taucht eine frische Serviette in ihr Glas Wasser und bearbeitet erneut ihre Augen. »Die Einzelheiten hab ich mir noch nicht genau überlegt, aber so ähnlich schon. Ich hab mal in einem Einkaufszentrum in Bakersfield die Barbie-Geburtstagsfeier ausgerichtet. Da war ich erst neunzehn, und sie haben mir zweihundert Dollar gezahlt. Aber die beruflichen Aussichten sind mies in Bakersfield, ich hab gedacht, da werd ich lieber Kellnerin in einem Kasino in Las Vegas, ja? In einem Nobelhotel muß einem doch mal jemand Berühmtes über den Weg laufen. Das Leben ist voller Überraschungen, ist doch wahr?«

Alice denkt an die trostlose Aufmachung des Delta Queen und findet, das arme Ding ist furchtbar irregeleitet. Sie ist bereit, sie auf der Stelle zu adoptieren. Ihre Kellnerin schleicht sich auf leisen Kreppsohlen heran und atmet sichtlich auf, als sie zum Frühstück allesamt die Spezialität des Hauses bestellen.

»In diesem Herbst kommt was ganz Umwerfendes raus«, sagt Barbie und blickt zwischen Taylor und Turtle hin und her. »Mattel bringt eine neue Barbie-Serie auf den Markt. Hispano- und afro-amerikanische.«

Das gibt Alice einen Stich. Sie ist entrüstet, daß Barbie ihre Hautfarbe abtaxiert hat. Taylor rührt ihren Kaffee um und scheint nichts gemerkt zu haben. »Da, Turtle, du kannst dein Platzdeckchen ausmalen«, schlägt Taylor vor.

»Ich hab Fotos davon gesehen«, fährt Barbie fort und beugt sich vertraulich vor. »Ich komm an ganz exklusive Vorabinformation ran. Sie sind anscheinend genau wie das Originalmodell. Vielleicht, daß sie das Plastik dunkler einfärben. Und das Haar ist auch was ganz Besonderes.«

»Turtle hat eine Rasta-Barbie«, sagt Taylor. »Und da wir gerade bei besonderem Haar sind, die hat blonde Dreadlocks.«

Barbie blickt ratlos. »Und ich dachte, ich kenn jedes Modell, das auf dem Markt ist.«

»Die ist nicht auf dem Markt. Die hat sich nur zu lange mit den verstaubten Häschen unter dem Bett herumgetrieben.«

Alice sagt zu Barbie: »Kindchen, was Sie brauchen, ist ein kalter Waschlappen und zehn Minuten auf der Damentoilette. Warum nehmen Sie nicht mein Taschentuch und richten sich her, bevor die Pfannkuchen kommen?«

»Oh, vielen Dank«, sagt Barbie, nimmt Alices Taschentuch und steht auf, als balancierte sie ein Buch auf dem Kopf.

Taylor hält die Hand hoch, sie weiß schon, was jetzt kommt. »Mama, ich weiß, ich war nicht nett, aber die tickt doch nicht ganz richtig.« Sie wirft Turtle einen Blick zu, aber die ist vollauf damit beschäftigt, den ganzen Staat Nevada mit Alices Kugelschreiber schwarz anzumalen.

»Eine Spinnerte, zu der man nett sein muß.«

»Sie ist dreißig!«

»Das bist du in Null Komma nichts auch. Und in der Tinte hast du wohl noch nie gesessen.«

Taylor trinkt ihren Kaffee. »Ich weiß gar nicht, was wir für sie tun könnten.«

»Und was tun wir für uns?« fragt Alice. »Vor allem nichts wie weg hier. Diese Stadt ist das reinste Gift. Alle sind so damit beschäftigt, den großen Reibach zu machen, daß sie einen auf dem Zebrastreifen glatt überfahren. Wir sollten nach Kalifornien oder in den Yellowstone Park fahren. Irgendwohin, wo die Luft gesund ist.«

»Meinst du, wir sollten ihr anbieten, sie mitzunehmen?«

»Ja. Falls sie bereit ist, ihren Traum vom Filmproduzenten im Delta Queen aufzugeben.«

»Das ist ein großes Falls, Mama. Das hieße ja, wir müssen sie deprogrammieren wie einen von diesen Moonies.«

»Wenn sie zehn Sekunden mal nicht keß ist, wissen wir, daß wir Land gewinnen.«

»Was sind Moonies?« fragt Turtle. »Leute vom Mond?«

»Nein, Leute von der Erde«, sagt Taylor. »Leute, die zu viel über etwas nachdenken und nicht mehr davon loskommen.«

»Ach«, erwidert Turtle. »Wie Barbie.«

Die Pfannkuchen treffen zusammen mit Barbie ein, die abgesehen von der zerknitterten Uniform erstaunlich wiederhergestellt wirkt. Sie essen schweigend. Alice überlegt, wieviel Make-up diese Frau wohl tagaus, tagein mit sich rumschleppt. Es ist besser, sie läßt Taylor den Vortritt, wenn die tatsächlich einen weiteren Fahrgast mitnehmen will. Schließlich ist es ihr Auto und ihr Leben, und jeder schaufelt sich sein eigenes Grab.

»Turtle, trink bitte deine Milch aus«, sagt Taylor.

Turtles dunkle Augen wandern zu ihrer Großmutter und dann zurück zu Taylor. Sie nimmt das große weiße Glas, als wäre es ihr ungewolltes Kind.

Nach einem Weilchen fragt Taylor: »Hmm, und wie sehen Ihre weiteren Pläne aus?«

»Ich müßte dringend unter die Dusche«, sagt Barbie. »Scheibenkleister. Die Sache ist nämlich die, ich wohne im Delta Queen, und dahin zieht mich im Augenblick nun wirklich nichts zurück.«

»Ich meinte, später.«

»Heute abend? Oder morgen? Heiliger Bimbam, keine Ahnung. Mir einen anderen Job suchen und so.«

»Haben Sie denn Aussichten? Wenn Sie mich fragen, so scheint mir diese Stadt überall ziemlich gleich zu sein.«

Barbie blickt aus dem Fenster, kneift die Augen zusammen und zieht kurz ein Gesicht, das überhaupt nicht zu einer Teenager-Modepuppe paßt. »Mist«, sagt sie. »Ich hasse diese Stadt.«

Taylor schneidet Turtles Pfannkuchen in kleine Dreiecke und lächelt zu ihrer Mutter hinüber.

Nach dem Frühstück finden sie das Auto dort, wo Taylor es versteckt hat, in der Seitengasse hinter dem Delta Queen.

»Ich lauf nur schnell hoch und hol meine Sachen. Bin gleich wieder da«, sagt Barbie.

»Sag dem Manager nicht, daß du mit uns fährst«, mahnt Alice.

»Kein Sterbenswörtchen.«

»Mama, wir sind ja bescheuert«, sagt Taylor, als sie weg ist. »Wir wissen gar nichts über sie, außer daß sie ganz eindeutig in die Klapsmühle gehört. Wenn sie nun eine Massenmörderin ist?«

»Glaubst du, sie erdolcht uns mit ihrem Augenbrauenstift?«

Taylor lächelt, versucht aber trotzdem, ernst zu bleiben. »Bis in die nächste Stadt, Mama, und nicht weiter. Ich weiß, du hast das weichste Herz, das man sich denken kann, aber du hast die ganzen Jahre in Pittman gelebt, und inzwischen hat sich die Welt verändert. Siehst du nie *America's Most Wanted?* Man darf keine Anhalter mehr mitnehmen.«

»Trotzdem, irgendwie sind wir für sie verantwortlich«, sagt Alice. »Man hat sie gefeuert, weil sie sich mit uns unterhalten hat.«

»Die spricht doch über Barbie, bis alle Ohrensausen haben.«

»Ja, aber du und Turtle, das ist eine andere Sache. Sie hat euch in der Oprah-Winfrey-Show gesehen, in der es fast ausschließlich um Barbie ging.« Alice blinzelt zweimal.

»Mama, hör bloß auf. Ich will mich nicht mit dir streiten.« Taylor sieht ihre kleine Mutter an: Eierschalenfarbene Bluse und lavendelfarbene Hose, sie ist reisefertig.

»Und was sollen wir sonst tun? Einfach verduften? Taylor, ich bin platt.«

»Von platt kann bei ihr keine Rede sein«, sagt Taylor.

Alice kommt nicht gleich dahinter, dann lacht sie. »Glaubst du, daß die echt sind?«

»Wehe, du fragst.«

Beide behalten die Hintertür des Delta Queen im Auge. Turtle sitzt schon mitten auf dem Rücksitz, ihrem gewohnten Platz, und wartet auf das, was jetzt kommt.

»Und wie wollen wir ihre gesamten dreizehn Ensembles ins Auto bekommen?« fragt Taylor.

»Abwarten.«

»Nur bis wir aus Nevada heraus sind, ja? Vielleicht hat sie in Lake Tahoe mehr Glück. Kann doch sein, Ken lebt da.«

»Abwarten«, sagt Alice noch einmal.

Barbie ist zwar nicht gleich wieder da, braucht jedoch keine halbe Stunde. Sie taucht im Reisekostüm, mit weißen Handschuhen und Hut auf. Der Rest ihrer Ensembles füllt nur zwei Koffer und eine Hutschachtel und paßt ohne weiteres in den großen Kofferraum des Dodge. Während Taylor ihre Sachen verstaut, klammert sich Barbie an ihre viereckige schwarze Handtasche, sie wirkt nervös. Sie gähnt und reckt sich, wie man es höchstens auf der Bühne zu sehen bekommt. »Ach, bin ich müde!« platzt sie heraus. »Könnte ich ein Nickerchen auf dem Rücksitz machen?«

Turtle nickt, und das nicht nur mit dem Kopf, sondern mit dem ganzen Körper, und rutscht so weit zur Seite, daß sich Barbie hinlegen kann. Alice steigt vorn ein und hievt die Tür zu. Taylor setzt sich ans Steuer, sie wirkt gelöst, auch wenn sie kein bestimmtes Ziel hat.

Von einer Straßenüberführung erhascht Alice einen Blick auf die Wüste, die sich ringsum ausbreitet. »Du liebe Zeit, da müssen wir jetzt durch«, sagt sie. »Jede Menge Nichts.«

Taylor nickt. »Ich glaube, darum ist Las Vegas so, wie es ist. Ich weiß nicht, aber mir kommt es vor wie der einzige

Mülleimer weit und breit, und daher landet auch der ganze Abfall hier.«

»Nicht auszudenken, daß man hier wirklich leben müßte. Ich meine, hier geboren und aufgewachsen ist.« Die Stadt liegt hinter ihnen, sie fahren jetzt durch die Vororte, durch Reihen um Reihen von quadratischen Backsteinhäusern mit Gärten, die von vornherein aufgegeben haben. Keine Blumen, kaum ein Busch. An der Ecke einer Kreuzung, an der Friedhofsruhe herrscht, haben zwei verbissene, kleine sonnenverbrannte Mädchen einen Saftstand aufgeschlagen. Gute Geschäfte scheinen sie nicht zu machen. Auf ihrem Pappschild sind immer niedrigere Preise notiert, und jetzt lautet es: SAFT, OB SIE ZAHLEN KÖNNEN ODER NICHT.

»Sieh dir das an«, sagt Taylor. »Der Sozialismus hat die Vororte von Las Vegas erreicht.«

Alice erwidert: »Das gebe Gott, hoffentlich.«

## Fiat

»Der menschlichen Rasse steht das Wasser bis zum Hals«, singt Jax in d-Moll und probiert weiter damit herum. »Wollt ihr sehen, wer überlebt, dann drängelt euch nicht vor.« Nicht sehr zufriedenstellend, aber er notiert es trotzdem auf der Rückseite eines Briefumschlags, in dem die Telefonrechnung steckt.

Jax schreibt einen Song in Gundis Fiat. Im Augenblick hat das Auto keine Lenksäule und ist auf einem Fleckchen Erde abgestellt, das bei den Nachbarskindern die Spasti-Wüste heißt, da dieses Land zwischen dem Rancho Copo und einer ehemaligen offenen Klinik für geistig behinderte Erwachsene liegt. Jax hat bereits einen Song geschrieben, der »Die Spasti-Wüste« heißt, deshalb befaßt er sich gerade jetzt nicht mit ihr. Wie viele Musiker und Menschen überhaupt, die Singen in unterschiedlichen Umgebungen ausprobiert haben, findet Jax, daß seine Stimme am besten in einem kleinen Auto zum Ausdruck kommt. Jax besitzt weder ein kleines noch ein großes Auto, deshalb borgt er sich das von Gundi. Aus akustischen Gründen müssen die Fenster hochgekurbelt sein, und da es Juli ist, schwitzt Jax gewaltig. Der Anblick seiner Haut erinnert ihn an Delphine. Er kurbelt ein Fenster herunter, um kurz Luft zu schnappen. Über seinem Haus sieht er einen Habicht mit weißen Unterschwingen, der sich vom Aufwind tragen läßt. Der ist schon seit Stunden da. Er hat die Spatzen im Aprikosenbaum völlig zum Verstummen gebracht, sie warten auf den Tod, und dabei hofft jeder, daß er seinen kleinen gefiederten Nachbarn überlebt.

Ach, wenn doch Turtle da wäre. Die sitzt, außer im

Sommer, jederzeit gern mit ihm in Gundis Fiat und trägt oft Liedzeilen bei. Jax findet, daß Kinder unter, sagen wir, sechzehn, also bevor sie Auto fahren dürfen, bessere Gedichte machen als Erwachsene.

Auch Taylor fehlt ihm sehr. Seit zwölf Tagen ist sie nun fort, und noch steht keine Begrüßungsfeier in Aussicht. Taylors und Jax' Vereinbarung, was Sex betrifft, ist vage; Taylor sagte, falls Jax danach sei, mit jemand anders zusammenzusein, hätte sie nichts dagegen, denn es würde eine Durststrecke werden. »Schließlich sind wir nicht verheiratet«, sagte Taylor, und Jax war dabei zumute, als hackte sie das kleine Pflänzchen ihrer Zuneigung an der Wurzel ab. Er hat sehr viel dagegen, daß Taylor mit jemand anders zusammen ist. Er möchte ihr seinen Namen eintätowieren oder ein Kind mit ihr haben. Oder beides. Jax hätte gern ein eigenes Kind. Mit dem könnten er und Turtle dann in den Park gehen und zusehen, was die Enten treiben. Er würde sich so eine Babytrage aus Cord umbinden, in der das Baby strampeln könnte, und auf die Entpuppung warten. Das Bild von sich als Vatermotte gefällt ihm.

Jemand kommt durch die Spasti-Wüste auf ihn zugehastet; es ist Gundi, seine Vermieterin und die Besitzerin des Fiat. Heute hat sie Kleider an. Furchtlos bewegt sie sich zwischen ihren engsten Freunden, den Kakteen, und winkt ihm mit einem kleinen grünen Zettel zu. Er steigt nicht aus, sondern stellt sein tragbares Keyboard ab, legt den Arm ins Fenster und bleibt sitzen wie ein Fahrer, der eine lange Autoschlange vorbeilassen muß.

»Jax, ein eingeschriebener Brief für dich«, sagt Gundi mit ihrer purpurnen, seidenweichen Stimme und den fremdländischen, stark gerollten R's. Sie reicht ihm den grünen Zettel, doch er lauscht noch den dunklen Untiefen ihrer R's nach. »Ein eingeschriebener Brief für dich.« Wenn er Robert hieße, wäre der Satz musikalisch vollkommen.

»Das soll ein Brief sein?« sagt er schließlich.

Sie lacht ein purpurnes, seidenweiches Lachen. »Das hier mußt du unterschreiben. Komm, Bill wartet. Er sagt, er kann den Brief niemand anders als dir aushändigen. Er muß sehr wichtig sein.«

Jax wuchtet sein Keyboard hoch und folgt Gundis »särr wiichtig« auf ihrem unsichtbaren, aber sicheren Weg durch die Wüste. Sie bewegt sich wie eine Schlange, und ihr blondes Haar tanzt auf dem Grat ihrer Schulterblätter. Sie hat Ledersandalen an, wie sie Yoga- und Pazifismus-Apostel tragen, obwohl die übrige Kleidung aggressiver wirkt: eine Art schwarzer Büstenhalter, was sich aber von hinten nicht genau erkennen läßt, und dazu ein Rock aus vielen langen, hinreichend durchsichtigen Schals.

Bill, der Postbote, steht in seinen blauen Shorts geduldig im Patio von Gundis Steinhaus. In der kleinen Grotte neben der Tür hat er einen großen Stapel Briefe und Kataloge hinterlassen, denn dort holen alle Bewohner des Rancho Copo ihre Post ab. Früher war die Steingrotte ein Schrein, doch Gundi hat die Muttergottes schon vor langer Zeit entfernt und statt dessen eine ihrer eigenen Skulpturen aufgestellt, einen leuchtendbunten tanzenden Hund mit einem Papagei im Maul.

»Mister Jax Thibodeaux?« fragt der Postbote.

»Der bin ich.« Hätte Jax einen Hut aufgehabt, er hätte ihn gezogen und sich verbeugt.

»Können Sie sich irgendwie ausweisen?«

Gundi sagt: »O ja, natürlich, das hier ist Jax« und tut mit einer lässigen Handbewegung kund, daß alles seine Richtigkeit hat, und schon hält Jax den Brief in der Hand. Gundi küßt Bill, obwohl er nicht besonders jung ist, zum Abschied auf die Wange. Da sie aus Europa stammt, küßt Gundi jeden, wahrscheinlich sogar die Schädlingsbekämpfer, die von Zeit zu Zeit aufkreuzen, um sie von Termiten in den Fundamenten zu befreien.

»He, Jax, komm rein, du mußt mir verraten, was drinsteht.«

Der Brief ist aus Oklahoma, das Briefpapier das des Cherokee-Verbandes. Es stört Jax, daß er den Brief mit Gundis schwarzem Büstenhalter vor Augen lesen muß, aber trotzdem folgt er ihr auf ihre höhlenartige Diele und dann in die Helligkeit ihres Ateliers. Alle übrigen komischen Häuschen des Rancho Copo sind mehr oder weniger baufällig, doch das Haupthaus hat Gundi tüchtig renoviert. Die Fenster in der gegenüber liegenden Wand gehen nach Westen, reichen ganz bis zur hohen Decke und geben einen dramatischen Rahmen für die Berge ab.

»Setz dich hierher«, befiehlt sie und zeigt auf die türkisfarbenen Kissen auf der langen Fensterbank. Jax stellt sein Keyboard ab und setzt sich ans Ende der Fensterbank, lehnt den Rücken gegen den Sims und streckt die Beine auf den Kissen aus. Er hält den Brief auf Armeslänge, sieht Gundi an und läßt ihn auf die Knie seiner Jeans fallen.

»Schlechte Nachrichten, soviel kann ich dir jetzt schon verraten.« Er verschränkt die Arme.

Gundi hat ihr Gewicht auf eine Sandale verlagert und steht etwas wacklig. »Dann lasse ich dich jetzt allein und mache uns eine Kanne Himbeertee. Wenn ich wieder da bin, mußt du mir erzählen, was so wichtig und schrecklich ist, daß du dich als Mister Jax Thibodeaux ausweisen solltest.« Sie spricht es richtig aus: »Tie-bo-doh«, und ist damit seit Jahren der erste Mensch, der das geschafft hat, aber Jax gibt sich Mühe, nicht allzu dankbar auszusehen. Vielleicht war es reiner Zufall, weil sie im Ausland geboren ist.

Als sie fort ist, schlitzt er den Briefumschlag an einem Ende auf und sieht im Inneren das gleiche Siegel, Verband der Cherokee, ein Stern mit acht Spitzen umgeben von einem Blätterkranz.

Lieber Jax,

Schön, daß ich Dich in Tucson kennengelernt habe. Man kann spüren, daß Du Dir viele Gedanken machst und eine treue Seele bist. Ehrlich gesagt, mache ich mir Sorgen um Turtle. Ich habe mich mit Andy Rainbelt unterhalten, einem Sozialtherapeuten, der mit Cherokee-Kindern arbeitet, und er hat mich ermächtigt, Dir im Namen unseres Sozialdienstes zu schreiben. Für ein Eingreifen amtlicherseits ist es noch zu früh, sagt er, aber es ist äußerst wichtig, daß sich Taylor mit unserem Stamm in Verbindung setzt; es gibt einfach Dinge, die sie wissen muß. Ich verlasse mich darauf, daß Du ihr das ausrichtest.

Ich weiß, daß Nicht-Indianer nur schwer begreifen, was Zugehörigkeit zu einem Stamm bedeutet, aber ich weiß auch, daß Du Dir Gedanken über die Probleme machst, die Turtle allein bewältigen muß. Betrachte meine dringende Bitte unter diesem Gesichtspunkt. Adoptierte indianische Kinder bekommen in der Pubertät immer Schwierigkeiten, wenn sie ohne indianische Identität aufwachsen. Sie sind mit weißen Kindern zur Schule gegangen, haben sich jeden Tag mit weißen Eltern und Geschwistern an den Eßtisch gesetzt und verstehen sich als deren Abbild. Wenn man sie fragt, was sie von Indianern wissen, erinnern sie sich an Westernfilme im Fernsehen oder an die Schulaufführung von *Hiawatha*. Sie denken, Indianer, das ist Geschichte.

Wenn diese Kinder für immer im schützenden Schoß der Adoptivfamilie bleiben könnten, wäre alles gut. Aber wenn sie in die High School kommen, geraten sie unter enormen Druck, weil die gleichaltrigen weißen Schulkameraden nicht mit ihnen ausgehen wollen. Aufgrund ihrer ethnischen Identität bekommen sie häßliche Schimpfnahmen zu hören. Falls Du glaubst, diese Art von Vorurteil wäre bei Teenagern Vergangenheit, liegst Du falsch. Und so müssen diese Jugendlichen dann feststellen, daß sie sich einerseits nicht als Amerikaner indianischer Abkunft verstehen, andererseits aber in einer Gesellschaft leben, die sie nicht länger als Weiße gelten läßt. Nicht über die Kindheit hinaus.

Mein Chef hält mich für verrückt, weil ich diesen Fall weiterverfolge, aber es gibt etwas, was ich Dir erzählen muß. Ich hatte einmal einen Bruder, Gabriel. Wir sind zusammen aufgewachsen und haben Jeans und Geheimnisse geteilt und abwechselnd die Schuld auf uns genommen, wenn unser Onkel gefragt hat: ›Wer war das?‹ Gabe war mein *ayehli,* mein zweiter Flügel. Als ich zehn war, kam meine Mutter ins Krankenhaus, Alkoholismus und andere Probleme. Sozialarbeiter haben meine Familie aufgeteilt: Meine älteren Brüder kamen zu Dad nach Adair County, wo er auf dem Bau arbeitete. Ich blieb bei Onkel Ledger. Und Gabe wurde von einer Familie aus Texas adoptiert. Kein Mensch hat mir sagen können, warum das so geregelt wurde. Vermutlich dachte man, Dad könnte mit erwachsenen, verdienenden Söhnen fertig werden, aber nicht mit Gabe und mir. Was Gabe angeht, so kannten die Sozialarbeiter vermutlich ein Ehepaar, das einen kleinen Jungen haben wollte – so einfach war das. Er schrieb mir Briefe auf ausgefranstem Papier, das er aus seinen Schulkladden gerissen hatte. Ich habe sie noch immer. Texas war heiß und roch nach Fisch. Seine neuen Eltern hatten ihn angewiesen, in der Schule nicht zu sagen, daß er Indianer ist, sonst würde man ihn wie einen Mexikaner behandeln. Mich hat er gefragt: ›Ist Mexikaner-Sein was Schlimmes?‹

Man hat ihn trotzdem in die Klasse für Mexikaner gesteckt; seine Eltern waren bigotte Menschen der einfältigsten Sorte, die nicht merkten, daß Hautfarbe mehr verrät als Worte. Er versagte in der Schule, weil die Lehrer spanisch mit ihm sprachen, und das konnte er nicht. Die mexikanischen Kinder schlugen ihn zusammen, weil er keine ausgebeulten schwarzen Hosen trug und nicht mit den Händen in den Hosentaschen herumspazierte. Als wir dreizehn waren, schrieb er mir, daß seine neue Mom die Schlafzimmertür zugemacht, sich auf das Fußende seines Bettes gesetzt und ganz ruhig gesagt hätte, er brächte Schande über seine neue Familie.

Als er fünfzehn war, machte er in Corpus Christi bei einem bewaffneten Raubüberfall mit. Heutzutage weiß ich nur noch, wo er ist, wenn er im Gefängnis sitzt.

An dem Abend, als wir uns kennenlernten, hast Du gesagt, daß ich die Dinge zu einseitig sehe. Ich habe darüber nachgedacht. Ich weiß, was Bindung zwischen Mutter und Kind ist. Aber wenn Du recht hast, daß ich in dieser Sache keine andere Wahl habe, als Raubvogel zu sein und zu reißen, um die Meinen zu beschützen, dann weil ich weiß, was Bindung ist. Ich bin so, wie ich bin, ein Habicht – und ich habe meinen zweiten Flügel verloren.

Ich frage mich, was Ihr Turtle heute gebt, woran sie sich morgen festhalten kann. Es dauert nicht mehr lange, und sie hört von jemandem, daß sie keine Weiße ist. Irgendein Junge zieht den alten Drittkläßlerwitz ab, zeigt ihr die Squaw auf der Land-O'Lakes-Margarine, der er einen Busen gemalt hat, und fragt sie: ›Woher kommt die Butter?‹ Beim Abschlußball der High School müßt Ihr Turtle begreiflich machen, warum die Eltern von weißen Jungen sie nicht gern am Arm ihres Sohnes fotografiert sehen. Was hat sie dann, was ihr hilft, sich als Frau zu akzeptieren? Als Angehörige von Turtles Volk und als Schwester von Gabriel Fourkiller möchte ich, daß Ihr begreift, warum sie Euch nicht gehören kann.

Mit freundlichen Grüßen
Annawake Fourkiller

# Einssein

»Gar kein so schwieriger Name, Tiebodoh«, sagt Gundi. »Er ist Cajun, ja? Ein Bayou-Name.« Die türkisfarbenen Kissen liegen rings um sie auf dem Fußboden, und Jax' Kopf ruht in ihrem Schoß. Der Himbeertee ist getrunken; er hat als Trostspender ausgedient.

»Mein Daddy war ein Alligator«, erzählt Jax und genießt ihr Mitgefühl. »Er hat nur einmal zugebissen.«

»Was sagen die Leute normalerweise, wenn sie deinen Namen nicht mitbekommen haben?«

»Theo Duck.«

»Und deine Freundin, was sagt die?«

»Die sagt: ›Jax, mein Schatz, scher dich rein und heb deine Socken auf.‹« Er faßt sich mit den langen Händen ans Gesicht und reibt sich gründlich die Augen.

Gundi streichelt ihm übers Haar. »Es tut mir sehr leid, daß dich dieses sonderbare Unglück ereilen mußte.«

»Ich tu mir auch leid.« Jax setzt sich auf und legt ein paar Zentimeter türkisfarbene Kissen zwischen sich und Gundi. Sie spricht wie die Heldin aus einem Liebesroman des neunzehnten Jahrhunderts und hat die Absichten des zwanzigsten. »Und Taylor und Turtle tun mir leid, daß sie in einem Dodge Corona wohnen müssen. Ich weiß, daß so etwas ein Unglück ist. Was den Rest angeht, bin ich mir nicht so sicher.« Er nimmt seine Tasse und wärmt sich daran die Hände. Sie trinken Saki. Gundi schwört auf warme Getränke an warmen Tagen. Die Nachmittagssonne, die durch die Westfenster fällt, verliert endlich etwas von ihrer Feindseligkeit, aber Jax' Haut ist noch immer salzig von seiner Probe in Gundis Fiat. Zu dem Geschmack hat sie sich vorhin schon geäußert, als sie ihm eine Teetasse in die Hand drückte und ihn auf die Stirn küßte.

»Was ist, wenn diese Fourkiller recht hat?« fragt er. »Nur mal als Gedankenspiel, nur um auch abwegige Gesichtspunkte heranzuziehen. Was ist, wenn Heimkehren das Beste für Turtle wäre?«

»Du meinst, für immer?«

»Ich glaube, sie meint das so.«

»Gibt es keinen anderen Ausweg?« fragt Gundi. Sie sagt »Wehk« und beschreibt mit dem Kopf einen so großen, lässigen Kreis, daß ihr das helle Haar aus der Stirn fliegt. Ihre Ohrringe sind aus Perlen und sprühen Funken. »Das I Ging rät zum Mittelweg«, sagt sie.

»Leider gibt es bei Hautfarbe keinen Mittelweg. Entweder man ist weiß oder was anderes.«

»Damit kenne ich mich nicht aus. In meiner Jugend in Deutschland haben wir in der Schule eine kleine Geschichte über die Hopi durchgenommen, und schon wollte ich Indianerin werden. Deswegen bin ich wohl auch nach Arizona gekommen, ich muß mich unbewußt danach gesehnt haben. Ich wollte, daß die urzeitlichen Geister des Landes meine Malerei beeinflussen.«

An der Wand hinter ihr hängt ein lebensgroßes Aktporträt von Gundi mit einem Kandelaber-Kaktus. Sie steht im Profil und mit ausgestreckten Armen so dicht vor dem Kaktus, daß Kinn und andere Körperteile tollkühn seinen Stacheln ausgesetzt sind. Das Gemälde ist realistischer als ihre früheren Serien, die Stimmungen des Wassers zeigen sollten. Es wird sich auch für mehr Geld verkaufen.

»Glaubst du, daß Menschen wie du und ich begreifen, was Zugehörigkeit zu einem Stamm bedeutet?«

Sie legt den Kopf schief und blickt ihn an. »Natürlich. Jeder von uns will irgendwo dazugehören.«

»Was ist dein größter Wunsch im Leben?« fragt er.

»Daß meine Bilder ungewöhnlich und stark sind«, sagt sie, ohne zu zögern.

»Und du signierst jedes.«

»Ich male meinen Namen. Mit einem feinen Pinsel. Ja. Bin ich deswegen ein schlechter Mensch?«

»Nein, ein Einzelkämpfer. Charles Lindbergh, der nach Frankreich will. Kein Zugvogelschwarm von Wildgänsen.«

»Aber ich male die Bilder nicht für mich, sie sind für andere bestimmt. Für die ganze Welt. Ich will, daß sie der Welt etwas mehr als das gewöhnliche Licht bringen.«

»Aber du möchtest auch, daß jeder weiß, dieses Licht hat Gundi gemalt.«

»Na ja, ich möchte für meine Bilder bezahlt werden, klar doch.«

»Gut«, sagt Jax und reckt sich. »Ich bin, sagen wir, ein liebenswerter Millionär und zahle dir ein astronomisches Gehalt dafür, daß du auf dem Rancho Copo lebst und starke Bilder malst und sie hochherzig der ganzen Welt schenkst. Würdest du sie dann nicht signieren?«

»Wahrscheinlich doch.«

»Warum?«

»Weil die Menschen wissen sollen, das hat Gundi gemalt, das ist nicht einfach vom Himmel gefallen.«

»Ganz allein Gundi, und nicht irgendein anderes pinselschwingendes Mitglied deiner Zunft.«

»Und wie steht es mit dir, Jax? Würdest du als Musiker mit einer... Lebensmitteltüte über dem Kopf auftreten wollen?«

»Bin ich tatsächlich schon. Um meiner gebannten Zuhörerschaft einen Gefallen zu tun.«

Sie legt erneut den Kopf schief und lächelt. Ihre perlenbesetzten Ohrringe zappeln wie Fischlein am Haken. »Würdest du gern baden?« fragt sie. »Ich habe eine japanische Badewanne, gut einen Meter tief, in der schwimmst du oben.«

»Ich schwimme nicht oben. Ich gehe unter wie ein Cadillac.«

Gundi lacht. »Nein, ehrlich, es entspannt unwahrscheinlich. Seit die Arbeiter sie eingebaut haben, benutze ich sie fast jeden Tag.« Jax kann sich ausmalen, wie Gundi jeden einzelnen Arbeiter am Abschiedstag geküßt hat.

Der Raum mit der japanischen Badewanne hat das dunkle glänzende Blau einer sternenlosen Nacht und ist, abgesehen von einem hohen Fenster, das nach Westen auf die Wüste geht, von oben bis unten gekachelt. Gundi legt die Kleider ab, die wohl sowieso nur eine Zwischenlösung waren, das ist also keine große Sache. Jax folgt ihrem Beispiel, während sie ihm den Rücken zukehrt und die Temperatur des dampfenden Wassers reguliert. Sie sitzen einander gegenüber auf dem Wannenrand und warten, daß sich das tiefe Quadrat zwischen ihnen mit Wasser füllt.

Angezogen wirkt Jax verboten mager, doch ohne Kleider ist er ein ganz anderer Mensch, wohlgeformt, lang und feingliedrig, da ist nirgendwo etwas zuviel. Genau wie seine Hände. Gundi betrachtet seine Beine, die ausgestreckt auf den dunkelblauen Kacheln liegen, und kümmert sich dabei um das Wasser. Der glänzende Wasserhahn wird zu heiß zum Anfassen, und so wickelt sie zum Schutz ihrer Hände ihr Haar darum, wenn sie das Wasser regulieren muß. Mehr als Ohrringe und ein dünnes Goldkettchen am linken Fußknöchel hat sie nicht an.

»Eine Menge Wasser«, sagt Jax und schaut aus dem Fenster auf trockene Mesquiten und den einsamen Kandelaber-Kaktus, der seine Arme überrascht oder flehend zum Himmel reckt. »Hast du kein schlechtes Gewissen bei all den durstigen Pflanzen, die dich ansehen?«

Gundi hebt die Schultern. »Sind doch nur Pflanzen.« Sie sitzt ihm kerzengerade gegenüber und führt die volle Anziehungskraft ihres Körpers ins Feld. Zwischen ihnen steigt ein dampfender See hoch. »Wir gehören nicht richtig in diese Wüste, du und ich«, sagt sie. »Wenn wir alles Wasser aufgebraucht haben und gehen müssen, dann freuen sich die Pflanzen und die Schlangen, daß sie uns los sind.«

»Was ist mit deinen unbewußten Hopi-Sehnsüchten?«

»Manchmal habe ich das Gefühl, ich gehöre hierher. Dann wieder habe ich das Gefühl, man duldet mich nur mit scheelem Blick.«

Jax macht einen scheelen Blick. »Habt ihr gesehen, wieviel $H_2O$ die Blondine in ihre Wanne einläßt?« fragt er mit Kaktusstimme.

Gundi lacht. »Du solltest einen Song über diese ganze Angst schreiben.«

»Habe ich gerade. Ehe du und Bill meine Bemühungen zunichte gemacht haben.«

Beide betrachten die Wasseroberfläche, unter der es blubbert.

Jax fragt: »Wie behauptet man seine Position als Angehöriger der menschlichen Rasse?«

»Keine Ahnung«, entschuldigt sie sich. »Man läßt sich ins Wählerverzeichnis eintragen, oder?«

»Aber wie kann man einem Stamm angehören und gleichzeitig ein Individuum bleiben? Das geht doch nicht. Wenn man nachweisbar das eine ist, kann man nicht das andere sein.«

»Vielleicht könnte man abwechseln? Die meiste Zeit ein Individuum sein und ab und an in der großen Masse untergehen?«

»So sehe ich das auch«, sagt Jax. »Ich bin Weißer und tauge nicht zum Stammesangehörigen. Ich bin von Natur aus Einzelgänger, und zur Entspannung gehe ich entweder in die Kirche oder greife zu Drogen oder beiße Hähnchen den Kopf ab, was man eben so tut, wenn man die Erfahrung erhebenden Einsseins machen will.«

»Die einzigen Menschen, die ich kenne und die dauernd die Erfahrung erhebenden Einsseins machen, sind Yogis und Heroinsüchtige.« Gundi prüft das Wasser mit den Zehen. »Glaubst du, man kann ohne das Verlangen leben, seinen Namen unter seine Bilder zu schreiben? So fest in eine Gruppe eingebettet, daß man sich nicht über sie erheben muß?«

»Soweit ich es verstehe, ist das der Weg, den man Turtle anbietet.«

»Hört sich sehr romantisch an«, sagt sie. »Aber als ich ins Navajo-Reservat gefahren bin und Schmuck kaufen wollte, da habe ich Menschen in verfallenen Lehmhütten hausen sehen, auf dem Dach die Fernsehantenne und neben der Tür die gestapelten Flaschen.«

»Und das ist alles, die Armut? Könnte sich hinter diesen Türen nicht Bedeutenderes verbergen?«

Gundi ist still. Der Verschluß ihres Knöchelkettchens funkelt im schräg einfallenden Licht.

»Ich finde es taktisch unklug, daß sie flüchtig geworden sind«, sagt Jax.

»Flüchtig? Sollte Taylor denn festgenommen werden?«

»Nicht amtlicherseits. Moralisch. Sie kam sich vor wie auf der Anklagebank und war zu außer sich, als daß sie den Prozeß durchgestanden hätte, und nun sind sie auf der Flucht. Das sieht so aus, als wäre sie im Unrecht.«

»Wieso ist sie dann weg?«

»Aus dem Grund, aus dem sich Mütter vor Autos oder Gewehre werfen, um ihre Sprößlinge zu retten. Das ist eine Frage, die sich nicht beantworten läßt.«

Gundi berührt die Wasseroberfläche mit beiden Füßen und betrachtet sie lange. »Ich habe keine Kinder«, sagt sie schließlich. »Von dieser Art Liebe verstehe ich wohl nichts.«

»Ich wohl auch nicht. Jederzeit und ohne zu fragen an zweiter Stelle zu kommen? Hört sich nach heiligem Einssein an.«

Gundi dreht den Wasserhahn zu und läßt sich wie ein helles Krokodil genüßlich über den dunkel gefliesten

Rand gleiten. »Du sollst dich doch entspannen. Komm ins Wasser, ich kenne eine Massage, bei der der Körper oben schwimmen muß.«

Jax lacht. »Das Dumme ist, wie gesagt, ich schwimme nicht oben.«

»Aber klar doch. Jeder lebende menschliche Körper schwimmt oben.«

»Theoretisch ist's ja möglich, daß ich tot bin«, sagt er. »Aber wie du willst.« Er läßt sich ins kochendheiße Wasser gleiten und hält die Luft an. Allmählich geht er unter, zunächst die Füße und Beine, dann der Rest. Er atmet aus, ehe sein Gesicht im Wasser versinkt.

»Auch gut, dann schwimmst du eben nicht oben«, sagt Gundi, greift unter seine Arme und zieht ihn tropfend und lachend wieder hoch. Sein Haar ist angeklatscht, und seine Stirn glänzt. »Für ein menschliches Wesen bist du unheimlich schwer, ich meine, von Begriff.«

»Man sagt es mir nach«, meint er. Auf seinen Wimpern sammeln sich Wassertropfen. Gundi berührt sie sanft mit den Fingerspitzen und fängt an, ihn von Kopf bis Fuß zu streicheln, erst das Gesicht, dann den Hals und die Brust. Seine Brustwarzen sind hart. Sein Mund und ihrer drükken sich leicht aneinander, ihre Zungen begrüßen sich wie blinde, ungepanzerte Meeresgeschöpfe, die die weiche Außenseite des anderen berühren und sich erwartungsvoll erkennen.

Jax gleitet um sie herum, drückt sie von hinten an sich und birgt das Gesicht in ihrer Halsbeuge. Ihr Haar umgibt ihn wie ein zarter Schleier, es ist noch trocken, abgesehen von den Spitzen, die wie Hunderte von kleinen, dunklen Aquarellpinseln aussehen. Jax erkundet mit den Händen ihren kräftigen, glatten Bauch und muß zum zweitenmal an diesem Tag an Delphine denken. Doch dann dreht er sie zu sich herum, umfaßt ihr Kinn sacht mit der Hand, legt die andere auf ihr Kreuz und gibt einem Verlangen nach, das nur dem Menschen eigen ist, nämlich sich von

Angesicht zu Angesicht zu paaren. Zumindest beim erstenmal. Zumindest mit einem unbekannten Stammesangehörigen.

## Festgefahren

»›Sexbesessene Mom (55) brennt mit Ballherrn ihrer Tochter durch‹«, liest Alice vor.

Barbie krümmt sich auf dem Rücksitz, sie hat schon so viele Tränen gelacht, daß ihr Make-up ins Rutschen kommt. Turtle fragt: »Was ist ballern?«

»Mama, wehe, du liest das weiter vor«, mahnt Taylor.

Alice blättert zu den Innenseiten des Revolverblatts. »Na, dann wollen wir mal, wie wäre es mit einer pädagogisch wertvollen Geschichte aus der Natur. ›Der australische Kasuar ist ein Laufvogel, der dem Menschen bekanntermaßen nach dem Leben trachtet. Er ist zweieinhalb Meter groß und greift an, indem er in die Luft springt und sein Opfer mit rasiermesserscharfen Krallen zerfleischt!‹«

»Mama, das ist nicht gerade pädagogisch wertvoll«, sagt Taylor und blickt stirnrunzelnd in das Gleißen der Autobahn.

Alice liest unter sorgfältiger Betonung aller Silben weiter. »›Er wird als Haustier gehalten und gehört als Brautpreis in das Wirtschaftssystem bestimmter australischer Kulturen!‹«

»Wenn das kein Geschäft ist«, sagt Taylor. »Tausche Tochter gegen zweieinhalb Meter großen Vogel mit rasiermesserscharfen Krallen.« Und sofort zieht sich ihr bei den Worten »tausche Tochter« der Magen zusammen. Sie verstellt den Rückspiegel, will Turtle sehen, die in ihrem Nest aus Stofftieren und Büchern mit Eselsohren bedrohlich still geworden ist. Taylor hat bereits Alpträume, daß sie sich Turtle gegenüber verplappert.

»Ich möchte das von der sexbesessenen Mom hören«, quengelt Barbie. »Als ich in der achten Klasse war, ist mir praktisch das gleiche passiert. Meine Mom hat mit meinem Freund Ryan geflirtet, bis der bloß noch gesagt hat: ›Tut mir leid, aber ich komm nicht mehr zu euch ins Haus.‹ Ich war so down, daß ich drei Wochen lang kein Haarspray mehr benutzt hab.«

Taylor stellt den Rückspiegel wieder zurück. »Na schön, dann lies über die sexbesessene Mom«, sagt sie, denn das scheint die einzige Hoffnung zu sein, eine weitere Barbie-Geschichte abzuschmettern. Heute morgen haben sie schon von der neuen, tierlieben Öko-Barbie gehört und von dem Rätsel um den Transvestiten Ken, der fabrikverpackt in einem Spielzeugwarengeschäft in Tampa auftauchte, aber mit Spitzenschürze und einem Miniröckchen. Desgleichen haben sie erfahren, daß die Maße der Barbie-Puppe, auf die menschliche Figur übertragen, 90-45-82 sind, genau die von Barbie, außer daß ihr an den 45 noch ein paar Zentimeter fehlen. Taylor hat gefragt, ob die Öko-Barbie biologisch abbaubar sei.

»Na, dann wollen wir mal«, zwitschert Alice, die bemühte Friedensstifterin. Seit Tonopah hat sie laut aus der Regenbogenpresse vorgelesen. »Was für ein Abenteuer. Drei Männer saßen vor der Küste Floridas auf ihrem gekenterten Charterboot fest und trieben bis zu ihrer Rettung siebenunddreißig Tage lang ohne Nahrung.«

Taylor fröstelt. »Sie müssen drauf und dran gewesen sein, sich gegenseitig aufzufressen.«

»Würg. Igittigitt«, kommt es vom Rücksitz.

»Halt den Mund, Taylor«, sagt Alice. »Wahrscheinlich haben sie Stadt-Land-Fluß gespielt.«

»Klar.«

Alice liest stumm, dann legt sich ihre Stirn in besorgte Falten. »Also, aufgegessen haben sie sich nicht. Aber sehr nett ist das hier auch nicht. Sie haben sich gegen den verbündet, den sie nicht leiden konnten. O je. Sie haben ihn als Köder benutzt.«

Im Auto wird es still. Man hört nur noch das klebrige

Zischen der Reifen auf der Straße, das durch die Lüftungsschlitze hereindringt. Die Frauen lauschen diesem Geräusch, als hinge ihr Leben davon ab.

Alice sagt jäh: »›Kanada, Jagd auf Francis, das Ausreißerschwein. Francis, das Schwein, brach aus einem Schlachthaus in Red Deer, Ottawa, aus, übersprang einen meterhohen Zaun, schlich sich durch eine Wurstfabrik und stieß mit der Schnauze die Hintertür auf. Der Schlachter setzte ihm nach, verlor ihn aber.‹« Sie überfliegt den Artikel nach guten Nachrichten. »›... und wurde in einem Naturpark ansässig. Wurde einmal gesichtet, als er sich gegen Kojoten zur Wehr setzte. Der Fall wurde landesweit bekannt, als Francis, nun mager und kräftig, Berufsjägern sechs Wochen lang immer wieder durch die Lappen ging. Am Ende traf ihn ein Betäubungspfeil, aber er lief noch meilenweit und entkam im Unterholz. Landauf, landab schickten Schulkinder dem Schlachter Geld mit der Bitte, Francis am Leben zu lassen. Psychologen erklären sich die Welle der Hilfsbereitschaft damit, daß man Francis mit Jesse James und Pretty Boy Floyd vergleicht.‹«

»Da hast du ja noch was vor dir, Francis«, sagt Taylor.

»Was gibt's zum Lunch?« fragt Barbie.

»Francis, das Schwein.«

»Igitt, Taylor. Ich meine, wer kann jetzt überhaupt was essen.«

Taylor wird das gespenstische Gefühl nicht los, daß die geborstene braune Mondwüste da draußen endlos ist. Daß nur sie vier noch am Leben sind. Sie sieht auf ihre Uhr und teilt Barbie mit, daß es erst elf ist.

»Sag das meinem Magen. Der knurrt: ›Ich brauch Futter, ich bin am Verhungern.‹«

Alice wirft Taylor über den Rand der Zeitung einen vielsagenden Blick zu. Taylor fragt: »Turtle, mußt du Pipi machen?«

Turtle nickt.

»Na schön. Bei der nächsten Ausfahrt halten wir an.«

»Ach, Mist, die Geschichte geht nicht gut aus«, sagt Alice. »›Schließlich wurde er in dem eigens für ihn geschaffenen St.-Francis-Park angesiedelt. Aber der Pfeil mit dem Beruhigungsmittel hatte seine Eingeweide durchstoßen, und er bekam Pe-ri-to-irgendwas‹«. Alice schiebt sich die Brille zurecht. »›Und starb. Tierärzte nannten das eine seltsame Fügung des Schicksals.‹«

»Mama, das geht mir auf den Geist, alle deine Geschichten gehen grauslich aus. Du bist genauso schlimm wie Lou Ann. Die denkt dauernd, daß sich Dwayne Ray im Kinderhort Pe-ri-to-irgendwas holt.«

»Das sind nicht meine Geschichten«, sagt Alice und hebt die Hand wie zum Schwur. »Ich lese euch bloß vor, was hier schwarz auf weiß steht.«

Ach, wenn doch jemand anders hinter dem Steuer dieses Autos sitzen würde! Und wenn es Jax wäre. Auf einmal überfällt sie die Erinnerung an Jax, wie er neben ihr im Lebensmittelgeschäft steht, den Kopf neigt und sie aufs Haar küßt. Eine Geste, die nur gibt und nichts will.

»Entschuldigung«, sagt Barbie zu Alice und beugt sich nach vorn über den Sitz. »Ist mir zwar peinlich, aber ich sag's trotzdem. Ich weiß nicht, wie Sie heißen. Taylor hat nur gesagt, Sie sind ihre Mom, aber ich kann Sie doch nicht gut mit ›Mom‹ anreden.«

»Alice Greer«, sagt Alice.

»Greer?« fragt Taylor.

»Ich hab Harlands Nachnamen nie leiden können. Der hat überhaupt nicht zu mir gepaßt.«

»Sind Sie frisch geschieden, Alice?« fragt Barbie und hört sich genauso an wie eine Talkshow-Moderatorin.

»Die Papiere hab ich noch nicht, aber es ist Schluß und aus. Aus bis auf das Geschrei.«

»Hat mir nicht den Eindruck gemacht, als hätte es überhaupt mal Geschrei gegeben«, sagt Taylor.

»O nein. Das war nur so dahergesagt. Ich weiß auch

nicht, was noch passieren muß, damit Harland mal losbrüllt. Nicht mal laut furzen konnte er. Es hat Tage gegeben, da saß er in seinem Sessel vor seinem heißgeliebten Fernseher, und ich bin vorbeigegangen und hab gedacht: Was ist, wenn Harland mir plötzlich wegstirbt? Das merke ich doch erst, wenn er anfängt zu stinken.«

»Mich trifft der Schlag«, sagt Barbie.

Man soll die Hoffnung nie aufgeben, denkt Taylor. Sie ordnet sich in die rechte Fahrspur ein und nimmt die Ausfahrt, die mit »Gabbs« ausgeschildert ist. Der Anstieg aus dem Death Valley, dem Tal des Todes, hat sie einen ganzen Vormittag gekostet, und ihr ist zumute, als wäre es der Tod auf Raten gewesen. Die Gegend sieht noch immer leer aus. Einzig die Reklametafeln der Tankstellen, Bilder von barmherzigen Samaritern mit kantigem Schädel, prangen über den toten Feldern.

»Wir sind wie Francis, das Schwein«, verkündet Turtle plötzlich. »Wir sind Ausreißer.«

»Stimmt, wir sind Helden. Aber auf uns schießt niemand mit Beruhigungspfeilen«, verspricht Alice.

»Oder sammelt Geld, damit wir in unserem eigenen Park leben können«, fügt Taylor hinzu.

»Was meint ihr, ob man hier irgendwo einen Milchmix kriegt? Ich geh ein, wenn ich nicht auf der Stelle einen Milchmix kriege.«

Die Vorstellung, Barbie könnte eingehen, betrübt Taylor nicht allzusehr. Vergangenen Abend hat sie ihr deutlich zu verstehen gegeben, daß sich ihre Wege am nächsten Morgen trennen, aber Barbie reagiert auf Andeutungen mit der Empfindsamkeit eines Hydranten. Und Alice tut nichts dazu, daß sie die Segel streicht. Sie halten an einem Schnellrestaurant, und Barbie geht ihnen über den Parkplatz voran. Ein gelb-rosa Minirock mit Rüschen wippt über einem Gymnastikanzug und bübchenblauen Strumpfhosen, und eine rosa Jacke mit Fransen und silbrigen Nieten sowie rosa Cowboystiefel mit hohen Absätzen vervollständigen den Aufzug. Damit klappert und kratzt sie über den Asphalt, und ihr Röckchen schwingt dazu.

Das Lokal hat Baumwollvorhänge vor den Fenstern und reichlich Kunstblumen; Barbie in ihrem Western-Ensemble paßt ins Dekor. Nur ihre Handtasche nicht; genau diese schwarze quadratische Tasche hat sie seit dem Aufbruch aus dem Delta Queen an sich gedrückt, als müßte sie sich vor Schmerzen den Bauch halten. In ihrem Motelzimmer in Tonopah hat sie sie sogar mit zum Duschen ins Badezimmer genommen. Sie sieht schwer aus.

»Was sie wohl drin hat?« fragt Taylor, nachdem Barbie zwei Burger und einen Erdbeermix verdrückt hat und das tut, was sie ›Für-kleine-Mädchen-Gehen‹ nennt.

»Make-up«, sagt Alice.

»Pennies«, sagt Turtle. »Ich habe sie klimpern hören.«

»Ich kann nur sagen, die ißt für Ken mit«, bemerkt Alice. »Ich möchte mal wissen, wie sie dabei ihre 90-45-82 hält.«

»Sie stellt sich mit ihrer Tasche an, als wäre sie ein Baby-Känguruh«, sagt Taylor. »Wieso muß sie die wohl jedesmal mit aufs Klo nehmen?«

»Sie hat es mit dem Klo, was? Jedesmal, wenn sie was gegessen hat, muß sie gleich für kleine Mädchen.«

Taylor ist erleichtert, daß sie und Alice sich in ihrem gemeinsamen Mißtrauen Barbie gegenüber wiedergefunden haben. Turtle nimmt den Kugelschreiber, den Alice ihr anbeitet, und schreibt viermal ihren Namen auf die Serviette: zweimal von links nach rechts und zweimal andersherum.

»Ich würde zu gern einen Blick in diese Handtasche werfen. Wetten, daß sie süchtig ist.«

»Make-up«, sagt Alice zuversichtlich.

»Schon möglich«, lenkt Taylor ein. »Sie muß es dauernd erneuern, weil sie soviel weint. Seit unserem Aufbruch aus Las Vegas scheint sie mir sehr nervös. Vielleicht ist sie deprimiert, weil es mit dem Delta Queen nicht geklappt hat.«

»So deprimiert nun auch wieder nicht«, meint Alice. »Sie nimmt immer noch Haarspray.«

»Ja, stimmt. Ich glaube, wir haben ein privates Öko-Barbie-Ozonloch, das uns quer durch Nevada folgt. Wir sollten lieber aufpassen, daß wir es loswerden.«

Hinter Gundis Bett stehen die hohen Fenster offen und lassen den eindeutigen Geruch der Kreosotbüsche herein. Gundi stützt sich auf einen Ellbogen. So von hinten angestrahlt, wirkt ihr Haar wie ein goldenes Moskitonetz. Um sich abzulenken, stellt sich Jax ein Land vor, in dem Menschen unter einem solchen Ding schlafen müssen, als Schutz vor den goldenen Mücken, die goldene Malariaträume bringen. Er singt mit geschlossenen Augen.

Sie streichelt seine Brust. »Du hast ein Problem, oder?«

»Ja.« Jax macht ganz kurz die Augen auf.

»Erzähl mir davon.«

»Bist du auf alle Probleme so scharf wie auf meine?« fragt er.

»Nein«, sagt sie. »Ich bin wählerisch. Du hast interessante Probleme. Bill, der Postbote, hat Nesselsucht.« Sie wartet. »Und?«

»Mit dir geht es mir wie einem Katholiken – ich war mal katholisch –, der bei dem Gedanken, daß er die Sünde später beichten muß, viel weniger Spaß am Sündigen hat.«

Gundi staunt. »Du mußt einem Priester beichten, was wir die ganze Woche getrieben haben?«

»Nein. Taylor.«

Gundi zieht sich das Bettlaken bis zum Kinn. »Warum?«

»Weil ich sie nicht anlügen kann.«

»Glaubst du etwa, sie erzählt dir alles?«

»Sie erzählt mir alles. Ehrenwort.«

Gundis Augen werden noch größer. »Du mußt ihr die ganze Geschichte erzählen? Einzelheiten?«

»In groben Zügen wohl. Junge trifft Mädchen in japanischer Badewanne und so weiter.«

Gundi setzt sich auf, um sich eine Zigarette anzuzünden. Gereizt löscht sie das Streichholz, macht einen Lungenzug und verschränkt die Arme über dem weißen Bettlaken-Sarong. »Vielleicht fragt sie ja nicht?«

»Ha, du sagst es. Wenn sie das nächstemal fragt, was ich so getrieben habe, dann gehört das hier zu den unwichtigen, kleinen, langweiligen Dingen, die ich mir schenke: Rucker ist während der Probe die E-Saite gerissen, das will sie natürlich nicht hören, und ich habe den Fußboden im Badezimmer gewischt, ich hatte heißen Sex mit Gundi, ich habe nochmal den Fußboden im Badezimmer gewischt.«

»Hoffentlich hast du dich mit der ganzen Wischerei nicht übernommen.«

»Jax wischt, daß es zischt.« So flach auf dem Rücken liegend, die Arme an die Seite gepreßt, sieht er aus, als würde er nicht einmal auf einer Matratze oben schwimmen.

»Was sie nicht weiß, macht sie nicht heiß.«

Er setzt sich auf und sieht Gundi an. »Dann weiß ich etwas, was sie nicht weiß. Da, ich habe ein Rotkehlchenei in der Hand. Himmelblau, sieh mal.« Er macht eine hohle Hand, beide blicken hinein, und Gundi kann das Ei deutlich sehen.

»Gebe ich es ihr oder nicht?« fragt Jax und sieht seine Hand an. »Vielleicht kocht sie es, vielleicht wirft sie damit nach mir, wer weiß?« Er schiebt die Hand mit der Handfläche nach oben langsam und behutsam hinter den Rükken.

»Also behalte ich es in der Hand, genau da. Und jeden Tag, wenn ich mit Taylor rede und wenn ich mit Taylor im Bett bin, ist es in meiner Hand, und ich denke, wenn ich es auch nur eine Minute vergesse, drehen wir uns darauf um, und dann, auwei, haben wir den Kladderadatsch. Bis das passiert, halte ich es und spüre, daß seine Schale so dünn ist wie Zahnschmelz. Ich kann wählen, was Taylor weiß und was nicht. Ich habe Macht. Ich bin der nervöse, aber mächtige Typ, der Bescheid weiß, und sie ist die Dumme.«

Die Rauchwölkchen von Gundis Zigarette verbreiten sich im Zimmer wie ein Geist aus der Flasche.

»Und wenn sie die Dumme ist«, sagt Jax, »wie kann ich dann die Erde zu ihren Füßen anbeten?«

»Was du im Augenblick tust?«

»Was ich im Augenblick tue. Ich bin ein böser Junge gewesen, aber böse Jungs können getrost alles gestehen und um Bestrafung bitten.«

Gundi bläst Rauch aus und zerstört den Geist. »Du sprichst von Taylor, als wäre sie Notre Dame.«

»Ist sie auch. Und die Freiheitsstatue und Abbey Road und die beste Tortilla meines Lebens. Hast du das nicht gewußt?«

»Woher sollte ich.« Gundi drückt ihre Zigarette in einem kobaltroten Schälchen neben ihrem Bett aus und steht auf.

»He, Sie, Miss Kitty. Ich hab gegen die Spielregeln verstoßen, was?«

»Welche Spielregeln?« Gundi reißt ihren lackierten Schrank auf und zieht sich mehr an als sonst das ganze Jahr über.

»Spielregeln wie: Wenn du mit einer Frau im Bett bist, auch wenn's bloß eine Runde im Heu war, sag der Frau, daß sie die Heukönigin deines Herzens ist.« Er faltet die Hände züchtig über dem Penis. »Ich entschuldige mich.«

»Du brauchst mich nicht anzulügen, Jax. Wir wissen doch beide, daß das hier nicht gilt.«

Jax liegt jetzt mit hinter dem Kopf verschränkten Händen und spürt dem Gefühl nach, daß »das hier nicht gilt«. Überraschenderweise tut es nicht weh.

»Schönen Dank, Jax. Ich muß jetzt malen. Warum wischst du nicht irgendwo Fußböden?«

»Sehr wohl, Ma'am«, sagt er und macht keine Anstalten, sich zu erheben.

»Und deine Miete ist überfällig.«

»Tyrann«, sagt er und verzieht sich mit den Kleidern in der Hand durch ihr Schlafzimmerfenster.

## Schatz

Barbie steht im Zimmer ihres Motels am Stadtrand von Carson City im weißen Seidenpyjama zwischen den Doppelbetten und kämmt sich unentwegt das Haar: die hundert vorgeschriebenen Bürstenstriche.

»Wir können ein zweites Zimmer nehmen, wenn du dafür zahlst«, sagt Taylor. »Andernfalls müssen wir uns einrichten.« Ihr Ton ist geduldiger als normalerweise gegenüber einer Gleichaltrigen. Wie Lucky Buster wirkt auch Barbie nicht richtig erwachsen. Taylor fragt sich, ob sich daran ein neuer landesweiter Trend ablesen läßt, ähnlich wie bei Getreidekrankheiten. Mangelnde Reife. Taylor hat das Gefühl, sie war mit neun reif, und das an einem Tag, den sie nie vergißt: Es war ein Samstag, an dem Alice für Mrs. Wickentot putzte. Als sie ins Haus kamen, sagte einer der kleinen Wickentots zu seinem Freund: »Die brauchst du nicht zu grüßen, die ist bloß das Kind von unserer Putzfrau.« Taylor drückt das Rückgrat an das imitierte Holzkopfteil des Motelbetts. Sie hat noch immer T-Shirt und Jeans an. Sie ist dünn und langbeinig wie Barbie, kommt sich aber wie die Angehörige einer völlig anderen Spezies vor, die statt flauschiger Pantöffelchen mit kleinen Hacken Turnschuhe aus Leinen mit Löchern vorn am Zeh trägt.

»Ich schlafe mit Turtle zusammen«, sagt Barbie und widmet sich erneut dem Haarebürsten.

Sie haben sich ein Zimmer zu viert genommen, wie schon am vergangenen Abend in Tonopah, doch diesmal ist es verzwickt, wer bei wem schläft. Der Manager hier behauptet, daß er wegen der Brandvorschriften kein Kinderbett aufstellen darf, und so müssen sie sich zwei Betten teilen. Barbie findet es völlig in Ordnung, daß sie und Turtle das eine Bett nehmen und Taylor und Alice das andere, aber Turtle läßt nicht mit sich reden. Sie sitzt auf Taylors Beinen und hat sich eine Strähne von Taylors Haar um die Hand gewickelt wie die Leine eines Hundes.

»Keine Bange, ich beiße nicht«, sagt Alice, knipst die Nachttischlampe aus und dreht sich zur anderen Bettkante. »Ich bin sowieso die halbe Nacht auf. Seit den Wechseljahren schlafe ich nicht mehr so gut.«

Barbie setzt sich hin, knallt die Bürste neben ihre schwarze Handtasche auf den Nachttisch und zieht ihre Pantöffelchen aus, die zerknautscht wie ein Wurf Pekinesen auf dem Teppich stehenbleiben. Wortlos zieht sie sich die Decke bis ans Kinn.

»Gute Nacht«, sagt Taylor. Turtle läßt Taylors Haare los und macht sich fröhlich bettfertig.

Barbie greift nach ihrer schwarzen Handtasche, stopft sie unters Kopfkissen und findet nach mehreren gereizten Anläufen einen bequemen Platz für ihren Kopf. Als Taylor und Turtle sich unter ihre eigene Decke gekuschelt haben, schnarcht Barbie bereits artig vor sich hin.

Taylor verspürt einen Druck auf ihrer Schulter und bringt das im Traum durcheinander, denn sie wird durch eine seltsame Landschaft gejagt, durch eine Stadt, in der es unaufhörlich regnet und in der Straßen jählings zu Mauern werden. In einer Ecke drängen sich Pferde vor dunklen Gebäuden und blicken sie an, und ihre Schultermuskeln zucken unter dem feuchten Fell. Wieder dieser Druck, und dann hört sie Alice flüstern: »Pssst.«

»Was?« Die Pferde, weg. Wo ist Turtle?

»Pssst. Komm mit. Das mußt du dir ansehen.«

Langsam kehrt die Erinnerung an dieses Zimmer zurück. Behutsam streift Taylor Turtles Hand von ihrem Arm. »Lieber Gott, Mama, was denn?« flüstert sie.

Abgesehen von Alices kleiner Silhouette, die sich zum Badezimmer bewegt, kann sie nichts erkennen. Sie folgt ihr, und Alice schließt die Tür hinter ihnen. Sie knipst Turtles Taschenlampe an, und Taylor sieht silberne Monde, silberne Ränder, silberne Kreise. Silberdollars. Sie liegen zu Hunderten in der seidengefütterten Schatzhöhle, nämlich Barbies schwarzer Handtasche.

»Heiliges Kanonenrohr. Ein vergrabener Schatz.«

»Pssst.« Alice knipst die Taschenlampe aus, und dann sitzen sie ganz im Dunkeln auf den kalten Kacheln.

»Mama, ich habe dir gleich gesagt, daß es kein Make-up ist.«

»Wo, glaubst du, kommt ein Mädchen an rund tausend Dollar in Silber ran?«

Taylor will sich an Alice festhalten, bekommt aber nur ihren Pyjamaärmel zu fassen. »Sie hat es im Kasino gestohlen.«

»Das wissen wir nicht.«

»Na schön, woher hat sie es sonst?«

Alice sagt unschlüssig: »Darüber hab ich mir schon seit ein paar Stunden den Kopf zerbrochen. Bislang ist mir noch keine befriedigende Erklärung eingefallen.«

»Kein Wunder, daß sie aus dem Kasino geschossen kam wie die Fledermaus aus der Hölle!« Taylors Flüsterstimme kippt um. »Okay allerseits, ich hab mein Barbie-Bankräuber-Ensemble an, und nichts wie weg!«

»Sei still!«

»Mama, was machen wir nun?«

»Die Polizei anrufen, oder?«

»Kommt nicht in Frage. Damit sie auf uns aufmerksam wird?«

»Taylor, die Polizei ist nicht hinter dir her.«

»Nein, aber wir müssen uns ausweisen. Es käme in die Nachrichten. Du kannst mir glauben, ich weiß, wie das läuft. Turtle und ich und Francis, das Schwein, wir wollen nicht mehr die Helden spielen.«

»Also lassen wir sie hier.«

»Mama, du warst es doch, die sie mitnehmen wollte. Sie bringt mich zwar zur Weißglut, aber immerhin. Wir können sie doch nicht mitten im Death Valley aussetzen. Dann wären wir ja wie die Männer, die auf dem Fischerboot festgesessen haben.«

»Was heißt hier aussetzen, sie hat doch Kleingeld. Damit steht ihr jede Telefonzelle offen.«

Taylor lächelt im Dunkeln. »Der Hotelmanager in Vegas muß einen Tobsuchtsanfall bekommen haben. War das ein mieser Typ. Du hast ihn angelogen, Mama. Vor den Augen deiner Enkelin.«

Alice lacht. »Und wie ich gelogen hab. Wie gedruckt.«

»Ist doch bloß Spielergeld. Ist sowieso unrecht erworben. Es gehörte ihm gar nicht.«

»Wem gehört es dann? Und wieso hältst du jetzt zu ihr? Vor zehn Stunden wolltest du sie noch auf einem Rastplatz ohne Klo aussetzen.«

Taylor kann die Frage nicht beantworten. Sie streckt im Dunkeln die Hand aus und berührt unversehens Silber. »Das Geld gehört den Pechvögeln von Las Vegas«, sagt sie. »Und ein Teil davon mir.«

Selbst noch in Carson City stehen im Waschsalon Spielautomaten an der Wand aufgereiht, damit sie sich über Taylor lustig machen können. »Bloß raus aus Nevada«, sagt sie bitter.

»Jeder Waschsalon ist eine Spielhölle«, sagt Alice und macht sich mit den aufwendigen Geräten vertraut. »Du steckst deine Vierteldollars rein und hoffst, daß der Schleudergang diesmal funktioniert.«

»Wir hätten uns von Dingsda zusätzliches Kleingeld geben lassen sollen.« Taylor wirft Turtle einen Blick zu, doch die baut einen Turm aus leuchtendorangefarbenen, leeren Waschpulverkartons. Barbie behauptete, ihr Zeug wäre sauber, sie wollte lieber ausschlafen. Sie bat sie, ihr ein paar Sachen mit durchzuwaschen, nämlich Bikini-Unterwäsche und eine violette Lycra-Hose.

»Wofür sie wohl ihre Beute ausgeben will?« fragt Alice, hält Turtles Jeans hoch und zieht aus jedem Bein eine rosa Socke. Die Socken legt sie zur hellen Wäsche. »Bislang habe ich noch nicht bemerkt, daß sie freiwillig irgendeine Rechnung übernommen hätte.«

»Würde sie sich nicht ein bißchen verdächtig machen, Mama? Wenn sie Long John Silvers Geldkatze auf die Rezeption knallen und dreißig Dollar in Silber abzählen würde?«

Eine übergewichtige junge Frau kommt mit einem Riesenwaschkorb voller Kleidung und drei braunhäutigen Kindern mit orangefarbenem Haar in den Waschsalon. Der Älteste breitet die Arme aus und tobt gleich zwischen den Waschmaschinen herum. Er wirft Turtles Turm um, flitzt weg und macht dabei Geräusche wie ein Verbrennungsmotor. Turtle macht sich wortlos an den Wiederaufbau.

»Vielleicht sollten wir bei einer Bank halten und ihr Kleingeld in Scheine umtauschen«, meint Taylor. »Sie hebt sich noch einen Bruch, wenn sie das ganze kostbare Metall ständig mit sich herumschleppt.«

Alice staunt. »Taylor, ich werd nicht wieder. Du redest, als wolltest du sie weiter mitnehmen.«

Taylor fummelt an dem aufgerollten Saum von Turtles T-Shirt herum. »Irgendwie habe ich jetzt Achtung vor ihr bekommen. Diese Sache mit dem Diebstahl wirft ein ganz neues Licht auf ihre Persönlichkeit.«

»Gut, es ist dein Auto. Wenn du damit gern kriminelle Elemente transportierst.« Alice sortiert die dunkle Wäsche. »Hast du schon mal darüber nachgedacht, wie das alles enden soll? Wir können doch nicht einfach fahren und bescheuerte Zeitungen lesen, bis die Hunde mit dem Schwanz bellen.«

»Mama, glaubst du, das weiß ich nicht?« Taylor fühlt sich durch die ständige Animosität zwischen ihnen beiden, auch wenn sie kaum greifbar war, in ihrem seelischen Gleichgewicht erschüttert. Ihre Mundwinkel ziehen sich nach unten, als sie die Schachtel mit dem Waschpulver aufreißt und den frisch riechenden Inhalt in die Waschmaschine schüttet. »Woher soll ich das wissen? Ich bin fast umgekommen vor Angst und mit Turtle ins Auto gesprungen, weil mir das als der sicherste Weg erschien. Mehr kann ich dir auch nicht sagen. Ich rolle bergab, aber ich weiß nicht, wieso und wie weit.«

»Denkst du nicht manchmal, du solltest dich lieber mit dieser Sixshooter unterhalten, vielleicht ist sie vernünftigen Gründen zugänglich.«

»Fourkiller. Auf gar keinen Fall, Mama. Was ist, wenn sie nicht zugänglich ist?«

Alice lehnt sich mit der Hüfte an die Waschmaschine und schenkt ihrer Tochter einen freundlichen Blick. »Ich weiß, Schätzchen. Keine Mutter, die ihr Kind liebt, wird darüber mit dir streiten wollen.«

Taylor fallen Steine vom Herzen. Sie macht sich mit den Händen in der Wäsche zu schaffen. »Ich weiß nicht, wie weit wir fahren sollen. Ich dachte, vielleicht bis Kalifornien, irgendeine kleine Stadt, wo du und ich und Turtle uns eine Mietwohnung nehmen. Ich bin schlau, ich lasse uns schon nicht verhungern. Ich finde Arbeit. Und in zwei, drei Monaten hat sich der Sturm gelegt, und wir können wieder nach Hause.«

Alice hält sich Barbies Stretch-Hose vor und lacht. Sie hat kaum ein Gramm zuviel, aber hinter der violetten Lycra-Hose wirkt sie wie ein dicker Baumstamm. Taylor hält sie sich auch vor, sie ist zwar dünn, kann jedoch Barbie mit ihrer Stundenglas-Figur nicht das Wasser reichen. Sie wirft die Hose zu ihren Jeans. »Eine Model-Karriere in der Modebranche kann ich mir abschminken. Ich habe zugenommen, seit Turtle bei mir ist.« Sie lacht über sich.

»Und dabei war ich nicht mal schwanger. Ich weiß auch nicht, woher das kommt. Wahrscheinlich daher, daß ich Turtle zuliebe regelmäßig esse.«

»Taylor, ich trau meinen Ohren nicht. Sieh dich doch an, so schlank und rank wie eine Ringelnatter. Du bist genau richtig.«

Ein leises Klappern aus der Richtung der Pappkartons. Sie drehen sich beide um und sehen, daß der Junge mit dem orangefarbenen Haar Turtles Turm schon wieder umgeworfen hat. Seiner Mutter ist das egal; ihre teigigen Brüste in dem zu engen T-Shirt zittern vor Konzentration, während sie eine Maschine nach der anderen mit zerknautschten Jeans belädt. Als der Junge wegflitzt, behält Turtle ihn noch lange Zeit im Auge. Schließlich fängt sie von Grund auf neu an.

»Na schön, Mama, vielleicht bin ich genau richtig, aber ich habe trotzdem zugenommen. Wer es mit Miss America im Gymnastikanzug aufnehmen muß, sieht sich mit anderen Augen.«

»Taylor, bislang hast du dich doch noch nie runtergemacht. Wenn du damit erst anfängst, kannst du gleich von der Brücke springen.« Alice schließt den Deckel der Waschmaschine und seufzt. »Als ich in den Dreißigern war, hatte ich nach der Schwangerschaft keine Taille mehr, und das fand ich einfach scheußlich. Und da hab ich so bei mir gedacht: ›Die ganzen Jahre hab ich eine Figur gehabt wie ein Glamourgirl, einfach klasse, und das hab ich überhaupt nicht zu schätzen gewußt, weil ich mir eingebildet hab, meine Nase hat einen Höcker.‹ Und jetzt bin ich alt, und die Schulter tut mir weh, und ich schlafe nicht mehr gut, und meine Knöchel schwellen an, und dann denke ich so: ›Die ganzen Jahre, als ich um die Dreißig, Vierzig war, hat mein Körper tadellos funktioniert. Und das hab ich überhaupt nicht zu schätzen gewußt, weil ich immer fand, ich habe keine Taille mehr.‹«

Taylor lächelt. »Ich weiß, was du damit sagen willst.«

Turtle hat einen neuen leuchtenden und wackligen Turm am Fenster gebaut, der fast so groß ist wie sie. Sie steht mit verkrampften Fingern daneben und verfolgt den Jungen mit Augen wie jemand, der mit einer Fliegenklatsche zuschlagen will. Am Ende der aufgereihten Waschmaschinen dreht er sich um und kommt auf sie zu. Turtle wartet, bis seine Fingerspitzen den Turm fast berühren, dann schlägt sie mit beiden Armen um sich und wirft ihn selbst um, daß die Schachteln durch die Gegend fliegen.

Jax' Stimme am Telefon klingt humorlos. Allein schon die Stimme ängstigt Taylor, ganz zu schweigen von dem Brief, den er ihr vorliest, einen Brief von Annawake Fourkiller. Sie kann sich überhaupt nicht konzentrieren.

»›... für ein Eingreifen amtlicherseits ist es noch zu früh‹«, sagt er, und Taylor muß an die Sozialarbeiterinnen denken, mit denen sie es vor Turtles Adoption zu tun hatte – selbstbewußte junge Bürofrauen, die nicht glauben wollten, daß es ein Kind ohne Geburtsurkunde gibt, das Turtle heißt, genausowenig wie sie an Märchen glaubten.

»›Was hat sie dann, was ihr hilft, sich als Frau zu akzeptieren?‹« Aber es ist nicht Jax, der da fragt, sondern Annawake Fourkiller, die vor nicht ganz zwei Wochen, als Taylors Welt noch heil war, in ihrer Küche saß und Kaffee trank. Wahllose Bilder von Turtle schießen ihr durch den Kopf, die gemeinen dunklen Augen des Jungen im Waschsalon und Turtle, die ihm die Schachteln um die Ohren wirft.

Jax liest: »›... begreift, warum sie Euch nicht gehören kann. Mit freundlichen Grüßen, Annawake Fourkiller.‹«

Taylor schweigt eine ganze Weile und sieht ihrer Mutter und ihrer Tochter durch das zerkratzte Glas der Telefonzelle zu. Sie toben sich auf dem Spielplatz jenseits der Straße aus, während Taylor telefoniert und Barbie sich ihren Fingernägeln widmet. Turtle sitzt auf der Schaukel, und Alice versucht, ihr beizubringen, wie man sich allein Anschwung gibt. Turtle stemmt sich gegen die Ketten und strampelt mit den Beinen, aber sie koordiniert ihre Bewegungen nicht, und deshalb bewegt sich die Schaukel auch nicht. Es gibt Dinge, die der Kopf begreift, doch der Körper führt sie erst aus, wenn die Zeit dafür gekommen ist.

»Was sonst noch, Jax? Hast du noch mehr?« fragt Taylor. Hinter dem Telefonhäuschen ist eine Tankstelle, und in einiger Entfernung lehnt ein Mann an seinem roten Sportauto und wartet anscheinend, daß er telefonieren kann. Taylor ist es egal, daß er warten muß. Wahrscheinlich hat er sich die Nacht beim Spiel um die Ohren geschlagen und überlegt sich jetzt eine Ausrede für seine Frau.

»Noch etwas zu dem Brief? Nein.«

»Ich wollte, ich könnte ihn lesen. Ich weiß nicht, ob ich ihn richtig verstanden habe. Was meint sie damit?«

»In dem Brief geht es, glaube ich, um Gabriel Fourkiller, den Jungen, den sie verloren haben.«

»Aber das mit dem Sozialdienst, das mit dem Eingreifen amtlicherseits. Heißt das, ich muß mit dem Typen oder sonstwem reden?«

»Taylor, mein Schatz, ich glaube es nicht, aber ich weiß es nicht. Das mußt du entscheiden.«

»Ich kann keinen klaren Gedanken fassen.«

Turtle hat schließlich einen scharfen Zickzackkurs zustande gebracht. Alice greift nach der Kette und begradigt ihn ein wenig. Hohe Kiefern beschatten den Spielplatz, und der Park dahinter ist leer, nichts als ein Feld mit himmlisch grünem Gras, bei dessen Anblick jeder Kuh, die in Nevada grasen muß, das Wasser im Maul zusammenlaufen würde.

»Ich habe deine Anregung aufgenommen, ich arbeite an einem Song über die Grauzone der Menschheit«, sagt Jax. Er bemüht sich, munter zu klingen, aber man kann ihm die Mühe anhören.

»Jax, hast du schon die Miete gezahlt?«

Pause. »In Form einer Dienstleistung.«

»Was soll das nun wieder heißen?«

»Es heißt, daß ich dir etwas zu sagen habe.«

Taylor beobachtet, wie Turtle von der Schaukel hüpft und zur Rutsche läuft. »Weißt du was, bleib dran, ich hole Mama. Ich möchte, daß du ihr den Brief vorliest. Die weiß sicher, was gemeint ist.«

»Taylor, ich liebe dich wahnsinnig«, sagt Jax, aber Taylor hat schon vier weitere Vierteldollar in den Schlitz gesteckt, rennt über die Straße und läßt den Hörer baumeln.

Taylor sitzt auf einer der Schaukeln; Barbie ist aus dem Auto gestiegen, hat sich auffällig gestreckt, ist über die Straße geschlendert und hat sich auf die andere Schaukel gesetzt. Turtle liest Deckel von Limoflaschen aus dem Staub auf und schiebt sorgsam einen Verschluß in den Ring des nächsten, so daß eine Kette entsteht. Die Kette ist für Mary, sagt sie, die wohl geliebteste Taschenlampe aller Zeiten. Mary besitzt schon eine Nuckelflasche und ein paar Puppenkleider, die ihr natürlich nicht wie angegossen passen. Taylor hat Turtle angeboten, ihr eine richtige Puppe zu kaufen, aber Turtle war über den Vorschlag empört. Mittlerweile hat sie eine meterlange Kette aus Limodeckeln, die sie hinter sich herschleift. Sie sieht aus, als wäre sie ein entlaufener Kettensträfling. Alice ist schon lange am Telefon.

Barbies Rock ist nicht mehr ganz so gerüscht. Ihr Pudelpony wippt beim Schaukeln auf und ab. Taylor merkt, daß sie die Frau so oft ansieht, weil sie hinter der Fassade die Kasino-Räuberin entdecken will.

»Wie spät ist es? Ihr führt euch im Urlaub auf wie E.T. Wollt ihr auch immer nach Hause telefonieren? Wieso muß sich deine Mutter mit deinem Freund unterhalten? Wenn meine Mutter so lange mit meinem Freund sprechen würde, ich wüßte, sie ist scharf auf ihn. Nichts für ungut. Ich meine, Alice scheint gar nicht so der Typ zu sein.«

Taylor hält ein Weilchen still und läßt Barbies Geschnatter an sich vorbeirauschen. Dann sagt sie: »Ich weiß nicht, wie ich es sagen soll, aber Mama und Turtle und ich machen nicht Urlaub, und du hast mehr in deiner Handtasche als dein Rouge.«

Barbie sieht erst die schwarze Tasche an, als wäre die plötzlich aus einem Asteroidengürtel herabgefallen, und dann wieder Taylor. »Woher weißt du, was in meiner Handtasche ist?«

»Wir haben nachgesehen. Wir haben dir nachspioniert, als du letzte Nacht geschlafen hast.«

»Miese Schnüffler.« Barbie holt Schwung mit ihren rosa Stiefeln und setzt die Schaukel in Gang.

»Ich war einfach neugierig, warum du sie immer mit ins Badezimmer nimmst. Hättest du sie vor meiner Nase liegenlassen, wäre ich nie auf den Gedanken gekommen nachzusehen, das kannst du mir glauben.«

»Ach. Okay, ich hab Geld drin. Na und?«

Der Mann mit dem roten Sportauto sitzt auf dem Kotflügel, hat die Arme verschränkt und wartet ungeduldig, daß er telefonieren kann.

»Geld aus dem Kasino«, sagt Taylor.

»Ja. Aus dem Silberdollar-Automaten. Der bekloppte Wallace hatte den Schlüssel in der Registrierkasse. In besseren Läden bewahren sie die Schlüssel für die Automaten alle im Safe auf.«

Taylor ist erschrocken, daß sich Barbie nicht die Mühe macht zu leugnen. »Na schön, das mußt du mit Wallace ausmachen«, sagt sie. »Meinetwegen kannst du ihn abzokken, aber mir liegt nichts daran, von der Polizei verfolgt zu werden.«

»Wally würde nie die Polizei rufen.« Barbie kneift die Augen zusammen und blickt zur Landstraße hinüber. »Die würde seine Gewinnquoten überprüfen und ihn auf direktem Weg ins Kittchen schicken, nach San Quentin.«

Taylor begreift, daß sie überhaupt nicht weiß, mit wem sie es bei Barbie zu tun hat. Aber immer noch besser als ihre frühere Annahme, Barbie hätte nur Watte im Kopf. »Na schön, jetzt muß ich dir etwas gestehen«, sagt Taylor. »Ich möchte nichts mit der Polizei zu tun haben, weil Turtle und ich uns vor jemandem verstecken. Nicht vor der Polizei, um genau zu sein. Aber vor jemandem, der das Sorgerecht für Turtle bekommen könnte.«

»Ach, dein Ex-Mann? So was hab ich in *America's Most Wanted* gesehen.«

»Nein. Es liegt komplizierter.« Taylor fragt sich, ob *America's Most Wanted* wirklich Streitereien über Sorgerecht bringt.

»Okay, ist ja auch egal«, sagt Barbie. »Was ich nicht weiß, macht mich nicht heiß.«

Alice hat die Telefonzelle verlassen. Taylor blickt auf und sieht sie mit hängenden Armen und tränenüberströmtem Gesicht am Straßenrand stehen. Sie sieht aus, als wäre ihr etwas auf den Kopf gefallen. Zwei Autofahrer nacheinander verlangsamen das Tempo, um zu sehen, was mit ihr los ist.

»Könntest du kurz dableiben und auf Turtle aufpassen?« fragt Taylor und läuft auch schon. Als sie die Straße überquert hat, sitzt Alice bereits im Auto. Taylor steigt auf der Fahrerseite ein.

»Ich könnte von Reno aus den Bus nehmen«, sagt Alice und sieht starr geradeaus, doch ihre Augen sind so leer, daß ihr Blick kaum weiter als bis zur Windschutzscheibe geht.

»Den Bus wohin? Wir haben ein Auto.«

»Ich kann bei meiner Kusine Sugar unterkommen. Jemand muß mit ihnen reden, Taylor. Ich verstehe ja, warum du weggelaufen bist, als sie ›Feuer‹ gerufen haben, aber ich finde, man muß die Sache anders angehen.«

»Mama, ich gebe Turtle nicht weg.«

»Sie wollen, glaube ich, nichts weiter, als mit dir reden, dir klarmachen, daß es noch eine andere Sichtweise gibt.« Alice spricht leise, und Taylor hat das Gefühl, ausgeschlossen zu werden.

»Ich habe schon mit ihr geredet. Sie will mir Turtle wegnehmen.«

»Vielleicht doch nicht. Das ist bloß ihr wunder Punkt wegen ihres Bruders.« Alice blickt zum Himmel. »Der arme, kleine Junge«, sagt sie gerührt und kuschelt sich zusammen, als hätte sie geträumt.

»Was für ein kleiner Junge?«

»Der, den man ihnen weggenommen hat.«

»Mein Gott, Mama, zu wem hältst du eigentlich?«

Alice dreht sich zu Taylor um und nimmt sie in den Arm. »Zu dir. Ich halte zu dir und Turtle, und wenn die ganze Welt in Scherben geht, Schätzchen. Das weißt du doch.«

Da sitzen sie nun neben der Straße und wiegen sich hin und her, während sich Taylor an Alice klammert und sich bemüht, die schlechte Nachricht zu begreifen. Durch das Autofenster sieht sie deutlich, wie der Mann, der an dem roten Sportwagen lehnt, beim Anblick einer Frau, die seine Frau sein muß und die aus der Tankstelle kommt, sichtlich auflebt. Sie rufen sich etwas in einer fremden Sprache zu. Taylor erschrickt. Dieser ganz gewöhnliche Mann in Jeans, dessen Gedanken sie zu erraten glaubte, macht den Mund auf und wird zum Ausländer. Es geht ihr durch den Kopf, daß man eines nie richtig begreift, nämlich wie völlig undurchschaubar Menschen sind.

# Natürliche Ordnung

Meile um Meile erstrecken sich die Maisfelder längs der Landstraße wie frisch gehäutet; man hat ihnen das grüne Fell abgezogen, und nun liegt Oklahomas Fleisch, seine orangefarbene, samtene Erde bloß. Die Brache auf den Hügeln in der Nähe prangt in einer neuen Sommergarderobe aus Wildblumen. Die üppig sprießenden roten und goldgefleckten sind Papageienblumen; Cash freut sich, daß ihm der Name wieder eingefallen ist, er kommt ihm vor wie ein kostbarer Besitz, den man verloren und wiedergefunden hat. Er stellt das Radio auf die hinreißende, herzzerbrechende Stimme von George Jones ein und atmet tief durch: Heimatluft.

In der Oklahoma Welcome Station, wo Besucher begrüßt werden, hat ihm eine Frau erzählt, daß Schulkinder Pennies sammeln, von denen die Wildblumensamen gekauft werden. Cash hatte geglaubt, die Blumen würden einfach so wachsen. Beim Fahren denkt er darüber nach und kommt zu dem Schluß, daß man den Kindern nur vorgaukelt, von ihrem Geld würden Sämereien gekauft. Damit die lieben Kleinen, wenn sie aus dem Autofenster sehen, denken, das haben wir mit unseren Pennies geschafft.

Cash summt bei George mit, der sich damit großtut, daß er seinen Ring diesmal der richtigen linken Hand ansteckt. Er denkt kurz an Rose in Jackson Hole, wie sie bei McDonald's die knackigen Hintern der jungen Männer bewundert hat, und fragt sich, wie schnell sie wohl sein schlaffes, flaches Hinterteil vergessen wird. Und wennschon. Er will nach Hause, ein Zuhause, das er nie hätte verlassen sollen, und in diesem Augenblick ist ihm, als wäre er irgendwann im Leben auch wieder zu einer neuen

Liebe fähig. Als er bei der Welcome Station anhielt, weil er auf die Toilette mußte, sah er sich die Lehrschau mit den sieben verschiedenen Arten von Stacheldraht an und kam sich vor, als könnte er alle sieben mit einem einzigen Satz überspringen.

Er nähert sich jetzt dem Arkansas und damit Cherokee-Gebiet, die Felder machen Bäumen Platz, und anscheinend nimmt auch die Artenvielfalt der Lebewesen zu: Ziegenmelker flitzen über die Wiesen und verfolgen Insekten, und auf hohen Drähten hocken Eisvögel mit großen Köpfen und beobachten den Fluß. Cash fährt durch die Vororte von Tahlequah, an den längs der Straße aufgereihten Motels vorbei nach Muskogee und kommt dann in den älteren, hübscheren Teil der Stadt. Das alte Gerichtsgebäude aus Backstein, das Seminargebäude und all die alten Eichen stehen noch. Die Hauptstraße führt ihn wieder aus der Stadt hinaus und in die Wälder.

In der Kurve vor Locust Grove sieht Cash mit Rührung ein kleines Feld mit einer Hecke aus rosa Wildrosen und mittendrin einen einzigen kleinen Hickorybaum, der stehengeblieben ist, weil der Cherokee oder seine Frau, die das Feld pflügten, es nicht über sich brachten, einen Hickory zu fällen. Cash paßt gut auf, denn er hat Angst, es könnte ihm unterwegs irgend etwas entgehen. Mengen von Schwarzäugigen Susannen wollen gezählt werden, und in irgendeinem Garten sitzen fünf Beagles so andächtig nebeneinander wie ein Chor und segnen seine längst fällige Heimkehr.

Annawake nimmt als erstes ein helles Rechteck um das Rollo vor dem Fenster wahr, dann die Quilts, die sich den Platz auf ihrem Bett streitig machen: Wildgans, verschlungene Eheringe, Weltreise, jeder von einer ihrer Tanten gestickt, die sich, als sie noch lebten, nicht einigen konnten, welches Muster das beste wäre. Und unter den Quilts ist etwas, ein Klumpen, der sich eingegraben hat wie ein Maulwurf. Annawake greift hinter ihren Kopf, setzt sich halb auf und schlägt mit dem Kissen nach dem Klumpen. Der streckt sich und kichert. Sie zieht die nackte Annie unter der Decke hervor.

»Ich habe eine Ratte in meinem Bett gefunden. Was soll ich mit ihr anfangen?« Sie bedeckt Annies Gesicht mit Küssen. Als der Anfall von Zärtlichkeit vorüber ist, legt sich Annie neben Annawake hin und nuckelt zufrieden und selbstbewußt am Daumen.

»Man hat dich aus Millies Bett rausgeworfen, was?«

Annie nickt.

»Weil da ein anderes Baby ist. Du hast es einen Schritt weiter gebracht in der Welt. Jetzt bist du die große Schwester. Macht das nicht Spaß?«

Annie schüttelt den Kopf.

»Ich kann's dir nicht verdenken. Wer möchte das schon sein.« Annawake liegt auch auf dem Rücken. Für eine Weile betrachten beide die Decke, auf der hier und da eine Spur Schimmel zu sehen ist. Bevor Annawake von der Universität nach Tahlequah zurückgekehrt ist, hatte Millie die Kinder allesamt in den vorderen Raum gestopft, war auf die wacklige Trittleiter geklettert und hatte dieses Zimmer blitzblank geputzt. Doch seitdem hat es öfter geregnet, und das Dach ist älter als alle, die darunter wohnen.

Dellon steckt den Kopf durch die Tür. »Da ist sie ja. Unsere Ausreißerin.« Er bringt Annies Kleider, und Annie benutzt ihre drallen Beinchen, um sich wieder unter den Quilts zu verstecken.

»Hallo, Dell«, sagt Annawake. Sie setzt sich auf und umschlingt ihre Knie unter dem Laken. »Nimm dich in acht, die Anwältin der Gefangenen ist anwesend.«

Dellon setzt sich auf das Fußende des Bettes, in seinen Pranken baumeln Annies rote Turnschühchen wie kleine Vögel. Das lange Haar hängt Dellon ungeflochten herab, sein T-Shirt sieht aus wie ein Feld, über das die Heuschrecken hergefallen sind, und an diesem Morgen scheint die Bürde des Vater-Seins schwer auf seinen fleischigen Schultern zu lasten. Er sieht Annawake mit zusammengekniffenen Augen an. »Du, das ist mein Hemd. Genau das hab ich schon gesucht.«

Annawake mustert das rötlichbraune Flanellhemd, in dem sie geschlafen hat, mit unschuldsvollem Blick. »Die Farbe steht mir, findest du nicht?« Sie legt den Kopf schief.

»Warum suchst du dir keinen Freund, dem du die Klamotten klauen kannst?«

»Gar keine schlechte Idee. Ich wußte doch, es gibt einen Grund dafür, wenn sich Frauen mit Männern einlassen.«

»Hör mal, eigentlich sollte ich die Kinder um zehn Uhr aus dem Haus haben. Millie ist mit dem Baby nach Claremore, es muß geimpft werden oder so.«

»Du liebe Zeit, wie spät ist es denn? Willst du etwa behaupten, ich habe länger als bis zehn geschlafen?«

»Ja, und dieser Tag wird mal zum Nationalfeiertag erklärt. Der Annawake-hat-länger-als-bis-zehn-Uhr-geschlafen-Tag.«

»Also, ich passe auf die Kinder auf. Jetzt lohnt es sich doch nicht mehr, noch ins Büro zu gehen.«

»Du gehst nicht ins Büro? An einem Samstagmorgen? Eindeutig ein Nationalfeiertag.« Er stemmt sich hoch, greift hinter die betagte Spitzengardine und läßt das Rollo nach oben schnellen.

Annawake legt die Hand über die Augen. »Raus mit dir«, sagt sie liebevoll. »Annie und ich brauchen unseren Schönheitsschlaf.« Sie stopft sich das Kissen hinter den Kopf und legt sich wieder hin. Annie, der Klumpen, bringt die verschlungenen Eheringe rings um Annawakes Knie in wilde Bewegung.

»Gut«, sagt Dellon. »Ich nehme Klein-Dellon und Raymond mit zu mir. Du behältst die da.« Er steht auf und versetzt Annie durch die Quilts einen Klaps mit ihren roten Turnschuhen. »Die nackte Wilde. Bring ihr ein bißchen weibliches Benehmen bei, ja, wie Kleider anzuziehen.«

»Bis später, Dell.«

»Ach, da fällt mir ein, hat Millie dir das mit dem Schweinekessel erzählt?«

Annawake setzt sich auf. »Schon wieder? Ich werde noch ganz fett diesen Sommer. Für wen ist denn dieser?«

»Für Cash Stillwater. Er ist von irgendwo zurückgekommen. Wir feiern bei Letty Hornbuckle in Heaven.«

»Miss Letty, die in der Cafeteria der Grundschule ihre Nase in einfach jedermanns Angelegenheiten stecken mußte? Die habe ich nicht mehr gesehen, seit ich Busen habe.«

»Du hast Busen? Laß mal sehen.«

Annawake schneidet ihrem Bruder eine Fratze.

»Dann kommst du also?«

»Cash Stillwater«, wiederholt sie. »Ich glaube, ich bin mit seinem Sohn zur Schule gegangen, wie hieß der noch, Jesse Stillwater? So ein ganz langes Elend.«

»Nein, Jesse ist Cashs und Lettys jüngster Bruder. Sie waren, glaube ich, elf oder zwölf Geschwister. Cash hatte eine Tochter – erinnerst du dich noch an Alma, sie ist vor ein paar Jahren mit dem Wagen in den Fluß gefahren?«

»O ja. Von der Brücke.«

»Sie sind irgendwie mit Johnetta Hornbuckle verwandt, die den Schulbus fährt. Johnetta und Quatie. Sie hat Earl Mellowbug geheiratet.«

»Quatie.« Annawake denkt nach. »Stimmt. Ihre Mutter war Mamas Freundin. Weißt du noch, die Schönheitskönigin? Mama hat ihr Foto aufbewahrt, das aus der Illustrierten. Ich habe es noch irgendwo.«

»Ich bin gegen sechs zurück und hol dich ab. Es sei denn, du hast was Besseres vor.«

»Wir warten auf dich, Dell. Was Besseres als dich bekomme ich sowieso nicht.«

Annawake lächelt und blickt ihrem Bruder nach, der sich wie ein großer Bär unter dem Türrahmen bücken muß. Annie hat in der Zwischenzeit keine Fortschritte mit weiblicher Gewandung gemacht, sondern ist wieder eingeschlafen. Annawake streicht die Lagen von Bettdecken glatt, sie erinnert sich aus ihrer Kindheit noch gut an die lauten Tanten, die diese drei Quilts angefertigt haben; sie bewohnten zusammen ein Haus und konnten sich über nichts einigen, außer daß die Liebe ewig währt.

Lou Ann sitzt im Schneidersitz auf Jax' Steinfußboden und trommelt nervös mit den Spitzen ihrer Sportschuhe, während Jax mit gerunzelter Stirn seine neue Verstärkeranlage betrachtet. Er greift nach einem gelben Stromkabel und mustert es prüfend. »Was meinst du, sollte man das hier irgendwo einstöpseln?«

»Das darfst du mich nicht fragen. Sehe ich aus wie Mozart?«

»Nein«, sagt Jax. Heute bringt er nicht einmal die Energie auf, über Lou Ann zu lachen.

»Dwayne Ray, laß die Finger von Jax' Sachen.«

Dwayne Ray, ein resolutes Kind mit ungebärdigem lehmfarbenen Haar, zerrt eine Sammlung Bambusflöten aus einer Milchkiste und legt sie eine hinter der anderen aus.

»Ich mache eine Weltraumschaufel«, erklärt er.

»Kein Problem«, sagt Jax. »Geh damit auf die Diele. Da kannst du die ganze Weltraumflotte aufbauen.«

Glücklich schleift Dwayne Ray die Kiste aus der Tür. Auf der Diele begleitet er seine Aufbauarbeit mit wildem Motorengebrumm. Lou Ann sieht Jax nur entgeistert an. Der findet eine Steckdose für den gelben Stecker und blickt auf, denn er spürt ihren Blick.

»Jax, die hat er noch nie anfassen dürfen. Du hättest ihm sein Schwänzchen abgeschnitten, wenn er auch nur versucht hätte, deine Instrumente als Spielzeug zu benutzen.«

Jax widmet sich wieder seinen Drähten. »Na und, ich habe meinen großzügigen Tag. Deine männliche Linie ist vor Verstümmelung sicher.«

Lou Ann macht große blaue Augen. »Jax, Schatz, sie fehlt mir doch auch, aber du mußt dich zusammenreißen.«

Er legt seine Drahtzange hin und sieht Lou Ann jetzt richtig an. Sonne fällt durch das hohe Ostfenster auf ihr nach oben gewandtes Gesicht, ihre stahlblauen Leggings und die Tüte Mandarinen, die sie mitgebracht hat, und Jax möchte nur noch weinen. Soviel Farbe, soviel Fürsorge, alles, damit es ihm bessergeht, und nichts hilft. Er setzt sich neben sie.

»Weißt du was«, sagt er und hakt seine langen Finger in die von Lou Ann, »ihre ganze irdische Habe an Kleidern hat in zwei Kommodenschubladen gepaßt. Ist es zu fassen, daß Gott solch eine Frau geschaffen hat? Und daß die sich dazu herabgelassen hat, mit mir zu leben?«

»Oje, Jax, ich könnte nie deine Freundin werden«, sagt Lou Ann und hört sich gekränkt an. »Ich hätte mich schon aufgrund der Schuhe disqualifiziert.«

»Trotzdem liebe ich dich. Aber laß mich in meinem Elend suhlen. Das hier ist eine Situation, die sich nicht durch Essen auf Rädern in den Griff bekommen läßt.« Er beugt sich zur Seite und gibt ihr einen Abschiedskuß.

Lou Ann steht auf und geht mit einem letzten besorgten Blick. Sie steigt über die Stromkabel, als wären es dösende Schlangen. Auf der Diele schnappt sie sich Ray und die Flöten. Jax hört das dumpfe Geräusch, mit dem die leeren Holzkörper wieder in die Kiste gepackt werden. Er steht auf und stellt sich ans Fenster; ihm ist aufgefallen, wie deutlich er dieser Tage die Leere in den Dingen hören kann. Er läßt die Hände auf dem Keyboard wandern, doch das schweigt, weil irgendwo ein unsichtbarer Fehler ist, der seinen inneren Stromkreislauf unterbrochen hat. Es gibt nicht einen Laut von sich, während er mit den Fingern seine Klage in allen Tonarten moduliert.

Jax kommt es vor, als führten seine Hände ein Eigenleben, während er aus dem Fenster schaut. Seine Augen folgen einer goldenen gestreckten Silhouette, in der er schließlich einen Kojoten ausmacht, der den Stamm eines Grünholzbaums umkreist. Seine Hände kommen zur Ruhe. Der Bauch des Kojoten hängt tief herunter, es ist ein Weibchen und entweder kurz davor zu werfen, oder es säugt bereits Junge. Jax weiß es nicht zu sagen, da sich das Tier tief ins Unterholz duckt.

Auf einmal macht es einen mühsamen Satz in den Baum, fällt zurück und federt sich mit den Vorderpfoten ab, im Maul ein Nest aus Zweigen. Im gleichen Augenblick stiebt eine Taube auf, und Jax stockt das Herz. Der Kojote kauert unten am Stamm und frißt die Eier mit widerlichem Geschlürfe und Geschlabbere, steht dann einen Augenblick regungslos da, leckt sich das Maul und schleicht sich schließlich davon.

Jax weint jetzt. Er weiß nicht, wem er die Schuld an seinen Verlusten geben soll. Das Raubtier tut anscheinend nur, was es tun muß. In der natürlichen Ordnung gibt es weder Schuld noch Tugend, sondern nur Erfolg oder Mißerfolg, der sich am Überleben mißt und an sonst gar nichts. Die Zeit ist der Richter. Wenn es gelingt, das, was man hat, an die nächste Generation weiterzugeben, dann hat man es richtig gemacht.

# Auf Knochen beissen

Alice ruft die Auskunft von einem Motelzimmer in Sacramento an, sie ist auf der Suche nach Hornbuckles.

»Einen Robert können Sie nicht finden? Nein, warten Sie«, sagt sie zu der Telefonistin und legt den Hörer an ihr besseres Ohr.

»Er heißt Roland, glaub ich, Roland Hornbuckle. Schlagen Sie den bitte nach.« Sie wartet und verdreht die Augen, und am anderen Ende des Zimmers antwortet Taylor mit dem gleichen Ausdruck, zwar nicht so gereizt, aber um so sorgenvoller. Alice hat sich nie von dem Urschock erholt, ihre Gesichtszüge an einem anderen menschlichen Wesen zu sehen, das aber seinen eigenen Kopf hat.

»Machst du dir Sorgen wegen Turtle?«

Taylor nickt.

»Was ist los mit ihr?«

»Sie hat herausgefunden, daß du wegwillst. Sie kann es nicht leiden, daß jemand weggeht. Ich bin gerade bei ihr drin gewesen und habe unsere Schuhe und Barbies Pantöffelchen in der Toilette gefunden. Jetzt liegt sie in der Badewanne.«

»Ich rede mit ihr«, sagt Alice. »Ich sag ihr, daß ich die da nur überzeugen will, euch beide nicht zu trennen.«

»Das habe ich ihr schon gesagt. Mit Logik kommst du bei ihr nicht weiter.«

»Na schön, dann versuchen Sie es mit Rocky Hornbuckle«, sagt Alice ins Telefon. Taylor flüstert sie zu: »Hat sie die Taschenlampe mit? Ich will dich ja nicht beunruhigen, aber Harlands Schwester ist gestorben, als sie in der Badewanne *Jesus Loves You This Morning* gehört hat, das heißt im Radio.«

»Mach dir keine Sorgen, es ist kein Wasser drin. Sie steigt voll angezogen hinein, zieht sich eine Decke über den Kopf und behauptet, sie wird begraben.«

Alice sagt etwas lauter: »Nein? Gut, passen Sie auf. Geben Sie mir jeden Hornbuckle, den Sie in Heaven, Oklahoma, haben.«

Taylor steht auf und untersucht Barbies Pantöffelchen, die vor der Klimaanlage nicht so recht trocknen wollen. »Junge, Junge, wird die sauer sein, wenn sie die Bescherung sieht. Sie sehen aus wie ersoffene Meerschweinchen.«

»Wo ist sie hin?«

»Wer, Barbie? Ach, die holt sich wohl mal wieder Käsechips.«

Alice macht jetzt hastig Notizen, bemüht sich mitzukommen. Sie legt auf und wedelt Taylor mit der Liste unter der Nase herum. »Acht Hornbuckles mit Telefon. Eine davon muß Sugar sein, was? Vielleicht hat sie noch mal geheiratet.«

»Na schön, aber dann würde sie wohl kaum noch Hornbuckle heißen«, bemerkt Taylor.

»Ist das nicht total blöd, daß die Ehefrau immer unter dem Namen des Mannes steht? Wo sowenig Verlaß auf Ehemänner ist. Da können Freunde lange suchen, bis sie dich aufgespürt haben.«

»Keiner setzt dir die Pistole auf die Brust, Mama«, sagt Taylor. »Selbst wenn ich Jax heiraten würde, was ich nicht vorhabe, warum sollte ich wohl seinen idiotischen Namen annehmen? Den richtig zu buchstabieren ist schon fast zuviel verlangt.«

»Ich telefoniere jetzt die ganze Liste durch. Einer von denen muß sie doch kennen.« Alice holt tief Luft und wählt.

»Ich glaube, er buchstabiert ihn auch jedesmal anders.«

Alice hält die Hand hoch. »Es klingelt«, sagt sie. Beide warten zunächst mit angehaltenem Atem, aber das gibt sich nach einem Weilchen. Schließlich legt Alice auf und wählt die nächste Nummer auf ihrer Liste. »Taylor, jetzt hast du den lieben langen Tag auf dem Mann rumgehackt«, sagt sie so leise, als könnte das klingelnde Telefon mithören. »Entweder ist er dein Freund oder nicht, aber sitz bitte nicht auf dem hohen Roß und mach ihn schlecht.«

Taylor läßt sich in den Schaukelstuhl am Fenster fallen, verstummt und schaukelt sacht, während Alice es bei zwei weiteren Nummern probiert.

»Man sollte meinen, in Heaven, Oklahoma, hat eine Bombe eingeschlagen«, verkündet sie, nachdem auch bei der vierten Nummer niemand abgehoben hat. Sie mustert ihre Liste, blickt auf und zu Taylor hinüber, die mit Tränen in den Augen aus dem Fenster sieht.

»Schätzchen, was ist? Das, was ich über Jax gesagt hab?«

»Ich weiß nicht, ob er mein Freund ist oder nicht. Was habe ich von einem Freund, wenn ich in Motels schlafe und in einem Auto wohne? Kein Wunder, daß sich Turtle in der Badewanne beerdigen lassen will.«

»Das geht vorüber«, sagt Alice und wählt erneut. »Ich weiß, es ist schwer. Aber du und Turtle, ihr habt ein Zuhause, das auf euch wartet.«

»So inbrünstig nun auch wieder nicht«, sagt Taylor, ohne Alice anzublicken. »Als ich gestern abend angerufen habe, da hat er mir erzählt, daß er mit der Frau geschlafen hat, die unsere Miete kassiert.«

Alice bleibt der Mund offenstehen. Sie macht ihn zu, sieht Taylor mit großen Augen an, blinzelt und sagt: »Hallo? Ich bin eine Kusine von Sugar Hornbuckle, und das hier ist ein Ferngespräch. Ich suche sie. Ist sie da? Guter Gott. Ja, bitte.«

Taylor sieht auf, ihre Augen stehen noch voller Tränen, doch ihr Blick ist anders, gefaßt und forschend.

»Nur nicht die Flinte ins Korn werfen«, sagt Alice.

»Wir haben Sugar gefunden. Hört sich ganz danach an, als ob sie in dem guten alten Heaven eine Riesenparty feiern.«

Sugar Hornbuckle legt auf, und beim Anblick der Horde von blaulippigen Kindern, die sich wie eine Schar flinker, kleiner Geister aus ihrer Speisekammer stehlen, überläuft es sie kalt. Letty jagt sie von dem Pfirsichkuchen weg und zur Küche hinaus, und Sugar kneift die Augen zusammen, will etwas wegblinzeln, was ihr wie ein böses Vorzeichen erscheint.

»Wer war das am Telefon?« fragt Letty.

Sugar geht ein paar Steppstiche im Quilt ihrer Gedanken zurück. »Wirklich komisch, das Ganze. Eine Kusine von mir, die ich seit 1949 nicht mehr gesehen hab. Möchte zu Besuch kommen. Hat mit dem Stamm eine Angelegenheit zu regeln, will mir aber nicht sagen, worum es geht.«

Da Lettys Neugier geweckt ist, fällt sie mit der Tür ins Haus. »Du, was das wohl sein mag? Hat sie irgendwelche Ansprüche?«

»Wohl kaum. Sie stammt nicht von hier. Wir sind sozusagen zusammen aufgewachsen, unten in Mississippi, wie Schwestern. Bist du schon mal im Süden gewesen?«

»Nein. Aber da soll es heiß sein.«

Sugar lacht und überlegt, was im Sommer noch heißer sein könnte als die Wälder von Oklahoma.

»Könntest du mir mit dem wilden Lauch zur Hand gehen?« fragt Letty, denn sie hat nicht die Absicht, Sugar aus der Küche zu lassen, ehe sie ihr nicht die aufregende Neuigkeit aus der Nase gezogen hat. Sie trabt zur Gefriertruhe wie ein Bär; Letty ist untersetzt gebaut, und ihre Beine unter dem Kleidersaum sehen aus, als wären sie mehr als einen halben Meter voneinander entfernt. Sie öffnet die Truhe und bückt sich darüber, so daß die dicken braunen Strümpfe sichtbar werden, die ihr bis zu den

Knien reichen. Eine Dampfwolke kräuselt sich um ihr Gesicht und zaubert ihr Reif ins Haar.

»Wieso bist du überhaupt da unten in Mississippi aufgewachsen?« Letty verläßt Heaven nie, was sie angeht, könnte Mississippi Indien sein.

»Das lag an der Großen Depression«, sagt Sugar. »Alices Mutter hatte eine Schweinemast.«

»Eine Schweinemast? Damit kann man sicher Kies machen.«

»Ach was, wir hatten nie auch nur drei Dollar auf einem Haufen. Aber ganz schlecht ist es uns auch wieder nicht gegangen.«

Letty stöhnt ein wenig, während sie sich tiefer über die Truhe beugt. »Ja, man schlägt sich so durch. Ich hab gehört, was man dort unten unter Bürgerrechten versteht.«

Sugar nimmt Letty die gefrorenen Blöcke einen nach dem anderen ab und stapelt sie wie eisgekühltes Feuerholz vor ihrer Brust. Ihr fällt ein, wie sie Letty im Frühling beim Sammeln dieses wilden Lauchs geholfen hat, der dann für einen sommerlichen oder herbstlichen Schweinekessel eingefroren wurde. »Es war nicht so, wie es jetzt hingestellt wird. Wir saßen alle mehr oder weniger in einem Boot, Schwarz und Weiß. Oder vielleicht haben wir nur nicht Bescheid gewußt, aber ich fand immer, wir sind miteinander ausgekommen. Am liebsten bin ich nach Jackson gefahren, wegen der Maibäume und des Frühlingsmarkts. Da gab es immer Hunderte von kleinen schwarzen Kindern, die als Engel rausgeputzt waren, die sind die Straße entlanggezogen und haben Kirchenlieder gesungen. Was Hübscheres hab ich mein Lebtag nicht gesehen, Ehrenwort.«

»Mmm.« Letty verliert das Interesse.

»Alle waren arm wie die Kirchenmäuse, genau wie hier. Man merkte nicht, daß man nichts hatte, weil es einem niemand unter die Nase gerieben hat.«

»Wann kommt sie?«

»Sie sagt, sowie sie einen Greyhound-Bus nach hier kriegt.«

Letty seufzt. »Gut, ich bring euch einen Kuchen rüber und sag guten Tag, sobald sich Cash eingelebt hat.«

In drei Counties kann es niemand mit Letty Hornbuckles Neugier aufnehmen. Sugar weiß, warum sie ihr einen Kuchen bringen will – aus dem gleichen Grund, aus dem sie Cash hilft, nämlich um zu schnüffeln. Wahrscheinlich ist sie all seine Sachen durchgegangen, um herauszubekommen, ob er es in Wyoming nicht doch heimlich zu Geld gebracht hat. Sugar hilft Letty, einen Eimer zu füllen und warmes Wasser über die Gefriertüten mit dem wilden Lauch zu gießen. Den mischt Letty dann unters Rührei, und Cash wird verkünden, daß er nie wieder von zu Hause weggeht. Nein, Letty kommt bestimmt nicht auf den Gedanken, Cash könnte sich eine goldene Nase verdient haben. Bislang hat sie noch keinen Cherokee kennengelernt, der Geld vor seiner Verwandtschaft geheimgehalten hätte. Cash ist wahrscheinlich mit dem gleichen Hemd auf dem Buckel nach Hause gekommen, in dem er vor drei Jahren losgezogen ist, doch das verübelt ihm niemand. Vor allem nicht nach all den Todesfällen, die ihn betroffen haben. Als sie mit dem wilden Lauch fertig sind, schlüpft Sugar rasch nach draußen und macht sich auf die Suche nach ihrem Mann, um ihm das mit Alice zu erzählen.

Die Kinder, die sie gesehen hat, haben sich einer anderen Horde unter Lettys Maulbeerbaum angeschlossen. Wie konnte sie nur so dumm sein und sie für Geister halten. Die Kinder haben blaue Gesichter, Hände und Füße, weil sie die Beeren gefuttert und zertrampelt haben.

Lettys Garten ist eine kleine, gemähte Lichtung, die von allen Seiten durch Hickorybäume geschützt ist. Roscoe, Sugars Mann, steht bei den anderen älteren Männern und überwacht Lettys großen, eisernen Waschbottich, der wie eine Henne auf einem Nest aus weißglühenden Kohlen hockt. Das Feuer macht den an sich schon heißen Tag noch unerträglicher, die Hitze wabert um die Lederstiefel der Männer und steigt ins Geäst der Bäume. In dem Riesentopf wirbeln in knisterndem Öl tausend daumengroße Stücke von dem herum, was gestern noch ein lebendiges fettes Schwein war. Sugar denkt: Wieder ein Einwohner von Heaven, der sein Teil beiträgt. Roscoe und seine Freunde prüfen die Hitze des Feuers und die Ölmenge im Topf, wie es Männer bei solchen Gelegenheiten gern tun; sie spüren die Verantwortung, die auf ihnen lastet. Sugar lächelt. Frauen wissen, daß sie vom Topf weggehen können, um sich um andere Dinge zu kümmern, und das Essen kocht trotzdem weiter, denn wäre das nicht möglich, würde die Welt auf der Stelle aufhören, sich zu drehen.

Sie steht allein unter Lettys krummen Pfirsichbäumen und möchte einen Augenblick für sich sein, ehe die Menge sie verschluckt. Was wohl ihre Kusine Alice von diesem Ort hält? Keine Ahnung. Sugar freut sich an den dunklen Zöpfen, die den Männern auf den Rücken fallen, und an den Schuhen der Frauen, die sie hoch über das unebene Gras heben. Überall sind Kinder zu sehen. Die zu klein sind, um auf Bäume zu klettern, rennen den Erwachsenen zwischen den Beinen herum, die glatten dunklen Köpfe unter den Händen der Großen. Sugar spürt, daß sie im Schoß der Familie aufgehoben ist. Alle diese Leute sind irgendwie mit Roscoe und ihr und ihren Kindern verwandt. Wahrscheinlich könnte sie sich in Cherokee County zwei beliebige Leute suchen und die Linien zurückverfolgen, die ihre Familien verbinden. Das ist denn auch der beliebteste Zeitvertreib jedes alten Cherokee bei Zusammenkünften aller Art. Sie ist zwar nicht hier geboren, aber Sugar ist nun schon so lange eine Hornbuckle, daß sie es genausogut kann wie jedermann hier: die Hornbuckles und Blackfeathers, Stones und Soaps und Swakes zurückzuverfolgen. Sie erinnert sich noch, als sie mit ihrem frischgebackenen Ehemann hierhergezogen ist, da ist es ihr vorgekommen, als wäre sie in ein nicht enden wollendes Familientreffen hineingeraten.

Ihre Töchter Quatie und Johnetta stehen nebeneinander in Lettys sommerlicher Freiluftküche, Johnetta rührt die Bohnen um, und Quatie gibt sich genausoviel Mühe mit einer langen Geschichte, die sie unbedingt loswerden muß. Die Mutter von Quaties Mann, Boma Mellowbug, kommt in einem leuchtendblauen Satinkleid und mit wollener Männermütze quer durch den Garten. Sie bewegt sich schräg wie ein Flußkrebs und hat die Augen zum Himmel gerichtet. In Heaven tut man gut daran, mit Boma verwandt zu sein, denn sie sieht Dinge, die sonst niemand sieht.

Vorhin hat sie Boma bei den Männern stehen sehen, im ernsten Gespräch mit Cash. Jetzt geht sie zur Rebenlaube, um mit den drei Jungen und dem Mädchen zu reden, die Bonnie Fourkiller gehört haben, Sugar Hornbuckles lieber, verstorbener Freundin. Das Mädchen hat eine merkwürdige Frisur, sieht aber trotzdem so aus wie Bonnie. Sugar kann sich beim besten Willen nicht an die Namen der Kinder erinnern, außer komischerweise an den des Ältesten, der gestorben ist – Soldier hieß er –, und an den des Jüngsten, Gabriel, der irgendwie nach Texas verschleppt und, glaubt sie, dort umgebracht wurde, aber wie, daran erinnert sich Sugar nicht mehr. Heute fällt es ihr jedoch nicht schwer, sich auszumalen, wie sich diese beiden verlorenen Jungen als Erwachsene hier einstellen würden; sie sieht, wie sich deren Schultern zwischen die ihrer Brüder und ihrer Schwester einfügen.

Außerdem fehlt in der großen Schar die Mutter von Cash und Letty, die vor einigen Jahren gestorben ist. Die sollte auch hier sein und die Kinder vom Kuchen weg- und die alten Männer aus ihrem Schlendrian aufscheuchen. In ihren letzten Lebensjahren sorgte sie beim Schweinekessel für Gospel-Gesang. Davor nahm sie ihr Leben lang am Adlertanz in Locust Grove teil, und nichts auf der Welt konnte sie davon abhalten, bis ihre Knie eines Tages nicht mehr mitmachten; erst danach wurde sie Baptistin. Sie sagte, Knien und Beten sei auch beschwerlich, mache ihr aber weniger zu schaffen als der Adlertanz. So war sie eben. Und so mußten sie dann bei jedem großen Anlaß *Helft mir Gottes Güte preisen* und *O Haupt voll Blut und Wunden* singen, aber auf Cherokee, was die Lieder nicht ganz so gräßlich machte wie auf englisch. Mit ihrer Dickköpfigkeit und ihrem Sinn fürs Praktische erhalten diese alten Frauen ihre Familien und festigen sie wie Stahlträger Mauern aus pulvrigem Beton. Sugar staunt, daß sie selbst auch eine dieser alten Frauen wird. Sie kommt sich noch hübsch und jung vor.

Sie zuckt etwas zusammen, denn Boma Mellowbug steht neben ihr und liest ihre Gedanken.

»Bist du glücklich?« fragt Boma und wirft Sugar unter ihrer Wollmütze und dem Schleier aus weißem Haar einen schrägen Blick zu.

»Aber ja, Boma. Ich war es nicht immer, aber jetzt bin ich glücklich.«

»Dann sorge dich nicht wegen des Kolon. Er ist nicht immer ein schlechtes Zeichen.«

Sugar blickt auf. »Der Vogel da?«

»Er fliegt vorbei, wenn jemand sterben muß. Hörst du ihn rufen? Es hört sich an, als würde er auf Knochen beißen.«

Ein nacktes Krabbelkind, nur mit roten Schuhen bekleidet, bewegt sich von einer Gruppe Erwachsener zur nächsten; niemand blickt nach unten, aber jeder streichelt mit der herabhängenden Hand den runden Kinderkopf, als wäre er eine reife Melone, die aus eigenem Antrieb vom Feld herangerollt ist. Sugar sieht Boma erschrocken an, deren Augen jedoch klar, hellbraun und unbeschwert sind. »Ich will nicht, daß jemand stirbt«, sagt sie schließlich.

Boma blinzelt. »Der Stamm ist groß. Irgend jemand stirbt immer.«

Sugar sieht die Leute an, die sich auf diesem einen Fleckchen Rasen versammelt haben, und sie begreift, daß Liebe ihren Preis hat.

»Na gut«, sagt sie. »Hauptsache, es ist keins der Kinder.«

»Nein«, sagt Boma. »Die Kinder hier behalten wir.«

## Der Krieg der Vögel und Bienen

Alice findet, Heaven ist auf den Hund gekommen. Sie kann sich nicht vorstellen, welche Verheißungen es zu früheren Zeiten geboten haben könnte, aber an jenem Morgen, als irgend jemand das hier Heaven taufte, kann es beispielsweise noch nicht das Gewusel von Kötern gegeben haben, die sich unter der Veranda des Postamts verkriechen.

»Nimm dich vor dem Welpen mit dem Stummelschwanz in acht«, sagt Sugar und tanzt auf den Stufen herum, während sie mit der Handtasche nach den Hunden schlägt. »Er heißt Choppers.«

Alice kann Choppers nicht in der Schar seiner gelben Brüder und Schwestern ausmachen; alle schnappen, als hingen sie am Angelhaken. Die beiden größeren Hunde starren sie nur an, sie scheinen zu überlegen, ob die Waden von zwei alten Frauen das Zubeißen lohnen. »Warum verjagt sie niemand?« fragt Alice so taktvoll wie möglich, während sie die Stufen seitwärts hochgeht und mit der Hand ihre Hosenbeine festhält, um ihre ungedeckte Flanke zu schützen.

»Ach, die sind hier doch immer«, erklärt Sugar. Sie stößt die Tür aus Fliegengitter auf und stellt Alice ihrer Tochter Quatie vor, der Postbeamtin von Heaven, noch bevor Alice die Nachhutgefechte ganz überstanden hat.

Das Postamt verkauft Zigaretten und Kurzwaren und riecht ziemlich nach Thunfisch. Quatie zieht an einer Camel und hat ein Sandwich in der Hand, die sie sich abwischt und Alice hinstreckt. »Angenehm«, sagt sie, nachdem sie sich die Vorderzähne geleckt hat. Quatie hat das breite braune Gesicht ihres Vaters, aber die Augen ihrer

Mutter mit den etwas nach unten gezogenen Augenwinkeln, die ihrem Lächeln etwas Trauriges geben.

»Eine Verwandte von anno dunnemals«, stellt Sugar Alice vor, hebt die Hände und bedeutet damit, daß es mehr Jahre sind als Finger.

Quatie verdreht die Augen, sieht Alice aber freundlich an. »Mama spricht von Mississippi, als wäre es das Paradies.«

»Na klar doch«, ruft Sugar. »Alice und ich waren Ballkönigin. Heute morgen haben wir beschlossen, wir gehen in die Stadt und hauen mal so richtig auf den Putz.«

Quatie zwinkert. »Ein Viertelpfund dürfte reichen.«

»Wie bitte?« fragt Alice, noch immer nervös.

»Putz.«

»Ja, natürlich. Ich bin an Kleinstädte gewöhnt. Klein ist für mich nichts Neues.« Aber Alice ist nur höflich. Als sie das Postamt verlassen und sich auf den Heimweg machen, denkt sie, dieser Ort hat Probleme, und die sind weiß Gott nicht klein. Hier sieht es aus, als hätte in den letzten vierzig Jahren niemand Arbeit gehabt, und damit trifft sie, sagt Sugar, den Nagel fast auf den Kopf. Früher war der Osten von Oklahoma Reservat und einigermaßen wohlhabend. Aber die Regierung in Washington teilte das Land in kleine Parzellen auf und gab jeder Familie eine; und da Land für die Einheimischen etwas war, was man nicht geschenkt bekam oder auf Dauer besaß, konnten schlaue Investoren sie überreden, ihre Parzelle gegen einen Maulesel oder einen Ofen oder, in einem Fall, den Sugar kennt, sogar gegen eine Kiste Pfirsiche und ein Exemplar von *Lederstrumpf* einzutauschen. Seitdem ist der ganze Osten von Oklahoma mehr oder weniger arbeitslos. Sugar kam 1950 als Jungverheiratete mit Roscoe hierher; Alice will es scheinen, als hätten sie hauptsächlich davon gelebt, daß Sugar als Reklamemädchen von »Willkommen in Heaven« eine Ortsberühmtheit wurde, doch Rechnungen kann man davon nicht bezahlen.

Roscoe war auf dem Weg zu Verwandten in Locust Grove, wo er eine Pumpe reparieren sollte, und nahm Sugar und Alice mit in die Stadt; Alice hat sich fröhlich damit einverstanden erklärt, den Heimweg zu Fuß zu machen. Sie wollte die Gegend kennenlernen. Jetzt hat sie mehr Gegend, als ihr lieb ist. Sie kommen an Häusern vorbei, die hoffentlich einmal bessere Zeiten gesehen haben, an Vorgärten, in denen die Hühner frei herumlaufen, und an Autos ohne Räder, aber mit dem dicken rostigen Überzug des ewigen Lebens. Sie bleiben an der Stelle stehen, wo die Hauptstraße einen Weg kreuzt, den Sugar den »Anstieg« nennt (und der, wie Alice findet, für manchen bestimmt Abstieg bedeutet), und rasten kurz im Schatten einer großen Eiche, von deren Ästen Efeu herabhängt wie die Lianen in Tarzans Dschungel.

»Wie hat sich denn dein Mann so gemacht?« fragt Sugar und umgeht damit höflich die Frage, die ihr auf der Zunge liegt, nämlich wozu sie hier ist. Alice möchte von Turtle sprechen, schafft es aber nicht. Noch ist sie mit Sugar nicht wieder warm geworden. Sie haben sich fast ein ganzes Leben lang nicht gesehen. Diese Kusine ist eine dünne, gebeugte Frau mit Turnschuhen und einem blauen Baumwollkleid, das über dem Busen leer herunterhängt. Alice erinnert sich an Söhne, die immer wieder in der Patsche saßen, und in ihrem letzten Brief vor zehn Jahren war die Rede von Brustkrebs und Operation, aber Sugar hat noch immer ein hübsches Lächeln und Augen, in die man zweimal schaut. Das schneeweiße Haar frisiert sie sich noch wie damals als Mädchen, nämlich hinten eingerollt wie die Andrews Sisters, und sie hat eine Art zu reden, die man fast als kokett bezeichnen kann und die Alice auch an die Andrews Sisters erinnert, wie die mit dem Finger drohten und mit dem Mund runde O's formten: *No, no, no, don't you sit under the apple tree with anyone else but me-ee!*

»Harland heißt er«, gesteht Alice. »Der Kerl, den ich

geheiratet hab. Ist nicht viel dabei rausgekommen. Am Ende hab ich die Stille nicht mehr ausgehalten.«

»Ach, Alice, als ob ich nicht Bescheid wüßte. Roscoe hat, glaub ich, seinen ganzen Wortschatz aufgebraucht, als er mir einen Antrag gemacht hat. Davon ist nur noch ›Wo ist...?‹ und ›Was gibt's zu essen?‹ übriggeblieben.«

Alice atmet tief durch. Es kommt ihr so vor, als ob Mitgefühl für das Betragen von Männern das Treibmittel von Frauenfreundschaften ist, sie schlagen davon Blasen und gehen auf.

Sie machen sich wieder auf den Weg und kommen an der Shell-Tankstelle und einem Gebäude mit pockennarbigem gelbem Verputz vorbei, auf dem HEAVEN MASCHINENTEILE ALT & NEU angepriesen werden. Dann haben sie das Gebiet hinter sich gelassen, das Alice als Stadt bezeichnen würde. Wirklich klein, aber trotzdem hat Quatie die Menge von Putz unterschätzt, die hier gebraucht würde, findet Alice.

»Woher kommt eigentlich der Name Heaven?« fragt sie Sugar.

»Vom blauen Weiher. Einem fabelhaften, großen Teich unten am Bach, wo die Kinder mit Vorliebe rumtoben und angeln, Krebse fangen und so. Aber die Erwachsenen gehen auch gern hin, ehrlich. Es ist weit und breit die schönste Stelle. Auf Cherokee hat man ihn früher ›die schönste Stelle‹ genannt, und als er dann einen englischen Namen verpaßt bekam, da hat jemand gedacht, die Rede wäre vom Himmel. War aber nicht so, die Leute fanden einfach, daß er die schönste Stelle in der Umgegend war.«

»Ja, so geht's«, sagt Alice. Sie ist erleichtert, weil sie endlich weiß, daß »Himmel« als Wertung nur relativ ist.

»Was ist mit deiner Tochter?« fragt Sugar. »Wo steckt die jetzt?«

Alice erschrickt, als ihr aufgeht, daß sie keinen blassen Schimmer hat. Und auch nicht mit Sugar darüber sprechen kann, was sie noch mehr betrübt. »Die lebt in Tucson, Arizona. Taylor ist mein ganzer Stolz.«

»O ja, das sind sie alle. Wenn sie einem mal keine Sorgen machen, sind sie ein wahrer Segen.«

Die Straße wird zum Weg, der durch einen Tunnel aus Robinien führt. Neben ihnen zieht sich ein Bach durch den dichten Wald; Alice kann sein beschauliches Plätschern hören. In den Bäumen singen Vögel aus voller Kehle, und auf der Straße scheint es Dutzende von Sumpfschildkröten zu geben, denen die Lastwagen ausweichen, um sie nicht zu überfahren, und sie ziehen den Kopf ein und sitzen starr wie Steine, aber sicherlich hämmern ihre kleinen Herzen, weil sie wieder mal so knapp davongekommen sind. Dennoch müssen sie es irgendwie auf die andere Seite schaffen, sonst wäre die Straße von Kröten-Tragödien gezeichnet.

»Sieh mal, Kermesbeere«, sagt Sugar und wird auf einmal munter. Sie zieht eine zerknüllte Plastiktüte aus ihrer Handtasche, schüttelt sie, daß sie sich öffnet, und klettert die Böschung hinunter. Dort hockt sie sich in den Straßengraben und pflückt mehrere Handvoll der frischen grünen Blätter. Ein Lastwagen fährt vorbei, und Sugar winkt. Alice weiß nicht, wie sie sich verhalten soll, und wendet sich halb ab, so als müßte ihre Kusine mal austreten. Sie weiß, daß Kermesbeere eßbar ist, hat es ihr Leben lang gewußt. Aber seit vielen Jahren weiß sie auch, wie sich die Leute das Maul über sie zerreißen würden, wenn sie mitbekämen, daß sie sich ihren Salat im Straßengraben pflückte.

Sugar klettert vorsichtig die Böschung wieder hinauf und schwenkt triumphierend einen vollen Beutel von der Größe eines eingedellten Basketballs. »Direkt hinter unserem Haus hat es früher jede Menge Kermesbeere gegeben, da wo sie unter der Stromleitung den Wald gerodet haben«, erzählt sie, während sie außer Atem bei Alice ankommt. »Aber vor ein paar Jahren haben sie damit angefangen, überall unter der Leitung Gift zu spritzen, und das war's dann, hat sich was mit Kermesbeere. Was meinst du, weswegen hat man das wohl gemacht?«

Alice verbeißt sich: »Wegen des Unkrauts, was denkst denn du?« Statt dessen sagt sie: »Heiß, was?«

Sugar wischt sich die Stirn. »Ich mußte gerade daran denken, wie heiß es früher war, in den Sommern, als wir klein waren. Die Erwachsenen haben praktisch auf der Veranda gewohnt und sich kaum noch bewegt.«

»Und ob es heiß war«, sagt Alice. »Das war eben Mississippi.«

»Meine Mama wollte das Baby nicht auf dem Schoß haben, es war ihr zu heiß. Also haben wir sie auf den Schoß genommen, wir waren ja schon groß und haben Mutter gespielt. Uns hat die Hitze wohl nicht soviel ausgemacht, und was Mutter-Sein ist, das hatten wir auch noch nicht richtig kapiert.«

Vor ihnen teilt eine große schwarze Schlange das Unkraut, will auf die Straße, überlegt es sich aber anders, bildet eine Schleife wie ein Schnürsenkel und gleitet zurück ins Gebüsch.

Alice, die ganz in Gedanken versunken ist, sagt jäh: »Kennst du jemanden, der Fourkiller heißt?«

»Ach, Alice, über einen Fourkiller stolperst du hier auf Schritt und Tritt. Da ist Ledger Fourkiller, Medizinmann und unser Häuptling, eine Seele von Mensch. Er leitet die Kultfeiern in Locust Grove und wohnt auf einem Hausboot. Roscoe sagt, er lebt schon seit dem Zweiten Weltkrieg auf dem See. Hat sich einen Anleger aus alten Autoreifen gebaut. Das muß man einfach gesehen haben.«

Sie gehen schweigend weiter, bis Sugar fragt: »Weißt du noch, die Maibäume in Jackson?«

»Klar doch. Die Kinder mit den weißen Schuhen, die im Kreis drum herum gingen. Die Jungen so herum und die Mädchen andersherum.«

Sugar befühlt ihr Haar. »Der Frühlingsmarkt«, sagt sie. »Die Umzüge. Das vergesse ich nie. Und weißt du noch, der Karneval da?«

»Die Kuh mit dem menschlichen Gesicht!« ruft Alice. »Der Gummimensch! Der Hypnotiseur!«

»Die siamesischen Kälber, zwei Körper mit acht Beinen!«

»Und du wolltest dein Geld zurückhaben«, sagt Sugar, »weil sie dann doch tot und ausgestopft waren.«

»Ich hab es auch gekriegt«, stellt Alice klar.

»Schneid hast du gehabt, das muß man dir lassen.«

»Nicht zu fassen. Tot und ausgestopft, da braucht man doch nur zwei normale Kälber zusammenzunähen.«

»Daran hab ich vierzig Jahre lang gedacht, Alice.«

»An das tote Kalb?«

»Nein. An dich. Wie du zu dem Mann gesagt hast, du willst dein Fünfcentstück wiederhaben. Wenn ich doch mehr wie du gewesen wäre. Es kommt mir so vor, als hätte ich meinen Mädchen nicht gezeigt, aus was für Holz ich geschnitzt bin.«

Alice ist überrascht; Bewunderung, und das von ihrer lebhaften Kusine. »Sieht so aus, als wären sie recht gut geraten.«

»Klar doch. Die Jungs machen zwar jede Menge Ärger, aber die Mädchen, die sind in Ordnung. Johnetta hast du noch nicht kennengelernt. Sie ist Busfahrerin und schaut herein, wenn sie Feierabend hat. Die läßt sich nicht für dumm verkaufen, die würde ihr Geld auch zurückkriegen.« Sugar lacht. »Die wäre sogar über das Seil geklettert und hätte nachgesehen, ob sie aus zwei Kälbern eins gemacht haben.«

Alice hat ihre Joggingschuhe an, und sie ist daran gewöhnt, zu Fuß zu gehen, muß aber Sugar zuliebe kleinere Schritte machen, denn die kommt anscheinend schnell aus der Puste. »Damals hat man für fünf Cent einen großen Teller Suppe gekriegt«, rechtfertigt sich Alice. »Fünf

Cent in den Schornstein, das konnte sich niemand leisten.«

»Ja. Heute auch nicht.«

Die beiden Frauen gehen im Schatten, und gelegentlich berühren sich ihre Ellbogen. Jedesmal, wenn sie an einem kleinen Haus mit einem dem Wald abgerungenen Garten vorbeikommen, winkt Sugar den Leuten auf der Veranda zu. Alle Altersgruppen scheinen vertreten zu sein: eine Großmutter, die Blattgemüse aus einem Eimer holt, oder ein Mann in den Zwanzigern mit schwarzen verschmierten Händen, der sich über einen Motor beugt, als wollte er ein Baby entbinden. Und scharenweise Kinder. Jeder erwidert ihr Winken und grüßt Sugar mit Namen. Sie hat Alice schon mit Dutzenden von Leuten bekannt gemacht, und alle scheinen über sie Bescheid zu wissen. Ihre Namen sind sperrig und liegen ihr so verquer im Kopf wie Bilder in einem altertümlichen Kinderbuch: Pathkiller, Grass, Deal, Stillwater, Doublehead. Oft weiß sie nicht, was Vor- oder Nachname ist oder wo der Name der Großmutter aufhört und der Name der Kinder anfängt. Der junge Mann mit dem Motor ist Able Swimmer. Und sie scheinen samt und sonders mit Sugar durch Heirat oder eine Katastrophe verschwägert zu sein, häufig durch beides. So erzählt ihr Sugar beispielsweise gerade: »Flossie Deal und ich waren genau an dem Tag in Tahlequah im Gericht, als ihr Sohn von dem Hotelneubau gefallen ist und nur noch Matsch war. Ihr anderer Sohn ist mit der Schwester von Quaties Mann verheiratet.«

Als es bergan geht, wird Sugar noch langsamer und seufzt. »Das Tollste war für mich immer der Frühlingsmarkt. Anscheinend war jedesmal, wenn wir auf den Tribünen gesessen haben, kein Wölkchen am Himmel.«

»Es gab zwei Jahrmärkte. Erst den weißen, dann den schwarzen.«

»Ehrlich? Ich hatte keinen blassen Schimmer, daß das aufgeteilt war.«

Alice fällt ein, daß sie ihre liebe Kusine zuweilen für naiv und schutzbedürftig gehalten hat. »Wir sind nur zum zweiten gegangen. Der hat uns besser gefallen, weil da mehr Musik gemacht wurde.«

»Stimmt. Und dann die Festwagen der Kirche.«

»Und wie sich die Leute rausgeputzt haben, mit Hüten und so. Mir haben alle Hüte gefallen.«

»Weißt du noch, die Kinder, die wie Engel angezogen waren?«

Alice denkt nach. »Nein. Ich erinnere mich noch an Frauen, die sich als Blaudrosseln verkleidet hatten, mit blauen hochhackigen Schnürschuhen. Und ich erinnere mich noch, wie sie die Straßenbeleuchtung eingeschaltet haben, die Glühbirnen unter den geriffelten Kuchentellern, und wie wir auf der Straße getanzt haben.«

»Erinnerst du dich nicht mehr an die Kinder? Wie sie immer *When the Saints Go Marching In* gesungen haben? Ach, hat mir das gut gefallen.«

Sugar und Alice kommen an einem Anwesen vorbei, das etwas wohlhabender wirkt, wenn auch nicht so interessant: ein gelbes Backsteingeviert mitten auf einem riesigen, ebenen Rasen, und weiter ist nichts angepflanzt. Im Autoschuppen prangt ein Aufsitzmäher. »Das gehört Les und June Courcy, sie sind weiß«, sagt Sugar weder anerkennend noch abfällig, so wie sie schlicht sagen würde: »Da läuft ein weißer Hahn über die Straße.« Die beiden Frauen gehen weiter.

Die Gegend ist sehr hügelig. Wohin Alice auch blickt, gibt es dunkle, langgestreckte Hügel, die von bewaldeten Senken unterbrochen werden. Zu fast jedem Haus gehört eine Ziege, die das Unterholz kurz hält, obwohl sich mancher Vorgarten auch mit einem orangefarbenen Rasenmäher neben der Satellitenschüssel schmückt.

Oben auf der Hügelkuppe stehen sie auf einmal vor einem langen, gemähten, ringsum weiß eingezäunten Feld, das genauso aussieht wie die Pferdegestüte, die Alice aus Kentucky kennt. Auf dem Messingschild an dem weißen Tor steht HIDEAWAY FARMS. Protzig zieht sich die schimmernde Asphaltauffahrt hügelan zu einem Steinhaus, das mit Weiß abgesetzt ist. Der Türklopfer aus Messing an der Haustür ist riesengroß und erweckt den Eindruck, als müßte man ziemlich hochgewachsen sein, wenn man die Bewohner behelligen will. Alice fragt: »Was züchten sie da? Rennpferde?«

»Strauße«, antwortet Sugar.

Alice lacht, ihre Kusine hat Humor. »Erzielt man für das Fleisch einen guten Preis?« fragt sie.

»Nein, für die Federn. Für Damenhüte und so.«

Alice macht große Augen, aber Sugar lächelt nicht. Sie sieht eher ärgerlich aus. »Strauße?« fragt Alice. »Eine Straußenfarm?«

»Aber das sag ich doch.«

»Hat man so was schon gehört?«

»Ich ganz sicher nicht«, gesteht Sugar, »jedenfalls nicht, ehe dieser Kerl, Green heißt er, aus New Mexico oder New Hampshire, jedenfalls einem der neueren Staaten, hierhergezogen ist und behauptet hat, daß man mit der Straußenzucht reich werden kann. Er hat auch versucht, den Staat Oklahoma zu einer Beteiligung rumzukriegen. Das Dumme ist nur, man muß von vornherein reich sein, wenn man Strauße züchten will. Die kosten nur für den Anfang an die zwanzigtausend Dollar das Pärchen.«

»Guter Gott«, sagt Alice. »Dann dürfte jede Feder auf ihrer Pelle ihre tausend wert sein.«

»So in dem Dreh. Der Kerl hat versucht, die Eier für hundert Dollar das Stück an den Mann zu bringen, hat den Leuten hier weisgemacht, sie könnten sie ausbrüten und so ins Geschäft einsteigen.« Jetzt muß Sugar denn doch kichern. Sie hält sich dabei die Faust vor den Mund. »Roscoes Freund Cash, der gerade aus Wyoming zurückgekommen ist, hat gesagt, er kauft eins, wenn Mister Green verspricht, daß er es höchstpersönlich ausbrütet.«

Alice renkt sich fast den Hals aus. Sie hat noch nie einen Strauß gesehen und kämmt jetzt den Feldrain nach einem kessen Federschwanz und einem langen, rosa Hals ab, bekommt aber nur samtenes Gras zu sehen. »Die sind heute wohl nicht draußen«, sagt sie am Ende enttäuscht.

»Ach, die siehst du schon noch irgendwann«, verspricht Sugar. »Die Kinder piesacken sie gern bis aufs Blut, wollen ihnen Beine machen. Oder sie zum Spucken bringen, sie sollen ja spucken, wenn sie wütend sind. Soviel ich weiß, spucken Vögel nicht, aber das hier sind komische Tiere. Und den Kopf stecken sie auch nicht in den Sand, das ist bloß ein Märchen. Mister Green sagt, irgendwann schießt er noch mit Steinsalz auf die Kinder, und das ist mit Sicherheit kein Märchen, das bringt der. Im Lebensmittelladen hat der laut und deutlich gesagt, ihm wär's recht, wenn Boma Mellowbug morgen tot umfallen würde.«

»Wer?«

»Boma Mellowbug.« Sugar deutet mit dem Kopf zu einem baufälligen Haus, das sich gleich hinter dem Zaun der Hideaway Farms in den Wald schmiegt. Das Haus selbst ist klein und hat Holzschindeln, aber es gibt viele Anbauten, mit denen man den Wohnbereich vergrößert hat, darunter auch einen arg verrosteten Schulbus. Im Bus kann Alice Stühle und ein Ofenrohr ausmachen und jede Menge Pflanzen, die so gedeihen, daß sich die Blätter gegen Fenster und Windschutzscheibe drücken, als wären es Gewächshauspflanzen. Zwischen den Heidelbeerbüschen im Garten sind Pferdeanhänger und Kühlschränke abgestellt. Ein Hennentrio stakst gesittet um die gespreizten, gefleckten Beine eines Beagle herum, der wie tot daliegt.

»Was hat der Mann gegen Boma?« fragt Alice, obwohl sie es bereits ahnt. Bei dem weißen Zaun zwischen den beiden Anwesen könnte es sich um den Eisernen Vorhang handeln. Alice weiß allerdings nicht so recht, in welchem Land sie leben möchte, falls sie wählen müßte.

»In erster Linie hat er was gegen ihre Bienen. Sie hat Bienen unter ihrem Dach. Er sagt, die bringen eines Tages noch seine Vögel um, aber so was tun sie nicht. Die sind lieb, wenn man sie mag, und Boma mag sie. So ein Strauß hat doch nicht genug Grips, daß er Bienen nicht mögen würde, oder? Was meinst du?«

Alice ist sich inzwischen darüber im klaren, daß Heaven ihr Vorstellungsvermögen bei weitem übersteigt. »Woher soll ich das wissen?« sagt sie, und das ist die reine Wahrheit. Nichts in ihrem Leben hat sie darauf vorbereitet, in einem Krieg zwischen Vögeln und Bienen ein Urteil zu fällen. Während sie langsam an Bomas Briefkasten vorbeigehen, der aus einem Stück Abflußrohr und einem Eierkorb aus Draht gefertigt ist, hört Alice von fern das schwache Summen aus dem Bienenstock. Es kann durchaus nicht schaden, wenn sie Bomas Bienen – zumindest auf der Wegstrecke von und nach Heaven – mag, solange ihre Mission dauert.

# Herbst

# Rutschpartie

Taylor biegt mit dem Telebus in den Yesler Way ein und fährt die lange Steigung am Wasser entlang hoch. Platanen mit weißgefleckten Stämmen säumen die Straßen. Zwischen den Häusern erhascht sie scheibchenweise einen Blick auf kalt aussehendes Wasser. Die blinde Frau auf dem Sitz hinter Taylor erzählt ihr, wie sie allmählich die Farben vergißt. Bis auf Blau kann sie sich an keine mehr erinnern. »Ich *glaube*, ich weiß, wie Blau aussieht«, sagt die Blinde, »aber ich habe seit vierzig Jahren kein Blau mehr gesehen, deshalb bin ich mir nicht sicher, wie weit ich danebentreffe.«

Bei einer Ampel hält Taylor vorsichtig. Heute morgen bremste sie vor einem Bahnübergang zu hart, und ein Blindenhund rutschte von hinten den ganzen Mittelgang entlang. Sie konnte hören, wie seine Zehennägel über die Rillen der Fußmatte aus Gummi schrammten. Nachdem der Kleinbus einigermaßen zum Halten gekommen war, stand der Hund einfach auf und ging wieder nach hinten, aber Taylor hatte ein schlechtes Gewissen wie jemand, der einem anderen Menschen auf die Füße tritt, und der seufzt nur, sagt aber nichts.

»Darauf wäre ich nie gekommen, ich meine, daß man Farben vergessen kann«, sagt Taylor. Sie versucht, sich aufs Fahren zu konzentrieren und gleichzeitig freundlich zu dem blinden Fahrgast zu sein, auch wenn die Unterhaltung sie tief deprimiert. Die Frau ist Stammgast, dienstags und freitags zur Dialyse.

»O ja, die vergißt man«, beharrt die Frau. »Das ist etwas anderes, als einen Namen zu vergessen. Es ist eher so, daß man sich eine bestimmte Farbe vorstellt, aber man kann durchaus danebenliegen. So wie man beim Singen eine Note nicht richtig trifft.«

Taylors Funkgerät spuckt atmosphärische Störungen und die Frage aus, wo sie sich befindet.

»Ich hatte beim Pioneer Square gerade zwei Zugänge und bin zehn-neunzehn zum Martin Luther King«, sagt sie. »Zwei Abgänge beim Swedish Hospital.«

»Okay, Taylor, danach zehn-siebenundzwanzig«, kommt es über Funk.

»Zehn-vier«, antwortet sie.

Um den Job bei Telebus zu bekommen, mußte Taylor nur eine unbescholtene Fahrerin sein sowie einen Führerschein des Staates Washington und drei Wochen Ausbildung plus einen Kursus in Erster Hilfe nachweisen. Am schwierigsten war es, den Funkcode zu erlernen, den sie noch immer für unnötig hält. Ihrer Meinung nach spart man damit überhaupt keine Silben; so ist beispielsweise »zehn-siebenundzwanzig« genauso lang wie »zurück zum Ausgangspunkt«. Vermutlich ist es weniger peinlich, »zehn-zwölf« als »ich muß mal« zu sagen, aber sie hat festgestellt, daß man mit dem Code keine Geheimnisse wahren kann. Gestern gab der Funk »zehn-einhunderteinundsechzig« durch, und alle sechs Fahrgäste blickten auf und fragten ängstlich: »Was ist das?« Taylor mußte in der Code-Tabelle auf ihrer Sonnenblende nachsehen und stellte fest, daß eine Kreuzung durch ein verletztes Tier blockiert war. Und wie sie, so hat wohl jeder Telebus-Fahrer in der Stadt diesen Code auf der Sonnenblende nachgesehen.

Auf der Fahrt den Yesler Way entlang kommt Taylor an ihrer eigenen Wohnung vorbei, die sich in einem langen, schachtelartigen, braunen Gebäude befindet, dessen zwanzig Eingangstüren völlig gleich und im Abstand von Güterwagen, ungefähr alle sechs Meter, in die Hausfront eingelassen sind. Die Wohnung ist düster, hat ramponiertes Linoleum, gemeingefährlich dünne Wände und auf beiden Seiten Nachbarn, die viel in einer Sprache herumbrüllen, die sich wie Chinesisch anhört. Manchmal kommt es Taylor so vor, als ob die beiden Parteien sich gegenseitig anschreien und dabei ihre Wohnung zur Weiterleitung von Verwünschungen oder seltsamen Anweisungen benutzen. Aber fürs erste haben sie ein Dach über dem Kopf, und bei den Finanzen sieht es auch etwas rosiger aus. Sie hat nur zwei Drittel der 1200 Dollar verbraucht, die Alice ihr gegeben hat, um die erste Monatsmiete und den Strom im voraus zu bezahlen und einzuziehen. Den Rest hat sie in einem Plastikwürfel versteckt, der auf ihrem Nachttisch steht und auf dem sie von allen sechs Seiten Familienfotos anlächeln – Jax und Turtle zu Hause in der Spasti-Wüste; Jax im Badeanzug und mit einer Papiertüte auf dem Kopf; ein sehr alter Schnappschuß von Alice, wie sie dicke Bohnen palt, diese Sorte Fotos eben. Taylor rechnet damit, daß er der letzte Haushaltsgegenstand auf Erden ist, den ein Einbrecher mitgehen lassen würde. Barbie ist noch immer bei ihnen, und zum Teil liegt es an ihr, daß sie hier gelandet sind; sie läßt sich nicht ausreden, daß der pazifische Nordwesten immer beliebter wird. Sie erklärte sich auch bereit, einen Teil ihrer Beute zuzuschießen, damit sie die Kosten decken konnten. Zur Zeit kümmert sich Barbie tagsüber um Turtle, und seit Anfang dieser Woche verdient Taylor acht Dollar die Stunde.

Sie hat sich dazu durchgerungen, diese Stadt zu mögen, die ihr wie das genaue Gegenteil von Tucson vorkommt, ein Ort, wo mit Sicherheit niemand nach ihnen sucht. Wasser, nichts als Wasser zu beiden Seiten, und am Horizont geduckte, verschneite, dreieckige Berge, auf die sie ihren inneren Kompaß eingestellt hat, während sie sich die unbekannten Straßen der Stadt entlangschlängelt. Mehrmals am Tag muß sie den See mit dem Kleinbus auf einer der Pontonbrücken überqueren, die dann immer hüpfen wie ein langer, schmaler Lastkahn. Anscheinend konnten sie nicht verankert werden, wie sonst bei Brükkenkonstruktionen üblich, da die Seen zu morastig und tief sind, als daß man Wurzeln aus Beton hinunterlassen könnte. Diese Information und noch einiges mehr hat Taylor von Kevin, der auch Fahrer bei Telebus ist und Taylor schon x-mal gebeten hat, mit ihm auszugehen. Kevin ist nicht gerade ihr Traum von einem Mann; er ist rosig und jung, und seine Jeans sehen immer funkelnagelneu aus und passen ihm nie so ganz. Kevins Hauptinteresse scheint dem bläßlichen Schnurrbart zu gelten, den er sich stehenzulassen versucht. Er spricht auch außerhalb des Dienstes im Funkcode. Trotz allem ist Taylor soweit, daß sie nachgibt. Es ist so lange her, daß sie sich ein wenig amüsiert hat. Sie hat schon Angst, sie könnte es verlernt haben. Wenn sie das nächstemal mit Jax telefoniert, wird sie ihm ohne weiteres erzählen, daß sie mit jemandem ausgegangen ist. Sie faßt ihren Entschluß, als sie der Frau, die vergessen hat, wie Farben aussehen, zur feuermelderroten Tür des Krankenhauses hilft: Diesen Samstag gehen Taylor und Turtle mit Kevin aus. Wenn er nicht mit Turtle gerechnet haben sollte, sein Pech. Entweder er macht gute Miene zum bösen Spiel, oder er kann Leine ziehen und zehn-siebenundzwanzig machen.

Barbie und Turtle sind auf der kleinen Terrasse hinter der Küche, als Taylor von der Arbeit nach Hause kommt. Barbie hat einen rosa Bikini an, liegt auf einer Bettdecke und bemüht sich, braun zu werden. Sie sieht wie ein exotischer Vogel aus, der unseligerweise in einen elenden Käfig gesperrt wurde. Taylor schiebt die störrische Glastür auf und zieht sich einen der wackligen Küchenstühle nach draußen, wobei ihr einfällt, daß sie sich aus der Werkstatt ihrer Firma einen Schraubenschlüssel und ein paar Schrauben mitbringen muß. Das Licht des Spätnachmittags scheint zu schwach, als daß es menschliche Haut noch durchdringen könnte, aber nach zwei Wochen Regen sehen sie die Sonne zum erstenmal, und Barbie behauptet, diesen Glücksfall dürfe sie nicht verpassen. Sie sagt, gebräunte Haut sei ein wichtiges Element ihrer Persönlichkeit. Sie hat Turtle herumbekommen, daß sie Sterne aus Goldfolie ausschneidet und auf einen kurzen Denim-Rock klebt, den Barbie in einem Laden namens SECOND HAND ROSE aufgetrieben hat.

»Das geht beim ersten Waschen alles ab«, meint Taylor.

Turtle hört auf, Sterne auszuschneiden. Sie legt die Schere behutsam auf den geborstenen Betonboden der Terrasse, geht zu Taylor und setzt sich auf ihren Schoß.

»Ach, das weiß ich auch.« Barbie liegt auf dem Bauch, deshalb klingt ihre Stimme gedämpft. »Ich wasch ihn eben nicht. Taylor, das ist ein Theaterkostüm, kein richtiges Kleidungsstück.«

Soweit Taylor sehen kann, trägt Barbie ständig Theaterkostüme. »Was ist, wenn er schmutzig wird?«

Barbie rollt auf die Seite und wirkt etwas eingeschnappt. »Ich werd schon aufpassen, okay?«

»Na schön, es ist dein Rock.«

»Das hier wird das superamerikanische Ensemble«, sagt Barbie geduldig. »Dazu kommt noch ein rotweiß gestreiftes Oberteil mit Nackenverschluß und ein Petticoat aus Spitze. Ist gerade rausgekommen, wir haben es heute gesehen, als wir unterwegs waren, um auszukundschaften, was es Barbie-mäßig Neues gibt. Ich meine, das hier wird super, aber es wird nicht einfach sein, an so eine Spitze ranzukommen. Da muß ich mich ganz schön anstrengen.«

Taylor schaltet ab; sie hat gelernt, Barbie nicht mehr zuzuhören. Sie weiß, daß sie später nicht wieder zu dem superamerikanischen Ensemble befragt wird. Kevin, das Computergenie, würde sagen, Barbie hat nur Output, aber kein Interface. Taylor streichelt Turtle übers Haar. Die hat denselben grünen Overall an wie für die Oprah-Winfrey-Show, doch hat sie ihn im Sommer ganz schön abgetragen, und jetzt bemerkt Taylor, daß die Hosenbeine Hochwasser haben und daß er ihr in der Taille zu eng wird. Turtles Zehen sind auch enorm gewachsen; Taylor war entsetzt, als sie merkte, wie Turtle, ohne zu jammern, die Zehen in den Turnschuhen krümmte. Im Augenblick trägt sie Barbies gelbe Gummilatschen Größe neununddreißig. Sie braucht neue Sachen, bevor sie in eineinhalb Wochen eingeschult wird. Noch mehr Ausgaben. Taylor ist niedergeschlagen. Wenn man Barbies Schneidertalent doch nutzbringender einsetzen könnte.

»Was hast du heute gemacht?« fragt sie Turtle. »Abgesehen vom Auskundschaften der Spielzeugläden und vom Sterneausschneiden?«

»Nichts.«

Taylor hält Barbie zwar nicht für den idealen Babysitter, aber sie hat keine andere Wahl. Hoffentlich fängt die Schule an, bevor sich Turtle in den Fallstricken der Mode verfängt. »Willst du Samstag mit an den Strand?« fragt sie.

»Ja.« Turtle lehnt sich gegen Taylors Brust. Sie nimmt Taylors Hände in ihre und verschränkt sie vor sich.

»Ich habe mich dazu durchgerungen, mit Kevin auszugehen«, sagt sie zu Barbie.

»Mit wem?« fragt Barbie mit ungeheucheltem Interesse.

»Dem mickrigen Typen von der Arbeit. Nur damit er endlich Ruhe gibt.«

»Klar, Taylor. Mit jemandem auszugehen ist das beste Mittel, um ihm beizubiegen, daß man nicht interessiert ist.«

»Du könntest recht haben.«

»Hast du eine Zeitung mitgebracht?« fragt Barbie.

»Vergessen.«

»Taylor. Das ist jetzt das x-temal, daß ich dich darum gebeten hab. Ich wollte die Anzeigen unter ›Angebote‹ durchsehen.«

»Wegen einer Stelle als Kellnerin? Vergiß es, das lohnt

sich nicht. Da verdienst du weniger, als ich dir fürs Babysitten bezahle.«

Turtle blickt zu Taylor hoch, ihre dunklen Augen haben einen weißen Rand um die Pupille, und ihr Mund ist so straff wie ein frisch gemachtes Bett.

»Ach, ich komm schon zu Geld«, sagt Barbie. »Und ans Kellnern hatte ich auch nicht gedacht. Ich brauch einen Job in einem Büro mit Farbkopierer.«

Taylor hat Angst, sich nach den Einzelheiten dieses Plans zu erkundigen, und läßt es lieber bleiben. Aber eine Minute später rollt sich Barbie auf den Rücken und stützt sich auf, so daß sich die Muskeln auf ihrem schmalen Unterleib wie Stränge abzeichnen. Sie hält sich die Hand über die Augen und wirft Taylor einen eigenartigen Blick zu.

»Willst du wissen, wieso ich aus Bakersfield weg bin?«

»Du hast gesagt, für jemanden, der wie Barbie aussieht, wären die beruflichen Aussichten gleich Null gewesen.«

»Das war gelogen«, sagt Barbie unverblümt, und auch ihre Stimme läßt den sonst üblichen, bemüht freundlichen Ton vermissen. »Sie wollten mir wegen Fälschen an den Kragen.«

*»Geld?«*

»Was denn sonst? Bist du blöd.«

»Wie?«

»Mit einem Farbkopierer. Das geht mit links. Man kommt einfach ein bißchen früher ins Büro, legt ein paar Zwanziger in den Kopierer, kopiert Vorder- und Rückseite, und ruck, zuck, schon kann man einkaufen gehen.«

Taylor staunt. »Machst du Witze?«

»Ich weiß gar nicht, wieso das nicht jeder tut. Mein Chef ist mir nur auf die Schliche gekommen, weil ich ein paar vermasselte Scheine in den Papierkorb geworfen hab.«

Taylor hat weiche Knie. Jedesmal, wenn Barbies Lack Risse bekommt, hat sie den Eindruck, daß es in Barbie gewaltig und bedrohlich brodelt. Taylor fragt sich, wie es dazu kommen konnte, daß aus einer normalen Tochter eine so schreckliche Einzelgängerin wurde, eine Einzelgängerin, wie sie im Buche steht.

»Wird das nicht vom FBI verfolgt?« fragt sie.

Barbie überprüft das Ende ihres Pferdeschwanzes. »Ja, wahrscheinlich. Keine Ahnung.«

»Bekommen wir eines Tages dein Foto im Postamt zu sehen?«

»Ach was.« Sie wirft sich den Pferdeschwanz auf den Rücken und legt sich wieder hin. »Mein Chef unternimmt schon nichts gegen mich. Sonst erzähl ich seiner Frau, daß er mir im Büro mal an die Wäsche wollte.«

Taylor wirft einen Blick zu Turtle, die leider alles mitbekommt. »Ich glaube nicht, daß du dir wegen deines Chefs Sorgen machen mußt. Ich denke eher an den amerikanischen Fiskus.«

»Also, wenn du mich fragst, sollten die lieber echte Verbrecher jagen. Ich meine, ich hab doch keinen umgebracht, oder? Ich hab doch nur die Wirtschaft angekurbelt.«

Taylor weiß nie so recht, wie sie mit Barbie diskutieren soll, die sich benimmt wie die Touristin aus einem anderen Sonnensystem, die vor ihrer Ankunft hier nur den Spielwarenkatalog gelesen hat. Mit jemandem wie Barbie kann man nicht über die guten Sitten diskutieren. Aber es wäre besser gewesen, wenn Turtle das nicht mitbekommen hätte. Der Kasinoraub kam Taylor damals wie ein Abenteuer vor, wie Freibeuterei oder Robin Hood, aber Geld zu fotokopieren, das hört sich schlicht nach einem Verbrechen aus Habgier an.

Barbie hält die Augen sorgsam geschlossen, vermutlich weil sie auch auf den Augenlidern eine ebenmäßige Bräune anstrebt, tastet nach dem Plastikbecher neben sich und wirft sich die Eiswürfel klappernd in den Mund.

»Und wieso bist du dann aus Bakersfield weg?« fragt Taylor.

»Weil sie in den Einkaufszentren Plakate angebracht

haben, so welche mit ›Wir warnen!‹. Denen sind wohl langsam die falschen Scheine in ihrer Kasse aufgefallen. Oder vielleicht, als sie die bei der Bank einzahlen wollten. Keine Ahnung. Aber ich meine, vergiß es! Ich mußte weg, wenn ich mein Geld ausgeben wollte!«

Taylor weiß nicht, was sie dazu sagen soll. Es wäre den Versuch wert, mit Barbie zu diskutieren, aber sie ist den ganzen Tag Telebus gefahren, hat Rollstühle festgeschnallt, ist in unheimlich deprimierende Gespräche verwickelt worden und hat überhebliche Blindenhunde ertragen müssen, sie ist todmüde. Sie findet die häßliche Betonterrasse inzwischen bedrückend, die kaum groß genug ist, daß sich ein Hund darauf umdrehen könnte, und einen hohen braunen Zaun hat, der sie von den identischen Nachbarterrassen trennt. Sie überlegt, ob die Farbe Braun ein internationaler Code für Armut ist. Die Terrasse würde fröhlicher wirken, wenn sie wenigstens ein paar Pflanzen hätten. Eine rote Topfgeranie oder eine Tomatenpflanze, etwas, was Freude am kostenlosen Sonnenschein hat und davon zurückgibt. Aber es dauert noch Wochen, bis sie für derlei Dinge ein paar Dollar abzweigen können. Und in der Zwischenzeit, denkt sie, wer weiß? Vielleicht hat Barbie recht. Genieße den kostenlosen Sonnenschein selbst. Nimm mit, was du kriegen kannst.

Am Samstag kaufen Kevin, Taylor und Turtle am Pioneer Square zur Feier des Tages Eis in Tütenwaffeln, denn Taylor hat ihr erstes Gehalt bekommen. Sie ist nicht gerade in Festlaune; nach Abzug von Steuern und Sozialversicherung ist der Scheck viel niedriger ausgefallen, als sie erwartet hat. Sie arbeitet ganztags und hat trotzdem keine Ahnung, wie sie für beides, Miete und Essen, aufkommen soll, falls Barbie nicht einspringt. Andererseits ist sie nicht gerade begeistert davon, Barbies Geld auszugeben, wenn sie bedenkt, woher es stammt.

»Paß auf, Turtle, du mußt von hinten nach vorn lecken. So.« Taylor macht es ihr vor und leckt um ihr Pistazieneis herum. Turtle nickt, dreht aber trotzdem ihr Eis wieder über Kopf, wenn sie an der anderen Seite lecken will. Unter ihrem Kinn breitet sich auf ihrem T-Shirt allmählich ein feuchter grüner Vollbart aus. Kevin, der mit seiner verspiegelten Pilotenbrille so undurchdringlich wirkt wie ein Verkehrspolizist, nimmt Turtle bislang noch nicht zur Kenntnis.

Es ist ein heißer Tag, aber die Platanen mit den braunweiß gefleckten Stämmen, die sich vornüberneigen wie müde Giraffenhälse, scheinen zu wissen, daß der Herbst naht. Ihre Blätter werden um die Ränder herum betrüblich braun und wollen aufgeben. Nicht wenige liegen schon auf der Erde. Sie rollen sich ein wie Lunchtüten aus Packpapier, und Turtle tritt in die raschelnden Haufen, als sie beim Durchqueren des kleinen Parks unter einer schmiedeeisernen Pergola hindurchgehen. Auf den Bänken sitzen teilnahmslose Männer und Frauen in unterschiedlichster Aufmachung – einige in schmuddeligen Mänteln, andere in dünnen Baumwollhosen –, aber mit ihren wettergegerbten Gesichtern und dem verfilzten Haar scheinen sie sich zu ähneln, so als wären diese Kleiderstile allesamt Varianten ein und derselben Obdachlosenuniform. Kevin führt Taylor von den Bänken weg zur Straße hin und an einem geparkten Auto vorbei, das aus einer nicht so regenreichen Gegend kommen muß, denn es hat eine dicke braune Staubschicht. Jemand hat quer über das Rückfenster WASCH MICH geschrieben. Kevin ergreift die Gelegenheit, Taylor zu erklären, daß der östliche Teil des Staates Washington praktisch Wüste ist.

»Da, Mom«, sagt Turtle und streckt ihr den klumpigen Rest ihrer Eiswaffel hin.

»Was, willst du das nicht aufessen?«

»Ich mag kein Eis.«

»Aber Turtle, natürlich magst du Eis. Das ist gut für

dich. Da ist Kalzium drin, davon wachsen deine Knochen. Ein Kind, das kein Eis mag, so was gibt es nicht.«

Turtle wirft ihrer Mutter einen betrübten Blick zu.

»Na schön, da ist ein Abfalleimer.« Taylor nimmt ihr die matschige Gabe ab und wirft sie weg.

Sie überqueren die Straße im Schatten eines riesigen Totempfahls, der sich hoch über den Park erhebt. Erstmals seit mehreren Tagen muß Taylor wieder an Annawake Fourkiller denken. Sie malt sich aus, man würde sie befragen, welche Sorte Indianer Totempfähle schnitzte, welche in Tipis lebte, welche Büffel jagte und welche die Pilgerväter lehrte, in das Pflanzloch einer jeden Maispflanze zwei Fische zu legen. Sie schämt sich. Sie hat keine Ahnung, was sie Turtle über ihre Vorfahren erzählen soll. Dieser Tage bringt sie kaum noch die Energie auf, sie anzuhalten, daß sie tüchtig ißt und rechtzeitig ins Bett geht.

»Der Yesler Way hieß früher Skid Road«, erklärt Kevin. Taylor stellt fest, daß sein Schnurrbart durch das grüne Eis eindrucksvoller geworden ist. »Der Name ist erst kürzlich geändert worden. Ursprünglich war das hier eine richtige Holzrutsche. In früheren Zeiten haben die Holzfäller ihre Stämme diesen Hügel hinunter zum Wasser rutschen lassen, wo sie dann auf Schiffe verladen wurden, und deshalb war es wohl auch ein natürlicher Sammelplatz für arbeitslose Holzfäller, die um ein Almosen bettelten.« Er lacht dünn. »Wie du siehst, hat sich daran nichts geändert.«

Auf der anderen Straßenseite zieren übermächtige Darstellungen von Jesus die Fenster einer Suppenküche. Turtle zieht Taylor mit klebrigen Händen am Finger den Hügel hinauf, hinter dem sie den Strand vermutet.

»Nicht zu fassen«, sagt Taylor. »Zwei Tage Sonne am Stück. Langsam ist mir der ewige Regen auf den Geist gegangen.«

»Man hat sich wohl gedacht, wenn man den Straßennamen ändert, verschwinden auch die unerwünschten Elemente«, sagt Kevin. »Und daß genau auf der anderen Seite des Hügels Sozialwohnungen sind, macht die Sache auch nicht besser.«

Kevin weiß nicht, daß Taylor in einer sogenannten Sozialwohnung lebt. Kevin wohnt bei seinen Eltern. Soviel Taylor mitbekommen hat, gehen seine acht Dollar die Stunde abzüglich Steuern größtenteils für Computerzubehör drauf.

Sie gehen zu Kevins Wagen und müssen dabei einen weiteren kleinen Park mit zwei weiteren Totempfählen durchqueren: riesige Holzskulpturen eines Hundes und eines Mannes, die sich, Vorderlauf und Arm ausgestreckt, gegenüberstehen. Vielleicht spielen sie mit einem imaginären Ball, aber fröhlich wirken sie dabei nicht. Sie reißen die gemalten Münder weit auf, als wollten sie die Welt verschlucken. Taylors Blick wandert zu einer Frau, die mit zwei verstörten Kindern auf einer Bank sitzt. Die Frau hat geschwollene Knöchel, ihre rote Bluse ist fleckig, und ihr Blick folgt Taylor unmißverständlich. Taylor blickt zu Boden und hat das Gefühl, als machte sie sich mit Diebesgut davon.

In Kevins schnittigem blauem Camaro wird die Stadtführung auf dem Yesler Way fortgesetzt. »Das ist der Smith Tower«, sagt er, »das weiße Gebäude mit der Spitze oben. Es dürfte der älteste Wolkenkratzer westlich des Mississippi sein.«

»Dürfte?«

»Ist, meine ich.«

Taylor sagt nichts. Sie kommen an einem Feinkostgeschäft mit angeschlossener Snackbar vorbei, an der Schule, die Turtle bald besuchen wird, und an einer Menge Schilder in chinesisch, dann biegen sie in den Martin Luther King Way ein, wo es Holzhäuser mit Spitzdächern und Gärtchen mit langstieligen Blumen gibt. Diese Straßen kennt sie. Ein Mann auf ihrer Strecke will ein um den anderen Tag zu Rogers Thriftway, da kauft er dann Coca-Cola Classic, Popcorn aus der Mikrowelle und Windelhosen für Erwachsene. Kevin muß Taylor nicht erzählen, daß die Grundstückspreise ein paar Straßen weiter, näher am Wasser und weiter entfernt von der Skid Road, ziemlich drastisch ansteigen.

Sie nehmen die Rainier Avenue nach Süden und kommen in eine Wohngegend, in der Taylor kein einziges Schild lesen kann. Laut Kevin Thai und Chinesisch. »Wohnen möchte man hier ja nicht«, sagt er hinter seinen verspiegelten Gläsern, »aber in dem Mekong-Laden da gibt es eine tolle Nudelsuppe.«

»Heute meint es die Sonne aber gut mit uns«, sagt Taylor. »Ich weiß nicht, ob ich mich jemals daran gewöhne, wie bedeckt es hier immer ist. Ich habe mir eingebildet, ich bekomme noch die Eskimo-Krankheit, weil die Sonne nicht genug scheint. Du weißt, wenn sie durchdrehen und anfangen, ihre Schuhe aufzuessen.«

»Noch nie davon gehört«, sagt Kevin und fährt sich mit der Hand über die weißblonden Schläfen. »Wohnt man irgendwo besser als hier?«

Das ist kaum vorstellbar. Die Wohngegend am Wasser ist atemberaubend: pompöse Häuser mit Dächern aus Zedernschindeln, mit Bonsai und Blütenbäumen in den Gärten, die steil zur Straße abfallen. Das Ganze wirkt, als brauchte man einen Paß, damit man Zutritt zu dieser Seite des Hügels bekommt.

Sie steigen aus und überqueren ein langes Rasenstück zum See hin. Turtle ist aufgeregt. Sie hatte keinen Badeanzug, aber in einem Anfall von Großmut opferte Barbie ein Stück blauen Lamé, den sie sich für ein Schülerball-Ensemble aufgespart hatte, und nähte ihr in Windeseile einen Bikini. Taylor hatte etwas gegen einen Bikini für eine Sechsjährige, aber Barbie hörte gar nicht hin. Jetzt läuft Turtle vor ihnen her und watschelt in Barbies Latschen wie eine Ente. Noch im Laufen zieht sie sich das

T-Shirt aus und entblößt einen knochigen braunen Körper und zwei gerüschte Streifen aus glänzendem blauem Stoff. Sie sieht aus wie ein Ausgeflippter vom Mardi Gras. Mit Taylor im Schlepptau steigt sie die Betonstufen hinunter, watet knietief in den See und bleibt auf dem kiesigen Grund stehen. Ihre Knie schlagen aneinander, aber ihr Gesicht strahlt.

»Gefällt es dir?«

Turtle atmet durch klappernde Zähne und nickt.

»Ist es nicht zu kalt? Wenn deine Lippen so blau sind wie dein Badeanzug, hole ich dich raus.«

»Okay.« Turtle ist es zufrieden und umschlingt sich mit den Armen.

»Kevin und ich sind gleich da drüben, und ich passe auf, ja? Bleib hier bei den anderen Kindern. Und nicht tiefer hineingehen.«

Turtle schüttelt heftig den Kopf.

Taylor geht zu dem Strandlaken, das Kevin in der Sonne ausgebreitet hat, läßt aber Turtle nicht aus den Augen. Kinder aller Hautfarben wimmeln um sie herum, kreischen und springen von den Stufen, aber Turtle rührt sich nicht, außer daß sie zittert; sie sieht nur zu.

»Weiß sie nicht, wie man im Wasser spielt?« fragt Kevin.

»Sie braucht immer ein Weilchen, bis sie mit etwas warm geworden ist.«

»Dann ist sie wohl so eine adoptierte Koreanerin, oder?« Kevin holt vier verschiedene Tuben Sonnencreme und einen Apfel aus seinem Rucksack und beißt in den Apfel.

»Ja, sie ist adoptiert.« Taylor sieht ihr bestürztes Gesicht in seinen Brillengläsern gespiegelt, sie ist fassungslos, daß jemand so ungezogen sein kann und zu einem gemeinsamen Ausflug nur einen einzigen Apfel mitbringt. Seine Gläser lassen ihre Bestürzung nicht durch, Kevin merkt nichts davon.

»Na ja, machen wir die Leute nicht schlecht«, sagt er, »fleißig sind sie ja.«

Taylor wollte sie gar nicht schlechtmachen. Sie hätte nur gern das Thema gewechselt.

»Ich bin mal mit einer Koreanerin ausgegangen«, sagt er. »Einmal, wohlgemerkt. Sie war Klassensprecherin in meiner High-School-Klasse. Recht hübsch. Aber ihre Familie, mein Gott, gräßlich. Wenn du gesehen hättest, wo die gewohnt haben. Straße der Sojabohnen.«

Taylor packt die Sandwiches aus, die sie für alle mitgebracht hat. Sie ärgert sich schwarz, daß sie für diesen Typen fünfundfünfzig Cent in eine Dose Thunfisch investiert hat, nachdem sie und Turtle die ganze Woche über Erdnußbutterbrote gegessen haben. »Meinst du nicht, daß man ein anständiger Mensch sein kann und es dennoch zu nichts bringt?« fragt sie.

»Klar doch. Es gibt eben Leute, die sind einfach mit zu wenig Gehirnschmalz auf die Welt gekommen. Aber, mein Gott, wenn man weiß, wie der Wasserhahn aufgedreht wird, kann man sich doch waschen, sag ich immer.«

Taylors Magen zieht sich zusammen wie am Anfang einer Eintagesgrippe. Sie schreibt das schlicht ihrer wachsenden Abneigung gegen Kevin und ihrer Unruhe wegen Turtle im Wasser zu. Im Geist berechnet sie die Sekunden, die sie braucht, um über das Gras und die Stufen zu hechten, falls Turtle untergeht.

»Du weißt, was ich meine«, sagt Kevin mit vollem Mund. »Heute bieten sich einem jede Menge Chancen, da muß man nicht auf einer Parkbank hocken und Nabelschau halten. Du mußt doch zugeben, teilweise sind das welche, die es gar nicht anders wollen.«

Er hätte mit Barbie ausgehen sollen, denkt Taylor. Die beiden könnten sich den ganzen Tag belabern, ohne das Risiko einer zwischenmenschlichen Unterhaltung einzugehen. Sie beobachtet Turtle, wie sie langsam auf die unterste Stufe klettert und dann ins Wasser springt. Sie ahmt zwei kleine Mädchen nach, deren Badeanzüge fast so sonderbar sind wie ihrer, und landet mit steifen Beinen. Taylor möchte ihr gern sagen, daß sie mit gebeugten Knien aufkommen soll.

»Magst du Thunfischsalat?« fragt sie Kevin.

»Geht so«, sagt Kevin, schlingt das Sandwich hinunter, ohne es anzusehen, und leckt sich dann leicht angeekelt die Finger. Er wischt sich die Hände an seiner abgeschnittenen Jeans ab, nimmt vorsichtig die Brille ab und reibt sich das Gesicht mit einer durchsichtigen, glänzenden Sonnencreme ein, die wie Hunde-Shampoo riecht. Er greift zu einer anderen Tube und schmiert sich weiße Creme auf Arme und Beine. Taylor sieht mit leisem Erstaunen zu. Er zieht sich das Hemd aus und reicht Taylor die nächste Tube, Lichtschutzfaktor 28.

»Vieles liegt einfach daran, daß die Leute nicht mit Geld umgehen können«, sagt er, streckt sich bäuchlings auf dem Laken aus und legt das Kinn auf die verschränkten Arme. »Weißt du, was ich meine? Gib bitte mit der Sonnencreme gut acht. Laß keine Stelle aus. Einmal hab ich unten am Rücken ein kleines Dreieck vergessen, das ist mir den ganzen Sommer und Herbst erhalten geblieben.«

»Nicht mit Geld umgehen können?«

»Ja. Man muß sich nur die Mühe machen aufzupassen, was man ausgibt, oder? Und die grundlegende Einstellung haben, daß man auch bekommt, was man haben will.«

»Träume«, sagt Taylor, »sind keine Schäume.« Sie spielt mit der Sonnencremetube und kommt zu einem Entschluß, der sich auch gleich wohltuend auf ihren Magen auswirkt.

»Im Grunde genommen ist das die amerikanische Wirklichkeit«, sagt Kevin. Er schließt die Augen, als wollte er einschlafen.

Taylor reibt Kevins verschwitzten Rücken mit trockenen Händen ein und läßt sich damit Zeit, bis er leise anfängt zu schnarchen. Dann macht sie die Tube auf, tupft sich Creme auf den Finger und schreibt sorgfältig: WASCH MICH auf seinen Rücken.

Als sie nach Hause kommen, ist die Wohnung dunkel. Taylor knipst alle Lampen an, damit ihre Stimmung ein wenig heller wird. »Barbie dürfte ausgegangen sein, was?«

»Sicher kauft sie sich Käsechips von dem Geld in ihrer Tasche«, sagt Turtle.

»Wetten daß. Wie wär's mit einem Erdnußbutter-Sandwich? Morgen gehen wir einkaufen, Ehrenwort. Ich habe mein Gehalt bekommen, Mäuschen! Wir können kaufen, was wir wollen.«

»Schokokekse?«

»Lammhaxe!« sagt Taylor.

»Was ist das?«

»Lamm. Du weißt doch, ein kleines Schaf.«

»Tut es dem Lamm weh, wenn es zerhackt wird?«

Taylor macht widerstrebend die Kühlschranktür zu. Er ist fast leer, aber sie braucht eher das Licht. Turtle steht an der Tür und hat die Brauen zu ihrem ewigen Fragezeichen hochgezogen.

»Ja«, sagt Taylor. »Leider. Ich weiß nicht, ob es den Tieren sehr weh tut, aber bevor wir sie essen, werden sie getötet. Daher kommt das Fleisch. Habe ich dir das noch nicht erzählt?«

Turtle hebt die Schultern. »Weiß nicht.«

»Wie wär's also mit Erdnußbutter und Erdbeermarmelade?«

»Werden die Erdnüsse auch getötet, bevor wir sie essen?«

»Nein.« Taylor denkt darüber nach. »Na ja, irgendwie schon. Aber eine Erdnuß ist kein Tier.«

»Nein, das ist eine Pflanze. Ein Same. Wenn wir den essen, kann er nicht mehr wachsen.«

»Turtle, das ist mir zu trübsinnig. Wir können doch nicht einfach aufhören zu essen. Ich mache dir jetzt ein Sandwich.«

»Mom, ich bin nicht hungrig.«

»Dann wenigstens ein Glas Milch, ja? Wenn wir Milch haben wollen, müssen wir nichts töten, sie wird einfach aus einer glücklichen alten Mutterkuh herausgemolken.«

»Mama, ich hab Bauchschmerzen.«

»Na gut, mein Schatz, dann geh ins Bett, wenn du willst. Ich lese dir noch eine Geschichte vor.«

»Wir haben doch alle Bücher durch.«

»Dann geht's morgen ab in die Bücherei. Ehrenwort.«

Turtle verläßt die Küche. Taylor hat auch wieder Bauchschmerzen. Der Himmel vor dem Küchenfenster ist von einem dunklen Blauton, wie ihn sich eine Blinde vorstellen mag.

Turtle steht mit weit aufgerissenen Augen wieder an der Tür. »Mom, warum ist es da drin so aufgeräumt?«

Taylor versucht zu begreifen. Sie folgt Turtle ins Wohnzimmer. »Mich laust der Affe, Barbie hat sich endlich dazu durchgerungen, ihre Sachen wegzuräumen.«

Beide schweigen, keine traut sich, näher hinzusehen. Dann geht Turtle zu Barbies Zimmertür.

»Ihr Zimmer hat sie auch aufgeräumt«, sagt Turtle. »Sie hat alle Laken und so abgezogen.«

»Verdammt und zugenäht!« sagt Taylor. Sie sitzt auf dem durchhängenden braunen Sofa und gibt sich alle Mühe, nicht zu weinen. Die Laken gehören Taylor, die hat sie den ganzen weiten Weg von Tucson mitgebracht.

»Hat sie keinen Brief dagelassen, Turtle?«

Eine ganze Weile ist nur zu hören, wie Turtle Kommodenschubladen aufzieht und zuschiebt. Sie kommt wieder ins Wohnzimmer. »Kein Brief da«, sagt sie. »Weißt du noch, als wir den Brief an unserem Auto gefunden haben? Da stand, tut mir leid, daß wir uns bei Migget nicht gesehen haben, aber hier sind fünfzig Dollar?«

Taylor fängt an zu lachen oder zu weinen, sie kann es nicht auseinanderhalten. »Ja«, sagt sie, »Barbie hätte uns ruhig einen ähnlichen Brief dalassen können, findest du nicht?«

Turtle setzt sich neben Taylor aufs Sofa und starrt in die Dunkelheit. »Mom, hab ich sie geärgert?«

Taylor nimmt Turtle auf den Schoß. »Turtle, das hat überhaupt nichts mit dir zu tun. Sieh mich an, okay?« Sie streichelt Turtle übers Haar und dreht ihren Kopf sanft zu sich herum. »Sieh mir in die Augen. Kannst du mich sehen? Bitte, zieh dich nicht zurück.«

Mit großer Mühe holt Turtle den Blick aus der Dunkelheit zurück und richtet ihn auf Taylors Gesicht.

»So ist's richtig. Bleib schön bei mir und hör mir gut zu. Barbie hat dich gern gehabt. Aber sie tickt nicht ganz richtig. Sie ist jemand, der nur an sich denkt, und jetzt war ihr einfach nach Weiterziehen. Das haben wir doch immer gewußt, ja? Damals, in Las Vegas, da haben wir sie mitgenommen, aber wir haben immer gewußt, daß sie nicht ewig bei uns bleiben würde. Ja?«

Turtle nickt.

Taylor wiegt Turtle in den Armen. »Keine Bange, ich lasse dich nicht allein. Du bleibst bei mir. Morgen ist Sonntag, da muß ich nicht arbeiten. Und Montag lassen sie dich vielleicht im Telebus mitfahren. Du kannst mir fahren helfen, okay?«

»Aber ich kann doch gar nicht fahren.«

»Ich weiß, aber mir fällt schon etwas ein.« Taylor hat nicht den blassesten Schimmer, was ihr Arbeitgeber davon halten wird. Sie weiß, sie verstößt gegen die Vorschriften, wenn sie Familienmitglieder mitnimmt.

»Und ehe du dich's versiehst, gehst du auch schon in die erste Klasse«, sagt sie.

»Mom, weißt du noch, Lucky Buster?«

»Aber sicher.«

»Den hab ich gerettet, ja?«

»Du hast ihm das Leben gerettet.«

»Ob wir ihn mal wiedersehen?«

»Warum eigentlich nicht? Klar doch.«

Turtles Klammergriff lockert sich ein ganz klein wenig.

»Was meinst du, ob wir schlafen gehen? Ich glaube, es ist jetzt auch für mich Zeit«, sagt Taylor. Sie atmet tief durch, als Turtle sie endlich losläßt und in ihr gemeinsames Zimmer geht.

Taylor steht auf und macht überall das Licht aus. Sie will nicht in Barbies Zimmer sehen, kann es aber doch nicht lassen, sie muß sich selbst überzeugen. Da hat sie's, selbst das Doppelbett ist bis auf die häßliche blaugestreifte Matratze abgezogen. Jetzt hat wenigstens jeder sein eigenes Zimmer, denkt sie – hier zieht sie ein, und Turtle kann das Zimmer mit den zwei Betten haben. Sicher lernt sie in der Schule Kinder kennen und lädt ihre Freundinnen zu sich ein. Dann sind sie eine normale amerikanische Familie. Was ihre Aussichten auf einen Bettgenossen in dem Doppelbett angeht, ist sie weniger optimistisch. Jax fehlt ihr.

Dann geht sie in Turtles Zimmer, um ihr einen Gutenachtkuß zu geben. Turtle ist in dem Zustand zwischen Wachen und Schlafen, in dem sie immer vor sich hin redet.

»Buster muß nach Haus, Mom, da ist einer im Wasser.«

»Gute Nacht, Turtle. Schlaf gut.«

»Mein Bauch tut weh. Sind das richtige Bäume, oder hat der Hund geredet? Regnet es?«

»Ja«, sagt Taylor leise. »Es hat wieder angefangen zu regnen.«

Sie zieht sich aus und steigt in das andere Bett. Sie muß sich etwas einfallen lassen, wie sie an neues Bettzeug für das Doppelbett kommt, sonst kann sie nicht in das andere Schlafzimmer ziehen. Und es muß noch viel mehr bedacht werden. Sie ist gar nicht auf die Idee gekommen, daß sie ohne Barbie so auf dem Schlauch stehen würde. Sie hätte es wissen sollen. Man nimmt eben kein wildes Tier auf und hält es wie einen Familienangehörigen. Ehe Taylor das Licht ausknipst, greift sie zum Nachttisch, um sich Jax in seinem Papiertüten-Kostüm anzusehen.

Der Fotowürfel ist nicht mehr da.

# Willkommen in Heaven

»Na, Taylor, da hast du dir ja gehörig die Pfoten verbrannt. Wieso hast du denn kein Telefon mehr?«

»Telefon ist gut, Mama, keinen Strom. Das Telefon konnten sie mir nicht abstellen, weil ich noch gar keins hatte. Die Nummer, unter der du im Augenblick zurückrufst, ist eine Telefonzelle.«

»Ach«, sagt Alice und hält sich den Hörer ans andere Ohr. Sie hat das Gefühl, mit dem schlechten Ohr besser zu hören als mit dem guten. »Und was ist die andere Nummer, die ich mir aufgeschrieben habe?«

»Die von Telebus. Ich versuche gerade, dir beizubiegen, daß du mich unter der Nummer nicht mehr erreichen kannst, weil ich da aufhören mußte.«

Alice kommt nicht ganz mit. Und daß Sugar dauernd ins Wohnzimmer rein und wieder raus rennt und Fragen stellt, macht die Sache auch nicht besser. Obendrein ist dieses Wohnzimmer mit Möbeln so vollgestopft, daß man daraus glatt zwei, drei Haushalte machen könnte. Als Alice den ersten Blick in Sugars riesigen Geschirrschrank geworfen hat, da hatte sie elegantes Porzellan und Devotionalienkitsch erwartet, aber nein, er birgt alle nur erdenklichen indianischen Dinge: alte Schnitzereien, Pfeilspitzen, geschmacklose kleine Indianerjungen aus Keramik. Aber wenigstens keine Autoscheinwerfer.

»Hast du deine Stelle aufgegeben?« fragt Alice, als sie endlich kapiert, was Taylor ihr gerade erzählt hat. »Nachdem sie dich in künstlicher Beatmung und so ausgebildet haben?«

»Ja, es ging nicht anders, weil Barbie weg ist. Wer sollte denn Turtle hüten, wenn ich auf Schicht war? Ich habe um eine Woche Urlaub gebeten, nur bis Schulbeginn, aber ich war noch in der Probezeit, und da haben sie gesagt, ich kann gehen.«

»Also, wenn das nicht ungerecht ist.«

»Ich weiß. Aber laß nur. Ich habe gerade eine Stelle als Kassiererin bekommen, bei Penney's. Da kann Turtle wenigstens nach Schulschluß hinkommen und sich in der Damenmode aufhalten, bis ich Feierabend habe.« Taylor lacht. »Bis uns jemand auf die Sprünge kommt, daß Turtle gar keine Designerjeans kaufen will.«

Ein hoch aufgeschossenes, dünnes Mädchen mit sehr langem Haar trabt zur Haustür herein und ruft: »Grandma!«

Sugar kommt angerannt. »Was ist?«

»Mama sagt, man darf nicht tanzen, wenn man seine Tage hat. Das ist doch ein Ammenmärchen, oder?«

»Tja, Kind, wenn man's recht bedenkt, so ist alles ein Ammenmärchen. Ich hab deine Rasseln sowieso noch nicht fertig. Komm rein, ich zeig dir, wie weit ich bin.«

Das Mädchen läßt sich auf die Couch plumpsen. Alice fällt es schwer, sich zu konzentrieren. »Also«, sagt sie zu Taylor, »du wolltest diese Person, diese Barbie, doch loswerden, seit sie uns über den Weg gelaufen ist.«

»Ich weiß. Aber trotzdem habe ich sie gebraucht.«

Sugar kommt mit etwas zurück, was wie zwei Haufen Sumpfschildkröten aussieht. Als sie sich damit zu ihrer Enkelin auf die Couch setzt, rasseln sie dumpf.

»Was bringt denn dein neuer Job so?« fragt Alice.

»Wenigstens etwas mehr als den Mindestlohn. Aber nur knapp. Nach allen Abzügen komme ich wohl auf ungefähr sechshundert im Monat. Damit können wir die Miete und ungefähr drei Glas Erdnußbutter bezahlen, aber Strom bekommen wir davon nicht wieder. Ich muß mir schnellstens etwas ausdenken. Aber Hauptsache, ich kriege einen Rabatt auf Turtles Schulkleidung. Sie kommt in die erste Klasse, Mama. Kaum zu glauben, was?«

»Du hast Turtle Schulkleidung gekauft, statt die Stromrechnung zu bezahlen?«

»Mama, es ging nicht anders. Ich möchte nicht, daß sich die anderen Kinder über sie lustig machen. Richtig verwahrlost hat sie ausgesehen.«

»Ach, es ist besser, zu verwahrlosen, als verwahrlost auszusehen?«

Taylor schweigt, und Alice schämt sich in Grund und Boden. Sie hat gemerkt, daß es gar kein Witz war. Es ist die Wahrheit. Beide sind fassungslos. Es rauscht eine Weile in der Leitung, ehe eine von beiden wieder den Mund aufmachen mag.

»Wir sind nicht verwahrlost«, sagt Taylor am Ende. »Noch nicht. Mir geht es schon dreckig genug, Mama, da mußt du mir nicht auch noch sagen, daß ich Mist gebaut habe.«

»Tut mir leid, Taylor. Ich verkrafte es nun mal nicht, daß es dir schlechtgeht. Warum kommst du nicht einfach her und bringst es hinter dich?«

»Mama, wir haben nicht mal mehr Geld für Benzin. Und ich bitte dich auch nicht, mir etwas zu schicken. Ich weiß doch, du hast mir alles gegeben, was du hattest.«

»Und was ist daraus geworden? Aus den zwölfhundert?«

»Wie soll ich dir das erklären? Sie sind futsch. Das meiste ist beim Einzug in die Wohnung draufgegangen, wir mußten doch eine Mietkaution stellen und so.«

Alice spürt, daß Taylor ihr nicht die ganze Wahrheit sagt, aber sie beläßt es dabei. Vertrauen wächst nur, wenn man vertraut.

»Hast du diese Annawake Fourkiller schon kennengelernt?« fragt Taylor, und ihre Stimme klingt anders.

»Morgen treffe ich mich mit ihr. Ich bin so nervös, ich überschlag mich noch vor Aufregung.« Alice wirft Sugar und dem Mädchen einen Blick zu. Da hocken sie nebeneinander, während die helle Oklahoma-Morgensonne durch das Fenster fällt und ihre Köpfe umstrahlt. Alice senkt die Stimme. »Ich hab nämlich noch niemandem erzählt, worum es eigentlich geht. Ich dachte, die wollen, daß ich meine Karten gleich auf den Tisch lege, aber die Leute hier haben es anscheinend nicht eilig. Reden tun sie bestimmt über mich. Vielleicht machen sie sich ihren eigenen Reim, so daß sie meinen gar nicht brauchen.«

»Wie hast du Miss Fourkiller aufgespürt?«

»Mit links. Sie wohnt in Tahlequah, gar nicht so weit weg von hier. Hier kennt jeder jeden. Ich hab sie einfach angerufen.«

»Was hat sie gesagt?«

»Nichts. Hat sich nur bedankt, daß ich gekommen bin. Sie möchte mich zum Lunch einladen und dabei die Sache besprechen. Sie sagt, sie macht sich wirklich Sorgen um dich und um Turtle.«

»Wetten daß.«

Das Mädchen erhebt sich vom Sofa und geht. Ihr »Wiedersehen, Grandma« übertönt das Quietschen der Fliegengittertür.

»Es könnte doch stimmen«, sagt Alice. »Ich bin durchaus nicht auf ihrer Seite, aber sie hat sich angehört, als würde sie sich ernsthaft Sorgen machen.«

»Sag ihr nicht, wo wir sind, ja?«

»Taylor, Schätzchen, du hast mir weiter nichts als die Nummer einer Telefonzelle gegeben. Soviel ich weiß, könntest du am Nordpol sein.«

»Schön wär's, denn dann würde der Weihnachtsmann vielleicht alle Hebel in Bewegung setzen, daß wir wieder Strom kriegen.«

Alice ist wie gewohnt zutiefst frustriert, weil sie jemandem durchs Telefon Liebe vermitteln muß. Wie gern hätte sie Taylor jetzt in den Arm genommen, aber das geht nicht. So viel Stimme und so wenig Berührung, widernatürlich ist das, als würde einem die Haut von innen nach außen gestülpt, wenn man nicht aufpaßt.

»Jedenfalls viel Glück, wenn du mit ihr sprichst, Mama. Ich lege jetzt lieber auf, sonst hast du noch die Telefongesellschaft gekauft.«

»Mach dir deswegen keine Sorgen. Das geht auf Sugars Rechnung. Sie hat gesagt, wir können das später regeln.«

»Na schön, Mama. Wiedersehen.«

Alice wartet. »Wiedersehen«, sagt sie und dann: »Ich hab dich lieb«, aber am anderen Ende der Leitung, wo Taylor war, ist nicht einmal mehr eine Zelle.

Zusammengesunken und wie gelähmt hockt sie auf ihrem Stuhl. Sie spürt, wie sie die Gesichter von Sugars vielen Enkelkindern aus den Rahmen an der Wand anlächeln. Die mit einem High-School-Abschluß – vornehmlich Mädchen – hat Sugar in die oberste Reihe gehängt; darunter kommen wie Perlen auf der Schnur die gutaussehenden, verschmitzt lächelnden Jungen.

Sugar blickt auf. »Alice, du siehst aus, als hättest du gerade deinen Hund überfahren. Wie geht es deiner Tochter?«

»Ganz gut. Hat Schwierigkeiten, ihre Rechnungen zu bezahlen.«

»Ja, ja, immer das alte Lied«, sagt Sugar, als handelte es sich um einen Witz mit Bart. »Komm her, ich zeig dir, was ich für Reena mache.«

Alice setzt sich neben Sugar und betrachtet die durchlöcherten Schildkrötenpanzer, in denen Kiesel klappern. »Das sind ihre Rasseln für den Adlertanz«, sagt Sugar. »Die tragen die jungen Mädchen an den Beinen. Für Reena ist das einsame Spitze. Die meisten Teenager würden lieber zu den Powwows gehen, weil es da Bier gibt, aber Reena interessiert sich wirklich für den Adlertanz.«

Alice nimmt die Rasseln in die Hand. Sie sind erstaunlich schwer. Die handtellergroßen Schalen werden mit Lederbändern an den abgeschnittenen Schäften von Cowboystiefeln befestigt, was eine Art klobige Leggings ergibt, die vorn mit Baumwollbändern geschnürt werden.

»Wird sie nicht müde bei dem Gewicht an den Beinen?« fragt Alice, denn sie weiß nicht recht, was das Ganze soll.

»Sie muß eben üben. Ehe man sie anzieht, wickelt man sich Handtücher um die Beine, damit man keine Blasen bekommt. Das hier sind Übungsrasseln mit vier Schalen an jedem Bein. Wenn sie besser wird, nähen wir immer mehr dran, bis es dreizehn sind.«

Alice hört, wie ein widerwilliger Rasenmäher angelassen wird, aufhustet und erstirbt. »Warum dreizehn?«

Sugar denkt nach. »Keine Ahnung. Vielleicht weiß es Roscoe. Aber genau das ist die Zahl.« Sie steht auf, legt die Hand über die Augen und sieht nach draußen. »Ach, einer meiner Enkel, der mir den Rasen mähen will. Welcher, weiß ich nicht. Möchtest du heißen Kaffee?«

»Nein, danke. Ich bin sowieso schon ganz nervös.«

Sugar sieht sie an. »Stimmt. Laß uns einen Spaziergang zum Blauen Weiher machen. Es wird dich beruhigen, ins Wasser zu blicken.«

Alice staunt über ihre Kusine. Die Arthritis hat Sugar verkrümmt, aber obwohl sie nicht mehr gut laufen kann, ist sie ständig in Bewegung. Heute hat sie sich eine geblümte Schürze umgebunden, die wie ein Katalog für Sämereien aussieht, und statt Schuhen trägt sie Baumwollslipper. Beim Frühstück erzählte sie Alice, daß sie immer weiß, wann ein Gewitter kommt, denn dann paßt sie nicht in ihre Schuhe.

Alice verläßt hinter ihr das Haus und folgt ihr den Trampelpfad durch den Garten entlang, wo ein hoch aufgeschossener Junge mit großen, nicht verschnürten Turnschuhen an dem Rasenmäher herumfummelt. Er steht auf und bückt sich, damit Sugar ihn küssen kann. Ein kleiner blauer Schmetterling landet auf ihrer Schulter.

»Das bedeutet, ich bekomme eine neue Schürze«, sagt Sugar. Sie dreht den Kopf und betrachtet den Schmetterling mit gespitzten Lippen, ehe er davonflattert. Sugar lacht ansteckend und hell.

Sie und Alice zockeln den Hügel hinunter und an der Freiluftküche mit dem Feuerherd vorbei, neben dem ein Stapel Feuerholz zum Kochen und Einmachen für die Zeit liegt, wenn es dazu im Haus zu heiß wird. »Den Maulbeerbaum haben wir gepflanzt, als wir hier eingezogen sind«, erzählt sie Alice. »Roscoe hat gesagt, der ist als allererstes an der Reihe.«

»Mag er Maulbeeren?«

»Nein, aber Pfirsiche. Die Vögel mögen lieber Maulbeeren, also überlassen sie uns die Pfirsiche. Das hier sind indianische, so heißen sie jedenfalls. Blutrot in der Mitte.« Sugar bleibt stehen und mustert die dunklen Maulbeeren, die auf der Erde liegen. »Weißt du, wieso die Hühner sie nicht fressen?«

»Vielleicht hätten die auch lieber Pfirsiche«, sagt Alice.

Sugar lacht. »Nein, so schlau sind Hühner nicht. Das hier ist die Feuerstelle für den Schweinekessel.«

»Ihr habt Schweinekessel?«

»O ja. Zu besonderen Anlässen. An meinem und Roscoes Hochzeitstag hatten wir einen. Schade, daß du den verpaßt hast. Quatie hat das Ganze organisiert, sie ist für Einladungen zuständig. Ein ganzes Schwein haben wir dabei verputzt. Alle sind sie gekommen, Kinder und Enkelkinder mit Ehemännern und Vettern und Kusinen. Nur wer tot ist, war nicht dabei.« Sugar lacht.

Alice stellt sich vor, was es kosten würde, ihre gesamte Familie in einem Garten zu versammeln. »Kommen sie von weit her?« fragt sie.

»Den weitesten Weg dürften die aus Tahlequah gehabt haben. Meine Kinder wohnen alle Tür an Tür.« Sie zeigt auf den Wald. »Siehst du die Mobilheime? Das da gehört Johnetta, das andere Quatie, die beiden Jungs wohnen auf der anderen Seite des Weges, sie haben sich nach ihren Scheidungen zusammengetan.« Sie verstummt und beißt sich auf die Lippen. »Nein, nur einer ist geschieden, dem anderen ist die Frau gestorben. Deswegen wohnen auch die Kinder bei ihnen. Alle wohnen gleich um die Ecke.«

»Warum ziehen sie nicht weg?«

»Weil sie doch nur zurückkommen würden, denn hier ist ihre Familie. Warum wegziehen, dann wieder umkehren und zurückkommen? Macht zuviel Umstände.«

»Ich hab noch nie von einer Familie gehört, die so zusammengeklebt hätte.«

»Ach, früher haben sie nicht mal den Garten verlassen. Sie haben einfach das Haus vergrößert. Nach der Heirat haben Tochter und Ehemann ein neues Zimmer an das Elternhaus angebaut. Roscoe sagt, die Häuser wurden lang und länger, bis kein Platz mehr war, den Dreck vor die Tür zu kehren. Ich finde, Mobilheime sind einfach eine tolle Erfindung.«

Der Pfad mündet in einen alten Feldweg, das heißt in zwei verschlammte Fahrspuren, die durch dichtes Gehölz führen. Eine andächtige Schar kleiner Schmetterlinge umflattert jede Schlammpfütze. Alice kann sich nicht satt sehen an ihren flirrenden Flügeln. Sie überlegt, ob die Schmetterlinge wohl auch alle miteinander verwandt sind. »Wie groß ist euer Stück Land hier?« fragt sie Sugar.

»Die Parzelle hat Roscoes Mutter gehört, es war ihr Siedlungsland, sechzig Morgen. Jeder hat sechzig Morgen bekommen, als das Land aufgeteilt wurde. Die meisten haben ihres verkauft oder verschenkt, oder es wurde ihnen unter dem Hintern weggestohlen. Keine Ahnung, wieso ihr das nicht auch passiert ist, wahrscheinlich hat ihr niemand ein Angebot gemacht. Und so sind wir hier gelandet. Als die Kinder mit der Zeit erwachsen wurden, haben wir gesagt, sie sollen sich einen Platz aussuchen, auf dem sie ein Mobilheim aufstellen können. Sie müssen Steuern zahlen. Wir nicht. Frag mich nicht, wieso, vielleicht weil es Siedlungsland ist. Oh, sieh mal, Kermesbeere.«

An einer besonnten Stelle neben der Straße kann Alice ein Büschel der violett geäderten Schößlinge ausmachen.

»Erinnere mich daran, daß wir die auf dem Heimweg pflücken«, sagt Sugar. »Roscoe hat mir erzählt, daß es hier eine Menge davon gibt. Er war gestern hier und hat Eier gesucht. Wir haben eine Henne, die will und will nicht ins Nest legen.«

»Das da sieht mir nach Tabak aus«, sagt Alice und zeigt mit dem Finger auf eine Pflanze.

»Schon möglich. Sogar Cannabis kannst du hier finden.« Sugar kichert.

Vor ihnen öffnet sich der Wald zu einer grasbewachsenen Lichtung mit einem langgestreckten Hang, der zu einem Bach hin abfällt. Sein Wasser schimmert an den tiefen Stellen kühl und türkisfarben. Hinter dem Bach ragt eine steile, mit Löchern durchsetzte Kalksteinklippe empor, bekrönt von einer bewaldeten Hügelkuppe. Alice und Sugar stehen eine ganze Weile da, in den Anblick versunken.

»Wetten, daß es da Flußkrebse gibt.« Sugar zeigt auf die seichten Stellen.

Alice merkt, wie die Mißstimmung beim Anblick des Wassers von ihr abfällt. Leuchtendorangefarbene Libellen sirren tief, tauchen und stoßen mit dem Schwanz nach ihrem Spiegelbild, lassen sich dann in den Binsen nieder, und alle Energie wandelt sich zu vollkommenem Stillsein. Das vom Wasser zurückgeworfene Sonnenlicht strahlt die Gesichter von Sugar und Alice und die breiten Hickoryblätter über ihnen von unten an, so als befänden sie sich auf einer Bühne. »Jetzt weiß ich auch, warum man den Weiher Heaven genannt hat«, sagt sie. »Es ist himmlisch hier.«

»Ach, das ist noch nicht der richtige Weiher. Der hier heißt Bisamrattentümpel. Früher haben sie da unten wohl eine Menge Bisamratten und Nerze gefangen. Heaven ist noch ein Stückchen weiter weg«, sagt Sugar und macht sich bachabwärts auf den Weg.

Als Alice endlich, ein wenig außer Atem, beim richtigen Blauen Weiher ankommt, ist sie sofort in Sorge, die Jungen könnten sich den Schädel aufschlagen. Sugar hat recht, dieser blaue Weiher ist klarer, viel größer und tiefer, und die Kalksteinklippe wimmelt von Kindern, die wie Frösche ins Wasser hopsen. Sugars Miene ist sorglos, sie sieht den kleinen Jungen zu – die meisten vermutlich ihre Nachkommenschaft –, wie sie von dem gut zehn Meter hohen Felsen herunterspringen. Ein paar von den Jungen sind fast noch Kleinkinder, und sie haben mehr Mühe, das Ufer hochzukraxeln, als herunterzuspringen. Alice staunt. »Machst du dir keine Sorgen um sie?« fragt sie.

»Hier ist noch nie jemand ertrunken«, sagt Sugar. »Im Fluß manchmal schon, aber hier nicht.«

Jetzt haben die Kinder die beiden Frauen entdeckt; sie fuchteln wild mit den Armen und rufen: »Hallo, Grandma!« Sugar erwidert das Winken nicht gerade begeistert, findet Alice, so als ob es nichts Besonderes wäre, daß sie in der Öffentlichkeit von ihren Enkelsöhnen gegrüßt wird. Ein paar ältere Kinder stehen bachabwärts knietief im Wasser und angeln, und auch sie winken Sugar zu. Ein Junge durchquert den Bach und nähert sich mit einer Schnur, die von aufgereihten Fischen schwer ist. Die legt er vor Sugar ins Gras, so wie Alices alte Katze ihr immer Vögel vor die Tür legte. Alice traut ihren Augen nicht: Jungs in der Pubertät, die höflich sind. Sogar mehr als höflich, sie zeigen ihre Zuneigung.

Sugar freut sich über die Fische. »Woher hast du die nur alle? Du mußt ja seit Freitag geangelt haben.«

»Nein«, sagt er verlegen. Er ist ein stämmiger, langhaariger Teenager mit breiten Schultern, und auf seiner nackten Brust baumelt eine Kette mit einer goldenen Rasierklinge.

»Was für Fische sind das?« fragt Alice.

»Die violetten sind Flußbarsche«, sagt er zuvorkommend. »Das da sind Glotzaugen oder Felsenbarsche. Die sitzen unter den Felsen. Die mit den rosa Flossen sind Döbel.« Aufgeregt wendet er sich an Sugar. »Wir haben im Schlamm eine Schnappschildkröte gefangen. Leon hat mit einem Stock nach ihr gestochert, und da hat sie zugebissen und nicht wieder losgelassen. Hat die Kräfte.«

»Und dich beißt sie auch kräftig, wenn ihr sie nicht in Ruhe laßt.«

»Ich nehme dir die Fische aus und bring sie dir später vorbei, Grandma.«

»Gut, Stand. Dann bring mir bitte auch Brunnenkresse mit. Ich hab welche gesehen, dahinten bei den roten Felsen.«

»Wird gemacht.« Stand entfernt sich mit seinem Fang.

Sugar humpelt zu zwei altersschwachen Klappstühlen aus Aluminium, die an einem Baum lehnen, schüttelt sie, daß sie aufklappen, und stellt sie im Schatten auf. »Stand läßt sich zwar gern vollaufen, aber er ist ein guter Junge. Am liebsten geht er auf die Jagd. Und jede Woche kommt er mit etwas an. ›Grandma, ich hab dir was mitgebracht‹, sagt er. Er hat einfach kein Sitzfleisch. Junior nimmt ihn immer mit, setzt ihn irgendwo ab, und wenn er ihn gegen drei Uhr wieder abholt, hat er etwas. Eichhörnchen oder irgendwelches Grünzeug, na, du weißt schon.«

»Ist er der Sohn von deinem älteren Jungen?«

»Nein, eigentlich ist er Quaties Sohn, aber die hatte schon sechs oder sieben, als er geboren wurde, und da hat Junior ihn adoptiert. Du weißt doch, wie das hier ist. Die Kinder gehören allen.«

So genau weiß Alice das nicht, aber sie kann es sich vorstellen.

»Wenn er doch bloß nicht trinken würde. Er ist Roscoe wie aus dem Gesicht geschnitten, damals, als ich ihn kennengelernt hab, Ehrenwort.«

»Du mußt bis über beide Ohren in ihn verliebt gewesen

sein«, sagt Alice. »Kaum hattest du mir geschrieben, daß du ihn auf dem Werksgelände der Eisenbahn kennengelernt hast, da warst du auch schon mit ihm durchgebrannt und hast ihn geheiratet.«

»Na ja, ich war sauer, weil du als erste durchgebrannt bist und geheiratet hast. Und die Arbeit in der Fabrik hat mir sowieso gestunken.«

»Ach herrje, um Foster Greer hättest du mich wirklich nicht zu beneiden brauchen. In der Liebe hast du weitaus mehr Glück gehabt als ich.«

Die beiden Frauen sitzen still da und sehen den schlanken braunen Leibern zu, die durch die Luft und ins Wasser gleiten, als wären sie nur für diesen einen Amphibienakt geschaffen. Sugar seufzt.

»Genau solche Schultern hatte er, der Roscoe. Das kam vom Tragen der Schwellen.«

»Eisenbahnschwellen? Das ist Schwerstarbeit.«

»Mm-hmm. Damals hat er Schwellen und Pfosten behauen. Später, als wir verheiratet waren und hierher zurückgekommen sind, hat er Feuerholz für Herde gehackt. Hat es einfach in den Wäldern der Umgegend geschlagen und für fünfzig Cent das Bündel verkauft. Heutzutage kriegt man dafür fünfundzwanzig Dollar.«

»Du liebe Zeit, wie wenig damals alles gekostet hat.«

»Mein Gott! Weißt du noch, wie wir für fünfzehn Cent am Tag in der Matratzenfabrik gearbeitet haben?«

Alice lacht. »Und trotzdem hat's Spaß gemacht. Mehr Spaß, als man so meinen sollte.«

»Nein, in die Bierschwemmen zu gehen oder sich in die Scheunen zu schleichen, wo sie Ringkämpfe veranstaltet haben, das hat Spaß gemacht.«

»Oh, die haben mir auch gefallen!« sagt Alice. »Die Kämpfe jetzt im Fernsehen, die sind doch einfach albern. Erwachsene Männer, die Kostümfeste veranstalten. Die knallharten Jungs mit den ausgebeulten Shorts, die haben mir gefallen.«

»In einen hast du dich ja auch verknallt, wie hieß er noch?«

»Ludwig der Wilde. Aber verknallt war ich nicht.« Beide Frauen halten sich die Hand vor den Mund und lachen.

»Weißt du, was mir wirklich gefallen hat?« fragt Alice auf einmal. »Wenn wir mit Arnetta aus der Matratzenfabrik in die Farbigen-Kirche gegangen sind.«

»Und deine Mama uns dafür das Fell langgezogen hat«, sagt Sugar.

»Das hat mir überhaupt nichts ausgemacht. Ich bin weiter hingegangen, auch als du nicht mehr auf der Farm warst. Mittwoch abends haben sie Gospels gesungen, und dann war da eine Frau, die hat in Zungen geredet.«

»Hab ich auch schon miterlebt, Zungenreden und das ganze Brimborium«, sagt Sugar. »Hat mich nicht groß beeindruckt.«

»Die da war anders«, sagt Alice und weiß doch, daß sie es Sugar nicht erklären kann. Sie lehnt sich zurück, schließt die Augen und spürt, während sie sich erinnert, wie das Licht vom Bach auf ihrem Gesicht spielt. Auf die Frau war Verlaß. Ihr Blick wurde sanft und glasig, nicht erregt, und dann legte sie einem Kind, das zufällig in ihrer Nähe war, die Hand auf den Kopf, und niemand fürchtete sich, und dann sagte sie mit schleppender und belegter Stimme: »Gelooobd seissduuuu o Jeeessseschriss! Derrherrr ssssei-middiiiiir!« Und man wußte, was sie meinte. »Ja, Schwester«, riefen dann alle. Keiner zweifelte daran, daß der Geist aus ihr sprach. In den darauffolgenden Jahren lernte Alice andere kennen, die zuckten und kreischten und die Augen verdrehten, als hätte sie eine Schlange gebissen, aber deren Echtheit hat sie immer angezweifelt. In Rage versetzen kann sich jeder, wenn er nur will. Aber vorsätzlich friedlich werden, das ist nicht so leicht zu schaffen.

Annawake rührt ihren Kaffee um. Durch das Fenster des Lokals kann sie Boma Mellowbugs Flaschenbaum sehen und die Hunderte von Glasflaschen an seinen Zweigen. Oben im Wipfel, wo niemand mehr hinkommt, trägt er weniger, aber von Zeit zu Zeit rückt jemand von der freiwilligen Feuerwehr mit einer Leiter an, versetzt ein paar Flaschen nach oben und sorgt so für einen Ausgleich.

Sie greift nach dem Sahnekännchen und wirft die Zukkerdose um, als sie die Frau bemerkt, die die Großmutter sein muß. Sie trägt Turnschuhe, eine Polyester-Hose und eine farbige, afrikanisch anmutende Bluse und gibt sich Mühe, nicht auszusehen, als hätte sie sich verirrt. Annawake klopft ans Fenster und winkt. Die Frau hebt den Kopf wie ein aufgeschrecktes Tier, wechselt die Richtung und kommt über die Straße auf das Lokal zu. Annawake will den Zucker, den sie verschüttet hat, in die Dose zurücklöffeln. Als Alice ihren Tisch erreicht, hat Annawake einen Krater in den kleinen Zuckerberg mitten auf dem Tisch gemacht.

»Ich habe Zucker verschüttet«, sagt sie.

»Zucker ist billig«, sagt Alice. »Wenn's weiter nichts ist.«

Damit hat sie Annawake überrumpelt und ihr verziehen, ehe sie überhaupt begonnen haben. »Nehmen Sie doch bitte Platz«, sagt Annawake. Sie setzt ihre Lesebrille ab, steht auf und will Alice die Hand schütteln, als die eben dabei ist, sich hinzusetzen. Beide bücken sich so unbeholfen, daß Alice lachen muß.

»Entschuldigung. Ich bin das reinste Nervenbündel«, sagt sie und schlüpft Annawake gegenüber in die Nische.

»Ich auch«, bekennt Annawake. »Wie lange sind Sie jetzt in Heaven? Finden Sie sich schon zwischen den drei Häuserblocks zurecht?«

»Ich kann mich nicht beklagen. Sugar paßt auf mich auf. Meine Kusine. Ich hab sie am Telefon erwähnt, oder nicht?«

Annawake ist auf der Hut. Am Telefon sagte Alice

Sugar Hornbuckle, nicht aber Kusine. »Dann haben Sie und Ihre Tochter also Verwandte im Stamm?«

»O nein. Sugar und ich sind zusammen im Süden aufgewachsen. Roscoe hab ich erst kennengelernt, als er vor zwei Tagen am Busbahnhof ›Tag auch‹ gerufen hat.«

»Aha«, sagt Annawake, und sie blicken sich in die Augen.

Alice atmet langsam aus. »Tja. Ich hab so viel zu sagen, daß ich auf dem ganzen Weg geübt hab. Eigentlich wollte ich mich gleich aufs hohe Roß setzen, aber das hat mir noch nie gelegen.«

Annawake lächelt. Sie hat schon so viele Leute erlebt, die mit Schlips und Kragen auftraten und dann dem Gericht die Hucke voll logen. Diese kleine alte Dame mit den wachen Augen erscheint zur Verhandlung »Greer gegen Fourkiller« in einem afrikanisch bedruckten Kaftan aus dem Supermarkt und benimmt sich dementsprechend. »Ich kann mir schon denken, was Sie sagen wollten«, meint Annawake. »Soll ich's für Sie probieren?«

»Schießen Sie los.«

»Miss Fourkiller, Sie haben kein Recht, sich auf diese Weise in unser Leben einzumischen. Vielleicht bilden Sie sich wirklich ein, Sie wüßten, was das Beste für unser kleines Mädchen ist, denn sie ist Indianerin und Sie auch, aber das ist nur ein ganz kleiner Teil von ihr. Sie waren nicht dabei, als sie aufgewachsen ist, und Sie kommen zu spät, wenn Sie sie haben wollen, weil sie längst zu unserer Familie gehört.«

Alice kräuselt die Stirn. »Ich werd nicht wieder.«

»Kaffee gefällig?« fragt die Kellnerin und schenkt Alice ein. Sie ist eine sehr kurz geratene und sehr breite Frau mit stumpf geschnittenem schwarzem Haar und einem Gesicht so rund und flach wie ein Pfannkuchen. »Sie kenn ich, glaub ich, noch nicht. Ich bin Earlene.«

»Earlene, das ist Alice Greer«, sagt Annawake. »Sie hat in der Stadt eine Angelegenheit zu regeln.«

»Oje«, sagt Earlene, als sie den Zuckervulkan bemerkt.

»Ich habe ein bißchen geschweinigelt«, gesteht Annawake.

»Sie wissen doch, was das bedeutet? Hier kriegt jemand einen neuen Liebsten.« Earlene sieht die beiden Frauen an und strahlt. »Welche von Ihnen beiden wohl? Ich weiß, daß Annawake noch zu haben ist. Und Sie, sind Sie verheiratet?« fragt sie Alice.

»Nicht so, daß man's merken würde«, antwortet Alice. Earlene lacht sich halb tot, und ihr Busen hebt und senkt sich, daß der Kaffee in der Glaskanne gefährlich ins Schwappen gerät.

»Ich bin gleich mit einem Lappen wieder da und wisch das auf«, sagt sie. »Nichts für ungut, wenn es ein bißchen dauert. Ich bin heute allein. Wollen Sie beide die Tagessuppe? Graupen in Rindsbouillon, sehr zu empfehlen.«

»Ja, gern«, sagt Alice, und Annawake nickt. Ihre Wassergläser vibrieren, als Earlene in die Küche trabt.

»Eins haben Sie ausgelassen«, sagt Alice. »In meiner Rede.«

»Und das wäre?« Annawake pustet auf ihren Kaffee.

Alice blickt beim Sprechen aus dem Fenster. »Sie ist mißbraucht worden.«

»Ich weiß. Es tut mir leid.«

»Leid?« Jetzt greift Alice direkt an. »Das ist nicht genug. Sie haben ja keine Ahnung, was dieses Kind durchmachen muß. Sie ist noch längst nicht über den Berg. Immer wenn sie denkt, sie hat was ausgefressen oder Taylor geht weg, wird sie einfach ... ich weiß nicht, wie ich das beschreiben soll. Es ist, als ob ihr Körper noch da ist, ihr Geist sich aber davon getrennt hat. Nicht mit anzusehen ist das.«

»Kann ich mir denken«, sagt Annawake.

»Ich finde«, sagt Alice und entfaltet ihre Papierserviette, »Ihre Leute hatten ihre Chance, und sie haben genug Unheil gestiftet, jetzt ist Taylor an der Reihe. Und sie macht ihre Sache gut.«

Zum erstenmal verspürt Annawake eine leichte Animosität. »Wenn Sie ›Ihre Leute‹ sagen, wen genau meinen Sie damit? Indianer im allgemeinen oder nur den Stamm der Cherokee?«

»Ich weiß nicht. Es will mir nur nicht in den Kopf, wie man einem kleinen Mädchen so was antun kann.«

»Und mir will nicht in den Kopf, warum das ausgerechnet hier passieren konnte, denn wir lieben unsere Kinder über alles. Und fast immer gibt es genügend gutherzige Menschen in einer Familie, die in Härtefällen einspringen.«

»Kinder liebt doch jeder, das ist nun wirklich nichts Neues«, stellt Alice fest. »Abgesehen von denen, die's nicht tun.«

»Ich glaube, Sie verstehen nicht, was ich meine.« Annawakes Kiefermuskeln verkrampfen sich: die wohlbekannte Frustration, wenn sie ihre Kultur jemandem erklären soll, der glaubt, daß Amerika ein einheitliches Ganzes ist. Sie überlegt, was sie sagen möchte, und sieht vor ihrem inneren Auge Familie als Farbe, als einen Begriff, so fließend wie ein Fluß. Zu Alice sagt sie: »Früher habe ich im indianischen Krankenhaus von Claremore gearbeitet, in der Aufnahme. Manchmal hat es Jahre gedauert, bis wir wußten, wer die Mutter eines Kindes war, weil es immer wieder von einer anderen Tante gebracht wurde. Vielleicht war die Mutter zu jung, und so hat ein anderes Familienmitglied das Kind aufgezogen. Bei uns spielt es keine so große Rolle, wer die eigentliche Mutter ist.«

Alice blinzelt und verarbeitet die Botschaft. »Bei so viel Liebe rundum, wie kann es da passieren, daß jemand des Nachts zu dem abgestellten Auto meiner Tochter geht und ein Kind aussetzt?«

Annawake beobachtet zwei Mädchen, die draußen auf der Straße vorbeigehen. Flossie Deals Enkelinnen, denkt sie. Sie gehen schnell, mit ernster Miene und wippendem

Kopf, so wie sich nur heranwachsende Mädchen bewegen. Auch Annawake hat sich vorher überlegt, was sie sagen wollte, und auch ihr ist alles entfallen, oder aber die Einleitung ist ihr abhanden gekommen. »Gott weiß, warum«, sagt sie. »Es hängt wohl damit zusammen, daß unser Generationenvertrag nicht mehr funktioniert. Seit der Generation meiner Mutter.« Annawake merkt, daß sich ihr Magen zusammenkrampft. »Diese Kinder hat man nämlich laut Bundesgesetz in Internate gesteckt. Hat ihnen die Haare abgeschnitten und sie in Englisch unterwiesen, hat sie unterwiesen, Jesus zu lieben, und sie gezwungen, ihre ganze Kindheit in Schlafsälen zu verbringen. Ihre Familien haben sie vielleicht zweimal im Jahr gesehen. Die Familie hat bei uns immer an erster Stelle gestanden, aber diese Generation von Kindern hat kein Familienleben kennengelernt. Hat den Anschluß an die Vergangenheit verloren.«

»Also, das ist eine Schande«, sagt Alice.

»Ja. Und die Opfer sind ich und meinesgleichen. Wir müssen manchmal weiter zurückgehen als unsere Eltern, wenn wir wissen wollen, wie man sich benimmt.« Annawake befindet sich auf schwankendem Boden. »Die Frau, die Turtle Ihrer Tochter gegeben hat, die hatte, wenn Sie mich fragen, wahrscheinlich einen Alkoholiker nach dem anderen zum Freund. Sie hat Turtle weggegeben, weil sie nicht wußte, wie sie die Kleine davor bewahren sollte, das gleiche Schicksal zu erleiden. Aber ich weiß auch, daß die Kleine aus einer Familie herausgerissen wurde, die sie geliebt hat und der sie fehlt.«

Alices Miene verändert sich. »Woher wollen Sie das wissen? Gibt es Verwandte, die sie zurückhaben wollen?«

Annawake tupft mit der Fingerkuppe in den Zucker auf dem Tisch, zieht einen vollendeten Kreis und überlegt, wieviel sie verraten darf. »Ja«, sagt sie am Ende. »Noch bevor ich Genaueres über den Fall wußte, hätte ich Ihnen sagen können, daß das Kind hier jemandem fehlt. Und jetzt stellt sich heraus, daß ich recht gehabt habe. Das ist erst kürzlich herausgekommen, mehr oder weniger durch Zufall. Bei einem Schweinekessel. Da unterhält man sich, und Neuigkeiten machen die Runde.«

»Und«, sagt Alice und blickt sich nervös um.

»Aber in Wirklichkeit ändert das gar nichts. Gesetz ist Gesetz, und Turtles Adoption ist ungültig, ob sich nun Verwandte melden oder nicht. Unsere Aufgabe ist es, uns den nächsten Schritt zu überlegen.«

»Hat Turtle gar kein Wörtchen mitzureden?«

»Aber sicher doch. Und ich bin überzeugt, sie sagt, daß sie bei Taylor bleiben will. Was verständlich ist.« Annawake schiebt den Zucker jetzt in eine andere Richtung und macht einen Punkt auf dem Grund des Kreises. »Wir wollen heute noch nichts entscheiden. Es reicht, wenn wir uns etwas näher kennenlernen.«

Alice geht zum Angriff über. »Und wie ist es mit Ihrer Mutter nach dem Internat weitergegangen?«

Annawake blickt mit großen Augen auf das Herz, das sie in den Zucker auf dem Tisch gezogen hat, und fragt sich, was um alles in der Welt das da zu suchen hat. »Bonnie Fourkiller«, sagt sie, »hat sich alle Mühe gegeben, ein superamerikanisches Mädchen zu sein, aber sie hatte keines seiner Rechte, sondern nur die Pflichten. Schwanger mit sechzehn, mit meinem Bruder Soldier, der blau zur Welt gekommen sein soll und ziemlich bald gestorben ist. Sie hat einen Jungen aus Kenwood geheiratet, der weniger Begabung zum Geldverdienen hatte als sie, Jungen zu gebären. Drei weitere Brüder, dann ich und mein Zwillingsbruder Gabe. Ich erinnere mich nur noch, daß Dad dauernd auf Arbeitssuche war und Mama uns um Verständnis angebettelt und sieben Tage die Woche getrunken hat. Und Sonntag morgen Lysol, damit man den Schnaps nicht in der Kirche roch.«

»Guter Gott«, sagt Alice.

»Mit fünfunddreißig wurde sie dann in eine Anstalt

eingewiesen. Aber ich hatte Glück, denn um mich haben sich eine Menge Leute gekümmert. Mein Vater, meine Brüder und vor allem mein Onkel Ledger. Er ist Medizinmann. Kein Arzt. Ein Schamane. Hat man Ihnen schon vom Adlertanz erzählt?«

»Ich hab die Schildkrötenpanzer gesehen. Das muß doch Schwerstarbeit sein, mit all dem Zeug an den Beinen zu tanzen.«

Annawake lacht. »Arbeit ist es schon, aber keine Schwerstarbeit. Ich habe auch damit getanzt. Aber Onkel Ledger hat entschieden, daß ich diejenige sein soll, die sich mit der Welt der Weißen anfreundet. Meine Brüder durften Streiche machen, aber ich mußte lernen, vor allem, was ich tat, immer gut zu überlegen. Er hat mich gezwungen, englisch zu sprechen, und er hat mich angefeuert, gute Noten aus der Schule nach Hause zu bringen. Er hat sich gedacht, wir brauchen einen Botschafter.«

»Ein Botschafter? Das sind Sie also? Was auch immer Sie zu meiner Tochter Taylor gesagt haben, es hat ihr eine wahnsinnige Angst eingejagt. Sie sitzt in der Klemme, ist völlig entwurzelt, und jetzt kann sie nicht mal mehr ihre Rechnungen bezahlen.«

»Auf die Idee, daß sie zusammenpacken und ausreißen würde, bin ich wirklich nicht gekommen.«

»Passiert ist passiert. Als ich zuletzt mit ihr gesprochen hab, da hat sie sich völlig verändert angehört. Ganz bedrückt. Schlimm, wenn Menschen das Geld ausgeht. Dann bilden sie sich nämlich ein, daß sie nichts taugen.«

»Sehen Sie den Mann da?« Annawake zeigt über die Straße zum Eisenwarengeschäft, wo Abe Charley in seinem Anzug aus Pferdeleder vor der Tür steht und sich mit Cash Stillwater unterhält.

Alice beugt sich vor, damit sie besser sehen kann. »Was ist denn das, hat der Rindsleder an?«

»Pferdeleder. In der Gegend von Leech gibt es eine Abdeckerei, da kommt man ziemlich billig an Abfälle heran. Abe hat sich den Anzug selbst geschneidert. Er ist mächtig stolz darauf.«

»Nach allem, was ich so höre, staffiert sich Taylors Freund manchmal auch komisch aus. Aber so schlimm wie das Pferdeleder da ist es ehrlich gesagt nicht. Taylor hat gerade neue Schulkleidung für Turtle gekauft, statt ihre Rechnungen zu bezahlen. Sie hat solche Angst, daß Turtle in der Schule ärmlich aussieht. Sie wissen ja, wie das ist.«

»Glücklicherweise nicht. Ich meine, wer hier aufwächst, der muß nicht so tun, als sei er nicht arm.«

Alice sieht Abe in seinem auffälligen Pferdeleder nach, als er die Straße überquert. Annawake korrigiert die Spitze ihres Zuckerherzens. »Man sagt, daß Indianer undankbare Sozialhilfeempfänger sind, aber was damit wirklich gemeint ist: Wir schämen uns nicht genug, daß wir uns helfen lassen. Die jungen Leute wie ich, die Radikalen, wir sagen, der Grund dafür ist, daß man uns alles gestohlen hat, deshalb stehen uns die paar Bröckchen zu, die für uns abfallen. Und es stimmt, doch das ist nicht der springende Punkt. Die Alten hier, die denken nicht mehr an Wounded Knee, die nehmen, was ihnen angeboten wird. Für uns ist es die natürlichste Sache der Welt, um Hilfe zu bitten, wenn wir Hilfe brauchen.«

Nun spielt auch Alice mit dem Zuckerbelag herum, der sich auf dem Tisch ausbreitet. Sie zeichnet ein Schwein und zäunt es ein. »Das ist mir an meiner Kusine Sugar aufgefallen«, sagt sie. »Wir sind spazierengegangen, und da hat sie im Straßengraben Kermesbeere gesehen und ist gleich runter und hat sie gepflückt. War ihr ganz egal, wer vorbeigefahren ist und sie gesehen hat. Ich hab bei mir gedacht: ›Also, essen würd ich Kermesbeere ja, wenn's sein muß, aber es wäre mir gräßlich peinlich, wenn jemand mitkriegen würde, daß es mir so dreckig geht.‹«

Annawake lächelt bei dem Gedanken an all die Sommer, in denen sie mit ihrem Onkel Grünzeug gesammelt hat.

Alice zieht einen weiteren Zaun um das Schwein.

»Ihre Kusine Sugar war die beste Freundin meiner Mutter«, sagt Annawake. »Fragen Sie sie doch mal, ob sie sich noch an Bonnie Fourkiller erinnert.«

»Sie sind das doch mit dem Bruder, der weggegeben wurde, ja?«

Annawake erschrickt, als sie merkt, daß ihr die Tränen in die Augen schießen. »Woher wissen Sie das?«

»Das hat doch in dem Brief gestanden, den Sie Jax geschrieben haben. Er hat ihn mir am Telefon vorgelesen.«

Annawake putzt sich die Nase mit der Serviette. »Meine anderen Brüder wohnen noch immer hier, und ich habe einen Haufen Nichten und Neffen. Mein Dad lebt auch noch, aber inzwischen in Adair. Und Sie? Haben Sie noch mehr Kinder als Taylor?«

»Nein, nur Taylor. Keinen Sohn, keinen Daddy, ganz zu schweigen von einem Ehemann.«

»Ganz zu schweigen?«

»Na ja, ich hatte einen, Harland, aber der hat nie den Mund aufgemacht. Das war, als wollte man sich mit einem Bügelbrett unterhalten. Er hatte nichts im Kopf als immer nur Fernsehen. Meiner Meinung nach hat ihn das so richtig kaputtgemacht. Das Fernsehen nimmt einem das ganze Reden ab, und nach einem Weilchen weiß man nicht mehr, wie das geht.«

Annawake lächelt. »Eine interessante Theorie.«

»Also hab ich ihn verlassen. Ich hab den Verdacht, er hat's noch nicht mal gemerkt. Jetzt gibt es nur noch mich und Taylor und Turtle. Anscheinend sind wir dazu verdonnert, eine männerlose Familie zu sein.«

»Es gibt Schlimmeres. Sie könnten beispielsweise eine frauenlose Familie sein wie die, in der ich aufgewachsen bin.«

»Stimmt, es gibt Schlimmeres.«

Sie verstummen. Das Fenster bietet ihren Augen einen Ausweg, wenn sie sich nicht ansehen wollen.

»Nichts für ungut, wenn ich frage«, meldet sich Alice zu Wort, »aber was ist denn mit dem Baum da drüben los?«

»Das ist Boma Mellowbugs Flaschenbaum«, sagt Annawake. »Unsere kleine Sehenswürdigkeit. Boma ist, wie Sie es vielleicht ausdrücken würden, die Dorfnärrin.«

»Die hab ich, glaub ich, schon mal gesehen. Mit Kleid und Skimütze?«

»Das war Boma. Man muß immer gut aufpassen, daß man sie nicht überfährt. Manchmal steht sie mitten auf der Straße und unterhält sich mit den Eichen. Aber alle haben Boma so richtig gern.«

»Hat sie das alles selber gemacht?«

»Nein. Sie hat es ins Rollen gebracht. Als ich klein war, hat sie damit angefangen, alte, leere Flaschen auf die Astenden von dem Judasbaum da drüben zu stecken. Und schon ist noch jemand vorbeigekommen und hat auch eine aufgesteckt, und dann haben alle mitgemacht und die Augen nach etwas Ausgefallenem offengehalten. Einmal habe ich im Graben eine alte blaue Milchflasche gefunden und ein andermal eine von diesen tollen Glaskuppeln, wie man sie früher oben an den Strommasten hatte. Ich konnte es gar nicht erwarten, daß Onkel Ledger mich mit seinem Lieferwagen herfuhr und ich meine Sachen auf den Baum stecken konnte.«

»So was«, sagt Alice, »sieht man nicht alle Tage.«

»Hier schon. Bei uns ist so was eher normal.« Sie lacht. »Im Studium haben wir mal die sogenannte Unzurechnungsfähigkeit durchgenommen. Daß jemand, der unter Kuratel steht, kein richtiger Staatsbürger sein kann. Da wollte ich aufstehen und der Klasse von Boma und dem Flaschenbaum erzählen. Daß es auch eine andere Sichtweise gibt.«

»Und die wäre?«

»Daß man seine verrückten Leute auch gern haben, ja, sogar bewundern kann, statt ihnen übelzunehmen, daß sie nicht selber für sich sorgen können.«

»Und warum haben Sie es nicht getan?«

Annawake hebt die Schultern. »Es gibt Dinge, die kann man Weißen nicht erklären. Worte sind da zu armselig.«

»Und das ist der Witz bei der Sache, oder?« sagt Alice. »Wenn wir uns verständlich machen könnten, würden wir nicht hier sitzen.«

Earlene kommt mit zwei Suppentassen zurück und grinst von einem Ohr zum anderen. »Oje«, sagt sie, »den Zucker hab ich ganz vergessen.« Sie trabt eilig davon und singt dabei *Here comes the bride!* vor sich hin.

Annawake blickt Alice, die Frau aus der männerlosen Familie, mit großen Augen an und heckt den waghalsigsten Plan ihres Lebens aus.

## Eine Geheimsache

Letty steht mit einem Schlachtermesser bewaffnet im Garten, als Annawake vorfährt. Sie wirkt furchteinflößend, doch Annawake stellt den Motor ab und nähert sich ihr durch das Bohnenbeet. Sie schwenkt Lettys Kuchenteller. »Das hier möchte ich dir zurückbringen«, sagt sie.

Lettys Hand fährt zu dem Hut ihres verstorbenen Mannes, sie wirft Annawake einen schiefen Blick zu und runzelt die Stirn, dann aber geht ihr ein Licht auf. »Annawake, Ehrenwort, dich hätt ich nie erkannt,wenn du nicht beim Schweinekessel gewesen wärst. Du mit deinem ratzekahlen Putz.«

»Ach komm, Letty, ich lasse es ja wieder wachsen. In ein, zwei Jahren kann ich mich wieder blicken lassen.«

»Schon möglich.« Letty staunt über ihren Kuchenteller. »Wie bist du denn an den gekommen?«

»Ich habe mir von dem Schweinekessel, den du für Cash gegeben hast, Süßkartoffel-Pie mit nach Hause genommen. Für Millie, weißt du das nicht mehr? Die ißt so was für ihr Leben gern.«

»Na, dann hätte sie mitkommen sollen. Sie hat was verpaßt.«

»Wollte sie ja auch, aber dann hat der Kleine nach dem Impfen so gequengelt.«

»Das tut mir leid.«

»Er lebt ja noch. Millie bedankt sich für die Pie. Eigentlich wollte sie den Teller selber zurückbringen, wenn sie mal ein bißchen Luft hat und sich mit etwas Selbstgebackenem revanchieren kann. Aber da hättest du noch lange warten können, also habe ich ihn mir heute morgen einfach geschnappt. Ich dachte mir, du hättest den Teller gern zurück.«

Letty lacht. »Ja, so geht's einem mit Kindern. Die sind wie Ausschlag, du wirst und wirst sie nicht los. Und trotzdem fehlen mir meine, jetzt, wo sie erwachsen sind.«

Annawake sieht sich suchend um. Was geht wohl im Garten vor, daß Letty ein Schlachtermesser braucht? Sie kann nichts Bedrohliches erblicken. »Du siehst aus, als ob du hinter dem nächsten Schwein her bist.«

»Na, und wie, wenn hier doch nur eins durchkäme. Oder ein Strauß. Hast du schon von der Straußenfeder gehört, die Boma Mellowbug zu fassen gekriegt hat?«

»Nein.«

»Sie sagt, sie ist bei ihr über den Zaun gefallen. Der Kerl, dieser Green, behauptet, sie wäre über den Zaun geklettert und hätte sie sich geholt, und er will sie wiederhaben. Er sagt, er bringt sie deswegen vor Gericht. Cash hat sie gestern in der Stadt gesehen, mit der Feder am Hut.«

Annawake bedauert, daß sie den Anblick verpaßt hat. »Wie lebt sich Cash denn so ein?« fragt sie.

»Ach, geht so. Ich finde, er grübelt zuviel. Ich hab ihn angestellt, daß er mir das Dach repariert, damit er auf andere Gedanken kommt.«

»Darum habe ich ihn gestern wohl auch mit Abe Charley vor der Eisenwarenhandlung gesehen. Weißt du eigentlich, daß er eine heimliche Verehrerin hat?«

Annawake kann sehen, wie Letty die Ohren um einige Zentimeter spitzt. »Und wer sollte das sein?«

»Bei Sugar und Roscoe ist eine Frau auf Besuch. Sie ist irgendwie mit Sugar verwandt.«

»Ach, Kindchen, das weiß ich doch längst. Ich war in meiner Küche, als die Frau Sugar hier bei mir angerufen und Knall auf Fall ihren Besuch angekündigt hat. Sie hätte eine Geheimsache mit dem Stamm zu regeln. Große Ansprüche. Mehr kann ich dir auch nicht sagen. Eigentlich hab ich dir schon viel zuviel erzählt.«

Annawake lächelt. »Mir ist zu Ohren gekommen, daß sie nur so darauf brennt, Cash Stillwater kennenzulernen.«

»Dann sollten wir ihm das nicht sagen, meinst du nicht?«

»O nein, lieber nicht«, sagt Annawake. »Ich könnte mir vorstellen, daß ihm das eher peinlich ist.«

»Wahrscheinlich. Ich halt mich da vollkommen raus. Wie ist sie denn, die Kusine?«

»Sie heißt Alice Greer. Sieht nett aus, ist geschieden. Und sie hat etwas gegen Fernsehen, viel mehr weiß ich auch nicht über sie. Sie sagt, sie mag Männer, die mit ihr reden.«

»Du meine Güte, wo bei Cash die Mühle keine Minute stillsteht. Ich kann ein Lied davon singen.«

»Soviel ich weiß, bleibt sie ein Weilchen hier«, sagt Annawake. »Da laufen sie sich eines Tages so oder so über den Weg, was meinst du?«

»Oh, bestimmt«, sagt Letty. Die Sonne funkelt auf der Messerklinge und blendet Annawake. »So oder so.«

Annawake hält es für geraten, sich nicht noch einmal nach dem Messer zu erkundigen. Sie gibt Letty also den Teller und überläßt sie sich selbst.

# Freie Wildbahn

Der Mann, der Taylors Miete kassiert, hält vor ihrer Wohnung, als sie gerade aufbrechen und Turtle zu Fuß zur Schule bringen will. Sonderbare Dinge hat er auf seinem Lieferwagen: große Netze mit langen Griffen beispielsweise und Frachtkisten. Er steigt aus und kommt so forsch auf sie zu, daß Taylor nichts anderes übrigbleibt, als ihn zu bemerken.

»Hallo«, sagt sie. »Ich wollte den Scheck morgen in die Post geben.«

»Und ich soll ihn heute abholen, wenn Sie nichts dagegen haben. Schließlich ist er eine Woche überfällig.«

»Na schön. Dann lassen Sie mich eben reingehen und mein Scheckheft holen.«

Der junge Mann, dessen Namen sie nicht kennt, trägt eine breite Brille mit flachen Gläsern, die das Licht reflektieren und ihn wie hinter einem Schaufenster erscheinen lassen. Eigentlich tut er Taylor ein wenig leid, was hat er doch für einen gräßlichen Beruf. Einmal hat er sich regelrecht bei ihr entschuldigt und ihr erzählt, daß er eigentlich Parkarbeiter ist; Mieteintreiber ist er zusätzlich, weil seine Frau ein Kind bekommen hat und er Geld braucht. Er hat hellen, nicht gerade imponierenden Flaum am Kinn und wirkt zu jung für soviel Sorgen.

Da sie gerade die Stromrechnung bezahlt hat, datiert sie den Scheck auf Mitte nächster Woche vor, wenn Zahltag ist. Sie muß sich etwas einfallen lassen, denn er darf ihn sich nicht zu genau ansehen. »Was haben Sie denn da auf Ihrem Lieferwagen?« fragt sie.

»Zeug zum Gänsefangen«, antwortet er.

Sie verstaut das Scheckheft in der Gesäßtasche ihrer

Jeans und faßt nach Turtles griffbereiter Klammerhand. »Sie fangen Gänse?«

»Heute ist großes Gänsetreiben.«

Taylor blickt von seinem verglasten Gesicht zu dem Lieferwagen und wieder zurück und weiß nicht so recht, was sie dazu sagen soll.

»Kanadische Gänse«, setzt er als Erklärung hinzu.

»Ist das eine Art Sport?«

»Nein, das ist eine Plage für die ganze Stadt«, sagt er und zieht sich die braune Jacke des Gartenbauamts mit dem Gehabe eines Mannes an der Schulter zurecht, der sich für einen Gänse-Experten hält. »Die kanadischen Gänse kommen gern an unser Seeufer hier«, erklärt er fachkundig, »und dabei sollten sie auf dem Weg nach sonstwohin sein. Vermutlich wollen sie nur eine kleine Pause einlegen. Aber schon marschiert alles mit den lieben Kleinen und einer Tüte trockenem Brot zum See und füttert die Gänse, und ehe man sich's versieht, wollen die Viecher schon nicht mehr weiterfliegen. Sie denken gar nicht daran.«

Turtle zupft an Taylors Hand und blickt auf die Spitzen ihrer neuen Turnschuhe, die eindeutig in Richtung Schulhof streben. Aber Taylor muß höflich sein. Der Typ mag zwar wie ein Neunzehnjähriger aussehen, hat aber im Augenblick unbegrenzte Macht über ihr Leben. »Leuchtet irgendwie ein, daß sich nicht jede aus Kanada desertierte Gans an den Kais rumtreiben darf.«

»Nein, Ma'am, ganz bestimmt nicht. Der Gänseschiß da unten stinkt nicht nur zum Himmel, er reicht auch schon dahin. Aber uns geht es vor allem um das Wohlergehen der Tiere. Hat doch nichts mehr mit freier Wildbahn zu tun, wenn sich ein Vogel nur noch durchfüttern läßt. Eine Menge Vögel, und ich übertreibe wirklich nicht, Ma'am, ist inzwischen zu fett zum Fliegen.«

Taylor beißt die Zähne fest zusammen, damit sie nicht lächelt, befürchtet jedoch, daß sie gleich eine Kieferklemme bekommt. »Wohin bringen Sie die Tiere, wenn Sie sie eingefangen haben?«

»Die verschiffen wir in den Osten von Washington«, antwortet er stolzgeschwellt. »Kein Zuckerschlecken, das Leben da. Kaum Regen und wenig zu beißen. Da werden die Gänse wieder schön schlank und rank und lernen, selbst für sich zu sorgen, das können Sie mir glauben. Bei der harten Arbeit legen sie ihre schlechten Angewohnheiten sicher schnell wieder ab.«

»Was ist, wenn sie zu faul sind, sich zu bessern?« fragt Taylor mit ernster Stimme. »Watscheln sie dann einfach zurück in den Westen?«

»O nein, Ma'am, die kommen schon nicht wieder hierher zurück. Die nicht. Jedenfalls nicht von da, wohin sie gebracht werden. Auf dieser Reise scheidet sich die Spreu vom Weizen, so könnte man sagen.«

»Die Böcke von den Schafen«, sagt Taylor mit einem bemühten Stirnrunzeln.

»Stimmt«, sagt der Mieteintreiber. Er faltet Taylors Scheck, ohne ihn anzusehen, und verstaut ihn vorsichtig in der Hemdtasche. »Na, dann will ich mal«, sagt er.

»Lassen Sie sich nicht aufhalten«, sagt sie. »Ich kann nur hoffen, daß Sie alle kriminellen Elemente einfangen.«

Taylor hat ihm so viel Mut gemacht, daß der Mann praktisch zu seinem Lieferwagen zurücksprintet und davonbraust.

»Ich wollte, jemand würde *uns* altes Brot geben«, sagt Taylor zu Turtle, »du auch?«

Turtle nickt. »Mit Erdbeermarmelade.«

Die beiden drehen die Zehen auswärts und tun so, als wären sie fette Gänse, die zur Schule watscheln.

Am späten Samstagmorgen fährt Taylor im Dauerregen Richtung Süden zum Flughafen und wünscht sich nichts sehnlicher, als auch irgendwo hinzufliegen, statt einen

Mann im Rollstuhl zu seinem Flugzeug zu bringen. Sie steht als Springer noch immer auf dem Dienstplan von Telebus, und an diesem Vormittag springt sie für Kevin ein. Der redet zwar nicht mehr mit ihr, läßt sie aber seine Samstagsschicht fahren, weil niemand anders sie übernehmen wollte und er sonst nicht zu einer Computermesse hätte fahren können. Taylor hat ein ungutes Gefühl wegen des Babysitters; Turtle ist bei einer ältlichen chinesischen Nachbarin mit roter Perücke, schwarzen Strümpfen und braunen Plastiksandalen, die in Heimarbeit Uniformen für Cheerleader und Baseball-Mannschaften näht und gar kein schlechter Tip zu sein scheint. Bedauerlicherweise spricht sie kein Wort Englisch, deshalb hat Taylor keine Ahnung, wieviel sie ihr berechnen wird, und kann nur hoffen, daß ihr Geld reicht.

Im Moment hat sie nur einen Fahrgast, den Mann, der zum Flughafen will. Er gefällt Taylor: ungefähr ihr Alter und nette Augen, die sie ein wenig an Jax erinnern. »Wollen Sie irgendwohin, wo die Sonne scheint?« fragt sie ihn.

»Wohl kaum«, sagt er. »Ich arbeite im Tower.«

»Ehrlich?« Sie schämt sich; wie konnte sie nur annehmen, daß er ein Passagier ist und nicht zur arbeitenden Bevölkerung gehört. »Wie ist es da? Ich habe gehört, man kann da glatt einen Herzschlag bekommen.«

»Nur wenn man Flugzeuge zusammenstoßen läßt. Wir bemühen uns, sie davon abzuhalten.«

»Aber wie können Sie alles auf einmal im Blick haben? Ich glaube, für den Job wäre ich absolut nicht geeignet. Ich flippe ja schon aus, wenn Telefon und Türglocke zur gleichen Zeit läuten.«

»Wir haben Radarsichtgeräte. Warum kommen Sie nicht mal rauf in den Kontrollraum und sehen sich alles an? Fragen Sie nach Steven Kant.«

Sie drosselt das Tempo und läßt jemanden vorbei, der ihr an der Stoßstange klebte. Die Scheibenwischer bewegen sich so regelmäßig über das Glas wie das Pendel eines

Hypnotiseurs und weisen sie an, schläfrig, ganz schläfrig zu werden. Taylor versucht, nicht an Turtle zu denken, die jetzt in Mrs. Chins düsterer Wohnung sitzt, sich mit niemandem unterhalten kann und stumm fernsieht, während sich Mrs. Chins Nähmaschine durch Lagen von knallbuntem Satin pflügt. Für Turtle wäre es ein umwerfendes Erlebnis, wenn sie sich den Luftverkehr vom Kontrollzentrum aus ansehen könnte. »Gut, wird gemacht«, sagt Taylor.

»Super.«

Die breite Stadtautobahn ist zwar voller Autos, hat aber sonst weiter nichts zu bieten, sie ist lediglich glatt und naß, ein Ort, wo jeder bestimmt schon einmal gewesen ist. Der Fluglotse scheint nichts mehr zu sagen zu haben, und das ist wirklich schade. Taylor hält ihn in der Geschichte von Telebus für den wahrscheinlich muntersten Fahrgast, und er sieht auch noch gut aus. »Übrigens, ich heiße Taylor«, sagt sie. »Normalerweise fahre ich diese Route nicht. Aber das wissen Sie vermutlich.«

»Nein, wußte ich nicht. Ich fahre diese Route nämlich normalerweise auch nicht. Mein MG ist in der Werkstatt.«

»Oh, so ein Pech aber auch.«

»Es macht mir nichts aus, mich ein Weilchen kutschieren zu lassen.« Er erhascht ihren Blick im Rückspiegel und lächelt. »Das Personal ist freundlich.«

»Das Feinste vom Feinen. Lehnen Sie sich bequem zurück, Sir, und schenken Sie sich ein Glas Champagner ein.«

»In meiner Branche sieht man es nicht gern, wenn die Mitarbeiter beschwipst zur Arbeit kommen. Ein andermal.«

Sie blickt wieder in den Rückspiegel und überlegt, ob das eine Einladung sein sollte. Schon möglich, doch er hat sie so behutsam vorgebracht, daß sie ruhig darüber hinweggehen kann, ohne daß sich einer von ihnen gekränkt fühlen muß. Vielleicht erzieht ein Leben im Rollstuhl zu dieser Art Feinfühligkeit.

»Fahren Sie wirklich einen MG?«

»Ja. Ein Kabrio. Kanariengelb, mit Sportfelgen und Handbetrieb und hintendrauf einem sehr sportlichen Gepäckträger für den Rollstuhl.«

»Haben Sie einen Fächerkrümmer?«

»Klar doch. Fächerkrümmer und Steckscheiben.«

»Stark. Wetten, der schnurrt nur so.«

»Sie kennen sich aber gut mit Sportwagen aus.«

Taylor lächelt. »In Wirklichkeit überhaupt nicht. Ich habe sie bloß verkauft, stückweise.«

Steven Kant lacht. »Klingt ganz nach einer kriminellen Vergangenheit.«

»Nein, nichts derart Einträgliches. Ein Geschäft für Autozubehör.« Taylor merkt, daß sie kaum noch eine Erinnerung an die Arbeit bei Mattie hat. Sie kann sich noch vorstellen, wie sie im Laden inmitten all der gut sortierten Traumteile aus Metall mit Männern geschäkert hat. Aber jene kesse Verkäuferin kommt Taylor inzwischen wie eine selbstbewußte, ältere Schwester vor, nicht wie sie selbst. Jemand, der sein Leben im Griff hatte.

»Wie wär's, würden Sie mich, wenn Ihr MG repariert ist, zur Abwechslung auch mal herumkutschieren?« fragt sie. »Aber nicht zur Arbeit. Ich arbeite im häßlichsten Einkaufszentrum der ganzen Welt.«

»Okay. Wie wär's mit der Schleuse?«

»Schleuse?«

»Ja. Kennen Sie die nicht?«

»Nur die Schleusen, die der Himmel hier jeden Tag öffnet.«

Er lacht. »Die Schleuse zwischen Sund und See, durch die die Schiffe geschleust werden. Ehrlich, sind Sie da noch nie gewesen?«

»Ich bin hier neu, Matrose.«

»Also gut, dann zeige ich Ihnen die Schleuse. Und hinterher lade ich Sie zum frischesten Lachs Ihres Lebens ein. Was halten Sie von nächstem Samstag?«

Bei der Erwähnung von Lachs macht Taylors Magen einen Freudensprung. Es geht gar nicht darum, daß er frisch ist; sie ist inzwischen so weit, daß sie jeden Lachs mitgehen ließe, wie tot auch immer er auf der Straße herumliegen würde. Sie hat die Erdnußbutter so satt, daß sie nicht einmal mehr Turtle zuliebe so tut, als hätte sie Mitleid mit den armen, abgemurksten Erdnüssen.

»Samstag geht in Ordnung«, sagt sie, nachdem sie so getan hat, als müßte sie darüber nachdenken. »Aber eins muß ich Ihnen vorweg sagen, ich habe ein kleines Mädchen, das liebend gern mitkommen würde. Keinen Mann oder so, aber ein Kind. Wäre Ihnen das recht?«

»Zwei Verabredungen zum Preis von einer«, sagt er. »Das ist ja noch besser.«

Taylor denkt: Hat sich was zum Preis von einer. Turtle ißt auch.

Jax hat eine fast volle Bierflasche umgestoßen, und die hat sich mitten in *Dancing at the Zombie Zoo* in seinen Synthesizer ergossen. Er schafft es noch bis zu den letzten Akkorden, schlägt behutsam an und zieht diesmal am Ende keine Schau ab. Hoffentlich bekommt er keinen Schlag. Als sie zum Schluß hin leiser werden, bedeutet er dem Gitarristen, daß er eine Pause braucht. Als die Bühnenbeleuchtung ausgeschaltet wird und Musik vom Band durch die Saallautsprecher kommt, zieht sich Jax das T-Shirt aus und macht sich daran, sein Keyboard trocken zu wischen. Er muß das ganze Ding auseinandernehmen. Fängt er nun gleich damit an, ehe ihm das Bier in die Mikroprozessoren gelaufen ist, oder wartet er bis später? Eine junge Frau, die sich schrecklich schlecht hält und die nur auf einer Schädelhälfte Haar hat, kirschrot und strähnig, tanzt noch immer direkt vor der Bühne. Nein, eher macht sie flache Kniebeugen und rotiert langsam und mit geschlossenen Augen vor sich hin. Seit fast einer Stunde windet sie sich auf dem gleichen Fleck, und das reizt Jax aus unerfindlichem Grund. Er greift nach der Bierflasche, die das Verbrechen gegen die Musik begangen hat, und rollt sie in ihre Richtung. Hoffentlich fällt sie von der Bühne und weckt sie aus ihren Träumereien. Doch sie poltert nur dumpf und kollert an ihr vorbei. Er hebt sein Keyboard aus dem Gestell, schiebt ein paar Lautsprecherkabel beiseite und schafft sich Platz auf dem Bühnenboden.

Rucker, der Leadgitarrist, kommt quer über die Bühne und baut sich vor ihm auf. »Mann, das ist ja abgesoffen.«

»Ja. Aber in Bier, also freut es sich. Kennst du dich in Erster Hilfe aus?«

»Nein, Mann, ich zahl ja nicht mal Steuern.«

»Rucker, du hast die Weisheit auch nicht mit Löffeln gefressen.«

»Jax, was finden die Frauen bloß an dir? Die Brünette da an der Bar schickt dir diesen Wisch. Sie hat gesagt, es ist dringend.«

»Sag ihr, ich hab eine Krankheit, ja?« Jax holt einen Schraubenzieher aus seinem Keyboardkasten und macht sich daran, die Rückwand abzuschrauben.

»Damit macht man keine Witze.«

»Ich werde hier nur dafür bezahlt, daß ich die Leute mit Musik unterhalte.«

»Was ist los mit dir? Wohl mit dem linken Fuß zuerst aufgestanden, was? Hast du sie gesehen? Die Frau sieht super aus.«

»Schön für sie.«

Rucker entfaltet die Nachricht, die auf eine Cocktailserviette geschrieben ist. »Dann les ich das Liebesbriefchen selber.«

»Ich wußte gar nicht, daß du lesen kannst.« Jax kniet sich hin, bückt sich fast bis auf den Fußboden und äugt in sein Instrument. Es erstaunt ihn stets von neuem: Es bringt Töne hervor, die sich anhören wie ein Klavier, eine Hammondorgel, ein gedämpftes Waldhorn, ja, sogar wie berstendes Glas oder eine Murmel, die ein Rohr hinunterkollert, und trotzdem herrscht in seinem Inneren praktisch gähnende Leere. Er weiß noch, daß er ähnlich gestaunt hat, als er zum erstenmal einen Fernseher in seine Einzelteile zerlegte.

»Wer ist Lou Ann?«

Jax blickt auf. »Gib das her.«

»Lou Ann hat angerufen«, liest Rucker. »Hilfe! Hilfe! Ruf Taylor unter dieser Nummer zurück.«

Jax reißt Rucker die Serviette aus der Hand, springt von der Bühne und stößt mit der hopsenden, halbseitig kahlen Tänzerin zusammen, doch die wacht noch immer nicht auf. Er läuft schnurstracks zum Münztelefon zwischen Bar und Küche. Ruhe hat man da nie, aber warten, bis er zu Hause ist, das geht auch nicht. Taylor nimmt beim ersten Läuten ab.

»Jax?«

»Ich gehe ein, wenn ich nicht binnen einer Stunde deinen Nabel küssen kann. Bitte sag, daß du von der Triple-T-Fernfahrerkneipe in Süd-Tucson anrufst.«

»Tu ich nicht. Obwohl es hier fast so aussieht wie bei Triple-T. Ich bin in einer Telefonzelle auf einem Parkplatz zwischen Kwik Mart und etwas, was ein Open-air-Festival von Rauschgiftsüchtigen zu sein scheint.«

»Wo ist Turtle?«

»Schläft im Auto. Du, ich weiß ja noch nicht mal, ob ich dir verzeihe, daß du Gundi gebumst hast. Wieso sollte ich dich da meinen Nabel küssen lassen?«

»Gut, gut, das hört sich ganz nach Taylor an. Danach muß es dir gutgehen.«

»Ach, ich weiß nicht. Das hier ist die Hölle auf Erden. Muß man in der Hölle Miete und Gas und Wasser bezahlen?«

»Nein, man bezahlt erst, und dann kommt man dahin.«

»Jax, ich habe mein Leben total vermasselt.«

»Ich habe einen neuen Song für dich geschrieben. Hör zu.«

»Ich weiß nicht, ob ich mir einen weiteren Herz-Schmerz-Song anhören möchte.«

»Dieser ist nicht ganz so schlimm. Hör zu:

Ich hab dich glücklich gemacht,
Ich hab dir Frühstück gemacht,
Du hast mich nur verrückt gemacht.
Ich hab dir Blumen geholt,
Ich hab mir Kopfschmerz geholt,
Heut hol ich mir 'nen Korb von dir...«

»Herz-Schmerz-Song«, konstatiert Taylor. »Ein böser Herz-Schmerz-Song, was noch schlimmer ist. Jax, das hatten wir alles schon mal. Ich bin nicht vor dir weggelaufen, sondern vor der Situation.«

»Würde es dir etwas ausmachen, das fünfhundertmal an die Tafel zu schreiben?«

Ihre Stimme bleibt gelassen. »Du fehlst mir, Jax. Ganz schlimm. Manchmal tut mir davon regelrecht der Hals weh, und dann bin ich mir nicht mehr sicher, ob es dich tatsächlich gibt oder nicht. Wir haben uns so lange nicht gesehen.« Jax hört, wie sie sich die Nase putzt, und das ist das herzerfrischendste Geräusch, das er in seinem ganzen Leben gehört hat. Wenn er doch seinen Synthesizer mit diesem Nasenputzen programmieren könnte.

»Nicht mal mehr dein Foto habe ich«, sagt sie. »Barbie, das Biest, hat es gestohlen.«

»Ein Verbrechen wider die Natur«, sagt Jax. »Sie hat mein Foto gestohlen?«

»Na ja, es ging um Geld. Ist irgendwie schwer zu erklären.«

»Du hast jemanden dafür bezahlen müssen, daß er mein Foto stiehlt?«

Eine Kellnerin, die ihre Bluse unter der Brust verknotet hat, kommt mit einem Tablett voll mit schmutzigem Geschirr an Jax vorbei, sieht ihn an und weidet sich an seinem unbekleideten Oberkörper.

»Ich habe mein Hemd für einen medizinischen Notfall geopfert«, flüstert er.

Sie verdreht die Augen, macht kehrt und öffnet die Küchentür mit dem Hinterteil.

»Ich hätte es wissen müssen«, sagt Taylor. »Daß Barbie lange Finger machen würde. Jax, es ist einfach nicht zu fassen, wie ich mir hier alles vermasselt habe. Es kommt mir so vor, als hätte ich alles falsch gemacht, was man nur falsch machen kann.«

»Das hört sich nach einem Auffahrunfall mit sieben Autos an.«

»Genau. Ich habe es dir noch nicht gesagt, aber diesen Job mit dem Kleinbus, den bin ich auch los. Ich konnte das Babysitten nicht auf die Reihe bekommen. Als Springer haben sie mich zwar behalten, aber viel werde ich nicht angefordert. Ich bin jetzt Kassiererin in einem Warenhaus. Damenunterwäsche, um genau zu sein. Sechs Dollar die Stunde.«

»Ist doch gar nicht so schlecht. Achtundvierzig Dollar am Tag dafür, daß du Unterwäsche verkaufst. Das sind fast tausend im Monat.«

»Eine Eins, du Mathegenie, außer daß es nicht soviel ist. Ich habe Abzüge für Steuern und Sozialversicherung und für eine blöde Krankenkasse, von der ich erst nach sechs Monaten was habe. Ich bringe es auf runde siebenhundert im Monat.«

»Ha, da sollten die unerwünschten Pfunde nur so dahinschmelzen.«

»Ich habe einen Haushaltsplan aufgestellt: Unsere Miete beträgt dreihundertneunzig, und wenn du Wasser,

Strom und Gas hinzurechnest – die Heizung haben wir bislang nicht angestellt, also weiß ich noch nicht, was die kostet –, dann gehen, sagen wir mal, alles in allem fünfhundert für Miete und Nebenkosten drauf. Dann noch mal fünfzig fürs Auto, damit ich zur Arbeit komme. Wenn wir es schaffen, nur hundert im Monat für Essen auszugeben, dann hätten wir noch fünfzig Dollar für Notfälle. Aber wir hinken immer hinterher, Jax. Die Autoversicherung war fällig, und heute haben in der Kasse vierundvierzig Dollar gefehlt, und die will man mir vom Gehalt abziehen. Ich denke bei mir, von welchem Gehalt eigentlich?«

»Das ist Raub.«

»Nein, vermutlich bin ich selber schuld. Ich mußte Turtle im Auge behalten, das hat mich abgelenkt. In ihrer Schule gibt es nach dem Unterricht eine spezielle Betreuung für Kinder aus sozial schwächeren Schichten, und damit bin wohl ich gemeint, aber selbst das kostet drei Dollar pro Tag. Sechzig im Monat. Das Geld habe ich nicht.«

»Ihr lebt von fünfundzwanzig Dollar die Woche?«

»Ja. Wir essen dreimal täglich, jede Mahlzeit für einen Dollar, und dann bleiben noch die vier Dollar Milchgeld für die Schule. Wir machen nicht gerade Fettlebe, wie Mama das ausdrücken würde.«

»Nein, wenn du mich fragst, so führt ihr ein Hundeleben und nagt am Hungertuch.«

»Jax, Armut schlaucht so.«

»Darf ich dich zitieren? Vielleicht auf einem Autoaufkleber oder so?«

»Ich weiß, du bist auch nicht reich, aber es war anders, als wir uns die Miete noch geteilt haben und Lou Ann immer als Babysitter eingesprungen ist.«

»Dann schwing die Hufe und komm nach Haus, Dorothee.«

»Ach, das Lustigste habe ich noch gar nicht erzählt. Jetzt verlangen sie von mir, daß ich mich zur Arbeit besser anziehe. Meine Chefin sagt, Jeans und T-Shirt sind bei einer Kassiererin in der Damenbekleidung unzulässig. Es hat mich gejuckt zu sagen, sie soll mit ihrem Bügel-BH abschieben und mich zum Autozubehör versetzen. Aber wenn ich diesen Job auch noch verliere, dann bleibt uns nur noch eine Parkbank in der Innenstadt oder unser Auto, und das ist kein Witz. Ehrenwort, ich bin so tief gesunken, daß ich am liebsten in der Kinderabteilung geklaut hätte.«

»Taylor, lies mir von den Lippen ab: Komm nach Hause. Ich schicke dir das Geld. Ich glaube nicht, daß diese Annawake noch hinter dir her ist.«

»Du glaubst nicht?«

»Auf mich wirkt sie mehr wie jemand, der im Gebüsch lauert und Leute erschreckt.«

Taylor putzt sich schon wieder die Nase. »Wenn ich die Reise selber bezahlen könnte, ich würde ja kommen, Jax. Ich bin die ganze Zeit so müde, daß ich mich einfach hinlegen und hundert Jahre schlafen könnte. Aber du darfst mir kein Geld schicken. Dann hast du nicht die Miete für den nächsten Monat.«

»Hör auf, mich zu beleidigen. Ich könnte es von Mattie borgen.«

»Nein!« schreit Taylor.

»Mein Gott, immer mit der Ruhe. Mattie macht das nichts aus.«

»Aber mir«, sagt sie. »Es muß hier einfach klappen. Es muß. Ich bin nicht dumm, und ich bin nicht faul. Ich arbeite so hart, Jax, aber irgendwie kommen wir nicht über die Runden.«

»Das ist nicht deine Schuld, Taylor.«

»Wessen ist es dann? Ich sollte in der Lage sein, für ein Dach über dem Kopf zu sorgen. Wenn ich mir Mühe gebe.«

»Das ist doch nur ein Märchen. Du mißt dich an dem großen amerikanischen Kulturmythos, aber das Tellerwäscher-Märchen ist längst ausgeträumt, mein Schatz. Diese Meßlatte hält der Wirklichkeit nicht mehr stand.«

»Stimmt. Erzähl das mal meinem Vermieter.«

»Was du brauchst, ist ein netter Musiker, der sich um dich kümmert.«

»Als ob das kein Mythos ist. Wann hätte sich ein Musiker schon mal um jemanden gekümmert.«

»Im Augenblick nicht mal um seinen heißgeliebten Synthesizer. Dem habe ich eben ein Bier übers Vorderteil geschüttet und ihn röchelnd in den letzten Zügen auf der Bühne im Stich gelassen. Wir machen gerade Pause.«

»Weißt du was, ich habe einen Fluglotsen kennengelernt.«

»Mist, als ob ich es nicht geahnt hätte. Du bist verliebt.«

»Nein. Aber gestern durften Turtle und ich den Tower besichtigen. Das ist so ein dunkler Raum mit vielen kleinen Radarschirmen, und jeder hat einen zu überwachen. Und da hocken sie den lieben langen Tag und beobachten blinkende gelbe Punkte und trinken Kaffee und reden den Piloten gut zu, daß sie keine Zusammenstöße verursachen. Das ist vielleicht ein Leben, was? Sieht irgendwie aus wie im U-Boot.«

»Also so sieht es im U-Boot aus? Das habe ich mich schon lange gefragt.«

»Ich weiß nicht recht. Es ist mir nur so vorgekommen. Es nennt sich Flughafenradar-Anflugkontrolle. Turtle hat immer Flughafen-Rattenkontrolle gesagt. Ich bin mir nicht sicher, ob sie richtig mitbekommen hat, wozu das Ganze gut ist.«

»Sei nicht überrascht, wenn doch. Ihr entgeht so leicht nichts.«

»Stimmt. Der Anblick war irgendwie tröstlich. Wenigstens einer, der etwas auf dieser Welt im Griff hat.«

»Hört sich für mich nach wahrer Liebe an«, sagt Jax bekümmert.

»Jax, ich bin nicht in Steven Kant verliebt.«

»Dann paß auf, daß sich dieser Immanuel Kant nicht in dich verliebt.«

»Das ist stark. Mir sagst du, ich soll wie eine Nonne leben, während du die Vermieterin endlich rumkriegst, daß sie sich für unsere Wasserspülung interessiert.«

Jax muß wider Willen lachen. »Sie hat das Interesse schon wieder verloren, Ehrenwort. Unsere Toilette trotzt noch immer den Gesetzen der Hydrodynamik.«

»Freut mich zu hören. Sie soll sich ja nicht einbilden, daß sie dir einen besonderen Gefallen getan hat.«

»Weißt du was? Ich freue mich, daß du eifersüchtig bist. Da muß ich kein schlechtes Gewissen wegen der Dinge haben, die ich mit deinem Immanuel Kant anstelle, sowie ich seinen Tower ausgemacht habe.«

»Ich bin nicht verliebt, Jax. Er ist nett, aber er lacht nicht über meine Witze wie du.« Sie verstummt, doch an der Art ihres Schweigens merkt Jax, er muß weiter zuhören. Jetzt sagt sie: »Ich gebe es nur ungern zu, nachdem ich gerade gesagt habe, ich will es allein schaffen, aber er hat Turtle und mich in das hübsche Flughafenrestaurant eingeladen, und ich habe da gesessen und bei mir gedacht: Jedes Gericht auf dieser Speisekarte kostet mehr, als wir in der ganzen Woche für Essen ausgeben können. Es war herrlich, endlich einmal einfach zu essen. So was läßt sich manchmal schwer von Liebe unterscheiden.«

Jax kann über die Bar hinweg die Bühne sehen, wo seine Band jetzt wieder eintrudelt. Rucker und der Drummer stehen über seinem Synthesizer wie trauernde Hinterbliebene bei einer Totenwache. Die hopsende Frau hopst noch immer in langsamen Kreisen. Auf einmal kippt sie vor Jax' Augen um wie eine Schaufensterpuppe und fällt mit so lautem Krach zu Boden, daß es sich richtig gefährlich anhört. Jax begreift, daß er sie verachtet, weil sie so bemitleidenswert ist.

»Ich schicke dir zwei Flugzeugtickets für den Heimflug. Du mußt mir nur deine Adresse geben.«

Taylor sagt nichts.

»Ich habe Schwierigkeiten, dir von den Lippen abzulesen.«

»Nein. Schick keine Flugzeugtickets. Ich kann doch das Auto nicht einfach stehenlassen.«

»Ach, scheiß auf das Auto.«

»Jax, nein.«

»Du verdammte, stolze kleine Landpomeranze.«

Sie sagt nichts, und Jax hält den Atem an, voll Angst, daß sie auflegt. Dann ist ihre Stimme wieder da. »Es ist mir egal, wenn du mich so nennst. Ich habe selten mehr gehabt als ein paar Fünfcentstücke, aber ich habe immer gewußt, auf mich ist Verlaß. Wenn ich hier kneife, dann kann ich mir auch das abschminken.«

»Mir bricht das Herz«, sagt er.

»Nein, mir, Jax. Es will mir nicht in den Kopf, daß das mein Leben sein soll. Ich gucke in den Spiegel und sehe jemanden, der reif ist für die Klapsmühle.«

Jax betrachtet die Serviette in seiner Hand, auf der steht: »Hilfe! Hilfe! Ruf Taylor zurück.« Dieses eine Mal hat Lou Ann nicht übertrieben. Er würde alles darum geben, wenn er wüßte, wie er auf den Notruf reagieren soll.

Irgendwie hat die Schleuse von Seattle etwas vom Hoover-Damm. Das fällt Taylor sofort auf, als sie durch den kleinen Park darauf zugehen. Tor und Eingangsgebäude machen den gleichen stabilen, antiquierten Eindruck. Turtle ist es auch aufgefallen. »Weißt du noch, die Engel?« fragt sie.

»Na klar«, sagt Taylor. »Ich mußte gerade an die Jungs denken.«

»Welche Engel?« fragt Steven.

»Die Schutzengel vom Hoover-Damm«, erklärt Taylor. »Sie sitzen auf einem Denkmal für die Leute, die beim Bau ums Leben gekommen sind. Turtle und ich waren da, vor noch gar nicht allzulanger Zeit.«

»Du hast was für Großprojekte übrig, ja?« fragt er Turtle.

»Ooch. Ich hab gesehen, wie Lucky Buster in ein großes Loch gefallen ist. Wir haben ihn gerettet, aber dann mußten wir vor den Indianern weglaufen.«

Steven lacht. »Aus der wird eines Tages noch eine Schriftstellerin«, sagt er zu Taylor.

»Schon möglich.« Taylor drückt Turtles Hand, eine Geheimbotschaft. In der anderen Hand hält sie Stevens Regenschirm, und sie bemüht sich, alle drei damit etwas vor dem Nieselregen zu schützen. Sie ist ein wenig gehemmt, denn sie geht zum erstenmal mit zwei Menschen aus, deren Köpfe ihr ungefähr bis zur Taille reichen. Sie weiß nicht, ob sie bei Stevens Rollstuhl Hand anlegen oder einfach nebenhergehen soll. Sie war erleichtert, als er den Schirm aufspringen ließ und ihn ihr gab.

Sie gehen durch den Eingang, und Turtle läuft ein paar Meter voraus, sie ist heute ausnahmsweise einmal aufgekratzt, und ihre schwarzen Zöpfe schaukeln wie Springseile. In ihrer neuen Radlerhose, dem T-Shirt und den schweren weißen Turnschuhen sieht sie groß und verboten dünn aus. Es kommt Taylor so vor, als ob über Nacht jemand an Turtles Füßen gezogen hat – sie wird immer größer, setzt aber kein Gramm Fleisch an. Und ihre Haut hat eine ungesunde Farbe. Taylor läßt die Sorge um sie nur in Augenblicken wie diesem zu, wenn sie Turtle mit gesammelter Aufmerksamkeit beobachten kann.

Auf dem Schleusengelände warten die drei vor einem Seil und blicken in einen langen Kanal voller Wasser mit einem Tor an jedem Ende. Trotz des Regens machen fröhliche Pärchen eine Bootspartie: zwei Segelboote befinden sich bereits in der Schleuse, werden von Tauen festgehalten, und im Augenblick manövriert sich ein schlankes, aggressiv wirkendes Rennboot vom Sund herein. Ein Mann im blauen Overall dirigiert das Ganze. Als alle vertäut sind, klingelt eine Alarmglocke, das Tor schließt sich, und von unten rauscht Wasser in die Schleuse. Langsam steigen die Boote auf dem Kamm einer künstlichen Flut von Meereshöhe auf die Höhe des Sees. Taylor sieht zu, wie die Mitfahrenden dümpeln wie Spielzeug in der Badewanne. »In dieser Gegend lohnt es wohl nicht, auf einen sonnigen Tag zu warten, wenn man einen Bootsausflug machen will.«

»Da kannst du lange warten«, sagt Steven. »Du hättest mal den vierten Juli erleben sollen. Es hat Bindfäden geregnet, und trotzdem war hier ein unwahrscheinliches Gedränge. Er hat dreißig, vierzig Boote auf einmal eingelassen, wie Autos auf einen Parkplatz, und hat sie eins am anderen vertäut.«

»Hört sich gemütlich an.«

»War es auch. Der hat keinen Zentimeter Platz verschenkt. Du hättest von Deck zu Deck auf die andere Seite gehen können. Dieser Mann ist einfach unglaublich«, sagt er und zeigt auf den Mann im Overall. »Der weiß genau, wie man vierzig Boote auf die Fläche von nicht mal einem halben Häuserblock zusammenquetscht und sie wieder herausbekommt, ohne einen Zentimeter oder eine Minute zu verschenken. Der hat ein Raumvorstellungsvermögen, mit dem könnte er glatt beim Massachusetts Institute of Technology anfangen.«

»Was ist daran so erstaunlich? Daß ein Typ im Overall einen hellen Kopf hat?«

»Es war nur ironisch gemeint, wenn man sein Gehalt bedenkt.«

»Was glaubst du, was kriegt er?«

»Ich weiß nicht, aber bestimmt so gut wie gar nichts.«

Irgendwie hat Taylor das bereits gewußt. »Dann hätte er lieber aufs MIT gehen sollen«, sagt sie und ist gekränkt, obwohl Steven nichts gesagt hat, weswegen sie sich mit Recht gekränkt fühlen könnte.

Die Boote sind jetzt fast auf Seehöhe. Langsam öffnet sich das Tor zum See, und sein Wasser strömt strudelnd herein, so daß die Boote von Bug nach Heck schaukeln. Steven führt Taylor und Turtle über die Brücke auf die andere Seite.

»Jetzt wollen wir uns mal ansehen, wie es die Lachse machen«, sagt er.

»Was?« fragt Turtle und sieht Taylor an.

»Das mußt du nicht mich fragen. Frag ihn.«

»Wie sie vom Meer in den See kommen«, sagt Steven. »Das ganze Jahr über leben sie im Meer, aber zum Laichen müssen sie die Flüsse bis zu der Stelle hinaufschwimmen, von der sie gekommen sind.«

»Davon habe ich schon gehört«, sagt Taylor. »Sie müssen wohl immer genau zu ihrem Geburtsort zurück.«

»Ich weiß nicht, ob sie das müssen«, sagt Steven. »Es sieht so aus, als wollten sie es unbedingt. Wie wir alle.«

»Ich nicht. Ich bin aus Kentucky weg, sowie ich Reifen mit Profil an meinem Auto hatte.«

»Und du willst nicht zurück?«

»Ach, vielleicht, kann sein. Man sollte nicht vergessen, wo man aufgewachsen ist.«

»Wie steht's mit dir, Turtle, wo bist du geboren?« fragt er.

»In einem Auto«, sagt sie.

Steven blickt Taylor an.

»Es war ein Plymouth«, erklärte sie ihm. »Viel mehr weiß ich auch nicht. Sie ist adoptiert.«

»Ich möchte nicht zurück und in einem Auto leben«, sagt Turtle.

Taylor denkt, hoffentlich mußt du das auch nicht.

Sie fahren mit dem Fahrstuhl zur Aussichtsterrasse, die auf die Fischleiter geht. Steven erklärt, daß die Fische vierzehn Stufen hinaufschwimmen und gegen eine starke Strömung ankämpfen müssen, wenn sie in den See wollen. Durch eine dicke Scheibe von der Höhe einer Filmleinwand sehen sie Hunderte von grimassierenden Fischen mit hellen Bäuchen und rosa Flossen, die alle in die gleiche Richtung streben, sie mühen sich ab, kommen aber kaum voran. Sie sehen aus wie Vögel, die gegen einen Orkan anfliegen.

»Das sind fast alles Silberlachse«, sagt Steven. »Die paar größeren Fische, die ihr da seht, das sind Königslachse.«

Sie wirken abgekämpft, ihre Flossen mitgenommen. »Die Armen, warum kommen sie überhaupt hierher?« fragt Taylor. »Anscheinend suchen sie nach einem leichteren Weg. Vielleicht wollen sie eine Freifahrt in der Schleuse.«

»Ob du es glaubst oder nicht, ausgerechnet die starke Strömung am Grund zieht sie an. Das haben die Ingenieure vor ein paar Jahren herausgefunden. Sie haben den Kanal schmaler und die Strömung damit stärker gemacht, und schon kamen noch mehr Fische. Und weißt du, was daran wirklich traurig ist?«

»Ja, was?«

»Oben im See lungern ein paar fette Seelöwen herum und lecken sich schon die Lippen, die warten nur darauf, die armen Jungs nach ihrem harten Tagewerk willkommen zu heißen.«

»Ach, wie traurig.«

»Ja, ja, so ist das Leben. Das Gesetz des Dschungels.«

Die Fische kreisen, bäumen sich auf und werfen sich gegen die Strömung, wollen unbedingt stromauf und sich vermehren. Taylor steht flankiert von Turtle und Steven. So verharren die drei eine Zeitlang ganz still vor der Glasscheibe, umgeben von grünlichem Licht und einer Mauer von unbedingtem Wollen.

»Ich weiß, was in ihnen vorgeht«, sagt Steven, doch seine Stimme klingt vergnügt. »Das ist, als wollte man irgendwohin, und es geht nicht mit dem Rollstuhl.«

Ich weiß auch, was in ihnen vorgeht, denkt Taylor, sie haben das Gefühl, überhaupt nicht voranzukommen. Das

Gefühl, sein Letztes zu geben und statt Fortschritte nur Rückschritte zu machen. Sie drückt Turtle an sich, damit sie nicht aufblickt und die Tränen ihrer Mutter sieht.

# Erwählte

Alice ist verabredet. Jeden Augenblick kann Cash Stillwater sie zu einer Spazierfahrt zu den Blaubeer-Plantagen in der Gegend von Leech abholen. Sie begreift nicht, warum, aber so ist es nun mal. Ein Unbekannter hat sie angerufen und hat gefragt: »Gehen Sie mit mir Beeren pflücken?«

Sugar beharrt darauf, daß Alice ihn kennt – sie hat Cash an dem Tag gesehen, als sie in der Stadt waren. Sugar legt ihre Hand dafür ins Feuer, daß sie ihn gesehen haben, als er Pearl Grass, die aus der Drogerie kam, die Tür aufhielt, daß sie über die Straße gegangen sind und ihm guten Tag gesagt haben. Und es muß stimmen, so argumentiert sie, weil nämlich Roscoes Schwägerin Letty behauptet, daß sich Cash in Alice verguckt hat, und wie könnte er das wohl, wenn sie sich nicht gesehen hätten? Alice muß ihr recht geben, es wäre unwahrscheinlich.

Sie steht am Fenster, als er mit seinem Lieferwagen vorfährt. Zuerst kommen seine langen Beine heraus, Jeans und Cowboystiefel mit hochgebogenen Spitzen, dann folgt der Rest. Sein Gesicht ist flach und breit um die Augen herum, die dunkle Haut eher zerfurcht als zerknittert. Er hat eine goldgeränderte Brille auf, die ihm etwas Nettes, Augenzwinkerndes gibt. Diesen Mann hat sie noch nie im Leben gesehen. Aber das heißt nicht, daß sie nicht eine Spazierfahrt mit ihm macht, eine jedenfalls. Wenn sich jemand in einen verguckt, ohne einen überhaupt zu kennen, dann ist man ihm das schuldig, sagt sie sich.

Sie kommt ihm an der Tür entgegen und umklammert ihre Tasche, wie um Halt zu finden.

»Sind Sie fertig?« fragt er. Er scheint sie genauso gründlich zu mustern wie sie ihn.

»Fix und fertig«, sagt sie mit einem Blick auf ihre Hose und ihre Alltagsbluse. »Reichen Tennisschuhe? Falls es da matschig ist, sollte ich mir wohl lieber Roscoes Stiefel borgen. Sugars passen mir nicht, sie hat Größe sechsunddreißig. Ich kenne niemanden, der so kleine Füße hat wie sie.«

»Ich glaube nicht, daß es heute matschig ist, nein. Sie sind ganz richtig angezogen.«

Alice folgt ihm zum Beifahrersitz seines Lieferwagens, und er macht ihr die Tür auf und hilft ihr aufs Trittbrett. Der Lieferwagen hat eine wunderschöne, satte Kupferfarbe, obwohl er älter aussieht, als ein Ding mit Motor überhaupt werden kann. Die Windschutzscheibe ist geteilt und hat in der Mitte einen Saum aus dunklem Kitt. Alice fällt ein, daß Sugar sie vorgewarnt hat, Cash würde reden wie ein Wasserfall, deshalb beeilt sie sich, eine irgendwie geartete Unterhaltung in Gang zu bringen. »Haben Sie diesen Lieferwagen schon lange?«

Cash läßt ihn an. »Fast mein ganzes Leben. Von Zeit zu Zeit bekommt er einen neuen Motor, und dann läuft er wieder. Wär schön, wenn ich das bei mir auch machen lassen könnte.« Er klopft sich mit der rechten Hand leicht auf die Brust, dann legt er den Schaltknüppel ein, was klingt, als knallte er eine Besteckschublade zu.

»So was machen sie heute schon. Setzen Menschen neue Herzen und Lebern und lauter so Sachen ein«, bemerkt Alice.

»Ich weiß. Aber mir kommt es nicht recht vor, mit toten Leuten Organe zu tauschen, nur damit man selber weiterleben und den jungen Leuten auf den Wecker fallen kann. Wenn man abgenutzt ist, dann ist das meiner Meinung nach ein sicheres Zeichen dafür, daß man abtreten sollte.«

»Sie haben recht«, sagt Alice. Ihr fällt eine Blume im Straßengraben auf, die aussieht wie eine wild gewordene Butterblume, so groß wie ein Kinderkopf.

»Aber wenn Sie mich das in zehn Jahren noch mal fragen, denke ich darüber vielleicht ganz anders«, sagt Cash und lacht.

»Ich weiß. Es fällt schwer, sich einzugestehen, daß man alt ist, ja? Ich denk immer, wie ist das bloß gekommen? Einundsechzig! Als ich jung war, da hab ich Leute, die so alt waren, angesehen und gedacht, innen drin müßten sich die ganz anders vorkommen. So anders wie ein Hund oder ein Pferd. Ich hab gedacht, sie würden sich von Natur aus zerknittert und krumm und jenseits von Gut und Böse vorkommen.«

»Aber so kommt man sich nicht vor, was?«

»Nein«, sagt Alice und fährt sich mit der Hand durch das kurzgeschnittene Haar. »Man kommt sich ganz normal vor.«

Die Bäume drängen sich an die Straße, jeder mit einem anderen Grünton. Am dunkelsten sind die Eichen. Ihre Blätter hängen ein wenig schlaff herunter und scheinen mehr Licht zu schlucken als andere. Cashs Lieferwagen rollt auf eine kleine Brücke zu, und Alice kann unten einen Bach und eine Böschung sehen, die ganz mit Farn bewachsen ist, dessen Spitzen alle kerzengerade nach oben zeigen.

»Sie sind irgendwie mit Sugar verwandt, ja?«

»Wir sind Kusinen«, antwortet Alice. »Sind zusammen aufgewachsen, aber nach meiner Heirat haben wir den Kontakt verloren.«

»Sie können ja auch nur mit Sugars Seite verwandt sein, nicht mit Roscoes. Denn wenn Sie mit Roscoe verwandt wären, würde ich Sie längst kennen, meine Schwester Letty ist nämlich die Witwe von Roscoes Bruder. Haben Sie und Ihr Mann eine große Familie gehabt?«

»Nein, bloß meine Tochter. Er hatte sich schon aus dem Staub gemacht, ehe er sie aus dem Krankenhaus abholen konnte.« Alice lacht. »Eine Krankenschwester mußte uns nach Hause fahren. Das war eine riesengroße Klassefrau mit einem Chevrolet wie eine Scheune. Die hat gesagt: ›Missis Greer, ich fahr Ihnen so viele Kinder nach Hause, wie Sie kriegen woll'n.‹ Das vergesse ich ihr nie. Ihr zuliebe hätte ich glatt noch zwölf bekommen, wo ich gerade so schön in Fahrt war.«

»Das hab ich mir auch gewünscht. Daß wir mehr hätten. Wir hatten die beiden Mädchen, aber dann hat der Arzt meiner Frau verboten, weitere Kinder zu kriegen. Mit ihrem Blut hat irgendwas nicht gestimmt. Sie hätte negatives Blut, hat er jedenfalls gesagt. Sie wirkte auch immer ein bißchen spitz.«

Alice ist peinlich berührt und erstaunt. Sie kennen sich kaum zehn Minuten, und schon unterhalten sie sich über die weiblichen Beschwerden von Cashs verstorbener Frau. Ihm scheint das jedoch nicht peinlich zu sein, sondern ein Kummer. Sie spürt, daß er Traurigkeit ausstrahlt wie ein fieberndes Kind Hitze.

»Sugar hat mir erzählt, daß Sie gerade von irgendwo zurückgekommen sind.«

»Von Wyoming«, sagt er.

Sie kommen an einem alten Friedhof vorbei, an dessen steinernen Mauern Kletterrosen ranken, dann an einer weißen schindelgedeckten Kirche, die tief in den Wald hineingesetzt ist. An einem Baum hängt ein verblaßtes Schild, durch dessen Mitte man einen Nagel getrieben hat und das inzwischen Schlagseite bekommen hat. Seine schiefe Botschaft lautet: FLESTER DREADFULWATER IN DEN STAMMESRAT.

»Flester Dreadfulwater«, sagt Alice. Hoffentlich ist es nicht ungezogen, wenn sie über den Namen eines Menschen lacht, der ganz sicher ein Verwandter von jemandem ist, der wiederum mit Cash verwandt ist.

Anscheinend nicht. »Er hat die Wahl verloren«, sagt Cash und lächelt.

»Warum sind Sie nach Wyoming gegangen?«

Cash streckt sich ein wenig hinter dem Lenkrad, behält

dabei aber immer die Straße im Auge. »Nach dem Tod meiner Frau hat es mich umgetrieben. Ich hatte mir vorgestellt, an einem Ort, wo jeder reich ist, würde auch für mich was abfallen. Wenn die Nachbarn ein schönes Leben hätten, dann wäre das, als hätte man selber daran teil.«

»Genau wie mein zweiter Mann. Der hat gedacht, wenn er sich Liebesszenen im Fernsehen ansieht, hätte er schon seine Pflicht und Schuldigkeit getan.« Alice hält sich sogleich die Augen zu, bestimmt ist sie zu weit gegangen, aber Cash lacht nur.

»Wie lange sind Sie da gewesen?« fragt sie, nachdem sie sich wieder gefaßt hat. Ihr ist ganz schwindlig im Kopf, wie sie da mit einem redseligen Mann durch den Wald fährt.

»Ungefähr drei Jahre«, sagt er. »Und es hat mir überhaupt nicht gefallen. Alle waren reich und haben mich behandelt wie einen Straßenköter. Und sie waren nicht mal glücklich mit dem, was sie hatten. Ich hab Perlenarbeiten für einen indianischen Kunstgewerbeladen gemacht, und eines schönen Tages schluckt der Besitzer Tabletten und ist mausetot. Er soll eine Million schwer gewesen sein.«

»Warum wollte er dann sterben?«

»Ich glaube, es hat ihn deprimiert, daß die Indianer praktisch verschwunden waren.« Cash deutet mit der breiten Hand auf die Windschutzscheibe. »Er hätte hierherkommen und sich mal umsehen sollen.«

Sie passieren einen baufälligen, kleinen Schuppen, neben dem auf einem Pfahl ein ramponiertes Vogelhäuschen steht, und Alice denkt: Dann hätte er erst recht Tabletten geschluckt und sich obendrein noch erschossen. Doch sie weiß, damit tut sie Cash unrecht.

»Das da war früher mal ein Laden«, sagt Cash so unvermittelt, als hätte er das selbst seit langem vergessen. »Ein Tante-Emma-Laden. Was wohl aus dem geworden ist? Und wir haben da drüben im Wald gewohnt. Haben hier unser Schmalz geholt. Eimerweise. Und ich und Mommy haben Fische geliefert, die haben wir geangelt, zusammengebunden und dann zu Fuß in den Laden gebracht. Und Eier.«

»Oh, ich kann mich noch gut erinnern, wie ich Eier tragen mußte«, ruft Alice. »Wie kann man einem Kind nur so was antun. Ihm Eier zum Tragen geben.«

»Hört sich an, als wüßten Sie Bescheid.«

»Und ob. Ich bin auf einer Schweinemast in Mississippi groß geworden. Wir hatten aber nicht nur Schweine, sondern auch einen großen Garten und Hühner und Kühe und Milch. Wir haben Frischmilch und Sahne verkauft. Das haben sich die Leute alles mit dem Wagen geholt.«

»Mir fehlt das«, sagt Cash. »Die Fahrten mit dem Maulesel. Wir hatten ein Mauleselgespann und einen Wagen.«

»Klar«, sagt Alice und hat dabei das Gefühl, daß sie endlich festeren Boden erreicht haben. »Wir haben noch bis in die späten vierziger Jahre Pferde und Maulesel und Wagen benutzt. In Jackson bekam man zwar schon Autos zu sehen, aber so was hatten nicht viele. Wir haben gedacht, die sind mehr zum Vergnügen da. Wenn man irgendwohin wollte oder Sachen zu transportieren hatte, dann mit Wagen und Mauleselgespann.«

»War das für Kinder nicht ein tolles Leben?« fragt Cash. »Unsere Kinder mußten lernen, mit Alkohol und schnellen Autos und scharfen Filmen und so weiter umzugehen. Das Schlimmste, was uns passieren konnte, war, ein Ei zu zerbrechen.«

»Ja, stimmt«, bestätigt Alice. »Wissen Sie, was mir so lustig vorkommt, wenn ich an früher denke? Schon das kleinste bißchen war ein Riesenereignis. Ein Mann beispielsweise, der die Fidel spielte und gleichzeitig mit dem Fuß eine kleine Holzpuppe zum Hüpfen brachte. Sogar Jugendliche sind stehengeblieben und haben ihn angestaunt. Heutzutage halten sie ja gerade noch an, wenn sie bei einem Autounfall gaffen können. Sie haben schon zuviel gesehen.«

»Das ist mir in Jackson Hole so auf den Geist gegangen. Darum wollte ich ja auch nach Hause. Jeder hat sich aufgeführt, als hätte er schon alles gesehen und wollte nur noch Popcorn essen.«

»Ich hab Sugars Enkel kennengelernt, denen scheint es tatsächlich Spaß zu machen, für ihre Großmutter Fische zu fangen. Sie sind ein so netter Haufen, wie man ihn unter Teenagern sonst wohl nirgendwo mehr findet.«

»Cherokee-Kinder halten was von der Familie, das steht fest«, sagt Cash. »Sie wissen, wann Mutter Geburtstag, Hochzeitstag und so hat. Dann gibt es bei uns immer einen großen Schweinekessel.«

»Sie müssen viel Freude an Ihren Töchtern haben.«

»Ach, meine Familie hat schlechte Zeiten durchgemacht. Meine ältere Tochter Alma ist tot.«

»Oh, das tut mir aber leid«, sagt Alice. Ach herrje, das hätte sie wirklich an seinen hängenden Schultern merken können. Sie verstummt für eine geraume Weile, denn womit kann man schon einen Vater, der ein Kind verloren hat, trösten, was am Himmel seiner Einsamkeit auch nur einen Stern verrücken würde?

Sie kommen an einer Ansammlung von kleinen, mit Wellblech gedeckten Häusern und Mobilheimen vorbei, die sich auf einer Lichtung drängen. In den Gärten stehen Propangasbehälter und auf einer Veranda zuweilen eine Uraltwaschmaschine oder ein Herd, oder es gibt in der Einfahrt eine Gewichtheber-Bank. Hier weiß man vorher nie, was man zu sehen bekommt. In einem Haus scheint ein Familientreffen stattzufinden: alte Leute sitzen in Liegestühlen, und sechs, sieben Kinder hocken mit gespreizten Beinen aufgereiht auf dem silbrigen Propangasbehälter, als wäre er ein geduldiges, altes Pony.

»Das da ist Sassafras«, sagt Cash und zeigt auf breite, handschuhförmige Blätter, die sich durch die dunklen Zedern einer Hecke drängen. »Den verwenden wir für den Gesundheitstee beim Adlertanz.«

»Und was bringt der?«

»Ach, vor allem muntert er auf.« Cash wirkt tief in die Vergangenheit versunken, als er weiterspricht. »Mein Daddy, der hat alle Wurzeln von Wildkräutern gekannt und konnte alle Arten von Medizin herstellen. Er hat versucht, mir beizubringen, wozu sie gut sind, aber ich hab alles vergessen. Als ich klein war, da hat sich keiner an der Niere, der Gallenblase und so operieren lassen müssen wie heutzutage. Sie etwa?«

»Nein«, sagt Alice. »So viel haben sich die Leute damals nicht operieren lassen. Entweder sie haben überlebt, oder sie sind daran gestorben.«

»Wenn ich Bauchschmerzen hatte, dann hat er einfach einen Mehlsack genommen, Asche eingefüllt und ihn neben mich gelegt, und der Schmerz war wie weggeblasen. Alle Leute sind zu ihm gekommen, zu meinem Dad. Am Neujahrstag 1940 ist er gestorben, und ich hab es erst nach fast zwei Wochen erfahren. Ich war im Internat.«

»Hat man Ihnen das denn nicht gesagt?«

Cash schweigt eine Weile. Alice erblickt einen schwarzweißen Appaloosa, der neben der Straße im Wald steht. Er ist ganz allein und anscheinend nicht angepflockt, und als sie vorbeifahren, hebt er den Kopf.

»Das mit dem Internat kann ich nicht erklären. Die Lehrer waren Weiße, die haben nicht Cherokee gesprochen, und anscheinend kann man sich daran gewöhnen, daß man nie weiß, was los ist. Man vergißt seine Familie. Wir haben in einem großen Schlafsaal geschlafen, und nach ein paar Jahren denkt man eben, alle Kinder wachsen so auf. In Betten, aufgereiht wie die Plätzchen auf dem Kuchenblech.«

»Hört sich schrecklich an. Wie ein Kindergefängnis.«

»Das war es mehr oder weniger auch. Den halben Tag Schule, den halben Tag arbeiten: Nähzimmer, Eßsaal, Küche, Wäscherei. Die Jungen haben die Wäsche gemacht. Mit den Mädchen sind wir nicht zusammengekommen. Außer sonntags, im Kindergottesdienst, aber manchmal konnte ich nicht hin, weil ich Küchendienst hatte.«

Alice versucht, sich eine Schar verschüchterter kleiner Jungen vorzustellen, die Wäsche waschen und in Töpfen rühren. Es gelingt ihr nicht. »Haben Sie dabei wenigstens kochen gelernt?«

»Nicht der Rede wert. Aber wissen Sie, was mir durchgeholfen hat, nachdem mein Daddy gestorben war? Im Speisesaal gab es ein großes Westfenster, und Miss Hay, die in der Küche bestimmte, die hatte ein Orangenbäumchen im Topf, das gut einen halben Meter hoch war und das sie aus einem Kern gezogen hatte. Ich habe beobachtet, wie es größer wurde. Als ich wegging, hingen zwei Apfelsinen dran. Keine gelben, sondern grüne.«

»Sind Sie nicht ausgerissen? Ich hätte das, glaub ich, getan.«

»Probiert hab ich's schon, ein paarmal. Aber am Ende hat meine Mutter gesagt, ich würde zu Hause gebraucht, und da haben sie mich gehen lassen. Ich hab die Schule nur bis zur siebten Klasse besucht, länger nicht. Und Englisch hab ich auch nicht richtig gelernt, obwohl man sich da alle Mühe gegeben hat.«

»Aber heute geht es Ihnen doch leicht von den Lippen«, sagt Alice erstaunt. Cash Stillwater redet mehr als jeder ausgewachsene Mann, den sie bislang kennengelernt hat. Nicht auszudenken, wenn er noch besser Englisch könnte.

»Ach ja, man schnappt so einiges auf. Als meine Mädchen größer wurden, haben wir zu Hause nicht mehr Cherokee gesprochen.«

»Wieso nicht?«

»Keine Ahnung. Als sie klein waren, haben wir es noch, und sie konnten es wirklich gut. Aber nach einem Weilchen war's aus damit. Wenn sie erst mal über einen Meter groß sind und sich mit anderen Kindern anfreunden, dann haben sie es in zwei Wochen verlernt. Ich habe das Gefühl, ich bin meinen Mädchen etwas schuldig geblieben. Als ob sie darauf gewartet hätten, daß ich ihnen etwas sage, nur ist mir nicht eingefallen, was.«

Alice spürt schon wieder diese Traurigkeit und hätte gern ihre Hand auf seine wettergegerbte, braune auf dem Schaltknüppel gelegt. Inzwischen haben sie die Wälder hinter sich gelassen und sind inmitten von sanft gewellten Wiesen, auf denen ungemähtes langes Timotheusgras steht. Am Ende eines Feldweges verkündet eine handgeschriebene Tafel: FEUERHOLZ. WEIHNACHTSBÄUME, BLAUBEEREN ZUM SELBERPFLÜCKEN. Als sie einbiegen, rennt eine Gruppe Wachteln auf die Straße und stiebt auf.

Alice ist so begeistert, als wäre sie zu unbekannten Ufern aufgebrochen. Warum? Sie wüßte es nicht zu sagen. Kleine Blüten goldener Blumen wippen und wehen im Wind, und die Feldraine haben sich mit hohen weißen Blüten geschmückt, an die sie sich noch aus ihrer Kindheit erinnert: Wegwarte. Sie machen ihrem Namen Ehre, doch wenn man ihnen zu nahe kommt, stechen sie in den Augen, daß man weinen muß.

Es dunkelt schon, als sie mit zwei vollen Eimern Blaubeeren auf der Ladefläche des Lieferwagens bei Sugar vorfahren. Alice hat beim Pflücken auch gegessen, obschon das eigentlich Diebstahl ist, denn man bezahlt nur für das, was man mitnimmt. Cash zog sie damit auf, daß ihre blaue Zunge sie verraten würde. Sie kam sich wie ein kleines Mädchen vor.

In Sugars Einfahrt gerät ihnen fast ein kecker Hahn unter die Räder des Lieferwagens. Alice schnappt nach Luft.

»Der macht schon Platz«, sagt Cash. »Und wenn nicht, dann gibt es Hühnerfrikassee.«

Er dreht den Zündschlüssel im Schloß, aber der Motor

rumpelt noch ein Weilchen vor sich hin. Genau wie Cash, dessen Mundwerk anscheinend nie stillsteht. »Eine Woche vor Weihnachten krähen die Hähne die ganze Nacht durch«, erzählt er. Er greift in seine Tasche und schiebt Alice etwas in die Hand. Es ist trocken und flach und hat scharfe Zähne. Sie betrachtet es.

»Eine Pfeilspitze? Woher haben Sie die?«

»Gefunden. Während Sie die Beeren gegessen haben.«

»Dann nehmen Sie sie auch mit nach Hause«, sagt sie, obwohl sie das Gefühl mag, wie sich ihr Daumen daran reibt; eigentlich möchte sie sie nicht wieder hergeben.

»Nein, die ist für Sie. Ich hab zu Hause an die hundert.«

»So viele haben Sie gefunden?«

»Nein, einige hab ich gefunden, aber die meisten hab ich selber gemacht.«

Alice dreht die schmale Klinge in der Hand. »Wie lernt man das, Pfeilspitzen zu machen?«

»Ach, das ist eine lange Geschichte. Meine erste hab ich gefunden, da war ich fünf. Eine kleine weiße, ungefähr wie die da. Aber sie hatte einen Sprung, war also nichts wert. Ich bin vom Pferd gestiegen und hab sie aufgehoben, und dann hab ich noch so einen weißen Feuerstein gefunden, und später hab ich dann Stückchen davon abgeschlagen. Ich hab mir das einfach selber beigebracht. Ein Weilchen hab ich dann in Tahlequah gearbeitet und Pfeilspitzen für einen Andenkenladen hergestellt.«

»Nicht zu fassen. Das ist ja ein Ding.«

»Ach was. In meiner Kindheit haben wir fast alles selber gemacht. Unsere Blasrohre waren aus Schilf. Das haben wir über einem Feuer erhitzt und geradegebogen. Man bläst einen kleinen Pfeil durch. Es taugt gut zur Jagd auf Vögel oder Eichhörnchen.« Cash lacht. »Na ja, so gut nun auch wieder nicht. Heutzutage nehme ich ein Gewehr.«

Alice überlegt, wie es wohl wäre, einen Mann zu haben, der hinausgeht und jagt, damit man zu essen hat. Sie öffnet die Tür und steigt aus dem Lieferwagen, ehe sie darüber zu lange nachdenken kann. Cash steigt auch aus und hebt einen der schweren Eimer von der Ladefläche.

»Samstag in einer Woche ist Adlertanz«, sagt er.

»Ich weiß. Sugar hat mir davon erzählt.«

»Haben Sie vor zu kommen?«

»Vielleicht.«

»Möchten Sie mit mir hinfahren? Ich würde Sie gern mitnehmen.«

»Abgemacht«, sagt sie. »Also dann, auf Wiedersehen.«

Alice spürt, daß er ihr hinterhersieht, als sie auf Sugars Haustür zugeht. Als sie hört, wie der Lieferwagen angelassen wird, dreht sie sich um und winkt. Cashs Brille funkelt, als er anfährt und den Arm aus dem Fenster baumeln läßt.

Alice erinnert sich nicht mehr, wie sich romantische Liebe anfühlt; es ist so lange her, daß sie sie nicht bemerken würde, selbst wenn sie sich vor ihr aufbäumte und zubisse. Sie weiß nur eins: Dieser Cash Stillwater hat sie erwählt. Er hat sie irgendwo gesehen, und sie soll es sein. Allein dieser Gedanke erfüllt Alice mit einer Mischung aus Wärme und Hoffnung und einem Kribbeln in der Magengrube, das durchaus Liebe sein könnte.

## Alte Flamme

Am Abend des Adlertanzes kommt Cash vorbei und holt Alice um Viertel vor zwölf ab. Alice ist das für eine Verabredung spät vorgekommen, aber Sugar hat ihr versichert, daß die Tanzerei erst mitten in der Nacht beginnen und bis in den Morgen andauern würde. »Aschenputtel hätte bei uns keine Chance gehabt«, sagt Sugar. »Die wäre in ihren Lumpen schon wieder gegangen, bevor der Prinz aufgekreuzt wäre.«

Alice läßt die Perlenohrringe zuschnappen und hofft, daß sie mehr Glück hat. Während sie in Cashs Lieferwagen durch den Wald fahren, neckt sie ihn mit der späten Stunde. »Ich weiß gar nicht, ob ich Sie schon gut genug kenne, um die ganze Nacht einen mit Ihnen draufzumachen«, sagt sie.

»Wir haben an die zweihundert Anstandswauwaus«, sagt er mit einem breiten Grinsen. »So wie ich meine Schwester Letty kenne, werden sie aufpassen wie die Schießhunde.«

Die Vorstellung, daß man sich über Cash und sie das Maul zerreißt, versetzt Alice in eine eigenartige Hochstimmung.

»Darf ich Sie was fragen?« sagt sie.

»Nur los.«

»Nichts für ungut, aber ich kann mich leider nicht an unsere erste Begegnung erinnern.«

Als er ihr einen Blick zuwirft, funkeln die unteren Lämpchen des Armaturenbretts auf seinem Brillenrand. »Und ich hab Sie zum erstenmal vor Sugar Hornbuckles Haustür gesehen, an dem Tag, als wir zum Blaubeerpflücken gefahren sind.«

»Ja, wie um alles in der Welt?« Alice weiß nicht recht, was sie sagen soll.

»Als ob die Idee, Sie anzurufen, von mir stammte«, sagt Cash.

»Etwa nicht?«

»Es war Lettys Idee.« Er mustert Alice erneut, und dann hält er den Lieferwagen unnötigerweise an einer friedlichen Kreuzung einer vollkommen verlassenen Landstraße an. Alice hat ihr Fenster ganz heruntergekurbelt und hört die Vögel im Wald, die geräuschvoll tun, was auch immer Vögel des Nachts so tun. »Sie hat mir weisgemacht, Sie hätten Interesse an mir«, sagt Cash zu guter Letzt.

Alice ist verblüfft. »Hätte ich auch durchaus gehabt, aber Sie waren mir genauso fremd wie der Mann im Mond. Sugar hat mir erzählt, Letty hätte ihr gesagt ...« Sie bringt den Satz nicht zu Ende.

Cash fängt an zu lachen. Er schiebt sich den Cowboyhut aus Stroh ins Genick, schlägt mit beiden Händen auf das Steuerrad ein und lacht sich halb tot. Alice macht nur große Augen.

»Sie kennen meine Schwester Letty nicht.« Er fährt sich mit dem Zeigefinger hinter der Brille über den unteren Lidrand. »Mann o Mann«, sagt er. »Wenn man die machen ließe, sie brächte es fertig und würde selbst noch den Papst mit einer netten Witwe verkuppeln.«

Alice errötet heftig in der Dunkelheit.

Cash streckt die Hand aus und streichelt Alices Wange, dann fährt er weiter. »Und von Zeit zu Zeit«, sagt er, »schafft es das alte Mädchen, zwei Leutchen den richtigen Baum hochzujagen.«

Auf der Tafel am Eingang zum Kultplatz steht: BESUCHER SIND WILLKOMMEN, ALKOHOL UND KRAKEELER NICHT. Alice und Cash schweigen sich aus. Vor ihnen sind mehrere

Kleinlaster, hinter ihnen ein Kombi, alles fährt durch das Tor in einen Wald aus kleinen Eichen. Sie kommen an gut einem Dutzend Unterständen mit Dächern aus Zedernschindeln und Herden im Inneren vorbei, um die sich Frauen in dichten, geschäftigen Scharen drängen. Über den Dächern qualmen die Schornsteine wie Jungen, die im Wald heimlich rauchen und dadurch ihr Versteck verraten.

Der Feldweg endet am Rand einer Lichtung, und in deren Mitte erblickt Alice einen runden, erhöhten Altar aus zusammengekehrter Asche, kniehoch und an die zweieinhalb Meter im Durchmesser. Das Feuer brennt schon, es glüht in einem Tipi aus kräftigen Holzstämmen. Am Rande des Feuers liegen vier große Klötze, die in jede der vier Himmelsrichtungen weisen und so gekonnt und exakt ausgerichtet wirken wie ein Kompaß. Cash hat Alice darauf vorbereitet, daß das Feuer etwas Besonderes ist. Es ist so alt wie das Volk der Cherokee; am Ende jeder Kultfeier nimmt einer von ihnen die glühenden Holzkohlen in einem Eimer mit nach Haus und sorgt dafür, daß das Feuer bis zum Tanz im nächsten Monat nicht erlischt. Jemand hat dieses Feuer auf dem ganzen Pfad der Tränen getragen, sagt er, damals, als sie vom Osten hierher vertrieben wurden. Alice hat keinen blassen Schimmer, was er damit meint, außer daß man das Feuer sehr lange vor dem Erlöschen bewahrt hat.

Der Altar ist von einem Rund aus nackter Erde umgeben, das achtzehn Meter in der Breite mißt und an dessen Rand mittelgroße, geradegewachsene Eichen stehen, deren obere Äste sich eben so berühren. Menschen strömen herbei und nehmen mit dem Gesicht zum Feuer auf den grob behauenen Bänken unter den Eichen Platz. Cash holt zwei Klappstühle aus dem Auto, und sie setzen sich vor den Kühlergrill. Alice hört, wie der erhitzte Motor leise seufzt und pufft, dazu gesellt sich das Gesumm einer unseligen Biene, die sich im Gitter verfangen hat.

»Ob das eine von Bomas Bienen ist?« fragt sie Cash.

»Schon möglich. Wir sind direkt an ihrem Haus vorbeigekommen.«

Stimmt. Alice hat sie auf ihrem Hof stehen sehen, auf dem Kopf einen Filzhut, von dem eine riesige weiße Straußenfeder wehte und sich hinter ihrer linken Schulter kringelte. Sie gab Boma etwas Schneidiges, so als überprüfte einer der drei Musketiere den Druck des Propangasbehälters. Alice hat ein schlechtes Gewissen wegen der Biene, die sich im Grill verfangen hat. »Sugar sagt, Boma mag ihre Bienen«, meint sie.

»O ja. Bienen bleiben nur dann unter dem Dach, wenn man ihnen Zuneigung entgegenbringt.« Er nimmt den Hut ab und schlägt die Biene vorsichtig tot, erlöst sie von ihrem Elend.

Ein alter Mann schlendert herbei und unterhält sich mit Cash. Er hat ein herrlich rundes Gesicht und trägt wie jeder anwesende Mann einen Cowboyhut aus Stroh, der nachgedunkelt ist und sich der Kopfform seines Besitzers angepaßt hat. Cash stellt ihn als Flat Bush vor und überläßt es Alice herauszufinden, ob es sich um einen Vornamen, einen Nachnamen oder beides zugleich handelt. Die beiden Männer unterhalten sich ein Weilchen in Cherokee. Alice staunt, weil sie das Wesentliche mitbekommt, denn Wörter wie »Ace – Eisenwaren« und »Verteilerkopf« tauchen regelmäßig auf und kristallisieren sich scharfkantig aus der seltsam weichen Sprachmelodie heraus.

Jetzt strömen die Menschen wirklich, stellen ihre Kleinlaster im Kreis um das Feuer ab, daß Alice an eine Schar freundlicher Pferde denken muß, die man mit den Nüstern zum Innenkreis angebunden hat. Sie wirft den alten Frauen, die es sich in ausgebeulten Liegestühlen bequem gemacht haben, einen verstohlenen Blick zu. Alle tragen geblümte Baumwollkleider, dunkle Strümpfe, dunkle Schuhe und schwarze oder rote Pullover. Das lange weiße Haar haben sie mit perlenbesetzten Spangen hochgesteckt und die Arme unter dem Busen verschränkt. Alice hofft, daß sie mit Hosen nicht falsch angezogen ist oder das Haar zu kurz geschnitten trägt. Aber das ist Unfug; bislang sind alle sehr nett zu ihr gewesen, und niemand hat sie kritisch gemustert. Sie versucht, die Unterhaltung der alten Frauen zu verstehen, und da ergeht es ihr so ähnlich wie bei den Männern, nur daß die harten, herausknallenden Wörter bei ihnen »Bügelfrei« und »Gallenblase« und »Crisco« lauten.

Horden von langhaarigen Teenagern in Jeans toben durch den Wald, die Mädchen in Turnschuhen und die Jungen in aufwendigen Sportschuhen. Einige der Jungen sehen knallhart aus, haben sich das schwarze Stirnband hoch in die glänzende Stirn geschoben und im Nacken verknotet. Sie rufen sich durch den Wald auf englisch an, doch wenn sie die Erwachsenen begrüßen, dann in Cherokee. Selbst die Kleinkinder, die herbeilaufen und mit dreckigen Händen nach geblümten Röcken fassen, machen den kleinen Mund auf, und heraus kommen seltsam abgehackte Liedchen in Cherokee. Alice ist hin und weg. Die Erweckungskirchen in Mississippi fallen ihr ein, wo Leute aufgestanden sind und in Zungen geredet haben, doch jeder mehr oder weniger für sich allein, während hier jeder jeden versteht. Sie hatte ja keine Ahnung, daß unter der rot-weiß-blauen Fahne so viele Fremdsprachen gesprochen werden. Eine aufregende Vorstellung. Seit langem wünscht sie, sie brächte den Mut auf, fremde Länder zu bereisen. Doch immer, wenn sie das Harland gegenüber äußerte, wies er sie darauf hin, daß sie alles, was sie mit eigenen Augen sehen könnte, im Fernsehen besser zu sehen bekäme, weil die Kameras ganz dicht rangelassen werden. Natürlich hatte er recht, aber sie kam sich trotzdem immer unverstanden vor.

Auf einmal wird es irgendwie still, obwohl noch alle reden. Die Männer gehen zu ihren Kleinlastern, Cash bückt sich beim Aufstehen zu Alice. »Ledger ist gekommen«, erklärt er.

»Wer?«

»Ledger Fourkiller. Unser Schamane. Da drüben neben dem Wassertank.«

Alice macht ihn aus: ein kleiner Mann mit Jeans, Hut und kariertem Flanellhemd, jemand, der sich kaum von der Masse abhebt. Sie weiß nicht, was sie eigentlich erwartet hat, mit Sicherheit keine Kriegsbemalung, aber trotzdem. »Wohin wollen Sie?« fragt sie Cash.

»Nirgendwohin. Nur meine Adlerfeder holen.«

Die anderen Männer tun das gleiche: Jeder holt sich eine große braune Adlerfeder aus dem Handschuhfach und steckt sie ins Hutband. Alice hält Ausschau nach Boma Mellowbug, sieht sie aber nicht. Statt dessen kommt eine Frau mit zwei Bechern Kaffee wie eine Bärin auf Alice zugewatschelt. Sie begrüßt Cash mit etwas, was sich wie »Siyo« anhört. Cash macht Alice mit seiner Schwester Letty bekannt.

»Angenehm«, sagt Alice, obwohl sie ihr gegenüber so ziemlich jedes andere Gefühl verspürt als gerade ein angenehmes. Doch den Kaffee nimmt sie dankbar an. Inzwischen legt sich nämlich die Nacht klar und klamm auf ihre bloßen Arme.

»Sie haben verfroren ausgesehen. Ich dachte mir, Sie brauchen einen heißen Kaffee.« Sie wirft Cash einen vielsagenden Blick zu, doch Alice hat keine Ahnung, was er bedeutet. Eine andere Frau, noch kürzer und breiter als Letty, taucht hinter ihnen auf, reckt sich und klopft Cash auf die Schulter.

»Das ist Alice«, sagt Letty und stellt sie der Frau vor. »Sie ist bei den Hornbuckles zu Besuch.«

»Eine Schwester meines Vaters hat eine Hornbuckle geheiratet«, erzählt die Frau Alice. »Hast du das gewußt?« fragt sie Letty.

»Na klar doch. Leona Hornbuckle.«

»Nein, nicht Leona. Die war eine geborene Pigeon. Die Rede ist von Cordelia.«

»Klar doch, Cordelia war deine Tante. Das weiß ich auch.«

»Sie war eine Grass. Cordelia Grass.«

»Schätzchen, das weiß ich. Ich bin durch meine älteste Tochter mit den Grass' verwandt.«

»Nein, das sind die Adair Grass'. Ich rede von den Tahlequah Grass'.«

Alice hört zu, während sich das Geplänkel durch Grass', Goingsnakes, Fourkillers und Tailbobs schlängelt. Irgendwann faßt Cash seine Schwester beim Arm und zeigt auf den Feuerkreis. Beide Frauen zucken ein wenig zusammen und bewegen sich auf das Feuer zu. Cash beugt sich zu Alice hinunter und berührt ihre Hand. »Ich gehe jetzt und rauche Pfeife. Bis später dann.«

Mittlerweile sind die Bänke voll besetzt, und der Häuptling steht nun am Feuer. Er ist ein schmal gebauter Mann um die Sechzig und unterscheidet sich von den anderen nur durch den hellen Lederbeutel, der an seinem Gürtel hängt. Alice findet, er sieht aus wie der Hodensack eines Bullen.

Sugar setzt sich außer Atem in den Liegestuhl neben Alice. Sie beugt sich vor und packt Alices Arm nach alter Schulmädchenmanier.

»Ich wollte auf keinen Fall stören.«

Alice hat es satt, daß das gesamte Volk der Cherokee ihr Liebesleben organisiert. »Was trägt er da am Gürtel?« fragt sie und deutet mit dem Kopf auf den Häuptling. »Hoden?«

»Nein, bloß Tabak und so. Pflanzen. Seine Medizin eben. Gleich rauchen alle davon. Nichts Schlimmes.«

»Wer denkt schon so was«, sagt Alice. Natürlich hatte sie kein Rauschgift erwartet, schließlich ist hier nicht einmal Alkohol erlaubt. Sie kann Holzrauch und Kaffee und köstlich brutzelndes Fett riechen, doch keinen der ihr vertrauten Picknickgerüche. Irgendwie ist das schon merkwürdig. Einhundert Kleinlaster an einem Samstagabend und nicht eine Flasche Bier.

Auf einmal hebt der Häuptling die Hand und schickt mit heller Stimme ein deutlich ausgesprochenes Gebet zu den Ästen hinauf. Seine Stimme ist so klar, daß sie von irgendwo oberhalb seiner Ohren zu kommen scheint. Als er zur östlichen Ecke des Feuers schreitet, scheint er größer zu werden, nur weil er so lange Schritte macht. Er holt ein wenig Tabak aus seinem Beutel und opfert damit dem Feuer, er redet das Feuer direkt an, so wie man einem alten Hund gut zuredet, er soll sich den Knochen holen, den man in der Hand hält. Das Feuer nimmt sein Opfer an, und der Häuptling schreitet weiter, ohne seinen Redefluß zu unterbrechen. Er stopft eine lange weiße Pfeife, so lang wie Alices Arm. Die alten Leute bewegen sich auf das Feuer zu, und dann kommen fast alle herbeigetrabt, stellen sich an und bilden einen Kreis, der um die ganze Lichtung reicht.

Sugar kommt schwerfällig hoch. »Ich geh jetzt und rauche Pfeife«, flüstert sie. »Hinterher kommst du mit mir auf die Bänke des Vogel-Clans. Bei Cash kannst du nicht sitzenbleiben, der ist Wolf-Clan, nicht Vogel-Clan.« Sie zwinkert Alice zu. »Ist auch besser so. Man darf nämlich nicht im eigenen Clan heiraten.«

Sugar reiht sich eilig in die Schlange ein und läßt Alice verdutzt und etwas verärgert zurück. Sie hatte keine Ahnung, daß sie einem Clan angehört. Und anscheinend ist sie, abgesehen von Cash, im Umkreis von Meilen die einzige, die keine Hochzeitspläne für sie beide schmiedet.

Der Häuptling reicht dem ersten alten Mann die Pfeife, und der nimmt sie in den Mund, schließt die Augen und inhaliert. Dann dreht er die Pfeife parallel zum Boden einmal ganz herum. Das ist eine merkwürdige Geste, und man braucht dazu beide Hände. Er reicht die Pfeife an die Frau weiter, die hinter ihm in der Schlange steht, es ist die,

die sich mit Letty wegen der Grass' in der Wolle gehabt hat. Der alte Mann geht gemessene fünf, sechs Schritte nach Osten und stellt sich dann am Rand der Lichtung auf. Als die Frau die gleichen Bewegungen vollzogen hat, gesellt sie sich zu ihm. Einer nach dem anderen rauchen alle die Pfeife, sogar die Kinder.

Alice macht Annawake in der Schlange hinter einem breitbrüstigen jungen Mann und einem Haufen Kinder aus, und da ist ja auch Cash, der inmitten einer Traube von Frauen, rund wie Chrysanthemen, wie ein hochgewachsenes, gefälliges Wildgewächs aussieht. Er wirkt lokker in den Schultern und entspannt, während er immer wieder einen kleinen Schritt vorwärts macht. Es geht nur langsam voran. Alice beobachtet zwei kleine Zwillingsmädchen, die in Square-dance-Röcken gleich angezogen sind und sich geduldig in der Schlange vorarbeiten. Als sie an der Reihe sind, berührt die Mutter als erste die Pfeife mit dem Mund, hält sie dann ihren Kindern an die Lippen und hilft ihnen, die Pfeife hinterher zu drehen. Als der letzte in der Schlange geraucht hat, geht jeder zu seinem Sitzplatz. Sugar winkt Alice zu sich herüber, auf die sogenannten Bänke des Vogel-Clans. »Die dritten von Osten, gegen den Uhrzeigersinn«, macht sie ihr mit dem Finger anschaulich. »Damit du sie wiederfindest.«

»Ist ja wirklich ein schöner Sitzplatz, aber ich weiß gar nicht, wieso ich hierhergehöre.«

Sugar staunt. »Alice Faye, du bist genauso Vogel-Clan wie ich. Großmutter Stamper war eine Vollblut-Indianerin. Und der Clan vererbt sich immer in der mütterlichen Linie.«

Alice kannte die Mutter ihrer Mutter nicht, eine Frau von fragwürdigem Ruf, die jung auf dramatische Weise auf einem Schiff ums Leben kam. Man munkelte, daß ihr nicht einmal die Kleider gehörten, in denen sie ertrank; Alice wäre nie im Leben auf die Idee gekommen, diese Frau könnte ihr die Zugehörigkeit zu einem Clan vermacht haben. Andererseits protestiert sie auch nicht, denn jetzt hat der Häuptling erneut angefangen, zu beten oder zu reden. Er durchmißt das nackte Erdrund mit verschränkten Armen, blickt zuweilen zum Himmel hinauf, aber die meiste Zeit sind seine Worte an das Feuer gerichtet. Sie wirken sehr gelassen, eher wie eine Unterhaltung denn wie eine Predigt, findet Alice. Sugar behauptet jedoch, er predige. »Er sagt, wie man ein guter Mensch bleibt, mehr oder weniger jedenfalls. Alltagssünden und große Missetaten. Nicht neidisch sein. Und so weiter«, vertraut sie Alice an. »Das, was er immer sagt.«

Alice fühlt sich trotzdem erbaut. Seine Worte gehen in einen stetigen Singsang über, der dahinplätschert wie Wasser über Steine. Es ist wirklich ein wenig so wie in den Erweckungskirchen, in die sie so gern gegangen ist, denn wenn da jemand in Ekstase geriet, spürte man das, was er sagte, richtiggehend oben im Gaumen und bis in die Fingerspitzen, ohne daß man die Worte auseinanderhalten mußte.

Ein schwarzgefleckter Jagdhund trabt über die Lichtung zum Häuptling und gesellt sich zu einer Schar Hunde in der Nähe des Feuers. Alle halten den Kopf hoch und beobachten ihn. Von Zeit zu Zeit kommt ein Spätankömmling mit seinem Kleinlaster durch den Wald gefahren, reiht sich in den Kreis ein und schaltet ehrerbietig die Scheinwerfer aus. Die gesammelte Aufmerksamkeit auf der Lichtung ist für Alice fast mit Händen greifbar, so wie Glas.

Auf einmal erhebt der Häuptling die Stimme, eine Art zustimmendes Aufseufzen geht durch die Menge, und das Glas birst. Danach ist es totenstill. Dann fangen erschrokkene Babys an zu greinen, alte Männer erheben sich und schütteln alten Frauen, die sie zuvor nicht bemerkt haben, die Hand, und alle Hunde stehen auf und verziehen sich zu den Freiluftküchen.

»Jetzt fängt der Tanz an«, sagt Sugar aufgeregt. Ein

Dutzend junge Mädchen tritt vor, sie überprüfen gegenseitig ihr Aussehen, stellen sich nebeneinander auf und bilden einen Kreis um das Feuer. Alle tragen knielange Baumwollröcke und scheppernde Leggings, an denen die mit Kieseln gefüllten Schildkrötenpanzer befestigt sind. Alice erschrickt; sie sind viel größer als die Übungsrasseln, die Sugar ihr gezeigt hat; sie wölben sich unter den Kleidern wie Bienenstöcke. Die Mädchen beginnen mit einem schnellen, kleinen Doppel-Wiegeschritt, der ein nachhallendes, zischendes Geräusch verursacht. Ein paar alte Männer stellen sich hinter ihnen auf, sie nicken und singen eine vollendete Nachahmung des Schreienden Ziegenmelkers. Alice läuft es kalt über den Rücken. Jetzt beginnen die alten Männer mit einem Lied, und die jungen Frauen bewegen sich tripp-trapp, tripp-trapp, tripp-trapp gegen den Uhrzeigersinn um das Feuer herum. Weitere Menschen betreten das Rund, fassen sich hinter den Singenden und den Mädchen mit den Rasseln bei den Händen und bilden eine lange Schlange, die gemessen das Feuer umkreist. Auf einmal hält der Häuptling die Hand hoch, alle Füße verharren, und die Tänzer jauchzen. Ein Jubelschrei.

»Das sieht aus, als würde es Spaß machen«, ruft Alice Sugar zu. »Kannst du das auch?«

»O ja, ich mache gleich mit. Und du auch. Man muß dazu nicht aufgefordert werden, man steht einfach auf und macht mit, wenn einem danach ist.«

Und schon beginnt der nächste Tanz. Das Lied hört sich ein wenig anders an, aber getanzt wird noch immer in dem gleichen gemessenen Stampfschritt im Kreis herum. Nur die Mädchen mit den Rasseln führen schwierige Schritte aus, sie sind ganz bei der Sache und halten den Oberkörper möglichst ruhig, während alle anderen einfach einen Fuß vor den anderen setzen und ein wenig mit den Armen pumpen wie abgekämpfte Jogger. Inzwischen tanzen mehrere Kreise um das Feuer herum, und immer mehr Menschen strömen herbei. Alice kann den Blick nicht von den

Mädchen abwenden, die im inneren Kreis um das Feuer tanzen, auf dem Ehrenplatz, und sich verausgaben. Zwischen diesem Wald und der Welt der Modepüppchen mit den dünnen, langen Beinen ist ein himmelweiter Unterschied. Diese Mädchen mit den abstehenden Rasseln sind von einer seltsamen Anmut, denkt Alice, von einer Art O-beiniger Weiblichkeit.

Es wird getanzt und getanzt. Ein alter Mann holt eine Trommel, und schon besteht die Musik aus dem Schlagen der kleinen Ledertrommel und tiefen, meist männlichen Stimmen, alles übertönt vom aufpeitschenden Rasseln der Schildkrötenpanzer. Als Alice Cash vorhin zu Tanz und Musik befragte, da sagte er, es wäre Musik, die nach Wald klingt, und Alice findet, daß er recht hat. Das hier hat kein künstliches Aroma. Zum erstenmal erlebt sie ein indianisches Fest mit, und sie merkt, mit Tourismus hat das nichts zu tun. Hier freut sich jeder an der Gesellschaft der anderen, weil ihm daran gelegen ist.

»Worum geht es in den Liedern?« fragt sie Sugar. Für Alice hören sie sich wie »Oh-oh-wei-ja« an, zuweilen fällt auch der Häuptling in den Gesang ein, und das klingt dann wie ein Jodler. Seine Stimme kippt um und wird wunderschön hoch, und die Menge antwortet ihm mit den gleichen Worten.

»Ich weiß auch nicht recht«, antwortet Sugar schließlich. »Die sind noch schwerer zu verstehen, als wenn normal gesprochen wird. Vielleicht bedeuten sie aber auch gar nichts.«

»Also, irgendeinen Sinn müssen die Lieder doch haben, oder?«

Sugar macht es anscheinend nichts aus, daß sie möglicherweise keinen haben. »Na dann los«, sagt sie plötzlich und greift nach Alices Hand. »Immer schön hinter den Rasseln bleiben«, weist sie ihre Kusine ein. »Nicht vor den Mädchen tanzen.« Das hätte sich Alice auch gar nicht getraut.

Sie folgt Sugar mit weichen Knien, und schon tanzt sie den Adlertanz wie alle anderen. Zunächst ist sie sich nur des eigenen Körpers, des eigenen Ichs bewußt, und sie beobachtet die anderen, ahmt nach, wie sie die Arme halten. Aber sie ist sich auch bewußt, daß sie etwas Seltsames und Unglaubliches tut. Sie fühlt sich vollkommen lebendig, vom Gaumen bis in die Zehenspitzen, und auf einmal durchfährt es sie, jetzt weiß sie genau, was sie Harland immer sagen wollte: mitzumachen ist nicht das gleiche wie zuzuschauen. Vielleicht sieht man im Fernsehen mehr, aber beim Zuschauen erfährt man eben nicht, ob man noch lebendig oder schon tot ist.

Von Zeit zu Zeit erinnert sich Alice an Cash, und sie verspürt ein Kribbeln in der Magengrube. Sie hält Ausschau nach ihm, sieht aber nur die Leute vor und hinter sich in der Schlange. Das Lied erweist sich als kurz, und Alice ist enttäuscht, denn als es geendet hat, verlassen alle die Lichtung und nehmen wieder auf den Bänken des entsprechenden Clans Platz. Selbst nach diesem kurzen Tanz spürt sie schon ihre Waden. Sie kommt sich vor, als hätte sie sich einen Abend lang sportlich auf einem der Laufbänder betätigt, wie sie in Harlands *Tele-Shop* angepriesen werden. Ein Laufband mit spirituellem Element.

Während die Tänzer Pause machen, schließt ein junger Mann in einer der Freiluftküchen einen Schlauch an den Wasserhahn an, wirft ihn wie ein Seil über einen Ast und befestigt am anderen Ende eine Art Rasensprenger. Sorgsam besprenkelt er die staubtrockene Erde des Tanzplatzes, fängt im Osten an, wo der Häuptling gestanden hat und auf und ab geschritten ist, und arbeitet sich langsam um die Lichtung herum. Kein Tropfen Wasser fällt aufs Feuer.

Das Feuer verlangt ständige Aufmerksamkeit: nichts von der Ergebenheit eines alten Hundes; eher gleicht es einer Großmutter, die sich nie aus ihrem Sessel erhebt.

Sugar nagt eifrig an einem Hühnerflügel und stellt Alice jedem Anwesenden vor. Alice ist zu müde, um sich all die Namen zu merken, aber ihr fällt auf, daß Sugar stolzgeschwellt darauf hinweist, daß Alice zum Vogel-Clan gehört.

»Ich weiß, wir hatten dieselbe Großmutter«, sagt Alice zu guter Letzt, nachdem sich alle Tailbobs und Earbobs verzogen haben. »Aber du vergißt, daß ich keine Indianerin bin.«

»Du bist genauso Indianerin wie ich. Daddy war weiß und Mama auch, außer daß ihre Vorfahren mütterlicherseits, die Stampers, Indianer waren.«

»Blutmäßig wohl«, sagt Alice, »aber du hast Roscoe geheiratet, und du hast fast dein ganzes Leben hier gewohnt. Muß man sich nicht irgendwo eintragen lassen, wenn man Cherokee werden möchte?«

»Ja, wenn man ins Wählerverzeichnis will.« Sugar hält den Hühnerflügel auf Armeslänge und dreht ihn hin und her, als wäre er eine Plastik, an der sie gerade arbeitet. »Man muß sich registrieren lassen. Was einfach ist. Du mußt nur nachweisen, daß du von Leuten abstammst, die von 1880 an bei Volkszählungen erfaßt worden sind. Und das kannst du.«

»Selbst wenn es stimmt, kommt es mir unrecht vor. Ich fühle mich nicht als Indianerin.«

Sugar steckt den Hühnerknochen in eine Tüte, packt sie in ihre Handtasche und betupft sich den Mund mit einer Serviette. »Das kommt auf dich an. Aber es ist nicht wie irgendein Country Club oder so. Es ist wie Familie. So als ob man einer Kirche beitritt. Wenn du dich einmal entschlossen hast, Cherokee zu werden, dann bist du auch eine.«

Alice mag nicht glauben, daß es schon zwei Uhr in der Frühe ist und noch immer neue Leute kommen. Die Menge ist auf mehrere hundert Menschen angewachsen. Die Mädchen mit den Schildkrötenpanzern versammeln sich wieder um das Feuer, und als der Tanz von neuem beginnt, gehören Sugar und Alice zu den ersten, die mitmachen. Alice merkt, daß sie allmählich Ausdauer entwikkelt. Diesmal währt der Gesang länger, und sie vergißt ihre Arme und Beine. Es geht erstaunlich leicht. Musik und Tanz sind beruhigend, monoton und hypnotisch, und ihr Körper fügt sich in die nicht enden wollende Bewegung. Soweit Alice sich erinnern kann, hat sie zum erstenmal das Gefühl, daß sie irgendwo ganz dazugehört.

Jedesmal wenn ein Tanz endet, ist sie sich sofort wieder ihres Körpers, ihrer Muskeln und ihrer Schläfrigkeit bewußt. Sie begreift, warum sie, während sie tanzt, immer weitertanzen könnte. Wenn man seinen Körper vergißt, findet man zu einer feurigen, entspannten Energie. Jetzt weiß sie, wie man eine ganze Nacht durchtanzen kann.

Mitten im nächsten Lied merkt sie, daß Cash hinter ihr in der Schlange ist. Sie lächelt, während sich ihr Körper zum Klappern einer Rassel bewegt. Er tanzt ein Weilchen hinter ihr, und als ein neues Lied beginnt, ist jemand anders da. Einmal sieht sie neben sich Annawake. Und Boma Mellowbug meint sie auch zu sehen, ohne Feder jedoch. Eine Zeitlang versucht sie herauszufinden, wo Cash ist, doch dann läßt sie es, weil sie ihren eigenen Platz in der Gruppe auch nicht mehr bestimmen kann. Sie weiß lediglich, daß sie dazugehört.

Am Ende eines jeden Liedes verstummen alle, und man hört nur noch die Rasseln zischen. Es ist ein Geräusch, das nicht unterteilt ist, gleichsam wie Händeklatschen, wenn es bei einer Menschenmenge zum Dröhnen wird. Es klingt wie sämtliche Kiesel am Strand. Alles fällt von Alice ab, ihre Vergangenheit und ihre Einsamkeit und die Dinge, die sie hierhergeführt haben, während etwas Unwägbares Besitz von ihr ergreift.

Zu Hause sickert Morgenlicht durch die gelb-weißen Rollos in Sugars kargem Zimmer, und Alice liegt im Bett und hält ihr schlagendes Herz fest, denn sie möchte nicht einschlafen. Sie besinnt sich, wo sie ist, und kann das alles nicht glauben.

Falls sie einschläft, könnte sich der Zauber verflüchtigt haben, wenn sie wieder in diesem Zimmer aufwacht. Vielleicht ist sie dann nur noch im Bügelzimmer ihrer Kusine, ohne eine Erinnerung an das, was in dieser Nacht geschehen ist. Sie kommt sich vor wie im Märchen, aber die Märchen erzählen, daß ein Bann brechen kann und daß Verzauberung nicht vorhält. Daß sich die Menschen nicht wirklich lieben und nicht im Wald tanzen und nicht versprechen, gut zu bleiben, und daß sie sich aus den Augen verlieren und ein altes Feuer nicht am Leben erhalten.

## Familiengeschichten

Sugar und Alice folgen einer jungen Frau, die viele Perlen und eine komplizierte Frisur trägt, durch den Flur im Keller des Cherokee Heritage Center. Sie schließt die Tür zu einem kleinen Raum mit einem riesigen Eichentisch in der Mitte auf.

»Brauchen Sie Hilfe beim Suchen?« fragt sie. Alice hat gemerkt, daß sich die junge Frau bemüht, nicht Kaugummi zu kauen, während sie hinsehen. Haben alte Frauen solch eine Wirkung auf junge? Wie ihre Lehrerin in der fünften Klasse?

»Vielen Dank, aber ich hab das schon mal gemacht«, sagt Sugar.

Ihre Führerin verläßt sie und kaut, während sie wieder zum Andenkenladen hinaufgeht, so beflissen, als wollte sie die verlorene Zeit wettmachen. Der große Tisch liegt voller alter brauner Ringbücher. An einer Wand hängt eine alt aussehende Karte der Cherokee-Distrikte, und von der anderen thront ein Apparat, mit dem man sich Filme ansehen kann. Hinten im Raum stehen antiquierte Holzschränke, wie man sie vielleicht noch in der Praxis eines Landarztes zu sehen bekommt. Und nervös wie beim Arzt fühlt sich Alice auch – als ob sie ihrer Gesundheit zuliebe eine Spritze bekommen soll. Sugar nimmt auf einem der Plastikstühle Platz. »Das hier ist der Katalog für die Dawes-Listen«, sagt sie und hebt ein Ringbuch hoch, auf dem ein Kleinkind am Eßtisch sitzen könnte. »1902 bis 1905«, liest sie vor. Sie schiebt sich die Brille zurecht, leckt den Daumen an und beginnt zu blättern.

»Meinst du wirklich, wir sollten das tun?«

Sugar sieht Alice über den Brillenrand an. »Ehrenwort,

Alice, du bist auch nicht mehr die alte. Du warst das doch früher, die mit mir gewettet hat, daß ich nicht heimlich in Bierschwemmen gehe. Und jetzt erschrickst du bei so einer stinknormalen Sache vor deinem eigenen Schatten.«

»Ich möchte nicht gegen die Vorschriften verstoßen.«

»Mein Gott, nun setz dich hin und sieh dir das hier an. Es ist weiter nichts als eine lange Namenliste. Von Leuten, die hier gewohnt und in einer bestimmten Zeitspanne Parzellen bekommen haben.«

Alice setzt sich und schiebt ihren Stuhl zu Sugar hinüber, die das Kinn so reckt, daß sie das Kleingedruckte durch den unteren Teil ihrer geteilten Brille lesen kann. Sie sieht aus wie ein stolzes Vögelchen mit einer Frisur aus den Vierzigern.

»Gleich zeig ich dir den Namen deiner Großmutter. Sie faßt schon nicht aus dem Grab und kitzelt dich am Fuß.«

»Vielleicht doch, wenn sie wüßte, daß ich die Cherokee beschummeln will.«

»Alice Faye, du schummelst nicht.«

Alice steht auf und geht ruhelos im Raum auf und ab, während sich Sugar durch die Liste arbeitet. »Was ist denn das?« fragt sie und hält eine vergilbte Zeitung mit seltsamer Schnörkelschrift hoch. Sugar blickt über ihren Brillenrand. »Der *Cherokee Advocate*. Die Zeitung ist alt, die gibt es nicht mehr. So sieht Cherokee-Schrift aus. Hübsch, was? Ich hab nie gelernt, sie zu lesen. Roscoe schon.«

Alice mustert die Schlagzeilen und versucht, eine Verbindung zwischen den kursiven Rundungen und den weichen, gutturalen Stimmen vom Adlertanz herzustellen. »Sie haben ihre eigene Zeitung gehabt?«

»Aber ja doch«, sagt Sugar, ohne von ihrem Buch aufzublicken. »Es war die erste Zeitung in Oklahoma. Die Cherokee hatten das Ganze hier schon durchorganisiert, als alle anderen noch Cowboys waren und mit dem Taschenmesser aßen, hat Roscoe mir erzählt. Erinnerst du dich noch an die alten Backsteingebäude, an denen wir heute morgen in Tahlequah vorbeigekommen sind? Das war das Kapitol der Cherokee. Oh, sieh mal, da ist sie, hier.« Sie winkt Alice heran und hält Großmutter Stamper mit der Fingerspitze fest. »Schreib dir die Registriernummer auf: 25 844.«

Alice gräbt in ihrer Handtasche nach einem Bleistift, leckt die Spitze an und vermerkt die Nummer pflichtschuldig in ihrem Adreßbüchlein unter »Z«, da nicht zu erwarten steht, sie könnte es einmal auf so viele Namen bringen, daß auch einer mit dem Anfangsbuchstaben Z darunter ist. Das ganze Büchlein sieht sowieso ziemlich leer aus, abgesehen von den drei Seiten mit durchgestrichenen Telefonnummern von Taylor.

»Nun brauchst du bloß noch zu beweisen, daß du von ihr abstammst. Am besten mit ihrer Geburtsurkunde, aber sie hat keine gehabt. Was wir getan haben, als Roscoe mir dabei geholfen hat, war, daß wir an das Standesamt in Mississippi geschrieben und ihre Sterbeurkunde aus dem Ort angefordert haben, wo sie ertrunken ist. Und mit der sind wir dann einfach in das Büro des Standesbeamten hier vom Stamm gegangen und haben erklärt, daß sie meine Großmutter war, und fertig. Ich hab ihnen, glaub ich, auch noch ein paar Familienfotos und so gezeigt. Man hatte großes Verständnis.«

Alice blickt starr auf das Buch mit den Namen. Sie kann nicht den Finger darauf legen, wen genau sie beschummelt. Zum einen alle Leute auf der Liste, und daß sie tot sind, macht die Sache auch nicht besser. Wenn Sugar doch bloß nichts davon gesagt hätte, daß Leute aus dem Grab fassen und einen an den Füßen kitzeln. »Mir kommt das unrecht vor«, sagt sie. »Ich hab immer gewußt, daß wir teilweise indianisch sind, aber ich bin nie auf den Gedanken gekommen, es würde genügen, um mich eintragen zu lassen.«

»Mehr als ein Tropfen muß es gar nicht sein. Wir sind sowieso alle verwässert. Hast du die blonden Kinder beim

Adlertanz gesehen, die Treadgills? Die haben sich auch eintragen lassen. Roy Booth hier von der Tankstelle ist auch registriert, und dabei ist er bloß zu einem Zweihundertstel Indianer. Und seine Kinder auch. Aber seine Frau, die ist es zu einem Viertel, andererseits ist sie eine gläubige Methodistin und will sich deshalb nicht eintragen lassen. Das ist alles keine große Sache. Cherokee-Sein ist mehr oder weniger eine geistige Einstellung.«

»Na ja, vielleicht hab ich dann die falsche Einstellung. Was ist, wenn ich das bloß mache, um was zu kriegen?«

»Schätzchen, mehr als ein neues Dach quetschst du geldmäßig nicht aus dem Cherokee-Verband, und darauf mußt du vielleicht so lange warten, bis du von allein mit dem Ausbessern anfängst. Klar gibt es Krankenhäuser und so, aber das verübelt dir keiner. Die holen sich das sowieso von deiner Krankenkasse wieder, wenn du eine hast, ganz gleich, wer du bist.«

»Sugar, du bist eine gute Freundin«, sagt sie. »Ich weiß es zu schätzen, daß du nie gefragt hast, weswegen ich eigentlich hergekommen bin.«

»Ach, ich dachte, wegen der schlechten Ehe und so. Als du dich dann nach den Fourkillers erkundigt hast, dachte ich, du willst von Ledger irgendeine Medizin.« Sugar behält Alice fest im Auge und legt ihr die Hand auf den Unterarm. »Jeder hat sein Päckchen zu tragen und seine Gründe für einen Neuanfang. Die Leute sind immer so scharf auf Einzelheiten, aber mir scheint, die wollen nur hören, daß es anderen noch dreckiger geht als ihnen.«

Alice würde am liebsten gleich hier über den Büchern mit den Listen zusammenbrechen und reinen Tisch machen. Aber sie hat solche Angst, daß Sugar die Hand von ihrem Unterarm zieht und damit die ganze Zuneigung von früher, die dahintersteht. Vor einem Monat konnte sie sich noch nicht vorstellen, daß irgend jemand auf der Welt Taylor Turtle absprechen könnte. Inzwischen ist ihr klargeworden, daß es viele gibt, die es tun würden.

»Du würdest nie im Leben erraten, was der Grund für meinen Besuch ist«, sagt sie. »Ich möchte dir ja alles erzählen, aber im Augenblick geht es nicht. Ich glaube aber, es wäre gut für meine Sache, wenn ich mich hier eintragen ließe und Cherokee würde.«

Sugar legt den Kopf schief und mustert Alice. »Dann solltest du es auch tun. Ich denk doch nicht, du willst mir sagen, Entschuldigung, aber ich bin zum Äpfelklauen gekommen.«

Alice weiß, daß sie einen Apfel klauen muß. Doch tief im Herzen oder noch tiefer, in ihrem zusammengeschnürten Magen, weiß sie auch, daß es dem Baum weh tun wird.

Der Nachmittag ist schwül und schwirrt von Insekten. Alice wedelt beim Gehen mit der Hand, um sie zu verjagen, aber sie scheinen überall zu sein. Gut, daß sie keine Shorts angezogen hat. Sie malt sich eine alte Frau aus, die in ausgebeulten Shorts einen Feldweg entlangwandert und wie wild mit den Händen fuchtelt, und dabei kommt etwas Ähnliches heraus wie Boma Mellowbug. In ihrem Jersey-Hosenanzug kann sie vielleicht einen guten Eindruck machen.

Alice hat Annawake gefragt, ob sie sich irgendwo anders als im Lokal in der Stadt treffen können; sie ist nicht scharf darauf, daß jeder Tailbob in Reichweite mithört, was sie zu bereden haben. Annawake hat das Hausboot ihres Onkels Ledger vorgeschlagen. Inzwischen ist sich Alice fast sicher, daß sie sich verirrt hat. Gerade als sie anfängt, sich ernstlich Sorgen zu machen, erblickt sie durch die Bäume den flachen, schimmernden See und dann das Wellblechdach von etwas, das aussieht wie ein schwimmendes Mobilheim mit einer Veranda ringsum. Das Ganze ist mit dicken Seilen am Ufer vertäut, und vom Boot zu den Baumwipfeln gehen dünnere Seile, die wie ein angefangenes Spinnennetz aussehen und an denen alles mögliche hängt: Männerjeans mit gespreizten Beinen, so als wollten sie sich noch dort oben behaupten, und dazu Eimer und langstielige Löffel. Sie erblickt Annawake, die an der Verandakante sitzt und die Beine ins Wasser taucht.

»Huhu«, ruft Alice, denn sie möchte Annawake nicht erschrecken, die so versunken dasitzt wie ein Kind, das sich im Märchenland verirrt hat. Annawake blickt auf und winkt heftig, und Alice geht plötzlich auf, wie hübsch sie doch in Shorts und dem samtigen roten T-Shirt ist. Beim letztenmal, im Lokal, zeigte Annawake ihre Ecken und Kanten, war eine Kreuzung zwischen einem verschreckten Kaninchen und dem Jagdhund, der hinter ihm hersetzt, und ihre Frisur wirkte vorsätzlich struppig. Mittlerweile ist daraus ein glänzender Pagenkopf geworden, der ihr bis zu den Ohrläppchen reicht, und ihr Teint in der Farbe von Ahornsirup ist schön.

Alice überquert die wacklige Laufplanke aus Brettern vom Ufer zum Boot und hält sich an dem großen Tau fest, das als Geländer dient, damit sie nicht ins Wasser fällt. Längs der Bootsflanke sind alte Reifen angebracht, die als Puffer dienen.

»Das nennen Sie einen See?« sagt Alice. »Ich könnte direkt einen Stein zum anderen Ufer werfen.«

»An dieser Stelle kann man ihn durchaus als überbewerteten Fluß bezeichnen«, stimmt Annawake zu. »Hatten Sie Mühe, uns zu finden?«

»Nein.« Alice blickt sich nach dem »Uns« um, sieht aber nur Annawake und viele Libellen. Annawake hat gesagt, Ledger wäre in Locust Grove, um einen neuen Kleinlaster zu segnen.

»Haben Sie etwas dagegen, wenn wir hier draußen bleiben? Es dauert nicht mehr lange, und die Mücken fressen uns auf, aber das Wasser fühlt sich herrlich an.«

»Wenn Sie nichts dagegen haben, daß ich es Ihnen nachmache.« Alice setzt sich neben Annawake und schnappt nach Luft, dann zieht sie die Tennisschuhe aus und krempelt die Hosenbeine bis zum Knie hoch. Als sie die Füße ins kalte Wasser taucht, ist sie gleich ein neuer Mensch.

»Die Frisur steht Ihnen wirklich gut«, sagt sie in einer ungewollten Aufwallung mütterlicher Gefühle.

Annawake fährt sich mit der Hand durchs Haar. »Danke«, sagt sie. »Irgendwie bin ich übergeschnappt und habe es ganz kurz schneiden lassen, als ich ins Studium gegangen bin. Wohl als Zeichen der Trauer oder so. Anscheinend wächst es nach.«

»Eine gute Idee, daß wir uns hier draußen getroffen haben. Hübsch haben Sie's hier.«

»Ungestört. Als wir klein waren, haben wir hier jeden Sommer verbracht, und für uns war das, als wären wir nach Kalifornien gefahren. Wir haben gedacht, bis zu Onkel Ledger sind es hundert Meilen. Wenn mir jemand gesagt hätte, der See wäre von der Stadt in einer halben Stunde zu Fuß zu erreichen, ich hätte es nicht geglaubt. Weil das nämlich keiner tut.«

»Ich hab nicht mal so lange gebraucht. Zwanzig Minuten.«

»Sie sind gut zu Fuß.«

»War ich schon immer. Wenn man irgendwohin will, sollte man ruhig die Beine in die Hand nehmen, find ich.«

Sie und Annawake blicken sich einen Augenblick an und ziehen sich dann wieder zurück.

»Sie haben mir also etwas zu sagen.«

»Eigentlich was zu fragen«, sagt Alice.

»Na schön.«

Alice holt Luft. »Würde es einen Unterschied machen, wer Turtle kriegt, wenn ihre Mutter und ich uns registrieren ließen?«

Annawake staunt Alice mit leicht geöffnetem Mund an. Nach einem Weilchen macht sie ihn wieder zu und fragt: »Dann haben Sie also Cherokee-Blut?«

»Ja. Gestern hab ich meine Großmutter in dem Buch mit der Liste gefunden.«

»Die Dawes-Listen«, sagt Annawake. Sie blinzelt, als sie aufs Wasser blickt. »Das ist eine Überraschung. Ich dachte, ich weiß schon, was Sie mir heute sagen wollen, aber darauf war ich nicht gefaßt.«

»Würde es einen Unterschied machen? Würde uns das zu Indianern machen?«

»Lassen Sie mich eine Minute nachdenken.« Sie fährt sich durch das Haar an den Schläfen und streicht es sich aus dem Gesicht. Schließlich sieht sie Alice an, diesmal jedoch mit Juristenblick. »Zunächst einmal, ja, wenn Sie sich registrieren ließen, wären Sie Cherokee. Es geht uns nicht um rassische Reinheit, wie Sie sicherlich schon gemerkt haben. Es ist eine eigene Sache mit uns Stämmen im Osten, wir hatten schon immer gemischtes Blut, selbst unsere heiligen Männer und unsere historischen Führer. Wie John Ross. Er war ein Halbblut. Das ist ganz und gar kein Stigma.«

»Was für mich daran so komisch ist: daß man noch so spät dazustoßen kann. Sieht das nicht aus, als käme man zum Richtfest, ohne mit dem Bau zu tun gehabt zu haben?«

»Wahrscheinlich würde man es in Ihrem Fall als opportunistisch ansehen.« Annawake schenkt Alice ein ganz merkwürdiges Lächeln mit heruntergezogenen Mundwinkeln. »Aber durchweg gibt es keinen Grund, warum die Registrierung nur für Vollblut-Indianer gelten sollte oder für Halbblut-Indianer oder wo immer man die Grenze ziehen möchte. Jeder, der so lebt wie wir, sollte unseren Stamm angehören dürfen. Nur sollten uns Außenstehende nicht vorschreiben, wer sich registrieren lassen kann.«

»Verwässert es nicht irgendwie alles, wenn man jeden aufnimmt?«

Annawake lacht. »Offen gesagt stehen die Leute an der

Landstraße nach Muskogee nicht gerade Schlange, um sich registrieren zu lassen.«

»Dann wäre ich genauso Cherokee wie jeder hier, falls ich mich eintragen ließe?«

»Rechtlich gesehen ja. Und ich will ehrlich sein, Ihrem Fall könnte es durchaus nicht schaden.«

»Gut, dann lasse ich mich registrieren.«

»Doch das ist etwas am Ziel vorbei, was Ihre Enkelin angeht. Sie wären zwar rechtlich Cherokee, aber nicht kulturell.«

»Ist das so eine große Sache?«

Annawake preßt die Fingerspitzen zusammen und sieht sie groß an. »Wenn wir Cherokee-Kinder zu nicht-indianischen Pflegeeltern geben, bekommen die eine Liste, anhand deren sie dem Kind klarmachen können, aus welcher Kultur es stammt. Mit ihm das Cherokee Heritage Center besuchen, es Cherokee-Sprachkassetten anhören und die Cherokee-Feste feiern lassen, solche Sachen eben. Doch damit versucht man nur, das Beste aus einer verfahrenen Situation zu machen. Das ist so, als würde man sagen: ›Wenn Sie dieses Elefantenbaby adoptieren wollen, müssen Sie versprechen, von Zeit zu Zeit mit ihm in den Zoo zu gehen.‹ Eigentlich sollte ein Elefantenbaby von Elefanten aufgezogen werden.«

»Sie ist kein Elefant. Sie ist ein kleines Mädchen.«

»Wenn sie jedoch in einer vollkommen weißen Kultur aufwächst, dann kommt einmal der Tag, an dem sie sich auch als Weiße fühlt. Und die Jungs nehmen sie auch als solche an. Aber sie kommt von der High School nach Hause, wirft sich aufs Bett und sagt: ›Warum hab ich bloß diese lange, lange Nase?‹«

Alice möchte dagegenhalten, daß es Schlimmeres gibt, doch ihr fällt nicht gleich eine Erwiderung ein. Aber noch nimmt sie Annawake das nicht ab. »Wenn ich Cherokee bin und Taylor auch etwas, und wir haben nichts davon geahnt und trotzdem gelebt, warum sie nicht auch?«

Annawake legt ihr dunkles Handgelenk auf Alices. »Hautfarbe. So einfach ist das. Sie können sich zu den Weißen schlagen, aber Turtle nicht. Ich habe sie nur zwei Sekunden im Fernsehen gesehen, und schon wußte ich, daß sie Cherokee ist.«

Alice verschränkt die Arme vor der Brust.

»Alice, aber da ist noch etwas. Ich wollte Sie schon vor ein paar Tagen anrufen. Es hat sich herausgestellt, daß wir die Adoption aus zwingenden Gründen für ungültig erklären lassen müssen.« Sie mustert Alice forschend, während sie weiterspricht. »Es ist jemand zu mir gekommen und hat mich gebeten, nach einer verschollenen Verwandten zu suchen, und das könnte Turtle sein.« Sie blickt Alice noch immer in die Augen.

»Oh«, sagt Alice, und ihr Herz fängt an zu hämmern.

»Sie haben davon nichts gewußt?«

Alices Mund fühlt sich trocken an. »Nein. Woher denn? Von Sugar bestimmt nicht, und sonst auch von niemandem, weil keine Menschenseele außer Ihnen weiß, weshalb ich hier bin.«

»Aha.« Annawake betrachtet erneut ihre Hände. »So ganz überzeugt sind wir noch nicht. Als Anhaltspunkt haben wir nur das Alter des Kindes und die Umstände, unter denen es der Familie abhanden gekommen ist. Das Kind, das gesucht wird, muß nicht unbedingt Turtle sein. Aber ich halte es, ehrlich gesagt, für wahrscheinlich. Ich habe ausreichend Gründe, Taylor eine Vorladung zu schicken und sie aufzufordern, das Kind zu einer Gegenüberstellung herzubringen.«

Alice starrt auf den seichten Fluß, in dem die über Kopf gespiegelten Bäume tanzen und die Rohrkolben nach unten in den blauen Himmel ragen. Rings um ihre Füße gibt es eine heile Welt, die auf dem Kopf steht.

»Ich dachte, Sie hätten ihr schon gesagt, daß sie mit Turtle herkommen muß.«

»Nein. Ich habe es vorgeschlagen, sie aber noch nicht

vorgeladen. Es wäre mir sehr lieb, wenn Taylor aus freien Stücken käme und von sich aus das Richtige täte. Ich möchte den Fall im Interesse des Kindes so freundschaftlich wie möglich regeln.«

»Taylor sieht das aber gar nicht freundschaftlich. Sie ist auf der Flucht. Ja, so sieht das aus. Ich muß warten, bis sie mich anruft. Ich weiß nicht mal, in welchem Staat sie sich aufhält.«

Annawake schüttelt sachte den Kopf. »Ich zermartere mir das Hirn, wie ich Ihnen das klarmachen kann, ohne daß es sich anhört, als wollten wir einer Mutter das Baby aus den Armen reißen.«

»Was ist es denn sonst?«

Annawake blickt nachdenklich. »Erinnern Sie sich noch, vor ein paar Jahren, der Fall mit der Ersatzmutter? Als die Mutter, die das Kind geboren hatte, es auch behalten wollte? Und der Richter dem leiblichen Vater und seiner Frau das Sorgerecht zugesprochen hat?«

»Das habe ich nie verstanden! So was kann und will ich nicht verstehen.«

»Dann sage ich Ihnen, was den Ausschlag gegeben hat. Ich habe mich mit dem Fall beschäftigt. Der leibliche Vater ist aufgestanden und hat den Geschworenen seine Familiengeschichte erzählt. Er hatte alle Angehörigen in den Konzentrationslagern des Zweiten Weltkriegs verloren, hatte auch nicht einen Verwandten mehr. Das Baby war der letzte Mensch mit seinen Familiengenen, und er wollte das Mädchen so unbedingt behalten, weil er ihm von den Menschen erzählen wollte, von denen es abstammte.« Annawake wirft Alice einen schrägen Blick zu. »So geht es uns auch. Unserem Stamm. Wir haben einen verheerenden Holocaust erlebt, und wir müssen zusammenhalten, was von unseren Familien geblieben ist.«

Alice betrachtet das Wasser, in dem sich Dutzende von Elritzen um ihre Waden versammelt haben. Die winzigen Körper flitzen herum, jagen sich und streiten sich um das

Vorrecht, an den Härchen auf ihren Beinen zu nibbeln. Ein eigenartig angenehmes Gefühl, von eifersüchtigen Fischlein geküßt zu werden.

»Finden Sie, daß ich den Fall übertrieben darstelle?«

»Ich weiß nicht.«

»Haben Sie schon mal über den Pfad der Tränen gelesen?«

»Etwas läuten hören. Aber die Geschichte kenn ich nicht.«

»Das war 1838. Da hat man uns aus unserer Heimat, den nördlichen Appalachen, vertrieben. North Carolina, Tennessee, die Gegend. All unsere Geschichten sind in jenen Bergen angesiedelt, denn dort haben wir vom Anbeginn der Zeit gelebt, bis die europäischen Einwanderer fanden, unsere älteren Ansprüche auf das Land wären mit ihrer Farmwirtschaft nicht vereinbar. Und so klopften eines Morgens Soldaten an unsere Haustüren, stahlen Geschirr und Lebensmittelvorräte, dann steckten sie die Häuser in Brand und brachten die Menschen in Lager. Familien wurden auseinandergerissen, niemand wußte, was vor sich ging. Der Plan lautete, alle zu Fuß nach Westen zu schicken, wo es wertloses Land gab, das niemand haben wollte.«

»Zu Fuß?« fragt Alice. »Ich finde, man hätte sie wenigstens mit der Eisenbahn befördern können.«

Annawake lacht gequält. »Nein, sie liefen zu Fuß. Alte Leute, Babys, einfach jeder. Eine Menschenmauer, die lief und starb. In den Lagern gab es schmutzige Decken, und Gräben, in denen die Fliegen nur so schwirrten, dienten als Toiletten. Die Nahrung war ungewohnt für die Menschen aus den Wäldern, Mehl mit Maden und Pökelfleisch, also hatten alle Durchfall und Malaria von den Mücken am Fluß, denn es war Sommer. Die Stammesältesten baten die Regierung, die paar Monate bis zum Herbst zu warten, damit mehr Menschen den Marsch überleben konnten, doch das wurde abgelehnt. Sie starben an Pokken und schlicht an Erschöpfung. Als erste starben die Alten und die Kinder, die noch gestillt wurden. Und die Mütter trugen ihre toten Kinder noch tagelang, sie waren wahnsinnig vor Schmerz, und obendrein folgten ihnen die Wölfe auf den Fersen.«

Alice löst die Arme und verschränkt sie wieder vor der Brust, denn sie begreift mehr, als ihr lieb ist. Sie weiß, daß sie die Geschichte hört, die Annawake ihr Leben lang mit sich herumgeschleppt hat. Auf der anderen Seite des Flusses jault ein Sportboot vorbei. Lange nachdem sich das Boot entfernt hat, umschaukeln die Wellen sie noch, die im Wasser hinter ihm herrauschen.

»Man meint, daß in den Lagern an die zweitausend Menschen gestorben sind«, sagt Annawake ruhig. »Und noch viel mehr unterwegs. Wie viele, das weiß niemand.«

Eine leuchtendgelbe Wespe schwebt dicht bei ihren Füßen über dem Wasser und landet dann vorsichtig wie ein Hubschrauber. Dann treibt sie mit durchsichtigen, gespreizten Flügen, die wie steife, kleine Segel aussehen, davon.

Annawake lacht ein eigentümliches, bitteres Lachen. »Als ich klein war, habe ich jeden Bericht über den Pfad der Tränen verschlungen, den es überhaupt gibt. Es war mein Dauerprojekt. In Staatsbürgerkunde in der High School habe ich der Klasse vorgelesen, was Präsident Van Buren dem Kongreß über die Zwangsumsiedlung gesagt hat, und habe den Lehrer gefragt, warum wir nicht diesen Text statt der ›Gettysburg Address‹ auswendig lernen. Er hat gesagt, ich wäre abgebrüht und sarkastisch.«

»Waren Sie das?«

»Und ob.«

»Und was hat Präsident Van Buren nun gesagt?«

»Er hat gesagt: ›Es ist mir eine aufrichtige Freude, Ihnen mitzuteilen, daß der indianische Stamm der Cherokee in seine neue Heimat westlich des Mississippi umgesiedelt worden ist. Die Maßnahmen sind zu unserer vollsten

Zufriedenheit verlaufen, die Indianer haben sich ohne nennenswerten Widerstand aussiedeln lassen.‹«

Alice wäre am liebsten im Wasser versunken. Es ist ungeheuerlich, was Menschen Menschen antun. Annawake und Alice sitzen schweigend da, blicken über den langgestreckten Tenkiller-See hin, und jede zieht ihre eigenen Schlüsse. »Jemand muß es doch geschafft haben«, sagt Alice schließlich. »Sie sind hier. Ich hab die Zeitungen und alles gesehen, was es hier so gegeben hat.«

»Ein Gutes hat die Sache gehabt: Eine Weile hatten wir hier das Sagen, ohne daß uns jemand hineingeredet hat. Bis Ende des neunzehnten Jahrhunderts war alles wieder in Schuß. Wenn Sie wirklich Cherokee werden wollen, dann sollten Sie ins Museum gehen und sich gut umsehen. Wir hatten das erste öffentliche Schulsystem auf der ganzen Welt. Für Mädchen und Jungen. In der Oberschule wurden Menschenkunde, Musik, Geschichte, Algebra und Vergil unterrichtet.«

»Junge, Junge, das ist mehr, als man mir beigebracht hat.«

»1886 bekam Tahlequah die erste Telefonleitung westlich des Mississippi. Und weil keiner auf die häßlichen Drähte sehen wollte, hat man die Leitung durch die Wälder gezogen und an Bäumen aufgehängt.«

Alice lacht. »Hört sich piekvornehm an.«

»Das ist kein Witz. Nirgendwo im ganzen Land konnten so viele Menschen lesen und schreiben.«

»Sie ist hübsch, Ihre Schrift.« Alice kann die geheimnisvollen, schnörkeligen Buchstaben beinahe schmecken, die auf der zerfallenden Zeitung, die sie gesehen hat, stumm blieben. »Ist sie schwer zu lesen?«

»Man sagt nein, aber ich habe sie nie gelernt. Erzählen Sie das bloß nicht weiter. Gemein von Onkel Ledger, daß er mir das nicht beigebracht hat.«

»Leute, die nicht lesen und schreiben können? Das drückt aber auf Ihre Statistik.«

»Ja, das habe ich ihm auch gesagt. Aber es steht auch ohne das schlecht genug.«

»Wie kommt das? Falls die Frage erlaubt ist. Nichts für ungut, aber Sugar hat mir das tolle alte Kapitol gezeigt, und da hab ich bei mir gedacht, hier sieht es aus, als hätte seitdem ein Orkan gewütet.«

Annawake schnaubt verächtlich. »Der Orkan Yonega.«

»Sie können doch nicht alles Schlechte den Weißen in die Schuhe schieben«, sagt Alice leise.

»1902 wurde hier die Eisenbahn eröffnet«, erwidert Annawake genauso still. »Gee Dick und seine Band haben zur Begrüßung des ersten Zugs auf dem Rasen vor dem Gericht zum Adlertanz aufgespielt. Die ersten Weißen stiegen aus und fingen an herumzuschnüffeln und rieben sich die Augen. So ein schönes Stück Land hatten sie uns gegeben. Keine häßlichen Telefonleitungen. Binnen vier Jahren wurde unsere Stammesregierung durch Bundesgesetz aufgelöst. Die Regierung der Vereinigten Staaten schuf die Internate, riß Familien auseinander, verkaufte das Land. Und jetzt sagen Sie mir, wem wir die Schuld in die Schuhe schieben sollen.«

»Ich weiß auch nicht. Den Zeiten. Der Unwissenheit. Der Einbildung, daß manche immer genau zu wissen meinen, was das Beste für die anderen ist. Aber ein Gutes hat die Sache, vertreiben kann man Sie jetzt nicht mehr.«

»Nein, dafür versucht man, uns die Kinder wegzunehmen.«

Alice ist tief getroffen. »Turtle war praktisch als tot aufgegeben«, sagt sie. »Meine Tochter hat sie vor dem Verhungern oder Schlimmerem bewahrt, als sie sie auf dem Parkplatz angenommen hat. Ich finde, Sie könnten dankbar sein.«

»Ich bin dankbar, daß sie am Leben ist. Aber glücklich über die Umstände bin ich nicht.«

»Vielleicht müssen Sie und ich einfach Feinde sein«, sagt Alice.

»Da bin ich anderer Meinung. Aber Sie müssen einfach begreifen, wie tief diese Gefühle gehen. Dieses ganze Jahrhundert über, bis genau 1978, als der ›Indian Child Welfare Act‹ verabschiedet wurde, sind Sozialarbeiter zu uns gekommen, die keine Ahnung hatten, wie unsere Familien funktionieren. Die sahen dann ein Kind, das nicht in einer Kleinfamilie lebte, und schon war das für sie Vernachlässigung. Für uns sind das jedoch aberwitzige Grundsätze. Wir machen keinen Unterschied zwischen Vater, Onkel, Mutter, Großmutter. Wir halten unsere Familien nicht für groß. Und dann sehen wir euch an und finden, ihr habt verkümmerte Familien.«

»Das stimmt«, sagt Alice und denkt an ihr leeres Adreßbüchlein. Sie kann es nicht leugnen. Das ist ihr schon in Kentucky aufgegangen, als sie Harland verlassen wollte und nicht wußte, wohin sie sich wenden sollte.

»Wir konnten nicht begreifen, warum man uns auseinandergerissen hat. Daß mein Bruder Gabe zu einem Mann und einer Frau in Texas gebracht wurde, wo er hier doch eine richtige Familie hatte. Ich habe erlebt, wie Babys so gedankenlos mitgenommen wurden, als kaufte man im Supermarkt eine Tüte braunen Zucker. Einfach als nette kleine Trophäe für irgendeine Familie. Die Mormonen sind scharf auf unsere Kinder, weil sie uns für den verschollenen Stamm Israels halten. Kleine Heidenkinder, die man großziehen kann und die einem einen Platz im Himmel einbringen!«

Aus Annawakes Augen strömen Tränen. Sie blickt zum dunkler werdenden Himmel hinauf. »Das waren unsere Kinder«, sagt sie an Alice und den Himmel gerichtet. »Tausende. Wir haben mehr als ein Viertel unserer lebenden Kinder verloren.«

Jetzt schwimmt ein ganzer Schwarm gelber Wespen auf dem Wasser. Eine leichte Brise, so sacht, daß Alice sie nicht spürt, treibt sie allesamt schräg über das Wasser. Eine nach der anderen steigen sie auf.

Annawake wischt sich das Gesicht mit dem Handrücken und sieht Alice an. »Ich räume ein, daß Turtle ausgesetzt wurde. Sie wurde nicht gestohlen, sie ging verloren und wurde gefunden. Es ist nicht das erstemal, daß indianische Eltern ein Kind weggegeben haben, auch das muß ich einräumen. Es gibt einen wirklich wichtigen Fall, ›Choctaw gegen Holyfield‹, da ist etwas Ähnliches passiert. Aber unser Gesetz ist der Ansicht, daß die Mutter oder der Vater kein Recht dazu haben. Das ist, als wollte ich Ihnen, sagen wir, ein Stück des Gerichtsgebäudes von Tahlequah schenken.«

Alice reicht Annawake ein Taschentuch. Sie hat gemerkt, daß junge Leute nie eins dabeihaben. Sie haben noch nicht die Erfahrung gemacht, daß jeden das Herzeleid zu jeder Zeit überrumpeln kann.

Annawake faltet das baumwollene Rechteck im Schoß zusammen und auseinander. »Wir bekommen so viele negative Bilder von uns zu sehen. Vor allem außerhalb des Reservats. Manchmal reißen unsere jungen Mädchen in die Stadt aus, weil sie glauben, dort könnten sie lernen, eine Blondine zu werden, aber sie entwickeln dann wohl einen solchen Selbsthaß, daß sie ihre Babys in Krankenhäusern und Sozialstationen aussetzen. Oder auf Parkplätzen. Anstatt sie ihrer Familie anzuvertrauen.«

»Das ist eine traurige Geschichte«, sagt Alice. »Aber wenn Sie Turtle zwingen, die einzige Mutter zu verlassen, die sie kennt, dann gehen ein paar Leben zu Bruch.«

»Das weiß ich.« Annawake senkt den Blick und schiebt sich eine Strähne hinters Ohr, die sofort wieder zurückfällt. »Genausogut könnte ich Ihnen erzählen, daß einige zu Bruch gegangene Leben wieder heil würden. Es gibt keine einfache Antwort. Ich zermartere mir den Schädel, wie ich ein Eingreifen amtlicherseits verhindern kann. Ich hatte mir eine Art Gegenplan ausgedacht, aber der klappt anscheinend nicht.« Schon wieder blickt sie Alice so prüfend und schräg, ja, regelrecht forschend an.

»Was sagt das Gesetz?«

»Das ist einfach. Der ICWA besagt, daß ein Kind bei Verwandten untergebracht werden sollte, falls welche vorhanden sind, oder bei anderen Stammesangehörigen oder, dritte Wahl, bei einem Mitglied eines anderen indianischen Stammes. Das Gesetz ist rein und klar.«

»Und Ihr Gewissen?«

Annawake zieht die Füße aus dem Wasser und plätschert ein wenig, so daß die Elritzen das Weite suchen. »Die Sache ist die, in Wirklichkeit bin ich gar nicht abgebrüht und sarkastisch. Mein Chef hält mich für eine blauäugige Idealistin. Das ist der einzige Grund, warum ich diesen Fall verfolge, anstatt mich um meine eigenen Angelegenheiten zu kümmern. Bis zu dem Tag, als ich Ihre Tochter kennengelernt habe, wußte ich nicht, was eine Glaubenskrise ist.«

Alice blickt zum Himmel hinauf, der viel heller und stummer ist als sein Spiegelbild im Wasser. »Ich wollte, ich könnte von mir behaupten, ich hätte immer gewußt, was richtig ist«, gesteht sie diesem undurchschaubaren Kind.

Annawake streichelt Alices Hand so sacht, daß sie sich das vielleicht auch nur eingebildet hat.

## Rückt Dorothee raus

In der Ferne poltert der Donner, Regen prasselt gegen die Windschutzscheibe des Dodge und rauscht daran herunter wie an einem Duschvorhang. Taylor hämmert auf das Steuerrad ein. »Das ist keine Stadt, das ist eine Autowaschanlage.«

Turtle wendet den Blick ab und sieht auf ihrer Seite aus dem Fenster. Sie stehen vor dem *Kwik Mart*, und der Regen hält sie gefangen. Hoffentlich bessert sich das Wetter bald, damit Taylor vom Münztelefon aus anrufen kann.

Talyor umklammert das Steuerrad so fest, daß die Mattigkeit aus ihren Unterarmen sich in warmen Wellen langsam in Schultern und Hals ausbreitet. Sie atmet tief durch. »Entschuldigung, Schätzchen. Ich bin nicht sauer auf dich, sondern auf den Regen.«

Turtle murmelt etwas und spielt mit Mary auf ihrem Schoß.

»Was war das?«

Turtle sagt mit abgewandtem Blick: »Du bist nur noch sauer.«

»Aber Turtle.« Taylor muß sich auf die Zunge beißen, daß sie ihre Tochter nicht anfährt: »Bin ich nicht!« Wenn es ihr nicht so dreckig ginge, könnte sie darüber lachen, was für eine Rabenmutter sie ist. Sie starrt auf ihrer Seite aus dem Fenster und auf das regentriefende Grundstück, das heute abend leer ist. Anscheinend haben die kriminellen Elemente so viel Grips, daß sie bei diesem Wetter daheimbleiben. Die haben wahrscheinlich hübsche Häuser, denkt Taylor, und Videorekorder. Als Dealer dürften sie nicht zu knapp verdienen. Die machen es sich zu Hause gemütlich, sehen sich *America's Most Wanted* an und haben die Heizung auf dreiundzwanzig Grad hochgestellt.

»Wie war's heute in der Schule?«

»Ach, ging so.«

»Mehr nicht?«

»Nein.«

Taylor dreht sich um und mustert Turtle, die inzwischen auf ihren Füßen hockt. Sie klopft ihr höflich auf die Schulter. »Du, hör mal, ich möchte mit dir darüber reden.«

Turtle wendet ihr langsam das Gesicht zu und hat die Augenbrauen zum Fragezeichen hochgezogen.

»Was war heute am schönsten?«

Turtle denkt nach. »Gar nichts.«

»Na gut, was war dann am schlimmsten?«

»Lisa Crocker hat sich über meine Hose lustig gemacht.«

»Deine Radlerhose? Was stimmt damit nicht? Die Kinder haben alle so was an, ich hab's doch gesehen.«

»Sie sagt, ich habe sie jeden Tag an.«

»Das ist nicht wahr. An jedem zweiten Tag hast du deine Jeans an.«

Turtle drückt die Hände an die Schenkel. »Die anderen haben mehr als zwei Hosen.«

»Ich weiß, Turtle. Über mich haben sie sich in der Schule auch lustig gemacht. Mama hat geputzt, und dann haben die Leute ihr Sachen geschenkt, aus denen ihre Kinder rausgewachsen waren. Sie dachten, sie tun uns einen Gefallen damit, aber für mich ist es darauf hinausgelaufen, daß ich wie ein Clown zur Schule gehen mußte.«

Turtle wirft ihr einen schrägen Blick zu und verkneift sich ein Grinsen. »Mit einer großen roten Nase?«

»Die hätte ich mir aufsetzen sollen. Statt dessen bin ich stolz wie Oskar rumspaziert.«

»Was ist das?«

Taylor merkt, daß der Regen von Dur zu Moll wechselt und vielleicht ein wenig nachläßt.

»Stolz wie Oskar rumspazieren? Ach, das heißt einfach, die Knallharte spielen. Als ob man so rumlaufen will. Und die anderen in ihren zusammenpassenden Pullovern und Röckchen sehen lächerlich aus.«

Turtle denkt darüber nach. »Ich glaube nicht, daß ich stolz wie Oskar rumspazieren kann«, sagt sie.

»Das mußt du auch nicht! In deinem Alter sollten sich Kinder überhaupt noch nichts aus Kleidern machen. Ihr solltet euch noch alles ausziehen und euch mit Eierpampe bewerfen.«

Turtle setzt eine höflich skeptische Miene auf.

»Glaub mir, diese Lisa Crocker tickt nicht ganz richtig.«

»Mom, sie ist genau wie die anderen Mädchen.«

»Das kann ja heiter werden, die sind als Erwachsene dann wie Barbie! Kannst du dir vorstellen, was das für die Zukunft unseres Planeten bedeutet?«

»Ich will aber Freundinnen haben.«

Taylor seufzt und streichelt Turtle übers Haar. »Möglicherweise hat es ein benachteiligtes Kind heute schwerer als früher.«

»Einmal habe ich auch die Schulhose angehabt«, sagt Turtle. »Die graue Trainingshose mit den Buchstaben drauf. Als ich den Unfall hatte.«

»Ja, das stimmt. Das war gar nicht lustig, wie?«

»Nein.«

»Gut, daß du jetzt keine Magenschmerzen mehr hast.«

Turtle schweigt.

»Es geht dir doch besser.«

»Nein«, sagt Turtle leise.

»Nein?« Der Schreck fährt Taylor in die Glieder.

»Ich habe fast immer Bauchschmerzen.«

»Oh, Turtle. Wie kann das sein? Du bist doch noch nie krank gewesen.«

»Ich weiß auch nicht, Mom, aber ich habe einfach Bauchweh. Ich komme nicht dagegen an.«

»Oh, Turtle.«

»Mom, der Regen hat aufgehört. Sieh mal.«

Es stimmt, der lautstarke Angriff ist vorbei, aber es nieselt noch so heftig, daß man nichts durch die Windschutzscheibe sehen kann. »Du armes Kind, du weißt schon gar nicht mehr, was gutes Wetter ist. Für dich ist es sicher schon ein sonniger Tag, wenn du statt eines Regenschirms nur einen Regenmantel brauchst.«

»Nein. Ich erinnere mich noch an Sonne.«

»Du erinnerst dich an Tucson?«

»Ja.«

»Und was war da am besten?«

Turtle macht eine Weile die Augen zu. »Es gibt nichts Bestes«, sagt sie schließlich. »Mir hat alles gefallen.«

»Aber da hatten wir auch nicht viel Geld. Du hast in Tucson, glaube ich, auch nur ein, zwei Hosen gehabt.«

»Aber wir hatten Jax. Und Lou Ann und Dwayne Ray und Mattie in deinem Laden.«

»Stimmt. Die hatten wir.«

»Lassen sie uns zurückkommen?«

»Unser Geld reicht nicht für Benzin. Und wir dürfen niemandem sagen, wo wir sind.«

»Aber wenn wir Benzin hätten, meine ich. Wollen Jax und die anderen uns noch wiederhaben?«

»Ich glaube schon.«

»Ist er nicht sauer, daß wir von zu Hause weg sind?«

Taylor kurbelt das Fenster herunter, schließt die Augen und läßt sich die pfeifende Abendluft übers Gesicht lekken, als wär's eine Katze. »Das bedeutet eben zu Hause, Turtle«, sagt sie. »Man will jemanden wiederhaben, auch wenn man sauer ist.«

Endlich nimmt Alice ab.

»Mama, ich versuche schon den ganzen Tag, dich zu erreichen. Wo hast du bloß gesteckt?«

»Allmächtiger, Taylor, genau kann ich dir das nicht sagen. Das heißt Lip Flint Crick oder Flint Chip Lick oder so ähnlich. Auf einem Picknick.«

»Ein Picknick? Und ich dachte, du hast dich mit dieser Fourkiller in der Wolle?«

»Hab ich auch. Aber anschließend waren wir auf einem Picknick.«

»Du hast dich mit ihr in der Wolle und bist anschließend mit ihr zu einem Picknick gegangen?«

»Nein, nicht mit ihr. Ich hab mir einen Freund zugelegt.«

»Mama, Ehrenwort, dir kann man auch nicht eine Minute den Rücken kehren!« Taylor merkt, daß ihre Stimme so bitter ist wie die Haut von grünen Kartoffeln, doch es gelingt ihr nicht, die Quelle zu stopfen, aus der die Bitterkeit quillt.

Alice schweigt.

»Freut mich für dich, Mama. Ehrlich. Wie heißt er denn?«

Die Antwort fällt knapp aus. »Cash.«

»Oh, klingt nett. Ist er reich?«

Endlich lacht Alice. »Taylor, wenn du auf einen millionenschweren Taifun aus bist, mußt du ihn nicht hier suchen, das eine kannst du mir glauben.«

»Tycoon, Mama. Ein Taifun ist, glaube ich, ein Orkan. Oder vielleicht auch die Sorte Schlange, die einen erwürgt.«

»Hier gibt es so viele Schlangen, daß man gar nicht allen Feuer unterm Hintern machen kann, aber keine millionenschweren Taifune. Der größte Herzensbrecher der Stadt ist ein Kerl in einem Anzug aus Pferdeleder. Das ist vielleicht ein Anblick. Er sieht aus, als wäre er mit dem linken Fuß zuerst aufgestanden und hätte sich den Badevorleger umgehängt.« Sie verstummt. »Wie geht's denn so? Ich hatte gehofft, daß du anrufst.«

»Aber so doll gehofft nun auch wieder nicht, daß du am Telefon sitzen geblieben wärst, oder?«

Alices Stimme hat sich verändert. »Taylor, du hast sie ja nicht alle. Ich weiß gar nicht, wieso du so sauer reagierst.«

»Ich reagiere nicht sauer. Turtle hat so was auch gerade gesagt. Sie hat gesagt, ich sei nur noch sauer. Aber das bin ich nicht. Ich habe bloß Pech auf der ganzen Linie, und die Karre ist in den Dreck gefahren.« Taylor kramt in ihrer Hosentasche nach einem Taschentuch, findet aber keins. Sie reißt eine gelbe Seite aus dem feuchten Telefonbuch unter dem Münzfernsprecher. »Ich glaube, bei mir ist eine Erkältung im Anzug.«

»Hast du diesen Job noch?«

»Ja, aber man erlaubt nicht mehr, daß Turtle sich in der Damenabteilung aufhält. Sie muß die paar Stunden, bis ich Feierabend habe, draußen warten, auf dem Parkplatz im Dodge.«

»Im Auto? Guter Gott, hast du keine Angst, daß es ihr zu einsam wird und sie nach Mexiko oder sonstwohin durchbrennt? Weißt du noch, was ich euch auf der Fahrt durch Nevada aus der Zeitung vorgelesen hab? Der Sechsjährige, der mit der Familienkutsche nach Mexiko ausgerissen ist?«

»Das war keine Zeitung, Mama, das war eins dieser Blätter aus dem Supermarkt, mit Liz Taylor auf dem Titelblatt. Die erfinden doch die ganzen Geschichten.«

»Man hat schon Pferde vor der Apotheke kotzen sehen.«

»Ich weiß. Aber ich glaube nicht, daß Turtle der Sinn nach Mexiko steht.«

»Gut. Aber vielleicht solltest du ihr Spielsachen ins Auto tun, für den Fall eines Falles.«

»Tu ich doch. Ich habe ihr Schachteln und anderes Zeugs aus dem Laden gegeben. Sie beklagt sich nicht, du weißt ja, wie sie ist. Aber ich komme mir wie eine Rabenmutter vor. Alles, was ich diesen ganzen verrückten Sommer lang getan habe, war doch nur, damit ich Turtle behalten kann. Ich habe gedacht, es zählt nur eines, nämlich daß wir zwei zusammenbleiben. Aber allmählich habe ich das Gefühl, ich liege damit falsch. Ich habe sie genauso lieb, aber vielleicht reicht das nicht, sie und ich allein. Wir sind keine heile Familie.«

»Ich weiß nicht recht. Anscheinend besteht die Hälfte aller Familien heutzutage nur aus Mama und Kindern.«

»Und genau da liegt der Hase im Pfeffer. Wir haben niemanden, der uns im Notfall Rückhalt gibt.«

»Was war das für ein Geräusch?«

»Ach, nichts. Nur das Branchenbuch. Ich habe mir gerade die Nase in der Hälfte aller städtischen Gartenarchitekten geputzt.«

»Aha. Da hast du ihnen ja gezeigt, woher der Wind weht.«

»Mama, ich überlege, ob ich nach Hause fahre.«

»Noch nicht auflegen!«

»Nein, ich meine nach Hause, nach Tucson. Hier habe ich das Ende der Fahnenstange erreicht. Jax hat mir angeboten, daß er mir Geld für Benzin schickt. Hauptsache, meine Reifen halten solange durch. Ich mache mir Sorgen wegen meiner Reifen.«

»O Allmächtiger, Taylor.«

»Was ist?«

»Ich hab schlechte Nachrichten für dich.«

Taylor hat so ein taubes Gefühl. »Und?«

»Ich hab mich mit Annawake Fourkiller unterhalten. Sie sagt, es gibt da jemanden, einen Verwandten von einem verschollenen Mädchen, das Turtle sein könnte, und sie wollen Turtle sehen. Annawake hat gesagt, sie schickt dir eine, wie war das noch? Ladung? Na, Papiere jedenfalls. Darin steht, daß du hier vor Gericht erscheinen mußt.«

»Eine Vorladung?«

»Ja, das war's.«

»Mein Gott. Dann kann ich ja gar nicht nach Hause.« Taylor spürt, daß ihr das Blut vom Herzen wie eine Flutwelle in die unteren Gliedmaßen schießt. Sie starrt die symmetrischen Reihen von Löchern in der metallenen Rückwand der Telefonzelle an. Ihr Leben erscheint ihr genauso sinnlos.

Alices Stimme kommt jetzt schmeichelnd und mütterlich über den Draht. »Taylor, reagiere nicht schon jetzt sauer auf etwas, was ich noch erst sagen will.«

»Wieso behaupten alle, daß ich sauer bin? Ich reagiere schon nicht sauer. Schieß los.«

»Ich finde, du und Turtle, ihr solltet hierherkommen.«

Taylor gibt darauf keine Antwort. Sie kehrt der Wand mit den Löchern den Rücken zu und blickt durch den Regen zu ihrem Auto hinüber. Sie weiß, daß Turtle da drinnen sitzt, aber die blanken, dunklen Fenster sind so leer wie lieblose Augen und geben nichts preis.

»Mach schon, leih dir das Geld für Benzin und komm her. Es ist kinderleicht, uns zu finden. Du nimmst die Autobahn nach Tahlequah, Oklahoma, und fragst dich nach Heaven durch. Den Weg kennt hier jeder.«

Taylor sagt noch immer kein Wort.

»Es wäre doch nur, daß man alles durchspricht.«

»Mama, mit Annawake Fourkiller gibt es nichts durchzusprechen. Ich habe nichts zu bieten; Turtle und ich stehen allein da. Das war's.« Taylor legt auf.

Taylor wartet nun schon so lange mit Turtle im Wartezimmer der Poliklinik, daß sie sich inzwischen mit Sicherheit jede der Wissenschaft bekannte Krankheit geholt haben. Ein kleiner Junge leckt immer wieder an seiner Hand, geht zu Turtle und hält sie ihr unter die Nase, vermutlich um ihr gute Aussicht auf seine Bazillen zu geben. Und jedesmal ruckt Turtle mit dem Kopf etwas weiter zurück wie eine weitsichtige Frau, die das Kleingedruckte lesen will. Der Kleine kichert und wackelt mit knisternder Wegwerfwindel unbeholfen zu seiner Mutter zurück.

Von Zeit zu Zeit geht die Tür des Wartezimmers auf, und alles blickt die Krankenschwester erwartungsvoll an, doch die ruft den Namen von jemand anders auf. In dem hellerleuchteten Flur hinter sich hört Taylor geschäftiges Auf- und Abgelaufe und Sätze wie: »Das Ohr ist in Nummer neun, den Knöchel habe ich in die Zwei gelegt.« Je länger sie warten, desto lebhafter kann sich Taylor vorstellen, wie sich hinter der Tür die Körperteile stapeln.

Schließlich ruft die Krankenschwester Turtles Namen auf, sie hört sich dabei etwas verlegen an. Das ist bei Unbekannten oft der Fall, denn die stellen sich unter einem Kind, das auf diesen Namen hört, wohl eines vor, das eine geistige Behinderung oder vielleicht sogar einen Schildkrötenpanzer hat. Während Taylor hinter Turtle den Flur entlanggeht, fragt sie sich, ob es richtig war, diesen merkwürdigen Namen zu legalisieren. Sie hat nichts übrig für Leute, die ihren Kindern Namen wie »Roman« und »Jasmin« aufhalsen und damit irgendein absonderliches Ereignis ihres eigenen Lebens dokumentieren. »Turtle« ist jedoch selber auf ihren Namen gekommen, und er paßt zu ihr, ob man will oder nicht.

Sie landen in einem Raum ohne Körperteile. Die Glasbehälter über dem Ausguß enthalten nur Wattebäusche und hölzerne Mundspatel. Turtle klettert auf den Behandlungstisch, der mit weißem Schlachterpapier ausgelegt ist, während Taylor ihre Symptome auflistet und die Krankenschwester diese auf einem Klemmbrett notiert. Als sie geht und die Tür zumacht, bekommt Taylor beinahe Platzangst.

Turtle liegt flach auf dem Rücken und raschelt mit dem Papier. »Kriege ich jetzt eine Spritze?«

»Nein. Heute nicht. Wohl kaum.«

»Eine Operation?«

»Ganz sicher nicht. Das kann ich dir garantieren. Das hier ist eine kostenlose Klinik, und Operationen gibt es nicht umsonst.«

»Gibt es Babys umsonst?«

Taylor folgt Turtles Blick zu einem Poster an der Wand, das in bläßlichen, karikierenden Rosatönen eine Schwangere im Querschnitt zeigt, deren Baby sich mit dem Kopf nach unten in die ovale Gebärmutter schmiegt. Es erinnert Taylor daran, wie sie einmal einen Pfirsich aufgeschnitten hat, bei dem sich auch der harte Kern teilte und eine kleine, nackte Mandel zum Vorschein kam, die heimlich die säuberliche kleine Öffnung im Pfirsichfleisch eingenommen hatte.

»Ob es was? Ob es Babys umsonst gibt?«

»Ja.«

»Laß mich nachdenken, ehe ich das beantworte. Man muß sie nicht kaufen. Fast jede Frau kann eins in sich wachsen lassen. Und anscheinend kriegt man sie um so schneller, je weniger Geld man hat. Aber wenn sie draußen sind, muß man alles mögliche für sie kaufen.«

»Essen und Windeln und so.«

»Richtig.«

»Ob die wirkliche Mutter, die mich in sich hat wachsen lassen, mich deshalb nicht haben wollte?«

»Nein, sie ist gestorben. Weißt du das nicht mehr? Ihre Schwester, die Frau, die dich in mein Auto gesetzt hat, sagte mir, daß deine Mutter tot ist und daß sie dich deshalb weggeben muß. Du hast mir mal erzählt, du erinnerst dich noch an die Beerdigung deiner ersten Mutter.«

»Tu ich auch«, sagt Turtle. Sie mustert noch einmal das Poster mit dem Pfirsichkern-Baby. Taylor greift nach einer Illustrierten und erschrickt, als sie von einem Krieg liest, bis ihr aufgeht, daß die Zeitschrift ein paar Jahre alt ist.

»Guten Tag, ich bin Doktor Washington«, sagt eine große Frau im weißen Kittel, die ins Zimmer gerauscht kommt, als wäre sie schon so lange in Fahrt, daß sie jetzt nicht mehr langsamer treten kann. Sie hat große, flache Füße in schwarzen Halbschuhen und eine kurzgeschnittene, adrette Afrofrisur, die sich wie ein Fahrradhelm um ihren Schädel schmiegt. Sie blickt sich rasch im Zimmer um, als erwarte sie tatsächlich einen Schlag auf den Kopf. Ihre Augen ruhen einen Augenblick auf Turtle, doch der übrige Körper bleibt angespannt. In einer Hand hält sie das Klemmbrett und in der anderen einen Bleistift, den sie zwischen den Fingern balanciert.

»Bauchschmerzen?« sagt sie zu Turtle. »Krämpfe, Durchfall? Seit zwei oder drei Monaten?«

Turtle nickt ernst und bejahend.

»Dann wollen wir uns das mal ansehen.« In Wahrheit blickt sie zur Decke und schenkt dieser anscheinend ihre gesammelte Aufmerksamkeit, während sie Turtle das T-Shirt hochzieht und ihren Bauch mit langen, kalt aussehenden Fingern abtastet.

»Hier?«

Turtle nickt, es raschelt, als ihr Kopf auf dem weißen Papier hin und her rutscht.

»Und wie ist es da? Tut das weh?«

Turtle schüttelt den Kopf.

Dr. Washington zieht Turtle das T-Shirt herunter und dreht sich zu Taylor um. »Wie sieht der Speisezettel des Kindes aus.« Es ist eher eine Feststellung als eine Frage.

Taylor spürt, daß ihr Kopf so leer wird wie in der Schule bei Geschichtsarbeiten. Sie bemüht sich, Ruhe zu bewahren. »Ich achte darauf, daß sie Eiweiß bekommt«, sagt sie. »Wir essen viel Erdnußbutter. Und Thunfisch. Und sie bekommt immer Milch. Jeden Tag, komme, was da wolle.«

»Und genau das könnte das Problem sein.«

»Was, die Milch?«

Die Ärztin wendet sich an Turtle. »Was hältst denn du von Milch, Kindchen?«

»Ich mag sie überhaupt nicht«, sagt Turtle zur Decke gerichtet.

»Welche Sorte geben Sie ihr?«

»Ich weiß nicht«, sagt Taylor trotzig, denn sie hat das Gefühl, die beiden haben sich gegen sie verbündet. »Die aus dem Laden. Zweiprozentige.«

»Von jetzt an lassen Sie die Milch lieber weg. Vermutlich werden Sie sofort eine Besserung feststellen. Kommen Sie in ein, zwei Wochen mit ihr wieder, und wenn es nichts geholfen hat, müssen wir weitere Untersuchungen vornehmen. Aber wahrscheinlich reicht es, wenn Sie nur die Milch weglassen.« Sie notiert etwas auf dem Klemmbrett.

Taylor merkt, daß Dr. Washington schon unterwegs zu einem Ohr oder einem Knöchel ist. »Entschuldigen Sie, aber ich verstehe das nicht ganz«, sagt sie. »Ich dachte immer, Milch ist das Beste überhaupt. Sie enthält Vitamine, Kalzium, einfach alles.«

Dr. Washington lehnt sich an die Kommode, sackt etwas in sich zusammen, verliert dabei ein paar von den imponierenden Zentimetern und schaltet sichtlich eine niedrigere Gangart ein. »Kuhmilch ist gut für Weiße«, sagt sie, und während sie das sagt, blickt sie Taylor direkt in die Augen, »aber ungefähr sechzig bis neunzig Prozent von uns anderen vertragen keine Laktose. Das heißt, wir haben keine Enzyme in unserem Körper, die den Zucker in der Kuhmilch abbauen könnten. Also gärt er in den Eingeweiden und verursacht alle möglichen Probleme.«

»Oje. Das habe ich nicht gewußt.«

»Vielleicht verträgt sie Joghurt und abgelagerten Käse. Probieren Sie es mal damit. Und einige Sorten Orangensaft haben einen Kalziumzusatz, damit sie genügend Kalzium bekommt. Wenn sie jedoch unbedingt Milch trinken soll, dann kaufen Sie welche, die laktosereduziert ist. Es gibt in der Stadt einen hohen Bevölkerungsanteil von Amerikanern asiatischer Herkunft. Sie finden sie also in den meisten Supermärkten.«

»Meine Tochter ist nicht asiatischer Herkunft. Sie ist Cherokee.«

Das quittiert die Ärztin mit einem Schulterzucken. »Asiatisch, indianisch, afrikanisch, wir sitzen alle in einem Boot. Oft macht sich das erst beim Erwachsenen bemerkbar, aber es kann auch schon in ihrem Alter auftreten.«

Es will Taylor nicht in den Kopf, daß sie etwas so Wichtiges übersehen haben sollte. »Und ich dachte immer, Milch ist was ganz Gesundes. In den Werbesendungen sehen die Menschen immer quietschfidel aus.«

Die Ärztin trommelt mit dem Radiergummi auf ihrer Wange herum und blickt Taylor an. Und das könnte man fast als ein Lächeln bezeichnen. Ihre Augen sind so dunkel, daß die Iris drum herum fast bläulich wirkt, und ihre halbgeschlossenen Lider geben ihr etwas von einer Eidechse. »Und wer, glauben Sie, macht diese Werbung?«

»Die Hüter der Wahrheit«, sagt Taylor verdrießlich. »Tut mir leid, aber ich habe nicht darüber nachgedacht.«

Zum erstenmal blitzt in dem überheblichen Reptilienblick von Dr. Washington so etwas wie echte Sympathie auf. »Wer tut das schon. Das ist für Eltern aller Hautfarben etwas Neues, und das ein dutzendmal die Woche. Sie haben getan, was Sie für das Beste hielten, das ist doch die Hauptsache.«

Ihr weißer Kittel steht wieder aufrecht, und schon ist sie weg.

Turtle rutscht von dem mit Geschenkpapier verpackten Tisch herunter und hopst aus dem Behandlungszimmer wie ein kleiner Hund aus dem Zwinger. Taylor merkt, daß sie nicht von ihrem Stuhl hochkommt. Sie ist wie gelähmt, denn ihr ist Annawake Fourkillers letzte Bemerkung eingefallen, damals in Tucson, ehe sie wegfuhr: »Wetten, daß sie keine Milch mag.«

Taylor holt Turtle draußen vor dem Krankenhaus ein. Turtle legt die Hand über die Augen und blickt direkt in den Himmel, der wundersamerweise einmal wolkenlos ist. Ein Düsenflugzeug hat einen weißen ausgefransten Streifen hinterlassen, so häßlich wie Graffiti.

»Der ist von einem Flugzeug«, erklärt ihr Turtle, und Taylor wundert sich, woher sie das weiß. Es gehört zu den millionenfachen Dingen, über die sie genaugenommen nicht gesprochen haben. Hat sie das in der Schule mitbekommen? Andererseits, muß einem alles bis aufs I-Tüpfelchen erklärt werden, damit man Bescheid weiß? Bei der Vorstellung, daß sie Turtle großzuziehen hat, fühlt sich Taylor noch abgekämpfter; am liebsten würde sie sich hinlegen, oder die Welt müßte einfacher sein. Wenn sie beide doch nur in einer von diesen altertümlichen Karikaturen leben könnten, die keinen Hintergrund haben und auf denen rundköpfige Tiere allesamt zur Musik herumhüpfen.

»Du hast recht«, sagt Taylor. »Ein Düsenflugzeug.«

»Warum macht es so was?«

Taylor überlegt, auf welcher Ebene sie Turtle antworten soll. Warum wirbelt ein Düsenflugzeug am Himmel weißen Staub auf? (Sie weiß es nicht.) Oder was treibt gerade dieses Düsenflugzeug dazu? (Das weiß vielleicht niemand.)

»Weißt du noch bei Dorothee, als die Hexe was an den Himmel geschrieben hat?«

»Klar doch«, sagt Taylor. »In *Der Zauberer von Oss*. Sie hat geschrieben: ›Rückt Dorothee raus.‹«

»Wollte sie damit sagen, sie sollen ihr Dorothee geben?«

»Das wollte die Hexe. Ja.«

»Gibst du mich den Indianern?«

»Nein, nie im Leben. Aber ich denke schon, wir müssen hin und mit ihnen reden. Hast du Angst?«

»Ja.«

»Ich auch.«

## Das Geheimnis der Schöpfung

Cash bewegt sich in seiner Küche wie ein schlaksiges Eichhörnchen, falls ein Eichhörnchen kochen könnte, trippelt flink vom Ausguß zum Herd, bleibt stehen und wittert. Im Vergleich dazu kommt sich Alice wie ein faules Eichhörnchenweibchen vor, das am Tisch sitzt und Hickorynüsse aus den zerstoßenen Schalen herauspickt. »Immer mit der Ruhe, Cash«, sagt sie und lächelt. »Du machst, daß mir die Augen weh tun.«

»So geht es mir immer mit Frauen«, sagt er. »Ich bin einfach häßlich, daran liegt es.«

»Quatsch, du und häßlich.« Alice klaubt eine fast heile Nuß aus den schnörkeligen Kammern ihrer Schale und läßt sie in eine Schüssel fallen. Aus unerfindlichem Grund erinnern sie die nackten, zusammengekrümmten kleinen Nüsse an Babys, die darauf warten, geboren zu werden.

Cash hat ihr erzählt, daß sein Blockhaus die Urbehausung auf der Parzelle seiner Familie war. Jahrelang stand es leer und kam ihm nach seiner Rückkehr aus Wyoming von der Größe her sehr gelegen. Es besteht aus einem einzigen Raum, und an einer Wand ist die Küche, und an der gegenüberliegenden stehen zwei Wohnzimmersessel zu beiden Seiten des Spitzenvorhangs. Den Sommer über hat er sein Bett auf der Veranda aufgeschlagen, weil es da luftiger ist. Über dem Kamin aus Feldsteinen hängen sein Gewehr, seine Zahnbürste und ein Hufeisen als Glücksbringer. Das Blockhaus wirkt so robust, als könnte es einem Tornado standhalten, und so klein, daß man es zugunsten des größeren Hauses übersieht, in dem heute Letty lebt. Lettys Kinder wohnten eins nach dem anderen in dem Blockhaus, die meisten jedenfalls, und haben auch die Wasserleitung installiert und das Kabel verlegt, das nun Cashs wenige Glühbirnen mit Strom versorgt und – wie Alice zu ihrem Leidwesen feststellen mußte – auch den kleinen Fernseher, der auf der Küchenkommode inmitten von Schüsseln und Mehlbehältern thront. Er hat ihn sofort ausgeschaltet, als sie hereinkam, das muß man ihm lassen.

»Du brauchst nicht alles aus den Schalen rauszuklauben. Nur die großen Stücke«, weist er sie an. »Ob du mir jetzt bitte zusiehst? Du mußt lernen, wie man *kunutche* macht, wenn du dich demnächst als Cherokee registrieren läßt.«

»Stimmt das? Muß ich eine Prüfung machen?«

»Ich denke schon, vermutlich ja. Aber wenn du dich lieber nicht eintragen läßt, dann kannst du es bleibenlassen. Keine *yonega* würde sich mit etwas abgeben, was soviel Mühe macht.«

»Ja, vielleicht sollte ich es bleibenlassen und dir weiter die ganze Arbeit aufhalsen.« Alice erschrickt über ihre eigenen Worte, Worte, die ein Vorgriff auf die Zukunft sind. Falls sich Cash darüber ärgert, so ist ihm das nicht anzumerken. Er läßt die Nüsse in einen eingedellten Blecheimer kollern und zerstößt sie geschickt mit einem Holzstößel, was klingt, als ob eine Kuh mit mahlenden Kiefern kaut. Der Stößel ähnelt einem abgesägten Baseballschläger. Dergleichen hat Alice in Sugars Küche gesehen, und sie hatte keinen blassen Schimmer, was für ein Kochgerät das wohl sein mochte. Er mutete gewalttätig an.

»Du stößt, bis du nur noch Pulver hast, das ist der Anfang«, weist sie Cash ein. »Dann rollst du das Pulver zu Kugeln von dieser Größe.« Er hält die rechte Faust hoch, streckt zur besseren Veranschaulichung das Handgelenk vor und blickt sie prüfend an, ob sie ihn auch verstanden hat. »Es enthält genug Öl, also halten sie gut zusammen.« Er widmet sich wieder dem Stampfen und redet stoßweise im Rhythmus des nussigen Knirschens weiter, das sich jetzt eher wie Zischen anhört. »Wenn du dann kochen willst, brichst du einfach Stückchen von der Kugel ab, legst sie in kochendes Wasser, und das seihst du dann durch eine saubere Socke, damit die Schalenreste zurückbleiben, und danach mischst du das Ganze unter Reis oder Maisbrei. Es hat eine leicht suppige Konsistenz.«

»Hört sich lecker an«, sagt Alice ehrfürchtig. Sie hat weder Erfahrung mit Männern, die viel reden, noch mit Männern, die kochen, und hier tut einer beides zur gleichen Zeit. Selbst wenn sie für diese Erfahrung Geld zahlen müßte, würde sie es nicht bereuen.

»Ich mag es gern mit Maisbrei«, setzt er hinzu. »Irgendwie wird einem herbstlich zumute, wenn man *kunutche* riecht.«

»Hat dir deine Frau beigebracht, wie man das macht?«

»Tja«, sagt er, legt eine Pause ein und blickt auf den Kalender an der Wand. »Ja, meine Mutter. Meistens hat meine Frau gekocht, aber ich habe immer das *kunutche* zerstoßen. Sie hat gesagt, ihr täten von der ganzen Stoßerei alle Knochen weh.«

Alice steht auf und wandert in der Blockhütte herum, sucht nach Familienfotos oder anderen Zeugnissen von Cashs Leben. Ihr Blick bleibt an seiner Zahnbürste hängen, die winzig und wie Strandgut wirkt, und an seinem Gewehr. »Schießt du was mit dem Gewehr da?«

»Ach, ab und an ein Eichhörnchen, falls es so lange stillhält, bis ich es erwischt hab. In der Regel treffe ich viermal daneben, und dann kippt eins um und geht am Herzschlag ein.«

Alice hätte ihn am liebsten in den Arm genommen. Wenn Männer doch nur wüßten, daß Bescheidenheit bei Frauen viel besser ankommt als alles Pfauenradschlagen. Sie faßt nach ihren Ohrringen, deren winzige Perlen vor ihren Fingern zurückschaudern. Die wurden eines Morgens in einem Umschlag bei ihr abgegeben, auf dem lediglich geschrieben war: »Von einem heimlichen Verehrer.«

Sugar, die hinter Alice stand und ihr auf den Kopf pustete, als sie den Umschlag aufriß, erkannte die Perlenarbeit in Türkis und Silber denn auch gleich als Cashs Werk an. Sie sagte, Ohrringe genau wie die da hätte er an den Kunstgewerbeladen im Heritage Center verkauft.

Alice schickte Cash ein Briefchen folgenden Inhalts: »Vielen Dank und etwas mehr von der geheimnisvollen Begleiterin.« Das gab sie Sugar mit, sie sollte es in den Briefkasten stecken, und später wäre sie beinahe gestorben vor Verlegenheit, als sich herausstellte, daß Sugar in der Stadt Letty über den Weg gelaufen war und sie gebeten hatte, das Briefchen vorbeizubringen.

»Sugar sagt, du machst Perlenarbeiten für den Kunstgewerbeladen. Stimmt das?«

»Ein bißchen. Es entspannt abends so schön.«

»Jemand hat mir diese Ohrringe geschickt. Nicht zu fassen. Da muß sich doch irgend so ein Kerl einbilden, daß ich leicht zu haben bin.«

Cash grinst. »Ich hab deinen Brief gekriegt.«

»Wetten, daß Letty ihn aufgemacht und noch vor dir gelesen hat.«

»So hat er jedenfalls ausgesehen. Sie ist auch nicht mehr so geschickt wie früher.« Cashs Gesicht wird unter den Augen breiter, ein Lächeln scheint sich dort einzunisten und es sich gemütlich zu machen.

»Ich sollte es wohl auch mal probieren«, sagt sie, kommt zu ihm und stellt sich neben ihn. »Entweder das, oder ich singe für mein Abendessen. Wenn du wählen möchtest, laß mich lieber Nüsse zerstoßen.«

Er legt ihre Hände um den Stößel, dann tritt er zurück und sieht ihr zu. »Ich kann mich nicht entscheiden. Du hast eine so nette Sprechstimme. Gestern hab ich bei mir gedacht, wenn ich ein Telefon hätte, würde ich Alice anrufen, nur um ihre Stimme zu hören. Wetten, daß du singst wie ein Vogel.«

»Wie ein Truthahngeier«, sagt Alice.

»Jetzt ist aber Schluß, ich glaub dir kein Wort. Ich würde einen Dollar zahlen, damit du *Amazing Grace* oder *Don't Set Under the Apple Tree* singst. Paß auf, es geht besser, wenn du mehr aus der Schulter heraus arbeitest.«

Er stellt sich hinter sie, legt seine Arme über ihre, ergreift sanft ihre Hände und schiebt sie nach unten. Jetzt ist in der Küche wieder das Zischen zu hören, mit dem Nüsse auf Metall zerstoßen werden. Alice verspürt ein ähnliches Geräusch in der Brust.

»Du würdest deinen Dollar zurückverlangen, wenn ich mit dem Singen fertig wäre«, sagt sie.

Cash lockert den Druck seiner Hände. »Auf keinen Fall. Auch wenn du dich tatsächlich wie ein Truthahngeier anhören solltest, würde es mir nichts ausmachen.«

Alice lehnt den Kopf an seine Brust, und im gleichen Augenblick umschlingt er sie mit den Armen und birgt sein Gesicht in ihrem Haar.

»Cash«, sagt sie.

»Hm?« Er dreht sie zu sich um, gibt sie aber nicht frei. Sie blickt ihm ins Gesicht, das aus der Nähe und ohne ihre Lesebrille verschwommen wirkt, abgesehen von dem Licht in seinen Augen.

»Vielleicht bin ich wirklich leicht zu haben«, sagt sie. »Versuch's doch mal.«

Cashs Blockhütte steht noch ein gutes Stück hinter Lettys Garten tief im Wald. Alice liegt auf seinem Bett, einem Drahtgestell, auf der mit Fliegengitter abgeschirmten Veranda und überlegt, wie es wohl wäre, wenn man jeden Morgen mit dem Anblick von lauter Blättern aufwacht.

»Hast du schon gehört, was Mister Green zugestoßen ist?«

»Dem Straußenfarmer?« fragt sie. »Ich hab gehört, daß sich seine Strauße gern rumtreiben und ihre Federn auf der falschen Seite vom Zaun abwerfen.«

Cash streicht mit dem Finger über Alices Nase. Ohne Brille wirken seine Augen sanft und erwartungsvoll, so als würden sie um etwas bitten. Alice kann sich beim besten Willen nicht erinnern, wann sie das letztemal nackt mit einem Mann im Bett war, der wach ist. Und wennschon, weder sie noch Cash haben es eilig. Wie schön, daß sie es überhaupt so weit gebracht haben. Und sich gegenseitig zuhören und reden.

»Er hat versucht, bei Boma einzubrechen, weil er die Feder wiederhaben wollte«, erzählt Cash.

»Lieber Gott! War sie zu Hause?«

»Nein. Sie waren alle auf einer Hochzeit. Es ist doch nicht mehr feierlich. Da liest dieser Mensch in der Zeitung von der Hochzeit, denn eingeladen war der nicht. Und geht rüber und bricht bei der Großmutter des Bräutigams ein.«

»Hat er was gekriegt?«

»Ja, das schon.« Cash rollt sich auf den Rücken und lacht, dann schnalzt er mit der Zunge. »Eigentlich sollte ich nicht lachen. Er ist im Krankenhaus.«

»Und was hat er?«

»Neuntausend Bienenstiche.«

Alice bleibt die Luft weg. »Und ich wette, noch immer keine Feder.«

»Nein. Typisch Boma, daß sie ihm trotzdem einen großen Blumenstrauß geschickt hat. Mit einer Karte: ›Gute Besserung. Die Bienen.‹«

»Und hoffentlich bist du bald wieder auf dem Damm, mein Süßer«, sagt Alice und kichert.

»Wir sind gemein.«

»Stimmt«, sagt Alice. »Was wohl unsere Kinder von uns denken würden?«

Die Falten um Cashs Augen glätten sich, er scheint mit seinen Gedanken woanders zu sein. Sie fährt mit dem Finger die scharfe Kante seines Brustbeins entlang und ist schrecklich traurig über das, was ihn bei der Erwähnung seiner Familie zuweilen so geistesabwesend macht. Sie würde sonstwas darum geben, wenn sie ihm diese Last erleichtern könnte. Sie findet seine Hand, die auf ihrer Taille gelegen hat, und drückt sie an die Lippen. »Es tut mir so leid«, sagt sie. »Was es auch immer ist.«

Cash beugt sich über sie und küßt sie. Er schmeckt nach Holzrauch und nach der Farbe von Blättern. Als er ihre Brust berührt, spürt sie, daß sich die Haut um ihre Brustwarzen zusammenzieht. Genau wie damals, als sie Taylor stillte, durchzuckt es sie, und als er seinen Mund auf ihre Brust legt, da fühlt sie wieder diese Sehnsucht, ausgesogen zu werden, sich ganz hinzugeben. Cash schlüpft dichter an sie heran und dann ganz sacht in sie hinein, und sie spürt, wie das Verlangen von seinem Körper auf ihren überspringt. Sie bewegen sich im Einklang, mehr, immer mehr, und die Vögel im Wald erheben die Stimme und übertönen das Geheimnis der Schöpfung.

## Sechs Schweine und eine Mutter

Alice erwacht von Stimmen, die aus der Küche kommen. Die eine Hälfte von Cash erscheint in der Verandatür, der Hemdzipfel hängt ihm aus der Hose, und ein Lächeln liegt auf seinem Gesicht. Die linke Hand schwingt einen Spachtel wie eine Fliegenklatsche. »Wie magst du deine Eier?« fragt er.

Alice ist verwirrt und blickt um sich, als häte sie unversehens Eier gelegt. »Wer ist in deiner Küche?«

»Kitty Carlisle.«

»Lebt Kitty Carlisle denn in Oklahoma?«

»Nein. Ich habe *Guten Morgen, Amerika* eingeschaltet.« Alice fährt sich mit der Hand durchs Haar und versucht festzustellen, wo sie ist. Sie hat etwas von Wasser und Pelztieren geträumt. »Wieso mußt du jetzt fernsehen?«

Cash hebt die Schultern. »Nur so. Ist gesellig.«

»Also, dann steh ich jetzt auf und leiste dir Gesellschaft.« Sie sammelt ihre Gliedmaßen und überprüft sie der Reihe nach.

»Nein, du bleibst noch eine Minute liegen. Ich bringe dir das Frühstück ans Bett. Und Kaffee bring ich dir auch, sowie du mir gesagt hast, ob du das Spiegelei auf beiden Seiten gebraten haben möchtest oder nicht.«

Sie überlegt. »Auf beiden Seiten, aber gut durch, und das Eigelb verrührt, wenn's dir nichts ausmacht. Mein Gott, Frühstück im Bett? Wenn ich Kitty Carlisle wäre, dann hätte ich bestimmt einen Morgenmantel mit Rüschen zum Anziehen.«

»Ich bring dir meinen Bademantel«, sagt er und verschwindet. Alice fährt sich mit der Zunge über den Gaumen und betrachtet die vielen Blätter, die sich wie fröhliche, spionierende Gesichter an das Fliegengitter drängen. Ihr ist zumute, als wäre sie gestorben und in den Himmel der Kochenden Männer gekommen. Cash kehrt mit einem alten blau karierten Flanellbademantel zurück, den er ihr um die Schultern legt. Sie zieht ihn zusammen wie eine Dame in der Kirche ihre Pelzstola, und mit der freien Hand nimmt sie eine Tasse Kaffee entgegen. Der erste schwarze Schluck weckt Kehle und Lungen.

Cash hantiert geschäftig herum. Behutsam setzt er einen Couchtisch neben dem Bett ab und deckt ihn mit Tellern, Eiern, Schinken, Toast, Butter und Blaubeermarmelade. Alice schiebt die Arme durch die Ärmel des Bademantels und setzt sich ihm gegenüber auf die Bettkante, um sich nicht wie eine Kranke vorzukommen.

»Normalerweise bedient mich keiner«, sagt sie und betrachtet lächelnd ihren Teller. »Aber ich könnte mich daran gewöhnen.«

Sie schweigen ein Weilchen, während ihre Gabeln leise klappern. Cash pustet auf seinen Kaffee. Irgendwo in den Blättern zwitschert ein Vogel: »Kiwitt? Kiwitt? Kiwitt?«

»Ich hab mich gefragt, wie lange du wohl hierbleibst«, sagt er schließlich.

»Ach, bei Sugar? Ich weiß nicht. Bis sie mich lieber von hinten sehen will. Aber ich bin offen gestanden nicht nur wegen Sugar hier, sondern auch wegen einer bestimmten Angelegenheit.«

»Mit der Familie?«

»Nein. Mit dem Verband der Cherokee. Ich weiß nicht, ob es direkt mit dem Verband zu tun hat, um genau zu sein.« Sie schneidet in ihr Ei, und es ist genau richtig. Bislang hat ihr noch keiner geglaubt, daß sie das Eigelb verrührt haben möchte, und keiner hat mitgespielt; immer bekommt sie es ganz und flüssig, was ja auch nur zu ihrem eigenen Wohl ist. »Ich muß etwas mit Annawake Fourkiller regeln. Wir haben was auf die Reihe zu bringen wegen meiner Tochter und meiner Enkelin.« Ihr Herz hämmert. Eigentlich wollte sie Cash nicht davon erzählen, aber sie weiß, gleich platzt sie damit heraus. »Ich hab eine kleine Enkelin, und Annawake hat sie im Fernsehen gesehen. Kennst du Annawake?«

»Klar. Ihr Onkel Ledger ist unser Medizinmann. Du hast ihn doch beim Adlertanz gesehen, oder?«

»Klar.«

»Die kleine Annawake ist ihm immer wie ein Kälbchen nachgelaufen.« Cash kaut Toast. »Wenn Ledger beim Tanz aufgestanden ist und reden wollte, dann hat sie sich vor ihm aufgebaut und fromme Sprüche losgelassen.«

Das kann sich Alice gut vorstellen. Cash gelingt es wahrhaftig, sie am Beichten zu hindern. »Dann wird sie wohl seine Nachfolgerin, oder?«

»Nein, jemand Jüngeres. Ich weiß nicht, wer, aber er ist schon bestimmt. Das macht man, wenn jemand noch so klein ist, daß er sich nicht mehr daran erinnert. Der Schamane segnet ihn, und wenn er älter wird, weiß er nichts mehr davon, aber es hat doch Einfluß beim Erwachsenwerden. Die Ausbildung beginnt später.«

»Irgendwie gefährlich, oder? Was ist, wenn aus dem erwählten Kind, dem Nachfolger des Medizinmannes, nun ein Motorradrowdy wird?«

Cash sieht sehr ernst aus. »Das passiert schon nicht. Der Schamane kann schon einem Kind ansehen, was mal daraus wird. Man nimmt keinen Krakeeler oder Draufgänger. Man wählt ein stilleres Kind.«

Sie widmen sich wieder ihrem Frühstück. Alice hört Kitty Carlisle oder wen auch immer in der Küche vor sich hin plappern.

»Wann hast du eigentlich deine Frau geheiratet?« fragt sie.

»Ach, als wir so jung waren, daß wir einen Habicht nicht von einer Handsäge unterscheiden konnten. Ich hab sie beim Adlertanz kennengelernt, als ich vom Internat gekommen bin. Sie stammte aus der Gegend von Kenwood.«

Er freut sich an der Erinnerung und lehnt sich mit dem ganzen Körper zurück. »Junge, Junge, das kannst du mir glauben, ich bin nur wegen der Mädchen und des Essens hingegangen. Damals haben sie beim Adlertanz gutes Essen gekocht: Bohnenklöße, Eichhörnchenbratlinge, Eier. Die Menschen sind nur so zusammengeströmt und den ganzen Tag geblieben. Mit Pferd und Wagen sind sie gekommen, haben lange Bänke und Zelte aufgestellt, einen Quilt reingelegt und sich darauf schlafen gelegt. Ich bin gern früh hingegangen wegen der Ballspiele.«

»Ballspiele?« fragt Alice.

»Vor dem Tanz wird eine Art Ballspiel gespielt. Hast du die lange Stange mit dem geschnitzten Holzfisch obendrauf gesehen? Auf der Lichtung, dem Platz für den Adlertanz, wo die Erde ganz festgestampft ist?«

Alice nickt, weil sie mit vollem Mund nicht sprechen kann. Das Gute an Cash ist, man kann getrost große Happen essen und ihm zuhören.

»Frauen und Mädchen gegen Jungs und Männer. Das Spiel geht so: Man wirft den Ball oder schlägt ihn mit einem Stock hoch und versucht, den Fisch zu treffen. Das ist für kleine Kinder und alte Leute zu schwer. Und es wird ziemlich ernsthaft gespielt. Ich weiß nicht recht, wie ich dir das erklären soll. Wer ein guter Mensch sein will, hat sich auch körperlich fit zu halten, so könnte man sagen. Aber ich wollte damals immer nur der Beste sein. Jedesmal, wenn du den Ball wirfst und den Fisch triffst, bekommt deine Partei einen Punkt.«

»Gewinnen denn nicht immer die Jungs?«

»Nein, Ma'am, durchaus nicht. Du solltest mal ein paar von den Mädchen sehen. Also, diese Annawake, die ist mörderisch. Genau wie meine Frau damals. So haben wir uns kennengelernt, beim Ballspiel. Ich hab einen Punkt gewonnen, dann sie einen, so ging es das ganze Spiel, und da haben wir uns gedacht, nun sollten wir auch heiraten.«

Alice lacht. »Der Grund leuchtet mir eher ein als die, aus denen die meisten jungen Leute heutzutage heiraten.«

»Nach ihrem Tod bin ich eine Weile nicht mehr hingegangen. Ich hab's dir nicht gesagt, aber letzte Nacht, als wir zusammen da waren, das war das erstemal nach langer Zeit.«

»Warum, Cash?«

»Ich weiß auch nicht. Ich bin weggezogen, und nachdem ich wieder zu Hause war, da ist es mir zu schwergefallen. Es hat mich an die Beerdigungen erinnert.«

»Finden die Beerdigungen denn auf dem Adlertanzplatz statt?«

»Klar. Der Sarg wird dreimal in der gleichen Richtung wie beim Tanz um das Feuer herumgetragen und dann dreimal rückwärts. Wohl damit man das Leben durch die gleiche Pforte verläßt, durch die man reingekommen ist. Erst dann geht es zur Beisetzung auf den Friedhof, vor dem es eimerweise Tee gibt. Wenn man von der Beisetzung kommt, kann man sich Gesicht und Hände damit waschen und so die Trauer abspülen und dort zurücklassen.«

Cash sieht aus wie das leibhaftige Elend. Alice sagt leise: »Du machst mir nicht den Eindruck, als ob du sie dort zurückgelassen hättest.«

»Vielleicht ist zuviel auf einmal über mich gekommen. Vor vier Jahren hatten wir fast um die gleiche Zeit drei Beerdigungen. Meine Mutter, aber die war natürlich alt. Dann meine Frau, an Krebs gestorben. Und dann meine Älteste, Alma. Sie ist mit dem Auto von der Brücke gefahren und kopfüber im Arkansas gelandet. Sie hatte ein klitzekleines Mädchen, als das passierte. Das hatte sie an dem Abend bei ihrer Schwester gelassen, die mit einem Tunichtgut nach Tulsa durchgebrannt war und nicht mehr mit mir reden wollte. Eine Zeitlang hab ich sie noch angerufen. Sie war so was von gemein, gemeiner geht's nicht, aber ich mußte doch anrufen, weil ich mir Sorgen um Almas Kleine gemacht hab. Lacey, so hat sie geheißen. Und du glaubst es nicht, eines Tages hat sie die Kleine einfach weggegeben. Geht eines Nachts in eine Bar und schenkt sie einer jungen Frau, die mit dem Auto auf der Durchreise war.«

Alice spürt, wie ihr die Luft wegbleibt, als wäre sie geradewegs vom Dach gefallen. Es verschlägt ihr den Atem.

»Die jungen Leute haben schlimme Probleme, das muß man wirklich zugeben. Jeden Montagmorgen sind die Ausnüchterungszellen voll. Viele von ihnen denken doch, Schnaps ist nur dazu da, daß man möglichst schnell betrunken wird.«

»Woher weißt du, daß sie die Kleine weggegeben hat?«

»Weil sie's mir erzählt hat. Wie findest du das? Da sagt sie doch: ›Pop, ich zieh nach Ponca City, kann ich nächstes Wochenende deinen Laster haben? Übrigens, Almas Baby hab ich weggegeben.‹ Das ist mir so auf den Magen geschlagen, daß ich einfach zusammengepackt hab und noch am selben Wochenende von hier weg bin. Ich konnte meinem eigen Fleisch und Blut nicht mehr in die Augen sehen.«

Alice legt die Hand auf die Brust und bekommt wieder Luft. Sie muß es sagen, ehe sie es sich anders überlegt. »Cash, meine Tochter hat das Mädchen.«

Cash stellt seine Kaffetasse ab und blickt Alice an. Er glaubt ihr kein Wort.

»Deswegen bin ich hier«, sagt sie. »Annawake hat Taylor und das kleine Mädchen im Fernsehen gesehen, als sie die Geschichte ihrer Adoption erzählt haben. Annawake hat sich zusammengereimt, daß sie Cherokee ist, und hat sie aufgespürt. Taylor ist ausgerückt. Jetzt sind sie auf der Flucht, weil sie das Kind nicht hergeben will. Cash, sie liebt es. Meine Tochter ist dem Kind eine so gute Mutter gewesen, wie es sie nie wieder finden wird.«

»Großer Gott«, erwidert Cash.

»Ich weiß nicht mehr, was oben und unten ist«, sagt Alice.

»Ich auch nicht.«

»Mir ist ganz dumm im Kopf. Bist du jetzt wütend auf mich? Weil ich dir nämlich sagen muß, daß ich zu ihr halte. Meine Tochter hat wirklich nichts Unrechtes getan. Sie beschützt ihr Kind, wie das jede Mutter auf der Welt tut, Mensch oder Tier.«

»Nein«, sagt Cash. »Sie hat nichts Unrechtes getan. Ich stell mir bloß vor, daß Lacey jetzt irgendwo ist, und das auch noch heil und ganz. Bestimmt läuft sie schon. Lieber Gott, was sag ich da? Sie läuft, redet, sammelt Stöcke auf. Sie dürfte jetzt sechseinhalb sein.«

»Sie ist keine Lacey mehr. Um nichts in der Welt. Sie heißt Turtle.«

»Was ist denn das für ein Name?«

»Und was für ein Name ist Able Swimmer?« gibt Alice zurück. »Oder Stand Hornbuckle oder Flester Dreadfulwater!«

Cash überhört es. »Das darf doch nicht wahr sein«, sagt er. »Da komm ich vor einem Weilchen aus Wyoming zurück und geh zu den jungen Dingern vom Kindersozialdienst, weil ich sie aufspüren will. Und die sagen, vielleicht haben sie was für mich, aber viel Hoffnung hab ich mir nicht gemacht. Großer Gott. Und dann begegnen wir uns und haben von nichts eine Ahnung.«

Er sieht Alice mit großen Augen an, während draußen die Bäume wachsen.

»Das hat Letty eingefädelt«, sagt er. »Sie muß Bescheid gewußt haben.«

»Nein, hat sie nicht. Außer mir und Annawake hat keine Menschenseele was gewußt. Nicht mal Sugar hab ich davon erzählt.«

»Gut, aber wie um alles in der Welt?«

»Ich weiß auch nicht«, sagt Alice. »Aber Wunder sind mir verdächtig. Meistens steckt irgendwas dahinter.«

»Sugar hat von nichts gewußt?«

»Nein. Dafür leg ich die Hand ins Feuer.«

»Und ich hab gedacht, die Sache zwischen mir und dir, die hätten Sugar und Letty eingefädelt. Woher hätte Letty sonst gewußt, daß du noch zu haben bist?«

»Dann war's Annawake«, sagt Alice plötzlich. »Klar doch. Die muß das gewesen sein. Sie hat gesagt, sie arbeitet an Plan B. Ich werd nicht wieder. Der zieh ich das Fell über die Ohren! Die versucht doch nur, sich vor ihrer gesetzlichen Pflicht Turtle gegenüber zu drücken.«

Cash blickt wachsam. »Und was ist ihre gesetzliche Pflicht?«

Jetzt sieht Alice ihn ihrerseits groß an, denn nun weiß sie, woher der Wind weht. »Das letzte Wort ist noch nicht gesprochen, oder?«

Cash legt sein Messer auf dem Tellerrand ab. »Nein. Das letzte Wort ist noch nicht gesprochen.«

Alice hat den ganzen Sonntagnachmittag zähneknirschend und mit unfreundlichen Absichten Jagd auf Annawake gemacht. Sie kommt sich vor wie der Würger von Boston, über den man in der Zeitung lesen kann. Als erstes rückt sie gleich nach ihrer Heimkehr mit der ganzen Geschichte heraus, von Anfang bis Ende, nur die Einzelheiten der Nacht mit Cash verschweigt sie Sugar, denn die gehen niemanden etwas an. Sugar ist auch der Meinung, daß sie mit Annawake wegen ihrer Einmischung ein Hühnchen rupfen sollte. Roscoe mußte sie mit dem Laster zu Annawakes Haus in Tahlequah fahren. Im Fahrerhaus saß Sugar zwischen Alice und Roscoe und drückte Alice die Hand, als ob sie ein Kind bekäme, statt eins zu verlieren.

In Tahlequah warteten Sugar und Roscoe im Fahrerhaus, während Alice an die Tür klopfte und mit einer stämmigen jungen Frau sprach, die ein Baby auf dem Arm hielt und sagte, Annawake wäre in der Stadt im Büro des

Cherokee-Verbandes anzutreffen. Sie nahmen die Landstraße zur Hauptgeschäftsstelle, trafen aber nur eine Sekretärin an, die ihnen sagte, Annawakes Büro sei auf der gegenüberliegenden Straßenseite. Es war dicht. Alice versuchte, hineinzuspähen, sah aber nur Grünpflanzen. Knapp eine Stunde warteten sie im Lastwagen und ärgerten sich schwarz, dann fuhren sie zu der stämmigen jungen Frau, und eins mußte man ihr lassen, sie war wirklich nett. Sie sagte, Annawake sei dagewesen und schon wieder weg, diesmal zum Angeln auf dem Hausboot ihres Onkels. Alice kletterte wieder ins Fahrerhaus und erstaunte Sugar und Roscoe mit der Mitteilung, sie würde den Weg kennen. Als sie Alice an dem Pfad absetzten, der zum Fluß hinunterführte, boten sie ihr an, auf sie zu warten, aber Alice schickte sie fort.

»Ich kenn den Weg. Wenn sie nicht da ist, geh ich zu Fuß nach Hause.«

»Was, die vielen Meilen«, hatte Sugar protestiert, ehe sie losgefahren waren. »Und das im Dunkeln. Du rumpelst uns noch mit einem Stinktier zusammen.«

Doch Alice macht sich wild entschlossen auf den Weg. Stinktier hin, Stinktier her. Wenn sie jetzt über eins stolpert, dann hat es eben Pech gehabt. Eigentlich hat sie nicht vor, Annawake zu erwürgen, falls sie diese findet, aber ganz ausschließen kann sie es nicht.

Annawake tut nicht länger so, als ob sie angelt. Unten im Wasser ist niemand hungrig und sie offen gestanden auch nicht, also herrscht Waffenstillstand. Sie planscht mit den Beinen im Wasser und sieht zu, wie die gespiegelten Sterne sich zitternd näher kommen. Das Wasser ist wärmer als die Luft und streichelt ihre Haut, als hätte es sie gern. Sie bemüht sich, nicht daran zu denken, wie lange es her ist, daß jemand sie in die Arme genommen hat, der nicht zur Familie gehörte.

Sie hört Schritte auf der Laufplanke, nein, eher spürt sie jenes Vibrieren, das der Spinne sagt, wann sie beginnen muß, ihr Netz zu spinnen. »Ledger?« ruft sie.

Eine menschliche Silhouette biegt im Dunkeln um die Verandaecke, doch nicht die von Ledger Fourkiller. Sie ist kleiner, von mittlerer Statur, nicht vertraut. Annawakes Herz hämmert.

»Ach! Wenn das nicht die tolle Kupplerin ist.«

Die Stimme kennt sie doch. Jetzt nicht den Kopf verlieren.

»Sie waren das, ja? Sie haben Cash und mich geleimt.«

»Alice Greer?«

Alice nähert sich so langsam wie ein Hund in fremdem Revier, die Hände in die Hüften gestemmt, zornig und zögernd zugleich, bis sie nur noch fünf Schritt entfernt steht.

»Sind Sie etwa böse? Ich habe Sie beide im Drogeriemarkt gesehen, kicherig wie die Kinder. Ich dachte, ich bekäme eher ein Dankesschreiben von Ihnen.«

»Gerissen und hinterhältig war das. Sie haben sich ausgerechnet, ich würde mich in Cash verknallen und ihm das Kind nicht mehr wegnehmen wollen.«

Der Zorn dieser Frau ist wie ein frisch geschliffenes Jagdmesser. »Ist Ihnen nie der Gedanke gekommen, daß es auch andersherum hätte sein können? Daß er Sie so liebgewinnen würde?«

»Das haben Sie wohl kaum bezweckt.«

»Wollen Sie sich nicht setzen, und wir sprechen das Ganze in Ruhe durch?«

Alice wartet einen Augenblick unschlüssig wie ein Libellenweibchen, ehe es sein Schicksal annimmt und seine Eier ins Wasser legt. Schließlich faßt sie sich ein Herz. Setzt sich und zieht die Schuhe aus.

Annawake rudert mit den Beinen langsam hin und her. »Ehrlich gesagt, Alice, ich weiß auch nicht, was ich mir dabei gedacht habe. Dieses eine Mal hab ich wohl gar nicht gedacht. Es war aus dem Bauch heraus gehandelt. Ich fand, meiner indianisch-weißen Beziehungskiste fehlt noch ein menschlicher Touch.«

»Und ich und Cash, wir haben uns wie die Lämmer zur Schlachtbank führen lassen.«

»Ich hatte damit gerechnet, daß Sie eher dahinterkommen würden, was Sie beide verbindet. Ich hatte mir gedacht, Sie würden ihm gleich Ihr Herz ausschütten.«

»Vielleicht haben wir Alten es nicht so eilig wie die Jungen.«

»Den Eindruck hatte ich wiederum nicht. Sie hatten es beide so eilig, daß Ihnen keine Zeit blieb, Ihr Anliegen darzustellen.«

Es ist nicht zu fassen, aber Annawake merkt doch tatsächlich, daß Alice ein Kichern verschluckt.

»Ich bin wohl zu weit gegangen«, gesteht sie. »Entschuldigung.«

Während sie sich lange ausschweigen, ruft flußaufwärts eine Eule. Annawake kann sich ihre weit geöffneten, jagdfiebernden Augen vorstellen. Wie sie sich kleine Blicke aus dem Dunkel reißt.

»Sie haben es wahrscheinlich nicht böse gemeint.«

»Letty hat tüchtig nachgeholfen, das können Sie mir glauben.«

»Diese Letty«, pflichtet Alice ihr widerwillig, jedoch gutgelaunt bei. »Die würde ihre Nase noch ins Grab stecken, wenn sie glaubte, daß es da brühwarmen Klatsch zu hören gibt.«

Das Adrenalin, das Annawake in die Glieder geschossen ist, als sie in der Dunkelheit Alices Zorn spürte, ebbt wieder ab, doch nun möchte sie sich recken und strecken. Sie spannt den Rücken. »Wahrscheinlich braucht jede Stadt eine Letty«, sagt sie. »Jemand, der alles ölt und dann rückwärts bis neun zählt, wenn ein frisch verheiratetes Paar ein Kind bekommt.«

»Margie Spragg. Das war ihr Gegenstück in Pittman.

Eine halbe Ewigkeit ist sie das Fräulein vom Amt gewesen, und es hat ihr fast den Rest gegeben, als die Post den Selbstwählverkehr eingeführt hat.«

»Eigentlich sind solche Frauen Sozialarbeiterinnen. Denn manchmal kommen die Menschen nicht mit dem eigenen Herzen klar.«

»Also«, sagt Alice, »bislang ist das letzte Wort noch nicht gesprochen.«

»Ich weiß.«

»Taylor ist auf dem Weg hierher. Sie hat mich von einer Fernfahrerkneipe in Denver angerufen.«

»Ach?« Eigenartigerweise ist Annawake bänglich zumute. Seit Monaten hat sie sich nicht erinnern können, wie Taylor aussieht, da ihre Begegnung so kurz war, aber jetzt fällt es ihr auf einmal wieder ein. Zarte Züge, ein argloses Gesicht, langes, dunkles Haar, und beim Zuhören sitzt sie vollkommen still. Sie erinnert sich, wie Taylor am Fenster gestanden und sich in animalischer Angst gekrümmt hat, und sie kann sie sich in einer Telefonzelle in Denver vorstellen, wie sie sich mit dem Hörer in der Hand hinter dem Vorhang aus schwarzem Haar krümmt.

»Und ich dachte, Sie würden vor Freude an die Decke springen«, sagt Alice.

»Ach, im Springen bin ich nicht so gut. Ich komme öfter nicht mit dem eigenen Herzen klar.«

»Dann lassen Sie sich doch von Letty helfen.«

Annawake hält die Hand hoch. »Nicht daran rühren. Letty Hornbuckle hat versucht, mich mit jedem im County zusammenzuspannen, der auf zwei Beinen geht und pinkeln kann. Leider liegt mein Problem woanders.«

»Ach.« Alice planscht jetzt auch im Wasser und bewirkt Gegenströmungen, daß die Sterne auf der spiegelnden Fläche zusammenstoßen, bis Annawake sie richtiggehend klirren hören kann.

»Sehen Sie mal. Der Kleine Bär mitten im Fluß, er steht auf dem Kopf. Erkennen Sie ihn?«

»Nachts kann ich nicht gut sehen.«

»Dann aber am Himmel. Da, die tote Eiche da drüben am anderen Ufer, die so weiß aussieht, und von der gerade hoch.«

»Ich seh ihn, glaub ich«, sagt Alice mit einer Stimme, die ganz erschöpft klingt, so angestrengt schaut sie hin.

»Nicht ganz gerade hochsehen. Ein bißchen schräg, dann glänzt er heller. Das hat mir Onkel Ledger beigebracht.«

»Klar doch«, sagt Alice nach einer Minute. Und dann: »Ich werd nicht wieder. Wenn ich den Kopf schief lege, kann ich alle sieben von den Sieben Schwestern sehen.«

»Ihr seid mir welche! Jetzt weiß ich auch, warum ihr Weißen die ganze Welt erobert habt. Ihr könnt alle sieben der Sieben Schwestern sehen.«

»Was, Sie etwa nicht?«

»Bei uns heißen sie die Sechs Schweine am Himmel.«

»Die was? Die Schweine?«

»Das ist eine Legende. Von sechs bösen Buben, die in Schweine verwandelt wurden.«

»Ha, das dürften die sich hinter die Löffel geschrieben haben. Wieso sind sie denn in Schweine verwandelt worden?«

»Ach, wie das so ist. Sie wollten nicht auf ihre Mütter hören, wollten keine lästigen Pflichten übernehmen. Haben immer nur Ball gespielt. Und da haben die Mütter ihnen etwas ganz Scheußliches gekocht, das sollte ihnen eine Lehre sein. Kennen Sie die kleinen Lederbälle, mit denen wir Schlagball spielen?«

»Cash hat mir einen wirklich alten gezeigt. Der war ganz zerknautscht, und überall hing das Haar raus.«

»Genau. Tierhaar. Daraus haben die Mütter einen Eintopf gekocht und ihn den Jungen vorgesetzt, als sie nach Hause kamen. Die Jungen ekelten sich. Sie sagten: ›Das ist ein Schweinefraß!‹ Und die Mütter sagten: ›Wenn das stimmt, müßt ihr Schweine sein.‹ Die Jungen standen vom

Tisch auf, gingen zum Kultplatz, liefen um das Spielfeld herum und beklagten sich lauthals. Die Mütter liefen hinter ihnen her, sie wollten ihren ungeratenen Söhnen ja verzeihen und die ganze Sache vergessen, aber da verwandelten sich die Jungen vor ihren eigenen Augen in Schweine.«

»Allmächtiger«, sagt Alice ernst. »Das muß schlimm für sie gewesen sein.«

»War es auch. Sie versuchten, ihre Söhne bei den Ringelschwänzchen zu packen, aber da war es schon zu spät. Die Schweine liefen so schnell, daß sie nur noch verschwommen zu sehen waren, und dann erhoben sie sich in den Himmel. Und die Geister haben sie dort oben behalten. Um Eltern daran zu erinnern, daß man seine Kinder ohne Vorbehalt lieben, aber sie auch ein wenig an die Kandare nehmen soll.«

Alice blickt lange Zeit hoch. »Ich könnte schwören, es sind sieben«, sagt sie.

Die Eule ruft schon wieder, diesmal näher.

»Schon möglich«, sagt Annawake. »Die Sechs Schweine am Himmel und die eine Mutter, die nicht losgelassen hat.«

## Hühneräpfel

Vor ihnen auf der Straße liegt ein totes Gürteltier und streckt alle viere und den Schwanz von sich. Der steife, erwartungsvoll gekrümmte Körper erinnert Taylor an einen auf dem Rücken liegenden, weggeworfenen Teddybären. Sie greift ins Handschuhfach und setzt die Sonnenbrille auf, damit Turtle ihre Augen nicht sieht.

Alice weist ihr vom Rücksitz aus den Weg, da sie sich hier auskennt. Turtle hat sich auf der langen Fahrt von Nordwesten an den Beifahrersitz gewöhnt und ihren Platz gegen Mutter und Großmutter verteidigt. Sie weigerte sich schlicht, auf den Rücksitz zu klettern, als Taylor das vorschlug. Taylor hat Alice anvertraut, daß Turtle eine Phase durchmacht, die ihr Rätsel aufgibt: Sie will unbedingt ihren Kopf durchsetzen. Alice antwortete: »Wurde auch langsam Zeit.«

»Da genau hättest du abbiegen müssen. Jetzt sind wir dran vorbei«, sagt Alice.

»Das ist stark, Mama. Warum hast du mich eigentlich nicht noch eine Meile weiterfahren lassen, bevor du den Mund aufmachst?«

Alice schweigt sich aus, während Taylor Arm über Arm ins Steuerrad greift und den Dodge übertrieben mühevoll wendet. Taylor kann es nicht leiden, wenn sie und Alice uneins sind. Die drei Frauengenerationen sitzen da und starren auf die Landstraße nach Muskogee, und keine von ihnen hat die leiseste Ahnung, worauf die Familie zusteuert.

Alice macht als erste den Mund auf, und diesmal rechtzeitig, bevor sie abbiegen müssen. »Die Ampel da. Gleich dahinter fährst du auf den Parkplatz. Ihr Büro ist direkt neben dem Friseur, auf der Tür steht so was wie Turbo-Anwalt.«

Taylor biegt noch vor der Ampel bei einem Schnellimbiß ein. »Ich setze euch beide hier ab, okay? Ich muß erst mal allein mit ihr reden. Ihr könnt einen Happen essen, ein bißchen spielen und in ungefähr fünfzehn Minuten nachkommen. Einverstanden, Turtle?«

»Ja.«

»Keinen Milchmix, Mama, okay? Sie verträgt keine Laktose.«

»Was verträgt sie nicht?«

»Sie darf keine Milch trinken.«

»Ich bin nämlich Indianerin«, sagt Turtle stolzgeschwellt.

»Ach, ist mir ganz neu«, sagt Alice und hilft ihr aus dem Auto. Seit Turtle in Oklahoma ist, bemuttert Alice sie von vorn bis hinten. Taylor merkt, daß die beiden unter einer Decke stecken.

»Fünfzehn Minuten, Mama, okay?«

»Schon gut. Wir kommen nach.« Sie hält ein, ehe sie die Tür zuknallt, bückt sich und blickt Taylor unter dem Türrahmen an. »Schätzchen, wir sind allesamt durcheinander. Aber du kannst dich drauf verlassen, daß ich zu dir halte. Bislang hat dir noch keiner weggenommen, was du haben wolltest. Ich weiß, du läßt dich nicht unterkriegen.«

Taylor schiebt sich die Sonnenbrille ins Haar und wischt sich über die Augen, in denen auf einmal Tränen stehen. »Hast du ein Taschentuch?«

Alice schüttelt einen Stapel hellblauer Papiertaschentücher aus ihrer Handtasche. »Da. Eins für den Weg.«

»Mama, du bist doch die Allerbeste.«

»Ach, das denkst du doch bloß, weil ich dich großgezogen hab.« Alice greift durch den Türspalt und drückt Taylor die Schulter, dann schlägt sie die Tür zu. Turtle läuft vor ihr her, und ihre Zöpfe fliegen, als sie auf das gläserne Geviert des Lokals zurennt. Taylor holt Luft und fährt zwei Straßen weiter und ihrem Schicksal entgegen.

Sie macht die Anwaltskanzlei in einem Häuserblock zwischen einem Makler und einem Geschäft aus, das sich KILLIE'S HAARHÜTTE nennt. Das Büro wirkt verlassen, doch als sie an die Glastür klopft, erscheint hinter der Scheibe plötzlich Annawake. Die Tür geht auf. Annawakes Gesicht macht deutlich, daß ihre Nerven bloßliegen, und das Haar trägt sie auch anders, es bildet einen kurzen, schwingenden schwarzen Rahmen um ihr Gesicht.

»Schön, daß Sie da sind«, sagt sie, wirft einen Blick auf den Parkplatz, sieht den Dodge und daß außer Taylor niemand kommt.

»Sie ist gleich da«, sagt Taylor. »Ich habe Turtle und Mama vor dem Restaurant gegenüber abgesetzt, weil ich Ihnen vorweg einiges zu sagen habe.«

»Schön, kommen Sie herein. Taylor, das ist Cash Stillwater.«

Taylor muß zweimal hinsehen, bis sie den Mann in der Ecke unter dem Gummibaum entdeckt hat. Er hat die abgetragenen spitzen Stiefel auf dem Teppich aufgepflanzt, und die Schultern sacken vornüber, so daß er irgendwie gebeugt wirkt, als wäre auch er eine Pflanze, die mehr Licht braucht.

»Taylor Greer«, sagt sie betont und scheinheilig freundlich und streckt ihm die Hand hin. Er beugt sich weiter vor, kommt ihr auf halbem Weg entgegen und läßt sich dann auf seinen Stuhl zurücksinken. Sein dunkles Gesicht scheint sich hinter der goldgeränderten Brille zu verkriechen, sei es nun aus Schüchternheit oder vor Kummer.

Taylor setzt sich auf einen der Chromstühle, und Annawake räuspert sich. »Cash hat uns gebeten, seine Enkelin, Lacey Stillwater, zu suchen. Das dürfte Alice Ihnen schon erzählt haben.«

»Mama hat gesagt, es gäbe vielleicht einen Verwandten. Ich weiß nicht, wie Sie beweisen wollen, daß Sie das sind.«

»Man kann einen Bluttest machen, aber das erscheint mir im Augenblick noch verfrüht. Cash möchte lediglich, daß ich Ihnen die Informationen gebe, die er hat. Seine Enkelin müßte jetzt sechs sein und wird kommenden April sieben. Sie wurde der Obhut von Cashs jüngerer Tochter anvertraut, nachdem seine ältere Tochter bei einem Autounfall ums Leben kam. Das Kind wurde im November vor drei Jahren in einer Bar nördlich von Oklahoma City einer Unbekannten übergeben. Wir haben Grund zu der Annahme, daß Sie vielleicht diese Unbekannte sind.«

»Dazu möchte ich mich nicht äußern«, sagt Taylor.

»Wir haben wirklich nichts gegen Sie. Aber ganz gleich, ob Ihre Adoptivtochter nun Cashs Enkelin ist oder nicht, es haben sich einige Probleme ergeben. Falls das Kind Cherokee ist, so wurde seine Adoption unvorschriftsmäßig durchgeführt. Da Sie das Gesetz nicht kannten, haben Sie das auch nicht zu verantworten. Ich bin böse auf die Fachleute, die Sie schlecht beraten und dadurch viel Herzeleid verursacht haben.«

Taylor ist innerlich so über alles Herzeleid hinaus, daß sie am liebsten laut aufgelacht hätte. Im Augenblick fürchtet sie nur, daß ihr Herz einfach stillsteht. »So machen Sie schon und sagen es. Muß ich sie hergeben oder nicht?«

Annawake sitzt mit dem Rücken zum Fenster, und als sie sich das Haar hinter die Ohren streicht, haben diese einen rosa Rand wie Kaninchenohren. »Das läßt sich nicht einfach mit Ja oder Nein beantworten. Zum einen: Sollte sie Cherokee sein, so ist die Unterbringung des Kindes Sache des Stammes. Der Stamm kann sich so oder so entscheiden, entweder Ihnen erlauben, sie zu behalten, oder Sie bitten, sie in unsere Obhut zurückzugeben. Der wichtige Präzedenzfall ist hier ein Rechtsstreit, der sich ›Mississippi Choctaw-Sippe gegen Holyfield‹ nennt. Ich lese Ihnen einmal vor, was das Verfassungsgericht entschieden hat.«

Sie greift zu ihrer Brille, hebt ein dickes, geheftetes Dokument auf, das hinter ihr auf dem Schreibtisch lag, und blättert es durch, wobei sie es ab und an halb umdreht, um sich die Notizen auf dem Rand anzusehen. Plötzlich liest sie vor: »Das Verfassungsgericht der Vereinigten Staaten vermag nicht zu entscheiden, ob das Trauma einer Trennung dieser Kinder von ihrer Adoptivfamilie, in der sie seit drei Jahren leben, mehr ins Gewicht fällt als das Interesse des Stammes und vielleicht auch das der Kinder, sie als Angehörige der Stammesgemeinschaft aufzuziehen. Statt dessen verläßt sich das Verfassungsgericht auf die Erfahrung, die Weisheit und das Mitgefühl des Stammesgerichts in der Hoffnung, daß dieses eine zufriedenstellende Lösung findet.«

»Ach«, sagt Taylor und gibt sich Mühe, an dem stummen Mann unter dem Gummibaum vorbeizusehen. »Und was sagt die Stimme der Weisheit und des Mitgefühls?«

»Das weiß ich nicht. Ich bin nicht diese Stimme. Das letzte Wort hat der Kindersozialdienst. Der erteilt die Erlaubnis zur Adoption eines Kindes oder nicht. Vorausgesetzt, der Fall liegt juristisch eindeutig. Wenn wir alle Fakten beisammenhaben, gebe ich Andy Rainbelt vom Sozialdienst eine Empfehlung, und der trifft dann die Entscheidung.«

»Kann ich mich mit ihm unterhalten?«

»Sicher. Er möchte sich heute nachmittag mit Ihnen treffen. Und ich habe mich einverstanden erklärt, keine Empfehlung abzugeben, ehe ich gehört habe, was Sie zu sagen haben.«

Taylor ist sich bewußt, daß sie hier die einzige Weiße ist. Seit ihrer Ankunft in Oklahoma ist ihr ihre Hautfarbe wie eine Art sichtbare Helligkeit vorgekommen, die ihr Körper ausstrahlt, gleichsam wie eine Glühbirne, die man aus Versehen nicht ausgeknipst hat, obwohl ein ganzer

Raum voller Menschen nicht damit einverstanden ist. Sie überlegt, ob sich Turtle in einer Welt hellhäutiger Menschen auch so vorkommt.

»Sir?« wendet sich Taylor an den Mann, diesen Mr. Stillwater.

Er beugt sich ein wenig vor.

»Wie hat Ihre Enkelin ausgesehen?«

Er schlägt ein Bein über und betrachtet seine Hand. »Das kann ich Ihnen nicht sagen. Sie war ja klein. Meine Frau und ich haben sie oft gehütet, als sie noch ganz winzig war. Ich würde sagen, sie war ein liebes Kind. Hatte ein helles Köpfchen. Ziemlich ruhig.«

»Hat sie gesprochen?«

»Sie wollte gerade damit anfangen. Statt Großmutter hat sie immer ›Mom-Mom‹ gesagt. Solche Sachen, Kindersprache eben.« Dann werden seine Augen hinter der Brille lebhafter. »Einmal hat sie ›Hühnerapfel‹ gesagt. So hab ich immer die Eier genannt, um sie zu necken, wenn wir in der Küche gespielt haben. Und eines Morgens hab ich sie mit in den Garten genommen, eine der Hennen wollte nämlich nicht ins Nest legen, nach der hab ich gesucht, und da ist die Kleine durchs Bohnenbeet ins Unkraut gekrochen, und nach einer Minute schreit sie doch: ›Hühnerapfel!‹ Ganz klar und deutlich.« Er wischt sich die Augenwinkel. »Meine Frau wollte mir das nie abnehmen, aber es ist wahr.«

Taylor und Annawake vermeiden es, sich anzusehen.

»Als ihre Mama gestorben war, da wollte sie anscheinend überhaupt nicht mehr sprechen. Natürlich hab ich sie nicht mehr oft zu sehen gekriegt. Sie war ja bei meiner anderen Tochter und einem jungen Mann in Tulsa.«

Taylor beißt sich auf die Lippen, dann fragt sie: »Ist sie bei der Beerdigung ihrer Mutter dabeigewesen?«

Er blickt sie lange an. »Bei einer Beerdigung gehen alle mit. Das ist bei uns so Sitte. Der Gottesdienst ist auf dem Kultplatz, die Beerdigung auf dem Friedhof.«

»Haben Sie Fotos?«

»Was, von der Beerdigung?«

»Nein. Von dem Kind.«

Er klappt zusammen wie ein Taschenmesser und holt eine abgenutzte braune Brieftasche hervor. Die blättert er durch wie ein dünnes Lieblingsbuch, dann zieht er ein kleines Foto mit ausgezacktem Rand heraus. Taylor nimmt es, sie hat Angst, es anzusehen. Aber sie kann darauf nirgendwo Turtle entdecken. Das ist nichts weiter als ein winziges dunkles Kleinkind mit staunend verzogenem Gesichtchen. Es hat den Kopf zur Seite gedreht, und seine runzligen, geballten Fäustchen zeigen mehr Trotz, als Turtle in ihrem ganzen Leben aufgebracht hat. Bis letzte Woche.

»Das hier ist ihre Mutter, meine Tochter Alma. An ihrem ersten Schultag.« Er reicht ihr ein zweites kleines Foto, und sie nimmt es.

Ein leiser Laut entschlüpft ihrer Kehle, ein kleiner Aufschrei. Das Mädchen in Schnürschuhen und kariertem Kleid mit Bubikragen steht hoch aufgerichtet auf der Stufe einer Veranda und reckt die Schultern. Seine Augenbrauen bilden ein ernstes Fragezeichen auf der hohen Stirn. Das Mädchen ist Turtle.

Taylor faßt das Foto an der Ecke und wendet den Blick ab. Sie hat das Gefühl, als würde sie die nächsten Minuten nicht überleben. Das Foto entgleitet ihren Fingern, doch sie bekommt nicht mit, daß er es wieder einsteckt.

Taylor sagt: »Das Mädchen, das ich aufgezogen habe, kam im Alter von ungefähr drei Jahren zu mir. Davor hatte man ihm Schlimmes angetan. In der Nacht, als es mir gegeben wurde, hatte es am ganzen Körper blaue Flecken. Aus dem Grund habe ich es behalten. Sind Sie ehrlich der Meinung, ich hätte es zurückgeben sollen? Als ich später mit ihr zum Arzt gegangen bin, hat er gesagt, ihre Arme wären schon mal gebrochen gewesen. Es hat fast ein Jahr gedauert, bis sie reden oder den Leuten in die

Augen sehen oder wie andere Kinder spielen wollte. Sie ist sexuell mißbraucht worden.«

Mr. Stillwater sagt mit völlig ruhiger Stimme, an seine Stiefel gerichtet: »Ich hatte eine Todesangst, als die jungen Leute sie mit nach Tulsa genommen haben. Der junge Mann hat meine Tochter verprügelt. Sie war zweimal mit einem gebrochenen Unterkiefer im Krankenhaus.« Er räuspert sich. »Ich hätte hinfahren und sie zurückholen sollen. Aber meine Frau war tot, und daher hab ich nicht die Energie aufgebracht. Hätte ich lieber sollen. Es war verkehrt.«

Ein langes Schweigen, dann fällt ein gelbes Blatt vom Gummibaum. Alle drei blicken es an.

»Ich bin ihr auch einiges schuldig geblieben«, sagt Taylor. »Auf andere Weise. Ich habe sie gezwungen, Milch zu trinken, und dabei hätte ich merken müssen, daß sie davon krank wird.« Sie blickt noch immer den Fußboden und das aufgerollte Blatt an, das vom Zweig gefallen ist. »Seit das Ganze angefangen hat, sind wir auf dem absteigenden Ast. Manchmal mußte ich sie im Auto allein lassen, weil ich mir keinen Babysitter leisten konnte. Wir hatten nicht genug Geld, und wir hatten niemanden, der uns geholfen hätte.« Taylor verkrampft und lockert abwechselnd ihren Griff um das blaue Papiertaschentuch. »Aus dem Grund bin ich schließlich hierhergekommen. Turtle sollte es ganz, ganz gut haben, nach allem, was sie durchgemacht hat, aber ich komme mir jetzt wie eine Rabenmutter vor.« Die Stimme bricht ihr, und sie verschränkt die Arme über dem Bauch, als spürte sie schon den Schlag. Wie wird das Leben ohne Turtle sein? Unmöglich. Ohne Liebe, ohne Hoffnung, blind. Sie wird vergessen, wie Farben aussehen.

Sie spürt, daß Annawake sie anblickt, aber nichts sagt.

Als Taylor wieder sprechen kann, erkennt sie ihre Stimme kaum, und sie weiß auch nicht, was sie sagen wird. »Turtle verdient was Besseres als das, was ich ihr bieten konnte. Ich liebe sie mehr als mein Leben, aber Liebe allein reicht nicht, wenn ich ihr nicht mehr geben kann. Wir haben keinerlei Rückhalt, und ich ertrage es nicht länger, dieses Verstecken und daß ich sie von anderen Menschen fernhalte. Es schadet ihr.«

Taylor und Annawake sehen sich an wie Tiere, die vor ihrem eigenen Spiegelbild erschrecken.

Auf einmal sind zwei Schatten an der Tür, ein großer und ein kleiner. Annawake springt auf und holt sie herein. Turtle schmiegt sich so dicht an Alice, daß sie zusammenprallen wie beim Dreibein-Wettlaufen. Sie macht runde Augen und kann den Blick nicht von dem Mann in der Ecke abwenden.

»Turtle, ich möchte, daß du ein paar Leute kennenlernst«, sagt Taylor mit rauher Stimme.

Turtle kommt einen halben Schritt hinter Alice hervor und staunt. Auf einmal streckt sie Cash die Arme entgegen wie ein kleines Kind, das hochgehoben werden möchte. Sie fragt: »Pop-pop?«

Cash nimmt die Brille ab und birgt das Gesicht in den Händen.

# Die Schlange Uk'ten

»Woher habt ihr eigentlich diesen albernen Namen Lacey?« fragt Alice.

»Weiß ich nicht«, sagt Cash. Er hat die Hände auf dem Steuerrad, und die Augen sind auf die Straße vor sich gerichtet. »Den hat sich Alma ausgedacht. Sie hatte, glaub ich, viel für die Fernsehserie mit den zwei Polizistinnen übrig. Lacey und Soundso.«

»Das ist wirklich einsame Spitze.« Alice fährt auf dem Sitz herum und sieht ihn an. Für die Rückfahrt war sie mehr oder weniger auf ihn angewiesen, denn Taylor und Turtle mußten gleich weiter zur Hauptgeschäftsstelle der Cherokee, wo sie mit dem Mann vom Kindersozialdienst verabredet sind. Annawake sagte, ihr Auto wäre kaputt und sie müßte auf ihren Bruder warten, daß er sie mit nach Hause nimmt. Blieb also nur Cash übrig. Sie hätte lieber zu Fuß gehen sollen.

»Sie ist so groß«, sagt Cash. »Ich weiß genau, was in ihr vorgeht. Sie ist wie ihre Mutter, behält alles für sich.«

Sie kommen an einer Wiese vorbei, auf der man das Heu für den Winter zu einer Art von riesigen Nackenrollen aufgerollt hat. Die Scheune mitten auf der Weide lehnt so weit nach Osten, daß sie der Schwerkraft zu trotzen scheint.

»Willst du dich noch immer registrieren und in die Wählerliste eintragen lassen?« fragt er.

»Wär wohl besser«, erzählt Alice den vorbeiziehenden Gehöften. »Damit ich mein Dach repariert kriege.«

»Komm mir ja nicht mit Indianern, die von Sozialhilfe leben.«

»Wer, ich?«

»Laß es lieber bleiben. Meiner Familie gehörten in Georgia Herrenhäuser. Sie mußten mit ansehen, wie alles in Flammen aufging, und hier fanden sie dann nichts als Feuersteine und kupferne Pfeilspitzen vor.« Cashs Stimme schraubt sich hoch wie ein Tenor in der Kirche.

»Es ist doch nicht zu fassen, ausgerechnet ich muß mich mit einer Familie einlassen, die ihre Kinder nach Fernsehserien benennt!« schreit Alice genauso laut. »Kitty Carlisle in der Küche. Ha! Dann bleib du mal schön bei deiner Kitty Carlisle. Ich hab schon einen Mann gehabt, der in seine Glotze verliebt war. Nicht noch mal, nein danke!«

»Wer hat dich gefragt?«

»Ich möchte nur nicht, daß du deine Zeit verschwendest.«

So zornig und todunglücklich Alice auch ist, etwas Hartes in ihr gibt nach. Es ist ungeheuer befreiend, jemanden anzubrüllen, der einem zumindest so viel Beachtung schenkt, daß er zurückbrüllt.

Die Büros des Cherokee-Verbandes befinden sich in einem schlichten, modernen Gebäude aus rotem Backstein und Betonplatten direkt an der Landstraße, deren Gehsteige mit Sträuchern gesäumt sind. Taylor hat etwas Folkloristischeres erwartet, obwohl sie nicht weiß, wie das aussehen sollte.

Turtle klammert sich an ihre Hand, während sie auf der Suche nach dem richtigen Eingang den Gehsteig entlangwandern.

»Du erinnerst dich an deinen Großvater, ja?« fragt Taylor. Sie redet, um die aufsteigende Panik abzublocken.

Turtle hebt die Schultern. »Ich weiß nicht.«

»Es ist gut, wenn du dich erinnerst. Du kannst es ruhig sagen.«

»Ja.«

»An was erinnerst du dich noch?«

»An nichts.«

»An deine erste Mutter?«

Turtle hebt erneut die Schultern. »Er ist der gute Mann. Pop-pop. Nicht der böse Mann.«

»Erinnerst du dich an den Mann, der dir weh getan hat?«

»Ich glaub schon.«

»Turtle, das ist gut. Ich möchte, daß du dich erinnerst. Du mußt dich an ihn erinnern, sonst kannst du ihn auch nicht vergessen.«

Ihre Schuhsohlen machen auf dem warmen Gehsteig leise, klebrige Geräusche. Turtle geht mit großen Schritten, weil sie nicht auf die Sprünge im Asphalt treten will. Das Gebäude hier muß eine halbe Meile lang sein und hat Eingänge für jedes nur erdenkliche menschliche Problem. Gesundheitsdienst. Wirtschaftsförderung. Taylor kann es nicht fassen, wie das Leben so spielt. Da hat sie bei Turtle jahrelang auf den großen Durchbruch gewartet, und nun stellt er sich plötzlich ein, als sie in Gedanken versunken zwischen einer Hecke aus Wacholderbüschen und der Landstraße nach Muskogee dahinspazieren.

Endlich finden sie den Kindersozialdienst. Innen ist das Gebäude mit Teppichboden ausgelegt und wirkt freundlicher. In den breiten Fluren sitzen Empfangsdamen an runden Tischen, und die Fotos an den Wänden zeigen die Mitglieder des Stammesrats, einige mit Cowboyhut. Als Taylor sich nach Andy Rainbelts Büro erkundigt, steht die Empfangsdame auf und bringt sie hin. Sie hat flache Absätze und die Ausstrahlung einer netten Hausfrau.

»Das hier ist sein Büro. Wenn Sie mit ihm verabredet sind, kommt er bestimmt gleich. Kann sein, daß er in einer anderen Besprechung aufgehalten wurde.«

»Schon gut. Danke. Wir warten.«

Doch ehe sie sich gesetzt haben, hören sie, wie die Empfangsdame Andy auf dem Flur begrüßt. Ein lächelnder Riese duckt sich unter der Tür; mit Pferdeschwanz, Jeans und Stiefeln sieht er aus wie ein frisch gewaschener Rodeoreiter. Das ist Taylor ganz recht so. Lieber jeden Tag der Woche Bullen reiten, als sich mit einem Sozialarbeiter unterhalten.

»Ich bin Andy. Nett, Sie kennenzulernen, Miss Greer. Turtle.« Sein Händedruck wird durch einen großen Türkisring an seinem Zeigefinger noch nachdrücklicher. Als alle sitzen, stiehlt sich Turtle auf Taylors Schoß. Taylor drückt Turtle an sich und versucht, sich nicht anmerken zu lassen, wie sehr sie aus dem Gleichgewicht ist.

Er stützt sich auf die Ellbogen, beugt sich vor, betrachtet Turtle ausgiebig und lächelt, bis sie nicht länger den Fußboden, den Türknauf und die Decke ansieht, sondern ihn. Er hat gütige, tiefliegende Augen unter gewölbten Brauen. »Dann erzähl mir mal von deiner Familie, Turtle.«

»Ich habe keine.«

Taylor wäre am liebsten im Erdboden versunken.

»Gut, bei wem lebst du dann?«

»Ich lebe bei meiner Mom. Und ich habe eine Grandma. Früher habe ich auch noch Jax gehabt, als wir in dem guten Haus gewohnt haben.«

»Hört sich für mich nach einer Familie an.«

»Und Barbie. Die hat früher auch bei uns gewohnt. Barbie mit ihren ganzen Kleidern.«

»Ist das nun ein richtiger Mensch oder eine Puppe?«

Turtle sieht Taylor an, und die hätte trotz ihrer schlimmen Lage beinahe gelacht. »Beides«, antwortet Taylor für sie. »Sie war eine Freundin. Hatte nichts als Kleider im Kopf.«

»Was tut ihr denn zu Hause, was Spaß macht?« fragt er.

»Barbie hat manchmal mit mir gespielt, wenn Mom zur Arbeit war«, erklärt Turtle. »Wir haben Sachen gemacht. Und Kleider. Sie hat immer Käsechips gegessen, und hinterher ist sie ins Badezimmer gegangen und hat gebrochen.«

»Wie? Was hat sie getan?« Taylor hat das Gefühl, sie ist

in eine Falle getappt. »Das ist das erste, was ich höre. Jedesmal, wenn sie gegessen hat?«

»Ich glaube schon.«

»Also das war ihr Geheimnis!« Taylor sieht Andy Rainbelt an, und ihr ist auch nach Brechen zumute. »Wir müssen uns nach einer ziemlich abartigen Familie anhören.«

»Jede Familie ist abartig«, sagt er. »Meine Aufgabe ist, herauszufinden, wo Kinder gut aufgehoben sind.«

»Barbie ist nicht mehr bei uns, damit ist es vorbei. Klar macht es keinen guten Eindruck, daß Turtle dergleichen ausgesetzt gewesen ist. Ich weiß auch nicht, was ich dazu sagen soll. Sie hat Turtle ein Weilchen gehütet, während ich mich in einen neuen Job eingearbeitet habe. Aber sie ist nicht mehr da.«

»Sie hat unser ganzes Geld mitgenommen«, setzt Turtle hilfreich hinzu. »Der Mann, der Gänse fängt, mußte uns den Strom abstellen, weil wir nicht bezahlen konnten.«

Taylor weiß, daß sie aussieht wie die Kuh im Pferch, der endlich aufgeht, was es mit dem Schlachthof auf sich hat. »Ich habe ganztags gearbeitet«, erklärt sie. »Aber ich weiß auch nicht, das Geld hat nie gereicht. Sie wird sich sicher kaum noch erinnern, aber bevor das alles anfing, ist es uns recht gut gegangen.«

Andy sieht geduldig aus. »Ach, wenn Sie wüßten, was ich in diesem Büro alles zu hören bekomme. Ich benote Ihre Aussagen nicht. Ich beobachte, ehrlich gesagt, eher, als daß ich zuhöre. Was ich sehe, ist ein kleines Mädchen, das auf Ihrem Schoß ziemlich zufrieden wirkt.«

Taylor drückt Turtle so fest an sich, daß sie hört, wie ihr eigenes Herz gegen deren schmales, knubbeliges Rückgrat hämmert. »Es ist wirklich schlimm für sie, daß man sie von mir trennen will. Das muß einmal gesagt werden, für die Akten.«

»Ich verstehe«, sagt er.

»Nein, ich meine, es ist furchtbar. Sie ist nicht wie andere Kinder. Manchmal, wenn sie glaubt, daß ich böse auf sie bin, liegt sie stundenlang mit einer Decke über dem Kopf in der Badewanne.« Sie schließt Turtle noch fester in die Arme. »Sie hat Schlimmes erlebt, als sie ganz klein war, ehe sie zu mir kam, und wir machen wohl noch immer die verlorene Zeit wett.«

»Stimmt das, Turtle?«

Turtle schweigt. Taylor wartet auf die nächste schreckliche Enthüllung, bis ihr aufgeht, daß ihre Tochter möglicherweise keine Luft mehr bekommt. Sie lockert ihren Griff, und Turtle atmet.

»Ja«, sagt sie. »Aber Pop-pop ist nicht der böse Mann.«

»Sie hat Mister Stillwater getroffen. Ich meine, wiedergetroffen. Ihren Großvater. Ich glaube, sie fängt gerade an, sich an Dinge aus ihrer früheren Kindheit zu erinnern.«

Andy blickt Turtle so in die Augen, daß sie keine Angst haben muß. Taylor staunt. Ein Riese, der sich klein machen kann. »War wohl schlimm, damals, was?« fragt er.

»Ich weiß nicht.«

»Du darfst dich ruhig erinnern. Obwohl es dir manchmal angst macht, ja?«

Turtle hebt die Schultern.

»Aber von nun an tut dir niemand mehr weh.«

Taylor schließt die Augen und sieht Sterne. Einer fällt vom Himmel, und sie wünscht sich, daß Andy Rainbelt sein Versprechen halten kann.

Später machen Taylor und Alice einen Nachmittagsspaziergang auf dem unbefestigten Seitenstreifen der Ausfallstraße von Heaven. Kaum war Turtle wieder bei Sugar, da schlief sie auch schon wie ein Murmeltier. Taylor jedoch wollte ein Weilchen an die frische Luft.

»Tut mir leid, daß es zwischen dir und deinem neuen Freund aus ist«, sagt sie zu Alice.

»Großer Gott, wenn das nicht die reinste Seifenoper war«, erklärt Alice. »Männer wie Sand am Meer, und ich muß auf den einzigen reinfallen, der mit Turtle verwandt ist.«

»Mama, das war nicht bloß Pech, man hat dich geleimt.«

»Aber trotzdem, warum mußte auch alles so gut zusammenpassen? Und mit Sugar verwandt ist er auch.«

»Wenn man Sugar hört, so ist sie von hier bis zur Grenze von Arkansas mit jedem verwandt. Wenn sie vorhatten, euch beide zusammenzuspannen, dann mußte es einfach passieren.«

»Ja, mag sein. Aber eins steht fest, mit Männern hab ich ein sagenhaftes Pech.«

»Darüber mag ich nicht mit dir streiten.« Taylor pflückt im Dahinschlendern am Straßenrand langstielige Schwarzäugige Susannen.

»Der Haken ist, ich bin selber schuld. Ich kann mich einfach nicht damit abfinden, daß sich jemand keine Mühe um mich gibt. Aber so sind die Männer. Sie geben sich keine Mühe um andere. Wetten, das steht auch so im Lexikon.«

Taylor gibt Alice den Strauß von orangegelben Susannen und pflückt den nächsten.

»Das kommt von dem Familienfluch«, sagt Alice. »Den hab ich dir auf direktem Wege vererbt.«

»Ich habe Jax angerufen«, sagt Taylor mit etwas schlechtem Gewissen.

»Gut, mein Schatz, freut mich zu hören. Und das meine ich auch, ich finde, er ist einsame Spitze. Was treibt er denn so?«

»Seine Band will sich auflösen. Der Leadgitarrist hat aufgehört, aber sie kriegen eine Elektrogeige. Dadurch bekommen sie irgendwie einen anderen Sound, sagt er. Er zerbricht sich den Kopf über einen neuen Namen mit rustikalem Touch. *Renaissance Cowboys* oder so.«

»Das macht Kleinholz aus den *Wütenden Babys*.«

»Den *Jähzornigen Babys.*«

»Wo ist denn da der Unterschied?«

»Weiß ich auch nicht.«

»Na also.«

»Ist ja gut.«

»Und du hast ihm verziehen, daß er mit der – wie war doch noch der Name? – ins Bett gegangen ist? Mit dieser Person, dieser Vermieterin?«

»Mama, er durfte tun und lassen, was er wollte. Als ich im Juni gegangen bin, da habe ich ihm gesagt, das mit uns wäre, na ja, nichts von Dauer. Also habe ich ihm auch nichts vorzuwerfen.«

Ein vorbeifahrender Kleinlaster, dessen Lack wie Tünche aussieht, beschleunigt das Tempo, als der Fahrer merkt, daß er die beiden Frauen mit den Blumen in der Hand nicht kennt.

»Mama, was Jax angeht, bin ich mit mir ins reine gekommen. Er hat mir den ganzen Sommer gefehlt. Ob wir Turtle nun behalten dürfen oder nicht, ich bin bereit, das mit Jax und mir eher als eine Sache von Dauer anzusehen.«

»Das hört sich nicht allzu überzeugt an.«

»Bin ich aber. Ich meine, ich möchte eine dauerhafte Beziehung mit ihm. Er ist ja so glücklich. Er möchte heiraten. Ich weiß nicht, ob Heiraten wirklich die Lösung ist, aber du weißt ja, was ich meine.«

»Taylor, wie mich das freut!« platzt Alice heraus, und es klingt, als ob sie dieses eine Mal mit ihrer Meinung über Männer unrecht behalten möchte. Sie singt »Da, dum dum dum« zur Melodie von *Treulich geführt*, macht einen Knoten in die Stiele, zieht einen durch den anderen und flicht daraus einen Kranz. Als er fertig ist, streckt sie ihn Taylor hin wie beim Fadenspiel und setzt ihn ihr auf das dunkle Haar. »So, jetzt kannst du heiraten.«

»Mama, du bringst mich in Verlegenheit«, sagt Taylor, läßt die Blumen aber, wo sie sind.

»Wieso hast du dich wegen Jax anders besonnen?«

Taylor verwendet ihren langen Strauß wie einen Pferdeschweif und schlägt damit nach den Mücken. »Als der Sozialarbeiter Turtle heute nach ihrer Familie gefragt hat, weißt du, was sie da gesagt hat? Sie hat gesagt, sie hat keine.«

»Aber das stimmt nicht! Sie ist durcheinander.«

»Ja. Sie ist durcheinander, weil ich durcheinander bin. Für mich sind Jax und Lou Ann und Dwayne Ray und natürlich du und Mattie, meine Chefin im Reifenladen, meine Familie. Aber wenn du den Dingen keinen Namen gibst, dann nimmst du es hin, daß Menschen dich einfach verlassen, wenn ihnen danach ist.«

»Sie verlassen dich auch so«, sagt Alice. »Meine Ehemänner waren in Null Komma nichts verschwunden.«

»Aber das muß man so nicht hinnehmen«, beharrt Taylor. »Das ist doch Familie, nämlich Menschen, die man um keinen Preis der Welt gehen läßt.«

»Kann sein.«

»Wie Mister Stillwater. Cash. Der sehnt sich nach so langer Zeit immer noch nach Turtle. Das zuzugeben fällt mir sehr schwer, und es heißt auch nicht, daß er sie haben soll. Turtle gehört jetzt mir. Aber er nimmt es nicht hin, daß sie nicht bei ihm ist. Das kann man ihm anmerken.«

Und ob Alice Cash das angemerkt hat. Und das schon lange bevor sie wußte, was es war. Ein Mann, der sich Mühe geben würde.

Taylor hat aus ihren Blumen einen Kranz geflochten, den sie ihrer Mutter aufsetzt. Alice geht in sich und stößt einen theatralischen Seufzer aus. »Wer Kränze baut, wird niemals Braut.«

Eine Reihe von Autos knirscht auf dem Kies vorbei, gefolgt von einem alten Lastwagen, der geradezu dahinkriecht. Und jeder Fahrer macht im Vorbeifahren Stielaugen.

»Wo ist das Schild?«

»Welches Schild?«

»Das aus der Illustrierten, das Reklamefoto, weißt du nicht mehr? Mit Sugar in jungen Jahren? Das hast du mir doch x-mal gezeigt.«

»Das Schild, auf dem WILLKOMMEN IN HEAVEN steht?« Alice blickt nachdenklich. »Ehrlich, ich hab's noch nicht gesehen.«

»Vielleicht ist das hier gar nicht das richtige Heaven!« sagt Taylor. »Vielleicht ist es der verkehrte Ort, und nichts, was passiert, ist wirklich.«

»Nein, Heaven ist das schon. So steht es im Telefonbuch.«

»Menschenskind, dann muß auch das Schild da sein. Ich möchte nämlich, daß wir davor posieren. Vielleicht kommt jemand vorbei und knipst uns.«

»Ob sie das wohl weggenommen haben? Ich muß Sugar fragen. Ich wette, sie haben's weggenommen.«

»Heißt das, wir sind nicht mehr willkommen?« fragt Taylor.

Zwei weitere Autos fahren vorbei, und diesmal lächeln Alice und Taylor und winken wie Bewerberinnen um den Titel Miss America.

Alice sagt: »Wir bleiben wahrscheinlich so lange, bis man uns aus der Stadt jagt.«

Im Fluß springt irgendein Fisch. Annawake starrt auf die Ringe, die er im Wasser hinterläßt. »Onkel Ledger, sag, was soll ich bloß tun?« fragt sie.

Ledger sitzt in seinem weichgepolsterten Sessel auf der Veranda seines Hausboots und raucht Pfeife. Annawake geht auf leisen Mokassinsohlen die Decksplanken auf und ab.

»Bislang hast du mich noch nie um Rat gefragt«, sagt er, spitzt die Lippen und zieht an seiner Pfeife. »Warum gerade jetzt?«

»Weil ich bislang immer gewußt habe, was ich mache.«

»Wenn du immer gewußt hättest, was du machst, wärst du jetzt nicht mit deiner Weisheit am Ende.«

Sie setzt sich aufs Deck, dann streckt sie sich aus und blickt in den Himmel.

»Habe ich dir schon mal gesagt, daß du mit deinem kurzen Putz wie ein gerupftes Huhn ausgesehen hast?«

»Ich habe um Gabriel getrauert. Ich habe gedacht, einer muß das doch tun.«

»Wenn du etwas für Gabriel tun willst, dann rede mit ihm.«

»Gabe ist in Leavenworth.«

»Na und, ist telefonieren verboten?«

Annawake blickt ihn verstört an. Er meint, was er sagt. »Weiß ich nicht. Nein, sicher nicht.«

»Na schön, dann ruf ihn an. Oder besuch ihn. Sag ihm, daß er dir fehlt. Organisiere, verdammt noch mal, einen Ausbruch und hol ihn raus.«

Annawake hat ein Gefühl, als gerieten runde Steine in ihrem Inneren ins Rutschen und suchten sich eine neue, festere Lage. »Das wäre möglich.«

»Natürlich ist es möglich. Wenn du etwas auf die Reihe zu bringen hast, dann tu das auch. Laß es nicht am Rest der Menschheit aus, und verschone uns mit dieser Hühnerfrisur.«

»Danke. Und dabei sagen alle, daß ich ganz nach dir komme.«

»Annawake, du bist auch nicht mehr so ehrerbietig wie früher.«

Sie setzt sich auf, sieht aber das Funkeln in seinen Augen und legt sich getrost wieder hin.

»Erzähl mir eine Geschichte«, sagt sie. »Von einem kleinen, verschollenen Mädchen, das von seiner Mutter lieber aufgegeben wird, als daß die sich auf weitere Auseinandersetzungen mit Annawake Fourkiller einläßt.«

»Na schön.« Er lehnt sich in seinem Sessel zurück, der

vor zwanzig Sommern in Sonne und Regen einmal mit grünem Brokat überzogen war. »Von verschollenen Kindern sollte man mit leiser Stimme sprechen«, sagt er. Annawake setzt sich auf. Er ist in Cherokee übergegangen, und wenn sie ihm folgen will, muß sie aufrecht sitzen. »Es war einmal vor langer, langer Zeit ein Kind, das zwei Clan-Frauen als ihr eigen beanspruchten. Sie gingen mit dem Kind vor die Erhabenen. Sie kamen unter großem Geschrei und Geseufze, und jede behauptete, das Kind gehöre ihrem Clan. Die Mutter aus der Ebene brachte Mais, und die Mutter aus den Hügeln brachte Tabak, und beide hofften, sie könnten sich damit bei den Erhabenen einschmeicheln und ihre Entscheidung beeinflussen.«

Ledger hört auf zu reden und betrachtet ein Weilchen den Himmel. Wie selbstvergessen sitzt er da, die Beine vor sich gespreizt, und in der Hand baumelt ihm noch immer die Pfeife, aus der sich als freundliche Mahnung ein Rauchfaden kräuselt.

Dann fährt er plötzlich fort: »Als die Erhabenen sprachen, sagten sie, sie würden die Schlange Uk'ten zur Erde schicken.«

Annawake beugt sich vor, umschlingt die Knie mit den Armen und kneift die Augen zusammen, weil sie dann besser hören kann. Wenn sie doch nur ihre Brille aufhätte. Cherokee versteht sie nämlich besser mit Brille.

»Wir werden die Schlange Uk'ten schicken, die soll das Kind in zwei Teile teilen, dann kann jeder Clan eine Hälfte mit nach Hause nehmen.«

»Moment mal«, sagt Annawake.

»Die Mutter aus dem Grasland stimmte freudig zu. Doch die Mutter aus dem Hügel-Clan weinte bitterlich und weigerte sich. Sie wollte ihre Hälfte des Kindes dem Clan aus der Ebene schenken, damit dem Kind kein Leides geschähe. Und da wußten die Erhabenen, welche Mutter das Kind am innigsten liebte.«

Annawake zieht einen Mokassin aus, wirft damit nach Ledger und trifft mitten auf die Brust. Sie zieht den anderen aus und verfehlt so eben seinen Kopf, aber mit Absicht.

»Was, meine Geschichte gefällt dir nicht?«

Er setzt sich erschrocken auf und faltet die Hände vor der Brust.

»Komm mir damit nicht als alte Cherokee-Geschichte! Das ist König Salomo aus der Bibel.«

»Ach. Mir ist auch, als hätte ich sie von irgendwo«, sagt er und klopft seine Taschen nach Streichhölzern ab, weil er seine Pfeife wieder anzünden will.

»Das ist eine *yonega*-Geschichte«, sagt sie.

»Ehrlich? Dann hat ein *yonega* die Bibel geschrieben? Darauf wäre ich nicht gekommen. Schließlich steht nicht drauf DIE BIBEL von Soundso.«

»Ich weiß auch nicht. Vielleicht war es kein *yonega*. Ich glaube, es waren ein paar Leute, die in der Wüste gelebt und sich ihren Lebensunterhalt als Fischer verdient haben.«

»Wenn die in der Wüste leben und gleichzeitig Fische fangen konnten, dann solltest du lieber auf sie hören.«

»Gib mir meine Schuhe wieder.«

Er beugt sich nach hinten, hebt den auf, der über seine Schulter geflogen ist, und wirft ihr beide zu. Annawake zieht sie über die nackten Füße und knöpft sie an den Knöcheln zu.

»In einer halben Stunde muß ich im Ratssaal sein und meine Empfehlung abgeben. Und du hast mir rein gar nichts gesagt.«

»Rein gar nichts, nein.«

»Außer daß ich vielleicht keine Freudensprünge mache, wenn ein Kind in zwei Teile geteilt wird. Denn das passiert so oder so.«

»Darf ich etwas sagen, du kleiner Hitzkopf?«

»Ja?«

»Bei dir wächst noch mehr nach als nur Haar.«

»Und das wäre?«

»Sinn und Verstand. Hast du früher gehabt, aber später wolltest du um jeden Preis, daß deine Seite gewinnt.«

»Das haben mir die *yonegas* im Jurastudium beigebracht.«

»Muß wohl. Denn früher hattest du kein Fünkchen davon. Ich habe nie erlebt, daß du deine eigenen Brüder angerempelt hättest, nur um beim Schlagball einen Punkt zu holen.«

»Na schön, wenn du mich so gut gekannt hast, dann hättest du mich nie Jura studieren lassen dürfen. Wenn du gewußt hast, daß es nur meine schlimmsten Seiten zum Vorschein bringt.«

»Wer ein temperamentvolles Pferd besitzt, schickt es ins Rennen und läßt es nicht vor dem Pflug gehen.«

Annawake steht auf und staubt sich Knie und Hosenboden ab. »Was verstehst du schon von Pferden? Du bist Cherokee und kein Sioux mit Kriegsgeschrei auf den Lippen und Federn auf dem Kopf.«

»Ich verstehe genug von Pferden. Ich weiß, daß du eins mit einem guten Herzen haben möchtest.«

»Ich höre Dellons Laster an der Straße. Er fährt mich zur Zentrale. Ich gehe jetzt lieber.«

»Annawake, du hast ein gutes Herz. Hör darauf. Du hast dein Leben lang Angst vor dir selbst gehabt.« Jetzt blickt er sie direkt an. Nicht durch sie hindurch, wie es die meisten tun, die nur die Ausschneidepuppe Annawake Fourkiller sehen, sondern er blickt ihr ins Herz.

Sie steht mit offenem Mund und wartet auf ein weiteres Wort. Es kommt keins. Dann: »Woher weißt du das?«

Ledger ist anscheinend ganz von seiner Pfeife in Anspruch genommen. Er bedeutet ihr zu gehen. »Das hat mir ein kleiner Vogel erzählt.«

Dellon wartet mit eingeschaltetem Radio. Als sie einsteigt, stellt er es leiser. »Na, hat Ledger dich eingeräuchert und dir den Jagdsegen erteilt?«

»Geräuchert hat er schon. Und mich durcheinandergebracht. Wie kann jemand nur so schlau sein.«

»Ja, ja, Annawake. Das sagt man dir auch nach.« Er verdreht die Augen. »Frag mich nicht, wer.«

»Wenn ich so schlau bin, wieso bin ich dann so unglücklich?«

Im Radio säuselt Randy Travis von jemandem, der schon zu lange fort ist.

»Du brauchst einfach einen Mann, das ist alles«, sagt Dellon.

Annawake prustet. »In meinem Leben hat es genug Männer für sieben Leben gegeben. Überleg mal, Dellon, wie ich mit euch Jungs aufgewachsen bin, und dazu noch Daddy und Onkel Ledger. Penisse, überall Penisse! Richtiggehend eingezäunt habt ihr mich damit.«

Dellon rutscht verlegen auf seinem Sitz hin und her. »Ganz so schlimm war's bestimmt nicht, oder?«

»Nein, Dellon, das ist auch nicht gegen deine Körperteile gerichtet. Aber ein Mann ist nicht unbedingt und in jedem Fall die Lösung.«

Er starrt sie an und landet mit dem Laster im Straßengraben. Er blickt hoch und schwenkt zurück auf die Straße. »Da kann ich mir wohl in die Pfeife stopfen und rauchen«, sagt er.

Sie schenkt ihm das Lächeln, das seit siebenundzwanzig Jahren so umwerfend auf Jungs wirkt, ohne jedoch boshaft zu sein. »Das kannst du getrost tun.«

## Tagesordnung: Glücksspiel

Auf der Sitzung, die zuvor im Ratssaal getagt hat, muß es um das Problem Bingo gegangen sein. Auf die Tafel an der Vorderwand hat jemand mit eng zusammenstehender, nach rechts verlaufender Schrift folgendes geschrieben:

Heutige Tagesordnung – Glücksspiel auf Stammesgebiet, ja oder nein? Vorstellung

1. Cyrus Stonecipher. »Das Glücksspiel oder die Fallstricke des Bösen, das alte Lied.«
2. Betty Louise Squirrel. »Bingo, jeder gewinnt!«

Annawake Fourkiller und Andy Rainbelt sitzen vorn im Raum an dem langen Vorstandstisch, kehren der Tafel den Rücken zu und sehen so aus, als wären sie sich der Tagesordnung »Glücksspiel« gar nicht bewußt. Andy Rainbelt hat sich feingemacht: blaues Kattunhemd mit einer Passe, die mit blauem Satinband gepaspelt ist. Es ähnelt dem, das Annawake an jenem Tag trug, als sie und Taylor sich kennenlernten. Taylor weiß noch ganz genau, wie sie aussah. Heute ist sie ein anderer Mensch: schwarz geränderte Brille und eine Frisur, die sie zu stören scheint, denn sie streicht sich dauernd das Haar aus dem Gesicht.

Turtle, Taylor und Alice sitzen nebeneinander in den roten Kinosesseln, die den kleinen Saal füllen. Turtle schlenkert mit den Beinen und trommelt mit den Spitzen ihrer Turnschuhe ein stetiges *da-bum* auf dem leeren Sitz vor ihr.

Die Reihen sind in V-Form um den Vorstandstisch geordnet, in der Mitte hat man einen Gang frei gelassen. Die Anwesenden haben sich gesetzt wie bei einer Hochzeit, das heißt, der Mittelgang teilt die beiden Familien; die Sitze auf der anderen Seite füllen sich rasch. Cash ist da und Letty, deren rotes Kleid vorn mit einer eindrucksvollen Reihe goldener Knöpfe geschlossen ist; zahllose Freunde und Anverwandte strömen mit Kind und Kegel herein, begrüßen die Nachbarn und tauschen Neuigkeiten aus. Boma Mellowbug gibt sich sehr sportlich: Herrenanzug mit Nadelstreifen und Baseballmütze. Sie hält Händchen mit einem alten, außerordentlich dünnen Mann, dem das zum Zopf geflochtene weiße Haar dünn und stachelig wie Bindegarn zwischen den Schulterblättern hängt. Die untersetzte Frau, die Alice und Annawake im Lokal bedient hat, hastet herein, beugt sich zu Lettys Reihe und informiert Letty mit geschäftsmäßiger Stimme, daß Woolworth in Tahlequah die Schnitte in halber Größe hereinbekommen hat.

»Was ist eigentlich eine halbe Größe, Tante Earlene?« fragt eine junge Frau, die ein Baby stillt. »Das frag ich mich schon lange.«

Earlene dreht sich um, spricht über ihre Schulter und mißt zur Veranschaulichung mit den Händen die Taillenweite ab und dann die Länge von der Taille bis zum Hals. »Wenn du von hier bis da weniger Zentimeter hast als bei Schrittlänge und Brustumfang.«

»Wenn du breiter als hoch bist«, sagt Roscoe.

»Sei still«, sagt Letty zu ihm. »Ich weiß gar nicht, wieso Sugar dir noch zu essen gibt.«

Earlene läßt sich neben der stillenden Mutter nieder. Das Baby macht dabei reichlich Lärm, es hört sich an wie ein quietschendes Rad, das dringend geschmiert werden müßte.

Sugar kommt spät, lange nachdem Roscoe den letzten leeren Platz neben seiner Schwägerin Letty eingenommen hat, und sie weiß nicht so recht, wohin sie sich setzen soll.

Am Ende schlägt sie sich auf Alices Seite, nimmt aber einen Gangplatz, so nahe wie möglich bei den Stillwaters.

Das Gerede verstummt, als eine kleine Frau mit hohen Absätzen und weißer Seidenbluse hereingeklappert kommt und neben Andy Rainbelt am Vorstandstisch Platz nimmt. Sie hat üppiges Haar, und das schüttelt sie, während sie sich niederläßt, als hätte es irgendwo unterwegs Staub gefangen. Annawake setzt ihre Brille auf, richtet den Papierstapel vor sich aus und steht auf. Ihr Blick wandert über die kleine Versammlung, und sie lächelt eigenartig. »Sind sich alle darin einig, daß es hier um ›Stillwater gegen Greer‹ geht?«

Das wird vom Publikum durch Schweigen bestätigt.

Sie stützt sich auf die Hände, beugt sich vor, blickt über den Brillenrand und sieht aus wie ein Rechtsanwalt in Bluejeans. »Dem ist aber nicht so. Das hier ist kein Gerichtsverfahren, sondern lediglich eine Anhörung. Ich bin Annawake Fourkiller, und ihr alle hier kennt mich. Der Stamm hat mich beauftragt, seine Interessen in diesem Fall zu vertreten. Das hier ist Andy Rainbelt, und als Vertreter des Kindersozialdienstes trifft er die Entscheidung. Und das hier ist seine Chefin, Leona Swimmer, die aufpaßt, daß alles mit rechten Dingen zugeht.«

Leona Swimmer nickt unmerklich, anscheinend möchte sie nichts weiter zugeben, als daß sie tatsächlich anwesend ist.

Annawake fährt fort. »Mister Rainbelt und ich haben uns beraten, und wir wollen nun eine Empfehlung bezüglich des Kindes abgeben, das unter dem Namen Turtle Greer, aber auch als Lacey Stillwater bekannt ist.«

Turtle hört auf, mit den Beinen zu schlenkern. Taylor drückt ihr so fest die Hand, daß Turtle einmal am eigenen Leib erfährt, wie es ist, wenn man von einer Schildkröte gebissen wird, die nicht wieder losläßt.

Annawake blickt Andy an. »Wolltest du etwas sagen?«

»Nein, mach nur weiter«, sagt er. Leona Swimmer verrenkt sich den Hals nach der Tafel in ihrem Rücken. BINGO, jeder gewinnt! Taylor kann sich diese Betty Louise Squirrel so richtig vorstellen. Auch so eine von den forschen Superfrauen, die nie einen Platten haben und deren Kinder keine Windpocken kriegen. Taylor malt sie sich als echtes Eichhörnchen mit Schürze aus. Annawake spricht in einem getragenen Ton, der einige Übung erfordert. »Wir haben hier zwei grundlegende juristische Dinge zu bedenken. Zunächst einmal wurde die Adoption des Kindes durch Taylor Greer unvorschriftsmäßig durchgeführt. Das war nicht böser Wille ihrerseits, aber dennoch ist sie nicht rechtsgültig. Ich habe beim Staatsgericht einen Antrag gestellt, die Adoption für ungültig zu erklären.«

Das nuckelnde Baby stößt einen kleinen, erstickten Schrei aus. Die Mutter legt es sich über die Schulter und klopft und schwenkt es, damit es das bei Babys übliche Bäuerchen macht.

»Zweitens«, sagt Annawake, »sind wir zu dem Schluß gekommen, daß es sich bei dem Kind um die Enkelin von Cash Stillwater handelt. Sie erkennt ihn, und es besteht eine ausgeprägte Familienähnlichkeit.«

»Und ob«, seufzt Letty so leise und atemlos, als käme der Geist über sie. Cash verhält sich vollkommen still. Er kann seine Hände nicht spüren und fragt sich, ob sein Herz still und unmerklich versagt.

»Angesichts dieses Tatbestandes«, sagt Annawake, »haben wir Cash Stillwater als den gesetzlichen Vormund des Kindes zu betrachten. Sollte dagegen Widerspruch eingelegt werden, dürfte ein Gericht unzweifelhaft zugunsten von Mister Stillwater entscheiden. Der ›Indian Child Welfare Act‹ besagt klar und deutlich, daß unsere Kinder in unserem Stamm bleiben sollen und, wann immer möglich, bei den eigenen Verwandten. In diesem Fall ist die leibliche Mutter tot und der Vater unbekannt, also liegt es auf der Hand, den Großvater mit der Vormundschaft zu betrauen.«

Cash hat sich noch immer nicht gerührt. Taylor hat aufgehört zu atmen.

»Jedoch, dieser Fall liegt komplizierter.« Annawake greift sich einen Kugelschreiber und knipst daran herum. »Das Kind hat eine starke Bindung zu Taylor Greer entwikkelt, denn eine andere Mutter hat es in den letzten drei Jahren nicht gehabt. Mister Rainbelt hat das Adoptivmilieu begutachtet, hat sich danach mit einem Psychiater beraten und meint, es würde sich verheerend auswirken, wollte man diese starke Bindung zerstören. Er empfiehlt eine Therapie für das Kind, das vor seiner Aussetzung und nachfolgender Adoption eine Zeitlang mißbraucht und vernachlässigt wurde. Die Kosten übernimmt der Cherokee-Verband. Das schulden wir diesem Kind. Mister Rainbelt meint, es würde sich außerdem heilsam auf den Genesungsprozeß auswirken, wenn das Mädchen einige Zeit bei seinem Großvater und anderen Verwandten verbrächte.« Annawake hält den Kugelschreiber auf Armeslänge und sieht ihn auf einmal mit großen Augen an, so als hätte sie keine Ahnung, wozu er dient oder woher er kommt. »Gut«, sagt sie schließlich. »Ihr seht also.«

Keinem unter den Zuhörern ist anzumerken, daß sie oder er etwas sieht. »Ihr seht also, daß wir es mit zwei unvereinbaren Erwägungen zu tun haben. Einerseits möchten wir das Kind in seiner eigenen Kultur aufwachsen sehen, andererseits aber nicht seine Bindung an eine Mutter zerstören, die keine Cherokee ist. Wir wollen dieses Kind – das Turtle genannt werden sollte, da es sich in der Obhut seiner Adoptivmutter zu einem prächtigen Menschenkind entwickelt hat und mit diesem Namen die erste bewußte Erinnerung an sich selbst verbindet –, wir müssen dieses Kind wieder zur Enkelin und zum gesetzlichen Mündel von Cash Stillwater machen. Wir empfehlen daher, daß ihr rechtmäßiger Name Turtle Stillwater lauten sollte. So, nun wissen wir, wer sie ist. Das zumindest haben wir geschafft.«

Jemand unter den Zuhörern atmet tief aus. Das Baby macht einen kleinen Rülpser.

Annawake setzt die Brille ab und blickt zur Decke, als wollte sie beten. Da oben ist aber weiter nichts als die schallschluckende Verschalung. Kein Zeichen der Erhabenen oder der sechs Bösen Buben, die, aus welchem Grund auch immer, in Schweine verwandelt wurden. Die Gesichter vor ihr sind offen und erwartungsvoll. Ihr fällt ein, daß sie als Kind Onkel Ledger sein wollte, während er seine Ansprachen hielt. So fühlt man sich also dabei.

»Ich bin der Meinung, hier bietet sich uns eine der seltenen Gelegenheiten im Leben, über uns hinauszuwachsen«, sagt Annawake. »Falls die weiße Presse über diesen Fall berichtet, so wird sie nur die Frage stellen: Was ist für das Kind das Beste? Wir sind jedoch Cherokee und haben eine andere Sichtweise. Für uns ist das Kind Teil von etwas Größerem, Teil des Stammes. So wie die Hand zum Körper gehört. Ehe wir die abhacken, müssen wir uns fragen, wie der Körper ohne diese Hand fertig wird.

Der ›Indian Child Welfare Act‹ ist grundsätzlich dazu gedacht, den Stamm vor dem Verlust seiner Angehörigen zu schützen. Unsere Kinder sind unsere Zukunft. Andererseits aber wollen wir, daß sie in einer Atmosphäre von Güte und Großherzigkeit aufwachsen. Deshalb müssen die Bedürfnisse des einzelnen zuweilen hinter denen der Gemeinschaft zurücktreten. Wir sollten sie jedoch nie ganz hintanstellen. Und so müssen wir die Forderungen des Stammes erfüllen, ohne Turtle völlig von der Mutter und Großmutter zu trennen, die sie liebengelernt hat und denen sie vertraut.«

Verwandte und Freunde von Turtle Stillwater sind noch immer mucksmäuschenstill.

Annawake legt ihre Brille hin und schiebt sich das Haar hinter die Ohren. »Ich nehme jetzt mein Herz in beide Hände. Andy und ich haben uns vor ungefähr fünfzehn Minuten, direkt vor dieser Sitzung, etwas einfallen lassen.

Bei Adoptionen gibt es nämlich Präzedenzfälle mit gemeinsamem Sorgerecht. Das funktioniert manchmal, aber manchmal entsteht daraus auch ein großes Schlamassel. Dennoch wollen wir es so halten und Cash Stillwater zum gesetzlichen Vormund von Turtle Stillwater einsetzen mit der Auflage, das Sorgerecht zusammen mit Taylor Greer wahrzunehmen. Wir wollen den Familien dabei behilflich sein, eine für beide Teile annehmbare Sorgerechtsvereinbarung auszuarbeiten. Letztes Jahr hat der Stamm der Navajos im Fall eines Kindes, das von einer Familie in Utah adoptiert worden war, die Erlaubnis erteilt, daß das Kind das Schuljahr bei seiner Adoptivfamilie und die Sommer bei den Großeltern im Reservat verbringen darf.« Annawake blickt von Cash zu Taylor, deren Mienen sich eigentümlich ähneln. Sie bückt sich und berät sich leise mit Andy.

Andy Rainbelt steht nicht auf, sondern nickt, und Annawake spricht weiter. »Andy hat vor, Turtles persönlicher indianischer Fürsorger zu bleiben und ihre Entwicklung weiterzuverfolgen, denn er möchte sehen, wie sich das gemeinsame Sorgerecht auf sie auswirkt. Er betont noch einmal, daß Turtle nicht aus ihrer Adoptivfamilie gelöst werden soll, bis sie selbst dazu bereit ist. Wir müssen die Sorgepflichtigen jedoch bitten, uns recht bald eine Plan vorzulegen, wie Turtle wenigstens drei Monate im Jahr hier beim Stamm verbringen kann.«

Alice Greer putzt sich die Nase. Letty zückt ein Spitzentaschentuch und macht das gleiche, jedoch mit weitaus größerem Getue.

»Es liegt auf der Hand«, sagt Annawake, »daß beim gemeinsamen Sorgerecht alles davon abhängt, wie weit die beiden Sorgerechtsparteien zur Zusammenarbeit bereit sind. Und ob diese Zusammenarbeit auch für die Zukunft gewährleistet ist oder nicht. Es wäre mir sehr unlieb, wenn dieser Fall vor Gericht käme.« Sie blickt auf die vor ihr liegenden Papiere. »So, das war's dann wohl.«

Einen Augenblick herrscht Totenstille, dann erhebt Boma Mellowbug die Stimme und stößt ein langes und schrilles »Juhu!« aus, das Zeichen, daß die Predigt zu Ende ist und der Tanz beginnen kann.

»Danke, Boma.« Annawake lächelt und setzt sich.

Niemand rührt sich. Taylor tut den ersten Atemzug von der zu dünnen Luft, die sie nun für den Rest ihres Lebens atmen wird – ein Leben, in dem sie Turtle mit Fremden teilen muß.

»Jetzt seid ihr an der Reihe, Leute«, sagt Andy. »Ihr dürft sprechen, wenn ihr Vorschläge oder Fragen oder einfach gute Ratschläge habt. Darum verhandeln wir solche Sachen ja auch im Beisein der ganzen Familie.«

Cash kommt langsam hoch und dreht sich zur Versammlung um. »Ich hab einen Vorschlag zu machen. Ich schlage vor, daß Alice Greer und ich heiraten, denn dann wäre das kleine Mädchen auf Besuch bei seiner Großmutter, wenn es den Sommer über hier ist.«

Alice sperrt Mund, Nase und Ohren auf. Letty Hornbuckle auch. »Immer mit der Ruhe, Cash«, sagt Letty, steht auf und klammert sich an den Sitz vor ihr wie an eine Kirchenbank. »Du kennst sie erst drei Wochen.«

Cash sieht seine Schwester an wie ein Bulle, der ihr rotes Kleid erblickt hat. »Letty, nimm dich in acht. Du bist doch diejenige, die uns überhaupt aufeinandergehetzt hat. Du solltest dich schämen.«

»O du liebe Zeit, und ich hab nachgeholfen«, sagt Sugar und richtet sich so weit auf, wie es ihr Buckel zuläßt. »Letty, du tust Alice unrecht. Sie ist meine Kusine. Wenn sie sich liebhaben, dann sollten wir die Kinder getrost heiraten lassen.« Sie dreht sich um und sagt zu Alice: »Ich hab auch mitgeholfen, euch in die Falle zu locken. Ich hab dir vorgemacht, daß Cash ganz wild darauf ist, dich kennenzulernen.«

Annawake grinst. »Das Geständnis fällt mir nicht leicht, Letty, aber ich habe dir den Floh ins Ohr gesetzt, die beiden zusammenzubringen. Weißt du noch, der Tag, an dem ich dir den Kuchenteller zurückgebracht habe? Die Idee ist mir gekommen, als ich mich mit Alice im Lokal unterhalten und den Zucker verschüttet habe.«

»Kindchen, nun laß mal den Zucker«, sagt Earlene. »Das war noch gar nichts. Floyd Tailbob hat Killie Deal am Ostersonntag eine ganze Tasse frisch gebrühten Kaffee übergeschüttet. Frag mich nicht, wie er das geschafft hat.«

Alice steht mit offenem Mund und wartet. Als Earlene mit Floyd Tailbob und Killie Deal fertig ist, fragt sie: »Ich hab nicht gehört, daß mich jemand gefragt hätte, ob ich Cash heiraten will.«

Sämtliche Busen und Hemdbrüste wenden sich Alice zu.

»Hab ich dabei auch ein Wörtchen mitzureden? Weil für mich nämlich schon seit langem feststeht, daß ich keinen Ehemann mehr will, der an seiner heißgeliebten Glotze klebt. Und auf meine Grundsätze laß ich nichts kommen.« Alice setzt sich.

Annawake blickt Taylor an. Andy Rainbelt lächelt breit und offenbart dabei eine prächtige Lücke zwischen den Vorderzähnen. Taylor hört ihn direkt sagen: Jede Familie ist abartig. Er hat ja so recht. Sie ist bereit, Turtle zu schnappen und um ihr Leben zu laufen, doch leider weiß sie, wo das endet.

»Eins muß ich noch loswerden«, verkündet Sugar. »Falls sie heiraten – ich sag nur falls –, sollte der Schweinekessel bei mir stattfinden. Weil Letty doch mitten beim Dachdecken ist, und ein neues Dach und so plötzlich ein Schweinekessel, das ist zuviel auf einmal, wenn ihr mich fragt.«

»Aber, Sugar, das Dach deckt doch Cash!« ruft Letty. »Glaubst du etwa, der wird mit dem Dachdecken nicht rechtzeitig vor der eigenen Hochzeit fertig?«

Der Mann mit dem weißen Pferdeschwanz sagt zu Earlene: »Das war Flester, der Killie Deal seinen Kaffee übergeschüttet hat. Ich hab's in der Zeitung gelesen.«

»Nein, hast du nicht. Du meinst den Tag, als er sich für den Stammesrat aufstellen lassen wollte und mit einem Hemdsärmel voll Kaffeeflecken aufgekreuzt ist.«

Leona Swimmer macht zum erstenmal den Mund auf. »Wieso sollten diese beiden Vorfälle in der Zeitung stehen? Kann mir das jemand erklären?«

Alles dreht sich um und mustert Leona. Sie sieht sehr elegant und gebieterisch aus, wie eine Lehrerin.

»Stammespolitik, Leona«, sagt Roscoe höflich, aber ungeduldig. »Als ob du das nicht genau wüßtest.«

»Jetzt hört mir mal alle zu!« schreit Cash. »Wenn diese Sitzung beendet ist, und ich würde meinen, das ist sie mehr oder weniger, dann lade ich Alice und alle hier im Saal zu mir ein, jetzt auf der Stelle, und dann könnt ihr was erleben.«

Er macht kehrt und verläßt den Saal. Einen Augenblick herrscht verdutztes Schweigen, dann stürmt alles zur Tür.

Taylor weiß, sie hat etwas Unwiederbringliches verloren. Cash Stillwater ist Turtles gesetzlicher Vormund. Komme, was wolle.

Taylor kann sich noch an den Tag erinnern, als ihr zum erstenmal aufging, daß sie die mütterliche Vollmacht hatte – eine Macht, vor der alles andere weichen muß und die ihr zugesteht, daß sie am besten weiß, was gut für Turtle ist. Damals hat sie das in Angst und Schrecken versetzt. Aber nun, da sie diese Vollmacht aufgeben muß, kommt sie sich unendlich klein und allein vor. Noch mag sie nicht auflisten, was sie alles verloren hat; ihr Herz ist vollkommen leer, und so konzentriert sie sich ganz aufs Fahren.

Es hat sich so ergeben, daß sie das Schlußlicht einer langen Autoschlange bildet, die Cashs pfennigfarbenem

Kleinlaster folgt. Anscheinend sind sie und Turtle im Augenblick vergessen. Sie könnte aus der Schlange ausscheren und sich in Richtung Westen absetzen, und keine Menschenseele würde es merken. Aber das haben sie schon einmal durchexerziert. Von heute bis zum Ende aller Tage ist sie mit dieser Familie verbunden, die in langer Prozession die Hauptstraße von Heaven, Oklahoma, entlangfährt. Und eines Tages, schon bald, wird sie mit Jax im Bett liegen und ihm in allen Einzelheiten von diesem Tag berichten. Was den Unterhaltungswert angeht, so können es die *Renaissance Cowboys* nie und nimmer mit den Stillwaters aufnehmen.

»Was wohl Jax dazu sagt, daß er jetzt dein gesetzlicher Vater werden soll«, sagt sie zu Turtle. »Was tut er wohl?«

»Vielleicht zieht er sich die Hose über den Kopf und singt für sich: ›Happy Birthday‹.«

»Ja, vielleicht.«

»Bist du dann immer noch meine Mom?«

»Ja. Aber ich muß dich jetzt mit deinem Großvater teilen. Er hat viel zu sagen, was deine Erziehung angeht.«

»Ich weiß. Damit ich eine richtige Cherokee werde. Das hat mir Andy Rainbelt gesagt.«

»Magst du Andy?«

Turtle nickt. »Die Leute da drin? War das Pop-pops Familie?«

»Ja. Deine Familie, um genau zu sein.«

»Die sind ja verrückt.«

»Ich weiß«, sagt Taylor. »Aber du wirst dich schon an sie gewöhnen.«

Die einzige Ampel zeigt Rot, und alle anderen haben es noch geschafft. Taylor schaltet die Scheinwerfer ein, damit die Leute denken, es handelt sich um eine Beerdigung, und braust bei Rot durch. Es kommt sowieso niemand. Wenn die anderen sie jetzt abhängen, wird sie nie herausfinden, was aus ihrem Leben wird.

Cash trägt seinen Fernseher aus der Hintertür seines Blockhauses und setzt ihn mit Wucht und wortlos auf einem Baumstumpf ab. Da thront er nun etwas schief, und seine kurze schwarze Schnur baumelt trübselig herab. Während Cash ins Haus zurückstapft, versammelt sich das Publikum im Halbkreis vor dem leeren grünen Auge. Alice stellt wieder einmal fest, daß nichts schneller Ordnung und Ruhe schafft als ein Fernseher, auch wenn man ihn nirgendwo einstöpseln kann, außer in einem Baumstumpf.

Turtle hopst ein, zwei Schritte auf den Fernseher zu, aber die junge Frau mit dem Baby auf der Schulter zieht sie sanft zurück. Taylor greift nach Turtles Hand.

Cash taucht wieder auf, diesmal mit seinem Gewehr. »Alles zurücktreten«, sagt er, und jedermann beeilt sich.

»Der ist ja nicht ganz bei Trost«, stellt Alice gelassen fest.

»Dann solltest du ihn lieber heiraten«, flüstert Taylor ihr zu.

Cash baut sich mit gespreizten Beinen ein paar Schritte vor ihnen auf. Seine Schultern sacken vornüber, und er wirkt gebeugt und verkrampft, als er das Gewehr hebt und anlegt. Er steht eine geraume Weile wie angewurzelt. Alice kann sehen, daß der Gewehrkolben auf seiner Schulter ein wenig zittert, und dann sieht sie seine Schulter im gleichen Augenblick zurückzucken, als der Knall über die Lichtung donnert. Er tut ihr in den Ohren weh wie eine laut geläutete Glocke. Im Wald wird es unnatürlich still. Alle Vögel haben mitbekommen, daß die Kugel dem Bildschirm eine runde schwarze Wunde zugefügt hat, die zwar nicht genau in der Mitte sitzt, aber dennoch tödlich ist.

Das Herz in Alices Brust tut eigenartigerweise seine Pflicht, und da begreift sie, daß ihre Verurteilung zu lebenslanger Stille im Haus aufgehoben ist. Die Frauenfamilie ist dabei, Männer ins Haus zu lassen. Männer, Kinder, Cowboys und Indianer. Es ist Schluß und aus, bis auf das Jubelgeschrei.